CHARLIE

Du même auteur
aux Éditions J'ai lu

Carrie, *J'ai lu* 835
Shining, *J'ai lu* 1197
Danse macabre, *J'ai lu* 1355
Danse macabre, *Librio* (4 vol. de nouvelles)
Cujo, *J'ai lu* 1590
Peur bleue, *J'ai lu* 1999
Simetierre, *J'ai lu* 2266
Différentes saisons, *J'ai lu* 2434
La peau sur les os, *J'ai lu* 2435
Brume - Paranoïa, *J'ai lu* 2578
Brume - La Faucheuse, *J'ai lu* 2579
Running man, *J'ai lu* 2694
Chantier, *J'ai lu* 2974
Marche ou crève, *J'ai lu* 3203
La Tour Sombre :
1. Le Pistolero, *Éditions 84*, *J'ai lu* 2950
2. Les Trois Cartes, *Éditions 84*, *J'ai lu* 3037
3. Terres perdues, *Éditions 84*, *J'ai lu* 3243
4. Magie et Cristal, *Éditions 84*, *J'ai lu* 5313
Le Fléau-1, *J'ai lu* 3311
Le Fléau-2, *J'ai lu* 3312
Le Fléau-3, *J'ai lu* 3313
Les Tommyknockers-1, *J'ai lu* 3384
Les Tommyknockers-2, *J'ai lu* 3385
Les Tommyknockers-3, *J'ai lu* 3386
Rage, *J'ai lu* 3439
Minuit 2, *J'ai lu* 3529
Minuit 4, *J'ai lu* 3670
Bazaar-1, *J'ai lu* 3817
Bazaar-2, *J'ai lu* 3818
La ballade de la balle élastique (nouvelles), *Librio* 46
Anatomie de l'horreur-1, *J'ai lu* 4410
Anatomie de l'horreur-2, *J'ai lu* 4411
Le singe (nouvelles), *Librio* 4
Insomnie-1, *J'ai lu* 4615
Insomnie-2, *J'ai lu* 4616
Rose Madder, *J'ai lu* 5341
Désolation, *J'ai lu* 5010
La ligne verte, *Éditions 84*, *Librio* (6 vol.), *J'ai lu* 5157

SOUS LE PSEUDONYME DE RICHARD BACHMAN
Les régulateurs, *J'ai lu* 5011

STEPHEN KING

CHARLIE

Traduit de l'américain
par F. M. Lennox

J'AI LU

A la mémoire de Shirley Jackson,
qui n'a jamais eu à élever la voix.

Maison Hantée
La Loterie
Nous avons toujours habité le château
The Sundial (non traduit)

« C'était un plaisir de brûler. »
FAHRENHEIT 451

Titre original :

FIRESTARTER

NEW YORK
ALBANY

1

– Papa, je suis fatiguée ! se plaignit la fillette en pantalon rouge et chemisier vert. On s'arrête ?

– Pas encore, mon chou.

C'était un grand type large d'épaules qui portait une veste de velours élimée et un pantalon de toile marron. La fillette lui donnait la main et, ensemble, ils remontaient la Troisième Avenue en marchant vite, presque en courant. Il jeta un coup d'œil derrière lui. La voiture verte était toujours là, elle longeait lentement le trottoir.

– Papa, s'il te plaît ! *Papa !*

Il la regarda et vit la pâleur de son visage. Des cernes sombres s'élargissaient sous ses yeux. Il la souleva de terre pour l'asseoir au creux de son bras, sans se demander combien de temps il pourrait continuer ainsi. Il ressentait lui-même les effets de la fatigue, et Charlie n'était plus exactement un poids plume.

Cinq heures et demie de l'après-midi à New York City. Bouchons sur la Troisième Avenue. Ils coupaient à présent les Soixantièmes Rues, plus sombres, plus calmes .. exactement ce qu'il redoutait.

Ils bousculèrent une femme qui poussait un caddy bourré de provisions.

– Hé ! Faites un peu attention où vous allez ! glapit-elle avant de disparaître, aspirée par la foule pressée.

Son bras s'engourdissait. Il fit passer Charlie sur l'autre. Nouveau regard par-dessus son épaule : la voiture verte suivait à une cinquantaine de mètres. Il y avait deux hommes à l'avant et peut-être un troisième à l'arrière.

Et maintenant ?

Il n'avait pas de réponse à cette question. La peur, l'épuisement l'empêchaient de réfléchir correctement. Ces fumiers l'avaient retrouvé au mauvais moment et sans doute le savaient-ils. Il aurait voulu s'asseoir au bord du caniveau crasseux, s'abandonner aux larmes, au désespoir, mais ce n'était pas une solution. Il était l'adulte, il devait penser pour eux deux.

Qu'est-ce qu'on fait, maintenant ?

Pas d'argent. C'était sûrement là le pire, après les types dans la voiture verte. A New York, on ne fait rien sans fric. Les gens sans fric disparaissent, à New York; les trottoirs les avalent, on ne les revoit jamais.

La voiture se rapprochait. Il sentait la sueur lui couler plus vite le long du dos, des bras. S'ils en savaient autant qu'il le soupçonnait – s'ils savaient comme il lui restait peu d'impulsion –, rien ne les empêchait de tenter quelque chose, ici et maintenant. Malgré la foule. La foule est aveugle, à New York. *Ont-ils établi mon diagramme ?* se demanda Andy, la gorge nouée. *Si oui, ils savent, et il ne reste que le cri. Ils connaissent le schéma.* Lorsque Andy avait trouvé de l'argent, les trucs bizarres avaient cessé de se produire pendant un temps. Les trucs qui les intéressaient.

Avance.

Oui, chef. Bien, chef. Pour aller où ?

Il était passé à la banque à midi, prévenu par son radar, en proie à une sourde intuition que l'étau se resserrait de nouveau. A la Chemical Allied Bank, où il gardait de l'argent en cas de malheur mais où, surprise, Andrew McGee ne possédait plus aucun compte. Comptes personnel, professionnel, sur livret. Volatilisés. Il avait compris alors que l'hallali était sonné. Dur d'imaginer que moins de six heures s'étaient écoulées depuis.

Il restait peut-être une impulsion. Une toute petite impulsion. Une semaine à peine le séparait de la dernière fois – quand l'homme suicidaire s'était pointé à la séance du mardi soir chez Confidence Associates et avait commencé à raconter avec un calme terrible comment Hemingway s'était fait sauter le caisson. A la sortie, le bras sur l'épaule de l'homme suicidaire, Andy l'avait gratifié d'une poussée. Il espérait que son geste avait servi à quelque chose, parce que tout indiquait que, maintenant, c'était la gosse et lui qui allaient payer. A moins qu'un écho...

Mais non. C'était une pensée révoltante, répugnante. On ne pouvait pas souhaiter ça à son pire ennemi.

Une petite impulsion! implora-t-il. *Rien de plus, Seigneur, juste une petite impulsion pour nous tirer de ce pétrin, Charlie et moi!*

Et, bon Dieu, tu vas payer... sans compter que tu resteras mort un mois, après ça, comme une vieille radio avec une lampe pétée. Ou six semaines. Ou à jamais, définitivement mort avec la cervelle en marmelade. Et alors, qu'adviendra-t-il de Charlie?

Ils arrivaient à la 70e Rue, et les feux jouaient contre eux. Le flot transversal s'écoulait lentement tandis que les piétons de l'avenue s'amassaient au bord du trottoir. Une certitude brutale s'imposa à lui : c'était là que les types de la voiture verte allaient agir. Ils essaieraient de les prendre vivants, bien sûr, mais à la moindre difficulté... leurs instructions devaient s'étendre à Charlie.

Et pourquoi vivants? Que fait-on d'une équation ratée? On l'efface.

Une lame entre les omoplates, un flingue avec un silencieux, ou encore plus sophistiqué : une goutte de poison rare à la pointe d'une aiguille. Convulsions à l'angle de la Troisième et de la 70e. Une crise cardiaque, monsieur l'agent.

Restait cette impulsion. La dernière chance.

Ils avaient rejoint la troupe des piétons arrêtés. Le rouge s'éternisait. Il se retourna. Voiture verte immobile. Les portières s'ouvrirent côté trottoir et deux types en costume trois-pièces descendirent. Jeunes. Glabres. Tellement plus frais qu'Andy McGee.

Il commença à jouer des coudes pour se frayer un chemin jusqu'à la chaussée. Son regard remontait le flot de tôle à la recherche d'un taxi.

– Dis donc, mon pote...

– Tout doux, mon gars, du calme!

– Attention, voyons, vous marchez sur mon chien!

– Excusez-moi... répétait Andy, excusez-moi.

Un taxi? A tout autre moment de la journée, la rue en aurait regorgé. Derrière son dos, il sentait les types de la voiture verte se rapprocher, prêts à les agrafer, Charlie et lui, à les embarquer Dieu sait où, à la Boîte ou pis encore...

Charlie avait posé la tête sur son épaule. Elle bâilla.

Il en vit un.

– Taxi ! Taxi ! hurla-t-il, agitant frénétiquement sa main libre.

Derrière, les deux types perdirent leurs airs désinvoltes et se mirent à courir.

Le taxi freina.

– Arrêtez ! rugit l'un d'eux. Police !

Une femme lâcha un cri strident et la foule commença à s'éparpiller.

Andy ouvrit la portière, jeta Charlie sur la banquette et plongea à son tour.

– La Guardia. En vitesse !

– *Arrêtez, taxi ! Police !*

Le chauffeur tourna la tête vers les types. *La petite impulsion*, pensa Andy. Un trait de douleur se ficha dans son front, puis s'évanouit, laissant dans son sillage un vague élancement, comme une migraine matinale.

– Je pense qu'ils sont après ce Noir, dit-il. Celui à la casquette à carreaux.

– Oui, fit le chauffeur.

Et il redémarra en douceur.

Par la vitre arrière, Andy vit les types, tout seuls sur leur bout de trottoir. Les passants se tenaient à l'écart. L'un des deux avait sorti un talkie-walkie dans lequel il parlait avec véhémence.

– Qu'est-ce qu'il a fait, le négro ? s'enquit le chauffeur. Braqué une épicerie, ou quoi ?

– Je ne sais pas.

Andy essayait de réfléchir à ce qu'il allait dire. Comment tirer le maximum de l'homme assis devant lui en donnant le minimum d'impulsion. Avaient-ils pu relever le numéro du taxi ? De toute façon, ils ne préviendraient pas les flics, ce qui lui assurait un minuscule répit.

– Je vous le dis, continuait le chauffeur. Les négros, dans cette ville, c'est junkie et compagnie...

Charlie s'endormait. Andy ôta sa veste, la plia et la lui glissa sous la tête. Il sentait revenir un mince espoir. La chance lui envoyait une proie facile. Le chauffeur était blanc (Dieu sait pourquoi, les plus difficiles à pousser étaient les Asiatiques); il était jeune (pratiquement rien à faire avec les vieux) et moyennement intelligent (l'effet de l'impulsion était proportionnel à l'intelligence : fantastique avec les génies, médiocre avec les crétins, nul avec les attardés).

– J'ai changé d'avis, lança Andy. Nous allons à Albany.

– Où ça ? (Les yeux du chauffeur se plissèrent dans le rétroviseur.) Ça va pas, mon pote ! Pas question de se trimbaler là-bas !

Andy tira de son portefeuille sa dernière coupure. Il remerciait le ciel de lui avoir envoyé un taxi sans vitre de séparation. Le contact direct facilitait l'impulsion. Il n'avait jamais pu décider s'il s'agissait d'un phénomène purement psychologique, mais la question, pour l'heure, était sans importance.

– Je vous donne ce billet de cinq cents dollars, articula-t-il posément, si vous nous conduisez, ma fille et moi, à Albany. D'accord ?

– Bon Dieu, m'sieur...

Andy lui glissa la coupure verte dans la main et l'autre baissa les yeux pour la regarder. Andy se concentra. De toutes ses forces. Une seconde, il eut l'impression atroce qu'il n'y arriverait pas, qu'il ne restait plus rien, qu'il avait épuisé l'impulsion en matérialisant pour le chauffeur un fantôme noir coiffé d'une casquette à carreaux.

Puis la sensation arriva, accompagnée comme toujours de la flèche de douleur. Au même instant, son estomac sembla s'alourdir, ses entrailles se contractèrent autour d'une boule brûlante. Il porta une main tremblante à son visage et se demanda s'il allait vomir... ou mourir. Un désir de mort l'envahit, comme à chaque fois qu'il dépassait la dose (*ne pas dépasser la dose prescrite* – la formule éculée rebondissait lugubrement sous son crâne). La dose de quoi ? Il l'ignorait, mais si quelqu'un à cet instant lui avait mis une arme entre les doigts...

Il vit Charlie à côté de lui. Charlie endormie, confiante, certaine qu'il les tirerait de ce pétrin comme il les avait tirés de tous les autres, tous les autres pétrins qui n'étaient en fin de compte qu'un seul, même et gigantesque merdier. Une vague de désespoir lui brûla le fond des yeux.

La sensation reflua... Pas la migraine. La migraine allait rester, empirer, jusqu'à devenir une espèce d'étau générateur d'éclairs de douleur rouges dans ses tempes, sa nuque. Les lumières trop vives feraient couler ses larmes, déchireraient ses orbites comme des poignées d'épingle. Les sinus contractés, bloqués, il lui faudrait respirer par la bouche. Et les bruits – les froissements, crissements, grincements, claquements, grondements – amplifiés, assourdissants, intolérables. La migraine deviendrait le frontal du Grand Inquisiteur, un horrible instrument de torture. Elle durerait six heures, huit, dix peut-être. Impossible à dire. Il n'avait jamais poussé si loin, et jamais dans un tel état d'épuisement. Il resterait sans force, totalement vulnérable. Charlie serait forcée de s'occuper de lui. Elle l'avait déjà fait... mais ils avaient eu de la chance. Et la chance non plus n'est pas illimitée.

– Ecoutez, m'sieur, je me demande si...

Le chauffeur flairait la combine illégale.

– Le marché ne tient que si vous ne dites rien à ma fille, souffla Andy. Elle est avec moi depuis deux semaines. Sa mère l'attend demain matin.

– Droit de visite, hein ? (Le chauffeur hocha la tête.) Je connais ça.

– J'étais censé la ramener en avion.

– A Albany.

– Voilà. Mais je ne prends pas l'avion. Jamais. J'ai peur en avion. D'habitude, je me sers de la voiture, mais cette fois, mon ex-femme m'a pris de court et... je ne sais pas.

C'était la vérité. Il ne savait plus. Il avait inventé l'histoire au fur et à mesure. Maintenant, il s'enferrait. La fatigue. L'épuisement.

– Donc, comme ça, je vous lâche au terrain d'Albany et, ni vu ni connu, Bobonne s'imagine que vous descendez du zinc. Juste ?

– Juste.

Sa tête cognait.

– Et comme ça, pour Bobonne, c'est total correct. Je vous reçois cinq sur cinq ?

– Oui.

Total correct ? Qu'est-ce qu'il racontait ? La douleur déferlait.

– Cinq cents papiers pour s'éviter le baptême de l'air, sifflota le chauffeur.

– Ça les vaut, dit Andy. (Et il donna une dernière petite impulsion. Il se pencha et ajouta d'une voix très douce :) Pour vous autant que pour moi.

– Ecoutez, fit l'autre d'un ton rêveur, je ne suis pas du genre à cracher sur cinq cents billets, c'est moi qui vous le dis.

– Parfait.

Il se laissa retomber en arrière. Le chauffeur était content. Les explications vaseuses d'Andy ne l'étonnaient pas; l'idée qu'une gamine de sept ans vienne passer deux semaines chez son père au mois d'octobre, en pleine période scolaire, non plus; pas plus que ne l'intriguait l'absence de tout bagage. En fait, plus rien ne pouvait l'atteindre. Il avait reçu l'impulsion.

Et maintenant, Andy allait en payer le prix.

Il posa une main sur la jambe de Charlie. La petite dormait à poings fermés. Ils avaient cavalé tout l'après-midi, depuis le moment où Andy était allé la chercher dans sa classe en bredouillant de vagues excuses à l'intention de la maîtresse – la grand-mère très malade... rentrer à la maison... urgent – avec, derrière tout ça, l'énorme soulagement de ne pas avoir trouvé sa chaise vide en entrant dans la salle de classe, ses livres bien rangés dans le pupitre : *Non, monsieur McGee, elle est partie avec vos amis, il y a deux heures de cela... Ils m'ont montré ce mot de vous... Je ne me trompe pas ?* Des souvenirs de Vicky, affluant, l'horreur brutale de la maison vide. Le cauchemar des recherches. Ça s'était déjà produit une fois.

Mais pas aujourd'hui. Il était arrivé à temps. Avec une demi-heure d'avance sur eux. Ou un quart d'heure. Ou moins. Il ne voulait plus y penser. Ils avaient déjeuné sur le pouce chez Nathan, au comptoir, puis ils avaient erré, en métro, en bus, mais surtout à pied. Et à présent, elle était morte de fatigue.

Avec amour, il la regarda dormir. Ses cheveux blonds touchaient ses épaules. Elle était belle, dans son sommeil, si calme. Elle ressemblait tant à Vicky que c'en était déchirant. A son tour, il ferma les yeux.

Le chauffeur, à l'avant, contemplait avec émerveillement le billet de cinq cents dollars que son client lui avait donné. Il le glissa dans la poche secrète de sa ceinture, où il rangeait tous ses pourboires. Il ne pensait pas à trouver bizarre ce type qui déambulait dans New York avec une gamine sur le bras et une coupure de cinq cents dans son portefeuille. Il ne pensait pas à la façon dont il allait devoir s'arranger avec sa compagnie. Il ne pensait qu'à Glyn, sa petite amie, qui trouvait son boulot minable et sans intérêt. Quand elle verrait le billet !

A l'arrière, Andy avait posé sa nuque contre le dossier. La migraine arrivait comme un étalon noir en tête d'un cortège funèbre. Il entendait le claquement des sabots résonner d'une tempe à l'autre.

En fuite. Charlie et lui. Il avait trente-quatre ans. Jusqu'à l'année dernière, il avait enseigné l'anglais au collège d'Etat de Harrisson, une paisible petite ville universitaire de l'Ohio. Le cœur de l'Amérique. L'Amérique du cœur. Brave Andrew McGee, si droit, si probe.

Etalon noir sans cavalier, pupilles flamboyantes, dans les corridors de son crâne, sabots ferrés sur les fragiles matières cervicales, dont les empreintes grises s'emplissaient de sang.

Le chauffeur était une proie facile. Brave chauffeur, si droit, si...

Il somnola et vit le visage de Charlie, qui devint le visage de Vicky.

Andy McGee et sa femme. Jolie, Vicky. Ils lui avaient arraché les ongles, un à un. Quatre ongles, puis elle avait parlé. Pouce, index, médius, annulaire, assez, assez. Je vais tout dire. Ne me faites plus souffrir. Elle avait parlé. Après – c'était peut-être un accident, elle était morte. Il y a des choses... des choses qui nous dépassent. Toi. Moi. Qui nous dépassent tous.

La Boîte, par exemple.

Etalon noir sans cavalier. Voici l'étalon noir.

Andy dormait.

Il se souvenait.

2

Le Dr Wanless était le responsable du projet. Gras, presque chauve. Il avait un tic bizarre.

– Mesdemoiselles, messieurs, vous allez, tous les douze, recevoir une injection. (Ses doigts roses et courts arrachaient le papier fin, libérant de petits cônes de tabac brun doré.) Six de ces injections contiendront de l'eau. Aux six autres, on aura ajouté une dose infime d'un composé chimique que nous appelons Lot Six. La nature exacte de ce composé est classée top secret, mais il s'agit pour l'essentiel d'un hypnotique à effets hallucinogènes modérés. Vous comprendrez donc que ce produit soit administré selon la méthode dite de double hasard – en clair, personne, pas plus vous que nous, ne saura qui a tiré le bon numéro avant le début de l'expérience. Vous resterez tous sous surveillance intensive pendant les quarante-huit heures qui suivront l'injection. Des questions ?

Il y en eut plusieurs, ayant trait pour la plupart à la composition exacte du Lot Six. Un mot – *top secret* – et la meute était lâchée. Wanless esquiva l'assaut avec pas mal d'adresse. Personne ne posa la question qui préoccupait particulièrement un jeune homme de vingt-deux ans nommé Andy McGee. Le silence retomba dans la salle de conférences presque déserte du pavillon de psychologie-sociologie. Il eut la tentation de lever la main pour demander : « Dites donc, pourquoi bousillez-vous des cigarettes parfaitement fumables ? » Mieux valait s'abstenir. Laisser courir son imagination pour tromper l'ennui. Wanless essayait d'arrêter de fumer; ou alors, comme tous les gens bloqués au stade anal, il préférait déchirer ses cigarettes, contrairement aux tenants du stade oral qui, eux, les fumaient. (Cette réflexion fit naître sur les lèvres d'Andy un sourire qu'il dissimula derrière sa main.) Son frère était mort d'un cancer du poumon et Wanless reportait symboliquement son agressivité sur l'industrie du tabac. Peut-être, après tout, s'agissait-il simplement d'un de ces tics flamboyants que les enseignants se sentent obligés de mettre en valeur, au lieu de les réprimer. Durant sa première année à Harrisson, Andy avait eu un professeur d'anglais qui reniflait constamment sa cravate tout en dissertant sur William Dean Howell et la montée du réalisme en littérature. Depuis, heureusement, ce type avait pris sa retraite.

– S'il n'y a plus de questions, je vous demanderai de remplir ce formulaire. Je vous verrai mardi prochain, à neuf heures pile.

Deux assistants distribuèrent des photocopies. Vingt-cinq questions grotesques auxquelles il fallait répondre par oui ou par non. *Avez-vous déjà consulté un psychiatre ?* – n° 8. *Pensez-vous avoir déjà vécu une authentique expérience psychique ?* – n° 14. *Avez-vous déjà utilisé des drogues hallucinogènes ?* – n° 18. Andy hésita devant celle-ci, puis cocha le « non ». En cette belle année soixante-neuf, qui n'en avait pas utilisé ?

Quincey Tremont, le type qui partageait sa chambre au collège, l'avait branché là-dessus. Il savait que la situation financière d'Andy n'était pas très brillante. McGee terminait sa licence cette année-là, quarantième sur cinq cent six inscrits, troisième en anglais. Mais ce n'était pas ça qui mettrait du beurre dans ses épinards, avait-il expliqué à Quincey qui, lui, suivait les cours de psycho. Un poste d'assistant et une bourse attendaient Andy à l'automne suivant. Juste de quoi subsister et lui permettre de continuer à Harrisson. Avant cela, il y avait l'été. On était en mai. Un grand désert en perspective. Jusqu'à présent, il n'avait déniché qu'un job dans l'équipe de nuit d'une station-service Arco. Pompiste. Un métier d'avenir.

– Deux cents dollars vite fait, ça t'intéresse ? avait demandé Quincey.

Repoussant une longue mèche brune qui tombait devant ses yeux verts, Andy avait souri.

– Je commence où ? Dans les chiottes des hommes ?

– Non, je te parle d'une expérience psy, avait répondu Quincey. Dirigée par le Savant fou. Ne dis pas que je ne t'ai pas prévenu.

– Qui lui être, Grand Sachem ?

– Lui être Wanless, grand crétin. Lui gros homme-médecine dans département psycho.

– Pourquoi le Savant fou ?

– Eh bien, avait expliqué Quincey, c'est un rat de labo, doublé d'un vivisecteur. On ne peut pas dire que les béhavioristes soient vénérés ces temps-ci.

– Ah ! avait répondu Andy, déconcerté.

– Et puis, il porte de petites lunettes très épaisses, sans monture. Ça le fait ressembler au type qui réduit les gens dans *Docteur Cyclope*. Tu l'as vu, ce film ?

Andy, accro du late-show, l'avait vu. Il commençait à se sentir en terrain connu. Malgré tout, il n'était pas très sûr de vouloir participer à une expérience dirigée par a) un rat de labo, b) un Savant fou.

– Ils n'essaient pas de faire rétrécir les gens, au moins ? avait-il demandé.

Quincey avait ri de bon cœur.

– Non, non ! Ça, c'est strictement réservé aux champions des effets spéciaux des films d'épouvante. Le département de psycho est en train de tester des hallucinogènes à effets modérés. Il travaille avec les Services secrets américains.

– La CIA ?

– Ni CIA ni DIA, encore moins NSA, avait affirmé Quincey. Beaucoup plus discret. As-tu déjà entendu parler d'une organisation qui s'appelle la Boîte ?

– Dans un supplément du dimanche, peut-être, ou un truc comme ça. Je n'en suis pas sûr.

Quincey avait allumé sa pipe.

– C'est partout le même tabac. Psychologie, chimie, physique, biologie... jusqu'aux types de socio qui touchent leur part du magot. Certains programmes de recherche sont subventionnés par le gouvernement. Tout y passe, depuis le rituel amoureux de la mouche tsé-tsé jusqu'à la destruction des déchets de plutonium. Un organisme comme la Boîte se doit de dépenser la totalité de son budget pour obtenir une allocation équivalente l'année suivante.

– Pas très rassurant, ça !

– N'importe qui de sensé trouverait ça inquiétant, avait répliqué Quincey sans se départir de son sourire serein. Mais rien n'arrête la locomotive. Pourquoi cette branche des Services secrets s'intéresse-t-elle aux hallucinogènes ? Qui peut répondre ? Pas moi, en tout cas. Ni toi. Probable qu'eux non plus. Seulement, tous ces rapports font sérieux dans les réunions quand vient le temps du renouvellement des budgets. Ils ont leur chouchou dans toutes les facs. A Harrisson, c'est Wanless le protégé du département de psycho.

– L'administration ne trouve rien à redire ?

– Allons, mon gars, ne sois pas naïf ! (La pipe de Quincey tirait convenablement et il soufflait de grosses bouffées puantes dans le salon de l'appartement délabré. Sa voix avait pris la tonalité qui s'imposait, plus ronde, plus roulante, plus provinciale.) Ce qui est bon pour Wanless est bon pour le département de psycho de Harrisson qui, l'année prochaine, aura son propre bâtiment. Plus de promiscuité avec ceux de socio. Et ce qui est bon pour le département de psychologie est bon pour le collège d'Etat de Harrisson. Et pour l'Ohio. Et ainsi de suite...

– Tu crois que c'est sans danger ?

– Ils ne font pas d'essais sur des étudiants volontaires quand c'est dangereux, avait affirmé Quincey. S'ils ont le moindre doute, ils testent le produit sur des rats, ou sur des prisonniers. Tu peux être sûr que ce qu'ils t'injectent a été essayé sur environ trois cents personnes avant toi, et que leurs réactions ont été soigneusement étudiées.

– Je n'aime pas trop cette histoire de CIA.

– La Boîte, Andy.

– Quelle différence ? avait-il demandé d'une voix morose.

Il avait levé les yeux sur le poster de Quincey qui montrait Nixon debout devant une voiture d'occasion ratatinée. Il souriait. Deux doigts formant le V de la victoire saillaient de ses poings fermés. Andy trouvait encore difficile de croire que Nixon avait été élu président un peu moins d'un an auparavant.

– Ecoute, moi j'ai pensé que tu pouvais avoir besoin de ces deux cents dollars, c'est tout.

– Pourquoi paient-ils aussi bien ? avait demandé Andy d'un air soupçonneux.

Quincey avait levé les bras au ciel.

– Andy, c'est le gouvernement qui régale ! Tu n'arrives pas à comprendre ça ? Il y a deux ans, la Boîte a lâché quelque chose comme trois cents dollars pour une étude prospective sur la production de masse d'une bicyclette explosive – et *ça*, c'est passé dans le *Sunday Times*. Encore un truc pour le Viêt-nam, je suppose, bien que personne n'en soit vraiment sûr. Comme disait le petit marrant de service : « Ça paraissait une bonne idée à l'époque. » (Quincey vidait sa pipe à petits coups secs.) Pour ces types-là, les campus du pays sont autant de Macy's. Ils achètent un truc ici, font un peu de lèche-vitrines là. Maintenant, si tu ne veux pas...

– Attends, peut-être que je veux. Tu y vas, toi ?

Quincey avait souri. Son père tenait une chaîne de magasins de vêtements pour hommes couvrant l'Ohio et l'Indiana. Une affaire prospère.

– Je n'ai pas vraiment besoin de ces deux cents dollars, avait-il répondu. Et puis je hais les aiguilles.

– Ah...

– Ecoute, je ne suis pas en train d'essayer de te convaincre, bon Dieu ! C'est juste que tu as l'air sous-alimenté. Tu as cinquante pour cent de chances d'être dans le groupe témoin. Deux cents dollars pour un peu d'eau. Et attention, pas de l'eau du robinet. Distillée, mon vieux.

– Tu peux arranger ça ?

– Je sors avec l'une des assistantes de Wanless, avait dit Quincey. Ils auront peut-être cinquante demandes, dont pas mal de lèche-culs qui veulent se faire bien voir du Savant fou.

– J'aimerais que tu cesses de l'appeler comme ça.

– Bon, de Wanless, avait concédé Quincey en riant. Il veillera en personne à ce que les cireurs de pompes soient évincés. Ma copine se chargera de mettre ta demande dans le bon panier. Après ça, très cher, ce sera à toi de jouer.

Il s'était donc porté volontaire quand l'appel était apparu sur le tableau d'affichage du département de psychologie. Une semaine plus tard, une jeune assistante (l'amie de Quincey, sans doute) avait téléphoné pour lui poser quelques questions. Il lui avait répondu que ses parents étaient morts, que son groupe sanguin était O, qu'il n'avait encore jamais participé aux expériences du département de psycho, qu'il était bien inscrit à Harrisson en licence, promotion 69, qu'il possédait plus des douze unités de valeur nécessaires pour faire de lui un étudiant à plein temps, et que, oui, il avait plus de vingt et un ans et pouvait donc légalement accepter tout engagement, d'ordre public ou privé.

Encore une semaine et il avait reçu via la poste du campus une lettre lui signalant que sa candidature avait été retenue, lui demandant d'apposer sa signature au bas d'un formulaire de décharge, et de bien vouloir le rapporter au bâtiment Jason Gearneigh, salle 100, le 6 mai.

C'est là qu'il se trouvait, formulaire dûment signé et rendu, après le départ du Savant fou déchiqueteur de cigarettes (qui ressemblait effectivement un peu au héros de *Docteur Cyclope*), à plancher, en compagnie de seize autres étudiants, sur son questionnaire. Avait-il déjà eu des crises d'épilepsie ? Non. Son père était mort d'une crise cardiaque quand il avait onze ans. Sa mère avait été tuée dans un accident de voiture quand il en avait dix-sept. Un sale truc, traumatisant. Sa seule famille proche était la sœur de sa mère, tante Cora, et elle ne rajeunissait pas.

Il parcourut la colonne des questions, apposant une réponse négative devant chaque ligne. Une seule – *Avez-vous déjà eu une fracture ou subi un choc sévère ? Si oui, précisez* – lui soutira une réponse positive. Dans l'espace alloué il écrivit qu'il s'était cassé la cheville gauche en essayant d'atteindre la seconde base au cours d'une rencontre Junior, douze ans auparavant.

Il vérifia ses réponses, faisant remonter la pointe de son Bic vers le haut de la feuille. A ce moment, on lui tapa sur l'épaule. Une voix de fille, douce, légèrement voilée, demanda :

– Pourrais-je vous l'emprunter si vous n'en avez plus besoin ? Le mien est sec.

– Bien sûr, dit-il en se retournant pour le lui passer.

Jolie fille. Grande. Des cheveux roux clair, un teint merveilleusement pâle. Vêtue d'un pull bleu acier et d'une jupe courte. Belles jambes. Pas de bas. Evaluation fortuite de sa future épouse.

Il lui tendit son stylo. Elle le remercia d'un sourire. Les lampes au plafond envoyèrent des étincelles de cuivre dans ses cheveux, simplement ramenés sur la nuque et attachés par un large ruban blanc, tandis qu'elle se penchait de nouveau sur sa fiche.

Il rendit son questionnaire à l'assistant qui attendait devant la porte de la salle.

– Merci. Salle 70, samedi matin, neuf heures. Soyez exact s'il vous plaît.

Question programmation, le type n'avait rien à envier à Robbie le Robot.

– Quel est le mot de passe ? chuchota Andy.

L'assistant eut un rire poli.

McGee quitta la salle de conférences, traversa le couloir en direction de la lourde porte à double battant (dehors, la cour verdissait à l'approche de l'été, quelques étudiants s'y promenaient sans but) et se rappela brusquement son stylo. Il faillit laisser tomber. Après tout, ce n'était qu'un Bic à dix-neuf cents, et il devait rentrer préparer sa dernière série d'examens. La fille était jolie. Elle valait peut-être le détour, comme on dit. Il ne se faisait d'illusions ni sur son physique ni sur son baratin, l'un et l'autre plutôt moyens, encore moins sur la situation affective de la fille (fiancée ou « en main »). C'était une belle journée. Il se sentait bien. Il décida d'attendre. A défaut d'autre chose, il pourrait toujours regarder ses jambes de plus près.

Trois ou quatre minutes plus tard, elle sortit, un livre et des cahiers sous le bras. Elle était vraiment très jolie. Andy décida que ses jambes, à elles seules, justifiaient son attente. Elles étaient mieux que bien : superbes.

– Oh, vous voilà ! dit-elle avec un sourire.

– Oui, me voilà ! répondit Andy McGee. Qu'est-ce que vous pensez de tout ça ?

– Je ne sais pas. Ma copine m'a dit qu'il y avait tout le temps des expériences comme celle-ci. Elle a participé à l'une d'elles le semestre dernier, un de ces trucs avec les cartes de Zener. Elle a manqué la moitié des séances mais elle a quand même touché cinquante dollars. Alors je me suis dit...

Elle acheva sa pensée d'un haussement d'épaules et rejeta en arrière ses cheveux cuivrés.

– Ouais, pareil pour moi, fit-il en rempochant son stylo. Votre copine est en psycho ?

– Oui, mon petit ami aussi. Il est dans une des classes de Wanless, alors il n'a pas pu s'inscrire. Une histoire de conflit d'intérêts ou un truc comme ça.

Petit ami. Il fallait s'attendre à ce qu'une grande et belle rousse en ait un. C'était conforme à la marche du monde.

– Et vous ? demanda-t-elle.

– Même histoire. Un copain en psycho. Au fait, je m'appelle Andy. Andy McGee.

– Moi, Vicky Tomlinson. Et tout ça me rend un peu nerveuse, Andy McGee. Si je fais un mauvais trip, ou un truc comme ça ?

– Ce produit m'a l'air plutôt doux. Et même si c'est de l'acide, celui des labos est différent des trucs qu'on trouve dans la rue, à ce qu'on m'a dit. Très léger, très cool, et on le prendra dans des circonstances particulièrement calmes. Ils nous mettront sans doute Cream ou Jefferson Airplane.

Il sourit.

– Vous vous y connaissez en LSD ? demanda-t-elle avec un petit sourire en coin qui lui plut.

– Pas beaucoup, admit-il. J'en ai pris deux fois. La première, il y a deux ans, la seconde, l'année dernière. D'une certaine manière, ça m'a fait du bien. Ça m'a nettoyé la tête... en tout cas, j'en ai eu l'impression. Comme si toute la vieille crasse avait été enlevée. Mais je n'ai pas envie que ça devienne une habitude. Je n'aime pas me sentir aussi peu en contrôle de moi-même. Je vous offre un Coca ?

– D'accord.

Ils se dirigèrent ensemble vers le centre des étudiants.

Il lui paya deux Coke et ils ne se quittèrent pas de l'après-midi. Le soir, ils burent quelques bières au bar local. Il apprit qu'elle et son petit ami étaient arrivés au point de non-retour, et qu'elle ne savait pas très bien comment s'en sortir. « Il commence à croire que nous sommes mariés », expliqua-t-elle à Andy. Il lui avait formellement interdit de participer à l'expérience Wanless, et c'était exactement pour cette raison qu'elle s'y était inscrite. Elle avait signé sa décharge et était maintenant décidée à surmonter ses craintes pour aller jusqu'au bout.

– Ce Wanless a vraiment l'air d'un savant fou, déclara-t-elle en faisant des ronds sur la table avec son verre.

– Qu'est-ce que tu dis de son truc avec les cigarettes ?

Vicky eut un petit rire nerveux.

– Drôle de façon d'arrêter de fumer, hein ?

Il lui proposa de venir la chercher le matin de l'expérience et elle accepta avec gratitude.

– Ce sera bon d'y aller avec un ami, affirma-t-elle en plantant son regard bleu dans le sien. J'ai vraiment peur, tu sais. George avait l'air tellement... comment dire... inquiet.

– Pourquoi ? Qu'est-ce qu'il t'a dit ?

– C'est ça le problème, reprit Vicky. Il n'a rien voulu me dire, excepté qu'il ne faisait pas confiance à Wanless. D'après lui, tout le monde ou presque en psycho s'en méfie, mais beaucoup d'étudiants s'inscrivent à ses tests parce que c'est lui qui supervise le programme de licence. De toute façon, ils savent qu'ils ne risquent rien : Wanless les élimine d'office.

Il tendit le bras par-dessus la table et posa sa main sur la sienne.

– On aura probablement l'eau distillée tous les deux, assura-t-il. Te fais pas de souci, petite. Tout ira bien.

Il se trompait. Rien n'alla bien. Rien.

3

albany

aéroport d'albany, m'sieur

hé m'sieur, ça y est, on est arrivé

Une main le secoue. Sa tête roule. Mal – mon Dieu ! – ma tête ! Une douleur sourde, lancinante.

– Hé, m'sieur, on est à l'aéroport.

Andy ouvrit les yeux. Au-dessus de lui, la lumière blanche d'une lampe à sodium. Il les referma. Quelque part, un sifflement aigu monta, enfla. Il grimaça. Comme si on lui enfonçait des aiguilles d'acier dans les oreilles. Avion. Décollage. A travers un brouillard, rouge de souffrance, il commença à se rappeler. Ah oui, docteur. Ça me revient maintenant.

– M'sieur ? (Le chauffeur avait l'air inquiet.) M'sieur, vous allez bien ?

– Mal au crâne. (Sa voix semblait venir de très loin, noyée par le hurlement des réacteurs, qui, heureusement, commençait à décroître.) Quelle heure est-il ?

– Presque minuit. La route a été longue, je vous le dis. Les bus ne marchent plus, si c'était ça votre idée. Vous ne voulez pas que je vous conduise chez vous ?

Andy se tritura l'esprit pour retrouver l'histoire qu'il avait racontée en montant dans le taxi. Migraine ou pas, il devait s'en souvenir. A cause de l'écho. S'il se contredisait, il risquait de provoquer dans la tête du type un effet de ricochet. Qui pouvait s'éteindre – qui s'éteindrait probablement – mais qui pouvait aussi persister. Le chauffeur s'accrocherait à un détail, développerait une véritable fixation. Rapidement, il perdrait tout contrôle, il ne pourrait plus penser à autre chose. Enfin, ça lui grillerait tout bonnement le cerveau. Ça s'était déjà produit.

– Ma voiture est au parking, dit Andy. Tout va bien.

– Ah ! (Le type sourit, soulagé.) Glyn ne me croira jamais, vous savez. Je vous le dis...

– Bien sûr qu'elle vous croira. Vous y croyez bien, vous, n'est-ce pas ?

Le sourire du chauffeur s'élargit.

– J'ai une preuve, m'sieur. Et une grosse encore. Merci.

– Merci à *vous*, répondit Andy.

Lutter pour être poli. Lutter pour continuer. Pour Charlie. Seul, il se serait flingué depuis longtemps. L'homme n'est pas fait pour supporter pareille douleur.

– Vous êtes sûr que vous vous sentez bien, m'sieur ? Vous êtes tout pâle.

– Ça va, merci. (Il commença à secouer Charlie.) Hé, petite ! (Faire attention de ne pas prononcer son nom. Aucune importance, sans doute, mais ce genre de précautions lui était devenu aussi naturel que de respirer.) Réveille-toi, on est arrivé.

Charlie grommela et tenta de s'écarter de lui.

– Allez, ma chérie, réveille-toi.

Charlie battit des paupières. Elle ouvrit les yeux – un regard bleu et direct comme celui de sa mère –, s'assit en se frottant le visage.

– Papa ? Où sommes-nous ?

– Albany, poussin. A l'aéroport. (Il se pencha plus près d'elle, murmura :) Ne dis rien.

– D'accord.

Elle adressa au chauffeur un sourire qu'il lui rendit.

Elle se glissa hors du taxi. Andy la suivit, essayant de ne pas tomber.

– Encore merci, mon vieux, fit le taxi. Dis donc, quelle course ! je vous le dis...

Andy serra la main qu'il lui tendait.

– Au revoir et bonne chance.

– Merci. Glyn ne me croira jamais.

Le type rentra le bras, la voiture s'éloigna de la bordure jaune. Un autre jet décollait, moteurs emballés. Andy crut que sa tête allait se fendre en deux et tomber sur le trottoir comme une citrouille creuse. Il vacilla. Charlie posa les deux mains sur son bras.

– Oh, papa ! dit-elle.

Sa voix était lointaine.

– A l'intérieur. Je dois m'asseoir.

Ils entrèrent, la petite fille en pantalon rouge et chemisier vert, l'homme aux cheveux noirs en broussaille, grand malgré ses épaules voûtées. Un porteur les regarda passer et pensa : Si c'est pas malheureux, un type comme ça dehors après minuit, tenant à peine sur ses jambes tellement il est bourré, et sa gamine qui devrait être au lit depuis longtemps, au lieu de le guider comme un chien d'aveugle. Ces parents-là, faudrait les stériliser, pensa-t-il encore.

Les portes à ouverture automatique se refermèrent derrière eux. Le porteur les oublia complètement. Pour quarante-cinq minutes. Jusqu'à ce que la voiture verte s'arrête au bord du trottoir et que les deux hommes en descendent pour venir lui parler.

4

Minuit dix. Les gens du petit matin avaient envahi la salle d'attente du terminal : militaires en fin de permission, femmes éreintées gardant un troupeau d'enfants énervés d'avoir veillé trop tard, hommes d'affaires aux yeux cernés de fatigue, adolescents chevelus chaussés de grosses bottes, certains alourdis d'un sac à dos, d'autres portant des raquettes de tennis. Les haut-parleurs annonçaient les arrivées et les départs et diffusaient des messages personnels, semblables à la voix toute-puissante des mauvais rêves.

Andy et Charlie étaient assis côte à côte devant des tables auxquelles étaient fixés des téléviseurs. Peints en noir, rayés, bosselés. Andy trouva qu'ils ressemblaient à de sinistres cobras futuristes. Il y enfonça ses deux dernières piécettes pour qu'on ne leur demande pas de libérer les sièges. Sur le poste de Charlie on voyait une rediffusion du feuilleton *The Rookies*, sur le sien, Johnny Carson tapait sur le ventre de Sony Bono.

– Papa, il faut vraiment que je le fasse ? demanda Charlie pour la seconde fois.

Elle était au bord des larmes.

– Chérie, je suis vidé, dit-il. Nous n'avons pas d'argent. Nous ne pouvons pas rester ici.

– Les méchants vont venir ?

Sa voix devint un murmure.

– Je ne sais pas.

Plus d'étalon noir sans cavalier. Maintenant c'était un sac postal empli d'éclats de métal pointus qui tombait sur lui du cinquième étage.

– Nous devons faire comme s'ils allaient venir.

– Et comment je vais trouver l'argent ?

Il hésita.

– Tu sais comment.

Les larmes étaient là, maintenant, coulant le long de ses joues.

– Ce n'est pas bien. Ce n'est pas bien de voler.

– Je sais, répondit Andy. Nous pourchasser comme ils le font, ce n'est pas bien non plus. Je te l'ai expliqué, Charlie. J'ai essayé, en tout cas.

– Tu veux dire petit mal et grand mal ?

– Oui. Il y a de bonnes mauvaises actions.

– Tu as vraiment mal à la tête ?

– Oui, très, fit Andy.

Inutile de lui expliquer que dans une heure, peut-être deux, il souffrirait tellement qu'il ne pourrait plus penser de façon cohérente. Inutile de l'effrayer plus qu'elle ne l'était déjà. Inutile de lui dire qu'il ne croyait pas qu'ils s'en tireraient cette fois-ci.

– Je vais essayer. (Elle se leva de sa chaise.) Pauvre papa !

Elle l'embrassa. Il ferma les yeux. Devant lui les images continuaient à s'agiter au son d'une cacophonie lointaine. Dans sa tête, la douleur enflait. Quand il rouvrit les yeux, Charlie n'était plus qu'une vague silhouette, minuscule, vêtue de rouge et de vert, comme une décoration de Noël, scintillant au milieu d'une foule éparse.

Je vous en prie, mon Dieu, faites qu'il ne lui arrive rien! pensa-t-il. *Faites que personne ne l'effraie ni ne lui fasse de mal! S'il vous plaît, mon Dieu, et merci! D'accord?*

Il ferma de nouveau les yeux.

5

Petite fille en pantalon d'élastiss rouge, en blouse de rayonne verte. Cheveux blonds, longs jusqu'aux épaules. Seule. Devrait être couchée depuis longtemps. Déambulant dans l'un des rares endroits où une petite fille seule peut évoluer après minuit sans se faire remarquer. Elle croisa des gens, mais personne ne la vit vraiment. Eût-elle pleuré, un homme de la sécurité serait sans doute venu lui demander si elle était perdue, si elle savait sur quel vol son papa et sa maman étaient inscrits, quel était leur nom pour qu'on les fasse appeler. Mais elle ne pleurait pas. Et elle avait l'air de savoir où elle allait.

Elle n'en savait rien, en fait, mais elle avait une idée assez précise de ce qu'elle cherchait. Ils avaient besoin d'argent. Papa l'avait dit. Les méchants hommes allaient arriver et papa avait mal. Quand il avait mal comme ça, il lui était difficile de penser. Il fallait qu'il s'allonge dans le plus grand calme. Il fallait qu'il dorme jusqu'à ce que le mal s'en aille. Et les méchants hommes allaient peut-être arriver..., les hommes de la Boîte, les hommes qui voulaient les attraper, les ouvrir, voir comment ils marchaient et si on pouvait les utiliser, leur faire faire des choses.

Elle aperçut un sac de papier brun dépassant d'une poubelle et le prit. Un peu plus loin elle trouva ce qu'elle cherchait : une rangée de cabines téléphoniques.

Charlie se planta devant. Elle avait peur. Elle avait peur

parce que papa lui avait répété encore et encore qu'elle ne devait pas le faire... Depuis sa plus tendre enfance, c'était le Pas Bien. Elle n'arrivait pas toujours à contrôler le Pas Bien. Elle pouvait se blesser, ou blesser quelqu'un d'autre, ou plein de gens. La fois (*ô maman je suis désolée le mal les pansements les cris j'ai fait crier ma maman et je recommencerai plus... plus jamais... parce que c'est Pas Bien*) où dans la cuisine, quand elle était petite... mais ça faisait trop mal d'y penser. C'était le Pas Bien parce que quand on le lâchait, ça allait partout. Et ça faisait peur.

Il y avait d'autres choses. La poussée, par exemple. C'est comme ça que papa l'appelait. La poussée. Seulement, elle, elle pouvait pousser beaucoup plus fort que papa et elle n'avait jamais de migraines. Mais quelquefois, après... il y avait des feux.

Le vrai nom du Pas Bien résonnait dans sa tête tandis qu'elle regardait nerveusement les cabines téléphoniques : *pyrokinésie*.

– Ne t'occupe pas de ça, lui avait dit papa quand ils étaient encore à Port City et se croyaient en sécurité, comme des idiots. Tu es un boutefeu, chérie. Un vrai Zippo géant.

Sur le moment, ça lui avait paru drôle, elle avait ri bêtement, mais maintenant elle ne trouvait plus ça amusant du tout.

L'autre raison pour laquelle il ne fallait pas qu'elle pousse était qu'*ils* pouvaient s'en apercevoir. Les méchants hommes de la Boîte.

– J'ignore s'ils en savent long sur toi pour le moment, lui avait dit papa, mais je ne veux pas qu'ils en apprennent plus. Ta poussée n'est pas vraiment comme la mienne, chérie. Tu ne sais pas forcer les gens à... à changer d'avis, n'est-ce pas ?

– Non...

– Mais tu sais faire bouger les choses. Et si jamais ils commencent à se rendre compte de ce dont tu es capable, nous aurons encore plus d'ennuis que maintenant.

Et puis c'était voler, et voler faisait partie du Pas Bien.

Tant pis. Papa avait mal à la tête et il fallait qu'il trouve un coin tranquille et bien chauffé avant de ne plus pouvoir penser du tout. Charlie s'avança.

Il y avait environ quinze cabines avec des portes bombées coulissantes. Quand on était à l'intérieur, on avait l'impression de se trouver dans une énorme gélule contre la migraine équipée d'un téléphone. La plupart des cabines étaient obscures, constata Charlie en passant devant. Une grosse femme en pantalon était tassée dans l'une d'elles. Elle parlait avec animation et souriait. A trois cabines de la fin de la rangée, un jeune homme en uniforme était assis sur le petit tabouret, porte ouverte, les jambes dépassant au-dehors. Il parlait vite.

– Sally, écoute, je comprends ce que tu ressens, mais je peux tout expliquer. Absolument. Je sais... je sais mais si tu veux bien me laisser...

Il leva les yeux, vit la petite fille qui le regardait, et, d'un seul mouvement, comme une tortue rentrant dans sa carapace, ramena ses jambes à l'intérieur et ferma la porte coulissante. Il se dispute avec sa petite amie, pensa Charlie. Il a dû lui poser un lapin. Je ne laisserai jamais un type me poser un lapin.

Bruits de haut-parleurs. La peur, comme un rat, lui grignotait le fond du crâne. Visages étrangers. Elle se sentit seule et très petite, malade de chagrin, maintenant encore, en pensant à sa mère. C'était du vol, mais qu'est-ce que ça pouvait bien faire ? Eux avaient volé la vie de sa mère.

Elle se glissa dans la dernière cabine. Le sac de papier brun craqua. Elle décrocha le combiné et fit semblant de parler – allô, papy ! Oui, papa et moi on vient juste d'arriver, tout va bien – et jeta un coup d'œil par la vitre pour voir si quelqu'un s'intéressait à elle. Mais non. La personne la plus proche était une Noire qui prenait une assurance avion à un distributeur automatique, et elle tournait le dos à la cabine.

Charlie regarda le téléphone et brusquement le *pressa*.

Un léger grognement dû à l'effort lui échappa, et elle mordit sa lèvre inférieure, jouissant de la façon dont ses dents s'y enfonçaient. Non, ce n'était pas douloureux. C'était *bon* de pousser. Encore une chose qui l'effrayait. Et si elle se mettait à aimer ça ?

Elle pressa l'appareil une seconde fois, très légèrement, et soudain un flot argenté s'écoula par l'orifice de retour de la monnaie. Elle essaya de glisser son sac dessous mais, quand elle y parvint, la plupart des pièces de cinq, dix et vingt-cinq cents étaient déjà par terre. Elle se baissa et en ramassa autant qu'elle put, sans cesser de regarder par la vitre.

Sa moisson terminée, elle passa à la cabine suivante. Le soldat parlait toujours dans celle d'à côté. Il avait rouvert la porte et fumait.

– Sal, je te le jure sur le Christ. Demande à ton frère si tu ne me crois pas ! Il...

Charlie s'enferma, étouffant le son légèrement geignard de la voix du garçon. Elle n'avait que sept ans, mais elle savait reconnaître un baratineur. Elle regarda le téléphone et quelques secondes plus tard il cracha son contenu. Cette fois-ci, elle avait placé le sac en bonne position. Les pièces y tombèrent en cascade avec un tintement musical.

Le soldat était parti quand elle sortit. Elle pénétra dans sa cabine. Le siège était encore chaud et, malgré le ventilateur, l'air empestait le tabac.

L'argent coula dans son sac et elle continua.

6

Eddie Delgado était assis sur une chaise de plastique moulé plutôt dure. Il regardait le plafond et fumait. Salope, pensait-il. La prochaine fois, elle réfléchirait avant de serrer les cuisses, la garce ! Eddie-ci et Eddie-ça, et Eddie je ne veux plus jamais te revoir et Eddie comment peux-tu être aussi cruel. Mais il avait réussi à la calmer, coupant de justesse au sempiternel je-ne-veux-plus-jamais-te-revoir. Il avait une permission de trente jours, et maintenant il partait pour New York, la Grosse Pomme, pour s'en mettre plein les yeux et faire la tournée des bars. A son retour, Sally serait elle aussi comme une grosse pomme, mûre et prête à tomber. Le coup du respect – tu-n'as-aucun-respect-pour-moi – ça ne prenait pas avec Eddie Delgado de Marathon, Floride. Sally Bradford allait y passer, et si elle avalait cette histoire de vasectomie qu'il lui avait racontée, tant pis pour elle. Qu'elle aille ensuite courir chez son plouc de frère, l'instit, si ça lui chantait. Eddie

Delgado serait au volant d'un camion de ravitaillement de l'armée à Berlin-Ouest. Il serait...

Les pensées d'Eddie, mélange de hargne et de plaisir, furent interrompues par une étrange sensation de chaleur provenant de ses pieds. On aurait dit que la température du sol était brusquement montée de dix degrés. Une odeur étrange et pourtant familière accompagnait cette sensation... pas vraiment une odeur de brûlé, non, mais... de *roussi* peut-être ?

Il ouvrit les yeux, et la petite fille fut la première chose qu'il vit. Elle traînait autour des cabines tout à l'heure. Sept ou huit ans peut-être, l'air vraiment crevée. A présent, elle portait un gros sac de papier brun, le tenant par en dessous comme s'il était plein de trucs d'épicerie.

Ses pieds. C'était ça le problème.

Ils n'étaient plus chauds. Ils brûlaient.

Eddie Delgado baissa les yeux et hurla :

– *Jésus Dieu tout-puissant !*

Ses chaussures étaient en feu.

Il bondit sur ses pieds. Des têtes se tournèrent. Une femme vit ce qui se passait et cria pour donner l'alarme. Deux agents de la sécurité qui baratinaient une préposée aux billets de l'Allegheny Airlines se retournèrent pour voir ce qui se passait.

Tout ça faisait une belle jambe à Eddie Delgado. Sally Bradford et la vengeance d'amour qu'il lui préparait étaient à présent le cadet de ses soucis. Ses chaussures, propriété de l'armée, flambaient allégrement. Les revers de son pantalon d'uniforme commençaient à prendre. Il se retrouva en train de piquer un sprint, comme propulsé par une catapulte. Les toilettes pour dames étaient les plus proches. Eddie, qui possédait un instinct de survie délicieusement précis, poussa la porte de ses bras tendus et s'engouffra à l'intérieur sans la moindre hésitation.

Une jeune femme sortait de l'une des stalles, la jupe remontée jusqu'à la taille, ajustant son collant. Elle vit Eddie, la torche humaine, et poussa un cri que les murs carrelés des toilettes amplifièrent considérablement. Il y eut un brouhaha de « Qu'est-ce que c'est ? » et de « Qu'est-ce qui se passe ? », en provenance des quelques autres cabines occupées. Eddie rattrapa la porte du W.-C. payant avant qu'elle n'ait eu le temps de se refermer. Il agrippa des deux mains les rebords de la cloison, se hissa et atterrit dans la cuvette, les pieds devant. Il y eut un sifflement et un impressionnant nuage de vapeur.

Les deux agents de la sécurité firent irruption dans la pièce.

– Vous, là, ne bougez pas ! s'écria l'un d'entre eux. (Il avait dégainé son arme.) Sortez lentement les mains sur la tête !

– Ça vous ennuie si j'éteins d'abord mes pieds ? grogna Eddie Delgado.

7

Charlie était de retour. Et elle pleurait de nouveau.

– Qu'est-ce qui s'est passé, bébé ?

– J'ai l'argent mais... ça m'a encore échappé, papa... il y avait un homme... un soldat... c'était plus fort que moi...

Andy sentit la peur revenir, atténuée par la douleur dans sa tête et le long de son dos, mais encore une fois présente.

– Est-ce... est-ce qu'il y a eu un feu, Charlie ?

Elle ne pouvait pas parler. Elle hocha la tête. Les larmes roulèrent sur ses joues.

– O mon Dieu ! murmura Andy en se forçant à se mettre debout.

Charlie se décomposa. Elle cacha sa figure dans ses mains et se mit à sangloter, se balançant d'avant en arrière.

Un groupe s'était formé devant la porte des toilettes. Quelqu'un la maintenait ouverte mais Andy ne pouvait rien distinguer... Soudain, il vit. Les deux agents qui s'étaient précipités en entendant les hurlements firent sortir un jeune homme à la mine patibulaire, vêtu d'un uniforme de l'armée, et le conduisirent vers le bureau de la sécurité. Le garçon les engueulait bruyamment, et la presque totalité de ce qu'il avait à dire dénotait une grande imagination dans l'art du blasphème. A la hauteur des genoux, son uniforme disparaissait. Il portait aux pieds deux choses noircies et dégoulinantes qui avaient dû être des chaussures. Le trio disparut dans le bureau et la porte claqua. Un caquetage d'excitation courut sur le terminal.

Andy se rassit et entoura Charlie de ses bras. Il avait du mal à faire fonctionner sa tête, à présent. Ses pensées ressemblaient à de minuscules poissons d'argent nageant en rond dans une mer noire de douleur. Il se força pourtant. Il avait besoin de Charlie s'il voulait les sortir de là tous les deux.

– Le soldat va bien, Charlie. Il n'a rien. Ils l'ont juste emmené au bureau de la sécurité. Maintenant, raconte-moi.

La fillette avait presque cessé de pleurer. Elle reprit tout depuis le début. Comment elle avait entendu le jeune homme au téléphone. Comment elle avait eu quelques pensées distraites à son sujet, l'impression qu'il racontait un bobard à la fille à l'autre bout du fil.

– Et alors au moment où j'allais te rejoindre, je l'ai vu... je n'ai rien pu faire... c'est arrivé. Ça m'a échappé. J'aurais pu le blesser, papa. Je l'ai fait *brûler* !

– Ne parle pas si fort ! dit-il. Je veux que tu m'écoutes, Charlie. Je crois que c'est la chose la plus encourageante qui soit arrivée depuis pas mal de temps.

– Tu... tu crois vraiment ?

Elle paraissait franchement surprise.

– Tu dis que ça t'a échappé, reprit Andy avec effort. Et c'est vrai. Malgré tout, cette fois, c'est différent. Ça t'a échappé un tout petit peu seulement. C'était dangereux, poussin, mais... tu aurais pu mettre le feu à ses cheveux. Ou à son visage.

A cette pensée, elle eut une grimace horrifiée et détourna la tête. Andy la lui ramena doucement.

– C'est quelque chose d'inconscient, qui frappe toujours quelqu'un que tu n'aimes pas, expliqua-t-il. Mais tu n'as pas vraiment blessé ce type, Charlie. Tu...

Le reste se perdit. La douleur seule demeurait. Est-ce qu'il parlait toujours ? Pendant un instant, il fut incapable de le savoir.

Charlie sentait cette chose, ce Pas Bien, tourner en rond dans sa tête. Ça voulait sortir encore, bouger encore. Ça ressemblait à un petit animal vicieux et plutôt stupide. Il fallait le laisser bondir hors de sa cage pour prendre l'argent des appareils téléphoniques, ou des trucs du même genre... mais ça ne voulait pas s'arrêter là. Ça pouvait faire très mal (*comme pour maman dans la cuisine, ô maman pardon !*) avant qu'on ne l'oblige à rentrer. Pour le moment ce n'était pas important. Pour le moment elle n'y penserait pas, elle ne penserait pas aux (*pansements ma maman a des pansements parce que je lui ai fait mal*) choses dans sa tête. Pour le moment, l'important c'était son père. Il était écroulé sur son siège, le visage marqué par la douleur. Blanc comme un linge. Les yeux injectés de sang.

O papa, j'échangerais bien avec toi si je pouvais ! Tu as quelque chose qui fait mal mais qui ne sort jamais de sa cage. J'ai cette chose énorme qui ne me fait pas mal du tout mais parfois j'ai tellement peur...

– J'ai l'argent, dit-elle. Je ne suis pas entrée dans toutes les cabines parce que le sac commençait à devenir lourd et je ne voulais pas qu'il craque. (Elle lui jeta un regard anxieux.) Où est-ce qu'on peut aller, papa ? Il faut que tu t'allonges.

Andy plongea la main dans le sac et, lentement, transféra l'argent par poignées dans les poches de sa veste de velours. Il se demanda si cette nuit allait jamais finir. Il désirait plus que tout sauter dans un autre taxi, aller en ville et prendre une chambre dans le premier hôtel ou motel en vue... mais il n'était pas tranquille. Les taxis étaient faciles à repérer. Il avait le fort pressentiment que les types de la voiture verte étaient toujours à leurs trousses.

Il tenta de rassembler ses connaissances sur l'aéroport d'Albany. Pour commencer, il desservait toute la région et n'était pas vraiment situé à Albany, mais à Colonie. Territoire des Shakers – son grand-père ne lui avait-il pas dit un jour que c'était le pays des Shakers ? A moins qu'ils ne soient tous morts à présent. Et les grandes routes ? Des autoroutes peut-être ? La réponse vint lentement. Il y en avait une – celle du Sud ou du Nord, pensa-t-il.

Il ouvrit les yeux et regarda Charlie.

– Tu te sens capable de faire un peu de marche ? Deux ou trois kilomètres, peut-être ?

– Oui. (Elle avait dormi et se sentait plutôt fraîche.) Et toi ?

C'était là le problème. Il n'en savait rien.

– Je vais essayer, dit-il. Je crois qu'on devrait marcher jusqu'à la grand-route et arrêter une voiture, poussin.

– Faire du stop ?

Il hocha la tête.

– Retrouver la trace d'un auto-stoppeur, c'est plutôt difficile, Charlie. Si on a de la chance, on se fera prendre par quelqu'un qui sera à Buffalo demain matin. Et si on n'en a pas, on sera toujours sur le bas-côté, le pouce en l'air, quand la voiture verte nous foncera dessus.

– Si tu crois que c'est bien... fit Charlie d'un air dubitatif.

– Viens, aide-moi.

La douleur attaqua lorsqu'il se mit debout. Il tangua, ferma les yeux, puis les rouvrit. Les gens paraissaient irréels. Les couleurs étaient trop éclatantes. Une femme passa devant eux et chaque cliquetis de ses hauts talons sur le sol carrelé de l'aéroport résonnait comme le claquement d'une porte de caveau brusquement refermée.

– Papa, tu es sûr que tu peux ?

Elle avait une toute petite voix effrayée.

Charlie. Seule Charlie semblait normale.

– Je crois, oui, dit-il. Viens.

Ils quittèrent l'aéroport par une sortie différente de celle qu'ils avaient empruntée pour y entrer. Le porteur qui les avait vus descendre du taxi était occupé à décharger des valises du coffre d'une voiture. Il ne remarqua pas leur départ.

– Par où on va, papa ? demanda Charlie.

Il jeta un coup d'œil des deux côtés et aperçut l'autoroute, celle du Nord, qui partait en s'incurvant, à droite et en contrebas du terminal. Le problème était d'y parvenir. Il y avait des voies de circulation partout – dessus, dessous INTERDICTION DE TOURNER À DROITE, STOP, SERREZ À GAUCHE, STATIONNEMENT INTERDIT. Des feux de signalisation brillaient dans l'obscurité du petit matin comme des esprits tourmentés.

– Par là, je crois, dit-il.

Ils longèrent le terminal, suivant la voie de dégagement bordée de panneaux annonçant ARRÊTS AUTORISÉS POUR CHARGEMENT ET DÉCHARGEMENT SEULEMENT. Le trottoir finissait au bout du terminal. Une grosse Mercedes argentée les dépassa, indifférente, et le reflet des lampes à arc sur sa surface polie fit grimacer McGee.

Charlie lui jeta un regard inquisiteur.

Andy hocha la tête.

– Reste le plus possible sur le côté. Tu as froid ?

– Non, papa.

– Dieu merci, c'est une belle nuit ! Ta mère aurait...

Ses mâchoires se refermèrent brutalement.

Ils s'éloignèrent tous deux dans le noir, le grand homme aux larges épaules et la petite fille en pantalon rouge et chemisier vert. Elle lui tenait la main, semblait presque le guider.

8

La voiture verte apparut quelque quinze minutes plus tard et s'arrêta le long de la bordure jaune du trottoir. Deux hommes en sortirent, ceux qui avaient poursuivi Charlie et Andy jusqu'au taxi à Manhattan. Le conducteur resta derrière son volant.

Un flic de l'aéroport approcha d'un pas tranquille.

– Vous ne pouvez pas stationner ici, monsieur, dit-il. Vous trouverez un...

– Si. Je peux, dit le chauffeur.

Il montra une pièce d'identité au flic. Ce dernier la regarda. Il leva les yeux vers l'homme, les rabaissa vers la carte.

– Oh ! dit-il. Je suis désolé, monsieur. Est-ce qu'il s'agit de quelque chose que nous devrions savoir ?

– Rien qui concerne la sécurité de l'aéroport, répondit le chauffeur, mais vous pouvez peut-être nous aider. Avez-vous vu l'une ou l'autre de ces personnes ce soir ? (Il tendit au flic une photo d'Andy, puis une seconde, floue, de Charlie. Ses cheveux étaient plus longs et tressés en nattes. A l'époque, sa mère vivait encore.) La petite fille a environ un an de plus maintenant, reprit le chauffeur. Elle a aussi les cheveux plus courts. A peu près aux épaules.

Le flic examina soigneusement les clichés l'un après l'autre.

– Vous savez, je crois que j'ai effectivement vu la gamine, déclara-t-il. Cheveux blond très clair, hein ? On ne voit pas bien sur la photo.
– Blond très clair, c'est ça.
– L'homme, c'est son père ?
– Si vous ne posez pas de questions, vous n'entendrez pas de mensonges.
Le flic éprouva une brusque aversion pour le jeune homme à l'air narquois assis derrière le volant de la voiture verte banalisée. Il avait eu affaire de façon indirecte au FBI, à la CIA, et à cette organisation qu'on appelait la Boîte. Leurs agents étaient tous semblables, arrogants et condescendants. Ils considéraient ceux qui portaient un uniforme bleu comme des apprentis. Mais quand il y avait eu ce détournement, à l'aéroport, cinq ans auparavant, les apprentis avaient réussi à faire sortir le type de l'avion, malgré les kilos de grenades qu'il trimbalait. Et il était sous la garde de ces « vrais » flics quand il s'était suicidé en s'ouvrant la carotide avec les ongles. Bien vu, les mecs !
– Ecoutez... monsieur. J'ai demandé si c'était son père pour savoir s'ils avaient un air de famille. C'est dur à dire en regardant simplement ces photos.
– Ils se ressemblent un peu. La couleur des cheveux est différente.
Ça, je suis assez grand pour le voir tout seul, espèce de trou-du-cul, pensa le flic.
– Je les ai vus tous les deux, dit-il au chauffeur. C'est un type assez grand, plus costaud qu'il n'y paraît sur la photo. Il avait l'air malade ou un truc comme ça.
– Vraiment ?
Le chauffeur semblait content.
– On a eu une nuit agitée, ici, tout compte fait. Un crétin s'est aussi arrangé pour mettre le feu à ses propres chaussures.
Le chauffeur se redressa brutalement.
– *Quoi ?*
Le flic hocha la tête, satisfait d'avoir percé la carapace d'indifférence du chauffeur. Il aurait été moins content si ce dernier lui avait appris qu'il venait juste de gagner un lot de séances de déprogrammation à la filiale de la Boîte située à Manhattan. Quant à Eddie Delgado, il aurait pro-

bablement cassé la gueule au flic parce que, au lieu de faire la tournée des bars de la Grosse Pomme (ainsi que des instituts de massage et des sex-shops autour de Times Square), il allait passer la presque totalité de son séjour dans un état de remémoration totale induit par la drogue, à décrire encore et encore ce qui s'était passé avant, et juste après que ses chaussures ne se mettent à chauffer.

9

Les deux autres passagers de la conduite intérieure verte interrogeaient le personnel de l'aéroport. L'un d'entre eux mit la main sur le porteur qui avait vu Andy et Charlie entrer dans le terminal.

– Pour sûr que je les ai vus. J'ai pensé que c'était une sacrée honte, un type soûl comme ça qui traînait sa gamine à une heure pareille.

– Ils ont peut-être pris l'avion, suggéra l'un des hommes.

– Peut-être, approuva le porteur. Je me demande ce que fait la mère de l'enfant. Je me demande si elle sait ce qui se passe.

– J'en doute, répondit avec une grande sincérité l'homme qui portait un élégant costume bleu foncé. Vous ne les avez pas vus partir ?

– Non, monsieur. Pour ce que j'en sais, ils sont encore quelque part là-dedans... sauf s'ils ont déjà été appelés à l'embarquement, bien sûr.

10

Les deux hommes firent rapidement le tour du terminal principal et des portes d'embarquement, montrant leur carte discrètement aux agents de la sécurité. Ils se retrouvèrent ensuite devant le guichet d'United Airlines.

– Bredouille, dit le premier.

– Tu crois qu'ils ont pris l'avion ? demanda le second, celui qui portait le costume bleu.

– Je pense que ce fumier n'avait pas plus de cinquante dollars en poche... peut-être même beaucoup moins.
– On ferait mieux de vérifier.
– Ouais. Mais vite.

United Airlines. Allegheny. American. Braniff, la compagnie des banlieusards. Aucun type large d'épaules et paraissant malade n'avait acheté de billet. L'homme chargé des bagages au comptoir d'Albany Airlines croyait néanmoins avoir vu une petite fille en pantalon rouge et chemisier vert. De beaux cheveux blonds, jusqu'aux épaules.

Les deux hommes se retrouvèrent une fois encore près des fauteuils de télévision, où Andy et Charlie avaient été assis peu de temps auparavant.
– Qu'est-ce que tu en dis ? demanda le premier.

L'agent au costume bleu paraissait très excité.
– Je crois qu'on devrait quadriller le coin, dit-il. Je crois qu'ils sont à pied.

Ils se dirigèrent vers la voiture verte, presque au trot.

11

Andy et Charlie avançaient dans l'obscurité le long de la voie d'accès de l'aéroport. De temps en temps, un véhicule les dépassait. Il était presque une heure. Deux kilomètres derrière eux, devant le terminal, les deux agents avaient rejoint leur partenaire. Andy et Charlie marchaient à présent parallèlement à l'autoroute du Nord qui s'étirait sur leur droite au-dessous d'eux, illuminée par l'éclat bref des lampadaires. Il paraissait possible de descendre le long du remblai et d'essayer d'arrêter un automobiliste sur la voie de décélération. Mais si un flic arrivait, ça mettrait définitivement fin à leurs chances de fuite. Andy se demanda combien il leur faudrait encore tenir avant d'atteindre une rampe d'accès. Chaque fois que son pied touchait le sol, il se produisait un bruit mat qui résonnait maladivement sous son crâne.
– Papa ? Ça va toujours ?
– Pour le moment, tout va bien.

Mais c'était loin d'être vrai. Il ne se leurrait pas. Et il n'était pas vraiment sûr de leurrer Charlie.

– C'est encore loin ?

– Tu es fatiguée ?

– Pas encore... mais, papa...

Il s'arrêta et la regarda gravement.

– Qu'est-ce qu'il y a, Charlie ?

– Je sens que les méchants sont là, murmura-t-elle.

– Bon, dit Andy. Alors, on ferait mieux de prendre un raccourci, poussin. Tu peux descendre cette pente sans tomber ?

Elle regarda le talus couvert d'herbe morte.

– Je crois que oui, fit-elle d'un ton dubitatif.

Il enjamba le garde-fou, aida ensuite Charlie à passer par-dessus les rails. Comme cela se produit parfois en cas de douleur ou d'anxiété extrême, son esprit voulut fuir vers le passé, échapper à l'angoisse. Il y avait eu de bonnes années, de bons moments, avant que l'ombre ne recouvre progressivement leurs vies. La sienne et celle de Vicky, d'abord, puis les trois à la fois, effaçant petit à petit leur bonheur, aussi sûrement qu'une éclipse lunaire. Cela avait été...

– Papa ! appela soudain Charlie.

Elle avait perdu pied. L'herbe sèche était glissante, traîtresse. Andy tenta de lui agripper le bras, manqua sa prise et perdit l'équilibre. Le bruit qu'il fit en tombant lui causa tant de souffrance qu'un cri lui échappa. L'instant d'après, ils roulaient tous les deux, dévalant la pente vers l'autoroute où les véhicules filaient bien trop vite pour pouvoir s'arrêter si Charlie ou lui atterrissaient sur la chaussée.

12

L'assistant enroula un morceau de caoutchouc autour du bras d'Andy, juste au-dessus de son coude et dit :

– Serrez le poing, s'il vous plaît.

Andy obéit. La veine saillit complaisamment. Il détourna les yeux, vaguement nauséeux. Deux cents dollars ou pas, il n'avait aucune envie de regarder la mise en place du cathéter.

Vicky Tomlinson était assise sur le lit voisin, vêtue d'un corsage blanc sans manches et d'un pantalon gris tourterelle. Elle lui offrit un sourire crispé. Il pensa de nouveau qu'elle avait de magnifiques cheveux auburn. Ils s'accordaient parfaitement avec ses yeux bleus... Andy sentit la piqûre de l'aiguille. Une onde de chaleur se diffusa dans son bras.

– Voilà, dit l'assistant d'un ton réconfortant.

– Voilà quoi ? fit Andy.

Il n'était pas réconforté du tout.

Ils se trouvaient dans la salle 70 du bâtiment Jason Gearneigh, au premier étage. Une douzaine de lits, provenant de l'infirmerie du collège, avaient été installés dans la pièce, et les volontaires y étaient allongés. La tête appuyée sur des coussins de mousse hypoallergénique, ils gagnaient leur argent. Le Dr Wanless ne procéda à aucune injection lui-même. Il se contentait d'aller et venir entre les deux rangées de couchettes et d'adresser un mot à chaque volontaire avec un petit rictus figé en guise de sourire. *C'est une question de secondes avant qu'on ne se mette à rétrécir,* pensa Andy, morbide.

Wanless avait prononcé un petit discours quand ils s'étaient trouvés tous assemblés. Ce qu'il avait raconté pouvait se résumer à ça : *Chassez toute frayeur. La Science a étendu sur vous son bras protecteur.* Andy avait une foi limitée en cette science, qui avait inventé la bombe H, le napalm, et le fusil laser, en même temps que le vaccin antipolio et le Clearasil.

L'assistant était passé à la seconde phase de l'opération. Il était en train de pincer le tube.

Le goutte-à-goutte était composé d'un mélange d'eau et de dextrose à cinq pour cent, avait dit Wanless – ce qu'il appelait une solution DSE. Sous la pince, une petite tubulure dépassait du tuyau. Si Andy écopait du Lot Six, c'est par là qu'il lui serait administré, à l'aide d'une seringue. S'il était dans le groupe de contrôle, il ne recevrait que du sérum physiologique. Pile ou face.

Il jeta un nouveau coup d'œil en direction de Vicky.

– Comment ça se passe, petite ?

– Bien.

Wanless était là, debout entre eux deux. Il regarda d'abord Vicky, puis Andy.

– Vous ressentez une légère douleur, oui ?

Wanless n'avait pas le moindre accent, pourtant il construisait ses phrases d'une façon qu'Andy associait à un anglais appris en seconde langue.

– Une pression, dit Vicky. Une légère pression.

– Oui ? Ça va passer.

Il adressa à Andy un sourire bienveillant. Dans sa blouse blanche, il paraissait très grand. Ses lunettes semblaient très petites. Grand et petit.

Andy demanda :

– Quand est-ce qu'on commence à rétrécir ?

Wanless souriait toujours.

– Vous avez l'impression que vous allez rétrécir ?

– Rétréciiiiiiiir, fit Andy avec un rire idiot.

Il était en train de lui arriver quelque chose. Par les dieux, il était raide ! Il commençait à planer.

– Tout ira bien, affirma Wanless, et sa bouche se fendit plus largement.

Il s'éloigna. Cavalier, passe ton chemin, pensa Andy avec étonnement. Il regarda encore Vicky. Ses cheveux étaient incroyablement brillants. Pour une raison quelconque, cela le fit penser au fil de cuivre de l'induit d'un moteur... générateur... alternateur... pipelette.

Il rit très fort.

L'assistant hocha légèrement la tête, comme s'il partageait la bonne blague. Il pinça de nouveau le goutte-à-goutte, injecta encore un peu de liquide dans le bras du jeune homme avant de s'éloigner. Andy pouvait regarder le cathéter maintenant. Ça ne l'ennuyait plus. *Je suis un grand pin*, pensa-t-il, *regardez mes belles aiguilles*.

Vicky lui souriait. Dieu, qu'elle était belle ! Il voulut lui dire qu'elle était magnifique, que ses cheveux étaient comme du cuivre en feu.

– Merci, répondit-elle. Quel joli compliment !

Avait-elle vraiment parlé ? Ou bien était-ce son imagination ?

Rassemblant ses derniers lambeaux d'esprit, il déclara :

– L'eau distillée, je crois que c'est fichu pour moi, Vicky.

– Pour moi aussi, fit-elle tranquillement.
– Agréable, n'est-ce pas ?
– Agréable, acquiesça-t-elle rêveusement.

Quelque part, quelqu'un était en train de pleurer. De jacasser de façon hystérique. Le son montait et descendait en courbes intéressantes. Après ce qui lui parut être des éons de contemplation, Andy tourna la tête pour voir ce qui se passait. C'était intéressant. Tout était devenu intéressant. Tout semblait se dérouler au ralenti. En sous-vitesse, comme le critique cinématographique d'avant-garde du campus écrivait toujours dans ses colonnes. *Dans ce film, comme dans d'autres, Antonioni parvient à certains de ses effets les plus spectaculaires grâce à l'utilisation de scènes en sous-vitesse.* Quel mot intéressant, vraiment ingénieux ! Il avait le son d'un serpent glissant hors d'un réfrigérateur : sous-vitesse.

Plusieurs assistants couraient en sous-vitesse vers l'un des lits qu'on avait placé à côté du tableau noir de la salle 70. Le jeune homme qui l'occupait semblait faire quelque chose avec ses yeux. Oui, c'était bien ça, il devait s'occuper de ses yeux parce que ses doigts y étaient accrochés, et on aurait dit qu'il arrachait les globes oculaires de sa tête. Ses mains étaient comme des serres, et le sang giclait de ses orbites. Il giclait en sous-vitesse. Les yeux du garçon sur le lit ressemblaient à présent à des œufs pochés dégonflés, remarqua Andy avec une froideur médicale. Oui, vraiment.

Les blouses blanches s'étaient rassemblées autour du lit. On ne voyait plus le garçon. Juste derrière lui, une carte était suspendue. Elle montrait les différents secteurs du cerveau humain. Andy la regarda pendant un moment avec beaucoup d'intérêt. Trrrès inder-rressant, comme disait Art Johnson dans *Laugh-In*.

Une main sanglante s'éleva au-dessus du fouillis de blouses blanches en un geste de noyé. Les doigts étaient striés d'hémoglobine, des lambeaux de chair y pendaient. La main frappa la carte, laissant une trace rouge en forme de virgule géante. La carte remonta sur son enrouleur avec un claquement sec.

Ensuite, le lit fut soulevé (il était toujours impossible de voir le garçon qui s'était arraché les yeux) et emporté vivement hors de la pièce.

Quelques minutes (heures ? jours ? années ?) plus tard, l'un des assistants s'approcha d'Andy, examina son goutte-à-goutte, injecta encore un peu de Lot Six dans son cerveau.

– Comment vous sentez-vous, mon vieux ? demanda l'assistant qui, bien sûr, n'en était pas un.

Il n'était pas étudiant. Aucun d'entre eux non plus. Pour commencer, ce type avait au moins trente-cinq ans, c'était quand même un peu vieux pour un potache. Ensuite, il travaillait pour la Boîte. Brusquement, Andy le sut. C'était absurde, mais il le savait. Et le type s'appelait...

Andy chercha le nom. Le trouva. Le type s'appelait Ralph Baxter.

Il sourit. Ralph Baxter. Bien vu.

– Plutôt en forme, répondit-il. Comment va l'autre gars ?

– Quel autre gars, Andy ?

– Celui qui s'est arraché les yeux, laissa tomber McGee d'une voix sereine.

Ralph Baxter sourit et tapota le bras d'Andy.

– Ça file des hallu ce truc, hein, vieux ?

– Non, vraiment, insista Vicky. Moi aussi je l'ai vu.

– Vous croyez l'avoir vu, fit l'assistant qui n'en était pas un. Vous avez simplement partagé la même vision. Il y a un type près du tableau qui a eu une réaction musculaire, une sorte de crampe. Pas question d'œil arraché. Ni de sang.

Il voulut s'éloigner.

Andy déclara :

– Mon brave, il est impossible de partager une hallucination sans consultation préalable.

Il se sentait formidablement malin. Sa logique était impeccable, inattaquable. Il tenait Ralph Baxter !

Imperturbable, ce dernier sourit.

– Avec cette drogue, c'est tout à fait possible, dit-il. Je reviens dans un moment, d'accord ?

– D'accord, Ralph, répondit Andy.

L'homme s'arrêta. Revint sur ses pas en sous-vitesse. Il regarda pensivement Andy qui lui renvoya un large sourire, un sourire bête de drogué. Je t'ai eu, Ralph, mon pote. Je t'ai eu jusqu'au trognon.

Tout à coup, une foule d'informations sur Ralph Baxter lui tomba dessus. Des tonnes de choses : il avait trente-cinq ans, travaillait pour la Boîte depuis six ans. Auparavant, il était resté deux ans avec le FBI, il avait...

Il avait tué quatre personnes durant sa carrière, trois hommes et une femme. Il avait violé la femme après l'avoir flinguée. C'était une correspondante de l'Associated Press qui était au courant...

Cette partie-là n'était pas très claire. Ça n'avait pas d'importance. Soudain, Andy n'avait plus envie de savoir. Le sourire s'effaça de ses lèvres et il se sentit envahi par une sombre paranoïa, celle qu'il avait déjà connue au cours de ses deux précédents trips de LSD. Sauf qu'aujourd'hui, c'était plus profond et plus effrayant. Il n'avait pas la moindre idée de la façon dont il pouvait être au courant de la vie de Ralph Baxter – ni même de son nom – mais il craignait, s'il révélait ce qu'il savait, de disparaître de la salle 70 du Jason Gearneigh Hall aussi promptement que le garçon qui s'était arraché les yeux. Peut-être s'agissait-il vraiment d'une hallucination. Ça ne semblait plus très réel à présent.

Ralph l'observait toujours. Peu à peu, un sourire apparut sur son visage.

– Vous voyez ? fit-il doucement. Avec le Lot Six, il se passe tout un tas de choses bizarres.

Il s'éloigna. Andy poussa un soupir de soulagement. Il regarda Vicky, se rendit compte qu'elle le dévisageait, les yeux agrandis de frayeur. *Elle reçoit toutes tes émotions,* pensa-t-il. *Comme une radio. Vas-y doucement. N'oublie pas qu'elle est en plein trip, même si ce produit est une saleté bizarre !*

Il lui sourit. Au bout de quelques minutes, Vicky lui rendit un sourire incertain. Elle lui demanda ce qui n'allait pas. Il répondit qu'il ne savait pas, que tout allait sans doute très bien.

(*Mais ils ne parlaient pas – la bouche de Vicky ne bougeait pas.*)

(*Elle ne bouge pas ?*)

(*Vicky ? C'est toi ?*)

(*Andy, c'est de la télépathie ? Vraiment ?*)

Il n'en savait rien. C'était quelque chose. Il laissa ses paupières se refermer.

Est-ce que ce sont vraiment des assistants ? lui demanda-t-elle, troublée. Ils ont l'air différents. Tu crois que c'est la drogue, Andy ? Je ne sais pas, répondit-il, les yeux toujours fermés. Je ne sais pas qui sont ces types. Qu'est-il arrivé à ce garçon ? Celui qu'ils ont emmené ? Il rouvrit les yeux et regarda Vicky. Elle secouait la tête. Elle ne se souvenait plus. Andy fut surpris, épouvanté, de constater que lui-même s'en souvenait à peine. Cela semblait être arrivé des années auparavant. Il a eu une crampe, ce type, n'est-ce pas ? Une contraction musculaire, c'est tout. Il...

s'est arraché les yeux.

Mais qu'est-ce que ça pouvait bien faire, vraiment ?

Une main s'élevant au-dessus du fouillis de blouses blanches en un geste de noyé.

Mais ça s'est passé il y a si longtemps. Aux alentours du XIIe siècle.

Une main sanglante, frappant la carte. La carte remontant sur son enrouleur avec un claquement sec.

Mieux valait se laisser dériver. Vicky paraissait de nouveau inquiète.

Soudain, les haut-parleurs du plafond se mirent à diffuser de la musique. C'était agréable... bien plus que de penser à des crampes ou à des globes oculaires crevés. C'était une musique douce, et pourtant majestueuse. Bien plus tard, Andy décida (après avoir consulté Vicky) que c'était du Rachmaninov. Longtemps après, quand il entendait cette musique, des souvenirs nébuleux de ces instants infinis, détachés du temps, lui revenaient en mémoire.

Quelle avait été la part de réalité, celle d'hallucination ? En douze années de réflexions intermittentes, Andy McGee n'était pas parvenu à répondre à cette question. A un moment, il avait cru voir des objets voler à travers la pièce, comme si un vent invisible s'était levé : des gobelets en carton, des serviettes, un tensiomètre, une dangereuse grêle de crayons et de stylos. Un peu plus tard (à moins que ce ne fût plus tôt, il n'y avait pas d'ordre chronologique), l'un des sujets de l'expérience avait eu une sorte d'attaque suivie d'un arrêt cardiaque – du moins c'est ce qu'il lui avait semblé. On avait déployé des efforts désespérés pour le ramener à la vie, tout d'abord en utilisant le bouche-à-bouche, suivi d'une injection directe dans le thorax, enfin à l'aide d'une machine qui produisait une plainte aiguë et possédait deux ventouses noires reliées à des fils épais. Andy croyait se souvenir avoir entendu un des « assistants » rugir : « Grille-le ! Grille-le ! Oh, passe-moi ça, espèce de connard ! »

A un autre moment, il avait dormi, somnolant de part et d'autre d'une conscience crépusculaire. Il avait bavardé avec Vicky. Ils s'étaient racontés l'un à l'autre. Il avait mentionné l'accident de voiture qui avait coûté la vie à sa mère, expliqué qu'il avait passé l'année suivante avec sa tante dans un état proche de la dépression nerveuse. Elle lui avait avoué que lorsqu'elle avait sept ans, un adolescent baby-sitter l'avait violentée et qu'elle avait maintenant terriblement peur du sexe, et encore plus peur d'être frigide. C'était ça, plus que toute autre chose, qui l'avait conduite à rompre avec son petit ami. Il ne cessait d'insister.

Ils s'étaient dit des choses qu'un homme et une femme ne se révèlent l'un à l'autre qu'au bout de longues années... des choses qu'un homme et une femme ne se disent parfois jamais, même dans le creux sombre du lit conjugal après des milliers de nuits passées ensemble.

Mais avaient-ils *parlé*?

Andy ne le sut jamais.

Le temps était immobile. Pourtant il était passé.

13

Il sortit de son assoupissement petit à petit. La musique de Rachmaninov avait cessé... si tant est qu'elle eût jamais existé. Vicky dormait paisiblement sur le lit voisin du sien, les mains posées entre ses seins, comme une enfant que le sommeil aurait surprise pendant les prières du soir. Andy la regarda et sut simplement qu'à un point du parcours il était tombé amoureux d'elle. C'était un sentiment profond, complet, au-delà de toute question.

Quelques instants plus tard, il jeta un coup d'œil autour de lui. Plusieurs des couchettes étaient vides. Il restait peut-être cinq sujets dans la pièce. Certains dormaient. L'un d'entre eux était assis sur son lit, et un assistant – un assistant parfaitement normal d'environ vingt-cinq ans – lui posait des questions tout en prenant des notes sur un bloc. Le cobaye dut dire quelque chose de drôle car ils se mirent à rire tous les deux, presque à voix basse, de cette manière prévenante qu'on adopte lorsque d'autres autour sont en train de dormir.

Andy s'assit et fit son propre inventaire. Il se sentait bien. Il tenta un sourire et découvrit que la machine fonctionnait parfaitement. Ses muscles reposaient paisiblement les uns contre les autres. Il se sentait en forme, frais, les cinq sens aiguisés, et curieusement innocent. Il se souvenait d'avoir éprouvé cette sensation étant enfant quand il s'était réveillé un dimanche matin, avec la certitude que son vélo était rangé à sa place dans le garage et que le week-end entier s'étendait devant lui telle une fête foraine de rêve où toutes les attractions étaient gratuites.

L'un des assistants s'approcha de lui.

– Comment vous sentez-vous, Andy ?

McGee le regarda. C'était le type qui lui avait fait l'injection – quand ? Une année auparavant ? Il passa la paume de sa main sur sa joue et entendit le crissement de sa barbe naissante.

– Comme Rip Van Winkle, répondit-il.

L'assistant sourit.

– Ça ne fait pas vingt ans. Seulement quarante-huit heures. Sérieusement, comment vous sentez-vous ?

– Bien.

– Normal ?

– Quelle que soit la signification de ce mot, oui, normal. Où est Ralph ?

– Ralph ?

Le jeune homme leva les sourcils.

– Oui, Ralph Baxter. Trente-cinq ans. Costaud. Cheveux clairs.

– Vous l'avez rêvé, répondit l'assistant, souriant de nouveau.

Andy lui jeta un regard incertain.

– Je l'ai quoi ?

– Rêvé. C'était une hallucination. Le seul Ralph que je

connaisse impliqué dans les expériences sur le Lot Six est un représentant en pharmacie nommé Ralph Steinham. Et il a au moins cinquante-cinq ans.

Andy dévisagea le garçon longuement, sans dire un mot. Ralph, une illusion. Après tout, peut-être. Le personnage comportait tous les éléments d'une hallucination de drogué, effectivement. Andy se rappelait avoir pensé que Ralph était une sorte d'agent secret qui avait éliminé toutes sortes de gens. Il esquissa un sourire. L'assistant le lui rendit – un peu trop vivement, pensa Andy. Ou bien était-ce encore la parano ? Probablement.

Le type qui parlait assis sur son lit quand Andy s'était réveillé sortait de la salle, escorté par un autre assistant. Il buvait du jus d'orange dans un gobelet en carton.

Avec prudence, Andy demanda :

– Personne n'a été blessé, n'est-ce pas ?

– Blessé ?

– Je veux dire... personne n'a eu de convulsions, n'est-ce pas ? Ni...

L'assistant se pencha vers lui, l'air soucieux.

– Dites, Andy, j'espère que vous n'allez pas faire courir ce genre de bruits sur le campus. Ça foutrait en l'air le programme de recherche du Dr Wanless. Le semestre prochain nous avons les Lots Sept et Huit, et...

– Est-ce qu'il s'est passé quelque chose ?

– Un garçon a eu une réaction musculaire, bénigne mais très douloureuse, expliqua l'assistant. Elle est passée en moins d'un quart d'heure, sans aucune séquelle. Mais il y a une atmosphère de chasse aux sorcières par ici en ce moment. On refuse la conscription, la PMS, on boycotte les recruteurs de la Dow Chemical parce qu'elle fabrique le napalm... Les choses prennent des proportions énormes. Il se trouve que j'estime que les recherches que nous effectuons sont particulièrement importantes.

– Qui était-ce ?

– Allons, vous savez bien que je ne peux pas vous le dire. Tout ce que je vous demande, c'est de vous rappeler que vous étiez sous l'influence d'un hallucinogène léger. Ne mélangez pas vos fantasmes induits par la drogue à la réalité, et n'allez pas crier partout que c'est la vérité vraie.

– Est-ce qu'on m'autoriserait à faire ça ? demanda Andy.

L'assistant parut surpris.

– Je ne vois vraiment pas comment on pourrait vous en empêcher. Tout programme expérimental universitaire est à la merci de ses volontaires. Pour deux cents malheureux dollars, on ne s'attend pas vraiment à ce que vous prêtiez serment d'allégeance.

Andy se sentit soulagé. Si ce type mentait, il faisait vraiment du bon boulot. Tout cela n'avait été qu'une série d'hallucinations. Sur le lit voisin, Vicky commençait à bouger.

– Bon, si on reprenait ? demanda l'assistant tout sourire. Je crois que c'est moi qui suis censé poser des questions.

Et il en posa. Quand Andy eut terminé d'y répondre, Vicky était complètement réveillée. Elle paraissait reposée, calme, radieuse. Et elle lui souriait. Les questions étaient précises. Beaucoup d'entre elles correspondaient à ce qu'Andy aurait lui-même demandé.

Alors pourquoi avait-il l'impression qu'elles n'étaient qu'une façade ?

14

Assis sur un divan dans l'un des petits salons du centre, Andy et Vicky comparèrent ce soir-là leurs hallucinations.

Elle n'avait aucun souvenir de ce qui le préoccupait le plus : cette main sanglante s'agitant mollement au-dessus des blouses blanches, frappant la carte avant de disparaître. Andy n'avait aucune mémoire de ce qui était pour elle le fait le plus net : un homme aux longs cheveux blonds avait dressé près de son lit une table pliante qui se trouvait juste à hauteur de ses yeux. Il avait posé une rangée de gros dominos sur le plateau et avait dit : « Fais-les tomber, Vicky. Fais-les tomber. » Elle avait levé les bras pour obéir à sa demande, et l'homme lui avait ramené les mains sur la poitrine, gentiment mais fermement. « Tu n'as pas besoin de tes mains, avait-il dit. Fais-les tomber, simplement. » Alors elle avait regardé les dominos, et ils s'étaient écroulés, les uns après les autres. Une douzaine en tout.

– Ça m'avait épuisée, expliqua-t-elle à Andy avec ce petit sourire en coin qui lui était propre. Je ne sais pas comment, mais je m'étais mis en tête que nous parlions du Viêt-nam. J'ai dit quelque chose comme : « Oui, c'est une preuve, si le Sud-Viêt-nam y passe, tous les autres y passent. » Le type a souri, m'a tapoté la main et a répondu : « Tu devrais dormir un peu, Vicky, tu dois être fatiguée. » Alors j'ai dormi. (Elle secoua la tête.) Mais maintenant, tout ça ne semble plus vrai du tout. J'ai dû l'imaginer ou alors bâtir une hallucination à partir d'un test parfaitement normal. Tu ne te rappelles pas l'avoir vu, non ? Un grand type avec des cheveux blonds jusqu'aux épaules et une petite cicatrice sur le menton ?

Andy fit non de la tête.

– Je ne comprends toujours pas comment on pourrait partager une vision *identique*, enchaîna-t-il, à moins qu'ils n'aient découvert une drogue qui soit à la fois hallucinogène et télépathique. Je sais qu'on en a parlé ces dernières années... Le principe, c'est que si les hallucinogènes aiguisent la perception... (Il haussa les épaules, puis sourit.) Carlos Castaneda, pourquoi n'es-tu pas là quand on a besoin de toi ?

– Tu ne crois pas plutôt que nous avons simplement parlé d'une vision identique et qu'ensuite nous avons oublié cette discussion ? demanda Vicky.

Il reconnut que c'était une forte probabilité, mais il n'en continuait pas moins à trouver toute cette expérience très troublante. Il gardait l'impression de s'être fait arnaquer quelque part.

Prenant son courage à deux mains, il se lança :

– La seule chose dont je suis vraiment sûr, c'est que je suis en train de tomber amoureux de toi, Vicky.

Elle eut un sourire crispé et déposa un baiser au coin de ses lèvres.

– C'est gentil, Andy, mais...

– Mais tu as un peu la frousse. De moi. Des hommes en général, peut-être.

– Peut-être.

– Tout ce que je te demande, c'est de me donner ma chance.

– Tu l'auras, je te le promets. Tu me plais, Andy. Beaucoup. Seulement, n'oublie pas que j'ai peur. Quelquefois j'ai simplement... très peur.

Elle voulut hausser les épaules d'un air désinvolte, mais le mouvement se transforma en frisson.

– Je n'oublierai pas, dit-il.

Il la prit dans ses bras et l'embrassa. Il y eut un moment d'hésitation, puis elle lui rendit son baiser, serrant fortement les mains d'Andy dans les siennes.

15

– Papa ! hurla Charlie.

Le monde tournait follement devant les yeux d'Andy. Les lampadaires bordant la grand-route scintillaient en bas et le sol semblait s'étendre au-dessus de lui. Assis sur son derrière, il dégringolait la seconde moitié du remblai comme un môme sur une luge. Charlie roulait devant lui toujours plus bas.

Oh non ! elle va débouler en plein sur la chaussée...

– Charlie ! (Il poussa un cri rauque, douloureux pour sa gorge, pour son crâne.) Attention !

Elle avait touché terre. Accroupie sur la voie de décélération, baignée par la lumière crue des phares d'un véhicule qui passait, elle sanglotait. Quelques instants plus tard, il fut près d'elle. *Whap !* fit-il en tombant, et le son fusa le long de sa colonne vertébrale jusqu'au sommet de sa tête. Sa vision se dédoubla, devint triple. Graduellement, le paysage reprit sa forme normale.

Charlie était assise, les jambes repliées, le visage enfoui au creux de ses bras.

Il l'appela, lui toucha l'épaule.

– Tout va bien, maintenant, ma chérie.

– J'aurais voulu tomber devant les voitures ! s'écria-t-elle. (Sa voix vibrait d'un tel mépris pour elle-même qu'Andy eut le cœur serré.) C'est ce que je mérite pour avoir mis le feu à cet homme !

– Chhut ! dit-il. Ne pense plus à ça, Charlie.

Il la tint contre lui. Des automobiles passaient. L'une d'entre elles pouvait être conduite par un flic. Fin de l'aventure. A ce stade, il en aurait presque été soulagé.

Ses sanglots s'estompèrent petit à petit. Il comprit qu'une partie de ses larmes était le résultat de la fatigue. Ce même épuisement qui augmentait sa migraine au delà du seuil tolérable de la douleur et ramenait ce flux de souvenirs intempestifs. Si seulement ils trouvaient un coin où s'allonger...

– Tu peux te lever, Charlie ?

Elle se remit debout lentement, essuyant les dernières traces de larmes sur ses joues. Son visage dans l'obscurité était une petite lune pâle. Il la regarda, et une brusque bouffée de culpabilité l'envahit. Elle aurait dû être douillettement couchée dans un lit quelque part, au cœur d'une maison dont l'hypothèque serait déjà presque remboursée. Elle aurait dû avoir son ours en peluche dans les bras, et la certitude d'aller à l'école le lendemain matin, livrer bataille pour Dieu, son pays et la classe supérieure. Au lieu de quoi, elle était debout sur un accotement d'autoroute quelque part dans l'Etat de New York. A une heure et quart du matin, elle fuyait ses ennemis et se rongeait de culpabilité parce qu'elle avait hérité quelque chose de ses parents – quelque chose dont elle n'était pas plus responsable que de ses yeux bleus. Comment expliquer à une petite fille de sept ans que papa et maman avaient un jour eu besoin de deux cents dollars, que des gens leur avaient dit qu'il n'y avait rien à craindre, mais que ces gens avaient menti ?

– On va faire du stop, déclara Andy sans savoir s'il avait glissé un bras autour de ses épaules pour la réconforter ou pour se tenir debout. On va trouver un hôtel ou un motel, et on dormira. Ensuite on réfléchira à ce qu'on peut faire. Ça te va ?

Charlie hocha la tête d'un air apathique.

– Bon, fit-il.

Et il leva le pouce. Les voitures fonçaient, indifférentes. A moins de trois kilomètres, la conduite intérieure verte s'était remise en route. Andy n'en savait rien. Son esprit harassé était retourné à cette nuit avec Vicky, au centre. Elle habitait dans l'un des foyers d'étudiants, et il l'avait quittée devant la grande porte à double battant, non sans goûter une dernière fois à ses lèvres. Elle était encore vierge et avait hésité à lui glisser les bras autour du cou. Ils étaient jeunes, alors. Mon Dieu, tellement jeunes !

Les voitures fonçaient, les cheveux de Charlie se soulevaient et retombaient à chaque déplacement d'air. Il se souvenait de la fin de cette nuit, douze ans plus tôt.

16

Après avoir raccompagné Vicky, Andy traversa le campus en direction de l'autoroute où il ferait du stop jusqu'à la ville. Bien qu'il ne le sentît que faiblement sur son visage, le vent de mai ébouriffait avec violence les ormes bordant l'allée, comme si une rivière invisible, dont il ne pouvait détecter que de lointains clapotis, s'écoulait au-dessus de sa tête.

La masse sombre du bâtiment Jason Gearneigh se dressa devant lui. Il s'arrêta. Les arbres prolongés d'un feuillage nouveau avaient entamé une danse sinueuse au gré de l'invisible courant. Un peu de cet air frais se coula le long de la colonne vertébrale d'Andy, s'arrêtant à hauteur de l'estomac. Il eut froid. Malgré la tiédeur du soir, il frissonna. La lune, comme un gros dollar d'argent, flottait entre les bancs de nuages qui se rassemblaient. Son reflet éclairait les fenêtres du bâtiment, les faisant briller comme autant d'yeux vides et inquiétants.

Quelque chose s'est produit là-dedans, pensa-t-il, *quelque chose d'autre que ce qui nous avait été annoncé. Quoi ?*

En esprit, il revit cette main sanglante, cette main de noyé frapper la carte, laissant une trace rouge en forme de virgule... il vit la carte s'enrouler avec un claquement sec.

Andy se dirigea vers l'immeuble. Tu es dingue. On ne va pas te laisser entrer dans une salle de conférences à dix heures du soir. Et...

Et puis j'ai peur.

Oui. C'était ça. Trop de souvenirs vagues et angoissants. Trop facile de se convaincre que tout cela n'était qu'illusion. Vicky avait déjà presque réussi. Un cobaye qui s'arrache les yeux. Une autre qui hurle qu'elle voudrait être morte, que la mort serait préférable à ce qu'elle endurait même s'il fallait aller en enfer et y brûler pour l'éternité. Un autre encore frappé d'arrêt cardiaque et évacué de la salle avec un professionnalisme terrifiant. Parce que, Andy, mon vieux pote, regarde les choses en face, ce n'est pas cette histoire de télépathie qui t'effraie. Ce qui te fait peur, c'est l'idée qu'un de ces événements se soit réellement produit.

Ses talons claquèrent sur le sol tandis qu'il montait les marches jusqu'à la lourde porte. Il la poussa. Fermée. A travers la vitre, il pouvait voir le hall désert. Andy frappa. Quand il vit quelqu'un sortir de l'ombre, il faillit s'enfuir. Parce que le visage qu'il allait apercevoir ne pouvait être que celui de Ralph Baxter, ou d'un homme grand aux cheveux blonds, longs jusqu'aux épaules, le menton marqué d'une cicatrice.

Ce ne fut ni l'un ni l'autre. L'homme qui s'approcha de la porte d'entrée, la déverrouilla et passa sa tête entre les battants, arborait un visage maussade. Il avait l'allure typique du gardien de collège : la soixantaine, le front et les joues ridés, des yeux bleus attentifs qu'un trop grand amour de la bouteille avait rendus chassieux. Une petite pendule était accrochée à sa ceinture.

– C'est fermé ! dit-il.

– Je sais, répondit Andy, mais j'ai participé à l'expérience qui s'est terminée ce matin, salle 70...

– Ça change rien ! Le bâtiment ferme à neuf heures les soirs de semaine. Revenez demain !

– ... et je crois que j'ai oublié ma montre là-haut, reprit Andy. (Il ne possédait pas de montre.) Allez, laissez-moi entrer. Le temps de voir si elle est bien là.

– Je ne peux pas faire ça, répondit le gardien, d'un ton brusquement beaucoup moins assuré.

Sans réfléchir, Andy affirma à voix basse :

– Bien sûr que si, vous pouvez ! Je vais juste jeter un coup d'œil, et puis je disparaîtrai. Vous ne vous souviendrez même plus de m'avoir vu, d'accord ?

Une sensation soudaine et étrange dans son crâne : c'était comme s'il avait *poussé* le vieux gardien, non pas avec ses mains, mais avec sa tête. Effectivement, l'homme recula de deux ou trois pas et lâcha la porte.

Andy entra, un peu inquiet. Une douleur aiguë éclata dans son cerveau, diminua rapidement, se transforma en une lente pulsation qui devait disparaître une demi-heure plus tard.

– Dites, vous vous sentez bien ? demanda-t-il au gardien.

– Hein ? Oui, très bien. (La méfiance du vieil homme semblait s'être envolée. Il adressa à Andy un sourire franchement amical.) Montez donc chercher votre montre. Prenez votre temps. Si ça se trouve, je me souviendrai même pas de vous avoir vu.

Et il s'éloigna.

Andy le regarda d'un air incrédule puis se frotta le front, comme pour apaiser sa légère migraine. Qu'avait-ii bien pu faire à ce vieux bonhomme ? *Quelque chose*, en tout cas.

Il se dirigea vers l'escalier et monta. Au-dessus de lui, l'étroit palier était plongé dans l'obscurité. Une sensation claustrophobique, agaçante, le pénétra, bloquant sa respiration comme un invisible collier de chien. En haut, le bâtiment semblait immergé dans la rivière de vent et l'air s'engouffrait sous les avancées du toit avec un faible bruissement. La salle 70 était fermée par une porte à double battant dont les moitiés supérieures étaient composées de deux panneaux de verre cathédrale. Andy resta devant un instant, écoutant le vent jouer dans les vieilles gouttières et les tuyaux de décharge, soulevant la rouille ancienne. Son cœur battait lourdement dans sa poitrine.

A cette seconde, il faillit partir. Soudain, il lui parut plus simple de ne pas savoir, d'oublier. Puis il approcha la main et toucha l'un des boutons de la porte, tout en se disant qu'il n'y avait rien à craindre puisque cette foutue salle serait fermée à clé. Et tant mieux.

Elle ne l'était pas. La poignée tourna librement. La porte s'ouvrit.

La salle était vide, éclairée seulement par les rais de lune perçant à travers les branches agitées des ormes. Il y avait assez de lumière pour voir que les lits avaient été enlevés, le tableau effacé et lavé. La carte était enroulée comme un store. L'anneau seul dépassait et se balançait. Andy s'avança. Quelques secondes plus tard, il tendit une main tremblante et tira sur la cordelette.

Les différents secteurs du cerveau. L'esprit humain mis en coupe et étiqueté comme un schéma de boucher. Cette vision suffit à lui faire éprouver de nouveau les sensations de son trip, comme un flash d'acide. Rien d'agréable dans cette réminiscence. C'était écœurant. Un gémissement fragile comme le fil d'argent d'une toile d'araignée s'échappa de ses lèvres.

La tache de sang était là, noire virgule dans la lumière incertaine de la lune. Avant l'expérience du week-end, on devait lire CORPUS CALLOSUM. A présent, la légende barrée ne laissait voir que COR OSUM. Une virgule.

Un détail tellement insignifiant.

Un détail tellement important.

Il resta là, dans le noir, à la regarder. Il commençait réellement à trembler. Est-ce que cela voulait dire que tout était vrai ? Une partie seulement ? La plupart des événements ? Aucun d'entre eux ?

Derrière lui, il entendit, ou crut entendre un bruit, le craquement furtif d'une chaussure.

Ses mains furent agitées d'une brusque secousse et l'une d'entre elles frappa la carte avec ce même bruit mat, horrible. Le rectangle remonta sur son enrouleur, le claquement parut terrifiant dans le silence de la pièce.

Quelque chose cogna contre la fenêtre givrée de lune, là-bas. Une branche ou peut-être des doigts morts maculés d'hémoglobine et de lambeaux de chair : *Laissez-moi entrer mes yeux sont restés à l'intérieur, oh ! laissez-moi entrer...*

Il se retourna comme dans un rêve au ralenti, un rêve en *sous-vitesse*, horriblement sûr de voir ce garçon, un esprit en robe blanche, deux trous noirs béants à la place des yeux. Son cœur battait dans sa gorge telle une créature vivante.

Personne derrière lui.

Aucune *chose* derrière lui.

Mais ses nerfs avaient lâché. Quand la branche recommença à cogner implacablement, il s'enfuit, sans prendre la peine de refermer la porte de la salle de classe. Il courut le long de l'étroit couloir. Brusquement, il y eut réellement des pas derrière lui, écho de ses propres pieds qui fuyaient. Il dégringola l'escalier et arriva dans le hall, le souffle court. Le sang battait à ses tempes. L'air, en passant dans sa gorge, piquait comme du foin coupé.

Il ne vit le gardien nulle part. Il sortit, tira le lourd battant et descendit furtivement les marches du perron en direction de l'allée, comme le fugitif qu'il allait bientôt devenir.

17

Cinq jours plus tard, Andy traîna Vicky Tomlinson contre son gré jusqu'au bâtiment Jason Gearneigh. Elle avait déjà décidé qu'elle ne voulait plus repenser à l'expérience. Elle était allée retirer son chèque de deux cents dollars au département de psychologie, l'avait encaissé et souhaitait oublier d'où il venait.

Il la persuada de l'accompagner avec une éloquence qu'il ignorait posséder. Ils s'y rendirent au changement de classe de deux heures cinquante. Les cloches de la chapelle de Harrisson sonnèrent un carillon qui résonna dans l'air un peu lourd de ce mois de mai.

– Rien ne peut nous arriver en plein jour, dit-il, refusant non sans malaise de formuler, même dans son esprit, ce qu'il pouvait avoir à craindre. Pas avec des dizaines de gens autour de nous.

– Je ne veux pas y aller, Andy, avait-elle affirmé. Mais elle l'avait suivi.

Deux ou trois personnes quittaient la salle de classe, leurs bouquins sous le bras. Le soleil colorait les fenêtres d'une teinte bien plus prosaïque que celle, lune-poussière de diamant, dont Andy avait gardé le souvenir. En même temps qu'eux, quelques autres étudiants entrèrent dans la salle pour le cours de biologie de trois heures. Un type commença à parler à ses deux compagnons d'une voix basse et vibrante de la manif contre la PMS qui devait avoir lieu à la fin de la semaine. Personne ne fit attention à Andy et à Vicky.

– Bien, dit Andy d'un ton qui trahissait sa nervosité. On va voir ce que tu en dis.

Il tira sur l'anneau qui pendait, et la carte se déroula. Ils avaient devant eux un homme nu dont la peau était écorchée et les organes étiquetés. Ses muscles ressemblaient à des écheveaux de laine rouge. Un petit malin l'avait surnommé Oscar l'Avatar.

– Mon Dieu ! dit Andy.

Vicky lui agrippa le bras; sa main était moite de transpiration.

– Andy, partons je t'en supplie ! Avant que quelqu'un ne nous reconnaisse.

Oui, il était prêt à partir. Le fait qu'on ait changé la carte l'effrayait encore plus que tout. Il tira d'un coup sur l'anneau et le lâcha. Il y eut un claquement sec quand elle remonta.

Une carte différente. Un bruit identique. Douze ans plus tard, il entendait encore ce bruit – quand sa tête douloureuse le lui permettait. Il n'avait plus jamais remis les pieds dans la salle 70 du bâtiment Jason Gearneigh, mais le son lui était devenu familier.

Il l'entendait fréquemment dans ses rêves. Il revoyait cette main sanglante, cette main de noyé.

18

La voiture verte roulait, silencieuse, sur la voie d'accès de l'aéroport, en direction de l'embranchement de l'autoroute du Nord. Norville Bates était assis derrière le volant, les mains fermement posées à dix heures dix. La FM diffusait en sourdine de la musique classique. Ses cheveux étaient courts à présent et peignés en arrière, mais la petite cicatrice semi-circulaire – qu'il s'était faite avec un morceau de bouteille de Coke brisée quand il était gamin – se trouvait toujours à la même place, sur son menton. Vicky, si elle avait été vivante, l'aurait reconnu sans peine.

– Une de nos unités est en route, dit l'homme au costume bleu. (Il s'appelait John Mayo.) Le type qui la dirige est un de nos correspondants. Il travaille aussi pour la DIA.

– Une vraie pute, quoi ! lâcha le troisième homme. (Tous se mirent à rire, d'un rire nerveux et tendu. Ils savaient qu'ils approchaient du but. Ils pouvaient presque flairer l'odeur du sang. Le troisième homme se nommait

Orville Jamieson, mais il préférait se faire appeler O.J., ou mieux encore, le Jus. Il signait tous ses rapports au bureau des initiales O.J. Il en avait rendu un signé le Jus, et ce salaud de Cap lui avait filé un blâme. Pas seulement oral. Un blâme écrit qui était classé dans son dossier.) Tu crois que c'est l'autoroute du Nord, hein ? demanda-t-il.

Norville Bates haussa les épaules.

– Ou c'est celle-là, ou alors ils ont filé sur Albany, dit-il. J'ai confié les hôtels au bouseux du coin, parce que, après tout, c'est son patelin. D'accord ?

– D'accord, renchérit John Mayo.

Norville et lui s'entendaient bien. Ça remontait à un bout de temps. A la salle 70 du bâtiment Jason Gearneigh très exactement, et *ça*, mon vieux, on peut dire que ça n'avait pas été de la tarte ! Pour rien au monde John n'aurait voulu recommencer un truc pareil. C'est lui qui s'était occupé du môme frappé d'arrêt cardiaque. Il avait fait partie du corps médical au début du Viêt-nam, et il savait se servir d'un défibrillateur, en théorie du moins. En pratique, ça s'était plutôt mal passé et le gosse leur avait claqué dans les pattes. Ce jour-là, douze étudiants avaient reçu une dose de Lot Six. Deux d'entre eux étaient morts – celui qui avait eu l'arrêt cardiaque et une fille, six jours après l'expérience, dans son dortoir, apparemment d'une embolie cérébrale. Deux autres avaient sombré dans la folie la plus totale – le garçon qui s'était mutilé en s'arrachant les yeux ainsi qu'une fille atteinte ultérieurement de paralysie totale. Wanless disait qu'il s'agissait d'une réaction psychologique, mais qu'est-ce qu'on pouvait en savoir ? Ç'avait été une belle journée de boulot, dans l'ensemble.

– Le bouseux du coin emmène sa femme dans sa tournée, continua Norville. Elle cherche sa petite-fille. Son fils s'est enfui avec la gamine. Une sale histoire de divorce. Elle ne veut pas avertir la police à moins d'y être vraiment forcée, mais elle a peur que son fils ne soit en train de devenir dingue. Si elle est convaincante, il n'y a pas un réceptionniste en ville qui hésitera à cracher le morceau, au cas où nos deux loustics auraient pris une chambre.

– Si elle est convaincante, enchaîna O.J. Avec ces amateurs, on peut jamais savoir.

John demanda :

– On prend l'embranchement le plus proche, hein ?

– C'est ça, lâcha Norville. Encore trois ou quatre minutes.

– Est-ce qu'ils ont eu le temps d'aller jusque-là ?

– Oui, s'ils se sont magné le train. On les trouvera peut-être en train de faire du stop sur la bretelle. Ou sur la voie de décélération, s'ils ont pris un raccourci. De toute façon, on n'a qu'à rouler jusqu'à ce qu'on tombe sur eux.

– Où tu vas mon vieux ? Allez, monte, dit le Jus.

Il rit. Sous son bras gauche, dans un holster, il y avait un Magnum 357. Il l'appelait le Pompeur.

– S'ils ont été pris en stop, on l'a dans le cul, Norv, considéra John.

Norville haussa les épaules.

– C'est un risque à courir. Il est une heure et quart du matin. Avec le rationnement, la circulation est plus réduite que jamais. Que va penser Pleindefric en voyant ce grand type et une gamine faire du stop ?

– Il va penser que c'est pas net, affirma John.

– Ça, c'est bonnard.

Le Jus rit de nouveau. Droit devant, le feu de signalisation qui indiquait la bretelle de l'autoroute scintillait dans l'obscurité. O.J. posa sa main sur la crosse en noyer du Pompeur. Au cas où.

19

Le van les dépassa, déplaçant une masse d'air froid... puis ses feux arrière brillèrent d'un éclat vif et il se rabattit sur la voie de décélération environ cinquante mètres plus loin.

– Dieu merci ! souffla Andy. Tu me laisses parler, Charlie.

– D'accord, papa.

Elle semblait apathique. Les cercles sombres sous ses yeux étaient revenus. Le van recula tandis qu'ils se dirigeaient vers lui. Andy sentait sa tête gonfler lentement comme un ballon de plomb.

Sur le flanc du véhicule, on avait peint une représentation des *Mille et Une Nuits* : califes, jeunes filles au visage dissimulé sous un masque de tulle, ainsi que l'inévitable tapis volant. Ce dernier était indubitablement rouge, mais à la lueur des lampes à sodium il prenait la teinte brune du sang séché.

Andy ouvrit la portière côté passager et aida Charlie à monter. Il la suivit.

– Merci, monsieur, dit-il. Vous nous avez sauvé la vie.

– Le plaisir est pour moi, répondit le conducteur. Salut, petite étrangère.

– Salut, fit Charlie d'une voix ténue.

Le chauffeur jeta un coup d'œil dans le rétroviseur extérieur, suivit la voie de décélération en prenant de la vitesse, puis réintégra la voie de droite. Andy dévisagea le jeune homme par-dessus la tête penchée de Charlie. Il ressentit une légère culpabilité: c'était exactement le genre de type qu'il ne prenait jamais quand il en rencontrait, pouce levé sur la route. Mince, mais costaud, le garçon portait une longue barbe noire tombant en boucles sur sa poitrine et un grand chapeau de feutre qui semblait un accessoire tout droit sorti d'un film illustrant les rivalités des péquenots du Kentucky. Une cigarette, probablement roulée à la main, fumait, plantée au coin de sa bouche. D'après l'odeur, il ne s'agissait pas de cannabis. Du tabac véritable.

– Où tu vas, mon vieux ? demanda le conducteur.

– Deux villes plus loin, répondit Andy.

– Hastings Glen ?

– C'est ça.

Le jeune homme hocha la tête.

– En fuite, j'imagine.

Charlie se raidit; Andy lui posa une main apaisante sur le dos. Il la massa doucement jusqu'à ce qu'elle se détende. Il n'avait détecté aucune menace dans la voix du garçon.

– Un huissier m'attendait à l'aéroport, dit-il.

Le type sourit – sous sa barbe épaisse, cela se voyait à peine –, retira la cigarette de sa bouche et l'offrit délicatement au vent qui sifflait de l'autre côté de la vitre à demi ouverte. Elle fut emportée.

– A mon avis, ça doit avoir un rapport avec la petite étrangère.

– Vous brûlez, répondit Andy.

Le conducteur se tut. Andy se renfonça dans son siège et affronta sa migraine. Elle semblait s'être stabilisée au point culminant. Avait-il déjà eu aussi mal ? Impossible à dire. Chaque fois qu'il allait trop loin, ça paraissait ne jamais pouvoir être pire. Il lui faudrait un mois avant d'oser réutiliser la poussée. Il savait que deux villes plus loin, ce n'était pas assez, mais il ne pouvait rien assumer de plus ce soir. Il arrivait au bout du rouleau. Hastings Glen ferait l'affaire.

– Pour qui t'es, mec ? demanda le conducteur.

– Hein ?

– La finale. Les San Diego Padres en coupe du monde – qu'est-ce que t'en dis ?

– Super ! approuva Andy.

Sa voix venait de loin comme une cloche sonnant sous la mer.

– Hé, ça va pas ? T'es tout pâle.

– Mal au crâne, répondit Andy. Migraine.

– Trop de tension. Je comprends ça. T'as besoin de liquide ? Je peux te filer cinq dollars. J'aimerais te donner plus, mais je vais en Californie et je dois faire gaffe. Comme les Joad dans *Les Raisins de la colère*.

Andy eut un sourire de gratitude.

– Je crois qu'on a ce qu'il faut.

– Parfait. (Il regarda Charlie qui s'était endormie.) Jolie fillette. Tu veilles sur elle ?

– De mon mieux, répondit Andy.

– Très bien, dit le chauffeur. C'est comme ça que ça doit être.

20

Hastings Glen n'était guère plus grand qu'un soudain élargissement de la route. A cette heure-ci, tous les feux de signalisation de la ville étaient bloqués à l'orange clignotant. Le chauffeur barbu au chapeau de montagnard enfila la bretelle de sortie, les conduisit à travers la ville endormie jusqu'au Slumberland Motel, sur la route 40, une bâtisse en séquoia présentant sur le derrière les restes squelettiques d'un champ de maïs moissonné et, sur le devant, une enseigne de néon rose-rouge qui bredouillait CHA BRES LIB ES dans l'obscurité. Charlie, sombrant dans un sommeil de plus en plus profond, avait glissé vers la gauche, jusqu'à ce que sa tête repose sur le jean enserrant la cuisse du conducteur. Andy suggéra de la déplacer, mais le jeune homme secoua la tête.

– Elle est bien, vieux. Laisse-la dormir.

– Ça vous ennuierait de nous déposer un peu après le motel ? demanda Andy.

Il avait du mal à penser, mais ce genre de précaution lui était instinctif.

– Tu veux pas que le réceptionniste sache que tu n'as pas de voiture ? (Le conducteur sourit.) Dans ce genre d'endroits, tu pourrais arriver en monocycle qu'on ne lèverait pas le sourcil. (Les pneus du van écrasèrent le gravier du bas-côté.) T'es sûr que tu veux pas cinq dollars ?

– Peut-être que si, dit Andy à contrecœur. Voulez-vous me laisser votre adresse ? Je vous les renverrai.

Le sourire du jeune homme réapparut derrière sa barbe.

– Mon adresse, c'est « en transit », déclara-t-il en sortant son portefeuille. Mais tu reverras peut-être ma face réjouie un de ces jours, qui sait ? En attendant, prends ce bon vieux Lincoln. (Il lui tendit le billet. Andy était en train de pleurer. Pas beaucoup. Juste un peu.) Non, mon vieux, commença le conducteur avec gentillesse. (Il effleura la nuque d'Andy.) La vie est courte et la douleur est longue et on est tous sur cette terre pour s'entraider. Tu viens d'entendre un résumé de la philosophie de Jim Paulson. Prends bien soin de la petite étrangère.

– Bien sûr, fit Andy en s'essuyant les yeux. (Il rangea le billet dans la poche de sa veste de velours.) Charlie ? Poussin ? Encore un tout petit effort.

21

Trois minutes plus tard, Charlie somnolait, appuyée contre son père. Planté sur le bas-côté, il regardait Jim Paulson remonter jusqu'à un restaurant fermé, faire demi-tour et repasser devant eux en direction de l'autoroute. Andy lui adressa un signe de la main. Paulson le lui rendit.

J'espère que la Californie te sera douce, mon vieux, pensa Andy. Il se dirigea avec Charlie vers le Slumberland Motel.

– Je veux que tu m'attendes dehors sans te faire voir, d'accord ?

– D'accord, papa, souffla-t-elle d'une voix voilée de sommeil.

Il la laissa près d'un buisson, marcha jusqu'à l'entrée et appuya sur la sonnette de nuit. Au bout de deux minutes, un homme d'âge moyen vêtu d'une robe de chambre fit son apparition, tout en essuyant ses lunettes. Il ouvrit la porte sans un mot. Andy entra.

– Est-ce que je pourrais avoir la chambre tout au bout de l'aile gauche ? demanda Andy. Je suis garé là.

– A cette saison, vous pourriez avoir *toute* l'aile gauche, si vous le vouliez, répondit le réceptionniste avec un sourire qui découvrit un dentier jaunâtre.

Il tendit à Andy une fiche imprimée et un stylo publicitaire. Une voiture passa au-dehors; phares silencieux, lumière croissante et décroissante.

Andy signa Bruce Rozelle. Bruce conduisait une Vega de 1978, immatriculée à New York, n° LMS 240. Il contempla un moment l'espace blanc laissé devant la mention ORGANISME/COMPAGNIE, et, en une brusque inspiration, inscrivit Compagnie américaine des distributeurs automatiques. A la rubrique MODE DE PAIEMENT, il écrivit *liquide*.

Une autre voiture passa dehors.

L'homme apposa son paraphe au bas de la carte et la rangea.

– Ça fait dix-sept dollars et cinquante cents.

– Ça vous ennuie si je vous donne de la monnaie ? demanda Andy. Je n'ai pas eu le temps de changer tout ça et je traîne dix kilos de pièces. Je déteste ces tournées de ramassage.

– Ça se dépense aussi bien. Vous pouvez y aller.

– Merci.

Andy plongea la main dans la poche de sa veste, écarta le billet de cinq dollars et ramena une poignée de pièces de cinq, dix et vingt-cinq cents. Il compta quatorze dollars, sortit encore un peu de monnaie et fit l'appoint. Le réceptionniste avait séparé les pièces en piles bien nettes. Il les fit glisser dans les compartiments correspondants du tiroir-caisse.

– Vous savez, dit-il, fermant le tiroir et regardant Andy d'un air plein d'espoir, je ferais sauter cinq dollars de votre note si vous pouviez arranger ma machine à cigarettes.

Andy s'avança jusqu'à la machine placée dans un coin de l'entrée, fit semblant de la regarder, puis revint vers le comptoir.

– Ça n'est pas notre marque, dit-il.

– Oh, merde ! Tant pis. Bonne nuit, mon vieux. Vous trouverez une couverture supplémentaire sur l'étagère du placard, si vous en avez besoin.

– Parfait.

Il sortit. Le gravier crissa sous ses pieds, comme des céréales de pierre. Dans ses oreilles, le bruit s'amplifiait douloureusement. Il marcha jusqu'au buisson où il avait laissé Charlie. Elle n'était plus là.

– Charlie ?

Pas de réponse. Il fit passer la clé de la chambre, attachée à une longue étiquette de plastique vert, d'une main à l'autre. Ses paumes étaient soudain moites.

Toujours pas de réponse. Il réfléchit. Il lui semblait à présent que le véhicule qui était passé pendant qu'il remplissait la fiche avait ralenti. Peut-être était-ce une voiture verte.

Son cœur se mit à battre plus vite, envoyant des ondes de souffrance jusqu'à son crâne. Il essaya de penser à ce qu'il devrait faire si Charlie était partie, mais c'était impossible. Il avait trop mal. Il...

Du fond des buissons provenait un son grave, comme un reniflement ou un ronflement. Un son qu'il connaissait parfaitement bien. Il bondit vers le bruit, faisant jaillir le gravier sous ses pieds. Les branches dures des épineux lui éraflèrent les jambes, griffèrent les pans de sa veste.

Charlie était couchée sur le côté, au bord de la pelouse du motel, les genoux ramenés presque sous le menton, les mains entre ses jambes. Profondément endormie. Andy resta un instant sans bouger, les yeux fermés, puis la réveilla pour ce qu'il espérait être la dernière fois de la nuit. De cette longue nuit.

Elle battit des paupières. L'instant d'après, elle avait ouvert les yeux et le regardait.

– Papa ? demanda-t-elle, d'une voix encore voilée par les rêves. J'ai essayé de ne pas me faire voir, comme tu l'avais dit.

– Je sais, ma chérie. Je sais. Viens. On va se coucher.

22

Vingt minutes plus tard, ils étaient tous deux dans le lit double de la chambre 16. Charlie dormait déjà, et sa respiration était régulière. Andy s'enfonçait lentement dans le sommeil. Les battements sourds dans sa tête l'empêchaient d'y sombrer totalement. Les questions aussi.

Ils étaient en cavale depuis près d'un an. C'était presque impossible à croire. Peut-être parce que leur vie ne ressemblait pas vraiment à une fuite, pas quand ils étaient à Port City, en Pennsylvanie, où il avait monté la petite entreprise Régime miracle. Charlie allait à l'école, à Port City. Comment peut-on être en cavale quand on a un travail régulier et une fille en cours élémentaire ? Ils avaient failli être pris cette fois-là, non parce que les autres étaient particulièrement bons (pourtant ils étaient filés et Andy avait peur), mais parce que McGee avait commis une erreur cruciale : il s'était laissé aller à oublier momentanément qu'ils étaient des fugitifs.

Ça ne risquait plus de se reproduire.

Étaient-ils loin derrière eux ? Encore à New York ? Il aurait tellement aimé pouvoir croire qu'ils n'avaient pas relevé le numéro du taxi, qu'ils cherchaient toujours sa trace. Ils étaient déjà à Albany, sans doute, grouillant autour de l'aéroport comme des asticots sur de la viande avariée. Hastings Glen ? Peut-être demain matin. Et peut-être pas. Il y avait vingt-cinq kilomètres, d'ici à l'aéroport. Pas besoin de laisser la parano prendre le pas sur le bon sens.

C'est ce que je mérite ! Je mérite de tomber sur la route devant les voitures pour avoir mis le feu à cet homme !

Sa propre voix répondant : *Ça aurait pu être pire. Tu aurais pu mettre le feu à son visage.*

Des voix dans une chambre hantée.

Il repensa soudain à un détail. Il était censé conduire une Vega. Au matin, quand le réceptionniste ne verrait pas la voiture garée devant le bungalow n° 16, penserait-il simplement que son client de la Compagnie américaine de distributeurs automatiques avait repris la route ? Ou bien mènerait-il sa petite enquête ? Andy n'y pouvait rien pour le moment. Trop épuisé.

J'ai bien trouvé qu'il avait quelque chose de bizarre. Il était pâle, l'air malade. Et il a payé avec de la petite monnaie. Il a dit qu'il travaillait pour une compagnie de distributeurs automatiques, mais il n'a pas su réparer la machine à cigarettes dans l'entrée.

Des voix dans une chambre hantée.

Il se tourna sur le côté, écouta la respiration lente et régulière de Charlie. Il avait cru un instant qu'ils l'avaient emmenée, mais elle s'était simplement enfoncée dans les buissons. Pour ne pas se faire voir. Charlene Norma McGee, Charlie depuis... depuis toujours.

S'ils t'emmenaient, Charlie, je ne sais pas ce que je ferais.

23

Une dernière voix. Celle de Quincey, son compagnon de chambre, six ans plus tôt. Charlie était alors âgée d'un an. Bien sûr, ils savaient qu'elle n'était pas normale. Ils l'avaient découvert une semaine après la naissance de Charlie, quand Vicky avait dû la coucher avec eux dans leur lit, parce que, lorsqu'on la laissait seule dans son berceau, l'oreiller commençait... à se consumer. La nuit où ils l'avaient définitivement rangé, sans un mot tant leur frayeur était intense et trop étrange pour être énoncée, le berceau avait chauffé assez pour que Charlie se fût brûlé la joue. Elle avait hurlé presque toute la nuit, malgré la Solarcaïne qu'Andy avait trouvée dans l'armoire à pharmacie. Une histoire de fous, cette première année, des nuits blanches, une terreur permanente, le feu dans les corbeilles à papiers quand les biberons étaient en retard; une fois, les rideaux s'étaient enflammés et si Vicky n'avait pas été dans la pièce...

C'est la chute de Charlie dans l'escalier qui l'avait finalement poussé à appeler Quincey. Elle rampait encore à l'époque. Elle était particulièrement douée pour grimper l'escalier à quatre pattes et redescendre de la même façon. Ce jour-là, c'était Andy qui la gardait. Vicky était allée faire des courses chez Senter's avec une amie. Elle hésitait à sortir et Andy avait pratiquement dû la mettre à la porte. Elle paraissait usée ces derniers temps. Epuisée. Elle avait dans le regard une fixité qui lui faisait penser à ces histoires de traumatisme psychologique en temps de guerre.

Il lisait dans le salon, presque au pied de l'escalier. Charlie montait et descendait. Sur une marche était assis un ours en peluche. Bien sûr, il aurait dû l'enlever. Mais à chaque fois qu'elle grimpait, Charlie le contournait et il avait relâché son attention – comme à Port City quand ils menaient une vie apparemment normale.

Lorsqu'elle descendit pour la troisième fois, elle heurta l'ours du pied et roula jusqu'au bas de l'escalier. Badaboum. Pleurs, hurlements, peur et rage mêlés. Les marches étaient recouvertes de moquette et elle n'avait pas le moindre bleu – Dieu veille sur les ivrognes et les petits enfants, disait souvent Quincey. C'était la première fois ce jour-là qu'Andy avait pensé consciemment à lui. Il s'était précipité vers Charlie, l'avait prise dans ses bras, l'avait serrée contre lui, avait roucoulé un tas de bêtises tout en l'inspectant rapidement à la recherche d'une contusion, d'une trace de sang, d'un membre déplacé. Et...

Et il l'avait *senti* passer devant lui – cet invisible éclair de mort qui sortait de la tête de sa fille. C'était un peu comme le souffle d'air chaud provenant d'une rame de métro fonçant dans la station, en été, quand on se tient un peu trop près du bord du quai. Un souffle d'air chaud, doux, silencieux... et l'ours en peluche avait pris feu. Nounours avait fait mal à Charlie. Charlie allait faire mal à Nounours. Les flammes s'élevaient, formant un rideau à travers lequel Andy contemplait les yeux noirs en boutons de bottine, s'étendaient à la moquette de l'escalier.

Andy avait déposé sa fille à terre et s'était rué sur l'extincteur accroché au mur près de la télé. Lui et Vicky ne parlaient jamais de ce que Charlie pouvait faire – Andy l'aurait bien voulu parfois, mais Vicky s'y refusait, elle évitait le sujet avec une obstination frisant l'hystérie, disait que Charlie était normale, *complètement normale* –, mais les extincteurs étaient apparus silencieusement, furtivement, tout comme les pissenlits surgissent en cette période où le printemps mord sur l'été. Ils ne parlaient pas de ce que Charlie pouvait faire, pourtant la maison était pleine d'extincteurs.

Il attrapa celui du salon, sentit l'arôme âcre de la moquette grillée et courut jusqu'à l'escalier. Il eut le temps de penser à cette histoire qu'il avait lue quand il était gamin, *La Belle Vie*, par un certain Jerome Bixby. Il y était question d'un enfant qui avait réduit ses parents en esclavage en jouant sur leur terreur psychique. Un véritable cauchemar, mille morts possibles, et on ne savait jamais, jamais quand l'enfant allait frapper...

Charlie vagissait, assise sur son derrière au pied de l'escalier.

Andy ouvrit l'extincteur sauvagement et noya le feu sous la mousse. Il ramassa Nounours, dont la fourrure était parsemée de taches, de plaques calcinées, de mousse blanche, et le ramena au bas des marches.

Il se maudissait à l'avance de ce qu'il allait faire, mais une sorte d'instinct primitif lui souffla que les limites devaient être tracées, la leçon apprise. Il jeta presque l'ours à la figure de Charlie. *Espèce de salaud*, pensa-t-il avec désespoir, *tu ferais aussi bien d'aller dans la cuisine prendre un couteau à découper et de tracer une ligne sur chacune de ses joues ! Pourquoi ne la marquerais-tu pas de cette façon ?* Son esprit s'arrêta sur cette idée. Des cicatrices. C'était ce qu'il devait faire. Marquer son enfant. Imprimer une cicatrice dans son âme.

– Tu l'aimes comme ça, Nounours ? rugit-il. (Le jouet noirci était encore chaud dans sa main.) Tu aimes quand Nounours est tout brûlé et que tu ne peux plus jouer avec lui, Charlie ?

Elle pleurait à gros sanglots convulsifs, la peau de son visage rouge de fièvre et blanc de mort, les yeux gonflés de larmes.

– Paaaa ! Nou ! Nou !

– Oui, Nounours, dit-il d'un air menaçant, Nounours

est tout brûlé, Charlie. C'est toi qui l'as brûlé. Si tu brûles Nounours, tu pourrais aussi brûler maman et papa. Alors... *ne fais plus jamais ça!* (Il se pencha un peu plus vers elle, sans la toucher, sans la prendre dans ses bras.) Ne fais plus jamais ça, parce que *ça n'est pas bien*!

– Paaaaaaaaaaaaa...

C'était tout ce qu'il pouvait supporter de lui infliger. Toute la peur, l'horreur, le tourment. Il l'avait soulevée, serrée contre lui, bercée jusqu'à ce que – très longtemps après – ses sanglots laissent place à quelques soupirs et reniflements. Quand il l'avait regardée, il s'était aperçu qu'elle était endormie, la joue contre son épaule.

Il l'avait déposée sur le divan et était allé dans la cuisine téléphoner à Quincey.

Quincey ne voulait pas parler. En cette année 1975, il travaillait pour une importante société d'aéronautique, et dans les mots qui accompagnaient la carte de Noël qu'il envoyait régulièrement aux McGee, il disait qu'il jouissait du statut de vice-président. Quand les types qui fabriquaient les avions avaient des problèmes, ils étaient censés aller voir Quincey. Il s'occupait de leurs troubles – sentiment d'aliénation, crise d'identité ou simplement impression de faire un travail déshumanisant –, afin que les employés ne retournent pas à leur chaîne monter le bidule à la place du machin; que les avions ne s'écrasent pas et que le monde continue à être sûr et démocratique. Pour assurer cela, Quincey gagnait trente-deux mille dollars par an, dix-sept mille de plus qu'Andy. « Je ne me sens pas du tout coupable, avait-il écrit. Je considère que c'est un bien maigre salaire pour garder l'Amérique à flot pratiquement tout seul. »

Drôle et sardonique, comme toujours, Quincey. Sauf qu'il n'avait pas fait d'humour ni d'ironie quand Andy l'avait appelé de l'Ohio, sa fille endormie sur le canapé, l'odeur d'ours et de moquette brûlés encore dans les narines.

– J'ai entendu des bruits, avait enfin dit Quincey, quand il eut compris qu'Andy n'allait pas le lâcher comme ça. Mais il arrive que les téléphones soient écoutés, mon vieux. Nous sommes dans l'ère du Watergate.

– J'ai peur, avait dit Andy. Vicky a peur. Et Charlie aussi. Qu'est-ce que c'est que ces bruits, Quincey ?

– Il était une fois douze personnes qui ont participé à une expérience, avait commencé Quincey. Il y a six ans. Tu t'en souviens ?

– Je m'en souviens, avait répondu Andy d'un ton sinistre.

– Sur les douze participants, il n'en reste pas beaucoup. Quatre, aux dernières nouvelles. Et deux d'entre eux sont mariés ensemble.

– Oui, avait murmuré Andy.

Au fond de lui, il sentait grandir l'horreur. Quatre seulement ? Qu'est-ce qu'il racontait ?

– Je crois savoir que l'un d'entre eux plie des petites cuillères et ferme les portes sans même les toucher.

La voix de Quincey, ténue, traversant trois mille kilomètres de câbles téléphoniques, de centraux, de stations relais, de boîtes de raccordement, dans le Nevada, l'Idaho, le Colorado, l'Iowa. Un million d'endroits pour brancher une écoute.

– Oui ? avait-il encore dit en faisant un effort pour se contrôler.

Il avait pensé à Vicky qui pouvait parfois allumer la radio ou éteindre la télé sans s'approcher des appareils. Elle ne paraissait même pas remarquer qu'elle accomplissait ces choses.

– Oh oui, c'est pas du bidon ! continuait Quincey. Ce type est – comment dire ? – un cas répertorié. Il a mal à la tête s'il fait ce genre de trucs trop souvent, mais en tout cas, il le fait. Ils le gardent dans une petite pièce munie d'une porte qu'il ne peut pas ouvrir et d'une serrure qu'il ne peut pas plier. Ils pratiquent des tests sur lui. Le type plie des clés. Ferme des portes. Et j'ai cru comprendre qu'il est pratiquement fou.

– O mon Dieu ! avait soufflé Andy.

– Il participe à l'effort de paix. Alors, quelle importance s'il est à moitié dingue ? disait Quincey. Ce type est en train de devenir fou pour que deux cent vingt millions d'Américains restent libres et jouissent de la plus grande sécurité. Tu comprends ?

– Oui, avait murmuré Andy.

– Et les deux personnes qui se sont mariées ? Pour ce qu'ils en savent, rien à signaler. Ils vivent tranquillement dans un Etat tranquille du centre de l'Amérique, l'Ohio par exemple. Ils sont contrôlés, disons, tous les ans. Juste histoire de vérifier s'ils savent plier des clés, fermer des portes sans y toucher, ou s'ils exhibent leurs dons sur scène au gala de bienfaisance local pour dystrophiques. Heureusement que ces gens ne peuvent pas faire ces trucs, n'est-ce pas, Andy ?

Andy avait fermé les yeux et senti l'odeur du tissu brûlé. Quelquefois, Charlie ouvrait la porte du réfrigérateur, jetait un coup d'œil à l'intérieur, puis décampait à quatre pattes. Si Vicky était en train de repasser, elle regardait simplement la porte du frigo, qui se refermait immédiatement, sans avoir conscience de faire quoi que ce soit d'étrange. Cela ne se produisait que de temps en temps. Il arrivait que ça ne marche pas et Vicky laissait tomber son repassage pour aller fermer la porte elle-même (ou éteindre la radio, ou allumer la télé). Vicky ne pouvait pas plier de clés, ni lire dans les pensées, ni voler, ni déclencher des incendies, ni prédire l'avenir. Elle pouvait juste fermer parfois une porte à l'autre bout de la pièce et c'était tout. Quand elle avait fait plusieurs de ces choses, elle se plaignait parfois d'avoir la migraine, ou mal au cœur. Andy ne savait pas si c'était une réaction physique ou une sorte d'avertissement murmuré par son subconscient. Quand elle avait ses règles, sa capacité à accomplir ces choses se trouvait légèrement renforcée. C'était si peu, si irrégulier qu'Andy en était venu à considérer ces exploits comme normaux. Quant à lui... il pouvait pousser les gens. Il n'y avait aucun nom pour ça. Auto-hypnose était peut-être ce qui s'en approchait le plus. Impossible de le faire très souvent, ça lui donnait des migraines. La plupart du temps, il oubliait complètement qu'il n'était pas tout à fait normal, ne l'avait plus jamais été depuis ce fameux jour, dans la salle 70 du bâtiment Jason Gearneigh.

Il ferma les yeux. Sur l'écran noir de ses paupières il vit une tache en forme de virgule et l'inscription sans signification : COR OSUM.

– Oui, c'est une bonne chose, avait repris Quincey

comme si Andy avait approuvé. Sinon, on les mettrait dans deux petites pièces où ils pourraient travailler à plein temps pour assurer la sécurité et la liberté de deux cent vingt millions d'Américains.

– Une bonne chose, avait affirmé Andy.

– Ces douze personnes, ils leur ont peut-être donné une drogue qu'ils ne maîtrisaient pas tout à fait. Il se pourrait que quelqu'un – un certain Savant fou – les ait délibérément induits en erreur. Ou encore qu'il ait cru le faire alors qu'en fait ils l'avaient manipulé. Ça n'a pas d'importance.

– Non.

– Donc on leur a donné cette drogue et il est possible qu'elle ait un peu mangé leurs chromosomes. Ou beaucoup. Ou n'importe quoi d'autre. Il est possible aussi que deux d'entre eux se soient mariés, aient fait un enfant et que ce bébé ait hérité quelque chose de plus que ses yeux à elle et sa bouche à lui. Tu ne crois pas qu'un tel enfant les intéresserait bigrement ?

– Je parie que oui, avait répondu Andy.

Il avait à présent tellement peur qu'il ne pouvait plus parler qu'avec difficulté. Il avait déjà décidé de ne pas mentionner devant Vicky son coup de fil à Quincey.

– C'est comme si tu avais d'un côté du citron, c'est très bon, de l'autre de la meringue, c'est bon aussi, mais quand tu les mélanges, tu obtiens... un goût totalement nouveau. Je suis sûr qu'ils adoreraient voir ce dont cet enfant est capable. Ils pourraient bien vouloir le prendre pour le mettre dans une petite pièce juste pour vérifier s'il peut aider à sauvegarder le monde et faire triompher la démocratie. Et je crois que c'est tout ce que j'ai envie de dire, mon vieux, mis à part... reste planqué.

24

Des voix dans une chambre hantée.

Reste planqué.

Il tourna la tête sur l'oreiller du motel et regarda Charlie qui dormait profondément. *Charlie, ma chérie, qu'est-ce qu'on va faire ? Où aller pour qu'on nous laisse tranquilles ? Comment tout ça va-t-il finir ?*

Pas de réponse.

Enfin, il s'endormit, alors que non loin de là, une voiture verte roulait à la rencontre d'un homme grand, large d'épaules, vêtu d'une veste de velours, et d'une petite fille aux cheveux blonds en pantalon rouge et chemisier vert.

LONGMONT, VIRGINIE : LA BOÎTE

1

Deux belles demeures sudistes se faisaient face de part et d'autre d'une longue pelouse, gracieusement traversée de quelques pistes cyclables en boucles et d'une allée à deux voies recouverte de gravier, qui rejoignait la grand-route par-dessus la colline. D'un côté de l'une de ces maisons se dressait une vaste grange peinte en rouge vif et bordée de blanc. Près de l'autre se trouvait une longue écurie peinte des mêmes couleurs. C'est là qu'on équarissait la meilleure viande de cheval de tout le Sud. Entre la grange et l'écurie s'étendait une canardière, large et peu profonde, qui reflétait tranquillement le ciel.

Dans les années 1860, les propriétaires originels de ces demeures allèrent se faire tuer à la guerre, et les survivants des deux familles avaient aujourd'hui rendu l'âme. Les deux domaines furent réunis en un qui devint propriété du gouvernement en 1954. C'était le quartier général de la Boîte.

A neuf heures dix, par une journée ensoleillée d'octobre – le lendemain de celle où Andy et Charlie avaient quitté New York pour Albany –, un homme assez âgé, au regard pétillant de bienveillance, une casquette de laine anglaise sur la tête, pédalait en direction de l'une de ces demeures. Derrière lui, au delà du second tertre, se trouvait le poste de contrôle qu'il avait traversé après qu'un système d'identification sur ordinateur avait vérifié l'empreinte de son pouce, constitué d'une guérite placée entre deux rangées de barbelés. Sur la rangée extérieure, haute de deux mètres, étaient accrochés, à vingt mètres d'intervalle, des panneaux sur lesquels on pouvait lire : ATTENTION ! PROPRIÉTÉ DU GOUVERNEMENT CLÔTURE ÉLECTRIFIÉE À BAS VOLTAGE ! Durant la journée, le voltage était effectivement bas. La nuit, le générateur du domaine le haussait à un niveau mortel, et tous les matins, une escouade composée de cinq gardiens faisait le tour du propriétaire dans de petites voitures de golf électriques. Ils ramassaient des cadavres calcinés : lapins, taupes, oiseaux, marmottes, parfois un putois gisant dans une mare de puanteur, ou encore un daim. Par deux fois, ils avaient retrouvé des êtres humains, également grillés. Une distance de trois mètres séparait les deux rangées de barbelés. Nuit et jour, des chiens de garde faisaient le tour de l'installation à l'intérieur de cet espace. Les animaux, des dobermans, avaient été dressés à se tenir à l'écart des fils électrifiés. A chaque coin de la propriété se dressaient des miradors, peints également en rouge et blanc, occupés par un personnel spécialisé dans la mort rapide. Un circuit de télévision intérieur contrôlé par ordinateur couvrait la totalité du centre. Longmont était un endroit sûr.

L'homme pédalait toujours, adressant un sourire à ceux qu'il croisait. Un vieux bonhomme chauve portant une casquette de base-ball promenait une pouliche aux chevilles fines. Il agita la main.

– Salut, Cap ! Sacrée belle journée, hein !

– Superbe, approuva l'homme à bicyclette. Profites-en bien, Henry.

Il arriva devant la grande maison située au nord, descendit de vélo et abaissa la béquille. Il inspira profondément, inhalant l'air doux du matin, escalada vivement les larges marches du porche et passa entre les impressionnantes colonnes doriques.

Il ouvrit la porte, pénétra dans le hall spacieux. Une jeune femme aux cheveux roux était assise derrière un bureau, un livre d'analyses et de statistiques ouvert devant elle. L'une de ses mains marquait la page, l'autre, glissée dans le tiroir de son bureau, effleurait un Smith & Wesson calibre 38.

– Bonjour, Josie.

– Salut, Cap. Vous êtes un peu en retard, non ?

Les jolies filles pouvaient se permettre ce genre de

réflexions; si Duane avait été de service à la réception, ç'aurait été hors de question. Cap n'était pas partisan de la libération des femmes.

– Mon dérailleur est coincé, chérie. (Il glissa son pouce dans la fente appropriée. Quelque chose dans la console émit un bruit mat, une lumière verte clignota sur le tableau de Josie, puis s'alluma franchement.) Soyez sage maintenant.

Elle dit d'un ton malicieux :

– Je serai prudente, en tout cas !

Et elle croisa les jambes.

Cap éclata de rire et s'éloigna dans le hall. Elle le suivit des yeux, se demandant un moment si elle aurait dû lui dire que ce vieux bonhomme sinistre, Wanless, était arrivé vingt minutes auparavant. Elle pensa qu'il le saurait bien assez tôt et soupira. Rien de pire, pour mal démarrer une aussi belle journée, que d'avoir à parler à ce vieux fantôme. Elle songea qu'un homme comme Cap, qui occupait un poste à haute responsabilité, devait sans doute accepter le bon grain et l'ivraie.

2

Le bureau de Cap se trouvait à l'arrière de la maison. A travers la grande baie vitrée, on avait une vue magnifique sur la pelouse, la grange et la canardière, en partie masquée par un rideau d'aulnes. Rich McKeon était à califourchon sur un motoculteur, au milieu du gazon. Cap, debout les bras croisés dans le dos, le regarda un moment puis se dirigea vers la machine à café installée dans un coin. Il versa le liquide brun dans un quart de l'United States Navy, ajouta de la crème puis s'assit et appuya sur la touche de l'intercom.

– Bonjour, Rachel, commença-t-il.

– Bonjour, Cap. Le Dr Wanless est...

– J'en étais sûr, coupa Cap. J'en étais *sûr*. J'ai su que cette vieille pute était là à la seconde où je suis entré.

– Dois-je lui dire que vous êtes trop occupé aujourd'hui ?

– Certainement pas, répondit Cap d'un ton ferme. Laissez-le poireauter dans le salon jaune toute la matinée. S'il ne se décide pas à rentrer chez lui, je pense que je pourrai le voir avant le déjeuner.

– Bien, monsieur.

Problème résolu. Pour Rachel, en tout cas, songea Cap avec un soupçon de rancœur. Wanless ne la concernait pas le moins du monde. Le fait était que le docteur commençait à devenir gênant. Son utilité, comme son influence, était caduque. Il restait la solution du complexe de Maui. Et puis, en dernier recours, Rainbird.

À cette pensée, Cap eut un petit frisson intérieur... pourtant, il n'était pas homme à trembler facilement.

Il pressa de nouveau la touche de l'intercom.

– Je voudrais revoir le dossier McGee, Rachel. En entier. Faites venir Al Steinowitz à dix heures et demie. Si Wanless est encore là quand j'en aurai terminé avec Al, vous pourrez me l'envoyer.

– Très bien, Cap.

Il se renfonça dans son siège, posa ses mains l'une contre l'autre, en clocher, et regarda la photographie de George Patton accrochée sur le mur qui lui faisait face. Patton était à califourchon sur le sas de fermeture d'un char, comme s'il se prenait pour Duke Wayne.

– La vie est dure quand on ne veut pas faiblir, dit-il à la représentation de Patton.

Il sirota son café.

3

Dix minutes plus tard, Rachel apporta le dossier sur une table de bibliothèque aux roues silencieuses. En tout, six boîtes de fiches et de rapports, et quatre boîtes de photos. Il y avait aussi des enregistrements d'appels téléphoniques. La ligne des McGee était surveillée depuis 1978.

– Merci, Rachel.

– De rien. M. Steinowitz sera là à dix heures et demie.

– Bien sûr qu'il sera là. Est-ce que Wanless est déjà mort ?

– Je crains que non, répondit-elle avec un sourire. Il reste assis à regarder Henry promener les chevaux.

– Toujours en train de mettre en pièces ses maudites cigarettes ?

Rachel mit sa main devant sa bouche, gloussa comme une écolière et hocha la tête.

– Il en est déjà à la moitié de son paquet.

Cap émit un grognement. Rachel sortie, il se tourna vers le dossier. Combien de fois l'avait-il compulsé au cours des onze derniers mois ? Une douzaine, deux douzaines de fois ? Il en connaissait la composition par cœur. Si Al ne se trompait pas, il tiendrait les deux McGee restants à la fin de la semaine. A cette pensée, une onde de chaleur lui titilla le ventre.

Il se mit à feuilleter le dossier au hasard, retirant une fiche par-ci, lisant un paragraphe par-là. Sa façon à lui de se remettre dans le bain. La partie consciente de son esprit était au point mort. Son subconscient en quatrième. Maintenant, il ne s'embarrassait plus de détails. Il lui suffisait de trouver le bon angle.

Devant lui, un mémo personnel de Wanless. Daté du 12 septembre 1968. Un paragraphe précis attira l'œil de Cap :

> ... d'une importance énorme dans l'étude en cours des phénomènes psychiques contrôlables. De plus amples expériences sur des animaux iraient à l'encontre de l'effet recherché (voir au verso 1) et, ainsi que je l'ai souligné à la réunion du groupe cet été, procéder à des tests sur des prisonniers ou des sujets à la personnalité déviante pourrait entraîner de graves problèmes si le Lot Six possède ne serait-ce qu'une partie du pouvoir que nous soupçonnons (voir au verso 2). En conséquence, je persiste à recommander...

Vous persistez à recommander qu'il soit injecté à des groupes de contrôle composés d'étudiants en limitant au maximum les possibilités d'échec. En ce temps-là, Wanless ne s'embarrassait pas de discours fumeux. Sa devise était : En avant toute, et advienne que pourra. Douze cobayes avaient subi les tests. Deux en étaient morts, le premier pendant l'expérience, le second peu après. Deux autres étaient fous et estropiés, l'un aveugle, l'autre paralysé. Ceux-là étaient enfermés au centre de Maui et y resteraient jusqu'à la fin de leur misérable vie. Ce qui fait quatre. Un étudiant était mort en 1972 dans un accident de voiture qui ressemblait fort à un suicide. Un des participants avait sauté du toit de la poste centrale de Cleveland en 1973, non sans avoir laissé un mot expliquant qu'il « ne pouvait plus supporter les images dans sa tête ». La police de Cleveland avait conclu à une paranoïa dépressive ayant entraîné le suicide. Cap et la Boîte avaient diagnostiqué une overdose mortelle de Lot Six. Ce qui fait six.

Trois des cobayes s'étaient donné la mort entre 1974 et 1977. Ce qui revient à dire qu'au moins quatre et peut-être cinq des participants avaient volontairement abrégé leur vie. Presque la moitié. Ces quatre personnes s'étaient comportées tout à fait normalement jusqu'au moment où elles avaient choisi le pistolet, la corde ou le saut dans le vide. Qui pouvait réellement dire ce qu'elles avaient enduré ? Ce qui fait neuf.

Depuis 1977, date à laquelle le projet Lot Six était redevenu d'actualité après un long sommeil, un garçon nommé James Richardson, qui vivait à présent à Los Angeles, était sous surveillance constante. En 1969, il participait à l'expérience et sous l'influence du Lot Six, il avait, comme ses camarades, fait preuve d'une impressionnante gamme de talents : télékinésie, télépathie, et surtout domination mentale, manifestation qui paraissait la plus intéressante, du point de vue très spécialisé de la Boîte.

Mais comme cela s'était produit pour les autres, les pouvoirs de James Richardson semblaient avoir complètement disparu dès que les effets de la drogue s'étaient estompés. Les entretiens ultérieurs de 1971, 1973 et 1975 n'avaient rien donné. Même Wanless, qui devenait fanatique quand il était question du Lot Six, avait dû se rendre à l'évidence. Des contrôles réguliers effectués par ordinateur et au hasard (beaucoup moins au hasard d'ailleurs depuis le début de l'affaire McGee) avaient montré que Richardson n'utilisait aucune sorte de pouvoir psychique, consciemment ou inconsciemment. Il avait terminé ses études en 1971. Une série d'emplois directoriaux sans grandes responsabilités – autant pour la domination mentale – l'avaient conduit vers l'Ouest. A présent, il travaillait pour la Telemyne Corporation.

C'était aussi un sale pédé.

Cap soupira.

Ils continuaient à garder un œil sur Richardson. Mais Cap était convaincu depuis longtemps que ce type n'était bon à rien. Ce qui fait dix. Il ne restait qu'Andy McGee et sa femme. La découverte de leur mariage avait été une aubaine pour la Boîte, ainsi que pour Wanless qui avait commencé à bombarder le bureau de mémos, suggérant que tout rejeton de cette union devrait être surveillé de près. Plus d'une fois, Cap avait eu envie de lui dire que, d'après leurs dernières informations, Andy McGee avait subi une vasectomie, histoire de clouer le bec à ce vieux salaud. A cette époque, Wanless avait déjà eu une attaque. Il était devenu inutilisable. Un poids mort.

On n'avait procédé qu'à une seule expérience avec le Lot Six. Les résultats désastreux avaient nécessité une couverture massive, complète... et onéreuse. D'en haut, l'ordre était venu d'imposer un moratoire d'une durée indéterminée sur toute expérience ultérieure. Ce jour-là, les motifs de protestation n'avaient pas manqué à Wanless, pensa Cap... et il ne s'était pas privé de protester. Mais aucun signe n'indiquait que les Russes ou toute autre puissance mondiale s'intéressaient aux pouvoirs psy induits par la drogue. Les gros bonnets avaient conclu qu'en dépit de quelques résultats positifs le Lot Six était une impasse. L'un des scientifiques travaillant sur le projet avait, au vu des résultats, comparé cette tentative au fait d'adapter un moteur de supersonique sur une vieille Ford. L'engin démarrait en trombe... jusqu'au premier obstacle.

Le problème était qu'au plus fort de leur capacité psy les sujets de l'expérience n'avaient plus leur tête à eux. Aucun contrôle n'était possible. A l'autre bout de la chaîne, les gros bonnets faisaient dans leur froc. Couvrir la mort d'un agent ou d'un témoin involontaire au cours d'une opération était une chose. Dissimuler la mort d'un étudiant ayant succombé à une crise cardiaque, la disparition de deux sujets, l'hystérie et la paranoïa suicidaire du reste des cobayes en était une autre. Tous ces gens avaient des amis, des relations, même si l'un des critères de sélection des participants était précisément l'absence de famille proche. Le coût de cette opération avait été considérable. Les risques aussi. Ils avaient dû acheter pour sept cent mille dollars de silence, et dans un cas, celui du parrain de l'étudiant qui s'était arraché les yeux, il s'agissait d'un silence définitif. L'homme refusait de laisser tomber. Il était décidé à aller jusqu'au bout pour découvrir la vérité. En fait, le seul endroit où ce type se fût jamais rendu se trouvait à Baltimore, au fond de la Faille océanique. Il y était sans doute encore, avec deux blocs de ciment autour de ce qui restait de ses jambes.

Dans toute cette entreprise, le facteur chance avait tenu une place importante. Beaucoup trop importante. Le projet Lot Six était retourné dans sa boîte. Une somme annuelle continuait à lui être affectée, mais l'argent ne servait plus qu'à poursuivre la surveillance intermittente des survivants au cas où quelque chose se produirait.

Quelque chose s'était produit.

Cap fouilla dans une chemise contenant des photos et ressortit un cliché 24 × 36 noir et blanc de la fillette. Il avait été pris trois ans plus tôt, au téléobjectif, alors qu'elle avait quatre ans et était inscrite à l'école maternelle libre de Harrisson, depuis l'arrière d'une camionnette de boulanger. Il avait été ensuite agrandi et recadré de façon à faire ressortir, parmi une foule d'enfants, le portrait d'une petite fille souriante, les tresses au vent, qui serrait dans ses mains les poignées d'une corde à sauter.

Cap contempla longuement la photo, non sans une certaine émotion. Wanless, à la suite de son attaque, avait découvert la peur. Il pensait maintenant que la gamine devait être éliminée. Wanless n'était pas en odeur de sainteté ces temps-ci, pourtant, nombre de ceux qui avaient la faveur des hautes autorités partageaient son opinion. Cap espérait de toutes ses forces que cela ne se produirait pas. Il avait lui-même trois enfants, dont deux de l'âge de Charlene McGee.

Bien sûr, il leur faudrait séparer la petite de son père. Probablement d'une façon permanente. McGee devrait certainement être liquidé... après avoir rempli son rôle, bien entendu.

Dix heures et quart. Cap appela Rachel.

– Albert Steinowitz est-il là ?

– Il vient juste d'arriver, monsieur.

– Très bien. Faites-le entrer, s'il vous plaît.

4

– Je veux que vous vous chargiez personnellement de la dernière phase, Al.

– Très bien, Cap.

Albert Steinowitz était un petit homme au teint jaune pâle et aux cheveux très noirs. Dans sa jeunesse, on le prenait souvent pour l'acteur Victor Jory. Cap travaillait avec Steinowitz depuis presque huit ans – en fait ils avaient quitté ensemble la marine pour la Boîte. Depuis toujours, Al lui faisait l'effet d'un homme prêt à entrer à l'hôpital pour y agoniser longuement. Il fumait ses cigarettes à la chaîne, sauf dans ce bureau, où il n'y était pas autorisé. Il marchait d'un pas lent, majestueux, ce qui lui conférait une étrange dignité, qualité assez rare chez l'homme. Cap, qui connaissait le dossier médical de tous les agents de la Section Un, savait que cette démarche impériale était bidon. Albert souffrait d'hémorroïdes et avait déjà subi deux opérations. Il avait refusé la troisième parce qu'elle aurait pu se solder par le port d'un sac colostomique jusqu'à la fin de ses jours. Cap rapprochait ça du conte de fées où il était question d'une sirène qui voulait être femme, et paya cher ses jambes et ses pieds. Il se disait qu'elle aussi devait avoir une démarche plutôt digne.

– Combien de temps vous faut-il pour arriver à Albany ? demanda-t-il à Al.

– Une heure.

– Bien. Où en est-on là-bas ?

Albert croisa ses petites mains jaunâtres sur ses genoux.

– La police de l'Etat coopère obligeamment. Des barrages ont été établis sur toutes les grandes routes quittant Albany, en cercles concentriques depuis l'aéroport. Nous couvrons un rayon de soixante kilomètres.

– Vous partez du principe qu'ils n'ont pas été pris en stop.

– Nous y sommes obligés, dit Albert. S'ils ont trouvé quelqu'un qui les a déposés à trois cents kilomètres de là, il nous faudra tout recommencer. Je table sur le fait qu'ils sont à l'intérieur du cercle.

– Oh ? Et pourquoi ça, Albert ?

Cap se pencha en avant. Steinowitz était, sans le moindre doute, le meilleur agent de la Boîte, à l'exception peut-être de Rainbird. Il était intelligent, intuitif – et impitoyable lorsque son travail l'exigeait.

– Un pressentiment, d'abord, répondit Albert. Ensuite, ce qu'a répondu l'ordinateur après que nous lui avons fourni tout ce que nous savons sur la vie d'Andrew McGee durant ces trois dernières années. Nous lui avons demandé d'extraire toutes les possibilités ayant trait au pouvoir que McGee est censé posséder.

– Il le possède vraiment, Al, affirma Cap en douceur. C'est ce qui rend cette opération bigrement délicate.

– D'accord, il le possède, concéda Al. Mais l'ordinateur suggère que McGee ne peut l'utiliser que d'une manière limitée. S'il en abuse, ça le rend malade.

– Exact. Nous comptons énormément là-dessus.

– A New York, il dirigeait une petite affaire, un truc du genre Dale Carnegie.

Cap hocha la tête. Timides Associés, une affaire destinée principalement à aider les cadres trop velléitaires. De quoi leur permettre, à lui et à sa fille, de subsister, sans plus.

– Nous avons débriefé son dernier groupe, reprit Steinowitz. Seize en tout. Les élèves réglaient leurs cours en deux parties : cent dollars à l'inscription, les cent autres en milieu de programme, s'ils avaient l'impression de faire des progrès. Ce qui a été le cas pour la totalité du groupe.

Cap hocha de nouveau la tête. Le don de McGee faisait merveille quand il s'agissait de rendre les gens plus confiants en eux-mêmes. Il les *poussait*, littéralement, à retrouver leur assurance.

– Nous avons donné à l'ordinateur les réponses fournies par ce groupe à certaines questions clés : *Vous êtes-vous senti mieux disposé envers vous-même et envers les cours que vous suiviez à certains moments spécifiques ? Vous est-il arrivé après une réunion des Confidence Associates, de vous prendre pour un tigre au bureau ? Avez-vous...*

– De vous prendre pour un *tigre*? interrompit Cap. Bon Dieu, vous leur avez vraiment demandé *ça*?

– C'est l'ordinateur qui suggère la phraséologie.

– Bon, continuez.

– La troisième question était : *Avez-vous obtenu des succès spécifiques, mesurables dans votre travail depuis que vous suivez les cours des Confidence Associates*? C'est avec celle-ci qu'on pouvait espérer les réponses les plus objectives parce que les gens se souviennent du jour où ils ont eu une augmentation, ou un compliment de la part de leur patron. D'ailleurs, ils ne demandaient qu'à parler. Ça m'a fait une drôle d'impression, Cap. McGee tenait vraiment ses promesses. Sur seize élèves, onze ont obtenu une promotion – *onze.* Sur les cinq restants, trois travaillent dans des secteurs où les promotions ne sont accordées qu'à certaines périodes bien déterminées.

– Personne ne conteste le pouvoir de McGee, déclara Cap. Plus maintenant, en tout cas.

– Bon. J'en reviens au fait. Les cours duraient six semaines. L'ordinateur, en utilisant les réponses aux questions clés, a déterminé quatre dates importantes – celles qui correspondent aux jours où McGee a probablement additionné le bla-bla habituel, du genre youpie-il-suffit-de-vouloir-pour-y-arriver, d'une bonne poussée. Les dates que nous possédons sont les suivantes : 17 août, 1er septembre, 19 septembre... et 4 octobre.

– Ce qui prouve ?

– Eh bien, il a poussé ce chauffeur de taxi hier soir. Il l'a poussé fort. Le type en est encore tout secoué. Nous pensons qu'Andy McGee est au bout du rouleau. Malade. Immobilisé peut-être. (Albert regarda Cap sans ciller.) Selon l'ordinateur, le taux de probabilité en faveur de sa mort est de vingt-six pour cent.

– *Quoi ?*

– Il lui est déjà arrivé de forcer la dose et de se retrouver cloué au lit. Quelque chose qu'il se fait au cerveau... Dieu sait quoi. De minuscules hémorragies, peut-être. Un mal progressif. L'ordinateur estime qu'il y a un peu plus d'une chance sur quatre qu'il soit mort, d'une crise cardiaque, ou plus probablement d'une attaque.

– Il a été forcé de se servir de la poussée avant d'avoir pu se recharger.

Albert hocha la tête et sortit quelque chose de sa poche. Un objet enveloppé dans du plastique souple. Il le tendit à Cap qui le regarda et le lui rendit.

– Et c'est censé signifier quoi ?

– Pas grand-chose, répondit Al en contemplant le billet dans son étui plastifié d'un air méditatif. Simplement le prix que McGee a payé pour son trajet en taxi.

– Il est allé de New York à Albany avec un dollar, hein ? (Cap reprit le billet et le détailla avec un intérêt accru.) Le tarif d'une course en taxi est certainement... Qu'est-ce que...

Il laissa tomber le billet sur son bureau comme s'il avait été brûlant et se renfonça dans son siège, en clignant des yeux.

– Vous aussi, hein ? fit Al. Vous avez vu ?

– Bon Dieu, je ne sais pas ce que j'ai vu ! grogna Cap. (Il tendit la main vers la boîte de céramique où il gardait ses pastilles contre les brûlures d'estomac.) Pendant une seconde, ça n'a plus du tout ressemblé à un billet d'un dollar.

– Et maintenant ?

Cap risqua un coup d'œil vers le rectangle vert.

– C'en est un, pas de doute. Voilà George, et... mon Dieu ! (Il recula si violemment dans son siège qu'il faillit se cogner la tête contre les panneaux de bois sombre derrière son bureau. Il regarda Al.) Le visage... il s'est transformé ! Comme si des lunettes avaient poussé, ou je ne sais quoi. Il y a un truc ?

– Oh oui, un sacré bon truc ! dit Al en reprenant le billet. Je l'ai vu moi aussi au début. Maintenant, c'est fini. Je crois que je me suis adapté... mais je veux bien être pendu si je sais comment. Il n'y a rien, bien sûr. Ce n'est qu'une hallucination complètement dingue. J'ai pourtant réussi à distinguer le visage. C'est celui de Benjamin Franklin.

– Le chauffeur de taxi vous a donné ça ?

Fasciné, Cap regardait le billet, attendait qu'il changeât de nouveau. Mais George Washington ne se transforma pas.

Al se mit à rire.

– Ouais. Nous lui avons pris le billet et nous lui avons donné un chèque de cinq cents dollars. Il ne perd pas au change.

– Pourquoi ?

– Benjamin Franklin est sur le billet de cent, pas sur celui de cinq cents. Apparemment, McGee ne le sait pas.

– Montrez-moi ça encore une fois.

Al tendit le billet d'un dollar. Cap le contempla fixement pendant près de deux minutes. Juste au moment où il s'apprêtait à le rendre à Steinowitz, le visage bougea. Troublant. Cette fois-ci, pourtant, Cap sentit que le mouvement était dans sa tête, pas sur le billet.

– Je vais vous dire une chose, commença Cap. Je n'en suis pas sûr, mais je crois que Franklin n'a pas de lunettes sur le billet de cent. En tout cas, c'est... (Il fit traîner sa phrase, ne sachant trop comment la compléter. Sacrément *surnaturel* lui vint à l'esprit, mais il chassa les mots de sa tête.)

– Ouais, approuva Al. Quoi qu'il en soit, l'effet est en train de se dissiper. Ce matin, je l'ai montré à environ six personnes. Deux ont cru voir quelque chose, mais rien de comparable à la vision du chauffeur de taxi et de la fille avec laquelle il vit.

– Alors, vous pensez qu'il a poussé trop fort ?

– Oui. A mon avis, il n'en peut plus. Ils ont peut-être dormi dans les bois, ou dans un motel à l'écart des routes. A moins qu'ils ne se soient réfugiés dans un camp d'été de la région. En tout cas, je crois qu'ils sont toujours dans le coin et que nous n'aurons pas trop de mal à les cueillir.

– De combien d'hommes avez-vous besoin ?

– J'ai tout ce qu'il me faut. La police de l'Etat fait le boulot de mille hommes. Priorité maximum. Ils ratissent la région maison par maison. Nous avons déjà contrôlé tous les hôtels et les motels des environs immédiats d'Albany – plus d'une quarantaine. Nous commençons à déborder sur les villes alentour. Un homme et une petite fille.. ça se remarque comme le nez au milieu de la figure. On les aura. Tous les deux, ou seulement la gamine, si le père est mort. (Albert se leva.) Je ferais bien d'y aller. Je tiens à être sur place pour le dernier round.

– Evidemment. Ramenez-les-moi, Albert.
– Vous les aurez.
Il se dirigea vers la porte.
– Albert ?
Le petit homme au teint jaunâtre se retourna.
– *Qui* est sur le billet de cinq cents dollars ? Vous avez vérifié ?
Albert Steinowitz sourit.
– McKinley. Il a été assassiné.
Il sortit et referma doucement la porte derrière lui, laissant Cap à ses considérations.

5

Dix minutes plus tard, Cap appuya de nouveau sur la touche de l'intercom.
– Rainbird est-il rentré de Venise, Rachel ?
– Hier, répondit la jeune femme.
Cap crut discerner une nuance de dégoût dans l'intonation professionnelle de la parfaite secrétaire.
– Il est ici ou à Sanibel ?
La Boîte avait un centre de repos sur Sanibel Island, en Floride.
Il y eut un silence, le temps que Rachel interroge l'ordinateur.
– Longmont, Cap. Arrivé hier à dix-huit heures. Probablement en train de dormir. Le jet lag...
– Faites-le réveiller, commanda Cap. Je voudrais le voir juste après Wanless... en admettant que Wanless soit encore là ?
– Il l'était il y a un quart d'heure.
– Très bien... Rainbird à, disons, midi.
– Oui, monsieur.
– Vous êtes une bonne petite, Rachel.
– Merci, monsieur.
Elle semblait émue. Cap l'aimait bien. Beaucoup même.
– Faites entrer le docteur Wanless, s'il vous plaît, Rachel.
Il se renfonça dans son siège, joignit ses mains devant lui et pensa : ... *Parce que j'ai péché.*

6

Le Dr Joseph Wanless avait eu une attaque le jour où Richard Nixon avait annoncé sa démission de la présidence – le 8 août 1974. Un accident cérébral de gravité moyenne. Il ne s'était jamais complètement rétabli physiquement. Ni mentalement, de l'avis de Cap. Depuis cette crise, l'intérêt que Wanless portait à l'expérimentation du Lot Six et à ses conséquences avait pris une tournure obsessionnelle.

Il entra dans le bureau en s'appuyant sur une canne. La lumière provenant de la baie vitrée accrocha ses lunettes rondes dépourvues de monture, qui brillèrent d'un éclat terne. Les doigts de sa main gauche étaient contractés comme des serres. Le côté gauche de sa bouche était figé en un rictus permanent et glacé.

Par-dessus l'épaule de Wanless, Rachel jeta à Cap un regard compatissant. Cap hocha la tête, indiquant qu'elle pouvait se retirer. Elle referma silencieusement la porte.

– Ce bon docteur ! commença Cap plaisamment.

– Est-ce que l'affaire avance ?

Wanless s'assit avec un grognement.

– Top secret, lâcha Cap. Vous le savez très bien, Joe. Que puis-je pour vous, aujourd'hui ?

– J'ai bien vu l'activité qui règne ici, continua Wanless, ignorant la question. J'ai fait le pied de grue toute la matinée, alors j'ai eu le temps de regarder, n'est-ce pas ?

– Si vous venez sans rendez-vous...

– Vous pensez leur mettre bientôt la main dessus, encore une fois, interrompit Wanless. Sinon, pourquoi Steinowitz, cet exécuteur ? Peut-être que vous les tenez vraiment. C'est possible. Mais vous l'avez déjà cru plusieurs fois, n'est-ce pas ?

– Qu'est-ce que vous voulez, Joe ?

Cap n'aimait pas qu'on lui rappelle les échecs passés. Ils avaient effectivement tenu la fillette pendant un certain temps. Les hommes qui avaient participé à cette affaire n'étaient toujours pas opérationnels et ne le seraient peut-être plus jamais.

– La même chose, depuis toujours, déclara Wanless,

penché sur sa canne. (*O mon Dieu*, pensa Cap, *le vieux con va me faire son numéro de rhétorique !*) Pourquoi est-ce que je reste en vie ? Pour vous convaincre de les neutraliser tous les deux. Ce James Richardson également. Et ceux de Maui aussi. Eliminez-les, capitaine Hollister. Faites-les disparaître de la surface de la terre.

Cap soupira.

Wanless eut un geste de sa main crochue en direction du chariot de bibliothèque.

– Je vois que vous avez encore consulté le dossier.

– Je le connais presque par cœur, dit Cap en esquissant un demi-sourire.

Depuis un an, le Lot Six était son pain et son vin. Au cours des deux années précédentes, il était resté inscrit en permanence sur son agenda. Après tout, Wanless n'était peut-être pas le seul obsédé dans cette pièce.

La différence, c'est que je suis payé pour ça. Chez Wanless, ce n'est qu'un passe-temps. Un passe-temps dangereux.

– Vous avez beau le consulter, il ne vous apprend rien, dit Wanless. Laissez-moi essayer encore une fois de vous convertir aux voies de la vérité, capitaine Hollister.

Cap voulut protester, puis il songea au rendez-vous de midi avec Rainbird. Son visage se dérida. Ses traits exprimaient à présent le calme, la compassion même.

– C'est bon, lâcha-t-il. Allez-y.

– Vous pensez toujours que je suis fou, n'est-ce pas ? Cinglé.

– Je n'ai rien dit de tel.

– Il serait bon que vous vous rappeliez que j'ai été le premier à suggérer un programme d'expérimentations avec l'acide di-lysergique trivalent.

– Certains jours, j'aimerais pouvoir l'oublier.

Il lui suffisait de fermer les yeux pour visualiser le premier rapport de Wanless, un pavé de deux cents pages en forme de prospectus pour une drogue désignée tout d'abord par les initiales DLT, puis appelée « acide-plus » par les techniciens qui la manipulaient, et enfin Lot Six. Le prédécesseur de Cap qui avait donné le feu vert au projet initial reposait au cimetière d'Arlington depuis six ans. Ce bon citoyen avait même eu droit aux honneurs militaires.

– J'estime simplement que mon opinion devrait peser dans la balance, reprit Wanless.

Il paraissait fatigué ce matin. Les mots sortaient lentement de sa bouche, comme brouillés. Quand il parlait, le coin gauche de sa bouche restait immobile.

– J'écoute, affirma Cap.

– Autant que je sache, je suis le seul psychologue, le seul membre du corps médical, qui retienne encore votre attention. Vous êtes tous aveuglés, obnubilés par une seule chose : ce que cette petite fille et cet homme représentent pour la sécurité de l'Amérique... et peut-être pour l'équilibre futur des pouvoirs. D'après les renseignements que nous avons rassemblés sur lui, ce McGee est une sorte de Raspoutine bénin. Il peut faire...

Wanless continuait à pontifier, mais Cap ne l'écoutait plus. *Un Raspoutine bénin*, pensa-t-il. L'expression était ampoulée mais elle lui plaisait. Il se demanda comment réagirait Wanless s'il apprenait que, d'après l'ordinateur, McGee s'était peut-être condamné lui-même en quittant New York. Et s'il lui montrait l'étrange billet ? Il aurait certainement une autre attaque, se dit Cap en dissimulant un sourire derrière sa main.

– C'est avant tout la fille qui m'inquiète, déclarait Wanless pour la vingtième ? trentième ? cinquantième fois ? Le mariage de McGee et de Tomlinson, c'était jouer à mille contre un. Nous aurions dû l'empêcher à tout prix. Pourtant, qui aurait pu prévoir...

– Vous y étiez totalement favorable à l'époque, coupa Cap. (Il ajouta un peu sèchement :) Je crois même que vous auriez conduit la mariée à l'autel si on vous l'avait demandé.

– Personne ne se rendait vraiment compte, murmura Wanless. Il a fallu cette attaque pour m'ouvrir les yeux. Le Lot Six n'était après tout qu'une synthèse d'extrait pituitaire... un anti-douleur hallucinogène incroyablement puissant dont la portée nous dépassait alors, comme il nous dépasse maintenant. Nous savons – en tout cas nous en sommes presque sûrs – que le pendant naturel de cette substance est responsable des bouffées occasionnelles de pouvoirs psychiques que tout être humain ressent un jour ou l'autre. Une gamme de phénomènes étonnamment large :

précognition, télékinésie, domination mentale, explosions de force surhumaine, contrôle temporaire du système nerveux sympathique. Saviez-vous que la glande pituitaire entre en suractivité dans presque toutes les expériences de biofeedback ?

Cap le savait. Wanless le lui avait dit un nombre incalculable de fois. Il savait aussi qu'il était inutile de répondre. Wanless était lancé et Cap disposé à l'écouter... une dernière fois. Autant accorder au vieil homme son heure de gloire.

– Oui, c'est vrai. (Wanless donna lui-même la réponse.) Elle entre en activité également au cours du sommeil paradoxal. Ceux qui souffrent de troubles de la glande pituitaire ne rêvent pas normalement et sont, plus que tous autres, sujets aux tumeurs cervicales. La glande pituitaire, capitaine Hollister ! En termes d'évolution, c'est la plus ancienne glande endocrine du cerveau. Au cours de l'adolescence, elle libère à plusieurs reprises dans le sang une dose d'extrait correspondant à son propre volume. C'est une glande extrêmement importante, terriblement mystérieuse. Si je croyais à l'âme humaine, capitaine Hollister, je dirais qu'elle se tient dans la glande pituitaire.

Cap grogna.

– Nous savons tout cela, reprit Wanless, et nous savons aussi que le Lot Six a d'une manière ou d'une autre changé la composition de la glande pituitaire des sujets de l'expérience. Même celle de votre prétendu « homme tranquille », James Richardson. Qui plus est, nous pouvons déduire, d'après nos renseignements sur cette enfant, qu'il altère aussi la structure chromosomique... il pourrait s'agir d'une véritable mutation.

– Le facteur X a été transmis.

– Non. Cela fait partie des nombreux points que vous ne parvenez pas à saisir, capitaine Hollister. Andrew McGee est devenu un facteur X dans les années qui ont suivi cette expérience. Vicky Tomlinson est devenue un facteur Y – également affectée, mais pas de la même manière que son mari. Elle a conservé un pouvoir télékinésique assez bas. Lui a gardé un pouvoir de domination mentale de moyenne amplitude. Mais la petite fille...

Qu'est-elle réellement, capitaine Hollister? Nous n'en savons rien. Le facteur Z, sans doute.

– C'est ce que nous avons l'intention de découvrir, murmura Cap.

A présent, le rictus de Wanless s'étendait aussi au côté droit de sa bouche.

– C'est ce que vous avez l'intention de découvrir, répéta-t-il. Oui, si vous persistez, c'est ce qui va se produire... pauvres fous aveugles. (Il ferma les yeux quelques secondes et les recouvrit de sa main. Cap le regardait tranquillement.) Vous savez déjà une chose. Elle allume des feux.

– Exact.

– Vous présumez qu'elle a hérité les capacités de télékinésie de sa mère. En fait, vous avez même de forts soupçons.

– Exact.

– Quand elle était toute petite, elle ne possédait aucun moyen de contrôler ces... disons ces talents, faute d'un mot plus approprié...

– Un enfant en bas âge est aussi incapable de contrôler ses besoins naturels, répliqua Cap, utilisant l'un des exemples mis en avant dans le dossier. Mais quand il grandit...

– Oui, oui, je connais parfaitement cette analogie. Mais un enfant plus âgé n'est pas pour autant à l'abri des incidents.

Cap sourit.

– Nous la garderons dans une pièce à l'épreuve du feu.

– Une cellule.

– Si vous préférez, concéda Cap, souriant toujours.

– Ecoutez-moi bien. Cette gamine n'aime pas utiliser son pouvoir. On lui a appris à en avoir peur, tout à fait délibérément. Laissez-moi vous donner un exemple similaire. Celui du fils de mon frère. Freddy voulait toujours jouer avec les allumettes. « Beau, beau », disait-il en les allumant. Aussi mon frère décida-t-il de créer chez lui un complexe, de lui faire suffisamment peur pour qu'il n'y touche plus jamais. Il dit à Freddy que le soufre des allumettes ferait pourrir et tomber ses dents. Qu'il deviendrait aveugle à force de les regarder brûler. Finalement, il en alluma une et tint pendant une seconde la main de l'enfant au-dessus de la flamme.

– Votre frère, murmura Cap, me paraît être un fin psychologue.

– Mieux vaut provoquer une petite cloque sur la main d'un enfant que de le voir un jour dans le service des grands brûlés, emmailloté de linges mouillés, les trois quarts de son corps atteints au troisième degré.

– Mieux vaut mettre les allumettes hors de portée de l'enfant.

– Pouvez-vous mettre les allumettes de Charlene McGee hors de sa portée ?

Cap hocha silencieusement la tête.

– Je vous concède ce point, mais...

– Posez-vous cette question, capitaine Hollister : à quoi ressemblait la vie d'Andrew et de Victoria McGee quand Charlene n'était qu'un bébé ? Quand ils ont commencé à faire le rapprochement, à comprendre ? Le biberon tarde. L'enfant pleure. Au même moment, l'un des animaux en peluche *posés près d'elle dans le berceau* s'enflamme. La couche n'est pas changée à temps. L'enfant pleure. Quelques secondes plus tard, les vêtements sales dans le panier prennent feu spontanément. Vous avez lu les rapports, capitaine Hollister. Vous savez ce qui se passait dans cette maison. Un extincteur et un détecteur de fumée dans chaque pièce. Une fois, capitaine Hollister, ils sont entrés dans la chambre de l'enfant et l'ont trouvée debout, hurlant dans son berceau, les cheveux en feu. *Ses propres cheveux.*

– Oui. Ça devait les rendre bigrement nerveux.

– Alors, continua Wanless, ils lui ont appris à être propre... et ils lui ont appris à être ignifuge.

– A être ignifuge, répéta Cap d'un air songeur.

– Ce qui veut simplement dire que, tout comme mon frère et son fils, ils ont créé chez elle un complexe. Vous avez évoqué l'analogie, capitaine Hollister, alors examinons-la de plus près. Comment apprend-on à un enfant à être propre ? En créant purement et simplement un complexe. (Soudain, la voix du vieil homme se fit suraiguë et chevrotante, comme celle d'une femme grondant son enfant. Cap écoutait avec un étonnement mêlé de dégoût.)

Vilain bébé ! cria Wanless. Regarde ce que tu as fait ! C'est sale, bébé, regarde comme c'est sale ! C'est vilain de faire dans ta culotte ! Est-ce que les grandes personnes font dans leur culotte ? Sur le pot, tu dois aller sur le *pot* !

– Je vous en prie ! dit Cap, gêné.

– C'est ainsi qu'on procède, en attirant l'attention de l'enfant sur ses fonctions éliminatoires d'une façon qui serait considérée comme malsaine si l'objet de la fixation était autre. Quelle est la force de ce complexe inculqué à l'enfant, demanderez-vous ? Richard Damon, de l'université de Washington, s'est posé la question et a procédé à une expérience pour y répondre. Il a demandé cinquante étudiants volontaires. Il leur a fait boire de l'eau, du soda et du lait jusqu'à ce qu'ils meurent d'envie d'uriner. Après une attente d'une durée prédéterminée, il leur a dit qu'ils pouvaient se soulager... à condition de le faire dans leur pantalon.

– C'est répugnant ! s'écria Cap, choqué et écœuré.

– Vous voyez à quel point le complexe est enraciné dans votre psyché, déclara calmement Wanless. Vous ne trouviez pas ça répugnant quand vous aviez douze mois. Vous auriez uriné n'importe où, y compris sur les genoux du pape si vous en aviez eu envie à ce moment-là. Pour en revenir à l'expérience de Damon, capitaine Hollister, la plupart des étudiants *ne purent se soulager*. Ils comprenaient parfaitement que les règles normales du comportement avaient été abandonnées pour la durée de l'expérience, ils se trouvaient chacun dans une pièce isolée, seuls comme dans des toilettes ordinaires... mais quatre-vingt-cinq pour cent d'entre eux n'ont pu uriner. Le complexe inculqué par leurs parents était plus fort que leur besoin physique.

– Tout ceci n'est qu'une digression sans intérêt !

– Absolument pas. Je voudrais que vous compariez un instant l'apprentissage de la propreté et celui du contrôle du feu. Il y a de nombreuses ressemblances... et une différence notable, à savoir le degré *d'urgence*. Si un enfant met du temps à être propre, les conséquences sont désagréables mais mineures : sa chambre sent mauvais, sa mère doit le changer sans arrêt, au pire, le bébé aura une légère irritation si sa peau est sensible ou sa mère trop négligente.

Mais un enfant qui peut mettre le feu... pensez aux conséquences. (Les yeux de Wanless se mirent à briller.) Je tiens les parents McGee en très haute estime. D'une manière ou d'une autre, ils sont parvenus à éduquer l'enfant. J'imagine qu'ils ont commencé très tôt. Avant même qu'elle ne soit capable de marcher à quatre pattes. L'ennui, capitaine Hollister, c'est que vos ordinateurs suggèrent qu'elle est en train de surmonter son complexe. Tout concourt à l'aider dans cette voie. Elle est jeune, le complexe n'est pas encore solidement implanté par les années. Et son père est avec elle ! Est-ce que vous vous rendez compte de la signification de ce simple fait ? Non, bien sûr. Le père est l'image de l'autorité. Il tient les rênes psychiques de toutes les fixations chez l'enfant du sexe féminin. Pour la petite fille, il est comme Moïse. Sa loi est *la* loi, et il sait la faire respecter. Il est sans doute la seule personne à pouvoir faire sauter ce blocage.

Cap jeta un coup d'œil à sa montre et constata que Wanless était dans son bureau depuis quarante minutes. Il avait l'impression que son discours durait depuis des heures.

– Avez-vous terminé ? J'ai un autre rendez-vous...

– Quand des complexes de cette sorte sautent, c'est comparable à l'explosion d'un barrage après des pluies torrentielles. Ça commence par de légères fissures, trop insignifiantes pour être remarquées. D'après les informations de votre ordinateur, nous en sommes là avec la petite McGee. Vous pensez qu'elle s'est servie de son pouvoir à l'incitation du père, dans le but de l'aider. Le barrage peut craquer d'un seul coup, crachant des milliers de tonnes d'eau, qui vont tout détruire sur leur passage, noyer tout être vivant, changer le paysage à jamais ! (La voix grinçante de Wanless s'était élevée jusqu'à devenir un cri de vieillard brisé. Mais l'effet était plus geignard et pathétique qu'impressionnant.) Ecoutez, reprit-il. Pour une fois, écoutez ce que je vous dis. Enlevez vos œillères. L'homme en lui-même n'est pas dangereux. Il a un petit pouvoir, une sorte de joujou. Il le sait parfaitement. Il n'a pas pu s'en servir pour gagner des milliers de dollars. Il ne contrôle ni les humains ni les nations. Il a utilisé son don pour aider des femmes obèses à perdre leurs kilos, pour aider des cadres timides à retrouver leur assurance. Il ne peut se servir de cette chose ni trop souvent ni très bien... quelque chose, un facteur physiologique interne le limite. Mais la fillette est incroyablement dangereuse. Elle est en fuite avec son père, placée dans une situation de survie difficile. Elle a peur. Lui aussi a peur, et c'est ce qui le rend dangereux. Encore une fois pas en lui-même, mais parce qu'il est forcé, à cause de vous, de rééduquer complètement son enfant. Vous le poussez à changer les conceptions de la gamine sur le pouvoir qui l'habite. Vous le contraignez à obliger Charlene McGee à s'en *servir*.

Wanless respirait bruyamment.

Suivant pas à pas le scénario – la fin était proche à présent – Cap demanda calmement :

– Que suggérez-vous ?

– L'homme doit être tué. Rapidement. Avant qu'il n'ait pu attaquer plus avant le complexe que sa femme et lui ont inculqué à leur fille. La petite doit aussi être éliminée. Au cas où les dégâts auraient déjà été accomplis.

– Wanless, ce n'est qu'une enfant, après tout. D'accord, elle peut mettre le feu partout. Nous appelons ça de la pyrokinésie. Mais dans votre bouche, ça sonne comme l'Apocalypse.

– Ça le sera peut-être, insista Wanless. Vous ne devez pas vous laisser abuser par son âge et en oublier le facteur Z... pourtant, c'est exactement ce que vous faites. Et si le don de mettre le feu n'était que la partie visible de l'iceberg ? Supposez que ses pouvoirs s'accroissent. Elle n'a que sept ans. A cet âge-là, John Milton n'était peut-être qu'un petit garçon peinant pour écrire son nom lisiblement avec un morceau de charbon de bois. L'enfant a grandi. Il a écrit le *Paradis perdu*.

– Je ne comprends rien à ce que vous racontez, laissa tomber Cap.

– Je parle de potentiel de destruction. Je parle de talents liés à la glande pituitaire. Cette glande n'est pratiquement pas en activité chez une enfant de l'âge de Charlene McGee. Qu'arrivera-t-il à l'adolescence, quand elle se réveillera, quand elle deviendra pour une vingtaine de mois la force la plus puissante du corps humain, régentant toutes les fonctions, depuis la brusque maturation des caractères sexuels primaires et secondaires jusqu'à l'augmentation du pourpre rétinien dans l'œil ? Imaginez que vous ayez alors une gamine capable de provoquer une explosion par la *seule force de sa volonté* ?

– C'est la chose la plus absurde que j'aie jamais entendue.

– Vraiment ? Alors laissez-moi passer de l'absurdité à la folie furieuse, capitaine Hollister. Supposez qu'il existe ce matin quelque part une petite fille qui possède en elle, à l'état latent pour le moment, le pouvoir de briser la Terre en deux comme une assiette de porcelaine dans un stand de tir ?

Ils se regardèrent tous les deux en silence. Soudain, l'intercom bourdonna. Au bout de quelques secondes, Cap se pencha et appuya sur la touche.

– Oui, Rachel ?

Bon sang, le vieux fou avait bien failli l'avoir, juste à l'instant ! Wanless était une sorte de corbeau de malheur, un sinistre pessimiste. Cap, fonceur par nature, ne l'en aimait que moins.

– On vous appelle sur la ligne brouillée, dit Rachel. Depuis la zone d'opération.

– D'accord, Rachel. Merci. Faites patienter deux minutes.

– Bien, monsieur.

Il se renfonça dans son siège.

– Je suis obligé d'abréger cet entretien, docteur Wanless. Soyez sûr que je prendrai en considération tout ce que vous avez dit.

– Vraiment ? demanda le vieil homme.

La partie morte de sa bouche semblait adresser un sourire cynique à Hollister.

– Oui.

– La fillette, McGee et ce type, Richardson, constituent les trois derniers points d'une équation morte, capitaine Hollister. Effacez-les. Recommencez de zéro. Cette enfant peut être très dangereuse.

– Je prendrai en considération tout ce que vous avez dit, répéta Cap.

– Faites-le. (Wanless se mit enfin debout avec peine, s'aidant de sa canne. Il lui fallut du temps.) L'hiver approche, commenta-t-il. Mes vieux os redoutent le froid.

– Vous restez à Longmont ce soir ?
– Non, Washington.
Cap hésita, puis dit :
– Descendez au Mayflower. Il se peut que je veuille entrer en contact avec vous.
Quelque chose brilla dans le regard du vieillard – de la gratitude ? Oui, ça ne pouvait être que ça.
– Très bien, capitaine Hollister.
Il se dirigea vers la porte en s'appuyant sur sa canne – un vieil homme qui avait un jour ouvert la boîte de Pandore et voulait à présent détruire tout ce qui en était sorti, au lieu de s'en servir.
Quand le battant se referma sur lui, Cap poussa un soupir de soulagement et décrocha le téléphone à brouilleur.

7

– Qui est à l'appareil ?
– Orv Jamieson, monsieur.
– Vous les tenez, Jamieson ?
– Pas encore, monsieur, mais nous avons découvert quelque chose d'intéressant à l'aéroport.
– Quoi ?
– Tous les appareils téléphoniques à pièces sont vides. Nous avons trouvé quelques pièces de dix cents et de vingt-cinq cents sur le sol de certaines cabines.
– Fracturés ?
– Non, monsieur. C'est pour ça que je vous appelle. Ils n'ont pas été fracturés. Ils sont vides, tout simplement. La Compagnie du Téléphone s'arrache les cheveux.
– Très bien, Jamieson.
– Ça va accélérer les choses. On pensait qu'il avait laissé la gamine dehors et s'était présenté tout seul à la réception. En tout cas, maintenant on cherche un type qui a payé sa chambre avec de la petite monnaie.
– A supposer qu'ils soient dans un motel, et non pas planqués quelque part dans un chalet de vacances.
– Oui, monsieur.
– Continuez à chercher, O. J.
– Oui, monsieur. Merci.

Il paraissait absurdement heureux qu'on se souvienne de son surnom.

Cap raccrocha. Il ferma les yeux pendant cinq minutes et réfléchit. Une douce lumière automnale pénétrait dans le bureau par la baie, illuminant, réchauffant la pièce. Cap se pencha en avant et appela Rachel.

– John Rainbird est-il là ?

– Oui, Cap.

– Laissez-moi encore cinq minutes puis faites-le entrer. Je veux parler à Norville Bates en zone d'opération. C'est lui le grand chef jusqu'à l'arrivée d'Al.

– Oui, monsieur, répondit Rachel d'un air de doute. Ce sera forcément une ligne ouverte. Liaison par talkie-walkie. Pas très...

– Ça ira, fit Cap, impatient.

Il fallut deux minutes. La voix de Bates lui parvenait fluette et grésillante. Un brave homme, ce Bates. Pas très imaginatif, mais bosseur. Le genre de type parfait pour tenir le fort jusqu'à l'arrivée d'Albert Steinowitz. Norville Bates expliqua à Cap qu'ils commençaient à étendre le filet aux villes voisines – Oakville, Tremont, Messalonsett, Hastings Glen, Looton.

– Très bien, Norville. C'est parfait. (Cap pensa à Wanless. *Vous le forcez à rééduquer complètement la petite fille.* Il pensa à Jamieson et aux appareils téléphoniques vides. Ce n'était pas l'œuvre de McGee, mais celle de la fillette. Et comme elle était encore chargée, elle avait brûlé les chaussures du soldat, par accident, sans doute. Wanless serait content de savoir que Cap allait suivre cinquante pour cent de ses conseils – le vieux débris avait été particulièrement éloquent ce matin.) Il y a du changement, commença Cap. Nous devons sanctionner le grand garçon. Sanction définitive. Vous me suivez ?

– Sanction définitive, répéta Bates d'une voix neutre. Oui, monsieur.

– Très bien, Norville.

Cap raccrocha et attendit que John Rainbird fasse son entrée.

La porte s'ouvrit quelques instants plus tard. Il entra, énorme, affreux. Il était tellement silencieux, ce métis de Cherokee, qu'une personne assise à son bureau en train de lire ou d'écrire une lettre n'aurait pas même remarqué sa présence. Cap savait à quel point cette particularité était rare. La plupart des gens sont en mesure de sentir une présence étrangère dans une pièce : Wanless avait un jour appelé cette capacité le sens du fond du tonneau, un savoir né d'informations infinitésimales fournies par les cinq sens normaux. Avec Rainbird, on ne sentait rien. Aucune des antennes sensorielles ne vibrait. Steinowitz avait eu une phrase étrange à propos de cet homme, un soir dans le salon de Cap, devant un verre de porto : « C'est le seul être humain que je connaisse qui ne pousse pas l'air devant lui quand il marche. » Cap était content qu'il fût de leur côté parce que Rainbird était la seule créature humaine qui l'eût jamais terrifié.

Rainbird était un troll, un orgue, un plus qu'humain. Il mesurait presque deux mètres dix et portait ses longs cheveux noirs et brillants tirés en arrière et attachés en un court catogan. Dix ans auparavant, une mine Claymore lui avait explosé à la figure durant sa seconde période au Viêtnam et son visage n'était plus qu'un festival d'épouvante, tissu cicatriciel et chair dégoulinante. Son œil gauche avait disparu. A sa place, se creusait un cratère béant. Il refusait d'avoir recours à la chirurgie esthétique ou de se faire poser un œil artificiel parce que lorsqu'il rejoindrait les terrains de chasse de ses ancêtres, on lui demanderait de montrer les cicatrices de ses blessures de guerre. Quand il disait ce genre de choses, on ne savait jamais s'il fallait le croire, s'il était sérieux ou vous menait en bateau pour une raison connue de lui seul.

Avec les années, Rainbird s'était montré étonnamment bon agent – en partie parce qu'il n'avait pas du tout l'air d'en être un, mais surtout parce que derrière le masque de chair se cachait un esprit habile, furieusement intelligent. Il parlait quatre langues couramment et se débrouillait dans trois autres. Il prenait actuellement des cours de russe pendant son sommeil. Il avait une voix grave, musicale, cultivée.

– Bon après-midi, Cap.

– Nous sommes déjà l'après-midi ?

Rainbird sourit, dévoilant deux rangées de dents parfaitement blanches. Des dents de requin, pensa Cap.

– Depuis quatorze minutes. J'ai trouvé une montre digitale Seiko au marché noir de Venise. C'est fascinant. De petits chiffres noirs qui changent constamment. Un miracle de la technologie. J'ai souvent pensé, Cap, que nous nous sommes battus au Viêt-nam non pour gagner, mais pour accomplir des miracles technologiques. Nous avons fait cette guerre pour créer la montre digitale bon marché, le Ping-Pong à domicile qui nous enchaîne à la télévision, et le calculateur de poche. Au cœur de la nuit, je regarde ma montre neuve. Elle me dit que seconde après seconde, je me rapproche de ma mort. Ce sont de bonnes nouvelles.

– Asseyez-vous, mon ami, répondit Cap.

Comme toujours lorsqu'il parlait à Rainbird, sa bouche était sèche et il devait retenir ses mains de s'entrelacer et se tortiller sur la surface polie de son bureau. Et pourtant, il pensait que Rainbird *l'aimait* bien – si tant est qu'il aimât qui que ce fût.

Rainbird s'assit. Il portait un vieux jean et une chemise en chambray passée.

– Comment était Venise ? demanda Cap.

– Elle s'enfonce.

– J'ai un travail pour vous, si vous l'acceptez. Pas grand-chose, mais ça peut mener à une mission que vous trouverez considérablement plus intéressante.

– Dites.

– Strictement du volontariat, insista Cap. Vous êtes toujours au repos.

– Dites, répéta doucement Rainbird.

Cap parla. Son entretien avec Rainbird dura quinze minutes qui lui parurent des heures. Quand l'Indien partit, il poussa un long soupir. Wanless et Rainbird dans une même matinée, c'était trop pour n'importe qui. Mais beaucoup de choses avaient été réglées, durant cette demi-journée et l'après-midi réservait peut-être des surprises. Il appela Rachel.

– Oui, Cap ?

– Je vais déjeuner, chérie. Voulez-vous me faire monter quelque chose de la cafétéria ? N'importe quoi. Merci, Rachel.

Enfin seul. Le téléphone à brouilleur reposait silencieux

sur son socle épais, bourré de microcircuits, de microprocesseurs et de Dieu savait quoi encore. Quand il sonnerait de nouveau, ce serait probablement Albert ou Norville annonçant que tout était terminé dans l'Etat de New York – la fillette tombée entre leurs mains, son père mort. De bonnes nouvelles.

Cap ferma les yeux. Des pensées, des phrases flottaient dans sa tête comme de larges cerfs-volants paresseux. Domination mentale. Les grosses têtes du service affirmaient que le potentiel était énorme. Imaginez un type comme McGee à côté de Castro ou de l'ayatollah Khomeiny. Imaginez-le s'approchant assez près de ce coco de Ted Kennedy pour lui suggérer que le suicide était la meilleure des solutions. Imaginez un type comme ça lâché sur les leaders des différents groupes de guérilla communistes. C'était une honte de le sacrifier. Mais... ce qui avait réussi une fois pouvait être reproduit.

La fillette... *qui possède le pouvoir de briser la Terre en deux comme une assiette de porcelaine dans un stand de tir*... ridicule, bien sûr. Wanless était devenu aussi fou que le petit garçon de l'histoire de D.H. Lawrence, celui qui était capable de deviner les gagnants des courses de chevaux. Le Lot Six s'était transformé en acide de batterie, perçant d'énormes trous dans son bon sens. Il s'agissait d'une petite fille, et non d'une arme apocalyptique. Ils devaient absolument la garder suffisamment longtemps pour comprendre ce qu'elle était, et mesurer ce dont elle était capable. C'était le seul moyen de réactiver le programme de tests sur le Lot Six. Si on arrivait à la persuader d'utiliser ses pouvoirs pour le bien du pays, tant mieux.

Tant mieux, pensa Cap.

Le téléphone à brouilleur lança brusquement son long cri rauque.

Le pouls de Cap s'accéléra quand il décrocha.

L'INCIDENT
À LA FERME DES MANDERS

1

Tandis que Cap et Steinowitz parlaient de son avenir, Charlie McGee était assise sur le bord du lit, dans la chambre 16 du Slumberland Motel. Elle bâilla et s'étira. Un soleil matinal pénétrait obliquement par la fenêtre. Le ciel était d'un bleu automnal profond et sans taches. Tout paraissait tellement mieux à la lumière du jour !

Elle regarda son père, forme immobile sous les couvertures. Seule une touffe de cheveux noirs dépassait. Charlie sourit. Il faisait toujours de son mieux. S'ils avaient faim tous les deux et ne possédaient qu'une pomme, il en prenait une bouchée et la forçait à manger le reste. Quand il était éveillé, il faisait toujours de son mieux.

Mais quand il dormait il prenait toutes les couvertures.

Elle se dirigea vers la salle de bains, enleva sa culotte et tourna le robinet de la douche. Elle profita des toilettes pendant que l'eau se réchauffait puis entra dans la cabine. Elle ferma les yeux sous le jet brûlant et sourit. Rien de plus merveilleux que les deux premières minutes sous la douche !

(*Tu as été vilaine la nuit dernière.*)

Un pli se creusa entre ses sourcils.

(*Non. Papa a dit que non.*)

(*Tu as mis le feu aux chaussures de cet homme, vilaine, vilaine fille, tu aimes quand Nounours est tout brûlé ?*)

Le froncement s'accentua. La gêne faisait à présent place à la peur et à la honte. L'ours calciné n'atteignit jamais la surface de son esprit. Il resta à l'état de pensée latente. Comme cela se produisait souvent, sa culpabilité semblait être entièrement résumée en une odeur – une odeur de brûlé. De tissu et de bourre grésillants. Cette odeur amenait des images confuses de sa mère et de son père penchés sur elle. C'étaient des grandes personnes, des géants. Ils avaient peur, ils étaient en colère. Leurs voix tonnaient, craquaient comme de gros blocs de pierre dévalant le flanc d'une montagne dans un film.

(« *Vilaine! vilaine fille! pas faire ça, Charlie! Jamais! jamais! jamais!* »)

Quel âge avait-elle ? Deux, trois ans ? Jusqu'où pouvait-on remonter dans ses souvenirs ? Elle avait demandé ça à papa une fois et il avait répondu qu'il ne savait pas. Il se rappelait avoir été piqué par une guêpe et sa mère lui avait dit qu'il avait quinze mois lorsque c'était arrivé.

Son plus ancien souvenir : les visages des géants penchés sur elle, les voix comme des rochers roulants et une odeur de gaufre brûlée. L'odeur provenait de ses cheveux. Elle y avait mis le feu et presque tous avaient cramé. C'est après ça que papa avait parlé d' « aide » et que maman était devenue toute drôle, riant, pleurant et riant de nouveau si fort et d'une façon si bizarre que papa l'avait giflée. Elle s'en souvenait parce que c'était la seule fois où elle avait vu son père faire quelque chose comme ça à sa mère. « On devrait peut-être penser à demander de l' "aide" pour elle », avait dit papa. Ils se trouvaient dans la salle de bains, et elle avait la tête mouillée parce que son père l'avait mise sous la douche. « Oh oui, avait dit maman, allons voir le Dr Wanless, il nous donnera toute l' "aide" qu'on voudra, comme la première fois... » Ensuite les rires, les pleurs et la gifle.

(*Tu as été* VILAINE *hier soir.*)

– Non, murmura-t-elle sous les crépitements de la douche. Papa a dit que non. Il a dit que ça aurait pu... être... sa... figure.

(*TU AS ÉTÉ VILAINE HIER SOIR.*)

Mais ils avaient besoin de l'argent des téléphones. Papa l'avait dit.

(TRÈS VILAINE !)

Elle songea soudain à sa mère. Charlie avait alors cinq ans, presque six. Elle n'aimait pas penser à ça, mais les souvenirs étaient revenus et elle ne pouvait les repousser.

Ça s'était passé juste avant que les méchants ne viennent et ne lui fassent du mal.

(*Avant qu'ils ne la tuent, tu veux dire. Ils l'ont tuée.*)

Bon, d'accord, avant qu'ils ne la tuent et n'emmènent Charlie. Papa l'avait prise sur ses genoux pour lui raconter une histoire sauf qu'il n'avait pas les livres habituels qui parlaient de Pooh et de Tigger et de M. Crapaud et de Willie Wonka. Il avait plein de livres très épais et sans images. Elle avait plissé son nez et demandé celui de Pooh.

– Non, Charlie, avait-il répondu. Je veux te lire d'autres histoires et il faut que tu écoutes. Tu es assez grande maintenant, je crois. Ta mère le pense aussi. Ça te fera certainement un peu peur, mais il le faut. Ce sont de vraies histoires.

Elle se rappelait les titres des livres parce que ça lui avait vraiment fait peur. Il y en avait un appelé *Lo !* par un monsieur Charles Fort. Un autre appelé *Plus étrange que la science* par M. Frank Edwards. Un autre encore appelé *la Vérité de la nuit*. Et puis un dernier : *Pyrokinésie : compte rendu d'un cas*, mais maman n'avait pas voulu qu'on lise celui-là. « Plus tard, avait-elle dit, quand elle sera beaucoup plus grande, Andy. » Et le livre avait disparu. Charlie en avait éprouvé du soulagement.

Les récits étaient terrifiants. Le premier parlait d'un homme qui était mort brûlé dans un parc. Le second d'une femme qui s'était consumée dans le salon de sa maison-caravane. Rien dans la pièce n'avait pris feu excepté la femme et un morceau de la chaise sur laquelle elle était assise, en train de regarder la télé. Charlie n'avait pas compris certaines choses très compliquées mais elle se souvenait du policier qui disait : « Nous n'avons aucune explication. Il ne reste rien de la victime à part des dents et quelques morceaux d'os calcinés. Il aurait fallu au moins un fer à souder pour griller quelqu'un de cette façon. Nous ne comprenons pas pourquoi la caravane entière n'a pas explosé. »

La troisième histoire concernait un grand garçon – onze ou douze ans – qui avait pris feu sur une plage. Son père l'avait plongé dans l'eau, se brûlant gravement au passage, mais le garçon avait continué à se consumer jusqu'à ce qu'il ne restât plus rien. Il y avait aussi celle qui parlait d'une adolescente qui s'était enflammée alors qu'elle racontait ses péchés au prêtre dans le confessionnal. Charlie connaissait la confession parce que Deenie la lui avait expliquée. Elle lui avait raconté qu'il fallait avouer au curé tout ce qu'on avait fait de mal durant la semaine. Deenie n'y allait pas encore parce qu'elle n'avait pas fait sa communion, mais son frère Carl, qui était en cinquième, se confessait. Il était obligé de tout dire, même la fois où il était entré en cachette dans la chambre de sa mère pour prendre les chocolats qu'on lui avait offerts pour son anniversaire. Parce que si on mentait au prêtre on ne pouvait pas être lavé par le SANG DU CHRIST et on allait LÀ OÙ ÇA BRÛLE.

Charlie avait parfaitement saisi le pourquoi de ces histoires. Après celle de la fillette dans le confessionnal, elle avait été si effrayée qu'elle s'était mise à pleurer à gros sanglots.

– Est-ce que je vais brûler vive ? Comme quand j'étais petite et que j'ai mis le feu à mes cheveux ? Est-ce que je vais brûler entièrement ?

Ses parents avaient eu l'air bouleversés. Maman était pâle et ne cessait de se mordre la lèvre, mais papa l'avait entourée de son bras et l'avait consolée :

– Non, ma chérie. Mais tu ne dois jamais oublier de faire attention, et ne pas penser à cette... chose. Cette chose que tu fais quelquefois quand tu es ennuyée ou effrayée.

– Qu'est-ce que c'est ? avait crié Charlie. Dites-moi ce que c'est, je ne sais même pas ce que c'est, je ne le ferai jamais, je le *jure* !

– Ça s'appelle pyrokinésie, ma chérie, avait expliqué maman. Ça veut dire qu'on est capable de mettre le feu quelque part simplement en y pensant. En général, ça arrive quand on est contrarié. Certaines personnes possèdent apparemment ce... ce pouvoir toute leur vie sans jamais s'en apercevoir. D'autres... eh bien, ce pouvoir s'empare d'elles pendant une minute et elles...

Sa maman n'avait pas pu finir la phrase.

– Elles prennent feu toutes seules, avait continué papa. Comme quand tu étais petite et que tu as enflammé tes cheveux. Mais tu peux contrôler ça, Charlie. Tu *dois* le contrôler. Dieu sait pourtant que ce n'est pas ta faute. (Son regard avait croisé celui de sa mère à ce moment-là, et elle avait eu l'impression que quelque chose passait entre eux. La serrant contre lui, il avait encore dit :) Quelquefois, je sais, tu n'y peux rien. C'est un accident, comme quand tu étais petite, que tu oubliais d'aller aux toilettes parce que tu jouais et que tu faisais pipi dans ta culotte. Tu te rappelles, on appelait ça avoir un accident ?

– Je ne le fais plus.

– Non, bien sûr. Et dans peu de temps, tu contrôleras cette chose aussi bien. Mais pour le moment, Charlie, tu dois nous promettre de ne *jamais jamais jamais* t'énerver de cette façon si tu peux l'éviter. Cette façon qui te fait lancer des flammes. Et si ça t'arrive quand même, pousse-la loin de toi. Sur une corbeille à papiers ou un cendrier. Essaie de la faire sortir. De la diriger vers l'eau s'il y en a autour de toi.

– Mais jamais sur une personne, avait ajouté maman. (Son visage était lisse, pâle et grave.) Ce serait très dangereux, Charlie. Ce serait très vilain. Parce que tu pourrais... (elle lutta pour faire sortir les mots de sa bouche)... tu pourrais tuer quelqu'un.

Charlie avait alors éclaté en sanglots hystériques, versant des larmes de frayeur et de remords. Les mains de sa maman étaient toutes deux bandées et elle comprenait pourquoi son père lui avait raconté tout ça. La veille, quand sa mère lui avait interdit d'aller jouer chez Deenie parce qu'elle n'avait pas rangé sa chambre, Charlie s'était mise en colère, *très* en colère. Le feu était venu, sortant de nulle part comme toujours, comme un diable bondissant de sa boîte, tanguant sur son ressort avec un mauvais sourire. Elle était tellement furieuse qu'elle avait poussé le feu hors d'elle, sur sa maman dont les mains s'étaient mises à brûler. Heureusement, ça n'avait pas été *trop* grave (*ça aurait pu être pire, ça aurait pu être son visage*) parce que l'évier était rempli d'eau savonneuse pour la vaisselle, mais ça n'était PAS BIEN, pas bien du tout, et elle avait promis à ses parents que plus *jamais jamais jamais*...

L'eau chaude ruisselait sur sa figure, ses épaules, sa poitrine, l'enfermant dans une douce enveloppe, un cocon. Les souvenirs et la peine s'estompaient. Papa lui avait *dit* que c'était bien. Et quand son père affirmait quelque chose, c'était la vérité. Papa était l'homme le plus intelligent du monde.

Son esprit revint au présent, et elle pensa à ceux qui les pourchassaient. Son père lui avait expliqué qu'ils appartenaient au gouvernement, une mauvaise partie du gouvernement appelée la Boîte. Partout où ils allaient, ces hommes les poursuivaient.

Je me demande quel effet cela leur ferait si je les faisais brûler, interrogea une partie d'elle-même, avec le plus grand calme. Elle ferma les yeux très fort, rongée soudain d'une horrible culpabilité. C'était vilain de penser ce genre de choses. Ce n'était pas bien.

Charlie tendit le bras, ferma le robinet d'eau chaude d'un brusque mouvement de poignet. Elle resta deux minutes sous le jet d'eau glacée, frissonnante, résistant à l'envie de sortir.

Quand on avait de mauvaises pensées, on devait les payer.

C'est Deenie qui le lui avait dit.

2

Andy se réveilla lentement, vaguement conscient du bruit de la douche. Tout d'abord, le crépitement s'intégra à son rêve. Il avait de nouveau huit ans et se trouvait sur Tashmore Pond avec son grand-père. Il essayait d'enfiler un asticot remuant sur son hameçon sans se transpercer le pouce.

Le rêve était incroyablement précis. Il voyait le panier d'osier craquelé à l'avant du bateau et même les rustines taillées dans des chambres à air rouges sur les bottes vertes de Granther McGee... Un crépuscule parfait équilibrait les dernières lueurs du jour et l'obscurité naissante. La surface de l'étang était incroyablement calme, couleur de chrome. Des éclairs de chaleur illuminaient le ciel par intermittence... en fait il s'agissait certainement de vrais éclairs parce que la pluie commençait à tomber. On entendait les premières gouttes glissant sur le lac, un sifflement grave et mystérieux comme...

... comme le bruit d'une...

... douche, Charlie doit être sous la douche.

Il ouvrit les yeux sur les poutres d'un plafond inconnu. *Où sommes-nous ?*

Le décor retomba en place, non sans un moment de chute libre effrayante. Trop d'endroits différents en un an, trop d'échappées belles, trop de pression. Il pensa à son rêve avec regret, souhaita pouvoir être de nouveau auprès de Granther McGee, son grand-père qui était mort depuis vingt ans.

Hastings Glen. Il était... *ils* étaient à Hastings Glen.

Il avait encore mal à la tête, mais pas autant que la veille, quand le barbu les avait laissés devant le motel. La douleur n'était plus qu'une pulsation constante. Si tout se passait comme d'habitude, il ne resterait qu'une vague gêne le soir et plus rien le lendemain.

La douche s'était arrêtée.

Il s'assit dans le lit et regarda sa montre. Onze heures moins le quart.

– Charlie ?

Elle entra dans la chambre tout en se frottant vigoureusement à l'aide d'une serviette.

– Bonjour, papa.

– Bonjour. Comment vas-tu ?

– J'ai faim. (Elle se dirigea vers la chaise où elle avait posé ses vêtements. Elle saisit la blouse verte, la renifla, grimaça.) J'ai besoin de changer de vêtements.

– Il faudra que tu te contentes de ceux-là pour le moment, bébé. On t'en trouvera d'autres plus tard.

– J'espère qu'on ne va pas attendre trop longtemps pour manger.

– On va faire du stop, et on s'arrêtera au premier café.

– Papa, quand j'ai commencé à aller à l'école, tu m'as dit de ne jamais monter en voiture avec des étrangers.

Elle avait enfilé son chemisier, sa culotte et le regardait d'un air singulier.

Andy sortit du lit, s'approcha d'elle et posa ses mains sur les épaules de sa fille.

– Le diable qu'on ne connaît pas est parfois préférable à celui qu'on connaît, déclara-t-il. Tu comprends ce que ça veut dire ?

Elle réfléchit. Le diable qu'ils connaissaient devait être

les hommes de la Boîte, ceux qui les avaient poursuivis la veille, à New York. Alors l'autre...

– Je crois que ça veut dire que la plupart des gens qui conduisent une voiture ne travaillent pas pour cette Boîte, annonça-t-elle.

Il sourit.

– Exact. Mais ce que j'ai dit auparavant tient toujours, Charlie. Quand tu as des ennuis, tu es parfois obligée d'agir comme tu ne le ferais jamais en temps normal.

Le visage de la fillette devint grave, attentif.

– Comme faire sortir l'argent des téléphones ?

– Oui.

– Ça n'était pas mal ?

– Non. Vu les circonstances, ça n'était pas mal.

– Parce que, quand tu as des ennuis, tu fais tout ce qu'il faut pour en sortir.

– Oui, avec quelques exceptions.

– Lesquelles, papa ?

Il lui ébouriffa les cheveux.

– On verra ça plus tard, Charlie. Détends-toi, maintenant.

Elle insista :

– Je n'ai pas voulu mettre le feu aux chaussures de l'homme. Je ne l'ai pas fait exprès.

– Bien sûr que non !

Alors, elle se détendit. Son sourire, qui ressemblait tant à celui de Vicky, était radieux.

– Comment va ta tête ce matin ?

– Beaucoup mieux, merci.

– Bien. (Elle l'inspecta de plus près.) Ton œil a l'air bizarre.

– Lequel ?

Elle désigna le gauche.

– Celui-là.

– Ah bon ?

Il se rendit dans la salle de bains et essuya un coin du miroir embué.

Il regarda longtemps son œil, et sa bonne humeur s'estompa. Celui de droite était gris-vert, comme d'habitude, couleur d'océan par un jour pluvieux de printemps. Le gauche avait un iris normal mais le blanc était injecté de sang. La pupille paraissait plus petite que l'autre et la paupière tombait légèrement.

La voix de Vicky résonna soudain à ses oreilles, aussi claire que si elle s'était tenue debout derrière lui. *Ces migraines, Andy, elles me font peur. Quand tu te sers de cette poussée, ou je ne sais comment tu l'appelles, tu ne fais pas seulement quelque chose aux autres. Tu te fais quelque chose à toi-même.*

Lui vint alors l'image d'un ballon dans lequel on souffle, encore... encore... et encore, jusqu'à ce qu'il éclate avec un bang sonore.

Du bout des doigts de sa main droite, il tâta avec soin le côté gauche de son visage. Il ressemblait au héros d'une pub télé s'émerveillant de la qualité de son rasage. Il trouva trois points – le premier sous l'œil, le second sur la pommette, le troisième juste sous la tempe – où la peau était devenue insensible. La peur envahit les creux de son corps comme la brume silencieuse du crépuscule. Il s'inquiétait autant pour lui-même que pour Charlie. Que deviendrait-elle si elle se retrouvait seule ?

Il la vit derrière lui dans le miroir, comme s'il l'avait appelée.

– Papa ? (Elle paraissait anxieuse.) Ça va ?

– Très bien, répondit-il d'une voix qui lui parut assurée. (Elle ne tremblait pas, n'était pas faussement enjouée.) Je pensais simplement que j'avais besoin d'un bon rasage.

Elle gloussa en portant sa main devant sa bouche.

– Tu piques comme du Scotch Brite. Ha ! ha ! Le modèle pour casseroles.

Il la pourchassa jusque dans la chambre et frotta sa joue râpeuse contre la peau douce de Charlie. Elle se débattit en riant.

3

Pendant qu'Andy chatouillait sa fille, Orville Jamieson, alias O.J., alias le Jus, et Bruce Cook, un autre agent de la Boîte, sortaient d'une Chevrolet bleu clair garée devant le Hastings Diner.

O.J. s'arrêta un instant, embrassant d'un regard la rue

principale, son parking en pente, son magasin d'accessoires en tous genres, son épicerie, ses deux stations-service, son drugstore, son bâtiment municipal en bois, orné d'une plaque commémorant un événement historique qui n'intéressait personne. La rue principale était aussi la route 40, et les McGee se trouvaient à moins de six kilomètres d'O.J. et de son camarade.

– Regarde-moi ce trou ! fit O.J., l'air dégoûté. J'ai grandi pas loin d'ici. Lowville. Tu as déjà entendu parler de Lowville, dans l'Etat de New York ?

Bruce Cook fit non de la tête.

– C'est pas loin d'Utica, non plus. Là où on fabrique la bière Utica Club. Le jour le plus heureux de ma vie c'est celui où je me suis tiré de Lowville.

O.J. glissa une main sous sa veste et réajusta le Pompeur à l'intérieur de sa gaine.

– Voilà Tom et Steve, dit Bruce.

De l'autre côté de la rue, une Pacer brun clair venait de se ranger sur un emplacement de parking qu'un camion de ferme venait juste de quitter. Deux hommes vêtus de costumes sombres en descendirent. On aurait dit des banquiers. Un peu plus bas dans la rue, au feu de signalisation, deux autres agents de la Boîte parlaient avec la vieille bique qui faisait traverser les gosses à l'heure du déjeuner. Ils lui montraient la photo, elle secouait la tête. Hastings Glen abritait dix hommes de la Boîte, tous en liaison avec Norville Bates qui était retourné à Albany attendre le bras droit de Cap, Al Steinowitz.

– Ouais, Lowville, soupira O.J. J'espère qu'on aura ces deux crétins à midi. Et j'espère que ma prochaine mission m'enverra à Karachi. Ou en Islande. N'importe où du moment que ce n'est pas dans l'Etat de New York. On est trop près de Lowville. Ça me dérange.

– Tu crois qu'on les tiendra à midi ? demanda Bruce.

O.J. haussa les épaules.

– En tout cas, on les aura avant que le soleil ne se couche. Tu peux en être sûr.

Ils entrèrent dans le troquet, s'assirent au comptoir et commandèrent du café. Une serveuse, jeune et bien faite, le leur apporta.

– Ça fait longtemps que t'es là, sœurette ? voulut savoir O.J.

– Si vous avez une sœur, je la plains, répondit la serveuse. Au cas où il y aurait un air de famille.

– Sois pas comme ça, sœurette, conseilla O.J. en lui montrant sa carte.

Elle la regarda longtemps. Derrière elle, un délinquant juvénile vieillissant vêtu d'un blouson de moto tripotait les boutons d'un juke-box Seeburg.

– Je suis arrivée à sept heures, dit-elle. Comme les autres jours. Vous voulez sans doute parler à Mike. C'est le patron.

Elle se tourna et O.J. lui attrapa le poignet, la tenant fermement. Il n'aimait pas les femmes qui se moquaient de son apparence. Toutes des salopes, de toute façon. Sa mère avait eu raison sur ce point même si sur les autres elle s'était presque toujours trompée. Sa mère aurait sûrement su quoi penser de ce genre de petite pute, avec ses nichons dressés.

– Est-ce que j'ai dit que je voulais parler au patron, sœurette ?

La fille commençait à avoir peur maintenant. Ça plaisait à O.J.

– N-non.

– Exact. Parce que c'est à toi que je veux parler, pas à un graisseux qui a passé la matinée dans la cuisine avec ses œufs brouillés et ses hamburgers. (Il sortit de sa poche la photo d'Andy et de Charlie, puis la tendit à la fille, sans lâcher son poignet.) Tu les reconnais, sœurette ? Tu leur as peut-être servi le petit déjeuner ce matin ?

– Lâchez-moi ! Vous me faites mal.

Son visage avait perdu ses couleurs, à l'exception du rouge violent dont elle avait enduit ses lèvres et ses joues. Elle avait dû être meneuse de claque à l'école. Le genre de fille qui rigolait quand Orville Jamieson les invitait à sortir avec lui parce qu'il était président du club d'échecs et non pas arrière dans l'équipe de football américain. Sales petites putes de Lowville. Seigneur, comme il détestait cet Etat ! Même à New York, il en était encore trop près.

– Dis-moi si tu les as servis ou non. A ce moment-là seulement je te lâcherai, *sœurette*.

Elle jeta un coup d'œil rapide à la photo.

– Non, je ne les ai pas servis. Maintenant, lâ...

– Tu n'as pas bien regardé, sœurette. Fais un petit effort.

Elle regarda une seconde fois.

– Non ! Non ! (Elle criait presque.) Je ne les ai jamais vus ! Vous allez me lâcher, hein ?

Le vieux jeune en Perfecto s'approcha lentement, zippers au vent, pouces dans les poches du pantalon.

– Vous embêtez la dame, dit-il.

Bruce Cook lui jeta un franc regard de mépris.

– Fais gaffe ou tu pourrais bien être le prochain qu'on décide d'embêter, face de pizza, dit-il.

– Oh ! souffla le jeune au blouson.

Sa voix, soudain, s'était faite toute petite. Il s'éloigna très vite, se souvenant brusquement d'un rendez-vous urgent.

Assises à une table, deux vieilles dames surveillaient d'un air inquiet la saynète au comptoir. Un homme corpulent portant un tablier de cuisine raisonnablement propre – sans doute, Mike, le patron – se tenait dans l'embrasure de la porte des cuisines. Lui aussi regardait. Dans une main, il tenait, sans grande autorité, un couteau à découper.

– Qu'est-ce que vous cherchez, les gars ? demanda-t-il.

– C'est des fédéraux, répondit la serveuse, plutôt mal à l'aise. Ils...

– Tu les as pas servis ? T'en es sûre ? fit O.J. *Sœurette ?*

– J'en suis sûre.

Elle était au bord des larmes.

– T'as intérêt. Une erreur pourrait bien t'envoyer en prison pour cinq ans, *sœurette.*

– J'en suis sûre, murmura-t-elle. (Une larme déborda la paupière, glissa sur la joue.) Lâchez-moi, s'il vous plaît. Arrêtez de me faire mal.

O.J. serra encore plus fort pendant quelques secondes. Il aimait sentir les os fins bouger sous ses doigts, aimait l'idée qu'il lui suffisait de presser un peu plus pour les faire craquer... Il lâcha la fille. Dans le café, le silence régnait. Seule la voix de Stevie Wonder sortant du Seeburg susurrait aux consommateurs terrifiés que « ça leur ferait des frissons partout ». A ce moment, les deux vieilles dames se levèrent et sortirent à la hâte.

O.J. prit son café, se pencha par-dessus le comptoir, renversa le liquide brun sur le sol et laissa tomber la tasse qui se brisa. De gros éclats de porcelaine giclèrent dans toutes les directions. La serveuse pleurait à chaudes larmes.

– Merdeux, ce jus, dit O.J.

Le patron agita son couteau sans grand enthousiasme; le visage d'O.J. s'éclaira.

– Allez, mec ! lança-t-il, riant à moitié. Vas-y. Essaie un peu.

Mike reposa le couteau près du toaster et s'écria soudain d'une voix vibrant de honte et d'indignation :

– J'ai combattu au Viêt-nam. Mon frère a combattu au Viêt-nam ! Je vais écrire à mon député ! Attendez un peu, vous allez voir !

O.J. le dévisagea. Au bout d'un moment, Mike baissa les yeux, effrayé.

Les deux hommes sortirent.

La serveuse se baissa vivement pour ramasser les morceaux de porcelaine tout en sanglotant.

Dehors, Bruce demanda :

– Combien de motels ?

– Trois. Et six chalets de touristes, répondit O.J. en regardant le feu clignotant. (Ça le fascinait. Dans le Lowville de sa jeunesse, il y avait un café avec une pancarte accrochée au-dessus du double chauffe-plats Silex qui disait : SI VOUS N'AIMEZ PAS NOTRE VILLE, PROCUREZ-VOUS UN INDICATEUR DE CHEMIN DE FER. Combien de fois avait-il rêvé d'arracher cette pancarte et de la fourrer dans la gorge du premier venu ?) On est en train de les contrôler, dit-il en se dirigeant vers la Chevrolet bleu clair, appartenant au pool automobile gouvernemental payé et entretenu par l'argent des contribuables. On saura bientôt à quoi s'en tenir.

4

John Mayo était en compagnie d'un agent nommé Ray Knowles. Il suivait la route 40 en direction du Slumberland Motel. Il conduisait une Ford gold d'un modèle assez récent, et au moment où il atteignait la dernière colline le séparant du motel, un des pneus creva.

– Merde ! lâcha John, tandis que la voiture commençait à tanguer, et à tirer à droite. Saloperie de matériel gouvernemental ! Putain de pneus rechapés ! (Il se gara sur l'accotement et alluma les feux de détresse.) Continue, ajouta-t-il. Je vais le changer.

– Laisse-moi t'aider, déclara Ray. On en a pour cinq minutes.

– Non, continue. C'est juste après la montée, je crois.

– T'en es sûr ?

– Ouais. Je te reprendrai au passage. Sauf si la roue de secours est à plat. Ça ne m'étonnerait pas.

Un camion bringuebalant les dépassa. C'était celui qu'O.J. et Bruce Cook avaient vu quitter la ville au moment où ils arrivaient devant le Hastings Diner.

Ray sourit.

– J'espère que non. Tu serais obligé de faire une demande en quatre exemplaires pour en avoir une neuve.

– J'en sais quelque chose, répondit John d'un air maussade.

Ils firent le tour de la voiture et Ray ouvrit le coffre. La roue de secours était en bon état.

– Okay, tu peux y aller, dit John.

– Tu sais, on en a vraiment pour cinq minutes à changer cette saleté.

– Je sais, et les deux zigs ne sont pas dans ce motel. Mais jouons le jeu à fond. Après tout, ils doivent bien être quelque part.

– Ouais, d'accord.

John sortit le pneu et le cric du coffre. Ray Knowles le regarda faire quelques instants puis se mit en route vers le Slumberland Motel.

5

Andy McGee attendait avec Charlie sur le bas-côté de la route 40, de l'autre côté du motel. Ses craintes, au sujet de la voiture qu'il s'était inventée, avaient fait long feu. La femme, à la réception, ne s'intéressait qu'à la petite portable Hitachi posée sur le comptoir. Un Phil Donahue miniature y était enfermé, et elle le dévorait des yeux. Elle glissa la clé qu'Andy lui tendait dans la fente du courrier sans même quitter l'image du regard.

– J'espère qu' le séjour a été agréable, dit-elle.

Elle avait déjà avalé la moitié d'une boîte de doughnuts au chocolat et à la noix de coco.

– Très agréable, répondit Andy.

Il sortit.

Charlie l'attendait dehors. En descendant les marches du perron, il fourra dans la poche de sa veste le reçu que la femme lui avait donné. Les pièces provenant des cabines de l'aéroport d'Albany tintèrent légèrement.

– Tout va bien, papa ? demanda Charlie tandis qu'ils se dirigeaient vers la route.

– Pas de problème, dit-il en entourant de son bras les épaules de sa fille.

De l'autre côté de la colline, à leur droite, Ray Knowles et John Mayo venaient juste de crever un pneu.

– Où est-ce qu'on va, papa ?

– Je n'en sais rien.

– Ça ne me plaît pas. Je me sens nerveuse.

– Je crois qu'on a de l'avance sur eux. Ne t'inquiète pas. Ils sont probablement toujours en train de courir après le chauffeur de taxi qui nous a conduits à Albany.

Mais il ne cherchait qu'à exorciser sa peur. Il le savait, et Charlie aussi, sans doute. Le simple fait d'être sur la route, à découvert, lui donnait l'impression d'être aussi exposé qu'un forçat de dessin animé en costume rayé. Arrête, se dit-il. Si ça continue, tu vas les voir partout – derrière cet arbre, ou derrière la prochaine côte. Ne dit-on pas que le comble de la paranoïa et celui de la prudence ne sont qu'une même et unique chose ?

– Charlie... commença-t-il.

– Allons chez Granther, lâcha-t-elle.

Il la regarda, surpris. Son rêve lui revint. Il pêchait sous la pluie, le bruit des gouttes d'eau était devenu celui de la douche que prenait Charlie.

– Qu'est-ce qui t'a fait penser à ça ? demanda-t-il.

Granther était mort bien avant la naissance de Charlie. Il avait passé toute sa vie à Tashmore, dans le Vermont, une petite ville à l'ouest de la frontière du New Hampshire. La mère d'Andy avait hérité de la maison du lac, qui lui était revenue ensuite à la mort de cette dernière. La ville l'aurait depuis longtemps confisquée pour non-paiement d'impôts si Granther n'avait laissé une petite somme en fidéicommis destinée à couvrir ses dettes.

Andy et Vicky s'y étaient rendus tous les ans pendant les vacances d'été jusqu'à la naissance de Charlie. La maison était située à trente kilomètres de la grand-route la plus proche, dans une région boisée et très peu peuplée. En été, toutes sortes de gens grouillaient autour de l'étang, qui était en réalité un lac bordé sur la rive opposée par la petite ville de Bradford. Mais en cette saison, tous les camps de vacances seraient vides. Andy doutait même qu'on prît la peine de dégager la route en hiver.

– Je ne sais pas, répondit Charlie. Ça m'est venu à l'esprit... comme ça. A l'instant.

De l'autre côté de la montée, John Mayo ouvrait le coffre de la Ford et inspectait la roue de secours.

– J'ai rêvé de Granther ce matin, commença Andy. C'est la première fois que je pense à lui depuis plus d'un an. On peut dire que moi aussi, ça m'est venu à l'esprit comme ça.

– C'était un bon rêve ?

– Oui. (Il esquissa un sourire.) Un bon rêve.

– Alors, qu'est-ce que tu en dis ?

– Je crois que c'est une idée formidable ! On pourrait aller là-bas et réfléchir à ce qu'on va faire. Je me suis dit qu'on devrait aller raconter toute notre histoire à un grand quotidien. Si tout le monde était au courant de l'affaire, ils seraient obligés d'abandonner.

Un vieux camion de ferme s'approchait d'eux en bringuebalant. Andy leva le pouce. De l'autre côté de la côte, Ray Knowles se mettait en route.

Le camion s'arrêta à leur hauteur et un type vêtu d'une salopette et d'une casquette de base-ball des New York Mets se pencha au-dehors.

– Voilà une p'tite demoiselle bien délurée, dit-il en souriant. Comment t'appelles-tu, ma jolie ?

– Roberta, répondit promptement Charlie.

C'était son second prénom.

– Eh ben, Bobbi, où tu vas ce matin ? demanda le conducteur.

– Nous sommes en route pour le Vermont, intervint Andy. Saint-Johnsbury. Ma femme est allée rendre visite à sa sœur et elle a eu un petit problème.

– Allons bon ! dit le fermier sans autre commentaire.

Il dévisagea Andy du coin de l'œil. Un regard perspicace.

– Les contractions, continua Andy en offrant un large sourire. La petite a un frère tout neuf. Une heure quarante et une ce matin.

– Il s'appelle Andy, reprit Charlie. C'est un beau nom, hein ?

– Au poil ! répondit le fermier. Grimpez là-dedans. Ce sera toujours quinze kilomètres de gagnés pour Saint-Johnsbury.

Ils montèrent. Le camion s'ébranla, retrouva la route, s'enfonça dans le radieux soleil matinal. Au même moment, Ray Knowles arrivait au sommet de la côte. Il vit une route redescendant vers le Slumberland Motel. De l'autre côté des bâtiments, il vit la camionnette qui les avait dépassés quelques instants plus tôt disparaître à l'horizon.

Il n'avait aucune raison de se presser.

6

Le fermier s'appelait Manders – Irv Manders. Il revenait de la ville où il avait vendu un chargement de potirons au type qui dirigeait le A & P (1) local. Il leur raconta qu'avant il faisait affaire avec First National, mais le gars qui s'en occupait ne comprenait rien aux potirons. Un garçon-boucher monté en grade, voilà ce qu'il était, d'après Irv Manders. Alors que le patron de l'A & P connaissait vraiment son boulot. Il leur dit aussi que sa femme tenait une sorte de boutique pour touristes en été, et qu'il instal-

(1) « The Atlantic & Pacific Tea Co », la plus grosse firme d'épicerie à succursales multiples aux Etats-Unis. (*N.d.T.*)

lait son stand de produits au bord de la route. A eux deux, ils s'en sortaient plutôt bien.

– Ça vous plaira pas que je m'occupe de vos oignons, commença Irv Manders, mais vous et votre bout de chou, vous devriez pas faire du stop. Mon Dieu, non ! Pas avec le genre de particuliers qui écument les routes ces temps-ci. Il y a un arrêt de Greyhound au drugstore de Hastings Glen. C'est ça qu'il vous faut.

– C'est-à-dire... répondit Andy pris de court.

Charlie s'inséra adroitement dans la brèche.

– Papa n'a pas de travail, expliqua-t-elle gaiement. C'est pour ça que ma maman a été obligée d'aller chez tante Em pour avoir le bébé. Tante Em n'aime pas papa. Alors, on est restés à la maison. Mais maintenant, on va aller voir maman. Hein, papa ?

– Bobbi, ce sont des choses plutôt intimes, répondit Andy, prenant le ton du type mal à l'aise.

Il se sentait vraiment mal à l'aise. Le scénario de Charlie était plein de trous.

– Pas un mot de plus ! décréta Irv. Les histoires de famille, je sais ce que c'est. Quelquefois même, ça peut faire du vilain. Je sais aussi ce que c'est d'être fauché. Y a pas de honte à ça.

Andy se racla la gorge mais se tut. Il ne trouvait rien à répondre. Ils roulèrent un moment en silence.

– Dites, et si vous veniez déjeuner avec nous à la maison ? demanda soudain Irv.

– Oh non, c'est vraiment impo...

– Avec grand plaisir, coupa Charlie. N'est-ce pas, papa ?

Il savait que les intuitions de Charlie étaient généralement bonnes. Il était aussi trop épuisé, physiquement et mentalement, pour s'opposer à sa fille. C'était une gamine bourrée de sang-froid, agressive, et plus d'une fois Andy s'était demandé qui menait réellement le bal.

– Si vous êtes sûr qu'il y aura assez... concéda-t-il.

– Il y a toujours assez, affirma Irv Manders en passant enfin la troisième. (Ils roulaient entre deux rangées d'arbres aux couleurs d'automne : des érables, des ormes, des peupliers.) Content que vous soyez des nôtres.

– Merci beaucoup, répondit Charlie.

– Le plaisir est pour moi, bout de chou, renchérit Irv. Pour ma femme aussi, quand elle t'aura vue.

Charlie sourit.

Andy se frotta les tempes. Sous les doigts de sa main gauche, il sentit une de ces portions de peau où tout nerf semblait mort. Cette découverte le rendait nerveux. Il avait toujours la sensation que les autres étaient sur leurs talons.

7

La femme qui vingt minutes plus tôt avait récupéré la clé de la chambre d'Andy au Slumberland Motel commençait à s'inquiéter. Elle avait complètement oublié Phil Donahue.

– Vous êtes sûre que c'est bien lui ? répéta Ray Knowles pour la troisième fois.

Ce petit homme net, bien mis et pourtant étriqué, ne lui plaisait pas. Il travaillait peut-être vraiment pour le gouvernement, mais cela était loin de rassurer Lena Cunningham. Elle n'aimait pas son visage étroit, ni les rides autour de ses yeux bleus et froids. Par-dessus tout, elle n'aimait pas la façon dont il lui fourrait la photo sous le nez.

– Oui, c'était lui, affirma-t-elle. Mais il n'avait pas de petite fille avec lui. Parole, monsieur. Mon mari vous dirait pareil. Il travaille de nuit. Alors on se voit presque jamais, sauf pour le dîner. Il vous dirait...

Le deuxième homme entra de nouveau. Avec une panique croissante, Lena constata qu'il avait un talkie-walkie dans une main et un énorme pistolet dans l'autre.

– C'était bien eux, lança John Mayo. (La fureur et la déception le rendaient presque hystérique.) Deux personnes ont dormi dans ce lit. Cheveux blonds sur un oreiller, noirs sur l'autre. Saloperie de pneu crevé ! Saloperie de merde ! Dans la salle de bains, les serviettes étaient encore mouillées. La douche gouttait. On les a ratés de cinq minutes, Ray !

Il renfonça son arme dans son holster.

– Je vais chercher mon mari, dit Lena d'une voix faible.

– Pas la peine, répondit Ray. (Il prit John par le bras et l'entraîna dehors. Mayo pestait toujours contre le pneu.) Laisse tomber, John. Est-ce que tu as eu O.J. en ville ?

– Oui. J'ai eu Norville, aussi. Il arrive d'Albany, avec Al Steinowitz. Il a débarqué il y a à peine dix minutes.

– Bon, c'est parfait. Ecoute, Johnny, réfléchis une minute. Ils ont sûrement fait du stop.

– Ouais, sans doute. Sauf s'ils ont tigé une bagnole.

– Le type est prof d'anglais. Il serait incapable de piquer un paquet de Bounty à la cantine d'un institut pour aveugles. Ils ont fait du stop. C'est comme ça qu'ils sont venus d'Albany hier soir. Ils ont recommencé ce matin. Je te parie mon salaire d'une année qu'ils étaient au bord de la route, le pouce levé, pendant que je montais la côte.

– S'il n'y avait pas eu ce pneu...

Derrière ses lunettes cerclées de métal, le regard de John était celui d'un chien battu. Sa promotion s'éloignait à lents coups d'ailes.

– Aux chiottes le pneu ! dit Ray. Qu'est-ce qui nous a dépassés, après la crevaison ?

John réfléchit tout en attachant le talkie-walkie à sa ceinture.

– Un camion de ferme.

– C'est bien ce qu'il me semblait, approuva Ray. (Il se retourna et aperçut la face de lune de Lena Cunningham qui les observait de la fenêtre de l'entrée. Elle vit qu'il l'avait repérée. Le rideau retomba en place.) Un camion plutôt branlant, continua-t-il. S'il ne quitte pas la grand-route, on devrait pouvoir le rattraper.

– Alors allons-y, déclara John. On peut garder le contact avec Al et Norville par l'intermédiaire de O.J.

Ils regagnèrent leur voiture. Quelques instants plus tard, la Ford gold bondit hors du parking, les pneus arrière crachant des gerbes de gravier blanc. Lena Cunningham les regarda partir avec soulagement. Ce métier d'hôtelier n'était plus ce qu'il avait été.

Elle alla réveiller son mari.

8

Alors que la Ford conduite par Ray Knowles dévorait la route 40 à plus de cent vingt à l'heure et qu'une cohorte de dix ou onze autres véhicules, tous banalisés et d'un modèle récent, convergeaient vers Hastings Glen, Irv Manders tendait le bras à gauche et quittait la grand-route, empruntant une voie non signalée et grossièrement goudronnée en direction du nord-est. Le camion avançait en cliquetant. Charlie, à la demande du fermier, avait chanté la plupart des neuf chansons de son répertoire, qui incluait des hits aussi éternels que « Happy birthday to you », et « Jesus loves me ».

La petite route serpentait le long d'une série de coteaux fort boisés, puis descendait vers des terres cultivées plus plates. Alors qu'ils longeaient un taillis de verges d'or et de foin, une perdrix jaillit sur le côté gauche et Irv s'écria :

– Ne la rate pas, Bobbi !

Charlie pointa son doigt et chantonna : « Bang-bang ! » avant d'éclater de rire.

Quelques minutes plus tard, Irv s'engagea sur un chemin de terre. Un kilomètre et demi plus loin, le camion parvint devant une boîte aux lettres bleu, blanc, rouge sur laquelle on avait peint MANDERS au pochoir. Le fermier tourna encore dans une allée creusée d'ornières qui faisait près de huit cents mètres de long.

– Ça doit vous coûter les yeux de la tête pour faire dégager ça en hiver, commenta Andy.

– J'le fais moi-même, dit Irv.

Ils débouchèrent devant un grand bâtiment de ferme en bois blanc, haut de trois étages et orné de bordures vert menthe. En voyant la maison, Andy jugea qu'elle avait dû passer pour très commune à sa construction, puis avait pris une allure excentrique au fil des ans. Deux appentis partant en oblique se rattachaient à l'arrière de la ferme. Au sud, on avait rajouté une serre. Au nord, une vaste véranda fermée avançait comme un jupon amidonné.

Derrière la maison se dressait une grange rouge qui avait dû connaître des jours meilleurs. Entre le bâtiment principal et la grange se trouvait ce que les habitants de la Nouvelle-Angleterre appellent une arrière-cour : une étendue de terre poussiéreuse où s'ébattaient deux douzaines de poules caquetantes. Quand la camionnette bringuebala vers elles, elles s'enfuirent, criant et battant de leurs ailes inutiles, par-delà un billot où était plantée une hache.

Irv fit entrer le camion dans la grange. Une odeur de foin douceâtre y régnait et Andy pensa aux étés du Vermont. Lorsque le fermier coupa le contact, tous entendirent un meuglement grave et musical provenant du fond du bâtiment, plongé dans la pénombre.

– Vous avez une *vache*, dit Charlie. (Une sorte d'extase se peignit sur son visage.) Je l'*entends*.

– On en a trois, répondit Irv. Celle que tu entends, c'est Bossy. Plutôt original, comme nom, hein, bout de chou ? Elle est persuadée qu'il faut la traire trois fois par jour. Tu la verras plus tard, si ton papa le permet.

– Tu permets, papa ?

– Je crois que oui, dit Andy, abandonnant définitivement toute résistance mentale.

Ils s'étaient plantés sur le bord de la route pour faire du stop et se retrouvaient quasiment enlevés.

– Venez, je vais vous présenter Mme Manders.

Ils traversèrent l'arrière-cour, s'arrêtant au passage pour que Charlie examine tous les poulets qu'elle pouvait approcher. La porte de derrière s'ouvrit, et une femme d'environ quarante-cinq ans descendit les marches du perron. Elle abrita ses yeux derrière sa main et appela :

– Dis donc, Irv ! Qui tu ramènes ?

Irv sourit.

– Le bout de chou, là, c'est Roberta. Ce gars, c'est son papa. J'ai pas encore entendu son nom, alors je sais pas si on est parents.

Andy fit un pas en avant et dit :

– Je m'appelle Frank Burton, madame. Votre mari nous a invités, Bobbi et moi, à déjeuner, si vous êtes d'accord. Nous sommes heureux de faire votre connaissance.

– Moi aussi, affirma Charlie, plus intéressée par les poulets que par la femme.

– Moi je suis Norma Manders. Entrez, vous êtes les bienvenus.

Andy vit le regard intrigué qu'elle lança à son mari.

Ils pénétrèrent dans la maison par une entrée où les bûches s'empilaient à hauteur d'homme, et débouchèrent dans une gigantesque cuisine dominée par un four à bois et une grande table recouverte d'une toile cirée à carreaux rouges et blancs. Il y avait une vague odeur de fruits et de paraffine. Une odeur de confiture, pensa Andy.

– Frank et son bout de chou sont en route pour le Vermont, expliqua Irv. J'ai pensé que ça leur ferait pas de mal d'y aller le ventre plein.

– Bien sûr que non, approuva sa femme. Où est votre voiture, monsieur Burton ?

– Eh bien... commença Andy.

Il jeta un coup d'œil vers Charlie. Aucune aide à attendre de ce côté-là. Elle sautillait tout autour de la cuisine, examinant la pièce avec une franche curiosité d'enfant.

– Frank a eu quelques ennuis, reprit Irv en regardant sa femme en face. Mais on n'est pas obligés d'en parler. En tout cas, pas maintenant.

– D'accord, dit Norma. (Elle avait un visage doux et ouvert, des mains rouges et gercées. Une belle femme habituée à travailler dur.) J'ai du poulet et de quoi faire une bonne salade. Et il y a plein de lait. Tu aimes le lait, Roberta ?

Charlie ne se retourna pas. Elle a oublié son nom, pensa Andy. Oh mon Dieu, c'est de mieux en mieux !

– Bobbi ! appela-t-il très fort.

Elle se retourna avec un sourire un peu trop prompt.

– Oh, bien sûr ! dit-elle. J'adore le lait.

Andy vit un regard d'avertissement passer d'Irv à sa femme : pas de questions, pas maintenant. Il éprouva un désespoir intense. Tout ce qui restait de leur histoire venait de s'envoler en fumée. Mais il n'y avait rien d'autre à faire pour le moment que s'asseoir, déjeuner et attendre de voir ce qu'Irv Manders avait en tête.

9

– A combien sommes-nous du motel ? demanda John Mayo.

Ray jeta un coup d'œil au compteur kilométrique.

– Vingt-huit kilomètres, dit-il en se rangeant sur le bas-côté. Ça suffit.

– Mais peut-être...

– Non, si on avait dû les rattraper, ce serait déjà fait. On retourne attendre les autres.

John cogna le tableau de bord du plat de la main.

– Ils ont tourné quelque part. Putain de crevaison ! On a la poisse depuis le début de cette mission, Ray ! Un intello avec sa gamine, et on n'arrête pas de les rater !

– Non, cette fois je crois qu'on les tient. (Ray prit son talkie-walkie, tira l'antenne et la fit sortir par la vitre.) En une demi-heure, on aura encerclé toute cette zone. Et je parie qu'on n'aura pas à chercher loin pour que quelqu'un du coin reconnaisse ce camion. Un International Harvester vert foncé modèle fin soixante, avec un chasse-neige à l'avant et un encadrement de bois autour de la plate-forme arrière pour les gros chargements, ça se remarque. Je pense toujours qu'on les aura avant la nuit.

Quelques instants plus tard, il était en conversation avec Al Steinowitz qui approchait du Slumberland Motel. Al donna ses instructions à chacun de ses agents. Bruce Cook se souvenait bien du camion. O.J. aussi. Il était garé devant l' A & P.

Al les renvoya en ville. Une demi-heure plus tard, tous les agents savaient que le camion qui s'était arrêté pour prendre en stop les deux fugitifs appartenait à Irving Manders, Baillings Road, Hastings Glen, New York.

Il était exactement midi et demi.

10

Le déjeuner était délicieux. Charlie mangea comme un ogre – trois portions de poulet en sauce, deux des petits pains chauds préparés par Norma Manders, une assiette pleine de salade et des cornichons faits maison. Ils terminèrent par de la tarte aux pommes garnie de triangles de cheddar, Irving étant d'avis qu' « une tarte aux pommes sans fromage est comme un baiser sans moustache ». Ce qui lui valut un coup de coude affectueux de sa femme. Irv roula des yeux et Charlie rit. Andy était surpris par son propre appétit. Charlie éructa puis mit sa main devant sa bouche d'un air contrit.

Irv lui sourit.

– C'est plus vide dehors que dedans, hein, bout de chou ?

– Si je mange encore, je crois que je vais me fendre en deux, répondit Charlie. C'est ce que ma mère disait toujours... heu, c'est ce qu'elle dit toujours.

Andy eut un sourire las.

– Norma, commença Irv en se levant, si tu allais nourrir les poulets avec Bobbi ?

– Le déjeuner est encore sur la table, répliqua Norma.

– Je débarrasserai, affirma Irv. Je voudrais avoir une petite discussion avec Frank.

– Ça te dirait de nourrir les poulets, ma chérie ? demanda Norma.

– Oh oui ! répondit Charlie, les yeux brillants.

– Alors, viens. Tu as une veste ? Ça s'est rafraîchi.

– Heu...

Charlie regarda Andy.

– Je vais te prêter un pull, déclara Norma. (Elle échangea avec son mari ce même étrange regard.) Il te suffira de remonter les manches.

– D'accord.

Norma prit dans l'entrée une veste chaude, usée et aux couleurs passées, et un pull blanc effilé dans lequel Charlie flottait, même en ayant roulé trois ou quatre fois les manches.

– Est-ce qu'ils donnent des coups de bec ? demanda Charlie, un peu nerveuse.

– Seulement à leur nourriture, ma chérie.

Elles sortirent et la porte se referma derrière elles. Charlie bavardait toujours. Andy se tourna vers Irv Manders qui lui rendit calmement son regard.

– Vous voulez une bière, Frank ?
– Je ne m'appelle pas Frank. Je pense que vous le savez.
– Je crois que oui. C'est comment, le vrai nom ?
– Moins vous en saurez, mieux ce sera pour vous.
– Très bien. Je vous appellerai Frank.

Dehors, ils entendirent vaguement Charlie couiner de plaisir. Norma dit quelque chose. La petite fille approuva.

– Je boirais bien cette bière, décida Andy.
– D'accord.

Irv sortit deux Utica Club du réfrigérateur et les ouvrit. Il posa celle d'Andy sur la table et la sienne près de l'évier. Il décrocha un tablier rouge et jaune à l'ourlet volanté et l'enfila. Ainsi vêtu, il parvenait à ne pas avoir l'air idiot.

– Je peux vous aider ? demanda Andy.
– Non, je sais où les choses se rangent. Presque toutes, en tout cas. Elle les change de place d'une semaine sur l'autre. Aucune femme ne veut qu'un homme se sente chez lui dans sa cuisine. Elles aiment qu'on les aide, mais elles préfèrent qu'on soit obligé de leur demander où ranger la casserole et où trouver le Scotch Brite.

Andy se souvint de sa période d'apprentissage dans la cuisine de Vicky et hocha la tête en souriant.

– Me mêler des affaires des autres, c'est pas mon point fort, reprit Irv en remplissant l'évier. (Il ajouta du liquide à vaisselle.) Je suis un fermier. Comme je vous l'ai dit, ma femme tient une petite boutique de curiosités au croisement de Baillings Road et de la grand-route d'Albany. Nous sommes ici depuis presque vingt ans. (Il lança un coup d'œil vers Andy par-dessus son épaule.) J'ai su que quelque chose n'allait pas à la seconde où je vous ai vus tous les deux au bord de la route. Un adulte et une fillette, ce n'est pas le genre de couple qu'on voit généralement faire du stop. Vous me suivez ? (Andy hocha la tête et but une gorgée de bière.) Et puis vous aviez l'air de sortir du Slumberland, mais vous n'aviez pas de bagages, même pas une trousse de toilette. J'avais presque décidé de ne pas m'arrêter. Et j'ai changé d'avis. Parce que... eh bien, il y a une différence entre ne pas se mêler des affaires des autres et faire semblant de ne pas voir quelque chose de terrible.

– Terrible ? C'est de ça qu'on avait l'air ?
– A ce moment-là, oui. Plus maintenant. (Irv lavait soi-

gneusement les vieilles assiettes dépareillées avant de les déposer sur l'égouttoir.) Je ne sais pas quoi penser de vous deux. J'ai d'abord cru que vous étiez ceux que les flics recherchaient. (Il remarqua le brusque changement sur le visage d'Andy, et la façon dont il reposa sa boîte de bière sur la table.) Alors c'est vous, murmura Irv. J'espérais me tromper.

– Quels flics ? demanda Andy d'une voix dure.

– Ils ont bloqué toutes les grandes routes qui vont à Albany et en sortent, expliqua Irv. Si nous avions fait dix kilomètres de plus sur la route 40, on serait tombés sur un barrage au croisement de la route 9.

– Pourquoi n'avez-vous pas continué tout droit ? Ç'aurait été terminé pour vous. Vous en seriez sorti.

Irv s'était attaqué aux casseroles. Il s'arrêta pour farfouiller dans les tiroirs au-dessus de l'évier.

– Vous voyez ce que je disais ? Impossible de trouver le tampon à récurer... attendez, le voilà... Pourquoi je ne vous ai pas conduits chez les flics ? Disons que j'ai eu envie de satisfaire ma curiosité naturelle.

– Vous avez des questions à poser, hein ?

– Toutes sortes. Un adulte et une gamine sans bagages font du stop et sont poursuivis par les flics. Alors, j'ai une idée. Pas particulièrement tirée par les cheveux. Je pense qu'il s'agit peut-être d'un père qui voulait la garde de son bout de chou et n'a pas pu l'obtenir. Alors, il a enlevé la petite.

– Moi, ça me semble plutôt tiré par les cheveux.

– Ça arrive tous les jours, Frank. J'ai aussi pensé que ça ne devait pas plaire à la mère et qu'elle avait fait lancer un mandat d'amener contre lui. Ça expliquerait les barrages. Ce genre de mesures, c'est seulement pour les gros cambriolages... ou les kidnappings.

– Il s'agit bien de ma fille. Mais sa mère ne nous a pas envoyé les flics. Elle est morte depuis un an.

– De toute façon, j'avais déjà plus ou moins foutu ma première idée à la poubelle. Pas besoin d'être détective pour voir que vous êtes plutôt proches tous les deux. Quoi qu'il se passe, ce n'est pas contre la volonté de la petite. (Andy ne dit rien.) Alors, voilà mon problème, continua Irv. Je vous ai pris en stop parce que j'ai pensé que la gamine pouvait avoir besoin d'aide. Maintenant, je ne sais plus à quoi m'en tenir. Vous ne me faites pas l'effet d'être un desperado. Pourtant vous utilisez un faux nom, la gamine aussi, vous racontez une histoire dont les ficelles sont grosses comme des cordes, et vous avez l'air malade, Frank. Aussi malade qu'on peut l'être en tenant encore debout. Voilà mes questions. Si vous pouvez répondre à quelques-unes d'entre elles, ce sera bien.

– Nous sommes venus de New York à Albany et nous avons fait du stop jusqu'à Hastings Glen très tôt ce matin, commença Andy. C'est affreux d'apprendre qu'ils sont là, mais je crois que je le savais. Charlie aussi.

Il avait prononcé le nom de Charlie. C'était une erreur, mais à ce moment elle paraissait sans importance.

– Pourquoi est-ce qu'ils vous recherchent, Frank ?

Andy réfléchit longtemps. Son regard rencontra celui d'Irv, gris et franc.

– Vous veniez de la ville, n'est-ce pas ? Vous y avez remarqué des gens bizarres ? Genre citadins ? Vêtus de costumes impeccables paraissant tout droit sortis du magasin, qu'on oublie avoir vu dès que ceux qui les portent ont tourné le coin de la rue ? Conduisant des voitures d'un modèle récent qui se fondent au décor ?

Ce fut au tour d'Irv de réfléchir.

– Il y avait deux types comme ça à l'A & P, dit-il. Ils parlaient avec Helga. Elle est au contrôle. Ils étaient en train de lui montrer quelque chose.

– Notre photo, certainement. Ce sont des agents du gouvernement. Ils travaillent avec la police, Irv. Pour être plus précis, la police travaille pour eux. Les flics ne savent pas pourquoi on nous recherche.

– Et ils sont employés par quelle agence gouvernementale ? Le FBI ?

– Non. La Boîte.

– Quoi ? Cette branche de la CIA ?

Irv semblait réellement incrédule.

– Ils n'ont absolument rien à voir avec la CIA, expliqua Andy. La Boîte est en réalité le DSI – Department of Scientific Intelligence. J'ai lu dans un article il y a environ trois ans qu'un petit malin l'avait surnommé la Boîte au début des années soixante d'après un bouquin de science-fiction. Ecrit par un type nommé Van Vogt, je crois, mais ça n'a pas beaucoup d'importance. Ils sont censés s'occuper de projets scientifiques qui présentent des applications immédiates ou à venir touchant tous les aspects de la sécurité nationale. C'est la définition qui se trouve dans leur charte. L'opinion publique les associe principalement à la recherche énergétique, qu'ils subventionnent et supervisent. Des trucs d'électromagnétisme et d'énergie de fusion. En réalité, leur domaine d'influence est beaucoup plus vaste. Charlie et moi faisons partie d'une expérience commencée il y a longtemps. Bien avant que Charlie ne soit née. Sa mère y a participé elle aussi. Elle a été assassinée. Par la Boîte.

Irv garda le silence un moment. Il vida l'eau de l'évier, se sécha les mains, puis s'approcha et essuya la toile cirée. Andy reprit sa boîte de bière.

– Je n'irai pas jusqu'à dire que je ne crois pas le premier mot de ce que vous racontez, déclara enfin Irv. Pas avec tout ce qui se trame en silence dans ce pays jusqu'à ce que le scandale éclate au grand jour. Les types de la CIA qui mélangent du LSD à certaines boissons, ceux du FBI qui auraient tué des manifestants au cours des marches de protestation pour les droits civiques, les pots-de-vin et tout le reste... Alors, je ne dirai pas que je ne vous crois pas. Simplement que vous ne m'avez pas encore convaincu.

– Je ne crois même plus que c'est moi qu'ils veulent, lança Andy. Au début, peut-être. Mais ils ont changé de cible. C'est à Charlie qu'ils en ont désormais.

– Vous voulez dire que le gouvernement court après une gamine de six ou sept ans pour des raisons de sécurité nationale ?

– Charlie n'est pas une gamine ordinaire. On nous a injecté, à sa mère et à moi, une drogue dont le nom de code est Lot Six. Aujourd'hui encore, je ne sais pas de quoi il s'agit au juste. Une sorte de sécrétion glandulaire de synthèse, je pense. Elle a modifié mes chromosomes, et ceux de la jeune femme que j'ai épousée. Ces chromosomes, nous les avons transmis à notre fille et ils se sont mélangés d'une drôle de manière. Si Charlie les transmet à ses propres enfants, on dira sans doute qu'elle est la première mutante. Si, pour une raison ou pour une autre, elle ne le peut pas, ou si cette altération l'a rendue stérile, elle deviendra une erreur de la nature, ou une créature hybride. Quoi qu'il en soit, ils la veulent. Pour l'étudier. Pour essayer de trouver ce qui la rend capable d'accomplir ces choses étranges. Pis, je suis sûr qu'ils ont besoin d'elle comme pièce à conviction. Ils veulent se servir de Charlie pour réactiver le programme Lot Six.

– C'est quoi, ce qu'elle peut faire ? demanda Irv.

Par la fenêtre de la cuisine, ils voyaient Norma et Charlie sortir de la grange. Le pull blanc, qui arrivait aux mollets de la fillette, s'enroulait autour de son corps. Elle avait les joues rouges et parlait avec animation à Norma qui hochait la tête en souriant.

– Elle peut allumer des feux, dit doucement Andy.

– Et alors ? Moi aussi, répondit Irv.

Il se rassit. Il regardait Andy d'une manière bizarre, prudente. Comme on regarde quelqu'un qu'on suspecte de folie.

– Elle y parvient rien qu'en y pensant, continua Andy. Le nom technique de cette capacité est la pyrokinésie. C'est un don psychique, comme la télépathie, la télékinésie, ou la prémonition – Charlie possède aussi une parcelle de ces talents –, mais la pyrokinésie est beaucoup plus rare... et beaucoup plus dangereuse. Elle en a terriblement peur, et elle a raison. Elle ne parvient pas toujours à la contrôler. Elle pourrait incendier votre maison, votre grange ou votre cour si elle le décidait. Elle pourrait aussi allumer votre pipe. (Andy eut un pâle sourire.) Sauf qu'en l'allumant, elle risquerait d'embraser votre maison, votre grange et votre cour.

Irv termina sa bière.

– Je crois que vous devriez appeler la police et vous rendre, Frank. Vous avez besoin d'aide.

– Ça a l'air d'une histoire de fous, hein ?

– Oui, dit Irv gravement. Je n'ai jamais rien entendu d'aussi fou.

Il était assis du bout des fesses sur sa chaise, tendu. Andy pensa : *Il s'attend à ce que je fasse un truc dingue à la première occasion.*

– De toute façon, je pense que ça n'a pas beaucoup

d'importance. Ils seront là bien assez tôt. La police serait même une solution préférable. Entre leurs mains, au moins, on ne perd pas immédiatement sa dignité d'être humain.

Irv s'apprêtait à répondre quand la porte s'ouvrit. Norma et Charlie entrèrent. Le visage de la fillette était radieux. Ses yeux brillaient.

– Papa ! s'écria-t-elle. Papa, j'ai nourri les...

Elle s'interrompit. Ses joues pâlirent et son regard passa très vite d'Irv Manders à son père pour revenir sur le fermier. Toute trace de plaisir s'effaça de son visage, remplacée par un air d'insupportable détresse. *Celui qu'elle arborait la nuit dernière,* pensa Andy. *Et hier quand je l'ai arrachée de l'école. C'est toujours la même chose. Comment est-ce que ça pourrait se terminer bien pour elle ?*

– Tu lui as dit ! reprocha-t-elle. Oh, papa, pourquoi est-ce que tu lui as dit ?

Norma s'avança et posa un bras protecteur sur les épaules de Charlie.

– Irv, que se passe-t-il ?

– Je ne sais pas, répondit le fermier. Qu'est-ce qu'il m'a dit, Bobbi ?

– Ce n'est pas mon nom. (Des larmes apparurent au coin de ses yeux.) Vous savez que ce n'est pas mon nom.

– Charlie, commença Andy, M. Manders avait compris que quelque chose n'allait pas. Je lui ai dit, mais il ne m'a pas cru. Quand tu y réfléchiras, tu comprendras pourquoi.

– Je ne comprends rien du... lança Charlie d'une voix qui devenait stridente.

Brusquement, elle se calma. Elle pencha la tête de côté en une attitude curieuse, comme pour écouter. Pour les autres, cependant, il n'y avait rien à entendre. Ils regardèrent le sang refluer du visage de Charlie comme on voit un liquide précieux s'écouler d'un pichet.

– Qu'y a-t-il, chérie ? demanda Norma.

Elle jeta un regard inquiet à son mari.

– Ils arrivent, papa, murmura Charlie. (Ses yeux étaient deux larges cercles de terreur.) Ils viennent nous chercher.

11

Ils s'étaient rejoints au croisement de la route 40 et de celle non signalée qu'avait empruntée le fermier. Sur le plan de Hastings Glen, elle s'appelait Old Baillings Road. Al Steinowitz avait retrouvé ses hommes et pris la tête de l'équipe. Ils étaient seize dans cinq véhicules, roulant vers la ferme d'Irv Manders. On aurait dit une procession funèbre en accéléré.

Norville Bates avait rendu la direction – et la responsabilité – de l'opération à Al avec un réel soulagement. Il se demandait comment les choses allaient se passer avec la police locale et celle de l'Etat qui avaient été intégrées aux recherches.

– Pour le moment on ne dit rien, décida Al. Si on attrape nos deux oiseaux, on leur expliquera qu'ils peuvent replier leurs barrages. Si on les rate, on leur demandera de commencer à resserrer le cercle. Mais tout à fait entre nous, si on ne peut pas les prendre avec seize hommes, on ne peut pas les prendre du tout, Norv.

Bates sentit la légère réprimande et n'en parla plus. Il savait qu'il valait mieux s'emparer des deux proies sans interférence extérieure, parce que, dès qu'il serait entre leurs mains, Andrew McGee allait avoir un accident regrettable. Fatal. S'il n'y avait pas d'hommes en bleu dans le secteur, ça pouvait se produire beaucoup plus rapidement.

Devant lui, les feux arrière d'O.J. s'allumèrent brièvement, puis la voiture s'engagea sur un chemin de terre. Les autres suivirent.

12

– Je ne comprends rien, dit Norma. Bobbi... Charlie, essaie de te calmer.

– Vous ne pouvez pas comprendre ! lança Charlie. (Sa voix était stridente et étranglée. Irv devenait nerveux rien qu'à la regarder. Elle faisait penser à un lapin pris dans un collet. Elle se dégagea de l'étreinte de Norma et courut vers son père, qui lui posa les mains sur les épaules.) Je crois qu'ils vont te tuer, papa.

– Quoi ?

– Te tuer, répéta-t-elle. (Elle avait le regard fixe, luisant de panique. Les mots s'entrechoquaient dans sa bouche.) Il faut fuir. Il faut...

Chaud. Trop chaud ici.

Andy jeta un coup d'œil sur sa gauche. Accroché au mur, entre le fourneau et l'évier, se trouvait un thermomètre d'intérieur, comme ceux qu'on trouve dans tous les catalogues de vente par correspondance. En bas de celui-ci, un diable de plastique rouge armé d'une fourche riait en s'épongeant le front. Sous ses sabots fourchus on pouvait lire : C'EST ASSEZ CHAUD POUR VOUS ?

Le mercure dans le tube de verre montait lentement tel un doigt rouge accusateur.

– Oui, c'est ce qu'ils veulent, continuait Charlie. Te tuer, te tuer comme ils ont tué maman, et m'emmener, non, je ne les laisserai pas faire, *je ne les laisserai...*

Sa voix montait. Montait comme la colonne de mercure.

– *Charlie !* Fais attention !

Le regard de la fillette perdit un peu de sa fixité. Irv et sa femme s'étaient rapprochés l'un de l'autre.

– Irv... qu'est-ce qui... ?

Le fermier avait vu le coup d'œil d'Andy au thermomètre et, brusquement, il croyait tout. Il faisait très chaud dans la pièce. Assez pour commencer à transpirer. Le mercure dans le tube venait de dépasser les trente-deux degrés.

– Seigneur Jésus ! lâcha-t-il d'une voix rauque. C'est elle qui a fait ça, Frank ?

Andy l'ignora. Ses mains étaient toujours posées sur les épaules de Charlie. Il la regarda droit dans les yeux.

– Charlie, tu crois qu'il est trop tard ? Qu'en penses-tu ?

– Oui, dit-elle. Ils sont sur le chemin de terre. Oh papa, j'ai peur !

– Tu peux les arrêter, Charlie, laissa-t-il tomber calmement.

Elle leva les yeux sur lui.

– Oui, insista-t-il.

– Mais... papa... ce n'est pas bien. Je le sais. Je pourrais les tuer.

– Oui. Peut-être qu'à présent c'est tuer ou être tué. Peut-être que c'est la seule solution.

– Ce n'est pas mal ?

Sa voix était à peine audible.

– Si, répondit Andy. C'est mal. Ne t'imagine jamais que ça ne l'est pas. Et ne le fais pas si tu sens que c'est trop dur, Charlie. Pas même pour moi.

Ils restèrent un instant les yeux dans les yeux, ceux d'Andy injectés de sang, remplis de frayeur; ceux de Charlie agrandis, comme si elle était sous hypnose.

– Si je fais... quelque chose... m'aimeras-tu encore ?

Sa question resta un instant en suspens, sembla flotter entre eux.

– Charlie, dit-il, je t'aimerai toujours. Quoi qu'il arrive.

Irv, qui était allé jusqu'à la fenêtre, retraversa la pièce.

– Je crois que j'ai pas mal d'excuses à vous faire, commença-t-il. Il y a toute une colonne de voitures qui approche. Si vous le voulez, je suis avec vous. J'ai mon fusil de chasse.

Mais il avait l'air terrifié, presque malade.

Charlie dit :

– Nous n'avons pas besoin de votre fusil.

Elle se dégagea des bras de son père et se dirigea vers la porte grillagée. Avec le pull blanc de Norma Manders, elle paraissait encore plus petite. Elle sortit. Quelques instants plus tard, Andy, retrouvant l'usage de ses jambes, la suivit. Son estomac lui paraissait gelé, comme s'il venait d'avaler une glace à trois boules en deux bouchées. Les Manders restèrent en arrière. Andy eut le temps d'apercevoir l'expression de frayeur et d'incompréhension sur le visage du fermier, et une pensée rapide – *ça t'apprendra à prendre des auto-stoppeurs* – lui traversa l'esprit.

L'instant d'après il était avec Charlie sur la véranda et regardait le premier des véhicules remonter l'allée. Les poules piaillèrent, voletant dans toutes les directions. Dans la grange, Bossy meugla encore pour qu'on vienne la traire. Un pâle soleil d'octobre baignait les collines boisées et les champs brunis de cette région de l'Etat de New York. La fuite en avant durait depuis presque un an. Andy fut surpris d'éprouver au cœur de sa terreur une étrange sensation de soulagement. Il avait entendu dire qu'au moment de la fin même le lapin fait demi-tour et affronte les chiens, retrouvant, juste avant la curée, une agressivité qu'il avait peut-être jadis possédée.

En tout cas, c'était bon de ne plus courir. Le soleil éclairait les cheveux blonds de Charlie. Il était avec elle.

– Oh papa ! gémit-elle. Je tiens à peine debout.

Il lui glissa un bras autour des épaules, la serra plus fermement contre lui.

La première voiture s'arrêta à l'entrée de l'arrière-cour et deux hommes en sortirent.

13

– Salut, Andy ! dit Al Steinowitz. (Il sourit.) Salut, Charlie !

Il avait les mains vides, mais sa veste était ouverte. Derrière lui, son coéquipier se tenait debout près de la voiture, sur le qui-vive, les mains le long du corps. Le second véhicule s'arrêta derrière le premier, quatre hommes en sortirent. La procession continua jusqu'à ce que la troupe fût au complet. Andy avait cessé de compter à douze.

– Allez-vous-en ! lança Charlie d'une petite voix qui résonna en aigu dans l'air frais de l'après-midi.

– Vous nous avez bien fait courir, dit Al à Andy. (Il regarda Charlie.) Mon chou, tu n'as pas à...

– *Allez-vous-en !* hurla-t-elle.

Al haussa les épaules avec un sourire désarmant.

– J'ai bien peur que ce ne soit pas possible, mon poussin. J'ai des ordres. Personne ne te fera de mal, ni à toi ni à ton papa.

– *Menteur ! Vous allez le tuer ! Je le sais !*

Andy fut étonné de constater que sa voix était parfaitement calme quand il déclara :

– Je vous conseille d'obéir à ma fille. On vous en a sûrement dit assez pour que vous sachiez pourquoi on la recherche. Souvenez-vous du soldat à l'aéroport.

O.J. et Norville Bates échangèrent un regard inquiet.

– Si vous voulez bien monter dans la voiture, nous parlerons de tout ça, insista Al. Je vous assure que nous n'avons pas la moindre intention...

– Nous connaissons parfaitement vos intentions, coupa Andy.

Les hommes qui étaient sortis des deux ou trois dernières voitures commençaient à se déployer. Lentement, ils avançaient vers la véranda.

– S'il vous plaît ! dit Charlie à l'homme au teint curieusement jaune. Ne me forcez pas à faire quelque chose.

– Ça ne sert à rien, Charlie, lâcha Andy.

Irv Manders sortit à son tour.

– Vous êtes sur une propriété privée, gronda-t-il. Je vous ordonne de la quitter immédiatement.

Trois des hommes de la Boîte avaient atteint les premières marches de la véranda. Ils se trouvaient à présent à moins de huit mètres de Charlie et d'Andy, sur leur gauche. La fillette leur jeta un regard d'avertissement désespéré. Ils s'arrêtèrent, momentanément.

– Nous sommes des agents du gouvernement, monsieur, commença Al Steinowitz d'une voix douce et courtoise. Nous recherchons ces deux personnes pour les interroger. Rien de plus.

– Je me moque qu'ils soient recherchés, même pour le meurtre du président, lança Irv d'une voix cinglante. Montrez-moi votre mandat, ou bien fichez le camp de ma propriété.

– Nous n'avons pas besoin de mandat, fit Al d'un ton glacial.

– Si. A moins que je ne me sois réveillé en Russie ce matin. Je vous ai dit de dégager, et vous feriez bien d'accélérer le mouvement, mon vieux. C'est mon dernier mot.

– Irv, rentre ! cria Norma.

Andy sentait quelque chose monter dans l'air, quelque chose qui s'accumulait autour de Charlie comme une charge électrique. Sur ses bras, ses poils se dressèrent brusquement, comme soulevés par une marée invisible. Il regarda la fillette. Vit son petit visage, si étrange à présent.

Ça vient, pensa-t-il désespérément. *Ça vient, ô mon Dieu ! Ça vient vraiment.*

– Filez ! cria-t-il à Al. Vous ne comprenez donc pas ce

qu'elle va faire ? Vous ne sentez pas ? Ne soyez pas idiot, mon vieux !

– Je vous en prie, répondit Al. (Il regarda les trois hommes debout à l'extrémité de la véranda et leur adressa un imperceptible signe de tête. Ses yeux revinrent sur Andy.) Si nous pouvions simplement discuter de tout...

– Attention, Frank ! cria Irv Manders.

Les trois hommes chargeaient, arme au poing.

– Ne bougez pas, ne bougez pas ! cria l'un d'eux. Restez tranquille ! Mains sur la...

Charlie se tourna vers eux. Au même moment, une demi-douzaine d'agents, dont John Mayo et Ray Knowles, dégainèrent et se ruèrent à l'autre extrémité de la véranda.

Les yeux de Charlie s'élargirent un peu et Andy sentit quelque chose de chaud passer devant lui, comme une bouffée d'air ardente.

Les trois hommes avaient fait la moitié du chemin qui les séparait de leur cible quand leurs cheveux prirent feu.

On entendit le tonnerre assourdissant d'un coup de feu, et un éclat de bois long d'une vingtaine de centimètres se détacha d'un des piliers de la véranda. Norma Manders hurla. Andy tressaillit. Mais Charlie parut ne rien remarquer. Son visage était rêveur, pensif. Un sourire de Mona Lisa relevait les coins de sa bouche.

Elle aime ça, pensa Andy avec un frisson d'horreur. *Est-ce pour cette raison qu'elle en a peur ? Parce que ça lui plaît ?*

Charlie se retourna vers Al Steinowitz. Les trois hommes qu'il avait envoyés à l'assaut avaient tout oublié de leur devoir envers Dieu, la patrie et la Boîte. Ils essayaient d'éteindre le feu de leur tête et rugissaient de douleur. L'odeur âcre de cheveux brûlés emplit soudain l'atmosphère.

Un autre coup de feu. Une vitre se brisa.

– Pas la fille ! s'écria Al. *Pas la fille !*

Des mains brutales saisirent Andy. Sur la véranda, tout n'était que confusion. A travers le chaos, McGee fut entraîné vers la balustrade. Puis quelqu'un chercha à l'attirer dans une autre direction. Il se sentait comme la corde que deux équipes de gros-bras se seraient disputée.

– Lâchez-le ! gronda Irv Manders. Lâchez...

Un troisième coup de feu partit. Soudain, Norma

poussa un cri perçant, hurlant encore et encore le nom de son mari.

Charlie baissa les yeux sur Al Steinowitz. En un instant, sa froide assurance le quitta, remplacée par une expression de terreur pure. Son teint jaune virait au vert.

– Non, ne fais pas ça ! dit-il presque sur le ton de la conversation. Ne fais...

Impossible de dire où les flammes avaient surgi. Son pantalon et sa veste s'embrasèrent. Ses cheveux devinrent un buisson ardent. Il recula en gémissant, se cogna contre le flanc de la voiture et se tourna vers Norville Bates, les bras tendus.

Andy sentit de nouveau cette bouffée chaude, ce déplacement d'air, comme si un projectile lancé à la vitesse d'une fusée venait de lui passer sous le nez.

Le visage d'Al Steinowitz prit feu.

Durant quelques secondes, il hurla silencieusement sous un voile de flammes transparentes. Puis ses traits fondirent, se mélangèrent, coulèrent comme du suif. Norville s'écarta de lui. Al Steinowitz ressemblait à un épouvantail incandescent. Il avança en chancelant le long de l'allée, agitant les bras comme un aveugle, puis s'écroula face contre terre à la hauteur de la troisième voiture. Il n'avait plus du tout l'air d'un homme. Al Steinowitz était un tas de chiffons calcinés.

Sur la véranda, les hommes s'étaient figés. Abasourdis, ils contemplaient cet événement inattendu. Les trois agents que Charlie avait frappés en premier étaient parvenus à éteindre leur chevelure, mais ils allaient tous conserver un souvenir de leur aventure. Leurs cheveux, coupés court selon le règlement, n'étaient plus qu'un tas de cendre noircie au sommet de leur tête.

– Allez-vous-en, dit Andy d'une voix rauque. Allez-vous-en vite. Elle n'a jamais rien fait de semblable auparavant, et *je ne sais pas si elle peut s'arrêter*.

– Je vais bien, papa, dit Charlie. (Elle avait parlé d'un ton calme, posé, étrangement indifférent.) Tout va.bien.

C'est à ce moment que les voitures commencèrent à exploser.

Elles s'enflammèrent toutes par l'arrière. Plus tard, quand Andy repassa dans son esprit l'incident de la ferme

Manders, ce fait lui apparut comme certain. Elles s'étaient enflammées par l'arrière, là où se trouvaient les réservoirs d'essence.

La Plymouth vert clair d'Al explosa la première avec une sorte de vrombissement étouffé. Une boule de feu aveuglante s'éleva à la hauteur du coffre. Le pare-brise arrière fut soufflé. La Ford de John Mayo s'embrasa deux secondes plus tard. Des fragments de métal s'envolèrent pour retomber sur le toit.

– Charlie ! cria Andy. *Charlie, arrête !*

Elle dit de la même voix calme :

– Je ne peux pas.

La troisième voiture explosa.

Quelqu'un se mit à courir. Quelqu'un d'autre le suivit. Les hommes de la véranda battirent en retraite. Andy fut de nouveau tiraillé. Il résista. La seconde suivante, plus personne ne le tenait. Ils couraient tous à présent, pâles, les yeux agrandis par la panique. L'un des agents aux cheveux brûlés avait essayé d'enjamber la rambarde, avait trébuché puis était tombé la tête la première dans le potager où Norma avait fait pousser des haricots plus tôt dans l'année. Les tuteurs étaient toujours en place. L'un d'eux s'enfonça dans la gorge de l'homme et ressortit par son cou avec un bruit mouillé qu'Andy n'oublia jamais. Il courut en tous sens dans le jardin, agité de spasmes comme une truite harponnée. Le tuteur sortait de sa nuque comme la tige d'une flèche. Le sang giclait sur sa chemise tandis qu'il émettait de faibles gargouillis.

Les autres véhicules sautèrent comme une série de pétards. Deux agents furent projetés en l'air par la déflagration telles des poupées de chiffon. Le premier se retrouva en feu des pieds à la taille. Le second était criblé de fragments de verre Securit.

Une fumée grasse et noire s'éleva. Au delà de l'allée, les champs et les collines bruissèrent sous la nappe de chaleur, comme s'ils frémissaient devant tant d'horreur. Les poulets affolés couraient en tous sens, avec des caquetages démentiels. Soudain, trois d'entre eux s'enflammèrent, boules de feu à pattes, et finirent leur course folle à l'extrémité de la cour.

– *Charlie, arrête immédiatement ! Arrête !*

Une tranchée de feu traversa la cour en diagonale. La terre elle-même brûlait, comme si on avait renversé une longue traînée de poudre. Les flammes atteignirent le billot où était plantée la hache d'Irv Manders, firent la ronde autour de la pièce de bois puis la dévorèrent.

– CHARLIE, POUR L'AMOUR DE DIEU !

Entre la véranda et les véhicules en feu, au bord de la pelouse, gisait le pistolet qu'un des agents avait abandonné. Les cartouches qu'il contenait partirent en une série de détonations violentes. L'arme gigotait bizarrement sur le sol.

Andy gifla Charlie aussi fort qu'il put.

Sa tête partit en arrière. Ses yeux bleus semblaient vides. Puis elle lui jeta un regard où se lisaient la surprise, la peine et l'hébétude. Il se sentit enveloppé dans une capsule de chaleur. Il prit une inspiration. L'air était comme du verre. Les poils de ses narines commençaient à grésiller.

Combustion spontanée, pensa-t-il, *je suis en train de prendre feu.*

Tout s'arrêta.

Charlie chancela, cacha son visage dans ses mains. A travers ses doigts jaillit un hurlement strident, un cri d'horreur et d'épouvante si violent qu'Andy pensa que son esprit n'avait pas résisté.

– PAAAAAPAAAAAAAAAAAAA...

Il la prit dans ses bras, la serra contre lui.

– Chut, dit-il, Charlie, ma chérie, chut !

Le hurlement mourut. Elle se fit molle entre ses bras. Charlie s'était évanouie.

14

Andy la souleva. La tête de Charlie roula contre sa poitrine. Une odeur d'essence qui flambait empuantissait l'atmosphère. Les flammes avaient déjà traversé la pelouse et s'attaquaient au treillis, escaladant le lierre avec l'agilité d'un Roméo. La maison allait flamber.

Irv Manders était appuyé contre la porte grillagée de la cuisine, les jambes écartées. Norma s'était agenouillée à ses côtés. Manders avait été blessé au bras, juste au-dessus du coude, et la manche de sa chemise bleue se teintait de rouge. Norma venait de déchirer un morceau de sa robe et essayait de remonter la manche pour faire un garrot. Irv avait les yeux ouverts. Son visage était gris cendre. Ses lèvres bleuissaient. Il respirait vite.

Andy fit un pas vers eux et Norma recula, tout en plaçant son corps devant celui de son mari. Elle leva sur Andy un regard brillant, dur.

– Allez-vous-en, siffla-t-elle. Emmenez votre monstre et partez.

15

O.J. courait.

Le Pompeur, sous son bras, ballottait. Il évita la route, se rua à travers champs, tomba, se releva, courut encore. Il se tordit la cheville dans ce qui devait être une mare et tomba encore. Un cri lui échappa quand il s'étala. Il se remit debout et courut. Parfois, il avait l'impression d'être seul, parfois, il croyait que quelqu'un courait avec lui. Ça n'avait pas d'importance. Le principal était de s'éloigner de ce tas de chiffons qui avait été Al Steinowitz dix minutes plus tôt, de ces voitures en feu, de Bruce Cook qui gisait dans un potager, la gorge transpercée. S'éloigner. Le Pompeur glissa hors de son holster, rebondit douloureusement sur le genou d'O.J., tomba dans les herbes, oublié. L'agent de la Boîte déboucha dans un bois. Il trébucha sur un arbre abattu et s'étala de tout son long. Il resta allongé, le souffle court, la main appuyée sur son flanc où était apparu un point de côté douloureux. Il pleura, versant des larmes de terreur. Il pensa : *Plus de mission à New York. Jamais. C'est sûr. Terminé pour moi. Je ne remettrai plus jamais les pieds à New York même si je vis jusqu'à deux cents ans.*

Au bout d'un moment, O.J. se leva et se dirigea en boitant vers la route.

16

– Il faut le dégager de la véranda, dit Andy.

Il avait déposé Charlie sur la pelouse, de l'autre côté de la cour. Le flanc de la maison brûlait déjà et des étincelles survolaient la véranda comme de grosses lucioles paresseuses.

– Allez-vous-en ! dit-elle durement. Ne le touchez pas !

– La maison est en feu, insista Andy. Laissez-moi vous aider.

– Allez-vous-en ! Vous en avez fait assez comme ça !

– Arrête, Norma ! (Irv la regarda.) Rien de ce qui s'est passé n'est la faute de cet homme. Alors, tais-toi.

Elle lui jeta un regard qui en disait long. Ses mâchoires claquèrent quand elle les referma.

– Aidez-moi à me relever, dit le fermier. J'ai les jambes en coton. Je crois que je me suis pissé dessus. Ça ne m'étonnerait pas. Un de ces salauds m'a eu. Sais pas lequel. Donnez-moi un coup de main, Frank.

– Andy, rectifia McGee en passant son bras autour de la taille de Manders. (Le fermier se releva lentement.) Je n'en veux pas à votre femme. Vous auriez dû nous laisser sur la route ce matin.

– Si c'était à recommencer, je ferais la même chose, dit Irv. Fumiers qui entrent chez moi avec leurs flingues. Putains de salauds de tas de merde gouvernementale, de... oooh-aooh, *Jésus !*

– Irv ?

– Silence, femme. Ça va, maintenant. Venez, Frank, ou Andy ou tout ce que vous voulez. Ça commence à chauffer.

Ça chauffait effectivement. Un souffle de vent amena une spirale d'étincelles sur la véranda tandis qu'Andy traînait Irv vers la cour. La souche n'était plus qu'un moignon noirci. Des poulets que Charlie avait incendiés, il ne restait que des os calcinés et une cendre curieuse, dense, provenant peut-être des plumes. Ils n'avaient pas été rôtis, mais incinérés.

– Laissez-moi près de la grange, haleta Irv. Je veux vous parler.

– Il vous faut un médecin, dit Andy.

– Ouais, j'appellerai le mien. Et votre gamine ?

– Evanouie.

Andy lâcha le fermier après l'avoir appuyé contre la porte de la grange. Manders le regardait. Ses joues avaient retrouvé un peu de leurs couleurs, et ses lèvres reprenaient leur teinte naturelle. Il transpirait. Derrière eux, la grande maison blanche qui se dressait sur Baillings Road depuis 1868 se consumait.

– Aucun être humain ne devrait être capable de faire ça, déclara Irv.

– Sans doute, répondit Andy. (Son regard alla du fermier à son épouse qui arborait toujours un visage dur, hargneux.) Mais aucun être humain ne devrait avoir la leucémie, ni être paralysé. Pourtant ça arrive. Et à des enfants.

– On ne lui a rien demandé, approuva Irv. C'est vrai.

Regardant toujours Norma, Andy continua :

– Elle n'est pas plus un monstre qu'un môme dans un poumon d'acier, ou un enfant handicapé.

– Je suis désolée d'avoir dit ça, répliqua Norma. (Elle détourna les yeux.) J'ai nourri les poules avec elle. Je l'ai regardée caresser la vache. Mais ma maison est en feu, monsieur, et des gens sont morts.

– Je suis désolé.

– La maison est assurée, Norma, lâcha Irv.

De son bras valide, il prit la main de sa femme.

– Ce n'est pas ça qui remplacera la vaisselle de ma mère que sa mère lui avait donnée, continua Norma. Ni mon beau secrétaire, ni les tableaux qu'on avait trouvés à l'exposition Schenectady en juillet dernier. (Une larme glissa au coin de son œil et elle l'essuya du revers de sa manche.) Ni les lettres que tu m'as écrites quand tu étais à l'armée.

– Est-ce que ça va aller pour votre bout de chou ? voulut savoir Irv.

– Je ne sais pas.

– Bon, écoutez. Voilà ce que vous pouvez faire si vous voulez. Il y a une vieille Jeep derrière la grange.

– Irv, non ! Ne te mêle pas de ça !

Il tourna vers elle son visage pâle, ridé, couvert de sueur.

Derrière eux, la maison flambait. Les bardeaux crépitaient comme des marrons chauds dans le feu, à Noël.

– Ces hommes sont entrés chez moi sans mandat. Ils ont voulu les emmener de chez moi, protesta-t-il. Des gens que j'avais invités, comme on le fait dans tout pays civilisé qui possède des lois décentes. L'un de ces types m'a tiré dessus et a essayé d'avoir Andy. Il a manqué sa tête de deux centimètres. (Andy se souvint du premier coup de feu, de l'éclat de bois et frissonna.) Voilà. Qu'est-ce que tu voudrais que je fasse, Norma ? Que je reste assis là et que je les rende tranquillement à la police secrète si jamais ils retrouvent assez de courage pour revenir ici ? Tu veux que je sois un bon Allemand ?

– Non, murmura-t-elle. Je crois que non.

– Vous n'êtes pas obligé de... commença Andy.

– Si, je m'y sens obligé. Et quand ils reviendront... ils vont revenir, n'est-ce pas, Andy ?

– Oh oui ! Ils vont revenir. Vous venez d'acheter un paquet d'actions dans une entreprise en pleine expansion, Irv.

Le fermier eut un rire sifflant.

– Elle est bonne, celle-là ! Bon, quand ils reviendront, tout ce que je saurai c'est que vous avez pris ma Jeep. Je ne sais rien d'autre. Et bonne chance.

– Merci, dit simplement Andy.

– Il faut faire vite. On est loin de la ville mais ils ont sûrement vu la fumée. Les pompiers vont arriver. Vous aviez dit que le bout de chou et vous alliez dans le Vermont. C'était vrai ça, au moins ?

– Oui.

Il y eut un gémissement sur leur gauche.

– Papa... (Charlie se redressait. Son pantalon rouge et sa blouse verte étaient couverts de poussière. Elle était pâle et son regard reflétait une intense confusion.) Papa, qu'est-ce qui brûle ? Je sens une odeur de brûlé. C'est moi qui fais ça ? *Qu'est-ce qui brûle ?*

Andy s'approcha d'elle.

– Tout va bien. (Il se demanda pourquoi on dit ça aux enfants même quand ils savent parfaitement que ce n'est pas vrai.) Tout va très bien. Comment te sens-tu, mon poussin ?

Charlie regardait par-dessus son épaule la rangée de voitures calcinées, le jardin dévasté, la maison des Manders en proie aux flammes. La véranda aussi était en feu à présent. Le vent écartait d'eux la fumée et la chaleur, mais on sentait toujours l'essence brûlée et le bois noirci.

– J'ai fait ça, murmura Charlie d'une voix à peine audible.

Ses traits se décomposèrent de nouveau.

– Bout de chou ! dit Irv sévèrement.

Elle se tourna vers lui. Son regard semblait le traverser.

– Moi ! gémit-elle.

– Amenez-la-moi, je veux lui parler, ordonna le fermier.

Andy porta la fillette jusqu'à la porte de la grange.

– Ecoute-moi, bout de chou, commença Manders. Ces hommes avaient l'intention de tuer ton papa. Tu l'as su avant moi, bien que je me demande encore comment. Exact ?

– Oui, répondit Charlie. (Elle avait toujours l'air malheureux.) Mais vous ne comprenez pas. C'était comme pour le soldat, mais pire. Je ne pouvais... je ne pouvais plus le retenir. Ça allait partout. J'ai brûlé vos poulets... et j'ai failli brûler mon père.

Elle éclata en sanglots convulsifs.

– Ton papa va bien, répliqua Irv.

Andy ne dit rien. Il se rappelait cette brusque sensation d'étranglement, l'impression d'être enfermé dans une bulle de chaleur.

– Je ne le ferai plus jamais, affirma-t-elle. *Jamais !*

– D'accord. (Andy posa une main apaisante sur son épaule.) D'accord, Charlie.

– Jamais, répéta-t-elle avec force.

– Ne dis pas ça, bout de chou, intervint Manders. Tu ne peux pas te braquer comme ça. Tu feras de ton mieux, quand il le faudra. C'est tout. Je crois que la chose que le Dieu de ce monde préfère entre toutes, c'est de mener la vie dure à ceux qui disent « jamais ». Tu comprends ?

– Non, murmura Charlie.

– Je crois que ça viendra. (Le fermier regardait la fillette avec tant de compassion qu'Andy sentit sa gorge se serrer.) Norma, reprit Manders, apporte-moi ce bâton à tes pieds.

Elle le ramassa et vint le placer entre les mains de son

mari, répétant qu'il se fatiguait alors qu'il devrait se reposer. Andy fut le seul à entendre Charlie souffler « jamais » encore une fois, comme un vœu fait en secret.

17

– Regardez, Andy. (Irv traça une ligne droite dans la poussière.) Voilà le chemin de terre qui mène jusqu'ici. Voici Baillings Road. Si vous faites un demi-kilomètre en direction du nord, vous trouverez sur votre droite une piste à travers bois. Une voiture ne pourrait pas l'emprunter, mais la Willys devrait y parvenir si vous la tenez bien et si vous ménagez l'embrayage. Par deux fois, vous aurez l'impression que la route disparaît. Continuez, vous la retrouverez. Elle n'est sur aucune carte, vous comprenez ? Aucune carte. (Andy hocha la tête, regardant le bâton tracer le chemin.) Elle vous conduira vingt kilomètres à l'est, et si vous ne vous perdez pas, vous déboucherez sur la route 152, près de Hoag Corners. Vous tournerez à gauche, en direction du nord. Un kilomètre plus loin environ, vous tomberez sur un second chemin qui coupe à travers bois. Mauvais terrain, marécageux, détrempé, la Jeep passera peut-être. Je n'ai pas pris cette route depuis cinq ans. Mais c'est la seule que je connaisse qui parte vers l'est, vers le Vermont, et qui ne risque pas d'être barrée. Elle vous conduira jusqu'à l'autoroute 22, au nord de Cherry Plain, près de la frontière du Vermont. A ce moment-là, le plus dur sera fait. Je suppose qu'ils auront diffusé vos noms et vos photos un peu partout. Nous vous souhaitons tout de même bonne chance. N'est-ce pas, Norma ?

– Oui, dit-elle presque comme un soupir. (Elle regarda Charlie.) Tu as sauvé la vie de ton père, petite. C'est la seule chose qui compte.

– Vraiment ? lâcha Charlie d'une voix si blanche que Norma tressaillit, effrayée.

Charlie tenta alors d'esquisser un sourire. La fermière, soulagée, sourit à son tour.

– Les clés sont sur la Jeep, et... (Il pencha la tête de côté.) Ecoutez ! (Le hurlement des sirènes. Loin encore.

Plus pour très longtemps.) Les pompiers, assura Manders. Vous devriez y aller.

– Viens, Charlie, appela Andy. (Elle s'approcha de lui, les yeux encore rougis par les larmes. Son sourire avait disparu, petit soleil caché par les nuages. Mais de l'avoir vu, même brièvement, Andy se sentit encouragé. Elle avait à cet instant le visage d'une rescapée, marqué par le choc et la souffrance : Andy souhaita posséder son pouvoir. Il s'en servirait. Et il savait contre qui.) Merci, Irv, dit-il.

– Excusez-moi, fit Charlie d'une petite voix. Pour la maison, les poulets et... et tout le reste.

– Ce n'était pas ta faute, bout de chou. Ce sont eux qui ont tout déclenché, assura Manders. Fais bien attention à ton papa !

– D'accord.

Andy lui prit la main et l'entraîna derrière la grange. La Jeep était garée sous un auvent.

Les sirènes se rapprochèrent tandis qu'ils démarraient et traversaient la pelouse pour rejoindre la route. La maison était un véritable brasier désormais. Charlie ne voulait pas la regarder. Dans les rétroviseurs de la Willys, Andy vit une dernière fois les Manders : Irv appuyé contre la grange, le morceau de jupe blanche noué autour de son bras imprégné de sang, Norma assise près de lui. Il avait passé son bras valide autour des épaules de sa femme. Andy fit un signe de la main. Le fermier lui répondit. Norma ne bougea pas, pensant peut-être au service de sa mère, à son secrétaire, à ses lettres d'amour – toutes choses que les assurances ignorent et ignoreront toujours.

18

Ils trouvèrent la route à l'endroit qu'Irv leur avait indiqué. Andy enclencha les quatre roues motrices et s'engagea sur le chemin.

– Accroche-toi, Charlie. Ça va cogner.

Charlie s'accrocha. Elle était pâle, apathique. Le simple fait de la regarder rendait Andy nerveux. *Le cottage,* pensa-t-il. *Le cottage de Granther McGee à Tashmore Pond. Si seulement nous pouvions y arriver et nous reposer ! Elle se ressaisirait et nous réfléchirions à ce qu'il convient de faire. Nous y penserons demain. Comme disait Scarlett, demain est un autre jour.*

La Jeep fonçait, se frayant un chemin sur ce qui n'était guère plus qu'une piste à deux voies. Des buissons et des pins rabougris avaient poussé sur l'axe de la chaussée. Cette voie avait dû être ouverte quelque dix ans auparavant. Andy se dit qu'elle n'avait jamais dû être utilisée, sauf par un chasseur occasionnel. Dix kilomètres plus loin, la route semblait effectivement disparaître. Andy dut s'arrêter deux fois pour déplacer des arbres abattus. La seconde fois, comme il reprenait son souffle après l'effort, le cœur battant, la tête douloureuse, il vit une biche qui le regardait pensivement. Elle le contempla quelques secondes puis s'enfonça dans le bois, agitant sa queue blanche. Andy se tourna vers Charlie. Elle suivait les mouvements de l'animal avec une expression proche de l'émerveillement... de nouveau il en fut encouragé. Un peu plus loin, ils retrouvèrent la piste. Vers trois heures, ils débouchèrent sur l'asphalte de la route 152.

19

Orville Jamieson, couvert de boue, d'égratignures, presque incapable de marcher sur sa cheville foulée, s'assit au bord de Baillings Road, à un kilomètre environ de la ferme des Manders. Il enclencha son talkie-walkie. Le message fut relayé à un poste de commande temporaire installé à l'intérieur d'une camionnette garée dans la rue principale de Hastings Glen. L'équipement radio de la camionnette comprenait un puissant transmetteur avec brouilleur incorporé. Le rapport d'O.J. fut brouillé, amplifié et dirigé sur New York où une station relais le renvoya sur Longmont en Virginie. Dans son bureau, Cap écoutait.

Son visage avait perdu l'air enjoué, satisfait qu'il arborait le matin même, en arrivant sur sa bicyclette. Le rapport d'O.J. était presque incroyable. Ils savaient que la fillette possédait un *pouvoir,* mais cette histoire aux relents d'apocalypse fit à Cap l'effet d'un violent éclair au milieu du ciel bleu. Quatre ou six hommes morts, les autres en fuite dans les bois, une douzaine de voitures en feu, une maison calcinée, un civil blessé prêt à raconter à qui voudrait l'entendre qu'une bande de néo-nazis avaient fait irruption chez lui sans mandat et avaient essayé de kidnapper un homme et sa fillette qu'il avait invités à déjeuner.

Quand O.J. termina son rapport (en fait, il ne s'arrêta pas vraiment, il commença à se répéter en une sorte de semi-hystérie), Cap raccrocha. Il se renfonça dans son siège tournant et tenta de réfléchir. Il ne croyait pas qu'une opération secrète eût aussi mal tourné depuis la baie des Cochons – et cette fois-ci, ils étaient en territoire américain.

A présent que le soleil était passé de l'autre côté de l'immeuble, le bureau était obscur, habité d'ombres épaisses. Il n'alluma pas la lumière. Rachel l'avait appelé sur l'intercom, mais il avait répondu sèchement qu'il ne voulait parler à personne. A personne.

Il se sentait vieux.

Il entendit Wanless dire : *Je parle de potentiel de destruction.* Eh bien, ce n'était plus seulement une question de potentiel, n'est-ce pas ? *Mais on l'aura,* pensa-t-il, contemplant le mur d'en face d'un regard vide. *Oh oui, on l'aura !*

Il appela Rachel.

– Je veux parler à Orville Jamieson dès qu'on l'aura ramené, dit-il. Appelez sans attendre le général Brackman à Washington. Priorité. A-un-A. Nous avons dans l'Etat de New York une situation qui peut se révéler embarrassante et je tiens à ce que vous le lui annonciez d'entrée.

– Oui, monsieur, répondit Rachel d'un ton respectueux.

– Organisez une réunion avec les six sous-directeurs pour dix-neuf heures. A-un-A. Je veux parler au chef de la police de l'Etat, sur place. (Les flics avaient participé aux recherches, et Cap tenait à ce qu'ils ne l'oublient pas. Puisqu'il allait être question de boue, Hollister tenait à leur en réserver un baquet. Sauf s'ils comprenaient qu'en faisant front commun ils pourraient tous se tirer de la mare relativement proprement. (Il hésita un instant, puis ajouta :) Quand John Rainbird viendra au rapport, dites-lui que je veux lui parler. J'ai un autre travail pour lui.

– Bien, monsieur.

Cap lâcha la touche de l'intercom. Assis dans son fauteuil, il étudia les ombres.

– Il ne s'est rien produit dont on ne puisse s'occuper, leur dit-il.

Depuis toujours, c'était sa devise. Elle n'était pas brodée sur une tapisserie accrochée au mur, elle n'était pas gravée sur une plaque de cuivre. Elle était imprimée sur son cœur. Elle était la seule vérité.

Rien dont on ne pût s'occuper. Jusqu'à ce soir, jusqu'au rapport d'O.J., il l'avait cru. C'était cette philosophie qui avait conduit le fils d'un pauvre mineur de Pennsylvanie aussi haut. Il y croyait encore, même si sa conviction avait été momentanément ébranlée. Manders et sa femme devaient avoir des parents éparpillés de la Nouvelle-Angleterre à la Californie. Chacun d'eux constituait un levier potentiel. Longmont contenait assez de dossiers confidentiels pour faire en sorte que toute audition au Congrès portant sur les méthodes de la Boîte soit... disons difficile à organiser. Les véhicules, les agents n'étaient que du matériel, même s'il allait lui falloir un certain temps pour accepter l'idée qu'Al Steinowitz était mort. Qui pourrait jamais remplacer Al ? Cette gamine et son père allaient payer pour ça. Il y veillerait.

Mais la fillette ! Est-ce qu'on pouvait s'occuper de la fillette ?

Il y avait des moyens. Il y avait des méthodes pour la maîtriser.

Le dossier McGee était toujours sur le chariot de bibliothèque. Il se leva, s'en approcha, commença à le feuilleter avec fièvre. Il se demandait où se trouvait John Rainbird à cet instant.

WASHINGTON, DC

1

Au moment où Cap Hollister avait pour lui une pensée fugitive, John Rainbird, assis dans sa chambre à l'hôtel Mayflower, regardait un jeu télévisé. Il était nu sur une chaise, les deux pieds bien à plat serrés l'un contre l'autre. Il attendait qu'il fît nuit. Quand il ferait nuit, il attendrait qu'il fût tard. Quand il serait tard, il attendrait qu'il fût tôt. Quand il serait tôt, quand le pouls de l'hôtel battrait au ralenti, il cesserait d'attendre, monterait dans la chambre 1217 et tuerait le Dr Wanless. Ensuite, il redescendrait et penserait à ce que Wanless lui aurait dit avant de mourir. Peu après le lever du soleil, il dormirait un peu.

John Rainbird était un homme en paix. Avec Cap, la Boîte, les Etats-Unis, presque tout. Avec Dieu, Satan et l'univers. S'il n'était pas encore tout à fait en paix avec lui-même, c'était uniquement parce que son pèlerinage n'était pas terminé. Il avait compté de nombreux coups, gagné d'honorables cicatrices. Peu lui importait que les gens se détournent de lui en un réflexe de peur et de dégoût. Peu lui importait d'avoir perdu un œil au Viêt-nam. Peu lui importait l'argent qu'on lui donnait. Il l'acceptait et le dépensait surtout pour s'acheter des chaussures. Il avait une passion pour les chaussures. Il possédait une maison à Flagstaff, et bien qu'il s'y rendît rarement, il y faisait envoyer tous ses souliers. Quand il avait l'occasion d'aller chez lui, il les admirait – Gucci, Bally, Bass, Adidas, Van Donen. Sa demeure était une étrange forêt. Des arbres à chaussures y poussaient partout, et il passait de pièce en pièce, contemplant les fruits de cuir qu'ils donnaient. Mais quand il était seul, il allait pieds nus. Son père, un Cherokee pur sang, avait été enterré pieds nus. Quelqu'un avait volé ses mocassins funéraires.

Excepté les chaussures, John Rainbird ne s'intéressait qu'à deux choses. La première était la mort. La sienne, bien entendu. Il se préparait à cet inévitable fait depuis plus de vingt ans. La mort avait toujours été son travail, celui dans lequel il excellait. En vieillissant, il se passionnait de plus en plus pour elle, tout comme le peintre approfondit sa recherche des qualités et des degrés de lumière, l'écrivain celle du mot juste et de la nuance. Ce qui intéressait le plus John Rainbird était le véritable *départ*... la véritable exhalaison de l'âme... l'abandon du corps, de ce que les êtres humains nomment vie, et le passage vers autre chose. Quelle impression cela fait-il de se sentir glisser ? Croit-on qu'il s'agit d'un rêve dont on va se réveiller ? Le diable des chrétiens est-il là, avec sa fourche, prêt à transpercer l'âme hurlante pour l'emporter tel un morceau de viande sur un chiche-kebab ? Eprouve-t-on de la joie ? Sait-on qu'on est en train de partir ? Que peuvent bien voir les yeux d'un mourant ?

Rainbird espérait qu'il aurait l'occasion de trouver les réponses pour lui-même. Dans son métier, la mort venait souvent à l'improviste, trop vite. Il souhaitait, à son heure, avoir le temps de se préparer, de sentir. De plus en plus, ces derniers temps, il observait le visage de ceux qu'il tuait à la recherche du secret dans le regard.

La mort l'intéressait.

La petite fille aussi. Celle qui les préoccupait tous. Charlene McGee. Pour Cap, John Rainbird n'avait que de vagues informations sur les McGee et aucune sur le Lot Six. En réalité, il en savait presque autant que Cap lui-même, ce qui lui aurait valu la sanction suprême si Hollister avait été au courant. On soupçonnait la fillette de posséder, potentiellement ou non, un immense pouvoir – elle en avait même peut-être tout un tas. Il aimerait la rencontrer et en apprendre plus sur elle. Il savait aussi qu'Andy McGee était ce que Cap appelait un sujet à « potentiel de domination mentale ». Mais cela ne le concernait pas. Il n'avait encore jamais rencontré un homme qui pût le dominer.

Le jeu télévisé se termina. Vinrent les nouvelles. Elles

n'étaient pas bonnes. John Rainbird resta assis, sans manger, sans boire, sans fumer, propre, vide et dépouillé. Il attendait qu'arrive l'heure de tuer.

2

Un peu plus tôt ce jour-là, Cap avait songé, mal à l'aise, à la démarche silencieuse de Rainbird. Le Dr Wanless ne l'entendit même pas. Il s'éveilla d'un sommeil profond. Parce qu'un doigt le chatouillait sous le nez. Il ouvrit les yeux et vit ce qui lui apparut comme un monstre de cauchemar penché au-dessus de son lit. Un de ses yeux brillait faiblement à la lumière provenant de la salle de bains – il laissait toujours une lampe allumée quand il dormait dans un endroit non familier. L'autre n'était qu'un cratère vide.

Wanless ouvrit la bouche pour hurler. John Rainbird lui pinça fortement les narines d'une main, lui couvrit la bouche de l'autre. Wanless commença à se débattre.

– Chut ! dit l'Indien. (Il avait l'indulgence ravie d'une mère parlant à son enfant au moment de le changer. Wanless se débattit plus fort.) Si vous voulez vivre, restez tranquille et taisez-vous. (Wanless leva les yeux vers lui, eut un sursaut, puis s'immobilisa.) Vous vous tairez ?

Wanless hocha la tête. Son visage était très rouge.

Rainbird enleva ses mains, et le vieil homme se mit à hoqueter. Un petit filet de sang coula d'une narine.

– Qui... êtes-vous... Cap... vous envoie ?

– Rainbird, dit-il gravement. Cap m'envoie, oui.

Dans l'obscurité, les yeux de Wanless étaient immenses. Sa langue jaillit pour lécher ses lèvres. Etendu sur son lit, les draps repoussés jusqu'à ses chevilles osseuses, il avait l'air du plus vieil enfant du monde.

– J'ai de l'argent, murmura-t-il, très vite. Un compte en banque en Suisse. Beaucoup d'argent. Prenez tout. Je n'ouvrirai plus jamais la bouche. Je jure devant Dieu !

– Ce n'est pas votre argent que je veux, docteur Wanless, déclara l'Indien. (Le vieil homme le regardait fixement, le côté gauche de la bouche déformé, la paupière gauche tombante et tremblotante.) Si vous voulez être vivant au lever du soleil, commença Rainbird, vous allez me parler, docteur Wanless. Vous me ferez une conférence. Je serai un séminaire à moi seul. Je serai attentif, bon élève. Et je vous récompenserai de votre vie que vous passerez loin de Cap et de la Boîte. Vous comprenez ?

– Oui, répondit Wanless d'une voix rauque.

– Vous êtes d'accord ?

– Oui... mais que...

Rainbird porta deux doigts devant sa bouche et le vieillard se tut sur-le-champ. Sa poitrine malingre montait et descendait à un rythme rapide.

– Je vais dire deux mots, reprit Rainbird. Et vous commencerez votre conférence. Vous me raconterez tout ce que vous savez, tout ce que vous soupçonnez, tout ce que vous déduisez. Vous êtes prêt à entendre ces deux mots, docteur Wanless ?

– Oui.

– Charlene McGee, lâcha Rainbird.

Wanless se mit à parler. Lentement d'abord, puis de plus en plus vite. Il raconta l'histoire complète des tests du Lot Six et l'expérience finale. L'Indien en savait déjà beaucoup, mais ce qu'il entendit lui permit de combler quelques trous. Le professeur répéta le sermon qu'il avait délivré à Cap le matin même. Cette fois-ci, il ne tomba pas dans l'oreille d'un sourd : Rainbird écoutait attentivement, fronçant parfois les sourcils, applaudissant et riant à la métaphore de l'apprentissage de la propreté. Wanless se sentit encouragé et parla plus vite. Quand il commença à se répéter, comme le font les vieillards, Rainbird se pencha de nouveau, pinça le nez de Wanless d'une main, lui couvrit la bouche de l'autre.

– Désolé, fit le tueur.

Wanless rua, se tordit sous le poids de son agresseur. L'Indien exerça une pression plus forte. Quand le vieil homme cessa de lutter, Rainbird retira d'un coup la main qui pinçait ses narines. L'aspiration sifflante du bon docteur fut comparable au bruit que fait l'air en s'échappant d'un pneu crevé par un gros clou. Ses yeux roulaient furieusement dans leurs orbites, comme ceux d'un cheval rendu fou par la peur.

Rainbird le saisit par le col de son pyjama et le plaça de

biais sur le lit, de façon que la lumière blanche de la salle de bains lui éclairât directement le visage.

Puis il pinça une nouvelle fois les narines de Wanless.

L'homme peut parfois survivre plus de neuf minutes sans dommage permanent pour le cerveau si, lorsqu'on l'empêche de respirer, il reste tout à fait tranquille. La femme, qui possède une capacité pulmonaire légèrement supérieure et un système d'évacuation de l'oxyde de carbone plus efficace, peut tenir dix ou douze minutes. La terreur et la résistance, il va sans dire, diminuent considérablement cette durée.

Le Dr Wanless lutta avec énergie pendant quarante secondes. Puis les efforts qu'il déployait pour sauver sa vie ralentirent. Ses mains frappèrent mollement le granit crevassé qui servait de visage à John Rainbird. Ses talons tambourinèrent sur la moquette une retraite assourdie. Il commença à baver sur la paume calleuse de l'Indien.

C'était le moment.

Le tueur se pencha et étudia le visage de Wanless avec un enthousiasme enfantin.

Mais c'était pareil, toujours pareil. La peur quittait le regard, remplacée par la perplexité. Ni l'émerveillement, ni la soudaine compréhension, ni la crainte respectueuse, juste la perplexité. Pendant quelques secondes, les deux gouffres de perplexité regardèrent fixement l'œil unique de Rainbird et l'Indien sut qu'il était vu. A travers un brouillard, peut-être, s'éloignant de plus en plus au fur et à mesure que le docteur s'enfonçait, mais il était *vu.* Ensuite, il n'y eut plus qu'un voile glacé. Le Dr Joseph Wanless ne résidait plus à l'hôtel Mayflower. Rainbird était assis près d'une poupée grandeur nature.

Il resta ainsi, une main pinçant les narines de la poupée, l'autre obstruant sa bouche. Il valait mieux être sûr. Il continuerait pendant une dizaine de minutes.

Il pensa à ce que Wanless lui avait dit au sujet de Charlene McGee. Etait-il possible qu'une enfant possédât un tel pouvoir ? Sans doute. A Calcutta, il avait vu un homme enfoncer des couteaux dans ses jambes, son ventre, sa poitrine, son cou, puis les retirer sans la moindre blessure. En tout cas, c'était... intéressant.

Il réfléchit à tout ce qu'il avait entendu, puis s'aperçut

qu'il était en train de se demander quelle impression cela devait faire de tuer un enfant. Il n'avait jamais accompli pareille chose (pourtant, une fois, il avait déposé une bombe dans un avion. L'explosion avait tué les soixante-sept passagers, parmi lesquels un au moins était un gosse. Mais c'était différent, impersonnel). Dans cette branche, il était assez rare que la mort d'un enfant fût requise. Après tout, la Boîte n'était pas une organisation terroriste comme l'IRA ou l'OLP, même si beaucoup de gens, ces froussards du Congrès par exemple, se plaisaient à le croire.

Après tout, il s'agissait d'un organisme scientifique.

Peut-être le résultat serait-il différent avec un gamin. Il pouvait y avoir dans le regard une expression nouvelle, autre chose que cette perplexité qui le laissait si vide et – oui, c'était vrai – si triste.

Il parviendrait peut-être à découvrir une partie de ce dont il avait besoin dans la mort d'un enfant. D'une enfant.

Une fillette comme Charlene McGee.

– Ma vie est semblable à la route droite qui traverse le désert, dit Rainbird à voix basse. (Il s'absorba dans la contemplation des deux billes bleues et opaques qui avaient été les yeux du Dr Wanless.) Mais ta vie ne ressemble plus à aucune route, mon ami... mon bon ami.

Il embrassa le vieil homme sur une joue, puis sur l'autre. Il le remit droit sur le lit et lança sur lui un drap qui retomba doucement, tel un parachute. Le nez proéminent de Wanless, désormais sec pour l'éternité, se découpa en batiste blanche.

Rainbird sortit de la chambre.

Cette nuit-là, il pensa à la fillette qui pouvait, croyait-on, faire surgir le feu. Il y pensa beaucoup. Il se demanda où elle était, ce qu'elle sentait, ce qu'elle rêvait. Il éprouvait pour elle beaucoup de tendresse, un fort sentiment protecteur.

Quand il s'endormit, à six heures pile, il en était sûr : la petite fille lui appartiendrait.

TASHMORE, VERMONT

1

Andy et Charlie McGee arrivèrent à la petite maison de Tashmore Pond deux jours après l'incendie de la ferme des Manders. La Willys ne s'était pas montrée au mieux de sa forme et les routes boueuses des sous-bois où Irv les avait envoyés n'avaient rien arrangé.

Quand tomba la nuit de cette interminable journée qui avait commencé à Hastings Glen, ils se trouvaient à moins de vingt mètres de la fin de la seconde – la pire – des deux routes en sous-bois. Au-dessous d'eux, cachée par d'épais taillis, la nationale 22. Ils ne pouvaient la voir mais percevaient le vrombissement des voitures ou le bruit ferraillant des camions. Ils passèrent la nuit dans la Willys, blottis l'un contre l'autre pour trouver un peu de chaleur. Le matin suivant – la veille –, ils avaient repris la route dès cinq heures alors que l'aube pointait à peine à l'est.

Charlie, le teint blafard, semblait amorphe, épuisée. Elle ne lui avait pas demandé ce qui se passerait si les barrages routiers avaient été déplacés vers l'est. C'était aussi bien ainsi car, dans ce cas, on les prendrait, point final. Pas question, non plus, d'abandonner la Willys dans un fossé; Charlie n'était pas en état de marcher.

Andy était donc sorti de l'autoroute et ils avaient passé toute cette journée d'octobre à cahoter sur des routes secondaires sous un ciel blanc qui annonçait la pluie sans vraiment tenir ses promesses. Charlie dormit longtemps. Andy se faisait du souci pour elle – du souci parce qu'elle gaspillait tout ce sommeil de façon malsaine, fuyant les événements passés au lieu de composer avec eux.

Deux fois il s'arrêta pour acheter à dîner au bord de la

route. Des hamburgers et des frites. La deuxième fois, il paya avec le billet de cinq dollars que le conducteur du van, Jim Paulson, lui avait donné. Il avait dépensé presque toute la monnaie du téléphone. Peut-être des pièces étaient-elles tombées de ses poches au cours de cette folle équipée chez les Manders, mais il ne s'en souvenait pas. De même avaient disparu au cours de la nuit ces zones mortes sur son visage. Ça, il ne le regrettait pas.

Charlie toucha à peine à sa part de nourriture.

La veille au soir, ils s'étaient arrêtés sur une aire de repos – déserte – de l'autoroute, une heure environ après la tombée de la nuit. On était en automne et la saison des vagabonds était terminée jusqu'à l'année suivante. Un écriteau rustique, en bois, marqué au feu, annonçait : INTERDICTION DE CAMPER ET DE FAIRE DU FEU. TOUT DÉPÔT D'ORDURES SERA PÉNALISÉ D'UNE AMENDE DE 500 DOLLARS.

– Ils sont vachement sympa dans le coin, marmotta Andy en descendant la Willys au bas du petit escarpement en contrebas du parking de gravier, au milieu des taillis bordant un mince cours d'eau murmurant.

Sans un mot, Charlie et lui descendirent et se dirigèrent vers l'eau. Le ciel demeurait couvert mais il faisait doux; aucune étoile dans cette nuit extraordinairement noire. Ils s'assirent un moment et écoutèrent le babillement du ruisseau. Il prit la main de Charlie et c'est à cet instant qu'elle se mit à pleurer – à gros sanglots qui semblaient lui déchirer la poitrine.

Il la prit dans ses bras et la berça.

– Charlie, murmura-t-il. Charlie, arrête, Charlie, ne pleure pas.

– Je t'en prie, papa, ne me demande plus de refaire ça, sanglota-t-elle. Parce que si tu me le demandais, je le referais et je crois que j'en mourrais. Alors... je t'en prie... je t'en prie... jamais...

– Je t'adore ! répondit-il. Calme-toi et cesse de parler de mourir. C'est stupide.

– Non, dit-elle. C'est pas stupide. C'est vrai, p'pa.

Il demeura un long moment songeur puis dit doucement :

– Je ne sais pas si je pourrai, Charlie. Mais je te promets d'essayer. Ça va comme ça ?

Son silence peiné était en soi une réponse.

– Moi aussi, j'ai peur, reprit-il d'une voix douce. Les papas ont peur, eux aussi, je t'assure.

Ils passèrent cette nuit-là encore dans la cabine de la Willys et retournèrent sur la route à six heures du matin. Les nuages, dissipés, avaient laissé place à une journée typique de l'été indien. Peu après leur passage dans l'Etat du Vermont, ils virent des hommes sur des échelles dressées comme des mâts contre les pommiers des vergers et des camionnettes remplies de pleins paniers de fruits.

A onze heures et demie, ils quittèrent la 34 pour prendre une route étroite, pleine d'ornières poussiéreuses, avec une plaque annonçant PROPRIÉTÉ PRIVÉE, et Andy en ressentit un vif soulagement. Ils étaient arrivés chez Granther McGee. Arrivés.

Ils descendirent doucement vers l'étang, environ deux kilomètres plus bas. Les feuilles d'octobre, rouge et or, tourbillonnaient sur la route devant le capot carré de la Jeep. Juste au moment où ils commençaient à apercevoir les reflets de l'eau, la route se divisa en deux. Une lourde chaîne d'acier barrait l'accès de la partie la plus étroite. A la chaîne, une pancarte jaune attaquée par la rouille annonçait : ROUTE INTERDITE PAR ORDRE DU SHÉRIF. Les taches rousses s'étaient formées, pour la plupart, autour de six ou huit impacts dans le métal et Andy pensa qu'un gosse en vacances avait dû secouer son ennui pendant quelques instants en vidant sa 22 sur le panneau. Mais il y avait des années de cela.

Il descendit de la Willys et sortit son trousseau de clés de sa poche. Ses initiales, A. McG., sur le porte-clés de cuir, étaient presque effacées. Un cadeau de Vicky pour Noël – le Noël précédant la naissance de Charlie.

Il demeura un instant devant la chaîne, regardant le porte-clés de cuir, puis les clés. Il y en avait deux douzaines. C'est drôle, les clés; on peut deviner la vie des gens rien qu'en regardant celles qui s'amoncellent à leur porte-clés. Il pensa que certains, mieux organisés que lui, se contentaient tout bonnement de balancer celles qui ne leur servaient plus, tout comme ils vidaient leur portefeuille tous les six mois. Ce qu'Andy ne faisait pas, ni avec les clés ni avec son portefeuille.

Ça, c'était la clé de la porte est de Prince Hall, à Harrisson, où naguère se trouvait son bureau. Et puis la clé du bureau lui-même. Celle du département d'anglais. Et la clé de la maison de Harrisson qu'il n'avait plus revue depuis le jour où la Boîte avait tué sa femme et enlevé sa fille. Deux ou trois autres qu'il ne parvint pas à identifier. C'est quand même drôle, les clés.

Sa vue se brouilla. Soudain, Vicky lui manqua et il lui revint un besoin d'elle qu'il n'avait pas ressenti depuis ces premières semaines noires passées sur la route avec Charlie. Il se sentait si las, si plein de colère, il avait si peur. A cet instant, s'il avait pu voir alignés devant lui, là, tous les gens de la Boîte et si on lui avait tendu une mitraillette Thompson...

– Papa ? demanda la voix de Charlie, angoissée. Tu ne trouves pas la clé ?

– Je l'ai, dit-il.

Au milieu du paquet, c'était une petite Yale où il avait gravé T. P, au couteau, T. P. pour Tashmore Pond. Il n'y était pas revenu depuis l'année où Charlie était née et maintenant il lui fallait tortiller un peu la clé pour que les gorges du cadenas consentent à jouer. Le cadenas s'ouvrit; Andy laissa tomber la chaîne sur le tapis de feuilles d'automne.

Il fit entrer la Willys puis referma la chaîne.

Il fut heureux de constater le mauvais état de la route. Lorsqu'ils venaient régulièrement, l'été, ils y restaient trois ou quatre semaines et il trouvait toujours un jour ou deux pour travailler à la route – aller chercher un chargement de gravier à la carrière de Sam Moore avec lequel il comblait les trous les plus importants, couper les buissons les plus massifs et faire venir Sam avec sa vieille herse pour égaliser. Quant à l'autre branche de la bifurcation, plus large, elle menait à quelque deux douzaines de chalets et de maisonnettes qui s'étiraient le long de l'eau. Les intéressés se réunissaient chaque année, au mois d'août, pour l'entretien de la route et tout le bazar (encore que la réunion ne fût en fait qu'une excuse pour se beurrer avant que la fête du Travail ne vienne mettre un terme à l'été), mais le coin de Granther était le seul sur cette portion de route-là car

Granther lui-même avait acheté tout le lot pour une bouchée de pain pendant la dépression dans les années trente.

Dans le temps, ils possédaient une voiture familiale, une fourgonnette Ford. Il était sceptique quant à la possibilité pour la fourgonnette d'arriver aujourd'hui jusque-là, et même la Willys, avec ses essieux surélevés, talonna une fois ou deux. Andy s'en moquait. Cela signifiait que personne n'était venu par ici.

– Y aura l'électricité, papa ? demanda Charlie.

– Non, répondit-il. Et pas de téléphone non plus. Faudra pas mettre le courant, mignonne. Ce serait comme si on affichait ON EST LÀ. Mais il y a des lampes à pétrole et deux bidons pleins. Du moins si on ne les a pas volés.

Cela l'inquiétait un peu. Depuis leur dernière visite, le prix du pétrole avait grimpé suffisamment pour que le vol vaille le coup, pensa-t-il.

– Est-ce qu'il y aura... commença Charlie.

– Bon Dieu de merde ! dit Andy. (Il pila sur les freins. Un arbre barrait la route devant eux, un vieux bouleau énorme abattu par quelque orage d'hiver.) Je crois qu'on va continuer à pied. Il n'y a guère plus d'un kilomètre et demi, de toute façon. Nous allons marcher. (Il lui faudrait revenir plus tard avec la scie de Granther pour couper l'arbre. Il ne voulait pas laisser la Willys d'Irv dans ce coin. Trop visible.) Allons, viens, dit-il en lui ébouriffant les cheveux.

Ils sortirent de la Willys et, sans aucun mal, Charlie se glissa par-dessous le bouleau tandis qu'Andy l'escaladait avec précaution, tâchant de ne pas se blesser. Les feuilles craquaient agréablement sous leurs pas et les bois sentaient bon l'automne. Un écureuil, du haut de son arbre, suivait attentivement leur progression. Et, de nouveau, ils commencèrent à apercevoir du bleu à travers les branchages.

– Qu'est-ce que tu allais dire quand on est arrivés à l'arbre ? lui demanda Andy.

– Si on aurait assez de pétrole pour longtemps. Au cas où nous resterions l'hiver.

– Non. Mais ça suffira pour commencer. Et je vais couper beaucoup de bois. Il va falloir que tu en charries pas mal, toi aussi.

Dix minutes plus tard, la route s'élargit en débouchant

sur le bord de l'étang de Tashmore. Ils étaient arrivés. Ils se tinrent là un instant, silencieux. Andy ignorait les sentiments de Charlie, mais, quant à lui, une foule de souvenirs surgissaient, avec trop de plénitude pour qu'il pût les qualifier de nostalgiques. Se mêlant à ces souvenirs, surgit le rêve qu'il avait fait trois jours plus tôt : le bateau, l'asticot se tortillant dans la nuit, et même les rustines taillées dans des pneus sur les bottes de Granther.

C'était une maison de cinq pièces, en bois sur des fondations de pierre. Une véranda surplombait le lac et une jetée de pierre avançait dans l'eau. A l'exception des amoncellements de feuilles poussées par le vent de trois hivers, le coin n'avait pas changé le moins du monde. Il s'attendait presque à voir Granther lui-même s'avancer nonchalamment, dans une de ses chemises à carreaux rouges et noirs, lui faisant de grands signes et lui braillant de monter, lui demandant s'il avait pris son permis de pêche car la truite brune mordait toujours à la tombée du jour.

Un bon coin, un coin sûr. Au loin, de l'autre côté de Tashmore Pond, les pins brasillaient, gris-vert sous le soleil. *Sont dingues, ces arbres*, avait dit Granther une fois. *Savent même pas faire la différence entre l'été et l'hiver*. Le seul indice de civilisation demeurait l'appontage de Bradford Town. Nul n'y avait installé de centre commercial ou de parc d'attractions. Le vent y parlait toujours aux arbres. Les galets verts avaient toujours l'air d'être recouverts de mousse et les aiguilles de pin s'accumulaient toujours, sous l'effet du vent, dans les angles des toits et les gouttières de bois. Gamin, il avait vécu ici et Granther lui avait enseigné l'art d'appâter un hameçon. Il avait eu sa chambre dans ce coin, lambrissée de bel et bon érable, et il avait rêvé ses rêves d'enfant dans un lit étroit où il se réveillait au son de l'eau léchant la jetée. Adulte également, il était venu, faisant l'amour à sa femme dans le grand lit qui jadis avait appartenu à Granther et à son épouse – cette petite bonne femme silencieuse et quelque peu sinistre, membre de la Confrérie des athées américains, qui pouvait vous expliquer, à la demande, les Trente Illogismes les plus importants de la Bible du roi Jacques ou, si vous le préfériez, la Grotesque Erreur de la Théorie de l'Harmonie Universelle, le tout avec l'irrévocable et sourde logique d'un prédicateur confirmé.

– Maman te manque, pas vrai ? demanda Charlie d'une voix lointaine.

– Oui, répondit-il. Beaucoup.

– A moi aussi. Vous vous êtes bien amusés ici, hein ?

– Oui, on s'est bien amusés. Allez, viens Charlie.

Elle demeura immobile et, le regardant, demanda :

– Papa, tout va bien se passer pour nous maintenant, comme avant ? Je pourrai aller à l'école et tout ?

Il songea à mentir, mais un mensonge aurait constitué une pauvre réponse.

– Je ne sais pas, dit-il. (Il essaya un sourire mais n'y parvint pas; il s'aperçut qu'il ne pouvait même pas grimacer de façon convaincante.) Je ne sais pas, Charlie.

2

Les outils de Granther étaient toujours accrochés en ordre parfait dans la remise à bateau et Andy y découvrit un butin qu'il avait espéré mais sur lequel il s'était dit qu'il ne valait mieux pas trop compter : environ deux stères de bois, bien coupé et séché en temps utile sous la remise. Il en avait fendu lui-même la plus grande partie et le bois se trouvait toujours là, sous la toile sale qu'il avait jetée dessus. Ils ne feraient pas l'hiver avec deux stères, mais en attendant qu'il ramasse les branches tombées et le bouleau sur la route, ils seraient parés.

Il porta la scie jusqu'à l'arbre et en coupa assez pour permettre le passage de la Willys. Il faisait presque nuit, il était fatigué et avait faim. Nul ne s'était soucié non plus de piller un garde-manger bien garni; si on avait noté des actes de vandalisme et des vols de scooters des neiges au cours des six hivers écoulés, cela s'était limité à l'extrémité sud du lac, plus habitée. Cinq étagères de soupe Campbell en boîte, de sardines Wyman, de ragoût de bœuf Dinty Moore et toutes sortes de légumes en conserve. Il restait également, par terre, une demi-boîte de Rival pour chien – héritage de Bimbo, le bon vieux chien de Granther –, mais Andy pensa qu'il n'en arriverait pas là. Tandis que Charlie regardait les livres sur les rayons de la grande salle de séjour, Andy descendit dans le petit cellier situé trois marches au-dessous du garde-manger. Il gratta une allumette, glissa le doigt dans le trou laissé par un nœud dans une planche et tira. Il jeta un coup d'œil à l'intérieur et sourit. Dans la cavité tapissée de toiles d'araignée se trouvaient quatre cruchons emplis d'un liquide légèrement huileux : cent pour cent dynamite. Granther l'avait baptisé « la ruade de mule de grand-papa ».

L'allumette brûla les doigts d'Andy qui en gratta une seconde. Tout comme les austères prédicateurs de la Nouvelle-Angleterre à l'époque héroïque (dont elle descendait directement), Hulda McGee ne témoignait d'aucune complaisance, compréhension ou tolérance à l'égard des simples et stupides plaisirs masculins. Athée, mais puritaine. Ç'avait été le petit secret de Granther, partagé avec Andy l'année précédant la mort du vieux.

Outre l'alcool, il y avait une cagnotte pour le poker. Andy la sortit et tâta la fente à son sommet; un bruissement se fit entendre. Andy en sortit une mince liasse de billets : quelques coupures de dix, quelques-unes de cinq et d'autres d'un dollar. Peut-être quatre-vingts dollars en tout. Taper le carton avait été le péché mignon de Granther et c'était là ce qu'il appelait son « argent de poche ».

La seconde allumette lui brûlant les doigts, Andy l'éteignit. Dans le noir, il remit en place la cagnotte, l'argent et le reste. C'était bon de les savoir là. Il reposa la planche et passa dans le garde-manger.

– Ça te dit de la soupe à la tomate ? demanda-t-il à Charlie.

Merveille des merveilles, elle avait découvert tous les contes de Winnie l'Ourson sur les rayons et se trouvait perdue à cet instant quelque part dans la forêt enchantée.

– Bien sûr, répondit-elle sans lever la tête.

Il en fit une pleine casserole et ouvrit une boîte de sardines pour chacun. Il alluma une des lampes à pétrole après avoir soigneusement tiré les rideaux et la posa au milieu de la table. Ils s'assirent et mangèrent, sans trop causer. Après quoi il fuma une cigarette, allumée au-dessus du verre de lampe. Charlie découvrit le tiroir où grand-mère Welsh rangeait les cartes à jouer : huit ou neuf paquets où manquaient des cartes, et elle passa le reste de la soirée à les trier et à jouer tandis qu'Andy rôdait autour du chalet.

Un peu plus tard, en la mettant au lit, il lui demanda comment elle se sentait.

– En sécurité, répondit-elle sans hésitation. Bonne nuit, papa.

Si cela convenait à Charlie, c'était parfait pour lui. Il demeura quelques instants près d'elle mais elle s'endormit rapidement et sans difficulté et il la laissa après avoir calé la porte ouverte pour pouvoir entendre si sa fille s'agitait au cours de la nuit.

3

Avant de rentrer, Andy retourna dans le cellier, prit un des cruchons d'alcool-dynamite, s'en versa une rasade dans un grand verre et sortit par la porte coulissante donnant sur la véranda. Il s'assit dans l'un des fauteuils de toile (ça sentait un peu le moisi; il se demanda un instant s'il pourrait y remédier) et contempla le lac sombre et mouvant. Il faisait un peu frisquet mais deux ou trois gorgées de la ruade de mule de grand-papa dissipèrent gentiment la fraîcheur de la nuit. Pour la première fois depuis la terrible poursuite sur la Troisième Avenue, lui aussi se sentit en sécurité et dispos.

Il fumait et regardait l'autre rive de Tashmore Pond.

En sécurité et dispos, mais pas pour la première fois depuis New York. Pour la première fois depuis que la Boîte avait de nouveau fait irruption dans leur vie en cette terrible journée d'août, quatorze mois auparavant. Depuis lors, ils avaient fui ou s'étaient cachés et, dans les deux cas, sans pouvoir se reposer.

Il se souvint de sa conversation téléphonique avec Quincey et de l'odeur de la moquette qui brûlait. Lui dans l'Ohio et Quincey là-bas en Californie, dans cette Californie qu'il qualifiait toujours, dans ses rares lettres, de Royaume magique du Tremblement de Terre. *Oui, c'est une bonne chose*, avait dit Quincey. *Sinon, on les mettrait dans deux petites pièces où ils pourraient travailler à plein temps pour assurer la sécurité et la liberté de deux cent vingt millions d'Américains. Ils pourraient bien vouloir prendre cet enfant pour le mettre dans une petite pièce juste pour vérifier s'il peut aider à sauvegarder le monde et à faire triompher la démocratie. Et je crois que c'est tout ce que j'ai envie de dire, mon vieux, mis à part... reste planqué.*

Il songea qu'il avait eu peur, alors. Il n'avait pas connu la vraie peur avant. La vraie trouille, c'était de rentrer chez soi et de trouver sa femme morte, les ongles arrachés. Ils les lui avaient arrachés pour savoir où se trouvait Charlie. Charlie passait deux jours et deux nuits chez son amie Terri Dugan. Ils avaient projeté de rendre la pareille à Terri un mois plus tard environ, pour deux jours également. Vicky avait appelé ça le Grand Echange de 1980.

Maintenant, assis à fumer sous la véranda, Andy parvenait à reconstituer ce qui s'était passé, bien qu'à ce moment-là il n'eût vécu que dans un brouillard de douleur, de terreur et de rage : seule la plus aveugle des chances (peut-être un peu plus que la simple chance) lui avait permis de s'en tirer.

On les avait placés sous surveillance. Toute la famille. Sans doute depuis un certain temps. Et lorsque Charlie n'était pas rentrée de son camp d'été ce mercredi après-midi, et n'avait pas refait surface non plus le jeudi matin, ni le jeudi soir, ils avaient dû en conclure que Vicky et Andy avaient éventé leur surveillance. Au lieu de se rendre compte que Charlie se trouvait tout bonnement chez une amie, à trois kilomètres à peine de là, ils avaient imaginé que le couple avait emmené la gosse et l'avait cachée.

Erreur grossière, stupide, mais pas la première de la part de la Boîte – à en croire un article qu'Andy avait lu dans *Rolling Stone*, la Boîte s'était trouvée impliquée dans un bain de sang à la suite d'un détournement d'avion par des terroristes de l'Armée rouge (le détournement avait échoué – coût : soixante vies). La Boîte avait vendu de l'héroïne à l'Organisation du crime en échange de renseignements sur des groupes quasiment inoffensifs d'Américano-Cubains à Miami. De même retrouvait-on la Boîte dans la prise de pouvoir des communistes sur une île des Caraïbes naguère célèbre pour ses hôtels balnéaires bâtis à coups de millions de dollars et pour les pratiques vaudou de sa population.

Après une telle série de gaffes colossales, il devenait plus aisé de comprendre comment les agents commis à la surveillance de la famille McGee avaient pu confondre l'escapade de deux jours d'une gamine chez une amie avec une fuite pour de bon. Comme aurait dit Quincey (peut-être l'avait-il dit, d'ailleurs), si les plus efficaces des quelque mille agents de la Boîte devaient travailler dans le privé, ils se retrouveraient à pointer au chômage avant la fin de leur stage d'essai.

Mais les deux parties avaient commis des bourdes, songea Andy – et l'amertume de cette pensée s'était faite légèrement vague et diffuse avec le temps, après une acuité vivace, une amertume aiguë aux pointes acérées empreintes du curare de la culpabilité. Ce que Quincey lui avait laissé entendre au téléphone, le jour où Charlie avait trébuché et était tombée dans l'escalier, l'avait terrorisé mais pas assez apparemment. S'il avait eu suffisamment la trouille, peut-être se seraient-ils *effectivement* cachés.

Il avait découvert trop tard que l'esprit humain peut se retrouver sous hypnose lorsqu'une vie ou celle d'une famille vient à se dérouter du cours normal des événements et à plonger dans un monde de fiction auquel on ne vous demande de croire que soixante minutes à la télé ou peut-être cent dix minutes au cinéma du coin.

A la suite de sa conversation avec Quincey, il s'était progressivement senti envahi par un curieux sentiment : on aurait dit qu'il tenait une cuite permanente. Son téléphone sur table d'écoute ? Des gens qui les surveillaient ? Eventuellement, on pourrait les enlever et les jeter dans les sous-sols de quelque organisme mystérieux ? Il aurait plutôt eu tendance à sourire d'un sourire niais et à se contenter de regarder se concrétiser de telles sornettes, à agir en homme civilisé et à faire fi de ses instincts...

Soudain, une rafale sombre agita Tashmore Pond et des canards sauvages s'envolèrent dans la nuit, vers l'ouest. Une demi-lune se leva, nimbant leurs ailes d'argent. Andy alluma une nouvelle cigarette. Il fumait trop mais il ne tarderait pas à avoir l'occasion de s'arrêter; il ne lui en restait que quatre ou cinq.

Oui, il s'était douté que son téléphone se trouvait sur écoute. On entendait parfois un bizarre double clic lorsqu'on décrochait et qu'on disait « allô ». Une ou deux fois, tandis qu'il parlait avec un étudiant qui l'appelait pour une dissertation ou avec un de ses collègues, la conversation avait été mystérieusement coupée. Il avait soupçonné une éventuelle présence de micros dans la maison mais jamais il n'avait passé les lieux au peigne fin pour les rechercher (et encore, les aurait-il trouvés ?). Et à plusieurs reprises il s'était douté – non, là il en était presque sûr – qu'on les surveillait.

Ils habitaient le quartier Lakeland à Harrisson, qui représentait le sublime archétype de la banlieue. Un soir où l'on avait un coup dans l'aile, on pouvait facilement tourner pendant des heures autour de six ou huit pâtés de maisons sans trouver la sienne. Ses voisins travaillaient chez IBM, en dehors de la ville, ou enseignaient à l'université. On aurait pu tracer deux lignes droites parallèles pour situer les revenus moyens des familles : la ligne inférieure à 18 500 dollars et la ligne supérieure à quelque 30 000 dollars et quasiment tout un chacun à Lakeland se serait retrouvé entre ces deux lignes.

Il fallait connaître les gens. Dans la rue, on adressait un signe de tête à Mme Bacon, qui avait perdu son mari et convolait depuis lors avec la vodka – et ça se voyait; sa lune de miel jouait des tours à son visage et à sa silhouette. On saluait, les doigts en V, les deux filles à la Jag blanche, locataires de la maison qui faisait le coin de Jasmine Street et de Lakeland Avenue – et on se posait la question de savoir ce que donnerait une nuit passée avec les deux à la fois. On parlait base-ball avec M. Hammond, qui habitait Laurel Lane et taillait inlassablement sa haie. M. Hammond travaillait chez IBM (« ce qui signifie Incessantes Bordéliques Mutations », vous répétait-il à tout bout de champ tandis que ronronnait son sécateur électrique) et était un ardent supporter de l'équipe d'Atlanta. Il affichait un certain mépris pour l'équipe de Cincinnati – les Rouges –, ce qui ne le mettait pas forcément au mieux avec ses voisins. Hammond s'en foutait éperdument. Il attendait tout bonnement une nouvelle mutation chez IBM.

Mais là n'était pas la question. Pas plus M. Hammond que les deux blondes appétissantes à la Jag blanche avec ses cercles de phares rouges. La question, c'est qu'au bout d'un certain temps votre esprit se fabriquait son petit sous-ensemble inconscient : les gens de Lakeland.

Mais au cours des mois ayant précédé la mort de Vicky et l'enlèvement de Charlie chez les Dugan, il traînait dans le coin des gens qui n'appartenaient pas à ce sous-ensemble. Andy ne s'en était guère préoccupé, se disant qu'il serait stupide d'inquiéter Vicky simplement parce que le fait de parler avec Quincey l'avait fait virer à la paranoïa.

Les types dans la fourgonnette gris clair. Le rouquin affalé derrière le volant d'une AMC Matador un soir, puis derrière le volant d'une Plymouth Arrow un autre soir, environ dix jours plus tard. Trop de représentants qui passaient. Certains soirs, en rentrant chez lui après un jour d'absence ou au retour d'une séance de cinéma où ils avaient emmené Charlie voir un Disney, il avait eu le sentiment que la maison avait été visitée, qu'on avait quelque peu déplacé des objets.

Et ce sentiment d'être surveillé.

Mais jamais il n'avait pensé que cela irait plus loin qu'une surveillance. C'était *là* son erreur stupide. Il n'était toujours pas absolument convaincu qu'il s'était agi de leur part d'un mouvement de panique. Ils auraient parfaitement pu concevoir de les enlever, Charlie et lui, et de tuer Vicky qui ne présentait guère d'utilité – qu'avait-on à faire, vraiment, d'un médium aux petits pieds dont le coup d'éclat consistait à fermer la porte du frigo depuis l'autre bout de la pièce ?

Quoi qu'il en fût, le boulot était empreint de cet amateurisme et de cette hâte qui lui faisaient songer que la disparition surprise de Charlie les avait fait agir plus vite qu'ils n'en avaient l'intention. Peut-être auraient-ils attendu si lui, Andy, avait disparu, mais ce n'était pas le cas. C'était Charlie qui avait disparu et c'était elle qui les intéressait. Désormais, Andy en était sûr.

Il se leva et s'étira, écoutant craquer sa colonne vertébrale. Il était temps d'aller au lit, de cesser de ressasser ces vieux souvenirs pénibles. Il n'allait pas passer le reste de sa vie à se reprocher la mort de Vicky. Après tout, il n'avait été que complice par instigation. Quant au reste de sa vie, peut-être ne serait-il pas bien long. Sur la véranda d'Irv

Manders, peu leur avait importé Andy McGee. Seule Charlie les intéressait désormais.

Il alla se coucher et s'endormit bientôt. Il eut des rêves agités. Sans relâche, il revit cette tranchée de feu courant dans la poussière devant le porche, il la vit se séparer pour former un cercle enchanté autour du billot, il revit les poulets cavaler comme des engins incendiaires vivants. Dans son rêve, il sentit la capsule de chaleur qui croissait sans cesse autour de lui.

Elle avait dit qu'elle ne provoquerait plus jamais de feux.

Et c'était peut-être mieux ainsi.

Dehors, la froide lune d'octobre descendit sur Tashmore Pond, sur Bradford dans l'Etat du New Hampshire, et traversa l'eau sur le reste de la Nouvelle-Angleterre. Vers le sud, elle brilla au-dessus de Longmont, en Virginie.

4

Parfois, Andy McGee ressentait des choses – des intuitions d'une extraordinaire acuité. Depuis l'expérience au bâtiment Jason Gearneigh. Il ignorait si ces pressentiments constituaient une sorte de précognition, mais il avait appris à y croire quand cela lui arrivait.

Sur le coup de midi, en ce jour d'août 1980, il avait eu un sinistre pressentiment.

Cela avait commencé dans la salle Buckeye, dans le salon de la faculté au dernier étage du bâtiment du centre des étudiants. Il pouvait même en déterminer le moment exact. Il venait de manger du poulet à la crème et du riz avec Ev O'Brian, Bill Wallace et Don Grabovski, tous de la fac d'anglais. Tous de bons amis. Et, comme d'habitude, quelqu'un avait sorti une histoire polonaise à l'intention de Don. Une blague d'Ev sur la différence entre une échelle polonaise et une échelle ordinaire, l'échelle polonaise étant la seule à porter la mention STOP au dernier échelon. Ils riaient tous quand une petite voix calme se fit entendre dans l'esprit d'Andy.

(Quelque chose ne tourne pas rond à la maison.)

C'est tout. Mais ce fut suffisant. Cela commença presque

comme ses migraines lorsqu'il poussait trop et allait au delà de ses limites. Sauf qu'il ne s'agissait pas d'une migraine; toutes ses émotions semblaient s'enchevêtrer, presque paresseusement, comme des fils avec lesquels aurait joué un chat courant le long de son système nerveux.

Il ne se sentait pas bien. Le poulet à la crème perdit tout attrait. Son estomac se barbouilla et son cœur se mit à battre rapidement comme s'il venait juste d'éprouver une sacrée frousse. Puis, brutalement, les doigts de sa main droite commencèrent à l'élancer, comme s'il se les était coincés dans une porte.

Il se leva soudain, une sueur froide au front.

– Ecoutez, je ne me sens pas très bien, dit-il. Tu peux t'occuper de mon cours de treize heures, Bill ?

– Les aspirants-poètes ? Certainement. Pas de problème. Qu'est-ce qui ne tourne pas rond ?

– Sais pas. Quelque chose que j'ai mangé, peut-être.

– Tu es tout pâle, dit Don Grabovski. Tu devrais passer par l'infirmerie, Andy.

– C'est sans doute ce que je vais faire, avait répondu Andy.

Il partit mais sans la moindre intention de passer à l'infirmerie. Il était midi et quart. Le campus somnolait en cette dernière semaine de l'ultime session d'été. Il salua de la main Ev, Bill et Don et se hâta de les quitter. Depuis lors, il ne les avait pas revus.

Il s'arrêta au rez-de-chaussée de la maison des étudiants, décrocha un téléphone et appela chez lui. Pas de réponse. Et pas de raison particulière pour que ça réponde; avec Charlie chez les Dugan, Vicky aurait fort bien pu aller faire des courses, se rendre chez le coiffeur, chez Tammy Upmore ou même déjeuner avec Eileen Bacon. Quoi qu'il en soit, ses nerfs se nouèrent encore davantage, tendus dès lors comme des cordes de violon.

Il quitta la maison des étudiants et, mi-marchant mi-courant, se dirigea vers son break garé sur le parking de Prince Hall. Il traversa la ville jusqu'à Lakeland, conduisant mal, de façon heurtée. Il grilla des feux, fit des queues de poisson et faillit renverser un hippie sur son Olympia à dix vitesses. Le hippie lui fit un geste obscène. Andy le remarqua à peine. Maintenant, son cœur battait à tout rompre.

Ils habitaient allée des Conifères – à Lakeland comme dans tant d'autres banlieues qui avaient poussé au cours des années cinquante, il semblait qu'on eût baptisé la plupart des rues de noms d'arbres ou d'arbustes. Dans la chaleur de midi en ce mois d'août, la sienne paraissait curieusement déserte. Cela ne fit qu'ajouter à son sentiment qu'il ne se passait rien de bon. La rue paraissait plus large avec si peu de voitures garées le long des trottoirs. Même les quelques gosses qui jouaient çà et là ne parvenaient pas à dissiper cette étrange sensation d'abandon; la plupart étaient en train de déjeuner ou se trouvaient sur le terrain de jeux. Mme Flynn, de Laurel Lane, passa, son sac d'épicerie dans un caddy, sa bedaine ronde et serrée comme un ballon de foot sous son pantalon couleur avocat. Tout le long de la rue, des arroseurs de pelouse tournaient paresseusement, balançant de l'eau sur le gazon et dessinant des arcs-en-ciel.

Andy racla le trottoir avec les roues de sa voiture et enfonça le frein avec une telle force que sa ceinture de sécurité se bloqua un instant et que le capot plongea vers le macadam. Il coupa le moteur, laissant une vitesse enclenchée, ce qu'il ne faisait jamais, et remonta l'allée au ciment fissuré qu'il avait l'intention d'arranger sans jamais trouver le temps de s'y mettre. Ses talons claquèrent, sans réelle signification. Il remarqua que les stores vénitiens de la grande fenêtre de la salle de séjour (une *fenêtre murale*, comme l'avait baptisée l'agent immobilier qui leur avait vendu la maison, *ça c'est d' la vraie f'nêtre murale*) étaient tirés, donnant à la maison un aspect fermé, secret, qui ne lui plut guère. Tirait-elle les stores d'habitude ? Pour éviter autant que possible qu'entre la chaleur de l'été peut-être ? Il l'ignorait. Il découvrit qu'il ignorait bien des choses de la vie de Vicky en son absence.

Il saisit la poignée mais elle ne tourna pas, glissant seulement sous ses doigts. Est-ce qu'elle fermait la porte quand il était absent ? Il ne le pensait pas. Cela ne ressemblait pas à Vicky. Son inquiétude – non, de la panique maintenant – augmenta. Et cependant il y eut un instant, un seul petit instant (qu'il refusa de s'avouer plus tard) où il ne ressentit qu'un besoin urgent de se détourner de cette porte close. De s'en éloigner. Peu importaient Vicky ou Charlie ou les fragiles justifications qui viendraient plus tard.

S'enfuir en courant, un point c'est tout.

Mais il fouilla dans sa poche à la recherche de ses clés.

Dans sa nervosité, il les fit tomber et dut se baisser pour les ramasser – des clés de voiture, la clé de l'aile est de Prince Hall, la clé noirâtre destinée à ouvrir la chaîne qu'il plaçait à l'entrée de la route de chez Granther à la fin de chacun de ses séjours d'été. C'était drôle cette façon dont les clés s'accumulaient.

Il trouva sa clé de la maison au milieu du trousseau et ouvrit la porte. Il entra et referma derrière lui. Dans la salle de séjour, une lumière sourde, d'un jaune maladif. Chaud. Immobile. Dieu, que c'était immobile !

– Vicky ?

Pas de réponse. Ce qui signifiait seulement qu'elle n'était pas là. Elle avait mis ses chaussures de boogie, comme elle se plaisait à les appeler, et était partie faire des courses ou voir des amies. Sauf qu'elle ne faisait jamais cela. Il en était sûr. Et sa main, sa main droite... pourquoi cet élancement dans ses doigts ?

– Vicky !

Il se rendit dans la cuisine. Il y avait là une petite table de Formica avec trois chaises. D'ordinaire, Vicky, Charlie et lui prenaient leur petit déjeuner dans la cuisine. L'une des chaises gisait sur le côté, comme un chien crevé. La salière était retournée et le sel répandu sur toute la table. Sans penser à ce qu'il faisait, Andy en prit une pincée entre le pouce et l'index, qu'il jeta par-dessus son épaule, murmurant dans sa barbe comme son père et son grand-père l'avaient fait avant lui :

– Sel, sel, conjure le mauvais sort !

De la soupe sur le fourneau. Froide. La boîte de soupe vide sur le comptoir. Un déjeuner pour une personne. Mais où était-elle ?

– Vicky ! hurla-t-il dans l'escalier.

Sombre. Comme la buanderie et la salle de jeux qui s'étendaient sur toute la longueur de la maison.

Pas de réponse.

Du regard, il fit de nouveau le tour de la cuisine. Nette et en ordre. Deux des dessins de Charlie, réalisés pendant les vacances au patronage en juillet, étaient affichés sur le réfrigérateur, fixés par de petits légumes de plastique contenant des aimants. Une facture d'électricité et une facture de téléphone enfilées sur un pique-notes portaient la mention : À PAYER. Une place pour chaque chose et chaque chose à sa place.

Sauf la chaise renversée. Sauf le sel répandu.

Il n'avait plus de salive dans la bouche, plus du tout. Sa bouche était aussi sèche et lisse que des chromes un jour d'été.

Andy monta l'escalier, regarda dans la chambre de Charlie, dans leur chambre, dans la chambre d'ami. Rien. Il revint dans la cuisine, alluma la lumière de l'escalier et descendit. La machine à laver bâillait, ouverte. Le séchoir le fixait de son œil de verre. Entre les deux, sur le mur, un petit écriteau que Vicky avait acheté quelque part et qui disait : CHÉRI, NOUS SOMMES TOUS LESSIVÉS. Il se rendit dans la salle de jeux et tâtonna à la recherche de l'interrupteur, les doigts effleurant le mur, avec la certitude stupide que d'un instant à l'autre des doigts glacés et inconnus se poseraient sur les siens pour les guider vers l'interrupteur. Enfin, il trouva la platine et les tubes fluorescents du plafond s'allumèrent.

Une pièce agréable où il avait passé pas mal de temps, arrangeant des trucs en souriant car, en fin de compte, ils étaient devenus tout ce qu'ils s'étaient juré, étudiants, qu'ils ne deviendraient pas. Ils avaient passé, tous les trois, pas mal de temps ici. Une télé encastrée dans le mur, une table de Ping-Pong, un énorme jeu de jacquet. D'autres jeux de société appuyés au mur, de grands livres rangés le long d'une table basse que Vicky avait fabriquée avec des planches de grange. Un mur tapissé de livres de poche et sur les autres murs, encadrés et enchevêtrés, des carrés de laine tricotés par Vicky; elle plaisantait sur le fait qu'elle était très forte pour tricoter des carrés mais n'avait tout bonnement pas le courage d'en faire une couverture. Des livres de Charlie sur une étagère d'enfant, tous rangés selon l'ordre alphabétique qu'Andy lui avait enseigné un soir d'ennui où il neigeait, il y avait de cela deux hivers, et qui la fascinait toujours.

Une pièce agréable.

Une pièce vide.

Il tenta de se sentir soulagé. La prémonition, l'intuition, appelez ça comme vous voudrez, s'était trompée. Vicky n'était pas là, voilà tout. Il éteignit la lumière et retourna dans la buanderie.

La machine à laver à chargement frontal qu'ils avaient achetée d'occasion pour soixante-dix dollars : il la ferma sans y penser, un peu comme il avait jeté la pincée de sel par-dessus son épaule. Il y avait du sang sur le hublot. Pas beaucoup. Trois ou quatre gouttes. Mais du sang.

Andy resta là à le regarder. Il faisait plus frais en bas, trop frais. On se serait cru dans une morgue. Il regarda le sol. Du sang encore sur le sol. Pas même sec. Un petit bruit, une sorte de murmure doux, grinçant, se forma dans sa gorge.

Il commença à faire le tour de la buanderie, une petite alcôve en fait, aux murs de plâtre blanc. Il ouvrit le panier à linge : vide à part une chaussette. Il regarda dans le débarras sous l'évier. Rien que des produits d'entretien et des lessives. Il regarda sous l'escalier : que des toiles d'araignée et la jambe en plastique d'une vieille poupée de Charlie – un membre arraché attendant patiemment, et Dieu sait combien de temps, qu'on le redécouvre.

Il ouvrit la porte entre la machine à laver et le séchoir, et la planche à repasser s'abattit avec un bruit métallique et un autre bruit sourd et, dessous, les jambes liées, les genoux sous le menton, les yeux ouverts, vitreux, morts, apparut Vicky Tomlinson McGee, un chiffon à poussière enfoncé dans la bouche. L'air était imprégné d'une odeur forte et écœurante d'encaustique.

Il émit un bruit étouffé et tituba, reculant. Ses mains battirent l'air comme pour chasser cette horrible vision et l'une d'elles, heurtant le panneau de contrôle du séchoir, mit l'engin en marche. A l'intérieur, des vêtements commencèrent à culbuter les uns sur les autres avec un bruit sec. Andy hurla. Puis il se mit à courir. Il grimpa l'escalier en courant, trébucha en passant le coin de la cuisine, tomba et heurta le linoléum de son front. Il s'assit, haletant.

Tout revint, repassant au ralenti comme dans un match de foot américain où l'on voit le quaterback se faire virer ou encore une bonne prise de balle sur une passe. Ses rêves en furent hantés pendant les jours qui suivirent. La porte qui s'ouvrait brutalement, la planche à repasser tombant à l'horizontale avec un bruit métallique, lui rappelant le couperet d'une guillotine, sa femme fourrée dans le petit espace au-dessous avec, dans la bouche, un chiffon dont elle se servait pour les meubles. Tout revint en un irrévocable rappel et il sut qu'il allait de nouveau se mettre à hurler. Aussi plaqua-t-il son avant-bras sur sa bouche, le mordant, et le son qu'il émit fut une sorte de hurlement étouffé. Il hurla deux fois et quelque chose sortit de lui et il recouvra son calme, le faux calme du choc mais qui lui serait utile. La peur amorphe, la terreur aveugle tombèrent. Plus l'élancement dans la main droite. Et il se mit à penser avec le calme qui l'avait envahi, aussi froid que le choc. Une pensée : CHARLIE.

Il se leva, se dirigea vers le téléphone puis retourna vers l'escalier. Il demeura un instant en haut des marches, se mordant les lèvres, s'armant de courage, puis redescendit. Le séchoir continuait de tourner, inlassablement. Il n'y avait à l'intérieur qu'un jean à lui et c'était le gros bouton de cuivre à la taille qui faisait ce bruit de ferraille tandis que le pantalon tournoyait et retombait, tournoyait, retombait encore. Andy arrêta le séchoir et regarda l'intérieur du placard de la planche à repasser.

– Vicky, dit-il doucement.

Elle le fixait de ses yeux morts, sa femme. Il s'était promené avec elle, main dans la main, avait pénétré son corps dans l'obscurité. Il se surprit à se souvenir de la fois où elle avait trop bu à une soirée à la fac et où il lui avait tenu la tête tandis qu'elle vomissait. Et le souvenir devint celui du jour où il avait lavé le break et était entré un instant dans le garage pour prendre l'encaustique. Et elle avait ramassé le tuyau d'eau et, courant après lui, lui avait enfoncé le tuyau dans son pantalon. Il se souvint de son mariage et de l'avoir embrassée devant tout le monde, savourant ce baiser, sa bouche, sa bouche mûre et douce.

– Vicky, répéta-t-il, émettant un long soupir tremblant.

Il la tira vers lui et arracha le chiffon de sa bouche. Sa tête roula sur ses épaules. Il vit que le sang coulait de sa main droite d'où l'on avait arraché quelques ongles. Un petit filet de sang perlait aussi à l'une de ses narines mais rien d'autre. Un seul coup violent avait suffi à lui rompre le cou.

– Vicky, murmura-t-il.

Charlie, murmura son esprit en retour.

Dans son esprit maintenant calme, il comprit que c'était Charlie qui importait désormais; la seule chose qui importât. Les récriminations seraient pour plus tard.

Il retourna dans la salle de jeux, sans se soucier d'allumer, cette fois. De l'autre côté de la pièce, près de la table de Ping-Pong, se trouvait un sofa drapé d'une housse de toile avec laquelle il couvrit Vicky. C'était pis encore, d'une certaine manière, cette forme immobile sous la housse du sofa. Il en demeura presque hypnotisé. Allait-elle jamais rebouger ? Cela était-il possible ?

Il découvrit son visage et lui baisa les lèvres. Des lèvres froides.

Ils lui ont arraché les ongles, se dit son esprit stupéfait. *Seigneur Jésus, ils lui ont arraché les ongles.*

Et il comprit pourquoi. Ils voulaient savoir où était Charlie. Ils avaient en quelque sorte perdu sa trace lorsqu'elle s'était rendue chez Terri Dugan au lieu de rentrer à la maison. Ils avaient été pris de panique et la phase de surveillance était terminée. Vicky était morte – assassinée à dessein ou parce qu'un agent de la Boîte avait fait du zèle. Il s'agenouilla près d'elle et pensa que peut-être, poussée par la peur, elle avait réussi quelque chose de plus spectaculaire que de fermer la porte du frigo à distance. Possible. Peut-être avait-elle balancé l'un d'entre eux ou l'avait fait trébucher. Dommage qu'elle n'ait pu les projeter contre le mur à quatre-vingts à l'heure, pensa-t-il.

Peut-être en savaient-ils tout juste assez pour que cela les rende nerveux, songea-t-il. Peut-être leur avait-on bien précisé : *La femme peut être extrêmement dangereuse. Si elle tente quelque chose – n'importe quoi – qui mette l'opération en danger, débarrassez-vous d'elle. Vite.*

Ou peut-être, tout simplement, n'aimaient-ils pas laisser

de témoins. Après tout, il y avait à la clé bien plus que leur part des dollars des contribuables.

Mais le sang. Il devait penser au sang qui n'était même pas sec quand il l'avait découvert, à peine poisseux. Il n'y avait pas longtemps qu'ils étaient partis.

Plus insistant, son esprit répéta : *Charlie!*

Il embrassa sa femme de nouveau et dit :

– Je reviens, Vicky.

Mais il n'avait pas revu Vicky, non plus.

Il monta près du téléphone et chercha le numéro des Dugan dans le carnet de Vicky. Il composa le numéro. Ce fut Joan Dugan qui répondit.

– Bonjour Joan, dit-il. (Le choc l'aidait maintenant. Il parla d'une voix calme, sa voix de tous les jours.) Vous pouvez me passer Charlie une seconde ?

– Charlie ? (La voix de Mme Dugan avait l'air incrédule.) Mais elle est partie avec vos deux amis. Ces professeurs. Est-ce que... il ne fallait pas ?

Quelque chose, en lui, monta en flèche puis replongea. Son cœur, peut-être. Mais ça ne servirait à rien de semer la panique dans l'esprit de cette brave femme qu'il n'avait rencontrée que quatre ou cinq fois. Cela ne lui serait d'aucune aide. Ni à lui ni à Charlie.

– Bon sang, dit-il, j'espérais qu'elle était encore chez vous. Quand sont-ils partis ?

La voix de Mme Dugan se fit plus faible.

– Terri, quand Charlie est-elle partie ? (Une voix d'enfant souffla quelque chose. Il ne put dire quoi. Il avait les mains moites.) Elle dit qu'il y a environ un quart d'heure. (Elle s'excusait presque.) J'étais à ma lessive et je n'ai pas de montre. L'un d'eux est venu me parler. J'ai *bien* fait, n'est-ce pas monsieur McGee ? Il avait l'air très bien...

Il fut pris d'une folle impulsion de répondre avec un rire amer : *La lessive, hein ? Ma femme aussi. Je l'ai trouvée fourrée sous la planche à repasser. Vous avez eu du pot aujourd'hui, Joan.*

Il dit :

– C'est parfait. Ils venaient directement ici ? J'aimerais savoir.

Question répercutée à Terri qui répondit n'en rien

savoir. Merveilleux, songea Andy. La vie de ma fille est entre les mains d'une autre gamine de six ans.

Il s'accrocha à un fétu de paille.

– Il faut que je descende au magasin du coin, dit-il à Mme Dugan. Voulez-vous demander à Terri s'ils avaient la voiture ou la fourgonnette ? Pour le cas où je les verrais.

Cette fois il entendit Terri répondre.

– La fourgonnette. Ils sont partis dans une fourgonnette grise, comme celle du père de David Pasioco.

– Merci, dit-il.

– De rien, répondit Mme Dugan.

De nouveau, l'envie le saisit de hurler cette fois : *Ma femme est morte et pourquoi étiez-vous à votre lessive alors que ma fille montait dans une fourgonnette grise avec deux inconnus ?*

Au lieu de hurler cela ou autre chose, il raccrocha et sortit. La chaleur lui tomba sur la tête et il en tituba légèrement. Faisait-il si chaud que cela quand il était arrivé ?

On aurait dit que la température avait monté d'un coup. Le facteur était venu. Une publicité dépassait de la boîte aux lettres alors qu'elle ne s'y trouvait pas avant. Le facteur était venu alors qu'il se trouvait en bas, la tête de sa femme dans ses bras. Sa pauvre Vicky morte : ils lui avaient arraché les ongles et c'était drôle – plus drôle que la façon dont les clés s'étaient accumulées, vraiment – de voir comment la mort vous tombait dessus de n'importe quel côté, sous des angles différents. On essaie de passer à droite, à gauche, on essaie de se protéger d'un côté et en fait ça arrive de l'autre. La mort est un joueur de foot, pensa-t-il, un grand. La mort, c'est Franco Harris ou Sam Cunningham ou Mean Joe Green. Et elle vous balance sur le cul, là, juste sur la ligne des 22.

Magne-toi, pensa-t-il. Quinze minutes d'avance – pas beaucoup. La piste n'est pas froide. Sauf si Terri Dugan confond quinze minutes et une heure ou deux. Peu importe, de toute façon. Allons-y.

Il y alla. Il retourna à la voiture, garée moitié sur le trottoir, moitié sur la route. Il ouvrit la porte côté chauffeur et jeta un coup d'œil sur sa pimpante maison de banlieue dont le prêt était à moitié remboursé. La banque vous laissait la faculté de différer deux versements par an en cas de besoin. Andy n'en avait jamais eu besoin. Il regarda la maison sommeillant au soleil et, de nouveau, ses yeux tombèrent sur la publicité dépassant de la boîte aux lettres et *vlan!* la mort le frappa encore, embuant ses yeux, lui faisant serrer les dents.

Il roula jusqu'à la rue où habitait Terri Dugan, sans vraiment croire, en toute logique, qu'il pourrait retrouver leur piste. Ce n'était qu'un espoir aveugle. Depuis lors, il n'avait pas revu sa maison de l'allée des Conifères, à Lakeland.

Il conduisait mieux maintenant qu'il avait appris le pire, beaucoup mieux. Il alluma la radio. Bob Seeger chantait « Toujours pareil ».

Il traversa Lakeland aussi vite qu'il l'osa. Un instant, il eut un trou de mémoire quant au nom de la rue puis ça lui revint. Les Dugan habitaient Blassmore Place. Vicky et lui en avaient ri : Blassmore Place et des maisons conçues par Bill Blass. Il commença à sourire à ce souvenir et *vlan!* la mort de Vicky le frappa de nouveau, le secoua.

Il y fut en dix minutes. Blassmore Place était un cul-de-sac. Une fourgonnette grise ne pouvait en sortir que par l'extrémité opposée à la palissade de l'école John-Glenn.

Andy se gara à l'intersection de Blassmore Place et de Ridge Street. Une maison vert et blanc faisait l'angle. Un arroseur de pelouse tourbillonnait. Sur le devant, deux gamins, un garçon et une fille d'une dizaine d'années, faisaient de la planche à roulettes. La fillette, en short, avait les genoux couronnés en plusieurs endroits.

Il sortit de la voiture et se dirigea vers eux. Ils le détaillèrent des pieds à la tête.

– Salut, dit-il. Je cherche ma fille. Elle est passée par là il y a une demi-heure environ dans une fourgonnette grise. Elle était avec... des amis à moi. Vous avez vu une fourgonnette grise ?

Le garçon haussa les épaules, vaguement.

La fillette dit :

– Vous vous faites du souci pour elle, m'sieur ?

– Tu as vu la fourgonnette, hein ? demanda Andy aimablement tout en lui donnant une petite poussée.

En faire trop n'aurait rien donné. Elle aurait vu la camionnette se diriger où il voulait, y compris au ciel.

– Ouais, j'ai vu la fourgonnette, répondit-elle. (Elle monta sur la planche et glissa jusqu'à la bouche d'incendie, au coin, puis sauta de la planche.) Elle est montée par là.

Du doigt, elle montrait le coin au-dessus de Blassmore Place. Deux ou trois rues plus haut, c'était Carlisle Avenue, l'une des voies les plus importantes de Harrisson. Andy avait bien pensé qu'ils passeraient par là mais il était content d'en être sûr.

– Merci, dit-il en regagnant sa voiture.

– Vous vous faites du souci pour elle ? répéta la fillette.

– Oui, un peu, répondit Andy.

Il fit demi-tour et remonta trois pâtés de maisons à partir de Blassmore Place jusqu'à l'intersection de Carlisle Avenue. C'était désespéré, absolument désespéré. Un accès de panique le saisit, un coup de chaleur mais qui allait faire tache d'huile. Il le chassa et se concentra sur le fait qu'il devait coller le plus possible à leur piste. S'il lui fallait utiliser la poussée, il le ferait. Il pouvait donner plusieurs petites impulsions sans se rendre malade. Il remercia Dieu de n'avoir pas utilisé ce talent – ou cette malédiction, si l'on veut considérer la chose sous cet angle – pendant tout l'été. Ses batteries se trouvaient chargées à bloc, quelle que fût leur utilité.

Carlisle Avenue était une artère à quatre voies, réglée par des feux. A sa droite, une station de lavage de voitures et à gauche un petit restaurant. De l'autre côté de la rue, une station-service Exxon et la boutique de Mike, le photographe. S'ils avaient tourné à gauche, ils s'étaient dirigés vers le centre-ville. A droite, ils étaient allés vers l'aéroport et la nationale 80.

Andy entra dans la station de lavage de voitures. Un jeune type avec une incroyable tignasse rousse tombant par-dessus le col de sa combinaison vert sombre sortit en se trémoussant.

Il mangeait un esquimau.

– Y a pas mèche, mon vieux, dit-il avant qu'Andy n'ait même ouvert la bouche. La fixation du rinçage a pété y a une heure. C'est fermé.

– Ce n'est pas un lavage que je veux, dit Andy. Je cherche une fourgonnette grise qui est passée au croisement il y a environ une demi-heure. Ma fille est dedans et je me fais du souci pour elle.

– Croyez qu'on aurait pu l'enlever ?

Il continua à sucer son esquimau.

– Non, pas du tout. Vous avez vu cette fourgonnette ?

– Une fourgonnette grise, hein ? Hé, mon pote, z'avez une idée du nombre de voitures qui passent par là en une heure ? Ou en une demi-heure ? Ça circule ferme dans Carlisle Street, vieux.

Du pouce, Andy montra derrière lui, par-dessus son épaule.

– Elle sortait de Blassmore Place. Ça ne roule pas tellement par là.

Il était tout prêt à en rajouter mais cela se révéla inutile. Les yeux du jeune type s'illuminèrent soudain. Il brisa son esquimau en deux comme un bréchet de poulet et avala toute la glace violette de l'un des bâtonnets d'un seul coup.

– Ouais, okay, d'ac, dit-il. Je l'ai vue. Je vais vous dire pourquoi je l'ai remarquée. Elle a coupé par notre aire de stationnement pour passer avant le feu. Moi, je m'en tape mais ça *emmerde* le patron quand ils font ça. Aujourd'hui, il s'en fout. Avec le rinçage en panne, il a autre chose sur quoi s'exciter.

– Donc la fourgonnette a pris la direction de l'aéroport.

Le type acquiesça, balança l'un des bâtonnets de l'esquimau par-dessus son épaule et s'attaqua à la glace qui restait.

– J'espère que vous retrouverez votre fille, mon pote. Si v' voulez mon avis, feriez bien d'appeler les flics au cas où vous vous feriez vraiment du mouron.

– Je ne crois pas que ça servirait à grand-chose, répondit Andy, étant donné les circonstances.

Il retourna à son break, traversa lui aussi le parking et vira dans Carlisle Avenue. Maintenant, il se dirigeait vers l'ouest. Partout, dans le coin, on tombait sur des postes d'essence, des stations de lavage, des restaurants fast-food, des marchands de voitures d'occasion. Un cinéma en plein air annonçait deux films : LES BROYEURS DE CADAVRES et LES SANGLANTS MARCHANDS DE MORT. Il jeta un coup d'œil au chapiteau et entendit le cliquetis de la planche à repasser tombant comme un couperet de guillotine. Il en eut l'estomac retourné.

Il passa sous un panneau indicateur annonçant la sortie sur la nationale 80 à deux kilomètres de là, si toutefois on avait l'intention de l'emprunter. Au delà, sur un autre panneau, se voyait la silhouette d'un avion. Parfait, au moins était-il arrivé jusque-là. Et maintenant ?

Soudain, il s'engagea dans le parking d'une pizzeria. Inutile de s'arrêter et de demander. Comme l'avait fait observer le type de la station de lavage, ça roulait beaucoup sur Carlisle. Il aurait pu pousser les gens jusqu'à ce que leur cervelle sorte par les oreilles sans autre utilité que de s'embrouiller. De toute façon, c'était soit l'autoroute, soit l'aéroport. Il en était sûr. Charybde ou Scylla.

Jamais il n'avait *essayé* de provoquer une de ces prémonitions. Il se contentait de les accepter comme des cadeaux lorsqu'elles se manifestaient et, habituellement, les utilisait. Il s'enfonça davantage dans le siège du chauffeur de son break, effleurant à peine ses tempes du bout des doigts, et il tenta de faire surgir quelque chose. Le moteur tournait au ralenti, la radio toujours en marche. Les Rolling Stones. Danse, petite sœur, danse.

Charlie, pensa-t-il. Elle s'était rendue chez Terri avec ses vêtements fourrés dans le sac à dos qu'elle traînait pratiquement partout. Ce qui avait probablement contribué à les tromper. La dernière fois qu'il l'avait vue, elle portait un jean et un pull couleur saumon. Et ses cheveux en nattes, comme presque toujours. Un nonchalant « au revoir, papa », un baiser, et Seigneur Jésus, Charlie, où es-tu maintenant ?

Rien.

Peu importe. Reste assis là encore un peu. Ecoute les Stones. La pizza de Shakey. Croûte mince ou croustillante, au choix. Tu donnes tes sous et tu choisis, comme disait Granther McGee. Et les Stones qui exhortaient la petite sœur à danser, danser, danser. Et Quincey disant qu'ils la boucleraient sans doute dans une pièce pour la sécurité et la liberté de deux cent vingt millions d'Américains. Vicky.

Ça n'avait pas été du gâteau entre Vicky et lui sur le plan sexuel, au début. Elle en avait une trouille bleue. Appelle-moi le Glaçon, avait-elle dit en pleurant après ce malheureux gâchis, la première fois. Pas question de sexe, s'il vous plaît, nous sommes britanniques. Mais, en quelque sorte, l'Expérience du Lot Six l'avait aidée – la seule chose qu'ils eussent partagée ressemblait, dans son genre, à un accouplement. Mais pas facile quand même. Doucement. Gentiment. Avec des pleurs. Vicky qui commençait à réagir puis, se raidissant, elle avait crié : *Non, tu vas me faire mal, non, Andy, arrête!* Mais, néanmoins, c'était l'Expérience du Lot Six, cette expérience banale, qui lui avait permis de poursuivre ses essais, tel un casseur de coffre-fort qui sait qu'il y a toujours un moyen. Et un soir, c'était venu, ils avaient réussi. Plus tard, il y eut une nuit où ce fut toute la nuit. Et puis, soudain, une nuit où ce fut triomphal. Danse, petite sœur, danse. Il était avec elle pour la naissance de Charlie. Une délivrance rapide, facile. Vite fait, bien fait...

Rien ne se produisait. La piste refroidissait et il n'obtenait rien. Aéroport ou autoroute ? Charybde ou Scylla ?

Les Doobie Brothers remplacèrent les Stones. Ils se demandaient où l'on serait, maintenant, sans l'amour. Andy n'en savait rien. Le soleil cognait. On venait de repeindre les lignes du parking de Shakey. Bien blanches et nettes sur l'asphalte noir. Le parking était aux trois quarts plein. L'heure du déjeuner. Charlie avait-elle déjeuné ? Allaient-ils lui donner à manger ? Peut-être.

(*Ils vont peut-être s'arrêter pour une pause casse-croûte, tu vois, à l'un de ces HoJos le long de l'autoroute – après tout, ils ne peuvent rouler, rouler, rouler.*)

Où ? Ils ne peuvent rouler où ?

(*Peuvent pas rouler jusqu'en Virginie sans s'arrêter, hein ? Je veux dire qu'il faut qu'une petite fille s'arrête pour faire pipi de temps en temps, non ?*)

Il se redressa, empli d'un sentiment de gratitude immense mais gourd. C'était venu. Comme ça, tout simplement. Pas l'aéroport, sur lequel il aurait misé en premier lieu, si seulement on lui avait offert de miser. Pas l'aéroport mais l'autoroute. Il n'était pas absolument sûr qu'on pût totalement faire confiance aux pressentiments, mais assez sûr. Et c'était toujours mieux que rien.

Il engagea le break sur la flèche fraîchement repeinte qui indiquait la sortie et tourna de nouveau à droite dans Carlisle. Dix minutes plus tard il était sur l'autouroute et fonçait vers l'est avec un ticket de péage fourré dans l'exemplaire quelque peu défraîchi et annoté du *Paradis perdu* de Milton posé à côté de lui sur le siège. Dix minutes plus tard, il laissait derrière lui Harrisson, Ohio. Il venait de commencer le voyage vers l'est qui devait le conduire à Tashmore Pond, Vermont, quatorze mois plus tard.

Il demeurait calme. La radio jouait fort et ça aidait. Les chansons se succédaient et il ne reconnaissait que les plus anciennes car cela faisait un bon moment qu'il n'écoutait plus de musique pop. Trois ou quatre ans. Sans raison particulière; comme ça, c'est tout. Ils avaient toujours de l'avance sur lui mais le calme lui disait, avec sa froide logique, que cela n'avait pas d'importance – et qu'il allait se fourrer dans des ennuis s'il se mettait à foncer à cent vingt sur la file de gauche. Il roula à un peu plus de cent au compteur, pensant que les hommes qui avaient enlevé Charlie ne souhaitaient pas dépasser la vitesse limite de quatre-vingt-dix. Certes, ils pouvaient toujours brandir leur carte sous le nez du premier flic de la route qui les arrêterait pour excès de vitesse, mais ils risquaient bien d'avoir du mal à s'expliquer sur la présence d'une fillette de six ans en train de hurler. Cela pourrait les ralentir et, à coup sûr, leur créer des ennuis avec ceux qui tiraient les ficelles.

Peut-être l'ont-ils droguée et cachée, lui souffla son esprit. *Ainsi, si on les arrête parce qu'ils roulent à cent dix, ou même cent trente, ils n'auront qu'à montrer leurs papiers et poursuivre leur route. Vous croyez qu'un flic de l'Ohio irait fouiller une voiture de la Boîte ?*

Andy réfléchissait ferme à la question alors qu'il traversait l'est de l'Etat d'Ohio. Premièrement, ils avaient pu avoir peur de droguer Charlie. Ça peut être un truc embêtant de droguer une gamine, à moins d'être un spécialiste... et peut-être bien qu'ils n'étaient pas très sûrs de l'effet d'un sédatif sur les pouvoirs qui les intéressaient. Deuxièmement, un flic de l'Ohio pouvait tout aussi bien fouiller la fourgonnette, ou au moins les retenir sur la voie de décélération pour contrôler leurs papiers. Troisièmement, pourquoi s'emballeraient-ils ? Ils ne se doutaient pas qu'on était après eux. Il n'était pas encore une heure. Andy était censé demeurer à la fac jusqu'à deux heures environ. Les gens de la Boîte ne s'attendaient pas qu'il rentre chez lui avant deux heures vingt au plus tôt et ils comptaient probablement que vingt minutes à deux heures ensuite s'écouleraient avant qu'on ne donne l'alarme. Pourquoi ne pas rouler lentement ?

Andy appuya un peu sur l'accélérateur.

Quarante minutes, puis cinquante minutes s'écoulèrent. Il aurait cru davantage. Il commençait à transpirer un peu; l'inquiétude progressait sous la glace artificielle du calme et du choc. La fourgonnette se trouvait-elle effectivement quelque part devant lui ou tout cela n'était-il qu'une pieuse pensée ?

L'enchevêtrement de la circulation se faisait et se défaisait. Il repéra deux fourgonnettes grises. Ni l'une ni l'autre ne ressemblaient à celle qu'il avait vue errer dans Lakeland. Un homme âgé, cheveux blancs au vent, conduisait la première. Dans l'autre, tout un tas de cinglés fumaient de l'herbe. Le chauffeur vit le regard inquisiteur d'Andy et agita vers lui une main baguée. La fille assise à ses côtés leva son médius, l'embrassa doucement et le brandit en direction d'Andy. Il les dépassa.

Il commençait à avoir mal à la tête. La circulation se faisait dense, le soleil plus vif. Chaque chrome de chaque voiture renvoyait sa flèche de lumière dans les yeux d'Andy. Il passa devant une plaque qui annonçait : AIRE DE REPOS A 1 500 MÈTRES.

Il roulait sur la file de gauche. Il mit son clignotant et repassa sur la file de droite. Il fit tomber sa vitesse à soixante puis à quarante-cinq. Une petite voiture de sport le dépassa et le chauffeur lui adressa un coup d'avertisseur irrité.

AIRE DE REPOS, disait la pancarte. Pas de station-service mais un simple dégagement avec un parking en épi, de l'eau potable et des toilettes. Il y avait, garées, quatre ou cinq voitures et une fourgonnette grise. *La* fourgonnette grise. Il en était presque sûr. Son cœur commença à lui marteler la poitrine. Andy vira sèchement, faisant hurler les pneus.

Il roula doucement sur la piste d'accès en direction de la fourgonnette, scrutant les alentours, essayant de tout embrasser d'un seul coup d'œil. Deux tables de pique-nique occupées, chacune, par une famille. Un groupe débarrassait la table et s'apprêtait à partir, la mère enfournant les restes dans un fourre-tout orange vif, tandis que le père et les deux enfants nettoyaient et allaient jeter les ordures à la poubelle. A l'autre table, un jeune homme et une jeune femme mangeaient des sandwiches et de la salade de pommes de terre. Entre eux, un bébé dormait dans son lit portable. Le bébé arborait une salopette de velours avec dessus des tas d'éléphants en train de danser. Sur l'herbe, entre deux magnifiques gros ormes, deux filles d'une vingtaine d'années déjeunaient. Pas trace de Charlie ni d'hommes à l'air assez jeune et assez costaud pour appartenir à la Boîte.

Andy coupa le moteur du break. A présent, il sentait les battements de son cœur jusque dans ses globes oculaires. La fourgonnette paraissait vide. Il descendit.

Une dame âgée, s'aidant d'une canne, sortit des toilettes des femmes et se dirigea à pas lents vers une vieille Biscayne bordeaux. Un vieux monsieur, à peu près du même âge, sortit de derrière le volant, fit le tour de la voiture, ouvrit la portière et l'aida à monter. Il reprit sa place et fit démarrer la Biscayne qui cracha un jet de fumée bleue huileuse en quittant le parking.

La porte des toilettes des hommes s'ouvrit, et Charlie parut, encadrée par deux hommes, la trentaine, tenue sport, chemise ouverte, pantalon de laine foncée. Charlie, le visage pâle, avait l'air choquée. Son regard passa de l'un à l'autre puis revint se poser sur le premier des deux hommes. Les tripes d'Andy se nouèrent désespérément. Elle portait son sac. Ils se dirigeaient vers la fourgonnette. Charlie dit quelque chose à l'un des hommes qui secoua la tête. Elle se tourna vers l'autre. Il haussa les épaules et s'adressa à son acolyte par-dessus la tête de la petite. L'autre acquiesça. Ils se dirigèrent vers la fontaine.

Le cœur d'Andy battait comme jamais. L'adrénaline se répandait en lui en un flot amer. La trouille. Il avait peur, terriblement peur, mais quelque chose d'autre surgissait : la colère, une furie totale. C'était mieux, même, que le calme, cette furie. Presque doux. C'étaient les deux hommes qui avaient tué sa femme et enlevé sa fille et s'ils n'étaient pas en paix avec Dieu, tant pis pour eux.

Se rendant à la fontaine avec Charlie, ils lui tournèrent le dos. Andy sortit du break et se glissa derrière la fourgonnette.

La famille de quatre personnes qui venait de finir de déjeuner se dirigea vers une Ford nouveau modèle et repartit. La mère jeta un coup d'œil sur Andy, sans aucune curiosité, à la manière dont les gens se regardent au cours de longs voyages. Lentement, ils prirent l'autoroute. Leur voiture était immatriculée dans le Michigan. Il restait maintenant trois voitures, la fourgonnette grise et le break d'Andy sur l'aire de repos. L'une des voitures appartenait aux filles. Deux personnes, encore, flânaient dans le coin et un homme, dans la petite baraque d'information, étudiait la carte de la nationale 80, les mains enfoncées dans les poches arrière de son jean.

Andy n'avait pas la moindre idée de ce qu'il allait faire.

Charlie finit de boire. L'un des deux hommes se pencha et prit une gorgée. Puis ils se remirent en route vers leur fourgonnette. Andy les observait depuis le coin arrière gauche du véhicule. Charlie paraissait terrorisée, vraiment terrorisée. Elle avait pleuré. Andy essaya d'ouvrir la porte arrière de la fourgonnette, sans bien savoir pourquoi, mais cela ne servit à rien : fermée.

Soudain, il sortit et se montra.

Ils réagirent vraiment vite. Andy vit immédiatement dans leurs yeux qu'ils l'avaient reconnu, avant même que la joie n'inonde le visage de Charlie, faisant disparaître ce regard vide, effrayé, choqué.

– *Papa !* cria-t-elle d'une voix perçante qui fit se retourner le jeune couple avec le bébé.

L'une des filles assises sous les ormes s'abrita les yeux de la main pour voir ce qui se passait. Charlie tenta de courir vers son père et l'un des hommes la saisit par l'épaule et la tira en arrière contre lui, tordant à moitié son sac à dos. Un instant plus tard, il avait un pistolet à la main, surgi de quelque part sous sa veste de sport, comme en un tour de magie. Il mit le canon sur la tempe de Charlie.

L'autre homme commença à s'éloigner avec lenteur de son acolyte et de Charlie puis se dirigea vers Andy. La main, dans sa poche, fut moins rapide que celle de son complice; il eut un peu de mal à sortir son arme.

– Ecarte-toi de la fourgonnette si tu ne veux pas qu'il arrive quelque chose à ta fille, dit l'homme au pistolet.

– *Papa !* cria de nouveau Charlie.

Andy s'écarta lentement de la fourgonnette. L'autre type, prématurément chauve, avait réussi à sortir son arme qu'il braquait sur Andy. Il se trouvait à moins de vingt mètres.

– Je te conseille bien sincèrement de ne pas bouger, dit-il à voix basse. C'est un colt 45 et ça fait un trou *énorme.*

Le jeune type avec la femme et le bébé, assis à la table de pique-nique, se leva. Il portait des lunettes sans monture et arborait un air sévère.

– Qu'est-ce qui se passe, ici, exactement ? demanda-t-il de cette voix claire et forte qu'ont les profs de fac.

L'homme qui se trouvait avec Charlie se tourna vers lui. Le canon de son pistolet s'écarta légèrement de la fillette pour que l'intrus puisse le voir.

– Police, dit-il, restez où vous êtes; tout cela est régulier.

La femme du jeune type saisit le bras de son mari et le fit rasseoir.

Andy regarda l'agent qui commençait à se déplumer et dit doucement, à voix basse :

– Ce pistolet est bien trop brûlant pour être tenu en main.

L'agent le regarda, surpris. Puis, soudain, il poussa un cri et lâcha l'arme qui heurta le sol et rebondit. L'une des filles sous les ormes fit entendre un cri de surprise. L'agent dansait en se tenant la main où apparaissaient des cloques toutes récentes qui levaient comme de la pâte à pain.

L'homme debout près de Charlie observait son acolyte et, un instant, la ligne de visée de l'arme s'écarta de la petite tête.

– Vous êtes aveugle, lui dit Andy en pressant de toutes ses forces.

Un élancement douloureux lui vrilla la tête.

Soudain, l'homme hurla. Il lâcha Charlie et porta la main à ses yeux.

– Charlie, dit Andy à voix basse.

Sa fille courut vers lui et lui agrippa les jambes en tremblant.

L'homme qui se trouvait dans le kiosque des renseignements sortit au galop pour voir ce qui se passait.

L'agent, étreignant toujours sa main brûlée, courut vers Andy et Charlie, grimaçant horriblement.

– Dormez, dit Andy d'une voix cassante, en poussant de nouveau.

L'agent s'étala comme une masse, son front heurtant le sol. La jeune femme de l'homme à l'air sévère fit entendre un gémissement.

Andy avait horriblement mal à la tête maintenant et il se sentit vaguement satisfait qu'on fût en été et qu'il n'eût pas fait appel à ses facultés, depuis mai peut-être, ne fût-ce que pour aiguillonner un étudiant qui voyait sa moyenne dégringoler sans aucune raison. Il était chargé à bloc mais, chargé ou pas, Dieu sait qu'il allait payer ce qu'il était en train de faire en ce chaud après-midi d'été.

L'aveugle titubait sur l'herbe, portant ses mains à son visage et hurlant. Il heurta un bidon marqué DÉPOSEZ VOS ORDURES et s'écroula au milieu de papiers de sandwiches, de boîtes de bière, de mégots et de bouteilles de soda vides.

– Oh, papa, ce que j'ai eu peur ! dit Charlie qui se mit à pleurer.

– Le break est là, tu le vois, s'entendit répondre Andy, vas-y, j'arrive dans une minute.

– Maman est là ?

– Non. Monte, Charlie.

Pas question de régler ça maintenant. Pour le moment, il fallait s'occuper de ces témoins.

– Qu'est-ce qui se passe ici ? demanda l'homme qui sortait du kiosque d'information, surpris.

– Mes yeux ! hurlait le type qui avait mis son pistolet sur la tête de Charlie. Mes *yeux*, mes *yeux* ! Qu'est-ce que tu as fait à mes yeux, fils de pute ?

Il se leva, le papier gras d'un sandwich collé à une main. Il commença à se diriger en titubant vers le kiosque et l'homme en blue-jean fila à l'intérieur.

– Vas-y, Charlie.

– Tu viens, papa ?

– Oui, dans une seconde. Vas-y, maintenant.

Charlie rejoignit la voiture, ses nattes blondes dansant, son sac à dos toujours de guingois.

Andy passa à côté de l'agent de la Boîte endormi, songea à ramasser son pistolet et décida qu'il n'en avait pas besoin. Il se dirigea vers les jeunes à la table de pique-nique. Vas-y mollo, se dit-il. Doucement. A petits coups. Inutile de provoquer des échos. Il ne s'agit pas de leur faire du mal.

La jeune femme arracha son bébé de son siège, le réveillant. Il se mit à pleurer.

– Ne m'approchez pas, espèce de fou ! dit-elle.

Andy regarda l'homme et sa femme.

– Rien de vraiment important, dit-il en poussant.

Une nouvelle douleur surgit derrière son crâne, comme une araignée... et s'y installa.

L'homme parut soulagé.

– Eh bien, Dieu merci !

Sa femme tenta de sourire. L'effort d'Andy n'avait pas très bien marché avec elle, du fait de l'instinct maternel qui s'était réveillé en elle.

– Charmant bébé, dit-il. Un petit garçon, hein ?

L'aveugle trébucha sur le trottoir, chut la tête la première contre la portière de la Pinto rouge qui appartenait probablement aux deux filles. Il se mit à hurler. Le sang coulait de sa tempe.

– *Je suis aveugle*, hurla-t-il de nouveau.

L'amorce de sourire de la jeune femme se fit radieuse.

– Oui, un garçon. Il s'appelle Michael.

– Salut, Mike, dit Andy en caressant la tête presque chauve du bébé.

– Je ne comprends pas pourquoi il s'est mis à pleurer, dit la jeune femme. Il dormait si bien jusqu'à maintenant. Il doit avoir faim.

– Bien sûr, c'est ça, dit le mari.

– Excusez-moi.

Andy se dirigea vers le kiosque d'information. Pas de temps à perdre maintenant. Quelqu'un pouvait arriver sur l'aire de repos d'un instant à l'autre.

– Qu'est-ce qui se passe, mon vieux ? demanda le type en blue-jean. Une arrestation ?

– Non, dit Andy. Il ne s'est rien passé.

Et il poussa légèrement. Cela commençait à lui donner la nausée. Sa tête battait, cognait.

– Ma foi, j'essayais simplement de voir comment aller d'ici à Chagrin Falls, excusez-moi.

Et l'homme retourna dans le kiosque.

Les deux filles avaient battu en retraite vers la barrière de sécurité qui séparait l'aire de repos des champs. Elles le regardaient, les yeux écarquillés. L'aveugle tournait en rond sur la chaussée, les bras tendus devant lui. Il jurait tout en pleurant.

Andy s'avança lentement vers les filles, leur montrant qu'il avait les mains vides. Il leur parla. L'une d'elles lui posa une question et, de nouveau, il parla. Bientôt, l'une et l'autre lui adressaient des sourires de soulagement, hochant la tête. Andy leur fit un au revoir de la main auquel elles répondirent de même. Puis il traversa rapidement la pelouse en direction du break, le front couvert de sueur froide, l'estomac retourné. Il ne pouvait que prier pour que personne ne s'arrête avant que Charlie et lui ne fussent partis car il était vidé. Complètement à plat. Il se glissa derrière le volant et mit en route.

– Papa, dit Charlie en se jetant contre lui, enfouissant son visage contre sa poitrine.

Il la serra un instant puis sortit en marche arrière du parking. Le simple fait de tourner la tête était un supplice. L'étalon noir. Au cours du contrecoup, c'était toujours la pensée qui lui venait à l'esprit. Il avait laissé le cheval noir sortir de son box quelque part dans l'écurie noire de son subconscient et maintenant il allait se mettre à galoper en tous sens dans son cerveau. Il fallait qu'il s'arrête quelque part pour se reposer. Vite. Il ne pourrait conduire longtemps.

– L'étalon noir, dit-il d'une voix épaisse.

Il arrivait. Non... non. Il n'arrivait pas; il était là. *Tac-a-tac... Tac-a-tac. Tac-a-tac.* Oui, il était là. Libre.

– *Papa, attention !* hurla Charlie.

L'aveugle, titubant, se trouvait juste sur leur chemin. Andy freina. L'aveugle commença à marteler le capot du break en hurlant à l'aide. Sur leur droite, la jeune mère allaitait le bébé. Son mari lisait un livre de poche.

L'homme du kiosque était allé bavarder avec les deux filles à la Pinto rouge – peut-être espérait-il une de ces expériences rapides, assez vicelarde pour être rapportée dans le courrier des lecteurs de *Penthouse.* Etendu sur le sol, l'agent dormait.

L'autre cognait sans arrêt sur le capot.

– A l'aide ! hurlait-il. Je suis aveugle ! Ce salopard a fait quelque chose à mes yeux ! *Je suis aveugle !*

– Papa, gémit Charlie.

Pendant un fol instant, il faillit écraser l'accélérateur. Dans sa tête douloureuse, il pouvait entendre le bruit qu'auraient fait les pneus, il pouvait sentir le bruit sourd des roues passant sur le corps. Il avait enlevé Charlie et lui avait mis un pistolet sur la tempe. Peut-être était-ce celui qui avait enfoncé le chiffon dans la bouche de Vicky pour qu'elle ne hurle pas quand on lui arrachait les ongles. Ce serait si bon de le tuer... sauf qu'alors, qu'est-ce qui le différencierait d'eux ?

Il préféra appuyer sur l'avertisseur, ce qui provoqua un nouvel élancement dans sa tête. L'aveugle, comme piqué, bondit en arrière. Andy braqua et l'évita. La dernière chose qu'il vit dans le rétroviseur en prenant la bretelle de sortie fut l'aveugle assis par terre, le visage tordu par la colère et la terreur... et la jeune maman qui soulevait tranquillement le petit Michael contre son épaule pour lui faire faire son rot.

Il s'engagea dans le flot de la circulation sans regarder. Un hurlement d'avertisseur; un crissement de pneus. Une grosse Lincoln fit une embardée pour éviter le break et le chauffeur brandit le poing vers eux.

– Papa, ça va ?

– Ça va aller, répondit-il d'une voix qui paraissait lointaine. Charlie, regarde le ticket de péage et dis-moi quelle est la prochaine sortie. (Devant lui, la circulation se fit floue. Il vit double, triple, sa vision revint à la normale puis, de nouveau, éclata en fragments de prisme. Partout, le soleil se reflétait sur des chromes.) Et boucle ta ceinture, Charlie.

Prochaine sortie : Hammersmith, à trente kilomètres. Il y parvint grâce à la conscience que Charlie se trouvait à côté de lui, comprit-il plus tard. Elle dépendait de lui et c'est ce qui le maintint sur la route. Tout comme Charlie l'avait sorti de ce qui devait arriver par la suite. Charlie McGee dont les parents, un jour, avaient eu besoin de deux cents dollars.

Il y avait un hôtel de la chaîne Best Western à la sortie de Hammersmith et Andy réussit à obtenir une chambre, en précisant : pas sur l'autoroute. Il donna un faux nom.

– Ils vont nous rechercher, Charlie, dit-il. Et j'ai besoin de sommeil. Mais seulement jusqu'à la tombée de la nuit. C'est tout ce qu'on peut se permettre... tout ce qu'on peut oser se permettre. Réveille-moi quand la nuit tombera.

Elle dit quelque chose mais il s'écroulait sur le lit. De nouveau, le monde se réduisit à un point gris et flou et ensuite le point lui-même disparut et il ne resta plus que l'obscurité, où la douleur ne pouvait l'atteindre. Pas de douleur et pas de rêves. Lorsque Charlie le secoua pour le réveiller en cette chaude soirée d'août à sept heures et quart, on étouffait dans la chambre et ses vêtements étaient trempés de sueur. Elle avait essayé de faire fonctionner l'air conditionné mais n'avait pu s'en sortir avec les boutons.

– C'est bien, dit-il.

Il balança les jambes sur le sol et porta les mains à ses tempes, serrant sa tête pour qu'elle n'éclate pas.

– Ça va mieux, papa ? demanda-t-elle anxieusement.

– Un peu, répondit-il. (Et c'était vrai... mais juste un peu.) On va s'arrêter dans un moment pour manger un morceau. Ça arrangera un peu plus les choses.

– Où on va ?

Il secoua lentement la tête. Il ne lui restait que l'argent avec lequel il était parti de chez lui le matin – environ dix-sept dollars. Il avait bien ses cartes de crédit Master et Visa mais il paya la chambre avec les deux billets de vingt qu'il gardait toujours au fond de son portefeuille (*l'argent de ma fuite, disait-il parfois à Vicky en plaisantant, mais c'était devenu sacrément vrai*) au lieu d'utiliser une de ses cartes. S'il l'avait fait, autant mettre une pancarte avec : POUR LE PROF DE FAC EN CAVALE AVEC SA FILLE, C'EST PAR LÀ. Les dix-sept dollars leur permettraient de payer quelques hamburgers et de faire le plein une fois. Après quoi, ils seraient raides.

– Je ne sais pas, Charlie, dit-il. On s'en va, c'est tout.

– Quand on va chercher maman ?

Andy la regarda et son mal de tête repartit. Il pensa aux gouttes de sang sur le sol et sur le hublot de la machine à laver. Il pensa à l'odeur d'encaustique.

– Charlie, dit-il sans pouvoir rien ajouter.

Inutile, de toute façon.

Elle le regarda avec des yeux qui s'agrandissaient lentement. Elle porta la main à sa bouche qui tremblait.

– Oh non, papa... dis-moi que c'est pas vrai, je t'en prie !

– Charlie...

Elle se mit à hurler :

– *Oh, je t'en prie, dis que c'est pas vrai !*

– Charlie, ces gens qui...

– Je t'en prie, dis qu'elle va *bien*, dis qu'elle va *bien*, dis qu'elle va *bien* !

La chambre, il faisait si chaud dans cette chambre, l'air conditionné coupé, c'était ça et rien d'autre, mais il faisait si *chaud*, sa tête l'élançait, et la sueur qui lui dégoulinait sur le visage, pas une sueur froide maintenant, mais chaude, comme de l'huile, *chaude...*

– Non, disait Charlie, non, non, non, non, non.

Elle secouait la tête, ses nattes se balançant, lui rappelant, c'était absurde, la première fois que lui et Vicky l'avaient emmenée au parc d'attractions, sur le manège.

Ce n'était pas le manque d'air conditionné.

– Charlie ! hurla-t-il. Charlie, la baignoire ! *L'eau !*

Elle hurla, tourna la tête vers la porte ouverte de la salle de bains et un éclair bleu se produisit soudain, comme une ampoule qui éclate. La pomme de la douche se décrocha du mur et tinta dans la baignoire, tordue et noirâtre. Plusieurs carreaux de faïence se brisèrent en morceaux.

Il la rattrapa juste au moment où elle s'effondrait en sanglotant.

– Papa, je m'excuse, je m'excuse...

– Ça va, dit-il en tremblant et en l'étreignant.

De la salle de bains s'échappait une mince fumée émanant de la baignoire fondue. Toutes les surfaces de porcelaine s'étaient instantanément vitrifiées. A croire qu'on avait passé la salle de bains tout entière dans un four à céramique puissant mais défectueux. Les serviettes fumaient.

– Ça va, dit-il, la prenant dans ses bras, la berçant. Charlie, ça va aller, d'une manière ou d'une autre ça va aller, promis.

– Je veux voir maman, sanglota-t-elle.

Il hocha la tête. Lui aussi voulait la voir. Il serra Charlie contre lui et sentit l'ozone et la porcelaine et les serviettes brûlées du Best Western. Elle avait failli les faire griller tous les deux.

– Ça va aller, lui dit-il en la berçant, sans trop y croire, mais cela faisait partie de la litanie, des psaumes.

C'était la voix de l'adulte faisant appel au noir et profond puits des années à la rescousse de l'enfance terrorisée; ce que l'on dit quand ça va mal; la lumière qui, si elle ne chasse pas le monstre du placard, l'accule du moins quelques instants; la voix impuissante mais qui, malgré tout, doit parler.

– Ça va aller, lui dit-il, sans trop y croire, sachant bien comme tout adulte au plus profond de son cœur que rien ne va jamais vraiment très bien, jamais.

– Ça va aller.

Il pleurait. Il ne pouvait s'en empêcher, maintenant. Ses larmes ruisselaient et il la tint bien serrée contre sa poitrine.

– Charlie, je te le jure, ça va aller, d'une manière ou d'une autre.

5

La seule chose qu'ils n'avaient pu lui coller sur le dos – pour autant qu'ils l'eussent voulu –, c'était le meurtre de Vicky. Ils avaient tout bonnement préféré effacer ce qui s'était passé dans la buanderie. Moins de tracas pour eux. Parfois – pas souvent –, Andy se demandait ce qu'avaient bien pu en penser les voisins, là-bas à Lakeland. Des créanciers ? Des problèmes matrimoniaux ? Peut-être une histoire de drogue ou de mauvais traitements de l'enfant ? Ils ne connaissaient personne de façon assez intime allée des Conifères pour que cela aille au delà des papotages à l'heure du dîner ou des questions du voisinage lorsque la banque détentrice de l'hypothèque avait mis leur maison en vente.

Assis sous la véranda et scrutant l'obscurité, Andy songea qu'il avait probablement eu plus de chance ce jour-là qu'il ne s'en était douté (ou n'avait pu s'en rendre compte). Il était arrivé trop tard pour sauver Vicky, mais il avait quitté les lieux avant l'arrivée des « Déménageurs ».

Jamais une ligne à ce sujet dans les journaux, pas même un entrefilet à propos de la disparition – drôle, ça – d'un maître-assistant d'anglais appelé Andrew McGee et de sa fille. Peut-être la Boîte avait-elle étouffé cette affaire-là aussi. A coup sûr on avait signalé son absence; au moins l'un de ces types avec lesquels il avait déjeuné ce jour-là avait dû le faire, au minimum. Mais rien dans les journaux et, bien sûr, les créanciers ne font pas de pub.

– Ils m'auraient collé ça sur le dos s'ils avaient pu, dit-il, sans se rendre compte qu'il avait parlé à haute voix.

Mais ils n'avaient pas pu. Le médecin légiste aurait été capable de déterminer l'heure de la mort et Andy se serait trouvé innocenté. Il avait pour témoins des tiers au-dessus de tout soupçon (en l'occurrence, vingt-cinq élèves qui, de dix heures à onze heures et demie, avaient assisté à son cours sur « le style dans la nouvelle ». Même s'il ne pouvait justifier de ses déplacements au moment fatal, il n'existait pas de mobile).

Donc, les deux types avaient tué Vicky puis s'étaient lancés à la recherche de Charlie – mais en prenant soin d'aviser ceux qu'Andy appelait les Déménageurs (et que, dans son esprit, il imaginait jeunes, le visage lisse et même vêtus de salopettes blanches). Et à un moment quelconque après qu'il se fut lancé à la recherche de Charlie, à peine cinq minutes plus tard, peut-être, mais sûrement pas plus d'une heure après, les Déménageurs avaient dû arriver chez lui. On avait déménagé Vicky alors que l'allée des Conifères faisait sa sieste de l'après-midi.

Peut-être même avaient-ils pensé – à juste titre – qu'une épouse disparue poserait à Andy davantage de problèmes qu'une épouse décédée. Pas de cadavre, pas d'estimation de l'heure de la mort. Pas d'heure de la mort, pas d'alibi. Il serait surveillé, chouchouté, gentiment ligoté. Certes, ils diffuseraient une description de Charlie – et de Vicky aussi

– mais Andy ne pourrait tout bonnement pas filer comme un diable, solitaire. Ainsi, on l'avait déménagée et à présent il ne savait même pas où on l'avait enterrée. Ou peut-être l'avait-on incinérée. Ou...

Eh merde, qu'est-ce que tu es en train de te faire ?

Il se leva brusquement et jeta ce qu'il restait de la ruade de mule de grand-père par-dessus la balustrade. Tout cela, c'était du passé; il ne pouvait rien y changer; il était temps de cesser d'y penser.

Un joli coup, si ça réussissait.

Il regarda les formes noires des arbres et serra fortement le verre dans sa main droite et, à nouveau, la pensée lui traversa l'esprit.

Charlie, je te le jure, ça va aller, d'une manière ou d'une autre.

6

Cet hiver, à Tashmore, si longtemps après ce malheureux réveil dans ce motel de l'Ohio, il semblait que sa prédiction désespérée se fût réalisée.

Ce ne fut pas pour eux un hiver de tout repos. Peu après Noël, Charlie avait attrapé un rhume et elle toussa et nasilla jusqu'au début d'avril où le rhume finit par disparaître pour de bon. Un moment, elle eut de la fièvre. Andy lui donna des demi-comprimés d'aspirine et se dit que si la température ne baissait pas au bout de trois jours il lui faudrait l'emmener chez le médecin à Bradford, de l'autre côté du lac, quelles qu'en soient les conséquences. Mais la fièvre tomba et pendant le reste de l'hiver le rhume de Charlie ne constitua qu'une tracasserie permanente pour elle. Andy s'offrit une gelure légère en une mémorable occasion en mars et faillit les faire griller l'un et l'autre par une de ces nuits glaciales de février en surchargeant le poêle. Ironie du sort, ce fut Charlie qui s'éveilla au milieu de la nuit et découvrit qu'il faisait bien trop chaud dans le chalet.

Le 14 décembre, ils fêtèrent son anniversaire et, le 24 mars, celui de Charlie. Elle avait huit ans et parfois Andy la regardait avec une sorte d'émerveillement, comme s'il la voyait pour la première fois. Désormais, ce n'était plus une petite fille; elle lui arrivait au coude. Ses cheveux avaient poussé et il lui avait fallu les tresser pour qu'ils ne lui tombent pas sur les yeux. Elle promettait d'être très belle. C'était déjà le cas, malgré son nez rouge et le reste.

Ils n'avaient plus de voiture. La Willys d'Irv Manders avait gelé en janvier et selon Andy, le bloc-moteur avait pété. Il l'avait fait tourner chaque jour, davantage pour conforter son sens des responsabilités que pour toute autre raison, car même une quatre-roues motrices ne les aurait pas sortis du terrain de Granther après le nouvel an. La neige, marquée par les seules traces des écureuils, des tamias, de quelques chevreuils et d'un raton laveur obstiné qui, plein d'espoir, venait renifler la boîte à ordures, dépassait maintenant cinquante centimètres.

Dans le petit abri derrière le chalet se trouvaient de vieux skis de randonnée – trois paires mais dont aucune n'allait à Charlie. C'était tout aussi bien ainsi. Andy la faisait rester à l'intérieur, autant que possible. Ils pouvaient s'accommoder de son rhume mais il ne voulait pas risquer que la fièvre revienne.

Il trouva une vieille paire de chaussures de ski ayant appartenu à Granther, poussiéreuses et crevassées par les ans, rangées dans une boîte en carton sous la table où le vieux bonhomme fabriquait naguère des volets et des portes. Andy les graissa, les assouplit puis se rendit compte qu'elles ne lui allaient toujours pas à moins de les bourrer de journaux. C'était drôle mais vaguement inquiétant, songea-t-il. Il pensa beaucoup à Granther au cours de ce long hiver et il se demanda ce qu'il aurait fait en ces circonstances difficiles.

Une demi-douzaine de fois, il chaussa les skis de randonnée (pas de ces fixations modernes là-dessus mais tout un enchevêtrement irritant de lanières, de boucles, de passants) et traversa la vaste étendue gelée de Tashmore Pond jusqu'à l'appontage de Bradford. De là, une petite route en lacet menait au village, bien caché dans les collines à trois kilomètres à l'est du lac.

Il partait toujours avant l'aube, le sac de Granther sur le dos, et ne revenait jamais avant trois heures de l'après-midi. Une fois, il évita de justesse une tempête de neige qui l'aurait laissé complètement aveuglé à errer au hasard sur la glace. Charlie pleura de soulagement quand il rentra – puis elle fut prise d'une quinte de toux interminable et inquiétante.

Ces voyages à Bradford étaient destinés à ramener du ravitaillement et des vêtements pour Charlie et lui. Il avait l'argent de Granther et, plus tard, il pénétra par effraction dans trois des chalets les plus importants à l'extrémité de Tashmore Pond et déroba de l'argent. Il n'en était pas fier mais c'était une question de survie. Les chalets qu'il choisit valaient bien quatre-vingt mille dollars sur le marché de l'immobilier et il supposa que les propriétaires pouvaient se permettre de perdre les trente ou quarante dollars de leur boîte à biscuits – car c'est généralement là que se trouvait l'argent. La seule autre chose à laquelle il toucha au cours de cet hiver fut un gros fût de fuel derrière un vaste cottage moderne bizarrement baptisé CHALET DU DÉSORDRE. Il prit environ cent cinquante litres de combustible.

Il n'aimait pas aller à Bradford. Il n'aimait pas cette sorte de perspicacité avec laquelle les anciens, assis autour du gros poêle à côté de la caisse, parlaient à l'étranger qui vivait de l'autre côté du lac dans l'un des chalets. Les histoires avaient une curieuse façon de se propager et arrivaient parfois à des oreilles indésirables. Il n'en faudrait pas beaucoup – un simple bruit – pour que la Boîte fît un rapprochement rapide entre Andy, son grand-père et le chalet de ce dernier à Tashmore, dans le Vermont. Mais il ne savait tout bonnement pas quoi faire d'autre. Il fallait bien qu'ils mangent et ils ne pouvaient tenir tout l'hiver avec des boîtes de sardines. Il fallait des fruits frais pour Charlie, et des vitamines, et des vêtements. Charlie était arrivée avec pour tout bagage un chemisier sale, un pantalon rouge et un seul sous-vêtement de rechange. Pas de médicament pour la toux auquel se fier, pas de légumes frais et, chose stupidement surprenante, guère d'allumettes. Tous les chalets qu'il visita avaient une cheminée mais il ne trouva qu'une seule boîte d'allumettes en bois.

Il aurait pu aller plus loin – il y avait d'autres chalets et villas – mais dans la plupart des autres coins, la police locale de Tashmore effectuait des rondes. Et en bordure de la plupart des routes, des gens vivaient à l'année.

Au bazar de Tashmore, qui vendait de tout, il put acheter ce dont il avait besoin, y compris trois pantalons épais et trois chemises de laine qui allaient à peu près à Charlie. Pas de sous-vêtements de fille et il fallut bien qu'elle s'accommodât de caleçons de petite taille que, successivement, elle trouva dégoûtants puis amusants.

Pour Andy, le voyage de dix kilomètres à Bradford sur les skis de Granther constituait à la fois une corvée et un plaisir. Il n'aimait pas laisser Charlie toute seule, non pas qu'il ne lui fît pas confiance mais parce qu'il vivait avec la crainte incessante de découvrir, à son retour, qu'elle n'était plus là... ou de la trouver morte. Les vieilles chaussures provoquaient des ampoules, quel que fût le nombre de paires de chaussettes qu'il enfilât. S'il tentait d'aller trop vite, cela lui donnait des migraines et ces petites parties engourdies de son visage se rappelaient à son souvenir; il voyait alors son cerveau comme un vieux pneu usé, ayant tellement servi et avec si peu de ménagement que la trame apparaissait par endroits. S'il avait une attaque au milieu de ce bon Dieu de lac et qu'il gelât à en crever, que deviendrait Charlie ?

Mais c'est au cours de ces escapades qu'il réfléchissait le plus clairement. Le silence, en quelque sorte, lui éclaircissait les idées. Tashmore Pond n'était pas bien grand – de la rive ouest à la rive est, Andy traversait au plus un kilomètre et demi – mais c'était très long. Avec un bon mètre de neige amoncelée sur la glace en février, il s'arrêtait parfois à mi-chemin et regardait lentement à droite et à gauche. Le lac ressemblait alors à un long corridor pavé d'un carrelage d'une blancheur étincelante – propre, ininterrompu, s'étendant à perte de vue dans les deux sens, avec des pins saupoudrés de blanc tout autour. Au-dessus de lui, le ciel dur, éclatant et impitoyable de l'hiver, ou un ciel blanc, bas et indistinct, annonciateur de neige. Parfois, le lointain croassement d'un corbeau ou le bruit net de la glace qui se fendait, mais rien d'autre. L'exercice tonifiait son corps. Entre sa peau et ses vêtements se formait une couche de sueur, et c'était bon de sentir la transpiration sur son front puis de l'essuyer. Il avait pratiquement oublié cette sensation tandis qu'il enseignait Yeats et Williams et corrigeait des copies. Dans ce silence et en contraignant son corps à l'effort, ses pensées devenaient plus claires et il retourna le problème dans son esprit. Il fallait faire quelque chose – il aurait dû faire quelque chose depuis longtemps mais c'était le passé. Réfugiés chez Granther pour l'hiver, ils étaient toujours en fuite. Cette façon de se sentir mal à l'aise devant les vieux assis autour du poêle avec leur pipe et leurs yeux trop curieux suffisait à le confirmer. Charlie et lui se trouvaient acculés; il devait bien exister un moyen d'en sortir.

Et il était toujours furieux car *ce n'était pas juste*. Ils n'avaient *pas le droit*. Ils étaient citoyens américains, vivant dans une société censément libre et l'on avait assassiné sa femme, enlevé sa fille et on les traquait comme des lapins dans les fourrés.

De nouveau, il lui vint à l'idée que s'il pouvait raconter l'histoire à quelqu'un – ou à plusieurs personnes –, on se trouverait à même de déballer toute l'affaire. Il ne l'avait pas fait plus tôt à cause de cette bizarre hypnose – la même qui s'était traduite par la mort de Vicky – qui le tenait toujours, en partie au moins. Il s'était refusé à voir grandir sa fille comme un monstre de foire. Il n'avait pas voulu la voir placer dans un établissement spécialisé – ni pour le bien du pays, ni pour son bien à elle. Et, bien pis, il avait continué à se mentir. Même après avoir découvert sa femme fourrée dans le placard de la planche à repasser, le chiffon dans la bouche, il avait continué à se mentir, à se dire que tôt ou tard on leur ficherait la paix. *On ne joue pas pour de vrai*, disaient-ils quand ils étaient gosses. *Chacun rend l'argent après le jeu.*

Sauf qu'ils n'étaient pas des gamins, qu'ils jouaient pour de bon et que personne n'allait rien leur rendre ni à Charlie ni à lui une fois le jeu terminé. On jouait pour de vrai.

Dans ce silence, il commença à comprendre certaines de ces vérités. A sa manière, Charlie *était* un monstre, guère différente de ces bébés Thalidomide des années soixante ou de ces fillettes nées de mères ayant pris du DES; les médecins ignoraient simplement que ces fillettes développeraient des tumeurs vaginales dans des proportions anormales quatorze ou seize ans plus tard. Ce n'était pas la faute de Charlie, mais cela ne changeait rien au fait. Sa bizarrerie, sa monstruosité se trouvait en elle. Ce qu'elle avait fait à la ferme des Manders était terrifiant, absolument terrifiant, et depuis lors Andy se demandait jusqu'où allait cette faculté, jusqu'où elle *pouvait* aller. Il avait lu pas mal de choses sur la parapsychologie au cours de leur année délicate, suffisamment pour savoir que la pyrokinésie et la télékinésie, pensait-on, étaient liées à certaines glandes endocrines mal connues. Ses lectures lui avaient également appris que les deux talents étaient étroitement liés et que la plupart des cas étudiés concernaient des fillettes à peine plus âgées que Charlie.

Elle avait pu, à l'âge de sept ans, provoquer ces destructions à la ferme des Manders. Elle allait maintenant sur ses huit ans. Que se passerait-il à douze ans au début de l'adolescence ? Rien peut-être. Ou peut-être beaucoup de choses. Elle avait dit qu'elle ne se servirait plus jamais de son pouvoir, mais si elle y était contrainte ? Et si cela se déclenchait spontanément ? Et si elle se mettait à provoquer des incendies au cours de son sommeil, lors de son étrange puberté, un peu comme le brûlant équivalent des émissions séminales nocturnes que connaissent la plupart des adolescents ? Et si la Boîte décidait de rameuter ses limiers... et si Charlie était enlevée par une puissance étrangère ?

Questions, questions.

Au cours de ses traversées de l'étang, Andy tenta de les affronter et en conclut, à regret, qu'on en arriverait peut-être à placer Charlie sous une sorte de tutelle sa vie durant, ne serait-ce que pour la protéger. Cela pourrait bien se révéler aussi nécessaire pour elle que les cruelles jambières portées par les dystrophiques ou les étranges prothèses des bébés Thalidomide.

Et puis se posait la question de son avenir à lui. Il se souvint des parties engourdies, des yeux injectés de sang. Personne ne se plaît à imaginer que son propre acte de décès se trouve daté et signé, et Andy ne parvenait pas à y croire tout à fait, mais il avait conscience du fait que deux ou trois grosses poussées pourraient le tuer et il se rendit compte que son espérance de vie normale pourrait bien, d'ores et déjà, être sérieusement entamée. Il fallait prévoir quelque chose pour Charlie, au cas où cela arriverait.

Mais pas à la façon de la Boîte.

Pas la petite cellule. Il ne permettrait pas ça.

Aussi retourna-t-il le problème et en arriva-t-il à une pénible décision.

7

Andy écrivit six lettres, presque identiques. Deux aux sénateurs de l'Ohio, une à la femme qui représentait la circonscription de Harrisson à la Chambre des députés, une au *New York Times*, une au *Chicago Tribune* et la dernière au *Toledo Blade*. Les six lettres racontaient ce qui s'était passé, en commençant par l'expérience au bâtiment Jason Gearneigh et en terminant par leur retraite forcée, à Charlie et à lui, dans les solitudes de Tashmore Pond.

Quand il eut fini, il donna une des lettres à lire à sa fille. Elle la lut lentement et attentivement, y passant près d'une heure. Pour la première fois, elle avait sous les yeux toute l'histoire, de bout en bout.

– Tu vas envoyer ça ? demanda-t-elle lorsqu'elle eut terminé.

– Oui, dit-il. Demain. Je crois que ce sera la dernière fois que j'oserai traverser l'étang.

Enfin, le temps avait commencé à se réchauffer. La glace, toujours solide, commençait cependant à craquer et il ne savait pas combien de temps encore il pourrait s'y aventurer en toute sécurité.

– Qu'est-ce qui va se passer, papa ?

Il secoua la tête.

– Je ne suis sûr de rien. Je ne peux qu'espérer qu'une fois l'histoire connue les gens qui nous traquent devront renoncer.

Charlie se contenta de hocher la tête.

– Tu aurais dû le faire plus tôt.

– Oui, répondit-il, sachant bien qu'elle pensait à la catastrophe pas si lointaine à la ferme des Manders en octobre dernier. Peut-être bien que j'aurais dû. Mais je n'ai pas eu l'occasion de réfléchir beaucoup à la question, Charlie. Je n'avais pas le temps de m'occuper de nous. Et à quoi peut-on penser quand on est en fuite... à des stupidités, la plupart du temps. Je continuais à espérer qu'ils abandonneraient et nous laisseraient en paix. Une terrible erreur.

– Ils ne vont pas me forcer à partir, pas ? demanda Charlie. Je veux dire à me séparer de toi. On pourra rester ensemble, hein, papa ?

– Oui, répondit-il.

Il ne voulait pas lui avouer que l'idée qu'il avait de ce qui allait se passer une fois les lettres expédiées et reçues était probablement aussi vague que la sienne. C'était simplement « après ».

– Pour moi, c'est tout ce qui compte. Et je ne ferai plus jamais de feux.

– Très bien, dit-il, lui caressant les cheveux.

Il eut soudain la gorge serrée par une frayeur prémonitoire et il se souvint de quelque chose qui s'était passé près d'ici, un événement auquel il n'avait pas pensé depuis des années. Il était sorti avec son père et Granther, et Granther lui avait passé sa carabine calibre 22, qu'il appelait sa polissonne, lorsque Andy l'avait réclamée. Il avait vu un écureuil et voulait l'abattre. Son père avait commencé par protester et Granther l'avait fait taire avec un petit sourire bizarre.

Andy avait visé comme Granther le lui avait enseigné; il avait pressé la détente au lieu de la tirer d'un grand coup (ainsi que Granther le lui avait également appris), et abattu l'écureuil. L'animal avait culbuté sur ses pattes comme un jouet en peluche et Andy, tout excité, avait rendu la 22 à Granther et couru vers l'écureuil. Arrivé tout près, il avait été frappé par ce qu'il avait découvert. Vu de tout près, l'écureuil n'était pas un jouet en peluche. Il n'était pas mort. Touché à l'arrière-train, il restait étendu là, en train de mourir, dans son sang bien brillant, ses yeux noirs grands ouverts, vivants et pleins d'une terrible souffrance. Ses puces, sachant déjà la vérité, abandonnaient lourdement le corps en minuscules colonnes par trois.

Sa gorge s'était soudainement serrée et, à l'âge de neuf ans, Andy avait pour la première fois senti dans sa bouche l'amertume du dégoût de soi. Il contemplait, paralysé, le résultat de son sale meurtre, conscient que son père et son grand-père se tenaient derrière lui, leur ombre s'étendant sur lui – trois générations de McGee penchées sur un écureuil assassiné dans les forêts du Vermont. Et, derrière lui, Granther avait dit doucement : *Eh bien, tu l'as fait, Andy. Tu aimes ça ?* Et il s'était soudain senti envahi par les larmes, le sel brûlant de l'horreur et de la prise de conscience – la découverte que ce qui est fait est fait. Et il avait juré que plus jamais il ne tuerait quoi que ce fût avec une arme. Il l'avait juré devant Dieu.

Je ne ferai jamais plus de feux, avait dit Charlie, et dans son esprit Andy entendit la réponse que lui avait faite Granther le jour où il avait tué l'écureuil, le jour où il avait juré devant Dieu que jamais il ne le referait. *Ne dis jamais cela, Andy. Dieu aime qu'un homme manque à sa parole. Ça lui conserve son humilité quant à sa place dans l'univers et son sens de la maîtrise de soi.* A peu près ce qu'Irv Manders avait dit à Charlie.

Charlie avait découvert une collection complète de Bomba-l'enfant-de-la-jungle, au grenier, et, lentement mais sûrement, elle les lisait. Andy la regardait, maintenant, assise dans un rayon de soleil poussiéreux dans le vieux rocking-chair noir, à l'endroit où s'asseyait toujours sa grand-mère, d'habitude avec une corbeille de raccommodage entre les pieds. Soudain, il lutta contre un pressant besoin de lui demander de reprendre sa parole, de la reprendre tant qu'il en était encore temps, de lui dire qu'elle ne comprenait pas la terrible tentation : si on laissait la carabine là assez longtemps, tôt ou tard on la reprenait.

Dieu aime qu'un homme manque à sa parole.

8

Personne ne vit Andy poster ses lettres sauf Charlie Payson, le type qui avait emménagé à Bradford en novembre et qui, depuis lors, essayait de faire marcher la boutique de « nouveautés ». Petit, le visage triste, Payson était le gars qui avait essayé d'offrir un verre à Andy à l'occasion de l'une de ses visites en ville. Et en ville on estimait que si Payson ne parvenait pas à faire tourner sa boutique l'été suivant, il mettrait une pancarte A VENDRE OU A LOUER dans sa vitrine vers le 15 septembre. C'était un brave type mais il en bavait. Bradford n'était plus la ville qu'elle avait été.

Andy remonta la rue – il avait laissé ses skis plantés dans la neige au bas de la route qui descendait au débarcadère de Bradford – et se dirigea vers le magasin général. A l'intérieur, les vieux le surveillaient avec grand intérêt. On avait beaucoup parlé d'Andy cet hiver-là. On s'accordait à penser, dans le coin, qu'il se planquait de quelque chose – une faillite peut-être bien, ou une histoire de divorce. Peut-être une épouse acariâtre à qui il avait piqué la garde du gosse; ils n'avaient pas omis de remarquer les vêtements d'enfant achetés par Andy. On s'accordait aussi à penser que le gosse et lui avaient peut-être pénétré par effraction dans l'un des chalets de l'autre côté du lac et y passaient l'hiver. Personne ne rapporta cette éventualité au flic de Bradford, un blanc-bec fraîchement débarqué qui ne vivait là que depuis douze ans et pensait que le coin lui appartenait. L'inconnu venait de l'autre côté du lac, de Tashmore, du Vermont. Aucun des anciens assis autour du poêle de Jake Rowley dans le magasin général de Bradford Town n'avait beaucoup de sympathie pour les manières des gens du Vermont, avec leurs impôts sur le revenu et leurs grands airs à propos de la loi sur l'alcool et ce putain de Russe fourré dans sa piaule comme un tsar, à écrire des bouquins que personne ne comprenait. Que les gens du Vermont se démerdent avec leurs problèmes. Tel était le sentiment général bien qu'inexprimé.

– Va pas traverser l'étang ben longtemps, dit l'un d'eux en mordant dans sa barre de Milky Way et en commençant à la mâcher.

– A moins qu'il n'ait des ailes pour voler sur l'eau, renchérit un autre.

Et tous se mirent à pouffer.

– On va pas le voir ben longtemps, dit Jake d'un ton suffisant tandis qu'Andy approchait du magasin. (Andy portait la vieille veste de Granther et avait les oreilles protégées par un serre-tête de laine bleue. Un souvenir – peut-être un air de famille avec Granther lui-même – passa fugitivement dans la mémoire de Jake et s'estompa.) Quand la glace va commencer à fondre, il va se sécher et se tirer. Lui et qui que ce soit qui est avec lui.

Andy s'arrêta à l'extérieur, défit son sac et en sortit plusieurs lettres. Puis il entra. Les hommes réunis se mirent à contempler leurs ongles, leur montre, le vieux poêle.

L'un d'eux sortit un gigantesque mouchoir bleu et y cracha de bon cœur après s'être raclé la gorge.

Andy jeta un coup d'œil à la ronde :

– Bonjour, messieurs.

– 'Jour, répondit Jake Rowley. A vot' service ?

– Vous vendez des timbres, n'est-ce pas ?

– Sûr, l'Administration me fait confiance, au moins pour ça.

– Six timbres à quinze, s'il vous plaît.

Jake sortit les timbres, les détachant soigneusement de l'une des feuilles de son vieux classeur noir.

– Vous faut aut' chose aujourd'hui ?

Andy réfléchit puis sourit. On était le 10 mars. Sans répondre à Jake, il se dirigea vers le présentoir de cartes à côté du moulin à café et y prit une grande carte d'anniversaire décorée. POUR TOI, MA FILLE, EN CE JOUR BIEN PARTICULIER, disait la carte. Il la rapporta et la paya.

– Merci, dit Jake.

– A votre service, répondit Andy qui sortit.

Ils le regardèrent ajuster son serre-tête puis timbrer ses lettres une par une. La buée lui sortait des narines. Ils le virent tourner au coin du bâtiment où se trouvait la boîte aux lettres mais aucun d'entre eux, assis autour du poêle, n'aurait pu témoigner devant un tribunal qu'il avait bien posté ces lettres. Il reparut, mettant sac au dos.

– V'là qu'y se tire, fit observer l'un des vieux.

– Un gars assez chouette, dit Jake.

Et cela mit un terme au sujet. On parla d'autre chose.

Charles Payson se tenait sur le seuil de son magasin, lequel n'avait pas fait trois cents dollars de chiffre d'affaires de tout l'hiver, et il regarda partir Andy. Payson, lui, aurait pu témoigner que les lettres avaient bien été postées; il se tenait exactement là et il l'avait vu glisser les enveloppes dans la fente de la boîte.

Lorsque Andy disparut, Payson retourna à l'intérieur de son magasin et passa derrière le comptoir où il vendait des bonbons à deux sous, des amorces et du bubble-gum. Il pénétra dans son appartement, dans l'arrière-boutique.

Son téléphone était équipé d'un appareil de brouillage. Payson appela un numéro en Virginie pour obtenir des instructions.

9

Il n'y avait pas de bureau de poste à Bradford, New Hampshire (pas plus qu'à Tashmore, Vermont); les deux bourgades étaient trop petites. La poste la plus proche se trouvait à Teller, New Hampshire. A une heure et quart de l'après-midi, ce 10 mars, le petit fourgon postal de Teller s'arrêta en face du magasin général et le postier sortit le courrier de la boîte, placée sur le flanc du bâtiment, là où Jake avait pompé de l'essence Jenny jusqu'en 1970. Le courrier se composait des six lettres d'Andy et d'une carte de miss Shirley Devine, une vieille fille de cinquante-cinq ans, adressée à sa sœur, à Tampa, Floride. De l'autre côté du lac, Andy McGee faisait la sieste et Charlie McGee un bonhomme de neige.

Le postier, Robert Everett, mit le courrier dans un sac, balança le sac à l'arrière de sa camionnette bleu et blanc puis se dirigea vers Williams, une autre petite ville du New Hampshire qui avait le même code postal que Teller. Puis il fit demi-tour dans ce que les habitants de Williams appelaient, pour rire, la rue principale, et repartit pour Teller où l'on trierait le courrier pour l'expédier sur le coup de trois heures de l'après-midi. A huit kilomètres de la ville, une Chevrolet Caprice beige se trouvait garée en travers de la route, bloquant les deux voies étroites. Everett se gara près d'une congère pour voir s'il pouvait être utile.

Deux hommes descendirent de la voiture et s'approchèrent de lui, lui montrant leurs cartes et lui expliquant ce qu'ils voulaient.

– Non ! dit Everett en essayant de rire, d'un rire empreint de la même incrédulité que si on lui avait annoncé qu'on allait ouvrir la plage de Tashmore à la baignade l'après-midi même.

– Si vous avez l'impression que nous ne sommes pas ce que nous sommes... commença l'un d'eux, Orville Jamieson, qu'on appelait parfois O. J. et parfois le Jus.

Peu lui importait d'avoir affaire à ce péquenaud; il se foutait de tout à condition qu'on ne lui donnât pas l'ordre de s'approcher à moins de cinq kilomètres de cette infernale gamine.

– Non, c'est pas ça, c'est pas ça du tout, dit Robert Everett. (Il avait peur, comme quiconque se trouve soudain confronté à la puissance de l'Administration, lorsque brutalement la bureaucratie anonyme et grise prend un visage réel. Un peu comme si sortait d'une boule de cristal quelque chose de sinistre, de tangible. Il demeurait néanmoins bien décidé.) C'est le courrier que j'ai là. Le courrier des *Etats-Unis.* Vous devez comprendre ça, vous.

– Question de sécurité intérieure, dit O. J.

Après le fiasco de Hastings Glen, on avait entouré le coin des Manders d'un cordon de sécurité. On avait passé ce qui restait des lieux au peigne fin et O. J. avait récupéré le Pompeur qui, maintenant, reposait confortablement contre le côté gauche de sa poitrine.

– C'est vous qui le dites, mais ça suffit pas, dit Everett.

O. J. dégrafa sa parka pour que Robert Everett puisse voir le Pompeur. Everett écarquilla les yeux et O. J. eut un petit sourire.

– Bon, tu veux pas que je sorte ça, hein ?

Everett ne parvenait pas à croire ce qui lui arrivait. Il fit une dernière tentative :

– Vous savez ce que ça coûte, un détournement de courrier ? On se retrouve à la centrale de Leavenworth, Kansas, pour ça.

– Tu arrangeras ça avec ton receveur en rentrant à Teller, dit l'autre homme, ouvrant la bouche pour la première fois. Maintenant, tu arrêtes de déconner, d'accord ? Donne-nous le sac du courrier ramassé en dehors de la ville.

Everett lui tendit le petit sac de Bradford et de Williams. Ils l'ouvrirent là, au beau milieu de la route et se mirent, froidement, à trier les lettres. Robert Everett en ressentit de la colère et une sorte de honte nauséeuse. Ils n'avaient pas le droit de faire ça, pas même si les secrets de la bombe atomique se trouvaient dans le sac. Ils n'avaient pas le droit d'ouvrir le courrier des Postes au bord de la route. Il se sentit envahi du même sentiment absurde que si un type bizarre avait fait irruption chez lui et s'était mis à déshabiller sa femme.

– Vous allez en entendre parler ! dit-il d'une voix étouffée où perçait la crainte. Vous allez voir !

– Les voilà, dit l'autre type à O. J.

Il lui tendit six enveloppes toutes libellées de la même écriture soignée. Robert Everett les reconnut parfaitement. Elles venaient de cette boîte située à côté du magasin général de Bradford. O. J. mit les lettres dans sa poche et les deux hommes retournèrent à leur Chevrolet, abandonnant le sac de courrier ouvert sur la route.

– Vous allez en entendre parler ! cria Everett d'une voix tremblante.

Sans se retourner, O. J. dit :

– Parles-en à ton receveur avant d'en parler à quiconque. C'est-à-dire si tu veux toucher ta pension un jour.

Everett les regarda démarrer, furieux, tremblant de peur, nauséeux. Tout au moins récupéra-t-il le sac de courrier et le flanqua-t-il à l'arrière du fourgon.

– On m'a volé, dit-il, surpris de constater qu'il était au bord des larmes. Volé, nom de Dieu, on m'a volé !

Il revint à Teller aussi vite que le lui permettaient les routes glissantes. Il raconta l'affaire à son chef, comme le lui avait suggéré l'homme. C'était Bill Cobham, le receveur de Teller, et Everett passa plus d'une heure dans son bureau. De temps en temps, de l'extérieur, on pouvait entendre leurs voix, fortes et irritées.

Cobham avait cinquante-six ans. Il travaillait aux Postes depuis trente-cinq ans et avait une trouille bleue. Au moins réussit-il à communiquer sa trouille à Robert Everett. Et Everett n'en parla jamais, pas même à sa femme. Il ne dit jamais rien du jour où, sur la route de Teller, entre Bradford et Williams, on lui avait volé le courrier. Mais jamais il n'oublia et jamais ne l'abandonna ce sentiment de colère, de honte... et de déception.

10

Vers les deux heures et demie, Charlie avait terminé son bonhomme de neige et Andy, quelque peu reposé par sa sieste, s'était levé. Orville Jamieson et son nouvel acolyte, George Sedaka, se trouvaient dans un avion. Quatre heures plus tard, alors qu'Andy et Charlie faisaient une partie de rami en cinq cents, les assiettes du dîner lavées et séchant dans l'évier, les lettres arrivèrent sur le bureau de Cap Hollister.

CAP ET RAINBIRD

1

Le 24 mars, jour de l'anniversaire de Charlie McGee, Cap Hollister, assis derrière son bureau, était la proie d'un sentiment de malaise, intense mais imprécis. La *raison* de ce malaise n'était pas imprécise; dans moins d'une heure, John Rainbird serait là et c'était un peu comme si le diable allait sortir de sa boîte. Si l'on peut s'exprimer ainsi. Du moins le diable s'en tenait-il à un marché conclu, si l'on en croyait ce qu'on racontait, mais Cap avait toujours été convaincu qu'il existait quelque chose de fondamentalement irrépressible chez John Rainbird. En fin de compte, il n'était rien d'autre qu'un tueur à gages et les tueurs finissent toujours pas s'autodétruire, tôt ou tard. Cap avait le sentiment que lorsque la fin de Rainbird arriverait, ce serait dans un bang spectaculaire. Que savait-il au juste sur l'opération McGee ? Pas plus qu'il n'en fallait, c'était probable... mais le doute le tenaillait. Ce n'était pas la première fois qu'il se demandait si, une fois terminée l'affaire McGee, il ne serait pas sage d'organiser un accident pour ce colosse d'Indien. Comme l'aurait mémorablement exprimé le père de Cap, Rainbird faisait partie de ces gens assez dingues pour bouffer de la merde de rat et appeler ça du caviar.

Il soupira. Dehors, une pluie froide battait les fenêtres, rabattue par le vent. Son bureau, si clair et si agréable en été, se marbrait maintenant d'ombres grises. Elles n'étaient pas tendres avec lui, tandis qu'il se trouvait assis là, le dossier McGee à sa gauche sur sa desserte de bureau. L'hiver lui avait flanqué un coup de vieux; ce n'était plus l'homme désinvolte arrivé à vélo à la porte principale en ce jour d'octobre où les McGee s'étaient une fois encore échappés, laissant derrière eux une tempête de feu et de flammes. Des rides, qu'on pouvait à peine déceler sur son visage à cette époque, le marquaient à présent de leur empreinte profonde. Il avait subi l'humiliation des double foyer – des lunettes de vieux, selon lui – et le seul fait de se les mettre sur le nez lui avait donné la nausée pendant les six premières semaines. Bagatelles que tout cela, symboles visibles de la façon stupide, idiote, dont les choses avaient tourné. Bagatelles contre lesquelles il râlait car tout son entraînement, tous les cours lui avaient appris qu'il était inutile de râler contre les sujets plus graves qui se cachaient sous la croûte.

Comme si cette satanée gamine était un porte-poisse, les deux seules femmes à qui il avait voué une profonde affection depuis la mort de sa mère étaient mortes d'un cancer au cours de l'hiver – sa femme, Georgia, trois jours avant Noël, et sa secrétaire particulière, Rachel, il y avait à peine plus d'un mois.

Bien sûr, il savait que Georgia était gravement malade; une mammectomie, quatorze mois plus tôt, avait ralenti mais pas arrêté l'évolution de la maladie. La mort de Rachel avait été une cruelle surprise. Alors que la fin était proche, il se souvenait (curieux, ces souvenirs inoubliables) avoir plaisanté sur le fait qu'elle avait besoin de se remplumer, et Rachel lui avait retourné la plaisanterie.

Tout ce qu'il lui restait désormais, c'était la Boîte – et pas pour longtemps, peut-être bien. Une sorte de cancer insidieux avait attaqué Cap lui-même. Comment dire ? Un cancer de la confiance ? Quelque chose comme ça. Et, au niveau supérieur, ce genre de maladie était presque toujours fatal. Nixon, Lance, Helms... tous victimes du cancer de la crédibilité.

Il ouvrit le dossier McGee et en sortit les dernières pièces – les six lettres postées par Andy moins de deux semaines plus tôt. Il les parcourut sans les lire. C'était la même lettre pour l'essentiel et il en savait le contenu presque par cœur. Au-dessous, des photos sur papier glacé, certaines prises par Charles Payson, certaines par d'autres agents du côté Tashmore de l'étang. Des photos représentant Andy en train de remonter la rue principale de Bradford. Des photos d'Andy faisant des courses au magasin général et réglant ses achats. Des photos d'Andy et de Charlie près du hangar à bateaux au chalet, la Willys de Manders, simple tas de neige en arrière-plan. Une photo représentant Charlie en train de glisser le long d'une pente abrupte et étincelante de neige durcie, sur une caisse en carton aplatie, les cheveux au vent sous un bonnet de tricot trop grand pour elle. Sur cette photo, son père se trouvait derrière elle, ses mains gantées sur les hanches, la tête jetée en arrière, riant à gorge déployée. Souvent, longuement et de façon posée, Cap avait regardé ces photos et parfois il avait surpris un tremblement de sa main en les reposant. Il lui fallait ces gens.

Il se leva et alla un instant à la fenêtre. Rich McKeon ne taillait pas la pelouse aujourd'hui. Les arbres étaient nus et squelettiques, la mare aux canards entre les deux bâtiments, une simple étendue vide d'un gris d'ardoise. Sur le plateau de la Boîte, en ce début de printemps, se trouvaient une demi-douzaine de plats différents, un vrai smorgasbord, mais pour Cap il n'en existait qu'un en fait, Andy McGee et sa fille Charlene.

Le fiasco chez les Manders s'était traduit par un grabuge monstre. Cela ne tourmentait plus la Boîte, pas plus que Cap, mais cela avait engendré une lame de fond critique qui ne tarderait pas à déferler. L'épicentre de cette lame était la manière dont on s'était occupé des McGee à compter du jour où Victoria McGee avait été tuée et sa fille enlevée – pas pour longtemps, il est vrai. Nombre de reproches portaient sur le fait qu'un maître-assistant à la fac qui n'avait jamais été militaire avait pu reprendre sa fille à deux agents de la Boîte parfaitement entraînés, laissant l'un fou et l'autre dans un coma qui avait duré six mois. Ce dernier ne serait jamais plus bon à rien. Si quelqu'un prononçait le mot « dormir » près de lui, il tournait de l'œil, comme désarticulé, et pouvait demeurer dans les pommes de quatre heures à un jour entier. Curieusement, c'était plutôt drôle.

Une autre critique majeure tenait au fait que les McGee s'étaient arrangés pour garder une longueur d'avance sur eux pendant si longtemps. Ça la foutait mal pour la Boîte. Ils passaient tous pour des crétins.

Mais les critiques les plus importantes concernaient l'incident de la ferme des Manders, car cela avait bien failli faire éclater la Boîte tout entière. Cap savait que les murmures avaient commencé. Les murmures, les notes, peut-être même les témoignages lors des auditions ultrasecrètes du Congrès. *Nous ne voulons pas qu'il s'incruste comme Hoover. Cette histoire de Cuba est allée à vau-l'eau parce qu'il n'a pu lever la tête de ce sacré dossier McGee. Il a perdu sa femme il n'y a pas très longtemps, vous savez. Triste. Cela l'a durement secoué. Toute cette affaire McGee n'est qu'une montagne d'inepties. Peut-être qu'un homme plus jeune...*

Mais nul ne discernait à quoi il s'attaquait. Ils croyaient comprendre mais ils ne comprenaient rien. Il avait vu nier sans cesse le simple fait que cette fillette était douée de pyrokinésie – qu'elle avait le pouvoir d'allumer des feux. Des douzaines de rapports, littéralement, laissaient entendre que l'incendie chez les Manders avait été provoqué par de l'essence renversée, par une femme qui avait cassé une lampe à pétrole, par une putain de combustion spontanée et Dieu sait quelles autres âneries. Certains de ces rapports émanaient de gens qui s'étaient trouvés sur les lieux. Debout devant la fenêtre, Cap se surprit à souhaiter, avec une certaine perversité, que Wanless se trouvât là. Wanless avait compris. Cap aurait pu lui parler de... cet aveuglement dangereux.

Il revint à son bureau. Inutile de se raconter des histoires; une fois ce processus de sape en branle, rien à faire pour l'arrêter. Exactement comme un cancer. On pouvait en retarder l'évolution en faisant appel à des faveurs (et Cap avait gaspillé dix ans de faveurs simplement pour se maintenir en selle l'hiver précédent); on pouvait même obtenir une certaine rémission. Mais tôt ou tard on était refait. Il eut le sentiment que cela se produirait avant juillet s'il jouait le jeu et que cela durerait peut-être jusqu'en novembre s'il décidait d'en mettre un coup et de durcir sa position. Cependant, cela pouvait impliquer de faire péter les coutures de l'agence et c'était une chose qu'il ne voulait pas. Il n'avait pas le moindre désir de détruire ce à quoi il avait consacré la moitié de sa vie. Mais il le ferait s'il le fallait : il lui fallait mener cette affaire à son terme.

Le fait majeur qui lui avait permis de garder la barre

était la rapidité avec laquelle ils avaient retrouvé les McGee. Cap était heureux qu'on eût porté ce succès à son crédit car cela confortait sa position, mais de fait, c'était surtout l'ordinateur qui s'était tapé le boulot.

Ils étaient sur l'affaire depuis assez longtemps pour connaître le dossier McGee dans ses moindres détails. L'ordinateur avait en mémoire les faits concernant plus de deux cents parents et quatre cents amis de l'entourage McGee-Tomlinson. Cela remontait jusqu'à la meilleure amie de Vicky, à l'école primaire, une fille du nom de Kathy Smith, devenue Mme Frank Worthy, habitant Cabral, en Californie, laquelle n'avait sans doute pas eu la moindre pensée pour Vicky depuis plus de vingt ans.

On avait fourni à l'ordinateur les données concernant les « vu pour la dernière fois » et il avait rapidement craché une liste de probabilités. En tête de liste, le défunt grand-père d'Andy, naguère propriétaire d'un chalet à Tashmore Pond, dans le Vermont. Les McGee y avaient passé leurs vacances et le lieu se trouvait situé à distance raisonnable de la ferme des Manders en empruntant des routes secondaires. L'ordinateur décida que si Andy et Charlie devaient se rendre en un « lieu connu », ce serait là.

Moins d'une semaine après qu'ils se furent installés chez Granther, Cap savait qu'ils s'y trouvaient. On entoura le chalet d'un cordon assez lâche. On s'arrangea pour acheter le magasin de « nouveautés » à Bradford, tablant sur la probabilité que s'ils avaient des achats à faire, de quelque nature que ce fût, il leur faudrait se rendre dans cette bourgade.

Une surveillance passive, rien de plus. On avait pris toutes les photos au téléobjectif dans des conditions optimales de camouflage. Cap ne souhaitait nullement risquer un nouvel incendie.

Ils auraient pu se saisir tranquillement d'Andy lors d'un de ses voyages à travers le lac. Ils auraient pu les abattre tous les deux aussi facilement qu'ils avaient pris la photo de Charlie faisant du traîneau sur sa boîte en carton. Mais Cap voulait la fillette et il en était arrivé à croire que s'ils désiraient vraiment parvenir à la contrôler, il leur faudrait aussi le père.

Après les avoir retrouvés, le premier objectif avait consisté à s'assurer qu'ils resteraient tranquilles. Cap n'avait nul besoin d'ordinateur pour lui dire que plus Andy aurait peur et plus les chances qu'il recherchât une aide extérieure augmenteraient. Avant l'affaire Manders, on aurait pu se débrouiller d'un écho dans la presse ou s'en accommoder. Après, c'était différent. Cap avait des cauchemars à la seule pensée de ce qui arriverait si le *New York Times* avait vent d'une telle affaire.

Pendant une brève période, au cours de la confusion qui avait suivi l'incendie, Andy aurait pu poster ses lettres. Mais, selon toute apparence, les McGee avaient vécu eux aussi en pleine incohérence. Ils avaient laissé filer leur chance de poster des lettres ou de passer un coup de fil... ce qui aurait pu tout aussi bien ne les mener à rien. Il y a des tas de cinglés dans la nature de nos jours, et les journalistes sont plus cyniques que quiconque. Leur boulot est devenu une affaire de prestige. Ce que font la fille Hemingway ou Bo Derek les intéresse davantage. Plus sûr.

Dorénavant, les deux intéressés étaient coincés. Cap avait eu tout l'hiver pour examiner les diverses possibilités. Même au cours des obsèques de sa femme il avait envisagé ces solutions. Il en était peu à peu arrivé à un plan d'action et il se trouvait prêt à passer à la phase d'exécution. Payson, leur homme à Bradford, avait dit que la glace n'allait pas tarder à fondre sur Tashmore Pond. Et McGee avait finalement envoyé ses lettres. Déjà, il attendait une réponse avec impatience – et commençait peut-être à soupçonner que ses lettres n'étaient jamais parvenues à leurs destinataires. Peut-être s'apprêtaient-ils à partir et Cap préférait les savoir où ils étaient.

Un épais rapport dactylographié accompagnait les photos – plus de trois cents pages –, dans une chemise bleue marquée TOP SECRET. Onze médecins et psychologues avaient établi une synthèse sous la direction du Dr Patrick Hockstetter, psychologue et psychothérapeute. Pour Cap, c'était un des dix ou douze esprits les plus fins dont disposait la Boîte. Et il valait mieux qu'il en fût ainsi, si l'on considérait les huit mille dollars que la seule synthèse avait coûtée aux contribuables. Tout en feuilletant le rapport,

Cap se demandait ce que Wanless, ce vieux diseur de bonne aventure, en aurait fait.

Il y trouva confirmation de son intuition qu'il leur fallait Andy vivant. Le postulat sur lequel l'équipe Hockstetter avait fondé son enchaînement logique reposait sur l'idée que tous les pouvoirs en présence étaient exercés volontairement, leur première cause résidant dans la volonté du détenteur de les utiliser... et le mot clé étant *volonté*.

Les pouvoirs de la fillette, dont la pyrokinésie n'était que la pierre angulaire, avaient une façon d'échapper au contrôle, de sauter prestement par-dessus les barrières de sa volonté, mais cette étude, qui intégrait tous les renseignements disponibles, indiquait que c'était la petite elle-même qui décidait de mettre les choses en branle ou pas – comme elle l'avait fait à la ferme des Manders lorsqu'elle avait compris que les agents de la Boîte essayaient de tuer son père.

Il feuilleta les pages consacrées à la première expérimentation du Lot Six. Tous les graphiques et toutes les fiches d'ordinateur aboutissaient à la même conclusion : la cause première était la volonté.

En faisant de la volonté la base de tout, Hockstetter et ses collègues avaient passé en revue un arsenal de drogues étonnant avant de conseiller l'emploi de la Thorazine pour Andy et d'une nouvelle drogue appelée Orasine pour la fillette. Soixante-dix pages de charabia pour conclure que ces drogues leur donneraient un sentiment de bien-être, de défonce, de flottement. Ni l'un ni l'autre ne pourraient plus disposer d'assez de volonté pour choisir entre du lait chocolaté et du lait nature, sans parler d'allumer des feux ou de convaincre un homme qu'il était aveugle.

Ils conserveraient Andy McGee constamment sous drogue. Ils n'avaient pas un réel besoin de lui; et le rapport et l'intuition de Cap s'accordaient pour dire qu'il constituait une impasse, qu'il était grillé. C'était la fillette qui les intéressait. Qu'on me laisse six mois, pensait Cap, et ça suffira. Juste assez pour tracer le relevé topographique de cette étonnante petite tête. Aucune sous-commission du Sénat ou de la Chambre ne résisterait à la promesse de pouvoirs psy chimiquement induits et à leurs énormes implications sur la course aux armements si cette gamine était ne fût-ce que moitié de ce que soupçonnait Wanless.

Sans parler d'autres possibilités qui ne se trouvaient pas dans le rapport du dossier bleu parce que trop explosives, même sous un cachet TOP SECRET. Hockstetter, dont l'excitation n'avait fait que croître au fur et à mesure que le tableau prenait forme sous ses yeux et ceux de son comité d'experts, avait parlé d'une de ces possibilités à Cap, il y avait à peine une semaine.

– Ce facteur Z, avait dit Hockstetter, vous en avez envisagé les implications s'il apparaît que cette enfant n'est pas un hybride mais un véritable mutant ?

Cap les avait envisagées, encore qu'il ne l'avouât pas à Hockstetter. Cela soulevait l'intéressante question de l'eugénisme, avec ses connotations sous-jacentes au nazisme et aux races supérieures – autant de choses que les Américains avaient combattues au cours de la Seconde Guerre mondiale. Mais c'était une chose que de plonger dans un puits de philosophie et d'en extraire tout un tas de conneries sur l'usurpation de la puissance divine et une autre bien différente que de brandir des preuves expérimentales selon lesquelles les descendants de parents traités au Lot Six pouvaient être des torches humaines, entrer en lévitation, se révéler télé – ou télempathes, ou Dieu sait quoi encore. Les idéaux ne coûtaient pas cher tant qu'on ne disposait pas d'arguments solides pour les démolir. Et si l'on en disposait ? Des élevages humains ? Si idiot que cela parût, Cap parvenait à se les imaginer. Cela pouvait se révéler la clé de tout. La paix mondiale, ou la domination mondiale; une fois débarrassé des miroirs truqués de la rhétorique et de l'emphase, n'était-ce pas la même chose ?

Un vrai panier de crabes. Les possibilités s'étendaient à une douzaine d'années dans l'avenir. Cap savait bien que, au mieux, il disposait de six mois, mais cela pourrait se révéler suffisant pour enclencher une politique, pour disposer d'une vue d'ensemble du terrain où seraient lancées les voies et où roulerait le train. Ce serait son legs au pays et au monde. A côté de cela, la vie d'un maître-assistant de fac en cavale et celle d'une petite va-nu-pieds n'étaient que roupie de sansonnet.

On ne pourrait étudier la fillette et se livrer à des tests

suffisamment valables sur elle si elle était droguée en permanence, mais le père serait le garant de la réussite. Et pour les rares occasions où l'on voudrait se livrer à des expériences sur lui, la réciproque serait vraie. Simple système de leviers. Et comme l'avait observé Archimède, un levier assez long pourrait soulever le monde.

Un couinement de l'interphone.

– John Rainbird est là, dit la nouvelle secrétaire.

La voix à l'ordinaire aimable de la fille sonnait assez sèchement pour qu'on y devinât une crainte sous-jacente.

Je ne peux t'en vouloir pour ça, mon petit, pensa Cap.

– Faites entrer, s'il vous plaît.

2

Le même vieux Rainbird.

Il entra lentement dans la pièce, vêtu d'un blouson de cuir marron fatigué sur une chemise à carreaux fanée. Des vieilles bottes de cuir élimées dépassaient de son jean droit et délavé. Le sommet de son énorme crâne paraissait effleurer le plafond. Le cratère de son orbite énucléée fit frissonner Cap.

– Cap, dit-il en s'asseyant, j'ai passé trop de temps dans le désert.

– J'ai entendu parler de votre maison de Flagstaff, répondit Cap. Et de votre collection de chaussures. (John Rainbird se contenta de le scruter sans ciller de son seul œil valide.) Comment se fait-il que je vous voie toujours avec ces mêmes écrase-merde aux pieds ? (Rainbird eut un mince sourire et ne répondit pas. Cap retrouva ce sentiment familier de malaise, se demandant de nouveau ce que savait Rainbird et pourquoi cela l'inquiétait tant.) J'ai un boulot pour vous, divin.

– Parfait. C'est celui que je souhaite ?

Cap le regarda, surpris, réfléchit et dit :

– Je crois que c'est ça.

– Allez-y, Cap, racontez.

Cap décrivit le plan qui devait amener Andy et Charlie McGee à Longmont. Ce ne fut pas long.

– Vous pouvez utiliser l'arme ? demanda-t-il lorsqu'il eut fini.

– Je peux utiliser n'importe quelle arme. Et votre plan est bon. Ça réussira.

– C'est gentil à vous de me donner votre approbation, dit Cap.

Il tenta d'y mettre une touche d'ironie mais ne réussit qu'à paraître irrité. Au diable le bonhomme !

– Et je me servirai de cette arme à une condition, dit Rainbird. A une condition.

Cap se leva, les mains appuyées sur le bureau jonché des pièces du dossier McGee, et se pencha vers Rainbird.

– Non, dit-il. Pas de conditions avec moi.

– Cette fois, j'en mets une. Mais je crois que vous la trouverez raisonnable.

– Non, répéta Cap qui sentit soudain son cœur cogner dans sa poitrine, de crainte ou de colère, il ne savait pas trop. Vous faites erreur. C'est moi le patron de cette boutique. Je suis votre supérieur. Je pense que vous avez passé assez de temps dans l'armée pour comprendre ce qu'est un officier d'un grade plus élevé.

– Oui, dit Rainbird en souriant. J'ai eu l'occasion de tordre le cou à un ou deux de ces types. Dont une fois sur ordre de la Boîte. Sur *vos* ordres, Cap.

– C'est une menace ? hurla Cap. (Quelque chose en lui lui soufflait qu'il s'emballait mais il paraissait incapable de s'en empêcher.) Nom de Dieu, c'est une menace ? Si c'est ça, vous avez complètement perdu l'esprit ! Si l'envie me prend de vous empêcher de quitter les lieux, il me suffit de presser un bouton ! Il existe trente hommes capables de se servir de cette arme...

– Mais aucun avec la précision de ce nègre rouge et borgne, le coupa Rainbird sans se départir de son ton aimable. Vous croyez les tenir en ce moment, Cap, mais ce sont des feux follets. Les dieux, quels qu'ils soient, peuvent ne pas vouloir que vous les ayez. Il se peut qu'ils ne veuillent pas que vous les enfermiez dans vos chambres de malice et vacuité. Vous avez déjà cru les tenir. (Il montra les pièces du dossier entassées sur la desserte puis le classeur bleu.) J'ai lu ce truc. Et j'ai lu le rapport de votre Dr Hockstetter.

– Ça m'étonnerait ! s'exclama Cap.

Mais il put discerner un air de vérité sur le visage de Rainbird. C'était vrai. Il l'avait lu, peu importait comment. Qui le lui avait communiqué ? Il enrageait. Qui ?

– Oh oui ! dit Rainbird. J'obtiens ce que je veux, quand je le veux. On me donne ce que je veux. Je crois... que ça doit être pour mes beaux yeux.

Son sourire s'élargit et, soudain, il eut tout du rapace. L'œil intact roulait dans son orbite.

– Qu'êtes-vous en train de me dire ? demanda Cap.

Il lui fallait un verre d'eau.

– Simplement que j'ai passé pas mal de temps en Arizona à me balader et à humer le vent... et pour vous, Cap, ça sent mauvais, ça sent le soufre. J'ai eu le temps de lire et de réfléchir pas mal. Et je crois que je suis sans doute le seul homme au monde à pouvoir vous ramener à coup sûr vos deux fugitifs. Et peut-être que je suis le seul homme au monde à pouvoir sortir quelque chose de la gosse quand elle sera là. Votre gros rapport, votre Thorazine et votre Orasine... il y a peut-être là-dedans bien plus que ne pourront en résoudre les drogues. Plus de danger que vous ne pouvez le comprendre.

A écouter Rainbird, on aurait cru entendre le fantôme de Wanless, et Cap se trouvait maintenant saisi d'une telle frayeur et d'une telle fureur qu'il n'était plus capable de parler.

– Je ferai tout ça, dit gentiment Rainbird. Je les ramènerai ici et vous mènerez vos tests. (On aurait cru un père donnant à son enfant la permission de s'amuser avec un nouveau jouet.) A condition que vous me laissiez disposer de la fillette quand vous en aurez fini avec elle.

– Vous êtes cinglé, murmura Cap.

– Comme vous avez raison ! dit Rainbird en riant. Vous aussi, vous êtes fou à lier. Assis là à dresser des plans pour contrôler une force qui vous dépasse. Une force qui n'appartient qu'aux dieux... et à cette fille.

– Et qu'est-ce qui m'empêcherait de vous faire disparaître ? Ici, tout de suite ?

– Ma parole que si je disparais, il va déferler sur ce pays une telle vague de réprobation et d'indignation dans le mois qui suivra que l'affaire du Watergate aura l'air d'un vol de bonbons à côté. Ma parole que si je disparais, la Boîte cesse d'exister dans les six semaines et que dans les six mois vous vous retrouvez devant un juge à répondre de crimes assez sérieux pour vous coller derrière les barreaux le reste de votre vie. (De nouveau, il sourit, découvrant des dents tordues.) N'en doutez pas, Cap. J'ai passé de longs jours dans cette vigne puante et pourrie et la vendange sera bien amère, croyez-moi.

Cap essaya de rire mais ne put émettre qu'un grognement étouffé.

– Voilà dix ans que je traîne mes guêtres dans le coin, dit calmement Rainbird, comme un animal qui a connu l'hiver et s'en souvient. Je détiens un tel bric-à-brac, Cap – des photos, des bandes, des photocopies de documents à faire tourner les sangs de M. Tout-le-Monde.

– Impossible, dit Cap.

Mais il savait que Rainbird ne bluffait pas et il eut l'impression qu'une main froide et invisible lui serrait la poitrine.

– Oh, c'est tout à fait possible ! Je me trouve depuis trois ans au carrefour de l'information. J'ai pu piquer à ma guise dans vos banques de données informatiques. En payant, bien sûr, ce qui revient cher, mais j'ai payé. On me payait bien, moi, et j'ai su faire fructifier mes investissements. Je me tiens là, debout devant vous – assis en fait, mais c'est moins poétique – comme l'exemple triomphant de la libre entreprise américaine.

– Non !

– Si ! Je suis John Rainbird, mais aussi le Bureau américain de sous-études géologiques. Vérifiez, si vous voulez. Mon code d'ordinateur est AXON. Contrôlez les codes de temps partagé de votre terminal principal. Prenez l'ascenseur. Je vous attends.

Rainbird croisa les jambes, et la jambe droite de son pantalon se releva, révélant un accroc et un renflement à hauteur de la couture de l'une de ses bottes. On aurait dit un homme prêt à attendre jusqu'à la fin des temps si nécessaire.

L'esprit de Cap tourbillonnait.

– Accès à l'ordinateur en temps partagé, peut-être. Cela ne vous permet toujours pas de piquer.

– Allez voir le Dr Noftzieger, lui proposa aimablement Rainbird. Demandez-lui le nombre de possibilités de fouiller un ordinateur une fois qu'on a accès au temps partagé. Il y a deux ans, un jeune et brillant élève de douze ans a pu forcer la banque de données de l'université de Californie du Sud. Au fait, je connais *votre* code d'entrée, Cap. C'est BROW, cette année. L'an dernier, c'était RUDE. Je crois que ça collait mieux.

Cap s'assit et regarda Rainbird. Son esprit, semblait-il, s'était divisé. En un cirque à trois pistes. L'une s'étonnait de n'avoir jamais entendu John Rainbird en raconter autant d'un seul coup. L'autre essayait de se faire à l'idée que ce dingue savait tout des affaires de la Boîte. La troisième était en train de se souvenir d'une malédiction chinoise, une malédiction qui paraissait trompeusement agréable jusqu'au moment où l'on s'asseyait pour y réfléchir vraiment. *Puissiez-vous vivre des moments intéressants.* Depuis un an et demi, il avait vécu des instants extrêmement intéressants. Il eut l'impression qu'un seul instant intéressant de plus pourrait le rendre complètement fou.

Puis il se mit à repenser à Wanless – une pesante horreur surgissant dans son esprit. Il eut l'impression de... de... devenir Wanless. Environné de démons mais incapable de les chasser ou même de les mettre de son côté.

– Qu'est-ce que vous voulez, Rainbird ?

– Je vous l'ai déjà dit, Cap. Rien que votre parole que mon rôle dans cette affaire McGee ne se terminera pas avec le fusil mais ne fera que commencer. Je veux... (L'œil de Rainbird se fit plus sombre, pensif, maussade, introspectif)... je veux la connaître intimement.

Cap le considéra, horrifié.

Rainbird comprit soudain et secoua la tête avec mépris.

– Pas *comme ça*. Pas au sens biblique du terme. Mais je veux la connaître. Elle et moi allons être bons amis, Cap. Si elle détient autant de pouvoirs que les choses semblent le montrer, elle et moi allons devenir de grands amis.

Cap manifesta son humeur : pas exactement un rire; plutôt un gloussement aigu.

L'expression de mépris ne disparut pas du visage de Rainbird.

– Non, bien sûr, vous ne croyez pas que ce soit possible. Vous regardez mon visage et vous voyez un monstre. Vous regardez mes mains et vous les voyez couvertes du sang que vous m'avez donné l'ordre de verser. Mais je vous le dis, Cap, c'est ainsi que ça va se passer. Voilà deux ans que la gamine n'a pas eu d'ami. Elle a eu son père, un point c'est tout. Vous la voyez comme vous me voyez, Cap. C'est votre grand défaut. Vous regardez et vous voyez un monstre. Peut-être est-ce parce que vous êtes blanc. Les Blancs voient des monstres partout. Les Blancs voient des monstres en se regardant la queue.

Rainbird se remit à rire.

Au moins Cap commençait-il à se calmer et à penser raisonnablement.

– Pourquoi le permettrais-je, même si tout ce que vous dites est vrai ? Vos jours sont comptés, nous le savons tous les deux. Ça fait vingt ans que vous courez après votre mort. Le reste n'est qu'anecdote, simple passe-temps. Vous vous en rendrez compte bien assez tôt. Et puis ce sera la fin pour nous tous. Aussi, pourquoi vous donnerais-je le plaisir de posséder ce que vous désirez ?

– Vous avez peut-être raison. Peut-être bien que je cours après ma mort – je n'aurais pas attendu de vous une phrase aussi poétique, Cap. Peut-être la crainte de Dieu devrait-elle vous visiter plus souvent.

– Vous n'êtes pas du tout l'idée que je me fais de Dieu.

Rainbird sourit.

– Je ressemble davantage au démon des chrétiens, certes. Mais je peux vous dire ceci : si j'avais vraiment couru après ma mort, je crois que je l'aurais trouvée depuis longtemps. Je l'ai peut-être traquée par jeu. Mais je n'ai nulle intention de vous démolir, Cap. Ni vous, ni la Boîte, ni les services de renseignement du pays. Je suis tellement idéaliste ! J'ai seulement besoin de cette fillette. Et vous allez peut-être vous apercevoir que vous avez besoin de moi. Que je suis capable d'accomplir des choses que ne réussiront pas toutes les drogues de la pharmacie du Dr Hockstetter.

– Et en échange ?

– Une fois l'affaire McGee terminée, le Bureau américain de sous-études géologiques cessera d'exister. Le patron de votre ordinateur, Noftzieger, pourra changer tous ses codes. Vous, Cap, vous partirez pour l'Arizona avec moi, par un avion des lignes régulières. On se paiera un bon repas dans mon restaurant préféré de Flagstaff et on rentrera chez moi, et derrière, dans le désert, on fera un grand feu et on fera griller des tas de papiers, de bandes, de films. Je vous montrerai même ma collection de chaussures si ça vous amuse.

Cap réfléchit à la question. Rainbird, assis calmement, lui en laissa tout le temps.

Cap dit enfin :

– Hockstetter et ses collègues pensent que ça pourrait bien prendre deux ans pour vider complètement la gamine. Tout dépend de l'enracinement de ses inhibitions.

– Et dans quatre à six mois vous ne serez plus là. (Cap haussa les épaules. Rainbird se toucha le nez de l'index et redressa la tête – un geste grotesque de conte de fées.) Je pense qu'on peut vous maintenir en selle plus longtemps que ça, Cap. A nous deux, nous devons connaître des centaines de cadavres cachés au fond du placard, dans tous les sens du terme. Et je suis persuadé qu'il ne faudra pas des années. En fin de compte, nous aurons l'un et l'autre ce que nous voulons. Qu'en dites-vous ?

Cap y réfléchit. Il se sentait vieux et fatigué et complètement perdu.

– Je crois que c'est un marché conclu, dit-il.

– Parfait, fit vivement Rainbird. Je crois que je vais devenir le domestique de la gamine. Un personnage totalement inattendu dans la situation. Ce sera très important pour elle. Et, bien sûr, elle ne saura jamais que c'est moi qui aurai tenu ce fusil. Ce serait dangereux qu'elle l'apprenne, n'est-ce pas ? Très dangereux.

– Pourquoi ? demanda enfin Cap. Pourquoi en êtes-vous arrivé à ces folles extrémités ?

– Ça a l'air fou ? demanda Rainbird d'un ton léger. (Il se leva et prit l'une des photos posées sur le bureau de Cap. La photo de Charlie en train de glisser sur la neige tôlée, assise sur sa boîte en carton aplatie. Elle riait.) On engrange tous nos récoltes pour l'hiver dans ce boulot, Cap. C'est ce que faisait Hoover. Et les directeurs de la CIA. Et vous aussi, sans quoi vous seriez déjà à la retraite.

Quand j'ai commencé, Charlene McGee n'était pas encore née et je faisais gaffe à mon cul.

– Mais pourquoi la petite fille ?

Rainbird demeura un long moment sans répondre. Il regardait attentivement la photo, avec tendresse presque. Il la toucha.

– Elle est très belle, dit-il. Et très jeune. Et cependant, il y a en elle votre facteur Z. La puissance des dieux. Nous allons être très intimes, elle et moi. (Son œil se fit rêveur.) Oui, nous allons être très intimes.

DANS LA BOÎTE

1

Le 27 mars, Andy McGee décida tout à coup qu'ils ne pouvaient demeurer plus longtemps à Tashmore. Il y avait plus de deux semaines qu'il avait posté ses lettres et, si cela avait dû provoquer quelque chose, ce serait déjà arrivé. La simple existence de ce silence persistant autour du chalet de Granther le mettait mal à l'aise. Peut-être l'avait-on pris tout simplement pour un cinglé, mais... il n'y croyait pas.

Ce qu'il croyait, ce que son intuition la plus profonde lui chuchotait, c'est qu'on avait, en quelque sorte, fait disparaître ses lettres.

– On part, dit-il à Charlie. On fait nos bagages.

Elle se contenta de le regarder de ses yeux attentifs, un peu effrayée, et ne dit mot. Elle ne lui demanda pas où ils allaient ni ce qu'ils allaient faire et cela aussi le rendit nerveux. Dans l'un des placards, il découvrit deux valises sur lesquelles étaient collées des étiquettes de lieux de villégiature : Grand Rapids, Niagara Falls, Miami Beach – et ils se mirent l'un et l'autre à trier ce qu'ils allaient emporter et ce qu'ils allaient laisser.

Un soleil aveuglant entrait par les fenêtres, sur le côté est du chalet. L'eau ruisselait et gargouillait dans les gouttières. La nuit précédente, il avait peu dormi; la débâcle des glaces avait commencé et il était demeuré éveillé à l'écouter – le bruit sourd, éthéré et quelque peu inquiétant de la vieille glace jaune qui se brisait et dérivait lentement, descendant vers le goulet de l'étang, là où le fleuve Hancock s'écoule vers l'est à travers le New Hampshire et tout l'Etat du Maine, sentant de plus en plus fort, devenant de plus en plus pollué, jusqu'à se vomir, bruyant et mort, dans l'Atlantique. Le bruit ressemblait à une note cristalline prolongée ou peut-être à celle d'un archet qu'on passerait inlassablement sur la corde aiguë d'un violon – un zzziiinggg permanent et flûté qui se posait sur les terminaisons nerveuses et semblait les faire vibrer en sympathie. Jamais auparavant il ne s'était trouvé là à la fonte des glaces et il n'y reviendrait sans doute jamais. Il y avait quelque chose de terrible et d'étrange dans ce son qui vibrait au milieu de l'éternelle verdure des arbres, au fond de cette cuvette cernée de collines basses et érodées.

Il sentit que, de nouveau, ils étaient tout près, comme un monstre entr'aperçu dans un cauchemar persistant. Le lendemain de l'anniversaire de Charlie, il s'était lancé dans l'une de ses randonnées, les skis mal fixés aux pieds, et il était tombé sur des traces de pas dans la neige qui menaient à un gros épicéa. La croûte était parsemée de trous là où des raquettes avaient été enlevées et plantées verticalement dans la neige et l'on voyait des marques confuses de piétinement là où leur propriétaire les avait ensuite rechaussées (« des bateaux à gadoue », les appelait Granther qui les tenait en parfait mépris pour quelque obscure raison personnelle). Au pied de l'arbre, Andy avait trouvé six mégots de Vantage et une boîte jaune écrasée de film Kodak Tri-X. Plus mal à l'aise que jamais, il avait retiré ses skis et avait grimpé à l'arbre pour constater, à mi-hauteur, que l'on disposait d'une vue parfaite sur le chalet de Granther à plus d'un kilomètre de là. Tout petit et apparemment vide. Mais avec un téléobjectif...

Il n'en avait rien dit à Charlie.

Les valises étaient faites. Le silence persistant de Charlie le contraignit à un bavardage nerveux, comme si en se taisant elle l'accusait.

– Nous allons nous rendre jusqu'à Berlin et de là, dit-il, nous prendrons un bus Greyhound pour retourner à New York. Nous allons au bureau du *New York Times*.

– Mais, papa, tu leur as écrit.

– Chérie, il se peut qu'ils n'aient pas reçu la lettre.

Elle le regarda un moment en silence puis lui demanda :

– Tu crois qu'*ils* l'ont prise ?

– Bien sûr que... (Il secoua la tête et reprit :) Charlie, je n'en sais absolument rien.

Charlie ne répondit pas. Elle s'agenouilla, ferma les valises et se mit à tripoter les serrures sans grand succès.

– Attends, mon chou, je vais t'aider.

– *Je sais le faire!* cria-t-elle.

Et elle se mit à pleurer.

– Charlie, ne pleure pas, mon chou! Je t'en prie, c'est presque fini.

– Non, c'est pas fini, dit-elle, pleurant de plus belle. Ça ne sera jamais fini.

2

Ils étaient une bonne douzaine autour du chalet de Granther McGee. Ils avaient pris position la veille au soir. Tous portaient des vêtements mouchetés blanc et vert. Aucun d'entre eux ne s'était trouvé à la ferme des Manders et aucun d'entre eux n'était armé à l'exception de John Rainbird qui avait un fusil et de Don Jules qui portait un pistolet calibre 22.

– Je ne veux pas courir le risque de voir quelqu'un s'affoler à cause de ce qui s'est passé à New York, avait dit Rainbird à Cap. Ce Jamieson a toujours l'air d'avoir les couilles sur les genoux.

De même ne voulut-il pas d'agents armés. Les événements avaient une fâcheuse tendance à tourner au bizarre et il ne souhaitait pas rentrer d'opération avec deux cadavres. Il avait lui-même sélectionné ses hommes et choisi Don Jules pour s'occuper d'Andy McGee. Jules, petit, la trentaine, silencieux et morose, connaissait bien son boulot. Rainbird le savait car il était le seul avec lequel il eût accepté de travailler plus d'une fois. Un gars rapide et efficace, qui ne se mettait pas en travers du chemin aux moments critiques.

– McGee sortira à un moment ou à un autre de la journée, leur avait dit Rainbird lors du briefing. La gamine sort de temps en temps mais McGee toujours. Si l'homme se montre seul, je m'en charge puis Jules l'emmène rapidement et en silence. Si la gamine sort, même chose. S'ils apparaissent tous les deux ensemble, je prends la gamine et Jules s'occupe de McGee. Les autres ne sont là que pour jouer les hallebardiers – compris ? (Rainbird dardait sur eux son œil unique.) Vous êtes là pour le cas où quelque chose tournerait vraiment mal, un point c'est tout. Bien entendu, si quelque chose tournait *vraiment* mal, la plupart d'entre vous se mettraient à foncer vers le lac avec le feu au pantalon. Il y a une chance sur cent pour que vous interveniez. Il est bien entendu que vous venez également à titre d'observateurs et de témoins au cas où je merderais mon coup. (Ces paroles avaient déclenché un petit rire nerveux. Rainbird avait levé un doigt.) Si l'un de vous joue mal son rôle et leur met la puce à l'oreille d'une manière ou d'une autre, je veillerai personnellement à ce qu'il se retrouve dans la jungle la plus pourrie de l'Amérique du Sud – avec le cul tout endolori. Entrez-vous bien ça dans la tête, messieurs, vous n'êtes que des figurants dans ma pièce. Tâchez de vous en souvenir.

Plus tard, dans leur foyer des artistes – un motel abandonné de Saint-Johnsbury –, Rainbird avait pris Don Jules à part.

– Tu as lu le dossier de ce type ?

– Ouais, avait répondu Jules en tirant sur sa Camel.

– Tu piges le concept de domination mentale ?

– Ouais.

– Tu as compris ce qui est arrivé aux deux types dans l'Ohio ? Les types qui ont essayé d'enlever sa fille ?

– J'ai travaillé avec George Waring, avait dit Jules calmement. Ce type n'a pas inventé l'eau chaude.

– Pour notre homme, ça n'a rien de particulièrement insolite. Je veux seulement que tout soit bien clair. Il va falloir te montrer très rapide.

– Ouais. D'accord.

– Il a eu tout l'hiver pour se reposer, ce mec. Si tu lui laisses le temps de s'occuper de toi, tu as toutes les chances de passer les trois années à venir dans une chambre capitonnée à te prendre pour un oiseau, un navet ou un truc comme ça.

– Parfait.

– Parfait quoi ?

– Je ferai vite. Laisse glisser, John.

– Il y a de fortes chances pour qu'ils sortent ensemble, avait encore dit Rainbird, ignorant le conseil. Tu seras au coin de la véranda et ils ne pourront pas te voir de la porte quand ils sortiront. Tu attends que je me saisisse de la gosse. Son père va se précipiter vers elle. Tu seras derrière lui.

– Bien sûr.

– Ne loupe pas ton coup, Don.

Jules avait un petit sourire et fumait.

– Non, avait-il rétorqué.

3

Les valises étaient prêtes. Charlie avait mis son manteau et son pantalon de ski. Andy enfila son blouson, remonta la fermeture à glissière et ramassa les valises. Il ne se sentait pas bien, pas bien du tout. Nerveux. Une de ses prémonitions.

– Toi aussi tu le sens, hein ? demanda Charlie, son petit visage pâle et dépourvu d'expression.

Andy acquiesça, à contrecœur.

– Qu'est-ce qu'on fait ?

– On espère que notre impression est prématurée, dit-il, encore qu'il n'y crût pas, au fond de lui-même. Que veux-tu que nous fassions d'autre ?

– Que pouvons-nous faire d'autre ? répondit-elle en écho.

Elle vint près de lui et leva les bras pour qu'il la prenne. Il ne se rappelait pas l'avoir vue faire ça depuis longtemps – deux ans peut-être. C'est fou ce que le temps passait, comme un enfant changeait vite, sous vos yeux, avec une discrétion presque terrible.

Il reposa les valises, la prit dans ses bras et la serra contre lui. Elle l'embrassa sur la joue puis l'étreignit de nouveau, très fort.

– Prête ? demanda-t-il en la reposant.

– Je crois. (Charlie était de nouveau au bord des larmes.) Papa... je n'allumerai plus de feux. Pas même s'ils arrivent avant qu'on ne puisse partir.

– D'accord, dit-il. Très bien, Charlie. Je comprends ça.

– Je t'aime, papa.

– Moi aussi, je t'aime, mignonne, dit-il, hochant la tête.

Il alla ouvrir la porte. Un instant, le soleil l'aveugla. Puis ses pupilles s'étrécirent et le jour s'éclaircit, brillant, éclatant de neige mouillée. A sa droite, Tashmore Pond étincelait, des taches irrégulières d'eau bleue apparaissaient entre les morceaux de glace qui flottaient. Droit devant, la forêt de pins. A peine parvenait-il à distinguer, à travers les arbres, le toit aux bardeaux verts du chalet voisin, dégagé enfin de sa neige.

Les bois étaient calmes et le sentiment de malaise d'Andy se fit plus fort. Où étaient les chants d'oiseaux qui les saluaient tous les matins depuis que la température avait commencé à se faire plus douce ? Pas de chants d'oiseaux aujourd'hui... seulement la neige fondue qui tombait des arbres, goutte à goutte. Il se prit à souhaiter désespérément que Granther eût fait installer le téléphone. Il dut réprimer une forte envie de crier *Qui est là ?* de toutes ses forces. Mais cela n'aurait fait qu'effrayer davantage Charlie.

– Tout a l'air calme, dit-il. Je crois qu'on a toujours de l'avance sur eux... S'ils doivent venir.

– Parfait, dit-elle d'une voix sans timbre.

– Allons-y, petite !

Andy, pour la centième fois, pensa : *Que pouvons-nous faire d'autre ?* et songea une fois de plus à quel point il les haïssait.

Charlie traversa la pièce, passa à côté de l'évier plein des assiettes lavées le matin même après le petit déjeuner et vint vers lui. Tout le chalet était exactement comme ils l'avaient trouvé, propre et briqué. Granther aurait été content.

Andy passa son bras autour des épaules de Charlie et la serra un court instant. Puis il ramassa les valises et ils sortirent ensemble dans le soleil du printemps.

4

John Rainbird se trouvait à mi-hauteur d'un grand épicéa à cent cinquante mètres de là. Il avait aux pieds des crochets d'électricien, et une ceinture de sécurité le maintenait fermement contre le tronc de l'arbre. Quand la porte de la maison s'ouvrit, il épaula son fusil et assura sa prise. Un calme total l'enveloppa, telle une cape rassurante. Devant son œil unique, tout devint étonnamment clair. Lorsqu'il avait perdu l'autre, il avait souffert d'aberrations du sens du relief mais lors des moments d'intense concentration, comme celui-ci, il recouvrait sa vue perçante d'antan, comme si l'œil perdu parvenait un bref moment à se régénérer.

Ce n'était pas un tir à longue portée et il ne s'en serait pas fait le moins du monde s'il s'était agi d'une balle à ficher dans le cou de la fillette – mais il s'agissait de quelque chose de bien plus malcommode, de quelque chose qui multipliait le risque par dix. A l'intérieur du canon de ce fusil spécialement modifié se trouvait une fléchette fixée à une ampoule d'Orasine. Et à cette distance, il y avait tout de même un risque que cela dévie ou bascule. Heureusement, il n'y avait presque pas de vent.

Si telle est la volonté du Grand Esprit et de mes ancêtres, pria silencieusement Rainbird, *guidez mes mains et mon œil pour que je réussisse.*

La fillette sortit, son père à côté d'elle – Jules était en place. Dans le viseur télescopique, la fillette paraissait aussi large qu'une porte de grange. Le bleu de la parka se détachait, éclatant, contre les planches du chalet. Un instant, Rainbird remarqua les valises dans les mains d'Andy. Ils arrivaient à temps.

La fillette avait baissé son capuchon et remonté sa fermeture à glissière jusqu'à mi-hauteur seulement, laissant le vêtement légèrement entrebâillé au niveau de la gorge. Il faisait tiède; le temps aussi était avec Rainbird.

Il posa le doigt sur la détente et plaça la croix du viseur à la base du cou.

Si telle est la volonté...

Il pressa la détente. Pas d'explosion mais un simple *Pfuitt !* et un petit nuage de fumée sortant de la culasse.

5

Ils se trouvaient en haut des marches quand Charlie s'arrêta net et fit entendre un bruit de gorge étranglé. Aussitôt, Andy laissa choir les valises. Il n'avait rien entendu, mais il se passait quelque chose de terrible. Quelque chose avait changé chez Charlie.

– Charlie ? *Charlie ?*

Il la regarda. Elle se tenait immobile comme une statue, d'une beauté incroyable sur le fond de neige brillante. Incroyablement petite. Et soudain, il découvrit la cause du changement, si fondamental, si horrible qu'il n'avait pu comprendre immédiatement.

Ce qui ressemblait à une longue aiguille sortait de la gorge de Charlie, juste sous la pomme d'Adam. Sa main gantée s'y porta, la trouva, la tordit en un angle grotesque, vers le haut. Un mince filet de sang se mit à s'écouler de la blessure et à dégouliner le long de son cou. Une fleur de sang, petite et délicate, macula le col de sa chemise et toucha à peine la fourrure synthétique qui bordait la fermeture de sa parka.

– Charlie ! hurla-t-il.

Il bondit en avant et lui saisit le bras à l'instant précis où les yeux de sa fille se révulsaient et où elle s'écroulait en avant. Il la posa devant la porte, hurlant son nóm sans arrêt. La fléchette, fichée dans la gorge, étincelait au soleil. Son corps avait la souplesse désarticulée de la mort. Il la saisit, la serra dans ses bras et regarda vers les bois ensoleillés qui paraissaient si vides – où pas un oiseau ne chantait.

– *Qui a fait ça ?* hurla-t-il. *Qui a fait ça ? Montrez-vous que je vous voie !*

Don Jules tourna le coin de la véranda. Il portait des chaussures de tennis Adidas et tenait en main le 22.

– *Qui a tiré sur ma fille ?* hurlait Andy.

Quelque chose dans sa gorge vibra douloureusement en écho à son cri. Il la serra contre lui, si souple et désarticulée dans sa chaude parka bleue.

Ses doigts se portèrent à la fléchette et l'arrachèrent, provoquant un nouveau filet de sang.

Rentre-la dans le chalet, pensa-t-il. *Rentre-la dans le chalet.*

Jules s'approcha de lui et tira derrière la tête, de la même façon que l'acteur Booth avait abattu le président Lincoln.

Un instant, Andy tituba, serrant davantage encore Charlie contre lui. Puis il s'effondra sur elle.

Jules l'examina attentivement, puis fit signe aux hommes dans les bois.

C'était rien du tout, se dit-il tandis que Rainbird approchait du chalet, pataugeant dans la neige fondante de mars finissant. *Rien du tout. Pourquoi en faire un plat ?*

LA PANNE

1

La succession d'événements qui devaient aboutir à tout ce gâchis, à cette hécatombe, débuta par un orage d'été et la panne de deux générateurs.

L'orage éclata presque cinq mois après l'enlèvement d'Andy et de Charlie au chalet de Granther, dans le Vermont. Depuis dix jours, le temps avait été chaud et humide. Le 19 août, les nuages d'orage avaient commencé à s'accumuler peu après midi, mais aucun de ceux qui travaillaient près des deux élégantes bâtisses d'avant la guerre de Sécession, qui se faisaient face à travers l'étendue verte de la pelouse et des massifs de fleurs soigneusement taillés, ne crut que les nuages d'orage disaient la vérité : ni les jardiniers à cheval sur leurs tondeuses à gazon, ni la femme qui s'occupait des sous-sections A-E de l'ordinateur (et du percolateur de la salle de l'ordinateur, par la même occasion). Elle sortit l'un des chevaux et le lança au petit galop le long des sentiers cavaliers parfaitement entretenus, profitant de l'heure du déjeuner. Encore moins Cap, qui se contentait d'un sandwich géant dans son bureau à l'air conditionné et se replongeait dans les prévisions budgétaires pour l'année suivante, inconscient de la chaleur et de l'humidité extérieures.

Le seul, peut-être, ce jour-là, à Longmont, à penser qu'il allait pleuvoir était cet homme à qui l'on avait donné le nom de la pluie. Le grand Indien arriva sur place à douze heures trente, avant de pointer à une heure. Ses os, ainsi que l'orbite vide de son œil gauche, lui faisaient mal quand la pluie était proche.

Il conduisait une vieille Thunderbird rouillée dont le pare-brise s'ornait d'un *D* autocollant. Il était vêtu d'une tenue blanche de factotum. Avant de descendre de la voiture, il se mit un bandeau brodé sur l'œil. Il le portait au travail, à cause de la fillette, mais seulement au travail. Ça le gênait. C'était la seule chose qui lui rappelait son œil perdu.

On comptait quatre parkings dans le domaine. La voiture personnelle de Rainbird, une Cadillac Diesel jaune dernier modèle, portait un autocollant marqué *A*. Le *A* indiquait le parking des VIP – des huiles –, situé sous celle des deux bâtisses coloniales qui se trouvait le plus au sud. Un système de tunnels et d'ascenseurs souterrains reliait directement le parking des VIP à la salle de l'ordinateur, aux salles de conférences, à la bibliothèque, aux salles de lecture de la Boîte, et, bien entendu, aux Quartiers des Visiteurs, appellation assez vague désignant le complexe de laboratoires et d'appartements qui les jouxtait et où l'on détenait Charlie McGee et son père.

Le parking *B*, plus éloigné, était réservé aux cadres subalternes. Le parking *C*, encore plus éloigné, était destiné aux secrétaires, aux techniciens, aux électriciens et autres. Quant au *D*, c'était celui du personnel non spécialisé – les figurants, comme les appelait Rainbird. Isolé à quelque huit cents mètres du reste, on y trouvait toujours une collection hétéroclite et bigarrée de voitures – un tas de ferraille sorti jadis des usines de Detroit – pas très différentes de celles qu'on voyait sur la piste de stock-cars voisine de Jackson Plains où, une fois par semaine, se déroulaient des courses.

La hiérarchie administrative, se dit Rainbird en bouclant sa Thunderbird en ruine et en levant la tête pour regarder les nuages de l'orage qui menaçait. *Ça tombera sur le coup de quatre heures*, calcula-t-il.

Il se mit en marche vers la petite baraque préfabriquée, dissimulée avec goût derrière un bosquet de pins, où pointaient les employés des échelons V et VI. Ses vêtements blancs claquaient comme un drapeau. Un jardinier s'arrêta près de lui, monté sur l'une des douze tondeuses à gazon du département d'entretien. Un parasol aux couleurs gaies protégeait le siège. Le jardinier ne prêta pas la moindre attention à Rainbird; ça aussi, c'était la hiérarchie administrative. Pour un échelon IV, un échelon V devenait invisible. Même le visage ravagé de Rainbird ne provoqua guère de commentaires; comme bon nombre d'autres administrations, la Boîte employait un certain quota d'anciens combattants pour se donner bonne conscience. Max Factor n'avait pas grand-chose à apprendre au gouvernement américain dans le domaine du maquillage réussi. Et il va sans dire qu'un ancien combattant affligé d'un handicap visible – prothèse, chaise roulante motorisée, visage en compote – valait bien trois anciens combattants à l'air « normal ». Rainbird connaissait des hommes dont l'esprit et le cerveau avaient été aussi salement amochés que son visage, au cours de la croisière maison au Viêtnam. Des types qui auraient été contents de trouver un boulot dans le coin. Mais ils n'avaient pas la gueule de l'emploi. Non pas que Rainbird leur témoignât une sympathie débordante. En fait, il trouvait toute l'affaire plutôt amusante. Et les gens avec lesquels il travaillait maintenant n'avaient pas non plus reconnu en lui l'ex-agent et tueur à gages de la Boîte, il en aurait mis sa tête à couper. Dix-sept semaines plus tôt, il n'était encore qu'une ombre derrière le pare-brise polarisant de sa Cadillac jaune. Un type avec un *A* sur le pare-brise, pas plus.

– Vous ne croyez pas que vous poussez un peu ? lui avait demandé Cap. La gamine ne voit ni les jardiniers ni les dactylos. Vous êtes le seul à la fréquenter.

Rainbird avait secoué la tête.

– Suffit de pas grand-chose. Une seule personne signalant, par hasard, que le factotum bien gentil, avec la gueule en compote, gare sa voiture au parking des huiles et enfile son uniforme blanc au vestiaire. Ce que j'essaie de mettre sur pied, dans cette histoire, c'est un sentiment de confiance, le genre de confiance basée sur l'idée que nous ne sommes pas dans le coup, ni elle, ni moi – des sortes de monstres, si vous voulez, enfouis dans les entrailles de la branche américaine du KGB.

Cap n'avait pas apprécié du tout; il n'aimait pas que l'on critique à bon compte les méthodes de la Boîte, notamment dans ce cas précis, où il s'agissait de méthodes extrêmes.

– Eh bien, c'est un sacré boulot que vous faites là, pas de doute ! avait répondu Cap.

Et il n'y avait aucune réponse satisfaisante à donner car, en fait, il ne faisait *pas* un sacré boulot. La gamine n'avait même pas allumé une allumette depuis qu'elle était là. Et on pouvait en dire autant de son père qui n'avait pas fait montre de la moindre capacité de domination mentale, si toutefois il possédait un tel don. Plus le temps passait et plus ils en doutaient.

La gamine fascinait Rainbird. Au cours de sa première année à la Boîte, il avait suivi toute une série de cours qu'on ne trouvait au programme d'aucune faculté : comment poser des micros et autres écoutes, voler des voitures, fouiller discrètement une pièce et une douzaine de spécialités connexes. Le seul qui eût captivé Rainbird fut le cours consacré à l'effraction de coffres-forts, dispensé par un cambrioleur vieillissant du nom de G. M. Rammaden. On avait sorti Rammaden d'un pénitencier d'Atlanta dans le seul but d'enseigner son art aux nouvelles recrues de la Boîte. Il était censément le meilleur dans sa branche et Rainbird n'en doutait pas, encore qu'il se considérât désormais comme quasiment l'égal du truand.

Rammaden, décédé trois ans plus tôt (Rainbird avait envoyé des fleurs pour son enterrement – quelle comédie que la vie, parfois !), leur avait tout enseigné à propos des serrures Skidmore, des coffres à porte carrée, des systèmes de fermeture secondaires susceptibles de bloquer définitivement les gorges de la serrure d'un coffre si l'on cognait sur le cadran de la combinaison à l'aide d'un marteau et d'un ciseau; il leur avait tout appris sur les canons de serrure, les rossignols, les reproductions de clés; les nombreuses utilisations du graphite, l'art de prendre une empreinte dans un tampon Brillo, de fabriquer de la nitroglycérine dans une salle de bains et d'éplucher un coffre par l'arrière, une épaisseur de blindage à la fois.

Rainbird avait répondu aux espérances de Rammaden avec un enthousiasme glacé et cynique. Le truand avait déclaré une fois que les coffres, c'était comme les femmes : avec les outils *ad hoc* et du temps, aucun ne résistait. Il existait, disait-il, des effractions faciles et des effractions difficiles, mais aucune effraction impossible.

Cette gamine, c'était du métal.

Au début, il fallut nourrir Charlie par perfusion pour

l'empêcher de se laisser mourir de faim. Après un certain temps, elle commença à comprendre que rester sans manger ne lui rapportait rien de plus que des tas de bleus à la saignée du coude et elle se mit à s'alimenter sans enthousiasme – c'était moins douloureux de le faire avec la bouche.

Elle lut quelques-uns des livres qu'on lui donna – ou tout au moins, les feuilleta – et alluma parfois la télé couleur de sa chambre mais pour l'éteindre presque aussitôt. Elle avait regardé une adaptation de *Beauté noire* jusqu'en juin et à une ou deux reprises suivi en entier *Le Monde merveilleux de Disney*. Un point, c'est tout. Sur les rapports hebdomadaires la concernant, les mots « aphasie sporadique » revenaient de plus en plus souvent.

Rainbird en avait recherché la signification dans un dictionnaire médical et il avait tout de suite compris – du fait de ses propres expériences d'Indien et de combattant, il comprenait peut-être mieux que les médecins eux-mêmes. Parfois, la gamine tombait en panne de mots. Elle demeurait tout simplement plantée là, pas le moins du monde bouleversée, sa bouche remuant sans émettre un son. Ou elle utilisait un mot tout à fait inadapté, apparemment sans en avoir conscience. « Je n'aime pas cette robe, je préférerais la foin. » Parfois elle rectifiait d'elle-même, l'air absent – « Je veux dire la *verte* » –, mais la plupart du temps elle ne s'en rendait même pas compte.

D'après le dictionnaire, l'aphasie était une absence de mémoire imputable à quelque trouble mental. Sans attendre, les médecins s'étaient mis à traficoter ses médicaments. On avait remplacé l'Orasine par du Valium, sans grande amélioration. Puis on avait associé le Valium et l'Orasine, mais une interaction imprévue avait provoqué chez elle des pleurs constants et monotones, jusqu'à ce que la dose eût fini d'agir. Une drogue toute nouvelle, une combinaison de tranquillisants légèrement hallucinogènes, fut essayée et avait paru quelque temps améliorer les choses. Puis la fillette s'était mise à bégayer et avait eu une éruption de boutons. Pour l'instant, on en était revenu à l'Orasine mais on la surveillait étroitement pour le cas où l'aphasie viendrait à empirer.

On avait écrit des tartines sur les délicates conditions

psychologiques dans lesquelles elle se débattait, et sur ce que les psy appelaient son « complexe incendiaire de base », manière élégante de dire que son père lui avait interdit d'agir, tandis que la Boîte l'y encourageait... le tout compliqué par son sentiment de culpabilité relatif à l'incident à la ferme des Manders.

Tout cela ne prenait pas avec Rainbird. Les drogues, le fait d'être enfermée et surveillée en permanence, la séparation d'avec son père n'avaient rien à y voir.

Du métal dur, simplement.

Quelque part dans sa petite tête, elle avait décidé de ne pas se montrer coopérative, quoi qu'on fît. Un point, c'est tout. Terminé. Les psychiatres pouvaient bien s'agiter et lui montrer leurs taches d'encre jusqu'à ce que la lune eût trois becs, les médecins pouvaient bien jouer avec leurs médicaments et parler dans leur barbe des difficultés de réussir à droguer une fillette de huit ans. Les rapports pouvaient bien s'empiler et Cap délirer dessus.

Charlie McGee continuerait à jouer les dures.

Rainbird sentait cela tout aussi sûrement qu'il sentait l'arrivée de la pluie cet après-midi-là. Et il admirait la gamine. Ils étaient tous là, à tourner en rond, et si cela continuait à dépendre d'eux, ils y seraient encore à Pâques et à la Trinité. Mais ils n'allaient pas tourner en rond éternellement et c'était bien ce qui inquiétait Rainbird.

Rammaden, le casseur de coffres, avait raconté l'histoire amusante de deux malfrats qui s'étaient introduits dans un supermarché un vendredi soir, ayant appris qu'une tempête de neige avait empêché le fourgon blindé de la banque de passer prendre la recette imposante de la fin de semaine. Le coffre était du type « en berceau ». Ils avaient essayé, sans succès, de percer le cadran de la combinaison. Ils avaient tenté de l'effeuiller mais s'étaient trouvés dans l'incapacité absolue de soulever ne fût-ce qu'un coin. Finalement, ils l'avaient dynamité. Succès complet. Le berceau grand ouvert, tellement ouvert, en fait, que le fric à l'intérieur avait été totalement détruit. Ce qu'il en restait évoquait ces lambeaux de billets qui décorent parfois les stylos à bille transparents.

– En fait, avait dit Rammaden de sa voix sèche et sifflante, ces deux malfrats n'ont pas défoncé le coffre. On ne défonce pas un coffre si l'on ne peut récupérer son contenu en bon état, vous me suivez ? Ils avaient mis trop de soupe. Ils ont bousillé le fric. C'étaient des cons et ils se sont fait avoir.

Rainbird avait compris.

Plus d'une soixantaine de diplômés de l'enseignement supérieur s'acharnaient sur la fillette, mais on en revenait toujours aux coffres-forts. Ils avaient tenté de percer la combinaison de Charlie avec leurs drogues. Ils disposaient d'assez de psy pour monter une équipe de football, ils faisaient de leur mieux pour venir à bout du « complexe incendiaire de base », et tout ce que cette bande de pommes avait en tête, c'était de tenter une effraction par l'arrière.

Rainbird pénétra dans la petite baraque en préfabriqué, prit sa carte dans le fichier et pointa. T. B. Norton, le surveillant, leva les yeux de son livre de poche.

– Tu seras pas payé en heures supplémentaires parce que tu pointes plus tôt, l'Indien.

– Ah non ?

– Non.

Norton le défiait du regard, plein de cette assurance insolente, presque sacrée, qu'on trouve souvent chez les chéfaillons.

Rainbird baissa les yeux et se dirigea vers le panneau d'affichage. L'équipe de bowling du personnel de service avait gagné la veille. Quelqu'un voulait vendre « 2 machines à laver usagées en bon état ». Une note officielle précisait que TOUS LES EMPLOYÉS DES ÉCHELONS 1 À 6 DEVAIENT SE LAVER LES MAINS AVANT DE QUITTER LES LIEUX.

– Ça sent la pluie, dit Rainbird à Norton par-dessus son épaule.

– Des queues, l'Indien ! Casse-toi, tu pues.

– Okay, chef. Je pointe, c'est tout.

– La prochaine fois, tu pointeras à l'heure, vu ?

– D'accord, chef.

En sortant, Rainbird jeta un coup d'œil de côté sur le cou de Norton, sur ce petit coin de peau bien lisse juste au-dessous de la mâchoire. *Tu aurais le temps de crier, chef ? Tu aurais le temps de crier si je t'enfonçais simplement mon index dans la gorge à cet endroit ? Exactement comme une brochette dans un bout de viande... chef.*

Il se retrouva dans la chaleur lourde. Les nuées orageuses étaient maintenant tout près, dérivant lentement, chargées de pluie. Ça allait être sérieux. Le tonnerre gronda, encore lointain.

Le bâtiment n'était plus éloigné. Rainbird en ferait le tour jusqu'à l'entrée latérale, l'entrée de ce qui avait jadis été l'office. Il prendrait l'ascenseur C pour descendre quatre étages. Aujourd'hui, il était censé laver et encaustiquer le sol chez la gamine; une bonne occasion. Ce n'était pas qu'elle ne voulait pas causer avec lui, pas du tout. Simplement, elle se montrait distante. Il tentait d'effeuiller le coffre, à sa façon, et s'il parvenait à la faire *rire*, rien qu'une fois, à ironiser sur la Boîte avec elle, ce serait comme s'il arrivait à soulever un coin du coffre, le coin vital. Cela lui permettrait d'enfoncer son ciseau. La faire rire une fois. Cela ferait d'eux des complices, des conjurés en session secrète. Tous les deux contre la Boîte.

Mais jusqu'à présent, il n'avait pu tirer d'elle un seul sourire. Et pour cela, Rainbird l'admirait plus qu'il n'aurait su l'exprimer.

2

L'Indien glissa sa carte d'identité dans la fente *ad hoc* puis descendit à la salle du personnel de service pour prendre une tasse de café avant de commencer. Il n'avait nulle envie de café mais il était encore bien tôt. Il ne pouvait se permettre de laisser transparaître son impatience. C'était déjà assez que Norton l'eût remarquée et commentée. Il se servit un coup de boue à la cafetière. Au moins, les autres crétins n'étaient pas encore arrivés. Il s'assit sur le vieux canapé gris élimé et but son café. Son visage ravagé (pour lequel Charlie n'avait manifesté qu'un intérêt éphémère) demeurait calme et impassible. Il se mit à penser, analysant la situation telle qu'elle se présentait.

L'équipe qui s'occupait de l'affaire ressemblait fort aux casseurs débutants du supermarché. Ils manipulaient encore la gamine avec des gants mais pas par égard pour elle. Tôt ou tard, ils en arriveraient à la conclusion que cette méthode ne les menait à rien et, une fois épuisées les solutions « douces », ils décideraient de faire sauter le coffre. Et alors, Rainbird était presque certain qu'ils « bousilleraient le fric », comme l'avait dit élégamment Rammaden.

Déjà, il avait pu lire l'expression « traitements de choc légers » dans les rapports de deux médecins – dont l'un, Pynchot, avait l'oreille de Hockstetter. Il était tombé sur un mémo urgent rédigé dans un jargon si ridicule qu'on aurait quasiment cru une autre langue. Cela signifiait, en clair, qu'on préparait quelque chose de plus énergique : si la gosse voyait son père souffrir suffisamment, elle céderait. Rainbird pensait, lui, que si la gosse voyait son père branché à une gégène et en train de danser la polka, les cheveux dressés sur sa tête, elle retournerait calmement dans sa chambre, casserait un verre et en boufferait les morceaux.

Mais ça, on ne pouvait le leur dire. La Boîte, comme le FBI et la CIA, traînait derrière elle une longue histoire de bousillage de fric. Si vous n'arrivez pas à obtenir ce que vous voulez avec l'aide étrangère, allez-y avec quelques Thompson, de la gélignite, et butez le gêneur. Mettez du gaz de cyanure dans les cigares de Castro. C'était stupide, mais on ne pouvait pas le leur dire. Tout ce qu'ils voyaient, c'était le mot RÉSULTATS, en belles lettres lumineuses et scintillantes, comme un mythique *jackpot* à Las Vegas. Ainsi, ils bousillaient le fric, se retrouvaient avec un tas de débris verts, inutilisables, qui leur glissaient entre les doigts, et ils se demandaient ensuite ce qui s'était passé.

D'autres employés commençaient à arriver, plaisantant, se donnant des bourrades, parlant de leurs succès au bowling la veille au soir, parlant femmes, parlant voitures, parlant bitures. Toujours les éternelles histoires qui se poursuivraient jusqu'à la fin des temps, alléluia, amen. Ils se tenaient à l'écart de Rainbird. Ils n'aimaient pas l'Indien. Il ne jouait pas au bowling, ne parlait pas de sa voiture et avait tout l'air de sortir d'un *Frankenstein*. Il les rendait nerveux. Si l'un d'entre eux avait donné une bourrade à Rainbird, celui-ci l'aurait soulevé de terre.

Il sortit de sa poche un paquet de tabac Red Man, du

papier Zig-Zag et se roula rapidement une cigarette. Assis, il la fuma en attendant l'heure de descendre à l'appartement de la fillette.

Tout bien considéré, il se sentait mieux et plus vivant que cela ne lui était arrivé depuis des années. Il en prit conscience et en fut reconnaissant à la fillette. Elle ne saurait jamais qu'elle l'avait en quelque sorte fait revivre pour un temps – il était redevenu un homme qui ressent les choses profondément et y aspire de toutes ses forces; un homme vivant. C'était bien que la gosse fût dure. Il finirait par l'avoir (des effractions difficiles, des effractions faciles mais pas d'effractions impossibles); il la ferait danser pour eux, quel qu'en fût le résultat; une fois la danse finie, il la tuerait, la regarderait dans les yeux, tenterait de saisir l'étincelle de compréhension, le message, tandis qu'elle passerait dans on ne sait trop quoi.

Pendant ce temps, il vivrait.

Il écrasa sa cigarette et se leva, prêt à se rendre à son travail.

3

Les nuages d'orage s'amoncelaient. Vers trois heures, le ciel au-dessus du complexe de Longmont était bas et noir. Le tonnerre grondait, de plus en plus fort, prenant de l'assurance, persuadant les gens, au-dessous, que ce n'était plus un jeu. Les jardiniers abandonnèrent leurs tondeuses à gazon. On rentra les tables des patios des deux maisons. Aux écuries, deux palefreniers tentaient de calmer les chevaux nerveux qui bronchaient d'inquiétude à chaque grondement sourd du ciel.

L'orage arriva vers trois heures et demie; avec autant de soudaineté qu'apparaît l'arme d'un pistolero, et avec la même fureur. Il commença en pluie puis tourna vite à la grêle. Le vent souffla d'abord d'ouest en est puis prit brutalement la direction opposée. Les éclairs éclatèrent en grandes zébrures blanc bleuâtre qui laissaient dans l'air comme une légère odeur d'essence. Les vents se mirent à tourbillonner dans le sens contraire des aiguilles d'une montre, et l'on vit au bulletin météo du soir l'image d'une petite tornade qui venait de frôler Longmont et avait arraché, sur son chemin, le toit d'un magasin de développement photo instantané.

La Boîte, dans l'ensemble, essuya très bien l'orage : deux fenêtres brisées par la grêle, la clôture d'un bizarre petit belvédère situé tout à fait au bout de l'étang arrachée et projetée à une soixantaine de mètres, mais rien de plus (hormis des branches cassées et quelques massifs de fleurs saccagés – du travail en perspective pour les jardiniers). Au plus fort de l'orage, les chiens de garde se mirent à courir comme des fous entre les clôtures intérieure et extérieure, mais ils se calmèrent rapidement lorsque la tempête diminua d'intensité.

Les dégâts furent causés par l'orage qui suivit la grêle, la pluie et le vent. La foudre, tombant sur les transformateurs de Rowantree et de Briska, priva de courant jusqu'à minuit plusieurs zones de Virginie orientale. Le secteur desservi par Briska comprenait le quartier général de la Boîte.

Dans son bureau, Cap Hollister leva les yeux avec ennui lorsque les lumières s'éteignirent et que le bourdonnement du conditionneur d'air cessa. Il se retrouva, pendant cinq secondes peut-être, plongé dans la demi-obscurité due à la panne de courant et à l'orage, assez longtemps pour qu'il eût le temps de murmurer dans sa barbe « Nom de Dieu ! » et de se demander ce qui avait bien pu arriver au système de secours.

Il jeta un coup d'œil par la fenêtre. Les éclairs zébraient le ciel de façon presque continue. Ce soir-là, l'un des gardiens put dire à sa femme qu'il avait vu une boule de feu deux fois grosse comme un plat de service sauter de la clôture extérieure à la clôture intérieure, celle dont le courant était le plus fort, et revenir en sens inverse.

Cap tendit la main vers le téléphone pour tenter de comprendre ce qui était arrivé à l'installation électrique – et la lumière revint. Le conditionneur d'air se remit à ronronner et, au lieu de saisir le combiné, Cap prit son crayon.

Puis les lumières s'éteignirent de nouveau.

– Merde ! fit Cap.

Il reposa violemment le crayon et décrocha le téléphone, offrant à la lumière une chance de revenir avant d'engueuler quelqu'un. La lumière ne revint pas.

Les deux gracieuses maisons qui se faisaient face de chaque côté des pelouses – ainsi que tout le complexe souterrain de la Boîte – étaient desservies par la Compagnie d'électricité de Virginie orientale, mais il existait deux systèmes de secours actionnés par des groupes électrogènes Diesel. L'un alimentait les « fonctions vitales » – la clôture électrique, les terminaux d'ordinateurs (une panne de courant peut coûter une somme incroyable en termes de temps d'ordinateur), et la petite infirmerie. L'autre assurait les fonctions mineures du complexe : lumière, air conditionné, ascenseurs, etc. Le système secondaire était conçu pour intervenir au cas où le système primaire donnerait des signes de surcharge – mais le système primaire ne venait pas à la rescousse de son compère si celui-ci en avait besoin. Ce 19 août, les deux systèmes furent surchargés. Le secondaire s'enclencha quand le primaire approcha du seuil critique tout comme l'avaient prévu ceux qui avaient conçu l'installation (encore qu'ils n'eussent en fait jamais envisagé que le système primaire pût montrer le premier des signes de défaillance); en conséquence, le système primaire fonctionna soixante-dix secondes de plus que le système secondaire. Puis les groupes électrogènes des deux systèmes éclatèrent l'un après l'autre, comme des pétards. Sauf que ces pétards avaient coûté quatre-vingt mille dollars pièce.

Plus tard, une enquête de routine devait rendre le verdict amusant et bénin de « défaillance technique », bien qu'on eût pu lui coller l'étiquette plus exacte de « cupidité et vénalité ». Lorsque, en 1971, on avait installé les groupes électrogènes de secours, un sénateur au courant des devis à peu près acceptables qui avaient répondu à l'appel d'offres lancé pour cette petite opération (une parmi beaucoup d'autres concernant la Boîte, d'un montant total de seize millions de dollars) passa le tuyau à son beau-frère, ingénieur expert en installations électriques. Celui-ci en conclut qu'il pourrait parfaitement faire une offre inférieure à la plus basse en rognant des bricoles par-ci, par-là.

Ce n'était là qu'une faveur, dans un domaine qui vit de faveurs et de renseignements confidentiels. Elle ne fut remarquable que dans la mesure où elle constitua le premier maillon d'une chaîne qui allait conduire à la destruction finale et à l'hécatombe. Depuis son installation, on n'avait utilisé qu'épisodiquement le système de secours. Lors de son premier test important, à l'occasion de l'orage qui mit hors d'usage la sous-station de Briska, il faillit lamentablement. Entre-temps, bien entendu, l'ingénieur électricien avait fait son chemin; il participait à la construction d'une station estivale de plusieurs millions de dollars à Coki Beach, sur l'île de Saint Thomas.

La Boîte ne recouvra son courant qu'une fois réparée la sous-station de Briska... c'est-à-dire en même temps que l'ensemble de la Virginie orientale – aux environs de minuit.

Dans l'intervalle, de nouveaux liens s'étaient tissés. Orage et panne eurent pour Andy et Charlie McGee des conséquences stupéfiantes, encore qu'aucun des deux ne sût ce qui était arrivé à l'autre. Après cinq mois de point mort, les choses redémarraient.

4

Lorsque le courant fut coupé, Andy McGee était en train de regarder le *Club LAS* à la télé. LAS signifiait « Louange au Seigneur ». Sur l'une des chaînes de la Virginie, on aurait dit que le *Club LAS* passait constamment, vingt-quatre heures sur vingt-quatre. Ce n'était probablement pas le cas mais la notion du temps, chez Andy, était à ce point bouleversée qu'il lui était difficile de se faire une idée.

Il avait pris du poids. Parfois – le plus souvent quand il était à jeun –, il contemplait son visage dans la glace et pensait à Elvis Presley et à la manière dont l'homme avait paru tout gonflé sur la fin de sa vie. A d'autres moments, il pensait à ces matous qui deviennent gras et paresseux une fois « coupés ».

Il n'était pas encore gras, mais ça venait. A Hastings Glen, il s'était pesé sur la balance de la salle de bains du motel Slumberland et avait accusé soixante-dix-huit kilos. En ce moment, il tournait autour de quatre-vingt-six, les joues plus pleines, une amorce de double menton et ce que son vieux prof de gym appelait (avec un grand mépris) « des nichons de bonne femme ». Et plus qu'un début de brioche. Pas beaucoup d'exercice – ni d'envie d'en prendre, sous l'effet de la Thorazine – et la cuisine était excellente.

Il ne se souciait guère de son poids quand il était défoncé, c'est-à-dire la plupart du temps. Lorsqu'ils s'apprêtaient à poursuivre leurs expériences infructueuses, ils le laissaient en manque pendant dix-huit heures; un médecin venait tester ses réactions physiques, on prenait un électro-encéphalogramme afin de s'assurer que ses ondes cérébrales étaient bien nettes et bien pointues, puis on l'emmenait dans une cabine de tests, une petite pièce blanche aux panneaux de liège.

Ils avaient commencé en avril avec des cobayes humains volontaires. On lui dit quoi faire en lui précisant que s'il se livrait à des facéties – comme aveugler quelqu'un, par exemple – il aurait à en subir les conséquences. Cette menace signifiait qu'il ne serait pas le seul à payer. Elle laissa froid Andy car il ne croyait pas qu'ils feraient du mal à Charlie. C'était leur meilleure élève alors que lui n'était qu'un acteur de série B.

L'homme qui s'occupait des tests était le Dr Herman Pynchot. Frisant la quarantaine, il ne présentait rien de particulier sauf qu'il souriait trop. Parfois, tous ces sourires rendaient Andy nerveux. A l'occasion, un docteur plus âgé, appelé Hockstetter, s'en mêlait, mais la plupart du temps c'était Pynchot.

Avant de passer au premier test, Pynchot lui dit qu'on avait installé une petite table dans la pièce. Sur la table, une bouteille de jus de raisin marquée ENCRE, un stylo sur son socle, un bloc-notes, une carafe d'eau et deux verres. Il lui expliqua ensuite que le cobaye ignorerait que la bouteille contiendrait autre chose que de l'encre. Puis il déclara à Andy qu'ils lui seraient reconnaissants de bien vouloir pousser le cobaye humain à se servir un verre d'eau puis à y ajouter une bonne rasade d' « encre », et à avaler le tout.

– C'est clair, dit Andy.

Lui-même n'avait pas les idées très claires. Sa Thorazine lui manquait et, partant, le calme qu'elle lui apportait.

– Très clair, dit Pynchot. Vous allez le faire ?

– Pourquoi le ferais-je ?

– On vous donnera quelque chose en récompense. Quelque chose d'agréable.

– Soyez un bon rat et vous aurez du fromage, c'est ça ?

Pynchot haussa les épaules et sourit. Il portait une blouse d'une propreté à faire hurler; on l'aurait dite taillée sur mesure chez Brooks Brothers.

– D'accord, reprit Andy. C'est bon. Quelle sera ma récompense pour avoir fait boire de l'encre à ce pauvre type ?

– Eh bien, pour commencer on vous donnera vos pilules.

Soudain, Andy eut du mal à déglutir et il se demanda si la Thorazine provoquait une accoutumance, une toxicomanie et, dans l'affirmative, si cette accoutumance était psychologique ou physiologique.

– Dites-moi, Pynchot, demanda-t-il, quel effet ça fait de connaître ainsi les gens ? Ça figure dans le serment d'Hippocrate ?

Pynchot haussa les épaules et sourit.

– On vous laissera également sortir un moment, dit-il. Je crois savoir que vous l'avez demandé ?

Effectivement. Son logis était agréable – si agréable qu'on oubliait parfois qu'il n'était rien d'autre qu'une cellule capitonnée. Trois pièces avec salle de bains, télé couleur disposant du programme par câble qui permettait de voir trois films récents par semaine. L'un des trolls – peut-être Pynchot – avait dû faire observer qu'il était inutile de le maintenir sanglé et de ne lui donner que des Crayolor pour écrire et des petites cuillères en plastique pour manger. S'il voulait se suicider, on ne pouvait absolument pas l'en empêcher. S'il « poussait » assez fort et assez longtemps, il se ferait tout simplement éclater le cerveau comme un vieux pneu.

Aussi l'endroit était-il pourvu de tout le confort, jusqu'à un four à micro-ondes dans la petite cuisine. Entièrement décoré par un professionnel, avec moquette épaisse dans la salle de séjour et d'excellentes reproductions au mur. Mais, quoi qu'on y fasse, une merde de chien ne sera jamais un gâteau de mariage; ça reste une merde de chien, même avec un glaçage, et aucune des portes de ce délicieux petit appartement ne possédait de poignée intérieure. On voyait, çà et là, de petits judas optiques – du genre de ceux qui équipent les portes des chambres d'hôtel. Il y en avait même un dans la salle de bains et Andy avait calculé qu'ils s'étaient arrangés pour qu'aucun endroit de l'appartement n'échappât à leur surveillance. Sans doute une télé en circuit fermé, et également des détecteurs infrarouges, de sorte qu'on ne pouvait même pas se masturber en privé.

Sans être claustrophobe, il n'aimait pas se sentir enfermé pendant de longues périodes. Cela le rendait nerveux, même avec les drogues, une sorte de nervosité molle, qui se manifestait habituellement par de longs soupirs et des périodes d'apathie. Effectivement, il avait demandé à sortir. Il voulait revoir le soleil et l'herbe verte.

– Oui, répondit-il doucement à Pynchot. J'ai exprimé le désir de sortir.

Mais il n'obtint pas satisfaction.

Le cobaye – il s'appelait Dick Albright – avait paru nerveux, au début, s'attendant sans doute qu'Andy lui ferait faire les pieds au mur, l'obligerait à caqueter comme un poulet ou quelque chose d'aussi ridicule. C'était un fana de football et Andy obtint de lui qu'il lui raconte la saison écoulée – comment s'étaient déroulées les éliminatoires et qui avait gagné la coupe.

Albright s'enflamma. Il passa les vingt minutes qui suivirent à lui brosser un tableau de toute la saison, perdant peu à peu sa nervosité. Il en était à l'arbitrage désastreux qui avait permis aux Verts de battre les Rouges en championnat quand Andy lui proposa :

– Buvez donc un verre d'eau. Vous devez avoir soif.

Albright lui jeta un coup d'œil rapide.

– Ouais, j'ai soif, en effet. Dites, est-ce que je parle trop ? Vous pensez que ça fausse les tests ?

– Non, je ne crois pas.

Andy regarda Dick Albright se verser un verre d'eau de la carafe.

– Vous en voulez ? demanda Albright.

– Non, merci, répondit Andy qui, soudain, donna une forte « poussée » et ajouta : Et si vous y mettiez de l'encre ?

Albright le regarda, saisit la bouteille d' « encre », la regarda, la reposa et dit :

– Ajouter de l'*encre ?* Vous êtes dingue.

Le sourire de Pynchot était le même après le test qu'avant mais il n'était pas content. Pas content du tout. Et Andy non plus. Lorsqu'il avait poussé pour influencer Albright, il n'avait pas ressenti cette sensation de glissade. Ni de migraine. Il avait concentré toute sa volonté pour persuader Albright qu'il était tout à fait naturel de mettre de l'encre dans son eau et Albright avait répondu, tout à fait naturellement, qu'Andy était cinglé. Malgré toute la souffrance que celui-ci lui avait causée, il s'était senti quelque peu paniqué à l'idée que son talent pouvait l'avoir abandonné.

– Pourquoi voulez-vous garder ça pour vous ? demanda Pynchot. (Il alluma une Chesterfield et lui dit en souriant :) Je ne vous comprends pas, Andy. A quoi cela vous sert-il ?

– Pour la dixième fois, avait répondu Andy, je ne me retenais pas. Je ne jouais pas la comédie. J'ai poussé aussi fort que j'ai pu et il ne s'est rien passé, c'est tout.

Il voulait sa pilule. Il se sentait déprimé et nerveux. Toutes les couleurs paraissaient trop brillantes, les lumières trop vives, les voix trop fortes. Ça allait mieux avec les pilules. Avec les pilules, ses inutiles protestations de bonne foi, le fait qu'il s'ennuyait de Charlie et le souci qu'il se faisait pour elle – tout cela s'estompait et devenait supportable.

– Je crains de ne pas vous croire, répliqua Pynchot en souriant. Réfléchissez-y, Andy. On ne vous demande pas de faire sauter quelqu'un du haut d'une falaise ni de l'obliger à se tirer une balle dans la tête. Je crois que vous n'avez pas manifesté une volonté aussi forte que vous le prétendez.

Il se leva, comme pour prendre congé.

– Ecoutez, dit Andy sans parvenir totalement à dissimuler le désespoir de sa voix. Il me faudrait une de ces pilules.

– Vraiment ? fit Pynchot. Eh bien, vous serez peut-être content d'apprendre que je réduis les doses... simplement pour le cas où la Thorazine aurait un effet nocif sur votre talent. (Il grimaça un nouveau sourire et ajouta :) Bien sûr, si votre talent revenait subitement...

– Il y a une ou deux choses qu'il faut que vous sachiez, répondit Andy. D'abord, le type était nerveux, il s'attendait à quelque chose. Ensuite, il n'était pas très futé. C'est beaucoup plus difficile de « pousser » des personnes âgées ou des personnes avec un QI inférieur à la normale. Ça marche mieux avec des gens intelligents.

– Vraiment ?

– Exactement.

– Eh bien, pourquoi ne me poussez-vous pas à vous donner une pilule tout de suite ? Mon QI se situe à 155.

Andy avait essayé. Sans succès.

En fin de compte, il avait obtenu sa promenade à l'extérieur, et ils avaient aussi augmenté sa dose de médicament – une fois convaincus qu'il ne faisait pas semblant, qu'il essayait effectivement et désespérément de se servir de la « poussée », sans aucun succès. Tout à fait indépendamment l'un de l'autre, Andy et le Dr Pynchot commencèrent à se demander s'il ne s'était pas vidé définitivement au cours de la fuite qui les avait conduits, Charlie et lui, de New York à l'aéroport du comté d'Albany et à Hastings Glen, s'il n'avait pas épuisé son talent, tout simplement. Et l'un et l'autre se demandaient aussi s'il ne s'agissait pas d'une sorte de blocage psychologique. Andy lui-même en arriva à croire soit que son talent avait vraiment disparu, soit qu'il s'agissait d'un pur mécanisme de défense, son esprit refusant de faire usage de son talent parce qu'il savait que cela pourrait le tuer. Il n'avait pas oublié ces zones insensibles sur ses joues et son cou, ni ses yeux injectés de sang.

De toute façon, cela revenait au même – un fiasco total. Pynchot, ses rêves de gloire évanouis – être le premier homme à pouvoir fournir des données vérifiables, expérimentales, de domination psychique –, se montrait de moins en moins souvent.

On avait poursuivi les tests pendant tout le mois de mai et le mois de juin – d'abord, surtout avec des volontaires, puis avec des sujets qui ne se doutaient de rien. Le fait d'utiliser ces derniers n'était pas précisément moral, comme Pynchot l'admit d'emblée mais les premiers tests avec le LSD ne l'avaient pas été non plus. Andy s'étonna qu'en mettant en équation ces deux erreurs Pynchot semblât en sortir une vérité, à savoir que tout était pour le mieux. Mais cela n'avait aucune importance, car il ne réussit ni avec les uns ni avec les autres.

Un mois plus tôt, juste avant la fête nationale, ils avaient commencé des tests sur des animaux. Andy protesta, faisant observer que pousser un animal était encore plus impossible que de pousser un humain stupide, mais ses protestations demeurèrent sans effet sur Pynchot et son équipe qui n'étaient motivés, à cet égard, que par des recherches scientifiques. C'est ainsi qu'une fois par semaine Andy se retrouva assis dans une pièce avec un chien, un chat ou un singe, se faisant l'effet d'un personnage de roman absurde. Il se souvint du chauffeur de taxi qui avait regardé le billet d'un dollar et l'avait pris pour un billet de cinq cents. Il se souvint des cadres timides qu'il avait poussés gentiment à plus de confiance en eux et à davantage d'assurance. Avant cela, à Port City, en Pennsylvanie, il y avait eu le Régime miracle, les séances auxquelles assistaient en majorité des femmes au foyer ayant un penchant pour les gâteaux, le Pepsi-Cola et n'importe quoi entre deux tranches de pain. Des choses qui comblaient partiellement le vide de leur vie. Il avait suffi de pousser un peu car la plupart éprouvaient le désir sincère de perdre du poids. Il les avait aidées. Il pensa aussi à ce qui était arrivé aux deux gros bras de la Boîte qui avaient enlevé Charlie.

Il *avait* pu le faire, mais c'était fini. Il lui était même difficile de se souvenir de ce qu'il ressentait. Aussi se retrouva-t-il assis dans la pièce avec des chiens qui lui léchaient les mains, des chats qui ronronnaient et des singes qui se grattaient le cul d'un air maussade et montraient parfois leurs dents dans des sourires d'apocalypse qui ressemblaient, d'une manière obscène, aux sourires de Pynchot. Et, bien entendu, aucun des animaux ne fit quoi que ce fût d'insolite. Ensuite, on le ramenait dans son appartement sans poignées de porte et il trouvait une pilule bleue dans une soucoupe blanche posée sur le comptoir de la cuisine et, quelque temps après, il cessait de se sentir nerveux et déprimé. Il recommençait à se sentir plutôt bien. Et il regardait l'un des films de la télévision par câble – un truc avec Clint Eastwood, de préférence – ou peut-être le *Club LAS*. Peu lui importait d'avoir perdu son talent et d'être devenu un inutile.

5

L'après-midi du gros orage, il était assis à regarder le *Club LAS*. Une femme au chignon haut comme une ruche expliquait au présentateur comment la puissance divine l'avait sauvée de la maladie de Bright. Andy en fut fasciné. Ses cheveux brillaient sous les feux du studio comme un pied de table verni. Elle débarquait de 1963. C'était pour lui l'un des attraits irrésistibles du *Club LAS*, tout comme les appels éhontés à verser de l'argent au nom de Dieu. Andy écoutait ces appels lancés par de jeunes hommes au visage dur, aux costumes coûteux, et il songeait, stupéfait, à la façon dont le Christ avait chassé les marchands du Temple. Et *tous* les gens du *LAS* semblaient débarquer de 1963.

La femme termina son histoire sur la manière dont Dieu l'avait sauvée de ces tremblements qui allaient la mettre en pièces. Un peu plus tôt, au cours du programme, un acteur qui avait eu son heure de gloire au début des années cinquante avait raconté comment Dieu l'avait sauvé de la bouteille. Maintenant, la femme à la coiffure en ruche d'abeille se mettait à pleurer et le célèbre acteur de jadis la prenait dans ses bras. La caméra avança pour un gros plan. A l'arrière-plan, les chœurs du *LAS* se mirent à fredonner. Andy s'agita un peu sur son siège. C'était presque l'heure de sa pilule.

Il remarqua vaguement que la médication n'était que partiellement responsable des curieux changements qu'il avait subis au cours des cinq mois écoulés, changements dont son léger gain de poids n'était qu'un signe extérieur. Lorsque la Boîte lui avait enlevé Charlie, elle avait ôté à sa vie le seul support solide qui lui restait. Charlie partie – oh ! elle se trouvait probablement quelque part dans les environs, mais elle aurait aussi bien pu être sur la lune –, il semblait qu'il n'eût plus aucune raison de ne pas se laisser aller.

Pour couronner le tout, cette fuite incessante avait provoqué une sorte de commotion nerveuse. Il avait dansé sur la corde si longtemps que, lorsqu'il était finalement tombé, cela s'était traduit par une léthargie complète. En fait, il pensait avoir fait une très discrète dépression nerveuse. Si *jamais*, il voyait Charlie, il n'était même pas sûr qu'elle le retrouvât tel qu'elle l'avait connu, et cela l'attristait.

Il n'avait jamais fait le moindre effort pour décevoir Pynchot ou tricher avec les tests. Non qu'il pensât vraiment que cela se répercuterait sur Charlie mais il ne voulait pas prendre le moindre risque à cet égard. Et il était plus facile de faire ce qu'ils voulaient. Il était devenu passif. Son ultime fureur, il l'avait hurlée sur le seuil de chez Granther tandis qu'il berçait sa fille, la fléchette plantée dans son cou. Plus aucune fureur en lui. Il avait craché son venin. Tel était l'état psychique d'Andy McGee tandis qu'il regardait la télé en ce 19 août, alors que l'orage, dehors, passait les collines. Le présentateur de *LAS* lança un appel à la générosité des téléspectateurs puis présenta un trio de *gospel*. Le trio se mit à chanter et, soudain, les lumières s'éteignirent.

La télé s'éteignit également, l'image se réduisant à un point lumineux. Andy, assis dans son fauteuil, immobile, ne savait pas exactement ce qui s'était passé. A peine son esprit eut-il le temps de remarquer combien l'obscurité était totale, effrayante, que la lumière revint. Le trio reparut, chantant : « J'ai eu le Paradis au téléphone et Jésus était en ligne. » Andy fit entendre un soupir de soulagement et, de nouveau, les lumières s'éteignirent.

Il demeura assis là, les mains serrées sur le fauteuil, et il aurait craqué s'il ne s'était ressaisi. Désespérément, il continuait à fixer le point lumineux de la télé, même après qu'il se fut rendu compte que l'image avait disparu et qu'il ne contemplait qu'un phénomène de persistance rétinienne... ou un espoir.

Cela va revenir dans une ou deux secondes, se dit-il. *Forcément un groupe électrogène quelque part. Un coin comme celui-ci ne peut compter sur le courant domestique.*

Malgré tout, il avait peur. Soudain lui revinrent en mémoire les histoires d'aventures de son enfance. Dans nombre de ces récits, on trouvait un accident dans une grotte, sans lampes ni bougies. Et il semblait que l'auteur s'étendît toujours sur la description de l'obscurité, qualifiée de « palpable », « absolue », « totale ». On retrouvait même ce vieux cliché d' « obscurité vivante », par exemple : « L'obscurité vivante engloutit Tom et ses amis ». Si l'on voulait impressionner ainsi le jeune Andy McGee, alors âgé de neuf ans, ce fut un échec. En ce qui le concernait, s'il avait envie de se trouver « englouti par l'obscurité vivante », il lui suffisait de s'enfermer dans son placard et de placer une couverture au bas de la porte. L'obscurité, après tout, ce n'était que l'obscurité.

Il comprenait maintenant qu'il s'était trompé; ce n'était pas là la seule erreur du temps de son enfance, mais peut-être la plus récemment découverte. En fait, l'obscurité *n'était pas* obscure. Jamais il ne s'était trouvé dans une telle obscurité de toute sa vie. N'était la sensation du fauteuil sous ses fesses et sous ses mains, il aurait tout aussi bien pu flotter en quelque golfe lovecraftien des ténèbres interstellaires. Il leva une main et l'agita devant ses yeux. Et, bien qu'il pût sentir la paume effleurer son nez, il ne la voyait pas.

Il retira la main de son visage et agrippa de nouveau l'accoudoir du fauteuil. Dans sa poitrine, son cœur battait à tout rompre. Dehors, quelqu'un cria d'une voix rauque : « Où que tu es, Richie, putain ? » et Andy se blottit craintivement dans son fauteuil comme si on l'avait menacé. Il se passa la langue sur les lèvres.

Ça va revenir dans une ou deux secondes maintenant, pensa-t-il, mais une partie terrorisée de son esprit qui refusait d'être rassurée par de simples rationalités demanda : *Ça fait combien une seconde ou deux, ou une minute ou deux, dans l'obscurité absolue ? Comment évalue-t-on le temps dans l'obscurité absolue ?*

Dehors, au delà de son « appartement », quelque chose s'écroula et quelqu'un poussa un cri de douleur et de surprise. De nouveau, Andy eut un mouvement de recul et émit un gémissement tremblant. Il n'aimait pas cela. Ce n'était pas bon.

Bon, s'il leur faut plus de quelques minutes pour réparer – remettre en place les disjoncteurs ou Dieu sait quoi –, ils vont venir me faire sortir. Il le faut.

Même la partie terrorisée de son esprit – la partie qui se trouvait à deux doigts de bégayer de peur – reconnut la logique du raisonnement et il se détendit un peu. Après tout, ça n'était jamais que l'obscurité; un point, c'est tout – l'absence de lumière, rien d'autre. Ce n'était pas comme s'il y avait des *monstres* dans le noir, ou quelque chose comme ça.

Il avait très soif. Il se demanda s'il oserait se lever et aller prendre une boîte de limonade dans le réfrigérateur. Il en conclut qu'il y parviendrait en faisant attention. Il se leva, avança de deux pas sans décoller les pieds du sol et s'écorcha aussitôt le tibia sur un coin de la table basse. Il se baissa et se frotta la jambe, les yeux embués par la douleur.

Là encore, il se retrouvait dans son enfance. Il avait joué à l'aveugle, comme tous les gosses, pensait-il. Il fallait essayer d'aller d'un bout à l'autre de la maison, un bandeau de fortune sur les yeux. Et tout le monde trouvait cela follement drôle quand on tombait sur un coussin ou qu'on trébuchait sur la contremarche séparant la cuisine de la salle à manger. Le jeu vous donnait une douloureuse leçon et vous faisait comprendre combien vous vous souveniez mal de la disposition censément familière de votre propre maison et combien on compte davantage sur ses yeux que sur sa mémoire. Avec ce jeu, on se demandait comment on pourrait vivre si l'on était aveugle.

Mais je vais m'en tirer, pensa Andy. *Je vais parfaitement m'en tirer en allant doucement et en faisant attention.*

Il contourna la table basse et commença à se frayer un chemin à pas glissants dans le vide de la salle de séjour, les mains tendues devant lui. Curieux comme le vide pouvait paraître menaçant dans le noir. *La lumière va probablement revenir maintenant et je vais bien rigoler de moi. Je vais bien ri...*

– Aïe !

Ses doigts tendus heurtèrent le mur et battirent douloureusement en retraite. Quelque chose tomba – *la gravure représentant la grange et les foins dans le style de Wyeth, suspendue près de la porte de la cuisine*, pensa-t-il. Ça passa en sifflant tout près de lui, menaçant comme la lame d'un glaive, et tomba avec fracas sur le sol. Un bruit terriblement sourd.

Il demeura immobile, tenant ses doigts meurtris, ressentant l'élancement de son tibia écorché. La peur lui desséchait la bouche.

– Hé ! hurla-t-il. Hé, ne m'oubliez-pas, vous autres !

Il attendit, l'oreille tendue. Pas de réponse. Toujours des bruits et des voix, mais plus lointains à présent. S'ils s'éloignaient encore, ce serait le silence total.

Ils m'ont complètement oublié, pensa-t-il, et sa crainte augmenta.

Son cœur battait à toute allure. Il sentait une sueur froide sur ses bras, sur son front, et il se souvint du jour, à Tashmore Pond, où il s'était trop éloigné, perdant pied, s'était fatigué et avait commencé à se débattre et à hurler, certain qu'il allait mourir... mais en baissant les pieds il avait touché le fond. L'eau ne lui arrivait qu'à la poitrine. Où était le fond, maintenant ? Il passa la langue sur ses lèvres sèches, une langue sèche, elle aussi.

– Hé ! hurla-t-il de toutes ses forces.

Et la peur qui marquait sa voix le terrorisa davantage encore. Il fallait qu'il se reprenne. Il se trouvait désormais à deux doigts de la panique complète, tournant en rond comme un imbécile, hurlant de toutes ses forces. Tout cela parce que quelqu'un avait fait sauter un fusible.

Oh, nom de Dieu, pourquoi a-t-il fallu que ça arrive juste au moment de ma pilule ? Si j'avais ma pilule, je me sentirais bien, maintenant. Jésus ! on dirait que j'ai la tête pleine de verre pilé !

Il demeurait là, respirant lourdement. Il avait tenté d'atteindre la porte de la cuisine, s'était égaré et avait heurté le mur. Complètement perdu à présent, il ne se souvenait même plus si cette stupide gravure se trouvait à droite ou à gauche de la porte. Il souhaita, misérablement, ne pas avoir quitté son fauteuil.

– Reprends-toi ! marmotta-t-il à haute voix. Reprends-toi !

Il admit que ce n'était pas simplement *la panique*. C'était la pilule, en retard maintenant, la pilule dont il était arrivé à dépendre. Ce n'était pas juste que cela se produisît à l'heure de sa pilule.

– Reprends-toi ! marmotta-t-il de nouveau.

La limonade. Il s'était levé pour aller chercher de la limonade et, bon Dieu, il allait la trouver ! Il lui fallait se concentrer sur quelque chose. C'est tout. Et la limonade ferait aussi bien l'affaire que le reste.

Andy reprit sa progression, vers la gauche, et buta dans la gravure décrochée du mur.

Il se mit à crier, tomba, agitant les bras, avec une frénésie vaine, à la recherche de son équilibre. Il se cogna la tête, très fort, et se remit à hurler.

Il était terrorisé. *Aidez-moi!* pensa-t-il. *Au secours, quelqu'un, apportez-moi une bougie pour l'amour de Dieu, quelque chose, j'ai peur...*

Il se mit à pleurer. De ses doigts maladroits, il tâta le côté de sa tête humide – du sang – et il se demanda, engourdi par la peur, si c'était grave.

– *Où êtes-vous ?* hurla-t-il.

Pas de réponse. Il entendit – ou crut entendre – un seul cri au loin, puis le silence. Ses doigts rencontrèrent la gravure sur laquelle il avait trébuché et il la balança à travers la pièce, furieux qu'elle l'eût blessé. Elle heurta la table de l'autre côté du divan, et la lampe dorénavant inutile qui se trouvait là se renversa.

L'ampoule éclata avec un bruit mat et Andy cria de nouveau. Il porta la main à sa tête. Encore plus de sang, qui dégoulinait en ruisselets sur sa joue.

Haletant, il se mit à ramper, tâtant le mur des doigts. Lorsqu'il rencontra le vide, il retira sa main et retint sa respiration, comme s'il craignait que quelque chose de mauvais ne surgît de l'obscurité et ne le saisît. Ses lèvres émirent un petit sifflement d'aspiration. Pendant une seconde à peine, toute son enfance reflua et il entendit le murmure des trolls s'avançant avidement vers lui.

– La porte de la cuisine, bordel, c'est tout! marmotta-t-il.

Il la franchit en rampant. Le frigo se trouvait à droite et il se dirigea vers lui, rampant lentement et respirant fort, ses mains froides sur le carrelage.

Au-dessus de lui, à l'étage supérieur, quelque chose s'écroula dans un grand bruit. Andy bondit sur ses genoux. Ses nerfs lâchèrent; il se sentit perdu. Il se mit à crier : « *Au secours! Au secours! Au secours!* » sans arrêt, jusqu'à l'enrouement. Il ne savait pas combien de temps il aurait pu rester là à hurler, sur les mains et les genoux, dans l'obscurité de la cuisine.

Il cessa enfin et essaya de se ressaisir. Ses mains et ses

bras tremblaient de façon irrépressible. Sa tête lui faisait mal là où il s'était cogné, mais le sang semblait ne plus couler. Voilà qui était quelque peu rassurant. Il avait la gorge brûlante, irritée par ses cris, et cela le fit de nouveau songer à la limonade.

Il reprit sa respiration et trouva le réfrigérateur sans autre dommage. Il l'ouvrit (s'attendant bêtement à voir s'allumer la petite lampe intérieure, avec sa lueur opalescente, familière) et se mit à farfouiller dans le noir et le froid jusqu'à ce qu'il découvrît une boîte surmontée d'un anneau d'ouverture. Andy ferma la porte du réfrigérateur et s'y appuya. Il ouvrit la boîte et siffla la moitié de la limonade d'un seul coup. Sa gorge lui en fut reconnaissante.

Puis une pensée lui vint à l'esprit et sa gorge se gela.

Il y a le feu, lui dit son esprit, faussement calme. *C'est pour cela que personne ne vient te sortir de là. Ils évacuent. Maintenant, tu... tu... on peut se passer de toi.*

Cette pensée l'entraîna au delà de la panique, à la limite de la terreur claustrophobe. Il se recula contre le réfrigérateur, une grimace découvrant ses dents, les jambes sans force. Un instant, il crut même sentir la fumée et il lui sembla que la chaleur arrivait sur lui. La boîte de soda lui glissa des doigts et son contenu se répandit sur le sol, mouillant son pantalon.

Andy s'assit dans cette humidité, gémissant.

6

Plus tard, John Rainbird songea que les choses n'auraient pu mieux se passer s'ils avaient tout organisé eux-mêmes... et si tous ces psychologues bidon avaient valu un coup de cidre, ils *l'auraient* organisé. Mais, de la manière dont tout se déroula, ce ne fut que l'aboutissement heureux de la panne qui lui permit finalement de glisser son ciseau sous un coin de l'acier psychologique qui blindait Charlie McGee. La chance et sa propre intuition, son inspiration.

Il pénétra dans l'appartement de Charlie à trois heures et demie, juste au moment où l'orage éclatait. Il poussait devant lui un chariot assez semblable à ceux qu'utilisent les femmes de chambre de la plupart des hôtels et motels, d'une chambre à l'autre. Des draps propres, des taies d'oreillers, de l'encaustique pour les meubles, un shampooing pour les taches. Un seau et une serpillière. Accroché à une extrémité du chariot, un aspirateur.

Charlie était assise par terre, devant le canapé, avec pour tout vêtement un collant bleu vif, ses longues jambes croisées dans la position du lotus. Souvent, elle s'asseyait ainsi. Un observateur ignorant aurait pu penser qu'elle était défoncée, mais Rainbird savait. Bien qu'elle fût toujours sous médication, les doses qu'on lui administrait étaient à peine plus qu'un placebo. Tous les psychologues, déçus, s'accordaient à penser qu'elle était sincère quand elle affirmait vouloir ne plus jamais provoquer d'incendies. A l'origine, les drogues étaient destinées à l'empêcher de mettre le feu pour tenter de s'échapper mais désormais il semblait certain qu'elle ne ferait pas plus cela... qu'autre chose.

– Salut, la môme, dit Rainbird en décrochant l'aspirateur.

Elle le regarda sans répondre. Il brancha l'appareil et, lorsqu'il le mit en route, elle se leva avec grâce et se rendit dans la salle de bains. Elle ferma la porte.

Rainbird dépoussiérait la moquette. Il n'avait aucun plan en tête. Ce qu'il fallait, c'était rechercher de petits indices, des signes, les repérer et les suivre. Il conservait à la fillette une admiration sans mélange. Son père tournait au gros tas apathique, et les psychologues, dans leur jargon, parlaient de « choc de dépendance », de « perte d'identité », de « fugue mentale » et de « légère dysfonction de la réalité ». Mais tout cela revenait à dire qu'il avait abandonné et qu'on pouvait le rayer de l'équation. Pas la fillette. Simplement, elle s'était cachée. Et jamais Rainbird ne se sentait autant indien que lorsqu'il se trouvait en compagnie de Charlie McGee.

Il passait l'aspirateur et attendait qu'elle sortît – peut-être. Elle quittait plus volontiers la salle de bains ces temps derniers. Au début, elle y demeurait toujours cachée jusqu'à son départ. Maintenant, elle sortait parfois et le regardait. Peut-être sortirait-elle aujourd'hui. Peut-être pas. Il attendrait. Et attendrait des signes.

7

Charlie s'assit dans la salle de bains, porte fermée. Elle l'aurait verrouillée si elle avait pu. Avant que le factotum n'entrât pour nettoyer, elle faisait des exercices simples découverts dans un livre. L'homme de ménage venait faire le ménage. Le siège des toilettes se glaça sous elle. La lumière blanche émanant des tubes fluorescents placés tout autour du miroir rendait tout froid et trop brillant.

Au début, elle avait eu une « compagne » qui demeurait avec elle, une femme de quarante-cinq ans environ. Elle était censée se montrer « maternelle », mais la « compagne maternelle » avait des yeux verts et durs, d'un vert marqué de petites taches. De petites taches semblables à de la glace. C'étaient les gens qui avaient tué sa vraie mère; maintenant, ils voulaient qu'elle vive là, avec la « compagne maternelle ». Ils avaient souri. Puis Charlie n'avait plus parlé, plus un mot jusqu'à ce que la « compagne maternelle » s'en fût allée, elle et ses yeux vert glacé. Elle avait passé un marché avec ce Hockstetter : elle répondrait à ses questions, et aux siennes uniquement, s'il la débarrassait de cette « compagne maternelle ». La seule compagnie qu'elle souhaitait était celle de son père et, si elle ne pouvait l'obtenir, elle n'en aurait aucune.

A de nombreux égards, ces cinq derniers mois (on lui avait dit que cela faisait cinq mois; ça ne correspondait à rien) lui avaient paru un rêve. Rien pour évaluer le temps qui s'écoulait, des visages passaient et disparaissaient sans laisser de souvenirs, aussi désincarnés que des ballons, et la nourriture n'avait aucun goût particulier. Parfois, elle se faisait l'effet d'être un ballon elle aussi, comme si elle flottait. Mais d'une certaine manière son esprit lui disait avec une parfaite certitude que c'était juste. Elle était une criminelle. Elle avait péché contre le premier des Dix Commandements et était à coup sûr vouée à l'enfer.

Elle y pensait, la nuit, lorsque les lumières baissaient à un point tel que l'appartement même paraissait un rêve. Elle voyait tout. Les hommes, sur le seuil, couronnés de flammes. Les voitures qui explosaient. Les poulets qui prenaient feu. L'odeur de brûlé qui était toujours celle de la bourre incandescente, l'odeur de son nounours.

(*Et elle avait aimé ça.*)

C'était là le problème. Plus elle l'avait fait et plus elle avait aimé le faire; plus elle l'avait fait et plus elle avait pu ressentir le pouvoir, comme une chose vivante dont la force augmentait sans cesse. Comme une pyramide à l'envers, posée sur sa pointe. Plus on le faisait, plus il était difficile de l'arrêter. C'était douloureux de l'arrêter.

(*Et c'était amusant.*)

Et elle ne le referait donc pas. Elle mourrait ici plutôt que de recommencer. Peut-être même voulait-elle mourir ici. L'idée de mourir dans un rêve n'avait rien d'effrayant.

Les seuls visages à conserver un peu de matière étaient ceux de Hockstetter et de ce bonhomme qui venait faire le ménage tous les jours. Une fois, Charlie lui avait demandé pourquoi il fallait qu'il vînt tous les jours, puisqu'elle ne salissait pas.

John – c'était son nom – avait sorti un vieux bloc de sa poche-revolver et un stylo à bille bon marché de sa poche de poitrine. Il avait dit : « C'est mon boulot, môme », et avait écrit sur le papier : *Parce que c'est des emmerdeurs, c'est tout.*

Elle avait failli pouffer mais s'était retenue à temps en pensant aux hommes aux couronnes de feu, aux hommes qui sentaient comme des nounours en train de brûler. Il aurait été dangereux de pouffer. Aussi feignit-elle simplement de ne pas avoir lu le billet ou de ne pas l'avoir compris. Le visage de l'homme était une vraie catastrophe. Il portait un bandeau sur l'œil. Elle était désolée pour lui et faillit lui demander, une fois, comment c'était arrivé – un accident de voiture ou autre chose – mais cela aurait été encore plus dangereux que de pouffer à la lecture de son billet. Elle n'aurait pu dire pourquoi, pourtant elle le ressentait dans tout son être.

Son visage était horrible mais assez sympathique et pas pire que le visage de Chuckie Eberhardt, à Harrisson. Alors que Chuckie avait trois ans, sa mère avait fait frire des pommes de terre et Chuckie s'était renversé l'huile bouillante dessus et avait failli en mourir. Après cela, les autres gamins l'appelaient parfois Chuckie le Steak ou

Chuckie Frankenstein, et Chuckie pleurait. C'était méchant. Les autres gosses ne paraissaient pas comprendre que cela pouvait arriver à n'importe qui. Quand on a trois ans, on n'est pas bien futé.

Le visage de John était tout déchiré mais cela ne lui faisait pas peur. C'était le visage de Hockstetter qui lui faisait peur bien qu'il n'eût rien de remarquable – sauf les yeux. Des yeux encore pires que ceux de la « compagne maternelle ». Il s'en servait toujours pour fouiner en vous. Hockstetter voulait qu'elle allumât des feux. Sans cesse il le lui demandait. Il l'emmenait dans une pièce où se trouvaient de petits bouts de journal froissés et parfois une petite soucoupe de verre avec du pétrole dedans ou parfois autre chose. Mais à travers toutes les questions, toute la fausse sympathie, on en revenait toujours au même point : Charlie, allume ça.

Hockstetter lui faisait peur. Elle sentait qu'il détenait toutes sortes de... de...

(choses)

qu'il pouvait utiliser contre elle pour lui faire allumer des feux. Mais elle ne voulait pas. Sauf qu'elle avait peur de flancher. Hockstetter ferait n'importe quoi. Il ne jouait pas franc-jeu. Et une nuit, elle rêva qu'elle avait mis le feu à Hockstetter et elle se réveilla avec les mains enfoncées dans sa bouche pour retenir un cri.

Un jour, pour retarder l'inévitable requête, elle lui avait demandé quand elle pourrait revoir son père. Elle y avait beaucoup pensé mais n'avait pas formulé la question parce qu'elle connaissait la réponse. Ce jour-là, elle s'était sentie particulièrement lasse et déprimée et cela lui avait échappé.

– Charlie, je crois que tu connais la réponse à cette question, avait dit Hockstetter. (Dans la pièce étroite, il désignait la table sur laquelle se trouvait un petit plateau rempli d'un tas de copeaux.) Si tu allumes ça, je t'emmène tout de suite à ton père. Dans deux minutes, tu peux être avec lui. (Sous ses yeux froids et scrutateurs, la bouche de Hockstetter avait grimacé un sourire qui se voulait amical.) Alors, qu'est-ce que tu en dis ?

– Donnez-moi une allumette, avait dit Charlie, les larmes aux yeux, et je l'allumerai.

– Tu peux l'allumer rien qu'en y pensant, tu le sais bien.

– Non, je ne peux pas. Et même si je pouvais, je ne le ferais pas. C'est mal.

Hockstetter l'avait regardée tristement, son sourire amical évanoui.

– Charlie, pourquoi te torturer ainsi ? Tu ne veux pas retrouver ton papa ? Il te réclame. Il m'a dit de te dire qu'il allait bien.

Et là, elle avait pleuré, fort et longtemps, car elle voulait le voir. Il ne s'était pas passé une seule minute d'un seul jour sans qu'elle pensât à lui, sans qu'il lui manquât, sans qu'elle eût envie de sentir ses bras solides autour d'elle. Hockstetter l'avait regardée pleurer sans que son visage témoignât la moindre sympathie. On y voyait, cependant, un calcul froid. Oh, comme elle le détestait !

Il y avait trois semaines de cela. Depuis lors, obstinément, elle n'avait pas parlé d'Andy, bien que Hockstetter eût sans cesse agité le grelot, lui racontant que son père était triste, que son père disait qu'il n'y avait pas de mal à allumer des feux et, pire, que son père avait dit à Hockstetter que Charlie ne l'aimait plus.

Elle contempla son visage pâle dans le miroir de la salle de bains et écouta le ronronnement continu de l'aspirateur de John. Après, il changerait sa literie. Ensuite, il ferait la poussière. Et puis il s'en irait. Soudain, elle ne voulut pas qu'il partît, elle voulait l'écouter parler.

Au début, elle était toujours allée dans la salle de bains pour y demeurer jusqu'à son départ. Et une fois, il avait éteint son aspirateur et frappé à la porte, demandant d'une voix inquiète :

– La môme, ça va ? T'es pas malade, hein ?

Sa voix était si gentille – et c'était si rare par ici la gentillesse, la simple gentillesse – qu'elle avait dû faire un effort pour conserver un ton calme et froid parce que, de nouveau, les larmes menaçaient.

– Oui... je vais bien.

Elle attendit, se demandant s'il tenterait d'aller plus loin, d'essayer de pénétrer dans son esprit comme les autres, mais il était retourné à son aspirateur. En un certain sens, elle avait été déçue.

Une autre fois, il était en train de laver par terre et lorsqu'elle était sortie de la salle de bains, il avait dit, sans lever les yeux :

– Fais attention, c'est mouillé, môme. Va pas te casser un bras.

C'est tout. Mais, cette fois encore, elle avait failli en pleurer – c'était de l'intérêt, simple et direct, naturel.

Et puis, ces derniers temps, elle était sortie de plus en plus souvent de la salle de bains pour le regarder faire. Pour le regarder faire... et pour l'écouter. Parfois, il lui posait des questions, mais jamais menaçantes. Malgré cela, la plupart du temps, elle ne répondait pas, juste pour le principe. Cela n'arrêtait pas John. Il continuait quand même à lui parler. Il parlait de ses scores au bowling, de son chien, de sa télé en panne et du fait que ça prendrait une quinzaine de jours avant qu'elle ne fût réparée parce qu'ils demandaient si cher pour ces tout petits tubes.

Elle pensait qu'il était seul. Avec un visage pareil, il n'avait probablement ni femme ni qui que ce fût. Elle aimait l'écouter parce que ça faisait comme un tunnel secret sur l'extérieur. Il avait la voix basse, musicale, nonchalante parfois. Jamais tranchante ni curieuse comme celle de Hockstetter. Il semblait ne pas attendre de réponse.

Elle quitta le siège des toilettes et s'assit par terre; ce fut alors que les lumières s'éteignirent. Elle resta là, surprise, une main sur la poignée de la porte, la tête penchée. Elle pensa aussitôt que c'était une sorte de truc. Elle entendit le ronronnement de l'aspirateur de John qui mourait puis John qui disait :

– Bon, qu'est-ce que c'est, *nom de Dieu* ?

Puis la lumière était revenue. Mais Charlie ne sortit pas. L'aspirateur se remit en marche. Des pas approchèrent de la porte et John demanda :

– La lumière s'est éteinte un instant, là-dedans ?

– Oui.

– C'est l'orage, je crois.

– Quel orage ?

– On aurait dit qu'il allait faire de l'orage quand je suis venu travailler. Des nuages orageux.

On aurait dit qu'il allait faire de l'orage. Dehors. Elle aurait bien voulu sortir pour voir les nuages d'orage. Sentir cette drôle d'odeur qu'a l'air avant un orage d'été. Une odeur humide, une odeur de pluie. Tout avait l'air s...

Les lumières s'éteignirent de nouveau.

Obscurité totale. Son seul lien avec le monde était sa main posée sur la poignée chromée. De sa langue, elle commença à tapoter pensivement sa lèvre supérieure.

– La môme ?

Elle ne répondit pas. Un truc ? L'orage, avait-il dit. Et elle le croyait. Elle croyait John. C'était surprenant et effrayant de constater qu'elle croyait ce que quelqu'un lui disait, après tout ce temps.

– *La môme ?*

Encore lui. Et cette fois, il paraissait... effrayé.

Sa propre peur du noir, qui n'avait fait que l'effleurer, en fut sublimée.

– John, qu'est-ce qui se passe ?

Elle ouvrit la porte et tâtonna devant elle. Elle ne sortit pas. Pas encore. Elle avait peur de buter dans l'aspirateur.

– Qu'est-ce qui s'est passé ? (On sentait maintenant un peu de panique dans la voix de John. Ce qui l'effraya.) Et les lumières ?

– Eteintes, dit-elle. Vous avez dit... que c'était l'orage...

– Je peux pas supporter le noir, dit-il. (Il y avait de la terreur dans sa voix et une sorte de manière grotesque de s'excuser.) Tu comprends pas. Je peux pas... Faut que je sorte...

Elle l'entendit soudain foncer à l'aveuglette à travers la salle de séjour, puis perçut un bruit sourd et effrayant alors qu'il tombait sur quelque chose. La table basse, vraisemblablement. Il poussa un cri lamentable, ce qui accrut la peur de Charlie.

– John ? John ! Ça va ?

– Il faut que je sorte ! hurla-t-il. Dis-leur de me laisser sortir, môme ?

– Qu'est-ce qui ne va pas ?

Pas de réponse pendant un bref instant. Puis elle perçut un bruit faible, étouffé, et elle comprit qu'il pleurait.

– Aide-moi ! dit-il.

Charlie restait sur le seuil de la salle de bains, essayant de prendre une décision. Une partie de sa peur s'était déjà changée en sympathie, mais une autre, dure et vive, continuait à poser des questions.

– Au secours, quelqu'un, au secours ! souffla-t-il d'une voix si basse qu'on aurait cru qu'il n'espérait attirer l'attention de personne.

C'est cela qui la décida. Lentement, elle commença à chercher son chemin à tâtons dans la pièce, se dirigeant vers lui, les mains en avant.

8

Rainbird l'entendit venir et ne put réprimer un sourire dans l'obscurité. Un sourire dur, dépourvu de sentiment, qu'il masqua de la paume de sa main de crainte que le courant ne revînt à cet instant précis.

– John ?

Il prit une voix angoissée, derrière son sourire :

– Je suis désolé, môme. Je peux pas... c'est l'obscurité. Je peux pas supporter le noir. C'est comme l'endroit où ils m'ont mis quand ils m'ont fait prisonnier.

– Qui ça, ils ?

– Les Viets.

Elle était plus proche, à présent. Le sourire disparut de son visage tandis qu'il essayait de se glisser dans la peau du personnage. *Tu as peur. Tu as peur parce que les Viets t'ont fourré dans un trou dans le sol après qu'une de leurs mines t'a arraché la moitié de la figure... Et ils t'ont gardé là... et maintenant tu as besoin d'un ami.*

En un certain sens, le rôle était naturel. Tout ce qu'il devait lui faire croire, c'est que l'excitation provoquée en lui par cette occasion inespérée était une frousse terrible. Et bien sûr qu'il avait la frousse – la frousse de laisser passer sa chance. A côté de ça, le coup de fusil du haut de l'arbre avec l'ampoule d'Orasine paraissait un jeu d'enfant. Ses intuitions étaient exactes. Un flot de transpiration nerveuse l'inondait.

– Qui c'est, les Viets ? demanda-t-elle, toute proche.

La main de Charlie effleura son visage et il la saisit. Nerveusement, elle chercha sa respiration.

– Hé, n'aie pas peur, dit-il. C'est seulement...

– Vous... ça fait mal. Vous me faites mal.

C'était exactement le ton. Elle aussi avait peur, peur du noir et peur de lui... mais elle s'inquiétait pour lui, également. Il fallait lui faire croire que c'était un homme en train de se noyer qui l'avait agrippée.

– Excuse-moi, môme. (Il relâcha son étreinte mais ne la libéra pas) Est-ce que tu peux... simplement t'asseoir à côté de moi ?

– Bien sûr.

Elle s'assit, et il sursauta au bruit de son corps sur le sol. Dehors, au loin, quelqu'un cria quelque chose à quelqu'un d'autre.

– Laissez-nous sortir ! cria aussitôt Rainbird. Laissez-nous sortir ! Hé, vous, là-bas ! Faites-nous sortir !

– Arrêtez, dit Charlie, inquiète. Ça va... Je veux dire, nous ne risquons rien, hein ?

L'esprit de Rainbird, cette machine parfaitement affûtée, cliquetait à toute vitesse, écrivait le scénario, avec toujours trois ou quatre lignes d'avance, assez pour être tranquille, pas trop pour ne pas détruire toute spontanéité. Surtout, il aurait voulu savoir de combien de temps il disposait, combien de temps s'écoulerait avant que la lumière ne revînt. Il devait se garder de trop d'illusions, de trop d'espoir. Il avait glissé son ciseau sous un coin du coffre. Le reste serait un bonus.

– Ouais. Je crois que ça va, dit-il. C'est le noir, c'est tout. Je n'ai même pas une putain d'allumette – oh, excuse-moi, môme. Ça m'a échappé.

– Ça ne fait rien, dit Charlie. Mon papa dit ça aussi, des fois. Un jour, il réparait mon chariot dans le garage et il s'est tapé sur les doigts avec le marteau et il l'a dit cinq ou six fois. D'autres mots, aussi. (C'était là, et de loin, le plus long discours qu'elle eût prononcé en présence de Rainbird.) Est-ce qu'ils vont bientôt nous faire sortir ?

– Ils ne peuvent pas, tant que le courant n'est pas revenu, dit-il d'un air malheureux mais se réjouissant intérieurement. Ces portes, môme, elles ont des serrures électriques. Elles sont faites pour se bloquer quand il n'y a plus de courant. Ils t'ont mise dans une pu... – dans une cellule, môme. Ça a l'air d'un joli petit appartement mais tu pourrais aussi bien être en prison.

– Je sais, répondit-elle tranquillement. (Il lui tenait toujours fermement la main mais elle semblait moins s'en soucier.) Vous ne devriez quand même pas dire ça. Je crois qu'ils écoutent.

Ils ! pensa Rainbird, envahi par une joie triomphante. Il était à peu près sûr de ne pas avoir ressenti une émotion aussi intense depuis dix ans. *Ils ! Elle dit ils !*

Il sentit son ciseau s'enfoncer davantage dans le coin du coffre qu'était Charlie McGee et, involontairement, il lui serra de nouveau le bras.

– Ouille !

– Excuse-moi, môme, dit-il en la lâchant. Je sais bien qu'ils écoutent, mais pas maintenant, avec le courant coupé. Oh, môme, j'aime pas ça, faut que je sorte d'ici !

Il se mit à trembler.

– Qui sont les Viets ?

– Tu sais pas ?... Bon, tu es trop jeune, je crois. C'était la guerre, môme. La guerre au Viêt-nam. Les Viets, c'étaient les mauvais. Avec des pyjamas noirs. Dans la jungle. T'as entendu parler de la guerre du Viêt-nam, non ?

Elle en avait entendu parler vaguement.

– On était en patrouille et on est tombés dans une embuscade, dit-il. (Ceci, au moins, était la vérité, mais à ce point du récit, John Rainbird et la vérité prirent deux routes différentes. Inutile de l'embrouiller en insistant sur le fait qu'ils étaient tous raides, la plupart des gars allumés au rouge cambodgien et leur lieutenant, frais émoulu de West Point, propulsé aux limites de la folie par les boutons de peyotl qu'il mâchait toujours en patrouille. Une fois, Rainbird avait vu ce lieutenant abattre une femme enceinte avec sa carabine semi-automatique, il avait vu le fœtus de six mois arraché de son corps et mis en pièces. C'était, leur dit plus tard le lieutenant, ce qu'on appelait l'avortement West Point. Donc, ils rentraient à leur base et ils étaient effectivement tombés dans une embuscade, sauf qu'elle avait été tendue par les copains, encore plus givrés qu'eux, et quatre types avaient été bousillés. Rainbird ne voyait pas l'utilité de raconter tout ça à Charlie, ni de lui dire que cette mine Claymore qui lui avait pulvérisé la moitié du visage sortait d'une usine du Maryland.) On a été six à s'en tirer. On a couru. On a couru à travers la jungle et je crois que je suis parti du mauvais côté. Le mauvais côté ? Le bon côté ? Dans cette guerre dingue, on ne savait pas quel côté était le bon parce qu'il n'y avait pas de vraies lignes. J'ai été séparé du reste de mes potes. J'essayais de repérer quelque chose de familier quand je suis tombé sur un champ de mines. Voilà ce qui est arrivé à mon visage.

– Je suis vraiment désolée.

– Quand je me suis réveillé, ils me tenaient, dit Rainbird, en route désormais pour le pays de l'absolue fiction. (En fait, il s'était retrouvé dans un hôpital militaire de Saigon, une perfusion dans le bras.) Ils ne voulaient pas me soigner, rien, avant que je réponde à leurs questions. (Tout doux, maintenant. S'il y allait prudemment, ça marcherait. Il le sentait. Sa voix se fit plus forte, désorientée, amère.) Des questions, toujours des questions. Ils voulaient connaître nos mouvements de troupes... le ravitaillement... déploiement d'infanterie légère... tout. Ils n'arrêtaient pas. Toujours après moi.

– Oui, dit Charlie avec ferveur.

Et le cœur de Rainbird s'emplit de joie.

– Je leur répétais sans arrêt que je savais rien, que je pouvais rien leur dire, que j'étais qu'un pouilleux de bidasse, juste un numéro avec un sac sur le dos. Ils ne me croyaient pas. Mon visage... cette douleur... je me suis mis à genoux, j'ai supplié qu'on me donne de la morphine... après, qu'ils ont dit... quand j'aurais parlé, j'aurais de la morphine. On pourrait me soigner dans un bon hôpital... quand j'aurais parlé.

C'était Charlie, à présent, qui serrait plus fort la main de Rainbird. Elle pensait aux yeux gris et froids de Hockstetter fixant le plateau d'acier rempli de copeaux bouclés. *Je crois que tu connais la réponse... si tu allumes ça, je t'emmène tout de suite voir ton père. Tu peux être avec lui dans deux minutes.* Son cœur était du côté de cet homme au visage tellement abîmé, du côté de cet adulte qui avait peur du noir. Elle pouvait comprendre ce qu'il avait enduré. Elle connaissait sa souffrance. Et, dans l'obscurité, elle se mit à verser des pleurs silencieux sur lui, et, en un sens, aussi sur elle... toutes ces larmes qu'elle n'avait pas versées pendant les cinq derniers mois. Des larmes de souffrance et de colère pour John Rainbird, pour son père, sa mère, pour elle. Des larmes brûlantes, des larmes qui faisaient mal.

Les larmes n'étaient pas assez silencieuses pour échapper aux oreilles de Rainbird, sensibles comme des radars. Il dut réprimer un nouveau sourire. Oh oui, le ciseau était bien planté ! Des effractions difficiles et des effractions faciles, mais pas d'effractions impossibles.

– Ils ont jamais voulu me croire. Finalement, ils m'ont jeté dans un trou dans le sol où il faisait toujours noir. Il y avait une petite... une pièce on pourrait appeler ça, avec des racines qui sortaient des murs... et des fois on voyait un petit peu de soleil, à trois mètres au-dessus. Il venait – c'était leur chef, je crois – et il me demandait si j'allais enfin parler. Il disait que je devenais tout blanc là-dedans, comme un poisson. Que mon visage s'infectait, que la gangrène s'y mettrait et puis que ça allait gagner mon cerveau, le pourrir et me rendre fou et que j'en mourrais. Il me demandait si ça me plairait de sortir du noir et de revoir le soleil. Et je l'implorais, je le suppliais... je jurais sur la tête de ma mère que je savais rien. Et ils riaient, et ils remettaient les planches en place et ils les recouvraient de terre. J'étais comme enterré vivant. Le noir... comme ce... (Il émit un bruit étouffé de gorge et Charlie lui serra davantage la main pour lui montrer qu'elle était avec lui.) Il y avait la pièce et il y avait un petit tunnel de deux mètres de long environ. Il fallait que j'aille au bout du tunnel pour... tu vois. Et l'air puait et je pensais sans arrêt que j'allais étouffer là dans le noir, que j'allais étouffer dans l'odeur de ma m... (Il gémit.) Excuse-moi. C'est pas des choses à raconter à une môme.

– Ça va. Si ça vous fait du bien. Ça va.

Il réfléchit et décida d'aller un tout petit peu plus loin.

– Je suis resté là cinq mois avant qu'ils m'échangent.

– Qu'est-ce que vous mangiez ?

– Ils me jetaient du riz pourri. Et des fois des araignées. Des araignées vivantes. Des grosses. Des araignées d'arbre, je crois. Je les chassais dans le noir, tu vois, et je les tuais et je les mangeais.

– Oh, *dur* !

– Ils avaient fait de moi un animal. (Il demeura coi un moment, respirant bruyamment.) Tu es mieux traitée que moi, môme, mais ça revient à peu près au même. Un rat pris au piège. Tu crois qu'ils vont rétablir bientôt la lumière ?

Elle resta un long moment silencieuse et il eut sacrément peur d'être allé trop loin. Puis Charlie dit :

– Ça ne fait rien. On est ensemble.

– D'accord. (Puis il ajouta d'un trait :) Tu vas pas leur dire, hein ? Ils me vireraient pour avoir dit ça. J'ai besoin de ce boulot. Quand on a la tête que j'ai, on a besoin d'un bon boulot.

– Non, je ne dirai rien.

Il sentit que le ciseau attaquait doucement la couche suivante. Maintenant, ils partageaient un secret.

Il la tenait entre ses mains.

Il se demanda, dans le noir, quel effet cela ferait de lui serrer le cou de ses mains. C'était là l'objectif final, bien sûr – pas leurs tests stupides, leurs jeux d'enfant. Elle... et peut-être lui ensuite. Peut-être pourrait-il tomber amoureux d'elle. Le moment viendrait où il faudrait qu'il la fasse passer de l'autre côté, sans cesser de la regarder dans les yeux. Et alors, si ses yeux lui donnaient le signe qu'il cherchait depuis si longtemps, peut-être la suivrait-il. Peut-être entreraient-ils ensemble dans les véritables ténèbres.

Dehors, au delà des portes closes, allaient et venaient des tourbillons de confusion, parfois tout proches, parfois lointains.

Rainbird se cracha mentalement dans les mains et se remit au travail sur elle.

9

Andy ne se doutait pas du tout qu'ils n'étaient pas venus le faire sortir pour la simple raison que la panne de courant avait automatiquement bloqué les portes. Il demeura là, assis, à demi évanoui de panique, pendant une durée indéterminée, certain que tout brûlait, croyant sentir la fumée. Dehors, l'orage s'était dissipé et un soleil de fin d'après-midi descendait en oblique vers le crépuscule.

Soudain, le visage de Charlie lui apparut, aussi nettement que si elle était en face de lui.

(Elle est en danger. Charlie est en danger.)

Une de ses prémonitions, la première depuis leur dernier jour passé à Tashmore. Il pensait avoir perdu cette faculté en même temps que la poussée mais ce n'était apparemment pas le cas car jamais il n'avait ressenti un pressentiment aussi clair que celui-ci – pas même le jour de la mort de Vicky.

Cela signifiait-il que la poussée, elle aussi, demeurait ? Pas du tout évanouie, mais simplement cachée ?

(Charlie est en danger.)

Quelle sorte de danger ?

Il ne savait pas. Mais la pensée, la peur avaient fait surgir son visage très clairement devant lui, se détachant sur cette obscurité dans tous ses détails. Et l'image de son visage, ses grands yeux bleus et ses jolis cheveux blonds bien coiffés, apportait avec elle un sentiment de culpabilité... sauf que culpabilité était un mot trop faible. C'était quelque chose comme de l'horreur qu'il ressentait. Il avait fait une crise de panique depuis l'extinction des lumières, et la panique n'avait concerné que lui, totalement. Il ne lui était même jamais venu à l'idée que Charlie devait aussi se trouver dans le noir.

Non, ils vont venir et la faire sortir, ils sont probablement venus la faire sortir il y a déjà longtemps. C'est Charlie qu'ils veulent. C'est Charlie qui compte.

Cela tenait debout; il pressentait néanmoins, avec une étouffante certitude, que quelque terrible danger la menaçait.

La crainte qu'il éprouvait pour elle eut pour effet de chasser sa propre panique, ou tout au moins de la rendre plus maîtrisable. De nouveau, son esprit se tournait vers l'extérieur et se faisait plus objectif. Il prit tout d'abord conscience d'être assis, là, au milieu d'une flaque de limonade, son pantalon humide et poisseux, ce qui lui fit émettre un petit bruit de dégoût.

Le mouvement. Le mouvement, le remède à la peur.

Il se mit à genoux, tâtonna à la recherche de la boîte renversée de limonade et lui donna un coup qui l'envoya bouler en tintant sur le carrelage. Il en sortit une autre du réfrigérateur; il avait toujours la bouche sèche. Il arracha la languette de métal, la glissa dans l'ouverture triangulaire, puis se mit à boire. La languette faillit lui tomber dans la bouche et il la recracha, distraitement, sans même penser qu'à peine un instant plus tôt ce seul incident eût été suffisant pour déclencher un bon quart d'heure de peur et de tremblements.

Il se mit à chercher son chemin pour sortir de la cuisine, faisant glisser sa main libre le long du mur. L'étage était tout à fait silencieux et, bien qu'il entendît de temps à autre une voix lointaine, on n'y sentait plus l'inquiétude ou la panique. Quant à l'odeur de fumée, rien d'autre qu'une pure hallucination. Peut-être l'air était-il quelque peu confiné du fait de l'arrêt des radiateurs au moment de la coupure de courant, mais c'était tout.

Au lieu de traverser la salle de séjour, Andy tourna à gauche et entra à quatre pattes dans sa chambre. Avec précaution, il rejoignit son lit, posa sa boîte de limonade sur la table de nuit puis se déshabilla. Dix minutes plus tard, il avait passé des vêtements propres et se sentait beaucoup mieux. Il se rendit compte qu'il avait réussi tout cela sans grand mal, alors même que le franchissement de la salle de séjour après l'extinction de la lumière lui avait fait l'effet de la traversée d'un champ de mines.

(*Charlie – qu'est-ce qui arrive à Charlie ?*)

Ce n'était pas seulement le sentiment que quelque chose *n'allait pas*, mais celui qu'un danger la menaçait. S'il parvenait à la voir, il pourrait lui demander ce que...

Dans l'obscurité, il fit entendre un rire amer. Oui, bien sûr. Et les poules auront des dents. Pourquoi pas, tant qu'il y était, souhaiter mettre la lune en boîte. Pourquoi pas...

Un instant, ses pensées s'arrêtèrent totalement, puis revinrent – mais plus lentement, et sans amertume.

Autant souhaiter pouvoir insuffler davantage de confiance en eux aux hommes d'affaires.

Autant souhaiter faire maigrir des dames obèses par la pensée.

Autant vouloir rendre aveugle l'un des idiots qui avaient enlevé Charlie.

Autant souhaiter le retour de la « poussée ».

Ses mains s'activaient sur le couvre-lit, le tirant, le pétrissant, le tâtant – un besoin presque inconscient de quelque donnée sensorielle constante. Il était insensé d'espérer le retour de la poussée. Partie, la poussée. Il ne pouvait pas plus pousser pour entrer en contact avec Charlie que pour jouer dans l'équipe des Verts. Fini.

(Vraiment ?)

Soudain, il n'en fut plus si sûr. Une partie de lui-même – enfouie au fond de son être – venait-elle de décider qu'elle refusait sa décision consciente de s'engager sur la voie de la moindre résistance et de leur donner tout ce qu'ils voulaient ? Peut-être quelque partie bien enfouie de lui-même avait-elle décidé de ne pas renoncer...

Il s'assit, tâtant le couvre-lit, passant et repassant ses mains dessus.

Etait-ce réel, ou l'expression d'un désir suscité par une prémonition impossible à confirmer ? Peut-être cette prémonition était-elle autant un leurre que la fumée qu'il avait cru sentir. Pas moyen de vérifier la prémonition, et certainement personne dans le coin sur qui essayer la poussée.

Il but sa limonade.

Supposons que le « talent » fût *effectivement* revenu. Ce n'était pas la panacée; il le savait mieux que quiconque. Peut-être pouvait-il produire une bonne quantité de petites poussées, ou alors trois ou quatre sévères, avant de s'écrouler. Peut-être parviendrait-il à atteindre Charlie. Mais il n'aurait, de toute façon, pas la moindre chance de les tirer de là. Il ne réussirait qu'à se propulser dans sa tombe par le truchement d'une hémorragie cérébrale (en y pensant, ses doigts se portèrent d'instinct à son visage, sur l'emplacement des zones insensibles).

Et puis il y avait le problème de la Thorazine qu'ils lui avaient fait avaler. Le manque de drogue – le retard dans la dose qu'il devait recevoir au moment de la coupure de courant – avait largement contribué à sa panique, il le savait. Même à présent qu'il se contrôlait mieux, il avait *besoin* de cette Thorazine et du sentiment de bien-être qu'elle procurait. Au début, ils l'avaient sevré de Thorazine, allant jusqu'à l'en priver deux jours avant les tests. Cela s'était traduit par une nervosité constante et un sentiment de dépression comparable à ces épais nuages qui paraissent ne jamais devoir se dissiper... et alors, contrairement à maintenant, il n'avait pas été capable de grand-chose.

– Regarde le problème en face. Tu es un camé, murmura-t-il.

Il ignorait si c'était vrai ou pas. Il savait qu'il y avait des accoutumances physiques, à la nicotine par exemple, ou à l'héroïne, qui provoquaient des bouleversements physiques du système nerveux central. Et puis il existait des accoutumances psychologiques. Un de ses collègues, Bill Wallace, devenait très, très nerveux s'il n'avait pas ses trois ou quatre Coca-Cola dans la journée. De même Quincey, son vieux pote de fac, était un dingue de frites mais il lui fallait une obscure marque de Nouvelle-Angleterre, Humpty-Dumpty; aucune autre ne faisait l'affaire, prétendait-il. Andy pensait qu'il s'agissait bien là d'accoutumances psychologiques. Il ignorait si son besoin maladif de cette pilule était physique ou psychologique; il savait seulement que ce besoin était bien réel. Le simple fait d'être assis là et de penser à la pilule bleue dans la soucoupe blanche lui donnait de nouveau la bouche cotonneuse. Désormais, il n'était plus privé de drogue pendant les quarante-huit heures qui précédaient les tests, soit qu'ils eussent acquis le sentiment qu'il ne tiendrait pas aussi longtemps sans se mettre à hurler, soit que cela fît partie des mécanismes des tests – il l'ignorait.

Le résultat était un problème d'une simplicité cruelle parfaitement insoluble : il ne parvenait pas à pousser s'il était bourré de Thorazine et malgré cela, il n'avait pas la moindre volonté de la refuser (et bien sûr, s'ils le *surprenaient* à refuser, cela leur ouvrirait des tas d'horizons nouveaux, non ?). Quand ils lui apporteraient la pilule bleue dans la soucoupe blanche, une fois tout cela terminé, il la prendrait. Et, peu à peu, il retomberait dans cet état d'apathie dans lequel il se trouvait au moment de la coupure de courant. Tout cela n'était qu'un petit épisode d'épouvante. Bientôt, il recommencerait à regarder le *Club LAS* et Clint Eastwood à la télé, il retournerait un peu trop souvent picorer dans le frigo toujours bien garni. Il reprendrait du poids.

(*Charlie, Charlie est en danger, Charlie a de très gros ennuis, elle est prisonnière d'un monde de souffrance.)*

Si c'était le cas, il n'y pouvait rien.

Et même s'il y pouvait quelque chose, même s'il pouvait

se débarrasser de son apathie et les sortir de là – et les poules auraient des dents, pourquoi pas ? – toute solution définitive concernant l'avenir de Charlie apparaîtrait aussi lointaine que jamais.

Il s'allongea sur son lit, bras et jambes écartés. Le petit coin de son esprit qui ne se souciait que de la Thorazine continuait à réclamer sans répit.

Puisque le présent n'offrait aucune solution, il glissa dans le passé. Dans une sorte de cauchemar au ralenti, il se vit remonter la Troisième Avenue, grand type en veste de velours élimée avec une petite fille en rouge et vert. Il vit Charlie, le visage pâle et tiré, ses joues ruisselant de larmes, après qu'elle eut récupéré la monnaie des cabines téléphoniques à l'aéroport... elle avait pris les pièces et flanqué le feu aux godillots d'un troufion.

Son esprit remonta même plus loin, jusqu'au magasin de Port City, en Pennsylvanie, et à Mme Gurney. Mme Gurney, triste et obèse, qui avait pénétré dans le bureau du Régime miracle vêtue d'un tailleur-pantalon vert, fascinée par le slogan – une idée de Charlie : *Vous maigrirez ou nous réglons vos factures d'épicerie pendant six mois.*

Mme Gurney, qui, entre 1950 et 1957, avait donné quatre enfants à son camionneur de mari, quatre enfants maintenant grands que leur mère dégoûtait, et elle dégoûtait aussi son mari, et il fréquentait une autre femme, et elle comprenait parfaitement cela car Stan Gurney, à cinquante-cinq ans, était demeuré bel homme, plein de vie et viril, et elle avait peu à peu pris cent soixante-dix livres au fil des ans depuis que son avant-dernier était entré à l'université, passant des soixante-cinq kilos qu'elle pesait à son mariage à cent cinquante kilos tout rond. Elle était entrée, lisse, monstrueuse et désespérée dans son pantalon vert, son derrière aussi large qu'un bureau de P.-D.G. Lorsqu'elle avait baissé la tête pour prendre son chéquier dans son sac, ses trois mentons étaient passés à six.

Il lui avait fait suivre un cours avec trois autres femmes obèses, et prescrit des exercices et un léger régime, qu'il avait trouvé à la bibliothèque publique; il y avait aussi des discussions dynamiques baptisées « consultations » – et, de temps à autre, il donnait une poussée d'intensité raisonnable.

Mme Gurney était descendue à cent quarante, puis à cent trente kilos, avouant avec une terreur mêlée de joie qu'elle paraissait débarrassée du besoin de reprendre du même plat. Avant, elle gardait toujours dans son réfrigérateur de quoi composer des tas et des tas de sandwiches (sans parler des beignets dans la boîte à pain et des deux ou trois gâteaux au fromage du freezer) pour regarder la télé le soir, mais maintenant... eh bien, ça paraissait un peu idiot mais... elle *oubliait* qu'elle avait tout ça. Et elle qui avait toujours entendu dire que lorsqu'on faisait un régime on ne *pensait* qu'à toutes ces petites choses !

Certes, quand elle s'était inscrite aux Obèses anonymes, ç'avait été une autre paire de manches.

Ses trois compagnes au sein du groupe avaient fait chorus. Andy s'était contenté de demeurer en retrait et de les observer, avec un sentiment absurdement paternel. Toutes les quatre étaient confondues et ravies par l'identité de leurs réactions. Les exercices tonifiants, qui paraissaient si pénibles et ennuyeux naguère, semblaient presque agréables maintenant. Et cette singulière envie de *marcher*. Toutes s'accordaient à dire que, si elles n'avaient pas leur dose de marche à la fin de la journée, elles se sentaient en quelque sorte mal à l'aise, agitées. Mme Gurney avoua qu'elle avait pris pour habitude de descendre en ville à pied et d'en remonter de même tous les jours, et ce bien que le trajet représentât plus de trois kilomètres. Avant, elle prenait toujours le bus, ce qui était tout à fait sensé puisque l'arrêt se trouvait juste devant chez elle.

Mais la seule fois où elle l'avait pris, les muscles de ses cuisses la faisaient *tellement* souffrir, elle s'était sentie si mal à l'aise, si agitée, qu'elle était descendue à l'arrêt suivant. Les autres approuvèrent. Et toutes louèrent Andy McGee de ces merveilles, muscles endoloris et le reste.

Mme Gurney était tombée à cent vingt kilos à sa troisième séance de pesée. A la fin du cours de six semaines, elle en était à cent dix. Elle déclara que son mari n'en revenait pas, surtout après les échecs d'innombrables régimes et autres fantaisies. Il voulait qu'elle allât voir un médecin; il craignait qu'elle ne souffrît d'un cancer. Il ne pensait pas qu'il fût possible de perdre quarante kilos en six semaines par des moyens naturels. Elle lui montra ses doigts, rouges et calleux à force de tirer l'aiguille pour reprendre ses vêtements. Et puis elle l'avait serré dans ses bras (manquant de lui casser les reins) et avait pleuré sur son épaule.

En général, ses élèves revenaient, tout comme revenaient au moins une fois ses étudiants qui avaient le mieux réussi, certains pour le remercier, certains juste pour étaler leur succès devant lui – pour dire, en fait : Regardez donc, l'élève a dépassé le maître... ce qui n'était pas aussi rare qu'ils semblaient le croire, songeait parfois Andy.

Mais Mme Gurney appartenait à la première catégorie. Elle était passée des tas de fois pour dire bonjour et merci, à peine une dizaine de jours avant qu'Andy ne commençât à devenir nerveux et ne se sentît observé à Port City. Avant la fin du mois, ils étaient partis pour New York.

Mme Gurney était toujours grosse; on ne remarquait l'étonnante différence que si on l'avait vue avant – comme ces publicités avant-et-après dans les magazines. A son dernier passage, elle affichait quatre-vingt-dix kilos. Mais l'important, ce n'était pas son poids exact, bien sûr. L'important, c'était qu'elle perdît toujours du poids à la cadence régulière de trois kilos par semaine, à une ou deux livres en plus ou en moins, et qu'elle continuerait, plus lentement, jusqu'à atteindre soixante-dix kilos à une dizaine de livres près. Pas de décompression explosive, pas de persistance d'une horreur pour la nourriture, ce genre de truc qui mène parfois à *l'anorexia nervosa.* Andy voulait gagner de l'argent, mais il ne voulait tuer personne pour y parvenir.

– On devrait vous reconnaître d'intérêt public pour ce que vous faites, avait déclaré Mme Gurney après avoir révélé à Andy qu'elle s'était rapprochée de ses enfants et que ses rapports avec son mari s'amélioraient.

Andy avait souri et l'avait remerciée, mais maintenant, étendu sur son lit dans l'obscurité, tout somnolent, il pensait que le vœu de la grosse femme s'était presque réalisé : on les avait reconnus d'intérêt public, Charlie et lui.

Ce n'était pas mauvais, ce « talent ». Pas quand il pouvait contribuer à aider une Mme Gurney.

Il eut un léger sourire.

Et, en souriant, s'endormit.

10

Par la suite, il ne parvint jamais à se souvenir des détails du rêve. Il cherchait quelque chose. Dans un dédale de couloirs, éclairés seulement par des lumières d'un rouge terne, il ouvrait des portes sur des pièces vides, puis les refermait. Certaines de ces pièces étaient jonchées de boulettes de papier froissé et dans l'une des salles se voyaient une table renversée et une gravure, dans le style de Wyeth, tombée du mur. Il eut l'impression de se trouver dans une espèce d'installation qu'on aurait fermée et abandonnée en toute hâte.

Et cependant il avait enfin trouvé ce qu'il cherchait. C'était... quoi donc ? Une caisse ? Un coffre ? Quoi que ce fût, c'était terriblement lourd et dessus, au pochoir, on avait peint en blanc une tête de mort et des tibias croisés, comme sur un flacon de mort-aux-rats tout en haut d'une étagère, dans une cave. Parfois, et malgré son poids (ça devait bien peser autant que Mme Gurney), il arrivait à la soulever. Il sentait tous ses muscles, tous ses tendons se tendre et se durcir, mais sans que cela lui fît mal.

Bien sûr que ça ne fait pas mal, se dit-il. *Ça ne fait pas mal parce que c'est un rêve. Tu vas le payer plus tard. Plus tard, ça va faire mal.*

Il sortit la caisse de la pièce où il l'avait trouvée. Il fallait qu'il la portât quelque part mais il ne savait pas où...

Tu le sauras quand tu y seras, lui murmurait son esprit.

C'est ainsi qu'il transporta le coffre ou la caisse à travers d'interminables couloirs, montant et descendant, ses muscles endoloris par le poids, son cou raidi; et bien qu'il n'eût pas mal aux muscles, il commençait à avoir la migraine.

Le cerveau est un muscle, lui disait son esprit, et cela tournait à la litanie, comme une chansonnette d'enfant, comme une voix de fillette récitant une comptine : *Le cerveau est un muscle qui peut soulever le monde. Le cerveau est un muscle qui...*

Et maintenant, les portes ressemblaient à des portes de métro, légèrement bombées, avec de grandes vitres; et toutes avec des coins arrondis. A travers ces portes (si tant est que ce fût des portes), il découvrit une multitude de visions confuses. Dans une pièce, le Dr Wanless jouait d'un énorme accordéon. On aurait dit un de ces dessinateurs dingues, avec un gobelet plein de crayons devant lui et une pancarte autour du cou qui disait : IL N'EST PIRE AVEUGLE QUE CELUI QUI NE VEUT PAS VOIR. Par une autre fenêtre, il voyait une fille en cafetan blanc qui volait dans les airs en hurlant, rasant les murs à toute allure, et Andy se hâta de la dépasser.

Et au travers d'une autre fenêtre, il vit Charlie et, de nouveau, il fut persuadé qu'il s'agissait d'un rêve concernant des pirates – un trésor enseveli, yo-ho-ho et tout le reste – car Charlie semblait parler avec Long John Silver. L'homme avait un perroquet perché sur l'épaule et un bandeau sur un œil. Il souriait à Charlie d'un air obséquieux, faussement amical, qui rendit Andy nerveux. Comme pour confirmer cette impression, le pirate borgne entoura de son bras les épaules de Charlie et se mit à crier d'une voix rauque :

– On va les avoir, môme !

Andy voulut s'arrêter là et cogner à la fenêtre pour attirer l'attention de Charlie – qui regardait le pirate, comme hypnotisée. Il voulait s'assurer qu'elle perçait à jour cet homme étrange, s'assurer qu'elle comprenait bien qu'il n'était pas ce qu'il paraissait être.

Mais il ne pouvait s'arrêter. Il y avait cette sacrée

(caisse ? coffre ?)

à

(? ? ?)

à quoi ? Mais que diable était-il censé en faire ?

Il le saurait le moment venu.

Il passa devant des douzaines d'autres pièces – il ne parvint pas à se souvenir de tout ce qu'il voyait – puis se retrouva dans un long couloir sans portes qui s'achevait par un mur aveugle. Mais pas complètement nu; il y avait quelque chose exactement au centre, un grand rectangle d'acier, comme une boîte aux lettres.

Et puis il put lire ce qui était écrit dessus, en relief, et il comprit.

Il y avait marqué ORDURES.

Et soudain, Mme Gurney se trouva près de lui, une

Mme Gurney mince et jolie, avec un corps harmonieux et de longues jambes, des jambes faites pour danser toute la nuit, pour danser sur une terrasse jusqu'à ce que disparaissent les étoiles et que se lève l'aube, à l'est, comme une douce musique. *On ne se serait jamais douté*, pensa-t-il, *que naguère elle s'habillait chez Omar le couseur de tentes.*

Il essaya de soulever la caisse mais n'y parvint pas. Trop lourde, tout à coup. Son mal de tête empira, lui faisant l'effet de l'étalon noir, de l'étalon sans cavalier, aux yeux rouges. Et il comprit horrifié, que l'animal était libre, quelque part dans cette installation abandonnée, et que c'était lui qu'il cherchait, tac-a-tac, tac-a-tac...

– Je vais vous aider, dit Mme Gurney. Vous m'avez aidée, maintenant c'est à mon tour. Après tout, c'est vous qui êtes d'utilité publique, pas moi.

– Vous êtes si jolie, dit-il.

Sa voix paraissait très lointaine, à travers la migraine qui empirait.

– J'ai l'impression qu'on vient de me libérer de prison, répondit Mme Gurney. Laissez-moi vous aider.

– C'est seulement cette migraine.

– Bien sûr. Après tout, le cerveau est un muscle.

Est-ce qu'elle l'aida, ou y parvint-il tout seul ? Il ne s'en souvint pas. Mais il se souvint d'avoir pensé qu'à présent il savait interpréter le rêve, c'était la poussée dont il se trouvait débarrassé, une fois pour toutes, la poussée. Il se souvint d'avoir incliné la caisse contre la fente de la boîte marquée ORDURES, de l'avoir soulevée, se demandant ce qu'il en sortirait, cette chose qui se trouvait dans son cerveau depuis l'époque où il était étudiant. Mais ce ne fut pas la poussée qui en sortit; il fut à la fois surpris et effrayé lorsque le haut de la boîte s'ouvrit. Il s'en écoula tout un flot de pilules bleues, *ses* pilules, et il eut soudain une trouille intense, une trouille à en pisser le mazout comme disait Granther McGee.

– Non ! hurla-t-il.

– Oui, répondit fermement Mme Gurney. Le cerveau est un muscle qui peut soulever le monde.

Puis il partagea sa manière de voir.

Il semblait que plus il versait et plus sa tête lui faisait mal, et plus sa tête lui faisait mal, plus il faisait noir, jusqu'à ce qu'il n'y eût plus de lumière, jusqu'à l'obscurité totale, l'obscurité vivante. Quelqu'un, quelque part, avait fait sauter les fusibles et il n'y eut plus de lumière, plus de boîte, plus de rêve, seulement son mal de tête et l'étalon sans cavalier, l'étalon aux yeux rouges qui arrivait en galopant.

Tac-a-tac, tac-a-tac, tac-a-tac...

11

Il s'était sans doute réveillé très longtemps avant de comprendre qu'il ne dormait plus. L'absence totale de lumière permettait mal de situer la limite. Quelques années plus tôt, il avait lu le récit d'une expérience au cours de laquelle on avait placé un certain nombre de singes dans un environnement tel que tous leurs sens étaient occultés. Les singes en étaient devenus fous. Il comprenait pourquoi. Il n'avait pas la moindre idée du temps qu'il avait dormi, aucune donnée concrète sauf...

– Oooh, mon Dieu !

Le seul fait de s'asseoir vrilla dans son crâne deux monstrueux écrous de douleur chromés. Il se cogna la tête de ses mains, la secoua, et, peu à peu, la douleur devint plus supportable.

Aucune donnée concrète des sens sauf cette saleté de migraine. *J'ai dû attraper un torticolis en dormant ou je ne sais quoi*, pensa-t-il. *J'ai dû...*

Non. Oh non ! Il connaissait ce mal de tête. Bon. C'était le genre de mal de tête provoqué par une poussée d'intensité moyenne... plus forte que celle destinée aux dames obèses et aux hommes d'affaires timides, pas tout à fait aussi forte que celle qu'il avait destinée aux types de la Boîte sur l'aire de repos de l'autoroute.

Andy porta les mains à son visage et se mit à le palper du front au menton. Aucun endroit insensible, gourd. Lorsqu'il sourit, les deux coins de sa bouche se soulevèrent, comme d'habitude. Il désirait ardemment le retour de la lumière pour pouvoir examiner ses yeux dans le miroir de la salle de bains afin de voir si ces traces de sang...

La poussée ? Pousser ?

Ridicule. Pousser qui ? Il n'y avait personne.

Personne sauf...

Sa respiration se ralentit, se bloqua dans sa gorge puis repartit lentement.

Il y avait déjà pensé mais n'avait jamais essayé. Il pensait que ce serait comme s'il surchargeait un circuit en y faisant passer, en permanence, un courant d'une intensité trop élevée. Il avait eu peur d'essayer.

Ma pilule, pensa-t-il. *Ma pilule est en retard et j'en ai besoin. J'en ai vraiment besoin, il me la faut. Ma pilule va tout arranger.*

Une simple pensée, pas un besoin ardent. L'idée d'avaler une Thorazine présentait toutes les caractéristiques d'un *voulez-vous me passer le beurre s'il vous plaît* ? En fait, et à part ce sacré mal de tête, il se sentait tout à fait bien. Le fait était, également, qu'il avait connu des maux de tête bien pires – à l'aéroport d'Albany, par exemple. En comparaison, celui-ci n'était qu'un bébé.

J'ai réussi à me pousser moi-même, pensa-t-il, surpris.

Pour la première fois, il était en mesure de comprendre les sentiments de Charlie, car pour la première fois il se sentait effrayé par son talent psy. Pour la première fois il comprenait qu'il ne comprenait pas grand-chose à la nature et aux possibilités de ce don. Pourquoi était-ce parti ? Il ne savait pas. Pourquoi était-ce revenu ? Il n'en savait rien non plus. Est-ce que cela avait un rapport avec sa peur du noir ? Sa crainte subite qu'on eût menacé Charlie (un souvenir fantomatique lui revint de l'homme borgne à l'air de pirate, puis l'image se dissipa, disparut) et son morne dégoût de lui-même à la pensée qu'il l'avait oubliée ? Peut-être même le coup sur la tête, en tombant ?

Il ne savait pas. Il savait seulement qu'il avait réussi à « se pousser ».

Le cerveau est un muscle qui peut soulever le monde.

Il prit soudain conscience que pendant qu'il poussait modérément des hommes d'affaires et des dames obèses, il aurait fort bien pu devenir un centre de désintoxication de drogués à lui tout seul et il fut saisi à cette pensée d'un espoir croissant qui le fit frissonner de ravissement. Il s'était endormi avec l'idée qu'un « talent » qui pouvait contribuer à aider cette pauvre grosse Mme Gurney ne pouvait être totalement mauvais. Que dire d'un « talent » qui pourrait débarrasser de leur fardeau tous les pauvres camés de la ville de New York ? Qu'est-ce que vous dites de *ça* ?

– Seigneur, murmura-t-il, est-ce que je suis totalement libéré ?

Il ne ressentait aucun manque. La Thorazine, l'image de la pilule bleue dans la soucoupe blanche – cette pensée, manifestement, ne présentait rien que de banal.

Je suis débarrassé, se dit-il.

Question suivante : le demeurerait-il ?

Mais à peine s'était-il posé cette question que d'autres se présentèrent en foule. Parviendrait-il à savoir exactement ce qui arrivait à Charlie ? Il avait utilisé la « poussée » dans son sommeil, dans une sorte d'auto-hypnose. Pourrait-il l'utiliser sur d'autres, une fois éveillé ? Sur ce Pynchot et son sourire éternellement figé et repoussant ? Pynchot savait ce qui arrivait à Charlie. Pourrait-il le lui faire dire ? Pourrait-il même les faire sortir de là, après tout ? Existait-il un moyen d'y parvenir ? Et s'ils parvenaient à sortir, que se passerait-il ensuite ? Plus de cavale, pour commencer. Ce n'était pas la solution. Il devait exister un endroit où aller.

Pour la première fois depuis des mois, il se sentit tout excité, plein d'espoir. Il commença à esquisser des bribes de plans, acceptant, rejetant, s'interrogeant. Pour la première fois depuis des mois, il se sentit chez lui dans sa tête, vivant et plein de vie, capable d'action. Et, plus que tout le reste, s'il arrivait à leur faire croire ça : qu'il demeurait drogué et qu'il était toujours incapable de se servir de son don de domination mentale, il pourrait – il aurait peut-être une chance de faire... de faire *quelque chose.*

Il retournait inlassablement le problème dans son esprit quand soudain la lumière revint. Dans la pièce à côté, la télé reprit son éternel Jésus-va-s'occuper-de-votre-âme-et-nous-de-votre-compte-en-banque.

Les yeux, les yeux électriques ! Ils recommencent à te regarder, ou ils ne vont pas tarder... N'oublie pas ça !

Pendant un instant, il eut conscience de tout – des jours et des mois de subterfuge qui l'attendaient certainement s'il voulait avoir la moindre chance, et de la quasi-certitude qu'on le coincerait sur un point ou un autre. Il se sentit déprimé... mais cela ne s'accompagna pas de l'urgent besoin d'une pilule, ce qui l'aida à se ressaisir.

Il pensa à Charlie, ce qui l'aida davantage encore.

Il se leva lentement du lit et passa dans la salle de séjour.

– Qu'est-ce qui s'est passé ? demanda-t-il à haute voix. J'ai eu peur ! Et mes médicaments ? Que quelqu'un m'apporte mes médicaments !

Il s'assit en face de la télé, le visage mou, terne, lourd.

Et derrière ce visage insipide, son cerveau – ce muscle qui pouvait soulever le monde – se mit à fonctionner en accéléré.

12

Tout comme Andy de son rêve, Charlie McGee ne put jamais se souvenir de tous les détails de sa longue conversation avec John Rainbird. Seulement des grandes lignes. Jamais elle ne comprit complètement comment elle en était arrivée à raconter toute l'histoire qui l'avait amenée ici, ou à dire qu'elle se sentait si seule sans son père, ou à avouer sa terreur à l'idée qu'*ils* pussent trouver un moyen de lui faire utiliser de nouveau ses possibilités de pyrokinésie.

Certes, la panne était en partie responsable. Et puis l'assurance *qu'ils* n'écoutaient pas. Et il y avait John lui-même, en partie, qui était allé si loin; qui était si pathétique avec sa peur du noir, et des souvenirs que celui-ci lui rappelait des terribles « Viets ». Il lui avait demandé, l'air presque apathique, pourquoi ils l'avaient enfermée et elle avait commencé à parler, simplement pour lui changer les idées. Mais, bientôt, elle avait dépassé ce stade. Ç'avait commencé à sortir de plus en plus vite, tout ce qui était demeuré enfermé, jusqu'à ce que les mots se bousculent, tombent pêle-mêle. Une fois ou deux, elle avait pleuré et il l'avait prise contre lui, maladroitement. Il était gentil... il lui rappelait beaucoup son père.

– Et s'ils découvrent que vous savez tout ça, dit-elle, ils vont probablement vous enfermer aussi. Je n'aurais pas dû le dire.

– Sûr, qu'ils m'enfermeraient, dit gaiement John. J'ai

une autorisation D, môme. Ça me donne le droit d'ouvrir les bouteilles de cire Johnson et c'est à peu près tout. (Il rit.) Ça se passera bien si tu dis pas que tu me l'as dit, je crois.

– Je ne dirai rien, dit Charlie avec force. (Elle s'était sentie quelque peu gênée, elle aussi, à la pensée que si John parlait, ils pourraient se servir de lui comme d'un levier sur elle.) J'ai terriblement soif. Il y a de l'eau glacée dans le réfrigérateur. Vous en voulez ?

– Ne me laisse pas, dit-il aussitôt.

– Eh bien, allons-y ensemble. En nous tenant la main.

Il feignit de réfléchir à la question.

– D'accord, dit-il.

Ensemble, ils se rendirent à la cuisine, avançant les pieds avec précaution, mains serrées.

– Vaut mieux que tu dises rien, môme. Spécialement à propos de ça. Un gros Indien costaud qui a peur du noir. Ces types me foutraient dehors en riant.

– Ils ne riraient pas s'ils savaient...

– P't-être ben qu' oui, p't-être ben qu' non, fit-il avec un léger rire. Mais j'aimerais autant qu'ils sachent jamais. Je remercie Dieu que tu te sois trouvée là, môme.

Elle fut si touchée que, une fois encore, ses yeux s'embuèrent et qu'elle dut lutter pour parvenir à se contrôler. Ils atteignirent le réfrigérateur et, à tâtons, elle trouva la cruche d'eau. L'eau n'était plus glacée mais elle apaisa sa gorge. Elle se demanda, de nouveau mal à l'aise, combien de temps elle avait parlé et elle ne put répondre. Mais elle avait dit... tout. Même ce qu'elle voulait garder pour elle, comme ce qui s'était passé à la ferme des Manders. Bien sûr, les gens comme Hockstetter savaient, mais elle ne se souciait guère d'eux. Elle se souciait de John... et de ce qu'il pensait d'elle.

Pourtant, elle avait parlé. Il posait parfois une question qui allait droit au cœur du problème et... elle parlait, souvent avec des larmes. Et au lieu de poser d'autres questions, de tenter de la piéger, de se montrer méfiant, il s'était contenté d'accepter, calmement, avec sympathie. Il paraissait comprendre quel enfer elle avait vécu, peut-être parce que lui-même avait connu l'enfer.

– Voilà l'eau, dit-elle.

– Merci. (Elle l'entendit boire puis il lui rendit la cruche.) Merci beaucoup.

Elle reposa le récipient.

– On retourne dans l'autre pièce, dit-il. Je me demande s'ils rétabliront jamais la lumière !

Il était impatient de voir le courant revenir, maintenant. *Cela fait plus de sept heures,* pensa-t-il. Il voulait sortir et réfléchir à tout cela. Pas à ce qu'elle lui avait dit, mais à la manière de l'utiliser.

– Je suis sûre que ça va revenir bientôt, répondit Charlie.

Ils retournèrent avec précaution au canapé et s'assirent.

– Ils ne t'ont rien dit à propos de ton vieux ?

– Simplement qu'il allait bien.

– Je crois que je pourrais passer le voir, dit Rainbird comme si l'idée lui venait juste à l'esprit.

– Vraiment ? Vous pensez que vous pourriez ?

– Je pourrais changer avec Herbie, un jour. Le voir. Lui dire que tu vas bien. Bon, pas lui dire, mais lui passer un billet ou quelque chose.

– Oh, ça ne serait pas dangereux ?

– Ça serait dangereux de le faire souvent, môme, mais je te dois une visite. Je vais voir comment il va.

Elle lui jeta les bras autour du cou, dans l'obscurité, et l'embrassa. Rainbird l'étreignit affectueusement. A sa manière, il l'aimait, maintenant plus que jamais. Maintenant, elle lui appartenait, et, pensa-t-il, il lui appartenait. Pour quelque temps.

Ils restèrent assis, ne parlant pas beaucoup, et Charlie s'assoupit. Puis il dit quelque chose qui la réveilla aussi brutalement et totalement qu'un verre d'eau glacée à la figure :

– Hé, merde, tu devrais allumer ces bons dieux de feux si tu peux le faire !

Charlie en eut le souffle coupé, choquée comme s'il l'avait soudainement frappée.

– Je vous ai *dit*... répondit-elle. C'est comme si... on ouvrait la cage à un animal sauvage. Je me suis promis de ne jamais recommencer. Ce soldat à l'aéroport... et ces hommes dans cette ferme – je les ai tués... je les ai *fait brûler* !

Le visage en feu, elle se trouvait de nouveau au bord des larmes.

– La façon dont tu as raconté ça, c'était de la légitime défense.

– Oui, mais il n'y a pas d'excuse à...

– On dirait aussi que tu as sauvé la vie de ton père.

Silence de Charlie. Mais il sentait des vagues de trouble, de confusion, de douleur émaner d'elle. Il se hâta, ne voulant pas qu'elle se souvienne qu'elle avait également failli tuer son père.

– Et puis ce type, Hockstetter, je l'ai déjà vu dans le coin. J'ai vu des types comme lui pendant la guerre. Tous des petits malins, des emmerdeurs. S'il ne peut pas obtenir ce qu'il veut d'une manière, il essaiera d'une autre.

– C'est ce qui me fait le plus peur, avoua-t-elle à voix basse.

– En plus, voilà un type qui aurait bien besoin d'avoir chaud aux plumes.

Charlie en fut choquée mais pouffa longtemps – à la manière dont une histoire salée la faisait parfois rire plus fort, simplement parce que c'était mal d'en raconter. Quand elle eut fini de rire, elle dit :

– Non, je n'allumerai pas de feux. Je me le suis juré. C'est mal et je ne le ferai pas.

Cela suffisait. Il était temps d'arrêter. Il avait senti, de façon purement intuitive, qu'il pouvait y aller, mais il reconnaissait que ça risquait d'être une erreur. Il était fatigué, maintenant. Travailler sur la fillette s'était révélé tout aussi épuisant que de travailler sur un des coffres de Ramaden. Ce serait trop facile de continuer et de faire une boulette qu'il ne pourrait jamais effacer.

– Ouais, d'accord. Je crois que tu as raison.

– Vraiment, vous allez voir mon papa ?

– Je vais essayer, môme.

– Je suis désolée que vous ayez été coincé là avec moi, John. Mais je suis bien contente, aussi.

– Ouais.

Ils parlèrent de choses et d'autres et elle posa sa tête sur le bras de Rainbird. Il sentit que, de nouveau, elle s'assoupissait – il était très tard – et quand la lumière revint, une quarantaine de minutes après, elle dormait profondément.

La clarté sur son visage la fit remuer et lui fit tourner la tête vers l'obscurité. Pensivement, il abaissa son regard vers la fragile tige de son cou, la tendre courbe de son crâne. Tant de pouvoir dans ce petit, dans se délicat nid d'os. Etait-ce possible ? Son esprit se refusait toujours à l'admettre mais son cœur savait que c'était vrai. Quelle expérience à la fois étrange et merveilleuse de se sentir ainsi partagé ! Son cœur affirmait que c'était vrai à un point tel qu'on n'aurait pu le croire, une certitude peut-être à la mesure des divagations insanes de Wanless.

Il la souleva, la porta à son lit et la glissa sous la couverture. Comme il lui remontait les draps jusqu'au menton, elle remua, à demi éveillée.

Impulsivement, il se pencha sur elle et l'embrassa.

– Bonne nuit, môme.

– Bonne nuit, papa, répondit-elle d'une voix épaisse, ensommeillée.

Puis elle se tourna et demeura immobile.

Il resta plusieurs minutes à la contempler avant de revenir dans la salle de séjour.

Hockstetter lui-même, tout excité, arriva environ dix minutes plus tard.

– Panne de courant, dit-il. L'orage. Ces bons dieux de serrures électroniques toutes bloquées. Est-ce qu'elle...

– Ça ira très bien si seulement vous baissez votre bon Dieu de voix, dit Rainbird sans hausser la sienne. (Ses énormes mains jaillirent, l'empoignèrent par les revers de sa blouse blanche et le tirèrent brutalement en avant. Le visage soudain terrifié de Hockstetter se retrouva à moins de deux centimètres de celui de Rainbird.) Et si vous montrez encore ici que vous m'avez déjà vu, si vous vous comportez à mon égard comme si j'étais autre chose qu'un simple factotum de classe D, je vous tue, je vous découpe en morceaux, je vous fais cuire et je vous transforme en pâtée pour chats.

Hockstetter, impuissant, se mit à bafouiller, la bave au coin des lèvres.

– Compris ? Je vous tue.

Par deux fois, l'Indien secoua Hockstetter.

– Je-je-je-j'ai com- j'ai compris.

– Bon, alors on se tire d'ici, dit Rainbird en projetant

dans le couloir un Hockstetter tout pâle et aux yeux exorbités.

Rainbird jeta un dernier coup d'œil aux alentours, fit sortir son chariot et ferma derrière lui la porte automatique. Dans la chambre, Charlie dormait, plus paisiblement que cela ne lui était arrivé depuis des mois. Des années, peut-être.

PETITS FEUX, BIG BROTHER

1

La violente tempête passa. Le temps aussi : il s'écoula trois semaines. L'été, humide et écrasant, planait toujours sur l'Est virginien, mais la rentrée des classes avait eu lieu et les gros bus jaunes du ramassage scolaire se croisaient sur les routes secondaires bien entretenues de la région de Longmont. Non loin de là, à Washington, une nouvelle année de législation, de rumeurs et de médisances commençait dans une ambiance foraine entretenue par la télévision nationale, les fuites concertées et les vapeurs envahissantes du bourbon.

Rien de tout cela n'avait une grande incidence sur l'atmosphère fraîche et contrôlée des vieilles maisons jumelles, des corridors et des niveaux qui s'étageaient en dessous. Le seul rapport était peut-être que Charlie McGee allait elle aussi à l'école. L'idée qu'elle devait recevoir une instruction venait de Hockstetter. Charlie s'y était opposée, mais John Rainbird avait fini par la convaincre.

– Quel mal y a-t-il à ça ? avait-il demandé. Ça n'a pas de sens pour une fille intelligente comme toi de prendre du retard. Merde ! – excuse-moi, Charlie – mais quelquefois il m'arrive de sacrément regretter de n'avoir pas poursuivi plus longtemps mes études. J'aurais fait autre chose que de frotter les parquets, tu peux me croire. Et puis, ça t'occupera.

Et Charlie avait accepté – pour John. Les tuteurs arrivèrent : le jeune homme qui enseignait l'anglais, la vieille dame qui professait les mathématiques, la femme moins âgée aux lunettes épaisses qui lui donna ses premiers rudiments de français, l'homme dans son fauteuil roulant dont la spécialité était les sciences. Elle les écouta, supposant qu'elle apprenait, mais au fond elle le faisait pour John.

A trois reprises, John avait risqué sa place pour passer des messages à son père, elle s'en sentait coupable et se trouvait portée à faire tout ce qu'elle pourrait pour lui donner satisfaction. Il revint avec des nouvelles. Son papa était en bonne santé et il était soulagé de savoir qu'il en allait de même pour Charlie. Il collaborait aux tests. Cela la perturba légèrement, mais elle était à présent en âge de comprendre – un peu, en tout cas – que ce qui était bien pour elle ne l'était pas forcément pour son père. Et ces derniers temps, elle avait commencé à se demander si John n'était pas le mieux placé pour décider de ce qui était bien pour elle. Avec sa sincérité et sa drôlerie (il jurait sans arrêt puis s'en excusait, ce qui la faisait rire), il était extrêmement convaincant.

Pendant une dizaine de jours après la panne, il ne parla plus de faire des feux. Quand ils discutaient de ces choses, ils s'installaient dans la cuisine – où, disait-il, les murs n'avaient pas d'oreilles – et ils s'entretenaient toujours à voix basse.

Ce jour-là, il lui dit :

– As-tu repensé à cette histoire de feu, Charlie ?

Il l'appelait Charlie, à présent, et non plus « môme ». Elle le lui avait demandé.

Elle se mit à trembler. La seule idée de faire des feux avait cet effet sur elle depuis la ferme des Manders. Elle devenait glacée, nerveuse et frémissante; dans ses rapports, Hockstetter appelait cela « une réaction phobique modérée ».

– Je te l'ai déjà dit, répondit-elle. Je ne peux pas faire ça. Je ne veux pas le faire.

– Pouvoir et vouloir, c'est deux choses différentes. (John lavait par terre, mais sans hâte, tout en lui parlant. Son balai bruissait sur le sol. Il s'exprimait à la manière des prisonniers, pratiquement sans bouger les lèvres. Charlie resta muette.) J'ai une ou deux idées à ce propos, dit-il. Mais si tu ne veux pas les entendre, si c'est déjà réglé dans ta caboche, je la boucle.

– Non, vas-y.

Elle répondit poliment, mais en souhaitant vraiment qu'il la boucle, qu'il n'en parle pas, qu'il n'y pense même pas tant cela la mettait mal à l'aise. Pourtant, John avait fait beaucoup de choses pour elle... elle ne voulait surtout pas l'offenser ou le blesser. Elle avait besoin d'un ami.

– Eh bien, commença-t-il, j'étais en train de me dire qu'ils doivent savoir comment le truc s'est emballé, à la ferme. Ils seraient sûrement très prudents. Je ne les vois pas en train de te tester dans une pièce pleine de papiers et de chiffons gras, si ?

– Non, mais...

L'une de ses mains s'écarta du balai.

– Ecoute-moi jusqu'au bout. Jusqu'au bout.

– D'accord.

– Et ils savent aussi que c'est la seule fois que tu as provoqué une véritable – comment dit-on ? – conflagration. Les petits feux, Charlie. Voilà l'idée. Les petits feux. Et si quelque chose se produisait – ce qui m'étonnerait, vu que selon moi tu te contrôles mieux que tu ne l'imagines – mais disons, si quelque chose se produisait, qui pourraient-ils blâmer, hein ? Toi ? Ces trous-du-cul qui t'ont tordu le bras dans le dos pendant six mois pour que tu le fasses ? Oh, bon Dieu, excuse-moi !

Ce qu'il disait la terrifiait et pourtant elle ne put s'empêcher de cacher sa bouche derrière ses mains et de glousser en voyant son expression contrite.

John eut lui aussi un petit sourire puis haussa les épaules.

– L'autre idée que j'avais, c'est que tu ne peux pas apprendre à contrôler quoi que ce soit à moins de t'entraîner sans relâche.

– Je m'en fiche de le contrôler ou non parce que, de toute façon, je ne le ferai pas.

– Peut-être que si et peut-être que non, dit John, buté. (Il essora son balai et le posa debout dans un coin. Il jeta l'eau savonneuse dans l'évier puis remplit le seau de nouveau, pour le rinçage.) Il se pourrait que tu le fasses sans même le vouloir.

– Ça, ça m'étonnerait.

– Ou imagine que tu attrapes une mauvaise fièvre, un de

ces jours. Une grippe ou le croup ou je ne sais pas, bon sang, une espèce d'infection. (C'était l'un des rares angles d'attaque utiles que lui avait donnés Hockstetter.) Est-ce que tu as seulement été opérée de l'appendicite, Charlie ?

– Nooon...

John se mit au rinçage.

– Mon frère, oui, mais avant ça, l'appendice a éclaté et il a failli mourir. Faut dire qu'on était indiens, qu'on vivait dans une réserve et que tout le monde se fou..., se fichait de savoir si on était vivants ou non. Il a eu une fièvre terrible, quelque chose comme quarante, et il s'est mis à délirer, à proférer d'affreux jurons et à parler à des gens qui n'étaient pas là. Tu sais qu'il prenait mon père pour l'Ange de la Mort ou un truc comme ça ? Il croyait qu'il venait le chercher pour l'emporter et il a essayé de le frapper avec un couteau qu'il avait à côté de lui sur la table de nuit. Je t'ai déjà raconté cette histoire, non ?

– Non, fit Charlie dans un murmure. (Ce n'était plus la peur d'être entendue mais la peur tout court, une fascination horrifiée.) Vrai ?

– Vrai, affirma John. (De nouveau il pressa le balai.) Ce n'était pas sa faute. C'était à cause de la fièvre. Les gens deviennent capables de dire ou de faire n'importe quoi quand ils ont le délire. Absolument n'importe quoi.

Charlie comprenait ce qu'il voulait dire et sentait la frayeur monter en elle. C'était une chose à laquelle elle n'avait même jamais pensé.

– Mais si tu arrivais à contrôler cette pyro-machin...

– Comment je la contrôlerais si j'avais le délire ?

– Question d'entraînement, Charlie. (Rainbird retrouva la vieille métaphore de Wanless, celle qui avait tellement dégoûté Cap près d'un an auparavant.) C'est comme devenir propre. Une fois que tu as pris le contrôle de tes boyaux et de ta vessie, c'est pour de bon. Il arrive aux gens qui ont le délire de mouiller leurs draps en transpirant, mais c'est rare qu'ils pissent au lit. (Hockstetter avait fait remarquer qu'il s'agissait d'une vérité relative, mais Charlie ne pouvait pas le savoir.) Enfin, bref, tout ce que je veux dire, c'est que si tu obtenais ce contrôle, tu n'aurais plus de soucis à te faire. Ce serait fini. Mais, pour y arriver, il faut que tu t'entraînes à fond. Exactement comme tu as appris à lacer tes souliers ou à écrire à la maternelle.

– Je... je ne veux plus faire de feux ! Je ne veux plus, je ne veux plus !

– Et voilà, je t'ai encore fâchée ! gémit John. Je t'assure que je ne voulais pas. Excuse-moi, Charlie, je n'en parlerai plus. Moi et ma grande gueule.

Pourtant, la fois d'après, ce fut elle qui en parla.

C'était trois ou quatre jours plus tard; elle avait réfléchi intensément à ce qu'il lui avait dit. Elle était sûre d'avoir mis le doigt sur une faille de son raisonnement.

– Ça serait sans fin, dit-elle. Ils en demanderaient toujours plus. Si tu savais comme ils nous ont poursuivis ! Ils n'abandonnent jamais. Si je commence, ils voudront des feux plus grands, et encore plus grands, et des feux de joie et... je ne sais pas... J'ai peur.

Là encore, il l'admira. Elle possédait une intuition et une finesse naturelle incroyablement aiguisées. Il se demanda quelle serait la réaction de Hockstetter quand il lui apprendrait que Charlie McGee avait une idée extrêmement claire de ce que pouvait être leur remarquable plan top secret. Tous leurs rapports sur la fillette se fondaient sur la supposition que la pyrokinésie n'était que la pièce centrale de facultés *psy* connexes. Selon Rainbird, son intuition comptait au rang de ces facultés. Son père n'avait cessé de leur répéter qu'elle avait su qu'Al Steinowitz et les autres allaient venir à la ferme des Manders bien avant qu'ils n'arrivent. C'était une idée effrayante. Si jamais une de ses intuitions bizarres lui venait à propos de sa sincérité à lui... eh bien, on dit qu'il n'y a pas dans tout l'enfer furie plus dangereuse qu'une femme trahie, et si la moitié de ce qu'il supposait d'elle était vrai, elle était tout à fait capable de déclencher l'enfer, ou au moins d'en fabriquer une copie très satisfaisante. Et lui risquait de se retrouver au centre d'une situation fort brûlante. Ce qui ajoutait un certain sel à l'affaire... un sel qui manquait depuis trop longtemps.

– Charlie, déclara-t-il, je n'ai pas dit que tu devrais faire toutes ces choses-là *pour rien*.

Elle le regarda, interloquée.

John souffla :

– Je ne sais pas exactement comment le formuler, mais j'imagine que je commence à t'aimer un peu. Tu es comme la fille que je n'ai jamais eue. Et la façon dont ils te gardent claquemurée ici, avec interdiction de voir ton père, interdiction de sortir, interdiction de profiter des choses auxquelles toutes les autres petites filles ont droit... ça commence à me rendre malade. (Il laissa son œil valide flamboyer, l'effrayant un peu.) Tu pourrais obtenir des tas de choses en marchant avec eux... et en passant quelques marchés.

– Des marchés ? s'étonna Charlie, complètement désorientée.

– Sûr ! Tu pourrais obtenir d'eux qu'ils te laissent sortir au soleil, je parie. Ou même qu'ils te permettent d'aller à Longmont faire des courses. Tu pourrais quitter cette fichue boîte et t'installer dans une vraie maison. Voir d'autres enfants, et aussi...

– Voir mon père ?

– Ça aussi, bien sûr.

Mais ça, c'était une chose qui ne se produirait jamais car si le père et la fille rassemblaient leurs morceaux du puzzle, ils découvriraient que John l'Aimable Factotum était simplement trop beau pour être vrai. Rainbird n'avait jamais fait parvenir un seul message à Andy McGee. Hockstetter estimait que c'était prendre des risques pour rien et Rainbird, qui la plupart du temps tenait Hockstetter pour le dernier des trous-du-cul, était d'accord avec lui.

C'était une chose que d'abuser une gosse de huit ans avec des contes de fées sur les oreilles des murs et sur la nécessité de chuchoter pour ne pas être entendu, mais c'en était une autre que de rouler son père avec les mêmes histoires, même s'il avait déjà avalé l'appât, l'hameçon et le bouchon. McGee était ferré, mais sans doute pas assez pour ne pas comprendre qu'ils ne faisaient guère plus, à présent, que d'appliquer sur Charlie la technique du Bon Flic et du Méchant Flic, un procédé en vigueur dans tous les postes de police depuis des siècles et des siècles.

Aussi entretenait-il l'illusion qu'il portait les messages de la petite fille à Andy, de la même manière qu'il cultivait des tas d'autres légendes. A dire vrai, il voyait McGee assez souvent, mais seulement sur les écrans des postes de monitoring. Il était exact qu'Andy collaborait aux tests, à ce détail près qu'il se trouvait à plat, incapable de pousser un gosse à manger une sucette. Annihilé, uniquement intéressé par sa télé et par l'heure de la prochaine pilule. Il ne demandait plus jamais à voir sa fille. Retrouver son père et découvrir ce qu'ils lui avaient fait pourrait très bien durcir de nouveau la résistance de l'enfant, au moment où Rainbird se sentait près de la briser définitivement; elle voulait être convaincue, maintenant. Non, Charlie McGee était en mesure de tout négocier, sauf ça. Elle ne reverrait jamais son père. Avant longtemps, se dit Rainbird, Cap embarquerait Andy dans un avion de la Boîte et l'expédierait à Maui. Encore une chose que la fillette n'avait pas besoin de savoir.

– Tu crois vraiment qu'ils me laisseront le voir ?

– Sans aucun doute, répliqua-t-il avec aisance. Pas tout de suite, bien sûr; il est leur meilleure carte, et ils le savent. Mais si tu vas jusqu'à un certain point avant d'annoncer que tu les laisses en plan à moins qu'ils ne te permettent de le voir...

Sa phrase resta en suspens. L'appât était dehors, un gros leurre brillant fendant l'eau, garni d'hameçons et de toute façon non comestible, mais ça, cette petite poulette endurcie l'ignorait.

Elle le regarda, songeuse. Et le sujet fut abandonné. Pour la journée.

Et puis, environ une semaine plus tard, Rainbird changea d'un coup de tactique. Il le fit sans raison précise, parce que sa propre intuition lui soufflait qu'il n'irait pas plus loin en argumentant. Il était temps de supplier, comme dans l'histoire d'Oncle Remus, Frère Lapin avait supplié Frère Renard de ne pas le jeter dans un fourré de ronces pour obtenir exactement la chose inverse.

– Tu te souviens de quoi on a parlé ?

Il ouvrit la conversation tout en cirant le sol de la cuisine. Debout devant le frigo, elle faisait semblant d'hésiter sur le choix d'un en-cas. L'un de ses pieds, rose et net, était dressé derrière l'autre de sorte qu'il pouvait en voir le dessous. Il trouvait cette pose curieusement évocatrice de la mi-enfance. Pré-érotique, d'une certaine façon, presque mystique. Son cœur de nouveau s'emballa. Elle le regardait par-dessus son épaule, suspicieuse. Ses cheveux, noués en queue de cheval, tombaient le long de son cou.

– Oui, dit-elle. Je m'en souviens.

– Eh bien, j'ai réfléchi et je me suis demandé de quel droit je donnais des conseils. Moi qui ne suis pas fichu d'obtenir un prêt de mille dollars à la banque pour m'acheter une voiture...

– Oh, John, ça ne veut rien dire...

– Au contraire. Si j'étais malin, j'aurais été un type comme ce Hockstetter. Avec de l'instruction.

Dédaigneuse, elle répondit :

– Mon papa dit toujours que s'acheter de l'instruction est à la portée du premier imbécile venu.

Au fond de lui-même, il jubila.

2

Trois jours plus tard, le poisson avala l'appât.

Charlie lui annonça qu'elle avait décidé de les laisser mener leurs tests. Elle serait prudente. Et s'il le fallait, elle saurait les rendre prudents, eux aussi. Son visage était maigre, ses traits pâles et tirés.

– N'accepte pas à moins d'y avoir réfléchi à fond, dit John.

– J'ai essayé, murmura-t-elle.

– Tu vas le faire pour eux ?

– Non !

– Bien. Tu vas le faire pour toi ?

– Oui. Pour moi. Et pour mon père.

– Parfait. Et Charlie... c'est toi qui mènes le bal, tu me comprends ? Tu leur as montré comme tu pouvais être dure. Maintenant, il ne faut pas qu'ils voient la moindre faiblesse. S'ils en trouvent une, ils s'en serviront. Joue serré. Tu saisis ?

– Oui... je crois.

– C'est donnant, donnant. Coup pour coup. Pas de cadeau. (Ses épaules s'affaissèrent un peu. Le feu déserta son œil. Elle détestait le voir ainsi, déprimé et vaincu.) Ne les laisse pas te traiter comme ils m'ont traité. J'ai donné quatre ans de ma vie et un œil à mon pays. J'ai passé douze mois dans un trou du sol, à manger des insectes, à trembler de fièvre, à respirer l'odeur de ma propre merde et à m'épouiller le crâne. Et quand j'en suis sorti, ils m'ont dit merci bien, John, et ils m'ont mis un balai dans les mains. Ils m'ont arnaqué, Charlie, tu comprends ? Ne les laisse pas te faire la même chose.

– Je comprends, déclara-t-elle solennellement.

Il commença à se dérider, puis sourit.

– C'est pour quand, le grand jour ?

– Je vois le Dr Hockstetter demain. Je vais lui dire que j'ai décidé de coopérer... un peu. Et je lui dirai aussi ce que je veux.

– Eh bien, n'en demande pas trop du premier coup ! Comme à la foire, tu sais. Montre-leur un échantillon de tes merveilles avant de piquer leur oseille. (Elle acquiesça.) Mais tu leur fais voir qui tient les rênes, hein ? Qui est le patron.

– Oui.

Son sourire s'élargit.

– Bonne petite ! dit-il.

3

Hockstetter était furieux.

– Mais à quel jeu jouez-vous, bon Dieu ? lança-t-il à Rainbird.

Ils se trouvaient dans le bureau de Cap. *Il a osé élever la voix*, pensa Rainbird, *parce que Cap est là pour faire l'arbitre*. Puis il observa de nouveau les yeux bleus et brûlants de Hockstetter, ses joues empourprées, ses jointures blanchies, et dut admettre qu'il se trompait probablement. Il avait eu l'audace de franchir les grilles du jardin sacré du psychiatre. Le règlement de comptes qu'il avait provoqué après la fin de la panne était une chose. Hockstetter avait commis une erreur dangereuse et le savait. Là, c'était totalement différent. Rainbird se contenta de dévisager le psychiatre.

– Vous nous avez soigneusement amenés à l'impasse, poursuivit Hockstetter. Vous savez très bien qu'elle ne verra pas son père. « *C'est donnant, donnant* », fit-il, outrant furieusement son imitation. Espèce d'idiot !

Rainbird continuait de le dévisager.

– Ne me traitez plus jamais d'idiot, dit-il d'une voix parfaitement neutre.

Hockstetter cilla, mais presque imperceptiblement.

– Allons, messieurs ! intervint Cap d'un ton las. Je vous en prie !

Il y avait un magnétophone sur son bureau. Ils venaient d'écouter la conversation que Rainbird avait eue avec Charlie le matin même.

– Apparemment, le Dr Hockstetter n'a pas pris conscience que son équipe et lui vont enfin obtenir quelque chose, dit Rainbird. Ce qui va enrichir leur stock de connaissances pratiques d'environ cent pour cent, si mes calculs sont exacts.

– Le résultat d'un accident totalement imprévu, lâcha Hockstetter, renfrogné.

– Un accident que vous avez été trop bornés pour provoquer à votre profit, rétorqua Rainbird. Trop occupés à jouer avec vos rats, sans doute.

– Messieurs, c'est assez ! s'écria Cap. Nous ne sommes pas ici pour nous laisser aller aux récriminations; ce n'est pas le but de cette réunion. (Il regarda Hockstetter.) Vous allez devoir apprendre le fair-play, dit-il. Je suis forcé de reconnaître que vous faites preuve de bien peu de gratitude. (Hockstetter grommela. Cap se tourna vers Rainbird.) Quant à vous, je trouve que vous avez poussé votre rôle de conseiller un peu loin, vers la fin.

– Vous le pensez vraiment ? Alors vous ne comprenez toujours pas. (Son regard alla de Cap à Hockstetter et revint à Cap.) Je crois que, l'un comme l'autre, vous démontrez une incompréhension quasi paralysante. Vous disposez de deux psychiatres pour enfants et s'ils sont représentatifs de leur corporation il doit y avoir dans ce pays un paquet de gosses perturbés qui n'ont pas fini d'en baver.

– Facile à dire, intervint Hockstetter. Ce...

– Vous ne comprenez pas à quel point elle est maligne, coupa Rainbird. Vous ne comprenez pas à quel... à quel point elle est apte à détecter les effets et les causes. Travailler avec elle, c'est avancer en terrain miné. Je lui ai donné l'idée de la carotte et du bâton parce qu'elle y aurait pensé toute seule. En la devançant, j'ai consolidé la confiance qu'elle a en moi... j'ai, de fait, tourné un inconvénient en avantage.

Hockstetter ouvrit la bouche. Cap leva la main et pivota vers Rainbird. Il parla sur ce ton doux et apaisant qu'il n'employait avec personne d'autre... mais au fond, il n'y avait pas d'autre John Rainbird.

– Cela ne change rien au fait que vous avez probablement limité les possibilités de Hockstetter et de son équipe. A un moment ou à un autre, elle comprendra que son ultime requête – voir son père – ne sera pas satisfaite. Nous sommes tous d'accord sur l'idée que cette autorisation risquerait de nous priver d'elle à jamais.

– Tout juste, lança Hockstetter.

– Et si elle est aussi fine que vous le dites, reprit Cap, elle sera portée à poser sa condition impossible plus tôt que prévu.

– Elle la posera, concéda Rainbird, et ce sera la fin. Si elle le voyait, elle comprendrait que je lui ai menti et que je travaille pour vous. Donc la question se formule autrement : combien de temps allez-vous pouvoir vous servir d'elle ? (L'Indien se pencha en avant.) Deux précisions. D'abord, il faut vous faire à l'idée qu'elle n'allumera pas des feux pour vous jusqu'à la fin des temps. C'est un être humain, une petite fille qui veut voir son papa. Pas un rat de laboratoire.

– Nous avons déjà... commença le psychiatre avec impatience.

– Non, non, vous n'avez pas. Cela nous renvoie aux fondements du système des récompenses dans l'expérimentation. La carotte et le bâton. En allumant des feux, Charlie pense qu'elle agite une carotte qui vous conduira – et la conduira – à son père. Mais nous savons que c'est faux. En fait, c'est son père la carotte et c'est nous qui faisons avancer Charlie. Une mule labourera ses quarante acres légendaires en essayant d'attraper cette carotte qui se balance devant ses yeux parce que c'est un animal stupide. Cette petite fille n'est pas stupide. (Il observa Cap et Hockstetter.) Je sais, je me répète. C'est comme enfoncer un clou dans du chêne – du chêne de première souche. Ça rentre mal, vous ne voyez pas ? Vous passez votre temps à oublier que tôt ou tard elle découvrira le pot aux roses et elle vous enverra promener. Parce que ce n'est pas une mule. Ni un rat de laboratoire.

Et toi, tu veux qu'elle abandonne, pensa Cap avec un lent dégoût. *Tu veux qu'elle abandonne pour pouvoir la tuer.*

– Donc, vous devez démarrer à la case départ, poursuivit Rainbird. C'est-à-dire, commencer. Ensuite, vous chercherez des moyens de prolonger sa coopération aussi longtemps que possible. Puis, quand ce sera fini, vous rédigerez votre rapport. Si vous avez réuni assez d'informations, vous recevrez votre récompense, sous forme de crédits importants. On vous laissera manger la carotte. Alors vous pourrez recommencer à injecter votre brouet de sorcière à une autre bande de pauvres crétins ignorants.

– Vous devenez insultant, fit Hockstetter d'une voix mal contenue.

– C'est toujours mieux que d'être un con fini, répliqua Rainbird.

– Et comment vous y prendriez-vous pour prolonger sa coopération ?

– Vous pouvez lui faire faire du chemin simplement en lui accordant de petits privilèges. Une promenade sur la pelouse ou... Toutes les petites filles aiment les chevaux. Je parie que vous obtiendriez une demi-douzaine de feux rien qu'en envoyant un palefrenier la balader dans les allées cavalières sur l'un des poneys de l'écurie. Ce qui devrait suffire à tenir une douzaine de ronds-de-cuir comme Hockstetter sur la brèche pendant au moins cinq ans.

Le psychiatre s'écarta de la table.

– Je n'ai aucune raison de rester pour entendre ça.

– Assis et taisez-vous, dit Cap.

Une bouffée brûlante embrasa le visage de Hockstetter et pendant un instant il parut prêt à se battre; puis le sang reflua et il sembla qu'il allait fondre en larmes. Il se rassit.

– Laissez-la aller en ville faire des emplettes, reprit Rainbird. Vous pouvez peut-être organiser une petite expédition à Seven Flags, en Géorgie, de façon qu'elle essaie les montagnes russes. Peut-être même en compagnie de son fidèle ami John le Factotum.

– Et vous croyez sérieusement que ces choses suffiront à... commença Cap.

– Non. Pas pour longtemps. Un jour ou l'autre, on en reviendra à la question du père. Mais elle est humaine. Elle pense aussi à elle. Elle fera du chemin sur la route qui vous intéresse rien qu'en se justifiant vis-à-vis d'elle-même, en se disant qu'elle vous offre un échantillon avant de piquer votre pognon. Mais tôt ou tard, ce cher vieux paternel retombera sur le tapis, ça oui. La trahison, ce n'est pas son genre. Elle est costaud, cette môme.

– Et là, ce sera le terminus, dit Cap, pensif. Tout le monde descend. Fin du projet. De cette phase, en tout cas.

Par beaucoup de côtés, l'idée d'apercevoir le bout de la ligne le soulageait énormément.

– Pas tout à fait, non, répondit Rainbird, affichant son sourire sans joie. Il nous reste un atout dans la manche. Une dernière grosse carotte, quand toutes les petites auront fait leur temps. Pas son père – pas le grand prix – mais quelque chose qui la fera avancer encore un peu.

– Et de quoi peut-il bien s'agir ? demanda Hockstetter.

– A vous de trouver, dit Rainbird, toujours souriant.

Et il se tut. Cap en était capable, malgré l'affaiblissement qu'il avait subi au cours de ces derniers six mois. Même en tournant à la moitié de ses possibilités, il avait plus de cervelle que la plupart de ses employés (et que tous les prétendants à sa succession). Hockstetter, lui, ne trouverait rien du tout. Il était depuis longtemps plusieurs étages au-dessus de son niveau d'incompétence, un phénomène plus fréquent dans la bureaucratie fédérale que partout ailleurs. Hockstetter n'aurait pas pu retrouver une botte de foin dans un tas d'aiguilles.

Non pas qu'il fût de la moindre importance que l'un ou l'autre découvrît ce qu'était la carotte finale de ce petit concours (la Carotte Surprise, pourrait-on dire); les résultats resteraient inchangés. Simplement, d'une manière ou d'une autre, cela placerait Rainbird au poste de pilotage. Il aurait pu leur demander : *Qui est son père à votre avis, à présent que son père n'est plus là ?*

Mais au fond, qu'ils se débrouillent. A eux de trouver, s'ils en étaient capables.

John Rainbird ne se départit pas de son sourire.

4

Andy McGee était assis devant sa télé. Le petit voyant du sélecteur de programmes posé sur le récepteur brillait. Sur l'écran, Richard Dreyfuss essayait de dresser la Butte du Diable dans son living-room. Andy suivait le film, une expression de plaisir vide et calme sur le visage. Intérieurement, il bouillait de nervosité. C'était aujourd'hui le grand jour.

Pour lui, les trois semaines qui venaient de s'écouler depuis la panne avaient été une période de tension et d'efforts presque insupportables entrecoupée d'éclats de gaieté teintés de culpabilité. Il se trouvait à même de comprendre aussi bien comment le KGB pouvait inspirer une terreur telle que l'exaltation qu'avait dû ressentir le Winston Smith de George Orwell au cours de sa brève, folle et furtive rébellion. Il détenait de nouveau un secret. Un secret qui le travaillait et le rongeait, mais qui, dans le même temps, lui donnait la sensation d'être redevenu puissant et complet. Cela lui conférait un avantage sur eux. Dieu seul savait combien de temps il pourrait le maintenir et à quoi cela aboutirait, mais pour l'instant il en profitait.

Il était presque dix heures du matin, et Pynchot, l'homme au sourire éternel, s'était annoncé pour dix heures. Ils iraient se promener dans le jardin afin de « discuter de ses progrès ». Andy avait l'intention de le pousser... ou au moins d'essayer. Il aurait pu fournir cet effort plus tôt, sans les systèmes de surveillance télé et les innombrables dispositifs d'écoute. L'attente lui avait donné l'occasion de réfléchir à son plan d'attaque, de le sonder sans relâche pour en détecter les points faibles. Il avait en fait écrit et réécrit bien des fois dans sa tête diverses parties du scénario.

La nuit, allongé sur son lit dans l'obscurité, il y avait repensé sans cesse : *Big Brother regarde. Voilà ce qu'il faut te répéter, garder bien clair dans ton esprit. Ils te retiennent prisonnier dans le cerveau antérieur de Big Brother, et si tu veux vraiment aider Charlie, tu dois continuer à les tromper.*

Il n'avait jamais si peu dormi de sa vie, principalement parce qu'il était terrifié par l'idée de parler dans son sommeil. Certaines nuits, il restait éveillé pendant des heures, couché, n'osant ni bouger ni se tourner au cas où ils se demanderaient comment un homme drogué pouvait se montrer si agité. Et s'il sombrait, c'était dans un sommeil fragile, traversé de rêves étranges (où revenait souvent la silhouette de Long John Silver, le pirate borgne à la jambe de bois).

Echapper aux pilules était le plus facile, car ils étaient persuadés qu'il était désireux de les prendre. On lui en donnait quatre fois par jour, maintenant, et il n'y avait plus eu aucun test depuis la panne. A son avis, ils avaient renoncé et c'était ce que Pynchot allait lui apprendre aujourd'hui, au cours de leur promenade.

Parfois, il feignait une toux pour recracher les pilules dans le creux de sa main. Il les cachait dans les reliefs de ses repas qu'il jetterait plus tard au vide-ordures. D'autres disparaissaient dans les toilettes. En certaines occasions, il s'aidait de ginger-ale, soi-disant pour les faire passer. En fait, il les crachait au fond de la boîte à moitié pleine et les laissait s'y dissoudre. A la suite de quoi, il vidait le liquide éventé dans l'évier.

Pourtant, ce n'était pas un professionnel de ce genre de choses, comme les gens qui l'observaient. Mais il s'appuyait sur le postulat que leur surveillance s'était relâchée. Faute de quoi il se ferait prendre. Point à la ligne.

Dreyfuss et la femme dont le fiston avait été emmené en balade par les types de la soucoupe escaladaient le flanc de la Butte du Diable quand le couineur signalant l'ouverture des verrous électroniques retentit brièvement. Andy s'obligea à ne pas sursauter.

Nous y sommes, se répéta-t-il.

Herman Pynchot pénétra dans le living-room. Il était plus petit qu'Andy, mais très mince; il y avait en lui quelque chose de discrètement efféminé, mais Andy n'aurait su établir avec précision de quoi il s'agissait. Aujourd'hui, il était chou comme tout dans son fin col roulé gris et sa veste d'été. Et, bien sûr, il souriait.

– Bonjour, Andy, dit-il.

– Oh ! fit Andy, s'arrêtant comme pour réfléchir. Bonjour, docteur Pynchot.

– Ça vous ennuierait que je coupe la télé ? Nous sommes censés aller faire un tour, vous savez.

– Oh ! (Les sourcils d'Andy se froncèrent, puis son front se dérida.) Pas de problème. Je l'ai déjà vu trois ou quatre fois. Mais j'aime bien la fin. Très joli. La soucoupe l'emmène. Dans les étoiles.

– Vraiment ? (Pynchot éteignit le téléviseur.) On y va ?

– Où ?

– La promenade, dit patiemment Herman Pynchot. Vous vous souvenez ?

– Oh ! fit Andy. Bien sûr !

Il se leva.

5

Le vestibule qui précédait la chambre d'Andy était vaste et carrelé, doté d'un éclairage tamisé et indirect. Non loin de là se trouvait une salle de communications ou un centre informatique. Des gens y entraient, portant des cartes perforées, en sortaient chargés de liasses de bandes imprimées, et l'on entendait le bourdonnement des machineries légères.

Un jeune homme vêtu d'une veste sport flambant neuve – l'essence même de l'agent gouvernemental – poireautait devant la porte de l'appartement d'Andy. Une bosse était visible sous son bras. Il faisait partie de la procédure standard. Il allait emboîter le pas aux deux hommes, aux aguets mais hors de portée de voix. Andy pensa qu'il ne poserait pas de problème.

Quand Pynchot et lui passèrent devant l'agent, celui-ci leur emboîta effectivement le pas, les suivant en direction de l'ascenseur. Le cœur d'Andy battait si fort à présent qu'il avait l'impression que tout son thorax en était ébranlé. Pourtant, l'air de rien, il restait vigilant à tous les détails. Il compta une douzaine de portes dépourvues de toute inscription. Il en avait vu certaines ouvertes au cours d'autres passages dans ce corridor – l'une sur une petite bibliothèque spécialisée, une seconde sur une salle de photocopie – mais sans jamais en tenir un compte précis. Charlie pouvait se trouver derrière n'importe lequel de ces battants... ou carrément dans une autre partie du complexe.

L'ascenseur était assez grand pour admettre un brancard d'hôpital. Pynchot sortit ses clés, en tourna une dans une fente et poussa l'un des boutons sans marques apparentes. Les portes se fermèrent et la cabine s'éleva en douceur. L'agent de la Boîte s'était adossé à la paroi du fond. Andy se tenait droit, les mains dans les poches de son Lee Rider, un petit sourire vide aux lèvres.

Les portes se rouvrirent sur ce qui avait été autrefois une salle de bal. Le sol était constitué d'un parquet de chêne poli. De l'autre côté de l'énorme pièce, un escalier en spirale élevait sa double hélice gracieuse vers les étages supérieurs. A gauche, des portes-fenêtres à la française ouvraient sur une terrasse ensoleillée dominant un jardin rocailleux. De la droite, provenait le cliquetis, à peine étouffé par de lourdes portes de chêne entrouvertes, d'un pool de secrétaires occupées à dactylographier les deux sacs postaux de paperasserie de la journée.

Et de partout montait l'odeur des fleurs fraîches.

Pynchot ouvrit la voie et, comme toujours, Andy fit un commentaire sur le parquet chevillé, semblant le remarquer pour la première fois. Ils sortirent par les portes-fenêtres, le fantôme de la Boîte sur leurs talons. L'air était très chaud, extrêmement humide. Des abeilles bourdonnaient paresseusement. Au fond du jardin, on apercevait des hydrangeas, des forsythias et des massifs de rhododendrons. On entendait les tondeuses, décrivant leurs cercles perpétuels. Andy leva son visage vers le soleil avec une reconnaissance qui n'était pas feinte.

– Comment vous sentez-vous ? lui demanda Pynchot.

– Bien. Bien.

– Savez-vous qu'il y a près de six mois que vous êtes ici ? fit le médecin comme il aurait dit : c'est fou ce que le temps passe quand on profite de la vie.

Ils tournèrent à droite sur une allée de gravier. Le parfum du chèvrefeuille et du sassafras flottait dans l'air immobile. De l'autre côté de la mare, près de la seconde maison, deux chevaux passèrent, menant un canter indolent.

– Ça fait long, dit Andy.

– Oui, un bail. (Pynchot sourit.) Et nous sommes arrivés à la conclusion que votre pouvoir s'est... affaibli, Andy. En fait, nous n'avons obtenu aucun résultat notable.

– Avec toutes ces drogues que vous m'infligez sans arrêt, répondit Andy, vous ne pouvez pas espérer que je fasse de mon mieux si je suis défoncé.

Pynchot s'éclaircit la gorge mais ne fit pas remarquer qu'Andy s'était trouvé totalement à jeun pour les trois premières séries de tests qui n'avaient pas été plus concluantes pour autant.

– Je veux dire, j'ai fait de mon mieux, docteur Pynchot, j'ai essayé.

– Oui, oui. Bien entendu. Et nous pensons, enfin, je pense que vous méritez des vacances. La Boîte possède une petite installation à Maui, dans la chaîne d'Hawaii. Quant à moi, il va falloir que je rédige mon rapport semestriel. Que penseriez-vous... (Le sourire de Pynchot devint le rictus forcé d'un présentateur de jeu télévisé, sa voix prit les inflexions de celle d'un adulte faisant à un enfant des promesses mirobolantes.)... Que penseriez-vous d'une petite recommandation qui vous permettrait d'être envoyé là-bas le plus vite possible ?

Pour y rester quelque chose comme deux ans, songea Andy. Ou cinq. Histoire de garder un œil sur lui au cas où ses facultés de domination mentale reviendraient et de s'en servir comme d'un atout majeur si des difficultés imprévues surgissaient entre Charlie et eux. A l'issue de quoi surviendrait sans aucun doute un accident, une overdose ou un « suicide ». Et, selon la terminologie d'Orwell, il deviendrait « non existant ».

– Vous me laisseriez mes médicaments ? demanda-t-il.

– Oh, évidemment ! répondit Pynchot.

– Hawaii... fit Andy, rêveur. (Puis il regarda le médecin avec une expression dont il espérait qu'elle traduisait une stupidité matoise.) Mais le Dr Hockstetter ne me permettra pas de partir. Il ne m'aime pas. Je le sais.

– Mais si ! Il vous aime bien, Andy. Et de tout façon,

vous êtes mon protégé, pas celui du Dr Hockstetter. Je peux vous affirmer qu'il se rangera à mon avis.

– Mais vous n'avez pas encore écrit votre mémorandum.

– Non, je voulais vous parler d'abord. Je vous assure que l'accord de Hockstetter n'est qu'une formalité.

– Il serait peut-être plus sage de procéder à une dernière série de tests, dit Andy. (Et il poussa légèrement.) Juste par précaution.

Les paupières de Pynchot battirent soudain d'une étrange manière. Son sourire s'altéra, se teinta de stupeur, puis s'estompa complètement. C'était lui, à présent, qui paraissait drogué. Cette idée procura à Andy une satisfaction mauvaise. Les abeilles bourdonnaient dans les corolles. L'odeur de l'herbe coupée, lourde et entêtante, emplissait l'atmosphère.

– En rédigeant votre rapport, suggérez une dernière série de tests, répéta Andy.

Le regard de Pynchot s'éclaircit. Son sourire radieux réapparut.

– Cette histoire d'Hawaii, il va sans dire, doit rester entre nous pour l'instant, dit-il. Au moment de rédiger mon rapport, je compte suggérer une dernière série de tests. Ce sera plus sage, vous comprenez. Juste par précaution.

– Mais ensuite, je pourrai aller à Hawaii ?

– Oui, répondit le médecin. Ensuite.

– Une nouvelle série de tests peut prendre environ trois mois ?

– C'est cela, trois mois.

Pynchot jeta à Andy le regard rayonnant qu'on adresse à un élève doué.

Ils approchaient de la mare. Des canards glissaient, nonchalants, sur le miroir de la surface. Les deux hommes s'arrêtèrent. Derrière eux, le type en veston sport observait une cavalière et un cavalier entre deux âges passant au petit trot le long de l'autre berge. Leur reflet n'était troublé que par le sillage rectiligne d'un canard traversant sans effort. Andy songea que le couple ressemblait étrangement à ces personnages qu'on voit sur les bulletins publicitaires des compagnies d'assurances, le genre de dépliant glissé dans les journaux du dimanche qui atterrit invariablement sur vos genoux – ou dans votre bol de café.

Il ressentait dans son crâne une petite pulsation douloureuse. Pas si mal. Tout à sa nervosité, il avait bien failli pousser Pynchot beaucoup plus fort qu'il n'était nécessaire, et le jeune agent aurait risqué de s'en apercevoir. Il ne semblait pas les surveiller, mais Andy n'était pas dupe.

– Parlez-moi un peu des routes et des paysages de la région, dit-il calmement au médecin.

Et il envoya une seconde poussée légère. D'après les bribes de conversation qu'il avait pu surprendre, il savait qu'ils ne se trouvaient pas tellement loin de Washington, mais bien sûr pas aussi près que le centre d'opérations de la CIA de Langley. Ses informations topographiques s'arrêtaient là.

– Très joli, fit Pynchot d'une voix flottante. Surtout depuis qu'ils ont bouché les trous.

– Ravissant, oui, déclara Andy.

Et il se tut. Parfois, la poussée déclenchait chez celui qui la subissait le retour quasi hypnotique d'un souvenir fossile – généralement par le biais d'une obscure association d'idées – et il n'était pas recommandé d'interrompre ce qui s'ensuivait. On risquait de provoquer un effet d'écho, cet écho pouvait devenir un ricochet, et le ricochet risquait de déboucher sur... eh bien, sur n'importe quoi ou presque. Cela s'était produit avec l'un de ses cadres à la Walter Mitty, et Andy s'était payé une trouille de tous les diables. Le dénouement dans ce cas avait été heureux, mais imaginer ce qui se passerait si l'ami Pynchot se trouvait soudain en proie à une attaque d'horreur hurlante n'avait rien d'un bonheur.

– Ma femme l'adore, reprit le médecin de la même voix rêveuse.

– Qu'est-ce que c'est ? demanda Andy. Ce qu'elle adore ?

– Son nouveau vide-ordures. Il est très...

Sa phrase mourut.

– Très joli, suggéra Andy.

Le type en veste sport s'était rapproché; il sentit une fine pellicule de sueur se poser sur sa lèvre supérieure.

– Très joli, acquiesça Pynchot, jetant un regard vague à la mare.

L'agent continuait à s'approcher et Andy décida qu'il devait prendre le risque d'une nouvelle poussée. Très restreinte. Le médecin se tenait près de lui comme un téléviseur au tube grillé.

L'agent ramassa un petit morceau de bois et le lança dans l'eau. A l'endroit où le projectile toucha la surface, une onde concentrique vibrante se forma. Les yeux de Pynchot cillèrent.

– La région est très jolie par ici, dit-il. Très vallonnée, vous savez. Excellente pour les promenades à cheval. Ma femme et moi montons une fois par semaine, quand notre emploi du temps nous le permet. Je pense que la ville la plus proche est Dawn. A l'ouest... enfin, au sud-ouest. C'est une bourgade sur la route 301. A l'est, la première agglomération est Gether.

– Sur une route principale ?

– Non. Gether est sur une secondaire.

– Où conduit la route 301 ? A part Dawn ?

– Eh bien, jusqu'à Washington, si vous prenez au nord. Et pratiquement jusqu'à Richmond en piquant vers le sud.

Andy avait l'intention de questionner Pynchot à propos de Charlie, c'était une partie de son plan, mais la réaction du médecin l'avait un peu effrayé. La manière dont il avait associé les concepts *épouse, trous, joli*, et – très étrange ! – *vide-ordures* était bizarre et quelque peu dérangeante. Cela signifiait sans doute que Pynchot, quoique accessible, n'était pas un bon sujet. Ou bien cela tenait au fait qu'il possédait une personnalité perturbée, sévèrement enfermée dans un corset de normalité sous lequel se maintenait l'équilibre délicat de Dieu sait quelles forces. Pousser des gens dépourvus de stabilité mentale pouvait conduire à toutes sortes de résultats imprévus. Si l'agent ne s'était pas trouvé là, peut-être aurait-il essayé malgré tout (après ce qu'il venait de vivre, l'idée de jouer avec la tête de Herman Pynchot ne lui inspirait que bien peu de remords), mais à présent, il n'osait plus. Un psychiatre doué de la poussée serait sans doute un bienfait pour l'humanité... mais Andy McGee ne faisait pas partie de la corporation.

Peut-être était-il stupide de redouter tant de choses d'une simple réaction de la mémoire; cela s'était déjà produit auparavant et bien peu de sujets avaient basculé. Mais Andy ne faisait pas confiance à Pynchot. Pynchot souriait.

Une voix soudaine, froide et meurtrière, résonna en lui, montant d'un puits caché au fond de son subconscient : *Dis-lui de rentrer chez lui et de se suicider. Et puis, pousse-le. Pousse-le de toutes tes forces.*

Il écarta cette pensée, horrifié, en proie à une vague nausée.

– Eh bien, dit Pynchot, retournant vers lui son sourire, si nous rentrions ?

– D'accord, fit Andy.

Il avait commencé. Mais en ce qui concernait Charlie, il se trouvait toujours dans le noir.

6

MÉMORANDUM INTERDÉPARTEMENTS

De Herman Pynchot
A Patrick Hockstetter
Date 12 septembre
Réf. Andy McGee

J'ai repris toutes mes notes et la plupart des bandes au cours de ces trois derniers jours. J'ai également parlé à McGee. La situation n'a enregistré aucun changement notable, depuis notre conversation du 5/9, mais pour l'instant j'aimerais mettre de côté l'idée d'Hawaii si personne n'y voit d'objection sérieuse (comme le dit lui-même le capitaine Hollister : « Ce n'est qu'une question d'argent ! »).

De fait, Pat, je pense qu'une dernière série de tests serait plus sage – juste par précaution. Après quoi nous pourrions revenir au projet original et l'expédier à Maui. A mon sens, l'opération devrait prendre environ trois mois.

J'attends votre avis pour commencer la procédure administrative.

HERM.

7

MÉMORANDUM INTERDÉPARTEMENTS

De P. H.
A Herm Pynchot
Date 13 septembre
Réf. Andy McGee

Je ne vous suis pas ! La dernière fois que nous nous sommes réunis, nous étions tous d'accord – vous autant que les autres – pour reconnaître que McGee est aussi utile qu'un fusible mort. Il faut bien finir par prendre une décision, non ?

Si vous voulez programmer une nouvelle série de tests – une série abrégée, allez-y. Nous commençons avec la fille la semaine prochaine mais, grâce à l'intervention inepte d'un certain personnage, je ne pense pas que nous jouirons longtemps de sa collaboration. Tant que ça durera, ce n'est sans doute pas une mauvaise idée que de garder le père sous la main... comme « extincteur » ? ? ?

A propos – ce n'est peut-être qu'une « question d'argent », mais il s'agit de l'argent des contribuables et la légèreté dans ce domaine est rarement encouragée. Surtout pas par le capitaine Hollister. Tâchez de vous en souvenir, Herm.

Prévoyez de le garder au plus 6 à 8 semaines, à moins que vous n'obteniez des résultats. Auquel cas, je m'engage à bouffer personnellement vos Hush Puppies.

PAT.

8

– Sale fils de pute ! articula Herm Pynchot lorsqu'il eut fini de lire le mémorandum.

Il reprit le troisième paragraphe : tout Hockstetter était là. Hockstetter qui possédait une Thunderbird de 1958 complètement restaurée et lui faisait la leçon sur des questions d'argent. Il froissa la feuille et la balança dans la corbeille à papiers avant de se renverser dans son fauteuil tournant. Deux mois maximum. Il n'aimait pas ça. Il en aurait fallu trois au moins. Il avait l'impression que...

Incongrue et mystérieuse, la vision du broyeur d'ordures qu'il avait installé chez lui surgit dans son esprit. Encore une chose qu'il n'aimait pas. Le dispositif revenait ces derniers temps de façon obsessionnelle et il n'arrivait pas à le chasser de sa tête. Cela se produisait particulièrement quand il s'efforçait de penser au problème posé par Andy McGee. Le trou sombre au centre de l'évier était protégé par un diaphragme de caoutchouc... vaginal...

Songeur, il se laissa aller contre le dossier. Lorsqu'il sortit de sa rêverie, sursautant, il fut contrarié de constater que près de vingt minutes s'étaient écoulées. Il prit un mémo vierge et rédigea une note à ce fumier de Hockstetter. Ravalant son orgueil, il s'excusa de son commentaire malvenu sur la question d'argent. Il dut se retenir pour ne pas réitérer sa requête d'un sursis de trois mois (et dans son esprit, l'image du trou sombre et lisse du vide-ordures resurgit). Si Hockstetter disait deux, c'était deux. Mais au cas où il obtiendrait des résultats avec McGee, le psychiatre trouverait dans le quart d'heure suivant deux Hush Puppies pointure 39 sur son sous-main, avec un couteau, une fourchette et un flacon d'attendrisseur de viande.

Il termina la note, la parapha et se redressa, se massant les tempes. Il avait la migraine.

Au lycée et au collège, Herm Pynchot se travestissait en secret. Il aimait porter des vêtements féminins car ils lui donnaient une allure... eh bien, très jolie. Au cours de sa première année de collège, il avait été surpris par deux membres de sa fraternité, Delta Tau Delta. Pour prix de leur silence, ils avaient imposé une humiliation rituelle, pas tellement éloignée du bizutage auquel il s'était prêté de très bon cœur.

A deux heures du matin, ils avaient répandu des ordures sur le sol de la cuisine de la fraternité et avaient obligé Pynchot, vêtu seulement d'une culotte de femme, d'un porte-jarretelles, de bas et d'un soutien-gorge bourré de papier hygiénique, à tout nettoyer et à laver par terre, sous la menace constante d'être découvert par l'un ou l'autre des « frères » à la recherche d'un en-cas nocturne.

L'incident s'était conclu par une masturbation mutuelle,

événement envers lequel Pynchot devait se sentir reconnaissant, puisque c'était la seule chose qui pouvait forcer ses tortionnaires à respecter leur promesse de silence. Malgré tout, il avait quitté la fraternité, terrifié et empli de dégoût vis-à-vis de lui-même – principalement parce qu'il avait trouvé l'affaire assez excitante. Depuis, il ne s'était plus jamais habillé en femme. Il n'était pas pédé. Il avait une épouse adorable, deux enfants charmants, et c'était bien la preuve qu'il ne l'était pas. Il n'avait pas repensé à cet incident depuis des années. Et pourtant...

L'image du broyeur d'ordures, ce trou noir et lisse garni de caoutchouc, demeurait. Et sa migraine empirait.

L'écho déclenché par la poussée d'Andy avait commencé. Un écho lent et paresseux; l'image, associée à l'idée d'être joli, était encore un phénomène intermittent.

Mais il prendrait de la vitesse. Pour arriver au ricochet.

Jusqu'à devenir insupportable.

9

– Non, dit Charlie. Ça ne va pas.

Et elle se retourna pour ressortir de la petite pièce. Son visage était blanc et tendu. Sous ses yeux se voyaient des taches d'un pourpre profond.

– Hé, attends une minute ! fit Hockstetter, levant la main. (Il eut un petit rire.) Qu'est-ce qui ne va pas, Charlie ?

– Rien, dit-elle. Rien ne va.

Hockstetter regarda la pièce. Dans un angle, on avait disposé une caméra de télé Sony. Ses cordons traversaient le mur de liège pour aboutir à un VCR installé dans la salle d'observation, contiguë. Sur la table, au centre, se trouvait un plateau métallique plein de copeaux de bois. A gauche, un jeune homme en blouse blanche était penché sur un électro-encéphalographe dégoulinant de fils.

– Ça ne nous aide pas beaucoup, fit remarquer Hockstetter.

Il affichait toujours un sourire paternel, mais il était fou de rage. Nul besoin d'être télépathe pour s'en rendre compte; il suffisait de voir ses yeux.

– Vous n'écoutez pas, lança Charlie d'une voix stridente. Personne n'écoute sauf...

(Sauf John mais tu ne peux pas leur dire ça.)

– Explique-nous ce qu'il faut faire, alors, répondit Hockstetter.

Elle ne se calma pas.

– Si vous écoutiez, vous le sauriez. Le plateau de métal avec les petits morceaux de bois, ça va, mais c'est la seule chose qui va. La table est en bois aussi, et cette matière sur les murs, c'est inflammable... comme les vêtements du garçon.

Elle désignait le technicien, qui tressaillit légèrement.

– Charlie...

– La caméra aussi.

– Charlie, cette caméra...

– Elle est en plastique, il suffit qu'elle chauffe pour exploser et envoyer de petits morceaux partout. Et il n'y a pas d'eau ! Je dois le diriger vers l'eau une fois que c'est commencé. C'est mon père et ma mère qui l'ont dit. Je dois le pousser vers l'eau pour l'éteindre. Sinon... sinon...

Elle éclata en sanglots. Elle voulait John. Elle voulait son père. Et par-dessus tout, oui, par-dessus tout, elle ne voulait pas être là. Elle n'avait pas dormi une seconde la nuit passée.

De son côté, Hockstetter l'observait, pensif. Les larmes, la crise émotionnelle, c'était clairement la preuve qu'elle se trouvait prête à sauter le pas.

– Très bien, dit-il. D'accord, Charlie. Tu nous expliques ce qu'il faut faire et nous le ferons.

– C'est ça, répliqua-t-elle. Ou bien vous n'aurez rien.

Hockstetter pensa : *On en aura plus que tu ne crois, sale petite merdeuse.*

Par la suite, il apparut qu'il ne se trompait guère.

10

Plus tard ce même après-midi, ils l'emmenèrent dans une pièce différente. Elle s'était endormie devant la télé lorsqu'ils l'avaient reconduite à son appartement – son corps était encore assez neuf pour dicter ses besoins à son esprit inquiet et égaré – et elle put prendre environ six heures de sommeil. Ce repos, plus un hamburger et des frites en guise de déjeuner lui rendirent sa forme et le contrôle d'elle-même.

Elle examina la pièce, longuement et avec attention.

Le plateau de copeaux reposait sur une table de métal. Les murs étaient en acier industriel véritable, gris et sans ornements.

– Ce technicien porte un uniforme et des chaussons d'amiante, précisa Hockstetter. (Il était penché sur elle, le même sourire paternel aux lèvres. Le manipulateur de l'EEG paraissait mal à l'aise et semblait avoir trop chaud. Il était doté d'un masque de tissu blanc pour éviter l'inhalation des fibres d'amiante. Hockstetter désigna un grand miroir carré placé sur le mur du fond.) C'est une glace sans tain. Notre caméra est derrière. Et tu peux voir le baquet.

Charlie s'en approcha. Il s'agissait d'un vieux baquet à pieds, nettement incongru dans cet environnement dépouillé. Il était rempli d'eau. Elle pensa que ça irait.

– C'est bien, dit-elle.

Le sourire du psychiatre s'élargit.

– Parfait !

– Seulement vous, vous passez dans l'autre pièce. Je ne veux pas avoir à vous regarder pendant que je le ferai. (Elle l'observa d'un œil impénétrable.) Il pourrait arriver quelque chose.

Le sourire paternel s'altéra un peu.

11

– Elle avait raison, vous savez, dit Rainbird. Si vous l'écoutiez, vous auriez pu y arriver du premier coup.

Hockstetter lui lança un coup d'œil et grogna.

– Mais vous ne le croyez toujours pas, hein ?

Le psychiatre, l'Indien et Cap se tenaient derrière le miroir sans tain. Dans leur dos, la caméra surveillait la pièce et le VCR Sony bourdonnait presque imperceptiblement. Le verre était légèrement polarisé, ce qui donnait à tout ce qui se voyait dans la salle des tests une coloration bleutée, comme un paysage qu'on observe à travers la vitre d'un bus Greyhound. Le technicien connectait Charlie à l'EEG. Sur un écran de monitoring placé dans la salle d'observation s'inscrivait le tracé de ses ondes mentales.

– Regardez un peu ces alphas, murmura l'un des opérateurs. Elle est vraiment vannée.

– Effrayée, corrigea Rainbird. Complètement terrifiée.

– Vous le pensez, n'est-ce pas ? demanda soudain Cap. Au début, vous n'y croyiez pas, mais maintenant si.

– Oui, dit Rainbird. Je le pense.

Dans l'autre pièce, le technicien s'écarta de Charlie.

– C'est bon pour moi, lança-t-il.

Hockstetter poussa un interrupteur à bascule.

– Vas-y, Charlie ! Quand tu voudras.

La fillette jeta un regard en direction du miroir sans tain, et un bref instant se créa l'étrange illusion qu'elle plongeait directement dans l'œil unique de Rainbird.

L'Indien se retourna, souriant à demi.

12

Charlie McGee regardait le miroir sans tain et n'y voyait rien d'autre que son propre reflet... mais la sensation d'avoir des yeux posés sur elle était très forte. Elle aurait voulu que John fût derrière; cela l'aurait un peu apaisée. Mais elle ne percevait en rien sa présence.

Elle se retourna vers le plateau de copeaux.

Ce n'était pas une poussée; juste une *impulsion*. Elle y pensa et fut de nouveau effrayée et dégoûtée de sentir qu'elle avait envie de le faire. Elle en avait envie comme une personne affamée et en sueur peut s'asseoir devant un ice-cream soda au chocolat et avoir l'idée de l'avaler goulûment et salement. C'était très bien, mais avant il fallait un petit moment pour... pour savourer.

Ce désir lui donna honte d'elle-même, puis elle secoua la tête, presque en colère. *Pourquoi je n'en aurais pas envie ? Les gens veulent toujours faire ce qu'ils font bien. Comme maman et ses mots croisés ou M. Douray, le voisin de Port City, qui préparait toujours du pain. Quand il en avait assez pour sa famille, il en faisait pour les autres. Quand on fait bien quelque chose, on veut le faire...*

Des copeaux! pensa-t-elle, un peu hautaine. *Ils auraient dû me donner quelque chose de vraiment difficile.*

13

Le technicien le sentit le premier. Il avait chaud et transpirait dans son costume d'amiante; il pensa d'abord que c'en était la cause. Puis il découvrit que les ondes alpha de la petite avaient pris l'amplitude aiguë qui est la marque d'une extrême concentration et l'expression de l'imagination.

L'impression de chaleur s'accrut – et, soudain, il eut peur.

14

– Il se passe quelque chose, là-dedans, lança l'un des opérateurs de la salle de contrôle d'une voix aiguë et excitée. La température vient de s'élever de cinq degrés et son cycle alpha ressemble à une putain de cordillère des Andes !

– C'est parti ! s'écria Cap. C'est parti.

Et dans sa voix vibrait la note triomphale d'un homme qui a attendu des années un moment qui se présente enfin.

15

Elle poussa de toutes ses forces en direction du plateau. Plutôt que de s'enflammer, les copeaux explosèrent. Puis le plateau voltigea, éparpillant son chargement incandescent, et alla cogner contre le mur, assez fort pour laisser une marque sur le revêtement d'acier.

Le technicien qui contrôlait l'EEG poussa un cri de terreur et plongea soudain vers la porte. Ce cri renvoya Charlie dans le passé, à l'aéroport d'Albany où Eddie Delgado avait poussé le même en fonçant vers les toilettes des dames avec le feu à ses chaussures de l'armée.

Brusquement saisie de peur et d'exaltation, elle pensa : *Oh, mon Dieu, c'est devenu tellement plus fort !*

Une ondulation bizarre et sombre était apparue sur le mur d'acier. La pièce se chargeait d'une chaleur explosive. Dans la salle voisine, le thermomètre à affichage digital, qui était passé de vingt et un degrés à vingt-six avant de marquer une pause, grimpait à présent au delà de trente-deux, vers trente-quatre où il allait se calmer.

Charlie détourna le feu vers le baquet; elle cédait presque à la panique. L'eau tourbillonna, puis se mit à bouillonner furieusement. En l'espace de cinq secondes, le contenu du baquet passa d'une température fraîche à une franche ébullition.

Le technicien était sorti, laissant dans sa hâte la porte de la salle des tests entrouverte. Dans la pièce voisine, on cédait à une agitation stupéfaite. Hockstetter mugissait. Cap se tenait bouche bée devant la vitre, le regard rivé au baquet d'eau bouillante. Des nuages de vapeur s'en échappaient et la condensation commençait à embuer le miroir. Seul Rainbird restait calme, un mince sourire aux lèvres, les mains jointes derrière le dos. Il ressemblait à un maître d'école dont l'élève préféré vient d'utiliser des postulats compliqués pour résoudre un problème particulièrement assommant.

(*Va-t'en !*)

Hurlant dans sa tête.

(*Va-t'en ! va-t'en ! VA-T'EN !*)

Et soudain cela s'en alla. Quelque chose sauta, tourna à vide une seconde ou deux, et s'arrêta tout simplement. Sa concentration se brisa et laissa partir le feu. Elle distinguait de nouveau la pièce, sentait sur sa peau la sueur provoquée par la chaleur qu'elle avait engendrée. Dans la salle d'observation, le thermomètre monta jusqu'à trente-six, puis redescendit d'un degré. L'eau écumante du baquet revint à un frémissement, mais la moitié au moins s'était évaporée. Malgré la porte ouverte, la petite pièce était chaude et humide comme un bain de vapeur.

16

Hockstetter contrôlait ses instruments avec fièvre. Ses cheveux, d'habitude tirés en arrière et coiffés au cordeau, étaient en bataille, rebiquant dans tous les sens. Il ressemblait un peu à un poireau.

– On l'a ! haletait-il. On a tout... c'est enregistré... la courbe de température... vous avez vu l'eau bouillir dans ce baquet ?... Bon Dieu !... on a le son ?... on l'a ?... Seigneur, vous avez vu ce qu'elle a fait ? (Il passa devant l'un des techniciens, pivota, le saisit brutalement aux revers.) Dites-moi, peut-on douter un instant qu'elle l'ait fait ?

Presque aussi excité que Hockstetter, le technicien secoua la tête.

– Pas de doute, chef. Aucun doute.

– Seigneur Dieu ! s'exclama le psychiatre. (Il pirouetta, reprit son monologue :) J'aurais pensé... que quelque chose... oui, quelque chose... mais ce plateau... il a volé !

Il remarqua Rainbird qui se tenait toujours devant la glace, les mains derrière le dos, ce demi-sourire étonné sur le visage. Pour Hockstetter, les vieilles animosités appartenaient au passé. Il se précipita sur le grand Indien, lui prit la main, la secoua.

– On l'a ! lança-t-il avec une satisfaction sauvage. On a tout, c'est assez costaud pour tenir devant un tribunal. Devant la putain de Cour suprême !

– Oui, vous l'avez, accorda calmement Rainbird. Maintenant, vous feriez bien d'envoyer quelqu'un la chercher.

– Hein ?

Le psychiatre lui jeta un regard vide.

– Je veux dire, expliqua Rainbird toujours sur le même ton, que le type qui se trouvait avec elle a dû se rappeler qu'il avait un rendez-vous, parce qu'il a filé comme s'il avait le feu aux fesses. Il a laissé la porte ouverte et votre petite pyromane vient de sortir.

Hockstetter leva vers le miroir un regard stupide. La buée s'était épaissie, mais il ne faisait aucun doute que la pièce était vide.

– Que l'un de vous y aille ! cria le psychiatre, se retournant.

Les cinq ou six hommes présents restèrent près de leurs appareils et ne firent pas un geste. Apparemment, personne, à l'exception de Rainbird, n'avait remarqué que Cap avait quitté la salle dès que la fillette était sortie.

Rainbird sourit à Hockstetter puis son œil unique se promena sur les techniciens, dont les visages étaient devenus soudain aussi blancs que les blouses qu'ils portaient.

– Vrai, fit-il doucement. Lequel de vous veut aller chercher la petite fille ?

Aucun ne bougea. C'était distrayant, tout à fait. L'idée vint à Rainbird que c'était la tête qu'auraient les politiciens quand ils découvriraient que les dés étaient jetés, que les missiles avaient déjà décollé, que les bombes pleuvaient, que les forêts et les villes flambaient. C'était si amusant qu'il ne pouvait qu'en rire... en rire... en rire.

17

– C'est tellement beau ! dit Charlie à mi-voix. Tout est si beau !

Ils se tenaient près de la mare, non loin de l'endroit où son père et Pynchot avaient bavardé quelques jours auparavant. C'était une journée plus fraîche que l'autre et déjà quelques feuilles commençaient à roussir. Un vent léger, un peu trop vif pour qu'on l'appelle une brise, ridait la surface de l'eau.

Charlie leva son visage vers le soleil et ferma les yeux. Elle souriait. John Rainbird était près d'elle. Il avait passé six mois comme gardien au centre disciplinaire de Camp Stewart, en Arizona, avant d'être envoyé outre-mer, et avait vu la même expression sur la figure d'hommes libérés après un long et rude séjour en cellule.

– Ça te dirait d'aller jusqu'aux écuries pour regarder les chevaux ?

– Oh oui, bien sûr ! répondit-elle spontanément. (Puis elle l'observa avec timidité.) C'est-à-dire, si ça ne t'embête pas.

– Moi ? Mais je suis aussi content que toi de sortir. Ça me fait une récréation.

– Ils t'ont désigné ?

– Non. (Ils commencèrent à contourner la mare en direction des écuries.) Ils ont demandé des volontaires. Je ne crois pas qu'il y en ait eu beaucoup, après ce qui s'est passé hier.

– Ça leur a fait peur ? interrogea Charlie, avec juste un peu trop de douceur.

– A mon avis, oui.

Rainbird n'exprimait là que la stricte vérité. Cap avait rattrapé la fillette au moment où elle s'aventurait dans le hall et l'avait escortée jusqu'à son appartement. Le jeune type qui avait abandonné son poste à l'électro-encéphalographe allait être muté à Panama. Quant à la réunion qui avait suivi le test, elle s'était déroulée de la façon la plus dingue; les chercheurs étaient à la fois fous de joie et d'inquiétude, dégageant une bonne centaine d'idées neuves tout en se rongeant pour savoir comment ils allaient parvenir à contrôler Charlie.

On suggérait que ses quartiers fussent ignifugés, qu'une garde permanente y fût installée, que le programme de drogue lui fût de nouveau imposé. Rainbird avait écouté en silence aussi longtemps qu'il l'avait pu, puis il s'était mis à frapper sur le bord de la table de conférences avec l'anneau de sa lourde turquoise. Il avait continué jusqu'à ce qu'il eût capté l'attention générale. Dans la mesure où Hockstetter le détestait (et peut-être le mot « haïr » ne serait-il pas trop fort), ses chercheurs éprouvaient le même sentiment, mais malgré cela l'étoile de Rainbird s'était mise à briller plus fort. Au fond, il avait passé une bonne partie de ses journées avec ce lance-flammes humain.

– Je suggère, avait-il dit, se levant et promenant doucement sur eux la lueur qui brillait dans le cercle brisé de son visage, je suggère que nous continuions exactement comme par le passé. Jusqu'à aujourd'hui, vous vous êtes appuyés sur l'idée qu'elle ne possédait probablement pas cette faculté dont vous saviez tous que l'existence avait été établie au moins deux douzaines de fois; ou bien qu'au cas où elle la possédait ce n'était qu'une faculté limitée; ou encore que si ce n'était pas une faculté limitée, elle ne l'utiliserait plus jamais, quoi qu'il arrive. A présent, vous savez que vous vous êtes trompés, et vous voulez recommencer à l'embêter.

– Ce n'est pas vrai, avait fait Hockstetter, ennuyé. Simplement...

– C'est vrai ! avait tonné Rainbird, et le psychiatre s'était ratatiné sur sa chaise. (L'Indien avait retrouvé son sourire et l'avait présenté à la ronde.) Bien. Cette fille s'est remise à manger. Elle a pris cinq kilos, ce n'est plus un petit spectre décharné. Elle lit, elle parle, elle fait des coloriages et elle a même réclamé une maison de poupée que son ami le factotum a promis d'essayer de lui procurer. En un mot, son état d'esprit est meilleur qu'il ne l'a jamais été depuis son arrivée ici. Messieurs, nous n'allons pas commencer à faire les imbéciles avec un *statu quo* aussi fructueux, n'est-ce pas ?

Hésitant, l'homme qui avait manipulé le magnétoscope au cours de l'expérience avait risqué :

– Mais si jamais elle met le feu à sa suite ?

– Si elle avait dû le faire, elle l'aurait déjà fait.

A quoi personne n'avait rien trouvé à répondre.

Charlie et lui quittèrent le bord de l'étang et marchèrent vers les écuries aux murs rouge sombre striés de lisérés d'un blanc éclatant. L'Indien partit d'un rire sonore.

– Je crois que tu leur as vraiment fait peur, Charlie.

– Mais toi, tu n'as pas peur ?

– Pourquoi voudrais-tu ? (Rainbird lui ébouriffa les cheveux.) Je ne redeviens un bébé que lorsqu'il fait noir et que je ne peux pas sortir.

– Oh, John, tu ne dois pas en avoir honte !

– Si tu avais dû m'allumer, dit-il, reformulant son argument de la veille, il y a longtemps que tu l'aurais fait.

Elle se raidit immédiatement.

– Je voudrais que tu... que tu ne dises pas des choses comme ça.

– Excuse-moi, Charlie. Quelquefois, ma bouche va plus vite que ma caboche.

Ils entrèrent dans les écuries où régnait une pénombre odorante. Le soleil déclinant filtrait à l'intérieur en rayons moelleux dans lesquels des brindilles d'avoine menaient un lent ballet.

Un palefrenier étrillait la crinière d'un hongre noir au front marqué d'une étoile blanche. Charlie s'arrêta pour regarder l'animal avec émerveillement. Le garçon d'écurie se tourna vers elle, souriant.

– Vous devez être la petite demoiselle. Ils m'ont prévenu de votre arrivée.

– Elle est si belle ! murmura Charlie.

Ses mains tremblaient, hésitant à toucher la robe soyeuse. A la simple vue des yeux calmes, sombres et doux du cheval, elle tomba amoureuse.

– C'est plutôt un garçon, dit le palefrenier. (Il adressa un clin d'œil à Rainbird, qu'il ne connaissait ni d'Eve ni d'Adam.) Enfin, en principe.

– Comment s'appelle-t-il ?

– Necromancer. Vous voulez lui faire un câlin ?

Hésitante, Charlie s'approcha. L'animal baissa la tête, et elle le caressa; puis elle lui parla. Sans penser un instant qu'elle allumerait une demi-douzaine de feux rien que pour le monter avec John à ses côtés. Rainbird, lui, lut cela dans ses yeux et il sourit.

Se tournant brusquement vers lui, elle surprit ce sourire. La main qui flattait les naseaux du cheval s'immobilisa. Il y avait quelque chose derrière le sourire qu'elle n'aimait pas, elle qui pensait tout aimer de John. Il lui venait des sensations sur les gens, auxquelles elle ne prêtait guère d'attention; c'était une partie d'elle, comme ses yeux bleus ou les deux jointures de son pouce. D'habitude, son attitude à l'égard des autres s'appuyait sur ces sensations. Elle n'aimait pas Hockstetter parce qu'elle sentait qu'il ne lui accordait pas plus d'intérêt qu'à un tube à essai. A ses yeux, elle n'était qu'un objet.

Avec John, cependant, ses sentiments se fondaient uniquement sur les actes, sur la gentillesse dont il faisait preuve envers elle, et peut-être aussi sur l'infirmité de son visage qui lui permettait de s'identifier à lui, d'éprouver de la sympathie. Au fond, pourquoi se serait-elle trouvée là si elle n'avait pas été aussi une espèce de monstre ? Pourtant, au delà de ces choses, il faisait partie des rares personnes – comme M. Raucher, l'épicier de New York qui jouait souvent aux échecs avec son papa – qui lui étaient complètement fermées. M. Raucher était vieux, il portait un sonotone et un numéro bleu à demi effacé sur l'avant-bras. Un jour, elle avait demandé à son père si ce tatouage avait une signification et il lui avait répondu – après l'avoir avertie de ne jamais en parler à M. Raucher – qu'il lui expliquerait plus tard. Ce qu'il n'avait pas fait. Parfois, il advenait que M. Raucher lui apportât des tranches de saucisse polonaise qu'elle mangeait en regardant la télé.

Et maintenant, surprenant le sourire de John, si étrange et curieusement inquiétant, elle se demandait pour la première fois : *A quoi tu penses ?*

Mais de si insignifiantes pensées ne pouvaient que s'effacer devant l'émerveillement que suscitait le cheval.

– John, fit-elle, qu'est-ce que ça veut dire « Necromancer » ?

– Eh bien, répondit-il, pour autant que je sache, c'est quelque chose comme « magicien » ou « sorcier ».

– Magicien. Sorcier.

Elle prononça les mots doucement, les savourant tandis qu'elle caressait la soie sombre du nez de Necromancer.

18

Rentrant avec elle, Rainbird suggéra :

– Tu devrais demander à Hockstetter de te laisser monter ce cheval, s'il te plaît tant que ça.

– Non..., je ne pourrais pas... répondit-elle, l'observant, l'œil rond et l'air étonnée.

– Bien sûr que si, tu pourrais ! fit Rainbird, se méprenant volontairement sur le sens de sa réponse. Je n'y connais pas grand-chose en hongres, mais je sais au moins qu'ils sont censés être doux. Il paraît incroyablement gros, mais je ne crois pas qu'il s'emballerait, Charlie.

– Non... je voulais dire, ce sont eux qui ne voudraient pas.

Il l'arrêta, posant les mains sur ses épaules.

– Charlie McGee, quelquefois tu es vraiment très bête. Tu m'as rendu un sacré service, le jour où ces lumières se sont éteintes, en ne disant rien à personne. Maintenant, c'est mon tour. Ecoute un peu. Tu veux revoir ton père ? (Elle hocha vivement la tête.) Alors, il faut leur montrer que tu sais faire des affaires. Comme au poker. Si tu ne joues pas en force, tu ne joues pas du tout. A chaque fois que tu leur allumes un feu pour un de leurs tests, tu obtiens quelque chose d'eux. (Il secoua ses épaules avec douceur.) C'est ton oncle John qui te le dit. Tu m'entends ?

– Tu crois qu'ils m'y autoriseraient ? Si je demandais ?

– Si tu demandes, peut-être pas. Mais si tu l'exiges, sûrement. Je les entends parler, des fois. Le type qui vide les corbeilles et les cendriers, ça fait partie du mobilier, pour eux. Ce Hockstetter est prêt à faire pipi dans sa culotte.

– Vrai ?

Elle eut un petit sourire.

– Vrai. (Ils se remirent en marche.) Et toi, Charlie ? Je sais que ça te faisait peur, avant. Qu'est-ce que tu éprouves maintenant ?

Elle tarda à répondre. Et lorsqu'elle le fit, ce fut sur le ton le plus pensif et le plus adulte qu'il lui eût jamais connu.

– Maintenant, c'est différent, dit-elle. C'est bien plus fort mais... je le contrôle beaucoup mieux qu'avant. La fois de la ferme... (elle frissonna tandis que sa voix se faisait plus sourde)... ça m'a... juste échappé un petit moment. Ça partait... dans tous les sens. (Ses yeux s'assombrirent. Elle revoyait les poulets exploser comme d'affreux pétards vivants.) Mais hier, quand j'ai voulu que ça s'arrête, ça s'est arrêté. Je me suis dit, ce sera seulement un petit feu. Et voilà. C'était comme si je lâchais juste un rayon bien droit.

– Et ensuite, tu l'as fait rentrer à l'intérieur de toi ?

– Oh, mon Dieu, non ! dit-elle, le regardant. Je l'ai envoyé dans l'eau. Si je l'avais fait rentrer... je crois que j'aurais brûlé.

Ils avancèrent en silence pendant un moment.

– La prochaine fois, il faudra davantage d'eau.

– Mais tu n'as plus peur ?

– Plus autant qu'avant, répondit-elle, insistant sur la nuance. Quand crois-tu qu'ils me laisseront voir mon papa ?

Il passa un bras autour de ses épaules, dans un geste de rude et tendre camaraderie.

– Donne-leur encore du mou, Charlie.

19

Tout l'après-midi, les nuages s'accumulèrent et, le soir venu, une pluie froide d'automne se mit à tomber. Dans l'une des maisons d'une petite banlieue très chic, proche du complexe de la Boîte – un faubourg appelé Longmont Hills –, Patrick Hockstetter, enfermé dans son atelier, construisait un modèle réduit de bateau (ces bateaux et sa T-bird restaurée étaient ses seuls hobbies; paquebots, frégates et baleinières encombraient la maison par dizaines) tout en pensant à Charlie McGee. Il se sentait d'excellente humeur, avec la conviction que s'ils parvenaient à la soumettre encore à une douzaine de tests – même dix suffiraient –, son avenir était assuré. Il pourrait passer le reste de son existence à étudier les propriétés du Lot Six... pour un salaire substantiellement plus élevé. Il colla avec soin un mât de misaine à sa place et se mit à siffloter.

Dans une autre demeure de Longmont Hills, Herman Pynchot s'efforçait de faire entrer une énorme érection dans une culotte appartenant à sa femme. Son regard était sombre et révulsé. Sa femme se trouvait à une réunion Tupperware. L'un de ses deux charmants enfants était avec sa troupe de louveteaux tandis que l'autre disputait un tournoi d'échecs au lycée local. Pynchot agrafa un soutien-gorge de son épouse derrière son dos. Les bonnets pendaient sur sa poitrine étroite. Il se regarda dans la glace et se trouva... oui, très joli. Il se rendit dans la cuisine sans se soucier des fenêtres sans rideaux. Il marchait comme dans un rêve. Il s'approcha de l'évier, et son regard plongea dans la gueule du broyeur Waste-King récemment installé. Au bout d'un long et immobile moment, il le mit en marche. Au son des dents d'acier, tournant et mâchant avec voracité, il prit son sexe dans sa main et se masturba. Quand le plaisir fut venu et reparti, il sursauta et regarda autour de lui. Ses yeux étaient emplis d'une terreur vide, c'étaient ceux d'un homme s'éveillant d'un cauchemar. Il coupa le moteur du dispositif et retourna en courant vers la chambre, se pliant en deux pour passer devant les fenêtres. Sa tête cognait et bourdonnait. Au nom du ciel, que lui arrivait-il ?

Et dans une troisième maison du faubourg – celle-ci dotée d'un panorama que des gens comme Hockstetter ou Pynchot ne pouvaient espérer s'offrir –, Cap Hollister et John Rainbird, installés dans le living-room, sirotaient du cognac dans des verres ballon. La stéréo de Cap jouait du Vivaldi. Vivaldi était l'un des compositeurs favoris de sa femme. Pauvre Georgia !

– Bien d'accord avec vous, dit-il lentement, se demandant de nouveau pourquoi il avait invité chez lui cet homme qu'il haïssait et redoutait. (Le pouvoir de la fillette était extraordinaire. A pouvoir extraordinaire, supposait Cap, amants inattendus.) Le fait qu'elle ait parlé d'une « prochaine fois » de façon si spontanée est extrêmement significatif.

– Oui, dit Rainbird. Il semble que nous ayons effectivement une corde sur laquelle jouer.

– Mais ça ne durera pas toujours. (Cap fit tourner le cognac dans son verre puis s'obligea à soutenir le regard borgne et brillant de l'Indien.) Je crois que je comprends comment vous comptez vous y prendre pour rajouter un peu de longueur à cette corde, même si ce n'est pas le cas de Hockstetter.

– Vraiment ?

– Oui. (Cap se tut un moment avant d'ajouter :) C'est une manœuvre dangereuse pour vous. (Rainbird sourit.) Si elle découvre de quel côté vous êtes, vous avez bon espoir de comprendre ce que ressent un steak dans un four à micro-ondes.

Le sourire de l'Indien s'étira jusqu'à ressembler au rictus sinistre du requin.

– Verserez-vous alors quelques larmes amères, capitaine Hollister ?

– Non. Pas de raison de vous mentir là-dessus. Mais depuis quelque temps déjà – avant même qu'elle n'accomplisse son exploit –, je sens le spectre du Dr Wanless rôder par ici. Parfois, il vient se percher sur mon épaule. (Il observa Rainbird par-dessus le bord de son verre.) Vous croyez aux fantômes, Rainbird ?

– J'y crois, oui.

– Alors, vous comprenez ce que je veux dire. Au cours de la dernière réunion que j'ai eue avec lui, il a tenté de me prévenir. Il avait fait une comparaison – attendez – avec John Milton à l'âge de sept ans, s'appliquant pour gribouiller son nom en lettres lisibles, et le même devenu adulte, composant le *Paradis perdu*. Il parlait d'elle... de son potentiel de destruction.

– Oui, fit Rainbird.

Son œil étincela.

– Il m'a demandé ce que nous comptions faire si nous nous découvrions en possession d'une petite fille capable de progresser du simple incendie à l'explosion nucléaire, et jusqu'à la catastrophe tellurique finale. Je l'ai trouvé bizarre, irritant et fou, presque à coup sûr.

– Mais à présent, vous pensez qu'il pouvait être dans le vrai.

– Disons qu'il m'arrive de me poser la question vers trois heures du matin. Pas vous ?

– Cap, quand l'équipe du Projet Manhattan a fait péter le premier joujou atomique, personne ne savait exactement ce qui allait se passer. Il y avait même une école qui penchait pour l'idée que la réaction en chaîne ne se terminerait jamais et que nous aurions un soleil miniature au-dessus du désert jusqu'à la fin des temps. (Cap approuva lentement.) Les nazis aussi étaient horribles, continua Rainbird. Les Japonais étaient horribles. Maintenant, les Allemands, les Nippons sont des gens bien et ce sont les Russes qui sont horribles. Et les musulmans. Qui sait, demain, qui seront les affreux ?

– Elle est dangereuse, fit Cap, se redressant. Wanless ne se trompait pas là-dessus. Dangereuse et sans issue.

– Possible.

– Hockstetter dit qu'à l'endroit où ce plateau l'a cogné le mur était tordu. C'était un revêtement d'acier, mais la chaleur a suffi à le tordre. Le plateau lui-même n'avait plus de forme. Elle l'a fait fondre. Pendant une seconde, elle a pu produire quelque chose comme trois mille degrés. (Il regarda Rainbird, mais l'Indien paraissait perdu dans la vague contemplation du living-room, comme si la conversation ne l'intéressait plus.) Ce que je veux dire, c'est que votre plan est trop dangereux pour nous tous, pas seulement pour vous.

– Eh oui ! admit Rainbird avec un certain contentement. Il y a un risque. Peut-être n'aurons-nous pas à y recourir. Peut-être Hockstetter obtiendra-t-il ce qu'il lui faut avant qu'il ne soit nécessaire d'appliquer le, euh, plan B.

– Hockstetter, fit Cap sèchement, appartient à cette catégorie qu'on pourrait appeler les obsédés de l'information. C'est un junkie. Il n'en a jamais assez. Il est capable de tester la gamine pendant deux ans et de hurler quand nous... quand nous la lui retirerons. Vous le savez, je le sais, inutile de jouer aux devinettes.

– Quand le moment sera venu, nous le saurons. Moi, je le saurai.

– Et que se passera-t-il, alors ?

– John l'Aimable Factotum entrera en piste. (Un petit sourire se posa sur les lèvres de l'Indien.) Il la félicitera, lui parlera, l'amusera. John le Factotum la rendra heureuse car lui seul en est capable. Et quand John la sentira au comble du bonheur, il la frappera sur l'arête du nez, le fracassant, enfonçant des fragments d'os dans son cerveau. Ce sera rapide... et moi je regarderai, je verrai tout son visage.

Il souriait – sans évoquer un requin, cette fois. Un sourire aimable, doux... paternel. Cap finit son cognac. Il en avait besoin. Il espérait seulement que Rainbird ne se tromperait pas sur le choix du moment propice, faute de quoi l'image du steak dans le four à micro-ondes vaudrait pour eux tous.

– Vous êtes dingue, dit-il.

Les mots lui avaient échappé, mais Rainbird ne parut pas en prendre ombrage.

– Eh oui ! acquiesça-t-il avant de vider son verre.

Il continuait à sourire.

20

Big Brother. C'était le problème. Big Brother.

Dans son appartement, Andy passa du living-room à la cuisine, s'obligeant à marcher lentement, un sourire vague plaqué sur le visage. L'expression et l'allure du type agréablement défoncé.

Jusqu'ici il n'avait réussi qu'à rester près de Charlie et à apprendre que la route la plus proche était la 301 et que la région était plutôt rurale. Une semaine s'était écoulée depuis. Un mois, donc, depuis la panne, et il n'en savait pas plus sur la disposition de cet endroit que ce qu'il avait pu observer au cours de ses promenades en compagnie de Pynchot.

Il ne voulait pas utiliser la poussée dans ses quartiers, car Big Brother écoutait et surveillait sans relâche. Et il n'avait plus l'intention de pousser Pynchot, car le médecin était en train de craquer, c'était une certitude. Après leur petite balade près de la mare, il avait commencé à maigrir. Des cernes noirs se voyaient sous ses yeux, comme s'il dormait mal. Parfois, il entamait une phrase et la laissait mourir comme s'il avait perdu le fil de sa pensée... ou comme si ce fil s'était cassé.

Tout cela contribuait à rendre la position d'Andy encore plus précaire.

Combien de temps avant que les collègues de Pynchot ne s'aperçoivent de ce qui lui arrivait ? Ils pourraient attribuer cela au surmenage, mais si jamais ils établissaient le rapport avec Andy ? Ce serait la fin du très mince espoir qui lui restait de s'enfuir d'ici avec Charlie. Et le sentiment que sa fille se trouvait en mauvaise posture grandissait de jour en jour.

Pour l'amour du Christ, comment s'occuper de Big Brother ?

Il prit un jus de fruits dans le frigo et retourna s'asseoir dans le living devant la télé qu'il regardait sans la voir, l'esprit tout entier occupé à chercher une issue. Quand la solution arriva, ce fut – comme la panne de courant – une surprise totale. En un sens, ce fut grâce à Herman Pynchot : il la rendit possible en se suicidant.

21

Deux hommes vinrent et l'embarquèrent. Il en reconnut un. Il l'avait vu à la ferme des Manders.

– Par ici, mon gars, fit celui-ci. On va se promener.

Andy sourit stupidement, mais en lui la terreur avait surgi. Il s'était passé quelque chose. Une mauvaise chose. On n'envoie pas des types dans ce genre pour les bonnes. Peut-être l'avait-on percé à jour. A vrai dire, c'était l'explication la plus plausible.

– Où ça ?

– Contente-toi de nous suivre.

Ils l'entraînèrent vers l'ascenseur, mais lorsqu'ils arrivèrent dans la salle de bal, ils s'enfoncèrent dans la maison au lieu de sortir. Après le pool des secrétaires, ils pénétrèrent dans une pièce de moindres dimensions où une fille tapait du courrier sur une IBM.

– Vous pouvez entrer, dit-elle.

Ils passèrent à sa droite où une porte les conduisit dans un petit bureau doté d'une baie ouvrant sur la mare cachée par un écran de petits aulnes. Derrière un antique meuble à rouleau, un homme âgé au visage anguleux et intelligent était assis. Ses joues étaient colorées mais, pensa Andy, moins à cause de l'alcool qu'à cause du vent et du soleil.

L'homme le regarda, puis adressa un signe de tête aux deux types qui l'escortaient.

– Merci. Vous pouvez attendre dehors.

Ils sortirent.

L'homme à son bureau étudia attentivement Andy, qui lui retourna un regard vide. Son sourire ne s'était pas totalement effacé. Il espéra qu'il n'en faisait pas trop.

– Bonjour, dit-il. Qui êtes-vous ?

– Je suis le capitaine Hollister, Andy. Vous pouvez m'appeler Cap. D'après ce qu'on raconte, je serais le patron de ce rodéo.

– Content de vous connaître.

Andy laissa son sourire s'épanouir un peu. A l'intérieur, la tension avait monté d'un cran.

– J'ai une mauvaise nouvelle pour vous, Andy.

(*O Seigneur, non, c'est Charlie ! Il est arrivé quelque chose à Charlie !*)

Cap l'observait sans ciller de ses petits yeux perspicaces, des yeux pris si profondément dans leurs plaisants réseaux de ridules qu'on remarquait à peine à quel point ils étaient froids et attentifs.

– Oh ?

– Oui, dit Cap.

Et il se tut un moment. Le silence s'étira de façon douloureuse.

Il s'était absorbé dans la contemplation de ses mains, sagement croisées sur le buvard du sous-main posé devant lui. Andy l'imita, c'était la seule façon de s'obliger à ne pas sauter par-dessus le bureau pour le saisir à la gorge. Enfin, Cap releva la tête.

– Le Dr Pynchot est mort, Andy. Il s'est suicidé la nuit dernière.

La bouche d'Andy béa sous l'effet d'une surprise réelle. Des vagues de soulagement et des vagues d'horreur déferlèrent en lui. Par-dessus, comme un ciel en ébullition sur une mer confuse, flottait la conscience que cela changeait tout. Mais comment ? Comment ?

Cap le surveillait. *Il me soupçonne. Il soupçonne quelque chose. Mais ses soupçons sont-ils fondés ou font-ils partie de son métier ?*

Cent questions. Il lui aurait fallu du temps pour réfléchir et il n'en avait pas. Il devrait penser debout.

– Ça vous surprend ? demanda Cap.

– C'était mon ami, répondit simplement Andy.

Il referma la bouche avant d'en dire plus. Cet homme l'écouterait patiemment; il laisserait s'écouler un long silence après chacune des remarques d'Andy (comme il le faisait à présent) pour voir s'il s'enfoncerait, le verbe plus rapide que la pensée. Une technique courante d'interrogatoire. Et il y avait des chausse-trapes dans cette forêt, Andy le sentait. C'était l'écho, bien sûr. Un écho qui était devenu un ricochet. Il avait poussé Pynchot et provoqué le ricochet qui l'avait déchiré. Et malgré cela, Andy ne parvenait pas à éprouver le moindre regret. Il n'y avait que l'horreur... et l'homme des cavernes qui sautait de joie et exultait.

– Vous êtes sûr qu'il s'agit... Je veux dire, parfois un accident peut ressembler à...

– Je crains que ce ne soit pas un accident.

– Il a laissé un message ?

(*M'accusant ?*)

– Il a mis les sous-vêtements de sa femme, s'est rendu

dans la cuisine, a enclenché le broyeur d'ordures et a enfoncé son bras dedans.

– Oh... mon... Dieu !

Andy s'assit lourdement. Si la chaise ne s'était pas trouvée là, il serait tombé. Ses jambes ne le portaient plus. Il lança à Cap Hollister un regard d'horreur pure.

– Vous n'avez rien à voir avec ça, n'est-ce pas, Andy ? Vous ne l'avez pas, par exemple, poussé à le faire ?

– Non, dit Andy. Même si j'en étais encore capable, pourquoi aurais-je fait une chose pareille ?

– Peut-être parce qu'il voulait vous expédier à Hawaii. Peut-être parce que vous ne souhaitiez pas aller à Maui, dans la mesure où votre fille se trouve ici. Peut-être parce que vous nous avez roulés dans les grandes largeurs, Andy.

Et, bien que ce Cap Hollister se trouvât à portée de main de la vérité, Andy sentit la tension se relâcher un peu dans sa poitrine. Si l'autre avait vraiment pensé qu'il était responsable de la mort de Pynchot, l'entrevue ne se serait certainement pas déroulée en tête à tête. Non, il appliquait les règles du jeu, voilà tout. Ils trouveraient sans doute tout ce qu'il fallait pour justifier le suicide du médecin dans son dossier personnel sans aller chercher de mystérieuses méthodes d'assassinat. Ne dit-on pas que c'est chez les psychiatres que se compte le taux le plus élevé de suicides ?

– Non, c'est complètement faux ! répliqua Andy. (Il paraissait effrayé, bouleversé, presque bafouillant.) Je voulais aller à Hawaii. Je le lui ai dit. Je crois que c'est pour ça qu'il désirait faire d'autres tests, parce que je voulais partir. Je suis pas sûr qu'il m'aimait tellement. Ce que je sais, c'est que je n'ai rien à voir avec... avec ce qui lui est arrivé.

Cap le regarda, pensif. Leurs yeux se rencontrèrent, puis Andy baissa les siens.

– Eh bien, je vous crois, Andy, dit Cap. Herm Pynchot avait pas mal de soucis, ces derniers temps. C'est notre lot à tous ici, je suppose. Regrettable. Ajoutez à cela ce goût secret du travesti et... Ça va être un choc pour sa femme. Un rude choc. Mais nous savons nous occuper des nôtres, Andy. (Il sentait les yeux de l'homme le fouailler.) Oui, nous nous occupons toujours des nôtres. C'est le plus important.

– Bien sûr, fit Andy d'une voix terne.

Un long silence suivit. Au bout d'un moment, il releva les yeux, s'attendant à trouver le regard de Cap posé sur lui, mais Cap était perdu dans la contemplation de la pelouse et des aulnes, le visage aussi affaissé, triste et vieilli que celui d'un homme qui s'est laissé aller à repenser à d'autres temps, sans doute plus heureux. Quand il s'aperçut qu'il était observé, une petite vague de dégoût passa sur ses traits avant de disparaître. Une haine brutale embrasa Andy. Brutale et amère. Pourquoi ce Hollister ne serait-il pas écœuré ? Ce qu'il voyait en face de lui, c'était un drogué boursouflé – du moins le croyait-il. Mais qui donnait les ordres ? *Et que fais-tu à ma fille, vieux salaud ?*

– Cependant, dit Cap, je suis heureux de vous apprendre que vous irez tout de même à Maui, Andy – le malheur des uns fait le bonheur des autres, comme on dit. J'ai déjà engagé la procédure administrative.

– Mais... écoutez, vous ne pensez pas vraiment que j'aie quelque chose à voir avec ce qui est arrivé au Dr Pynchot, n'est-ce pas ?

– Non, bien sûr que non !

Et de nouveau, cette courte vague de dégoût. Là, Andy ressentit la satisfaction malsaine qu'un homme de couleur, pensait-il, doit éprouver quand il vient de faire croire à un Blanc déplaisant qu'il a devant lui un bon nègre, un vrai oncle Tom. Cette satisfaction, pourtant, ne cachait pas l'inquiétude provoquée par la phrase : *J'ai déjà engagé la procédure administrative.*

– Alors, c'est bien. Pauvre Dr Pynchot ! (Il joua l'abattement juste pour un instant puis demanda avec avidité :) Je pars quand ?

– Aussi vite que possible. A la fin de la semaine prochaine au plus tard.

Neuf jours maximum ! Il le prit comme un coup de poing à l'estomac.

– Ça m'a fait plaisir de vous parler, Andy. Je regrette simplement que nous nous soyons vus dans de si tristes circonstances.

Il tendait la main vers le bouton de l'interphone et Andy se rendit compte soudain qu'il ne pouvait pas le laisser faire ça. Dans son appartement, les caméras et les dispositifs d'écoute le rendaient impuissant. Mais si ce type était vraiment le patron, son bureau devait être aussi sûr qu'une tombe : pas plus de micros que de poussière sous les tapis. Evidemment, il se pouvait qu'il disposât d'un appareillage personnel, mais...

– Reposez votre main, dit Andy.

Et il poussa.

Cap hésita. Sa main recula pour rejoindre l'autre sur le buvard. Son regard se perdit en direction de la pelouse et l'expression de souvenir vague revint sur son visage.

– Vous enregistrez ce qui se passe ici ?

– Non, fit Cap d'un ton égal. Pendant longtemps, j'ai eu un Uher 5000 qui se déclenchait au son de la voix – exactement comme celui qui a valu ses ennuis à Nixon – mais je l'ai fait enlever il y a quatorze semaines.

– Pourquoi ?

Très rapidement, comme débitant une litanie, Cap répondit :

– Pas de rendement. Pas de rendement. Pas de rendement. Justifier les crédits par des résultats. Remplacer l'homme d'en haut. Pas de bandes. Pas de scandale.

Andy essayait de réfléchir. Les paroles de Cap montraient-elles une direction intéressante ? Il n'aurait su le dire, et le temps pressait. Il se sentait comme le gosse le plus lent, le plus bête à la chasse aux œufs de Pâques. Il décida d'avancer un peu sur cette piste.

– Pourquoi pas de rendement ?

– Plus aucune aptitude à la domination mentale chez McGee. Définitivement à plat. Tout le monde d'accord sur ce point. La fillette ne voulait plus allumer de feux. Pas question, quoi qu'il arrive. Moi, accusé de faire une fixation sur le Lot Six. Pris pour un dingue. (Il sourit.) Maintenant, ça va. Même Rainbird le dit.

Andy renouvela la poussée. Une petite douleur commença à battre sous son front.

– Pourquoi ça va ?

– Déjà trois tests. Hockstetter fou de joie. Hier elle a brûlé un morceau de blindage. Température d'impact au-dessus de vingt mille degrés pendant quatre secondes, Hockstetter *dixit*.

Le choc aggrava la migraine, rendit difficile le contrôle

du tourbillon de ses pensées. Charlie allumait des feux ? Que lui avaient-ils fait ? Que lui avaient-ils fait, bon Dieu ?

Il ouvrit la bouche pour le demander mais l'interphone bourdonna, et sous l'effet de la surprise il poussa beaucoup plus fort qu'il n'était nécessaire. Un instant, il envoya à Cap presque tout ce qu'il avait. L'autre fut parcouru d'un grand frisson, comme s'il venait d'être touché par un aiguillon électrique. Il émit un son étranglé et son visage rougeaud se décolora. Andy sentit sa migraine décupler. Inutilement, il s'exhorta au calme; se payer une crise cardiaque dans le bureau de ce type n'arrangerait en rien les affaires de Charlie.

– Pas faire ça, geignit Cap. Mal...

– Pas d'appels pendant dix minutes, fit Andy. Dites-leur.

Quelque part, l'étalon noir ruait contre les portes de sa stalle, demandant à sortir, cherchant à partir au galop. Il sentait une sueur huileuse ruisseler sur ses joues.

L'interphone se fit entendre de nouveau. Cap se pencha, bascula le commutateur. Son visage avait pris quinze ans.

– Cap, l'assistant du sénateur Thompson est ici avec les chiffres que vous avez réclamés à propos du Projet Grand Saut.

– Pas d'appels pendant dix minutes, dit Cap avant de couper la communication.

Andy était en nage. Cela les retiendrait-il ? Ou bien sentiraient-ils le coup fourré ? Aucune importance. Comme Willy Loman avait coutume de le bêler, la forêt brûlait. Bon Dieu, pourquoi pensait-il à Willy Loman ? Il devenait fou. L'étalon noir allait s'échapper et l'y emmener. Il faillit glousser.

– Charlie a allumé des feux ?

– Oui.

– Comment l'y avez-vous poussée ?

– Bâton et carotte. Idée de Rainbird. Petites promenades dans le jardin contre les deux premiers. Maintenant elle a droit au cheval. Rainbird dit que ça lui fera les deux semaines à venir. (Et il répéta :) Hockstetter est fou de joie.

– Qui est Rainbird ? demanda Andy, sans se rendre compte qu'il venait de poser la question à mille points.

Cap parla en rafale pendant cinq minutes. Il apprit à

Andy que Rainbird était un tueur de la Boîte qui avait été horriblement blessé au Viêt-nam, où il avait laissé un œil (*le pirate borgne de mon rêve*, songea Andy, dans le flou). Il révéla que Rainbird avait été chargé de l'opération qui avait abouti à la capture de Charlie et de son père à Tashmore Pond. Il raconta la panne et le premier pas inspiré de Rainbird sur le chemin qui devait conduire la petite à allumer ses feux dans des conditions expérimentales. Pour finir, il avoua à Andy que c'était la vie de Charlie qui intéressait personnellement Rainbird, une fois que les mensonges ne seraient plus possibles. Il aborda tous ces sujets d'une voix sans émotion et pourtant bousculée. Puis il se tut.

La fureur et l'horreur d'Andy s'amplifièrent tandis qu'il écoutait. Quand la récitation s'acheva, il tremblait de tout son corps. *Charlie!* pensait-il. *O Charlie, Charlie!*

Les dix minutes étaient presque écoulées, et il lui restait tant de choses à apprendre. Le silence entre eux dura une quarantaine de secondes. A les voir, on aurait pu les prendre pour deux vieux amis qui n'ont plus besoin de se parler pour communiquer. L'esprit d'Andy tournait à toute allure.

– Capitaine Hollister, dit-il.

– Oui ?

– Pour quand a-t-on prévu l'enterrement de Pynchot ?

– Ce sera après-demain, fit Cap, calmement.

– Nous irons. Vous et moi. Vous comprenez ?

– Oui, je comprends. Nous irons à l'enterrement de Pynchot.

– J'ai demandé à y aller. Quand j'ai appris sa mort, je me suis effondré en larmes.

– Oui, effondré en larmes.

– J'étais bouleversé.

– Oui, vous étiez bouleversé.

– Nous prendrons votre voiture personnelle. Seulement vous et moi. Qu'il y ait des gens de la Boîte dans d'autres véhicules, devant ou derrière, des motards sur les côtés si c'est le règlement, mais nous, *nous serons seuls*. Vous comprenez ?

– Oh oui, c'est parfaitement clair ! Seulement vous et moi.

– Et nous aurons une bonne conversation. Comprenez-vous cela aussi ?

– Une bonne conversation, oui.

– Votre voiture est sur écoute ?

– Pas du tout.

Andy se remit à pousser une série de petits coups. A chaque fois, Cap cillait, et il savait qu'un écho risquait fort de se déclencher en lui. Mais c'était ça ou rien.

– Nous parlerons de l'endroit où est enfermée Charlie. Nous parlerons des façons de semer la confusion dans cet endroit sans provoquer le verrouillage des portes, comme l'a fait la panne de courant. Et nous parlerons des façons dont Charlie et moi pourrons sortir d'ici. Vous comprenez ?

– Vous n'avez pas le droit de vous échapper, lança Cap d'une voix haineuse, enfantine. Ce n'est pas dans le scénario.

– Maintenant, si, fit Andy.

Et il poussa encore.

– Ooooooh ! gémit Cap.

– Vous comprenez ça ?

– Oui, je comprends, ne... ne le faites plus, ça fait mal.

– Ce Hockstetter mettra-t-il en question ma venue à l'enterrement ?

– Non, Hockstetter est obsédé par la gamine. Il ne pense à rien d'autre, ces jours-ci.

– Bien. (Ce n'était pas bien du tout. C'était désespérant.) Dernière chose, capitaine Hollister. Vous allez tout oublier de cette petite conversation.

– Oui. Tout oublier.

L'étalon noir était libre. Il entamait son galop. *Sortez-moi d'ici*, pensa faiblement Andy. *Sortez-moi d'ici; le cheval est libre et la forêt brûle*. La migraine affluait par vagues aveuglantes.

– Tout ce que je vous ai dit vous viendra à l'esprit naturellement, comme si vous en aviez vous-même l'idée.

– Oui.

Andy abaissa son regard sur le bureau de Cap et aperçut une boîte de Kleenex. Il en tira un et entreprit de se tamponner les yeux. Il ne pleurait pas, mais la douleur provoquait un ruissellement qui ressemblait aux larmes.

– Je suis prêt à m'en aller, maintenant.

Il lâcha. Cap regardait de nouveau la rangée d'aulnes, une expression vacante sur le visage. Peu à peu, l'animation y revint, puis il se tourna vers Andy qui s'essuyait les yeux en reniflant. Il n'avait pas à jouer la comédie.

– Comment vous sentez-vous, Andy ?

– Un peu mieux, mais... vous comprenez... l'apprendre de cette manière...

– Oui, ça vous a bouleversé. Voulez-vous un café ou quelque chose ?

– Non, merci. J'aimerais retourner à mon appartement, s'il vous plaît.

– Bien sûr. Je vous raccompagne.

– Merci.

22

Les deux types qui l'avaient amené au bureau l'observèrent, suspicieux. Le Kleenex, les yeux rouges et mouillés, le bras paternel de Cap passé sur ses épaules. Une expression semblable se lut dans le regard de la secrétaire de Hollister.

– Il s'est effondré en larmes quand il a appris que Pynchot était mort, annonça tranquillement Cap. Il était très bouleversé. Je pense que je vais essayer de m'arranger pour qu'il assiste aux funérailles de Herman avec moi. Ça vous plairait, Andy ?

– Oui, répondit Andy. S'il vous plaît, oui. Si c'est possible. Pauvre Dr Pynchot !

Et il éclata en vrais sanglots. Les deux types l'entraînèrent, passant devant l'assistant du sénateur Thompson qui observait, embarrassé et sidéré, une grosse pile de classeurs bleus dans les bras. Ils firent sortir Andy, toujours en larmes, lui tenant chacun un coude. Sur leurs visages se retrouvait une expression de dégoût semblable à celle de Cap – l'écœurement devant le spectacle qu'offrait cet homme bouffi et drogué qui avait perdu tout contrôle de ses émotions, tout sens des perspectives, et pleurait sur le sort de celui qui l'avait capturé.

Oui, les larmes d'Andy étaient réelles. Mais c'était pour Charlie qu'il les versait.

23

John l'accompagnait toujours, mais dans ses rêves Charlie montait seule. Le chef des palefreniers, Peter Drabble, lui avait trouvé une petite selle anglaise bien ajustée, mais dans ses rêves elle montait à cru. Avec John, elle se promenait dans les chemins cavaliers qui s'entrelaçaient autour de la Boîte, s'égaraient dans un bout de forêt constitué de grands pins et longeaient la mare aux canards. Ils ne dépassaient jamais un petit canter, mais dans ses rêves Necromancer l'emportait au galop, plus vite, encore plus vite, à travers des bois dignes de ce nom; ensemble, la bête et l'enfant s'élançaient à une allure vertigineuse sur une piste sauvage baignée d'une lumière verte filtrant de l'entrelacs des branches, et la chevelure de Charlie flottait dans le vent.

Elle sentait le travail des muscles de Necromancer sous la robe soyeuse et elle montait les mains enfouies dans sa crinière, lui chuchotant à l'oreille qu'elle voulait aller plus vite... encore... encore.

Necromancer répondait. Ses sabots étaient le tonnerre. Le chemin trouant ces bois verts et denses était comme un tunnel. Derrière elle, il y eut un petit crépitement et

(*la forêt brûle*)

une bouffée de fumée. C'était un feu, un feu qu'elle avait déclenché, mais elle n'éprouvait pas de remords – seulement une folle gaieté. Ils pouvaient le devancer. Necromancer était capable d'aller partout, de tout faire. Ils sortiraient du tunnel de branches. Devant, elle percevait une clarté.

– Plus vite ! Plus vite !

La joie. La liberté. Elle ne savait plus où finissaient ses jambes, où commençaient les flancs de l'animal. Ils ne formaient plus qu'un, fondus, comme les métaux qu'elle faisait fondre au cours des tests. Devant eux apparut un grand obstacle, un entassement de bois mort et blanc, comme un tumulus d'ossements. Folle de bonheur, elle talonna légèrement Necromancer de ses pieds nus et sentit ses postérieurs s'envoler.

Ils sautèrent l'obstacle, flottant un moment dans les airs. Sa tête était en arrière, ses doigts étreignaient la crinière et elle hurla – non de peur mais simplement parce qu'elle aurait explosé si elle avait retenu son cri. *Libre, libre, libre... je t'aime, Necromancer.*

Ils passèrent facilement l'entassement de bois mort, mais à présent l'odeur de la fumée devenait plus nette, plus présente. Il y eut une petite explosion derrière eux et il fallut qu'une flammèche retombe en tournoyant et pique sa peau comme une ortie pour qu'elle découvre qu'elle était nue. Nue et

(*mais la forêt brûle*)

libre, délivrée, sans entraves – Necromancer et elle, galopant vers la lumière.

– Plus vite ! murmura-t-elle. Plus vite, je t'en prie !

Et le grand hongre noir prit encore de l'allure. Le vent soufflait aux oreilles de Charlie avec un bruit de tonnerre. Elle n'avait pas à respirer; l'air s'engouffrait dans sa bouche entrouverte. Le soleil perçait les frondaisons en rayons poussiéreux pareils au cuivre ancien.

Et tout là-bas, devant, brillait la lumière. Le bout de la forêt, le ciel ouvert, sous lequel Necromancer et elle pourraient galoper pour l'éternité. Le feu les poursuivait. L'odeur odieuse de la fumée. La main de la peur. Le soleil était droit devant. Elle pousserait Necromancer jusqu'à la mer, où peut-être elle retrouverait son père, et ils vivraient là tous les deux, tirant des filets lourds de poissons vifs et brillants.

– Plus vite ! (C'était un cri triomphal.) O Necromancer, plus vite, plus vite, plus...

Alors, la silhouette apparut dans la grande bouche de lumière où se finissait la forêt, l'occulta de sa vaste masse, fermant le chemin. D'abord, comme à chaque fois qu'elle faisait ce rêve, elle crut que c'était son père, fut sûre que c'était lui, et son bonheur devint presque douloureux avant de se muer en une terreur atroce.

Elle eut le temps de remarquer que l'homme était trop large, trop grand – et pourtant familier, affreusement familier – puis Necromancer se déroba, hurlant.

Est-ce que les chevaux hurlent ? Je ne savais pas qu'ils hurlaient...

Elle luttait pour ne pas tomber, ses cuisses dérapant tandis que les sabots battaient l'air, mais le cheval ne hurlait pas, il hennissait, mais c'était tout de même un hurlement, et il y avait d'autres hennissements comme des cris derrière elle. *O mon Dieu*, pensa-t-elle, *les chevaux derrière, les chevaux, et la forêt qui brûle...*

Et devant, cachant la lumière, cette silhouette, cette forme horrible. Qui marchait vers elle, maintenant qu'elle était tombée sur le chemin et que Necromancer touchait doucement son ventre nu de son nez humide.

– Ne fais pas de mal à mon cheval ! glapit-elle à l'intention de la silhouette, ce père dans son rêve qui n'était pas son père. Ne fais pas de mal aux chevaux. Oh, je t'en prie, pas aux chevaux !

Mais la silhouette avançait, elle dégainait un revolver et c'était là-dessus que Charlie s'éveillait, parfois en hurlant, parfois trempée d'une sueur glacée, sachant qu'elle venait de faire un mauvais rêve mais incapable de s'en souvenir, à l'exception de la course folle sur la piste forestière et de l'odeur du feu... ça, et un affreux sentiment de trahison...

Et à l'écurie, le lendemain, elle toucherait Necromancer ou appuierait son visage contre sa chaude épaule et éprouverait un effroi pour lequel elle n'avait pas de nom.

FIN DE PARTIE

1

La pièce était plus grande.

Jusqu'à la semaine précédente, en fait, elle avait abrité la chapelle de la Boîte. Les événements se précipitaient, comme le prouvait la rapidité avec laquelle Cap avait accédé aux exigences de Hockstetter. Une nouvelle chapelle – une vraie, cette fois-ci, pas un débarras – allait être construite à la limite est de la propriété. En attendant, la suite des tests pratiqués sur Charlie McGee s'effectuerait dans cette pièce.

Les fausses boiseries et les bancs d'église avaient disparu. Le sol et les murs avaient été isolés à l'aide de panneaux d'amiante qui ressemblaient à de la laine de verre, puis recouverts de plaques d'acier trempé de forte épaisseur. On avait enlevé la séparation qui délimitait l'autel et la nef. Les instruments de monitoring de Hockstetter avaient été mis en place, ainsi qu'un terminal d'ordinateur. Tout cela n'avait pris qu'une semaine. Les travaux avaient commencé quatre jours avant que Herman Pynchot ne terminât sa vie d'une macabre manière.

En cette journée d'octobre, à deux heures de l'après-midi, un mur de parpaing se dressait dans la longue pièce. A sa gauche, un énorme réservoir d'eau assez bas. Dans le réservoir, profond d'un mètre quatre-vingts, on avait déversé une tonne de glace. Devant l'ensemble se tenait Charlie McGee, toute petite, vêtue avec soin d'une robe de serge bleue à bretelles et de chaussettes rouge et noir à rayures. Ses nattes, retenues par un ruban de velours noir, retombaient sur ses épaules.

– Très bien Charlie ! lança la voix de Hockstetter à travers l'intercom. (Comme le reste, l'appareil avait été installé en toute hâte et le son n'était pas très fidèle.) Nous sommes prêts. Quand tu veux.

Les caméras filmaient en couleurs. Sur les films, on peut voir la fillette baisser légèrement la tête. Pendant quelques secondes, il ne se passe rien. Incrusté dans le coin gauche de l'image se trouve un thermomètre à affichage digital. D'un seul coup, il se met à grimper, de vingt et un à vingt-six degrés puis à trente-deux. Ensuite, les chiffres défilent si vite qu'on distingue uniquement une buée rouge mouvante. La sonde électronique de température a été placée au centre du mur de parpaing.

Ensuite, le film passe au ralenti. C'est le seul moyen pour suivre le déroulement de l'opération dans sa totalité. Pour ceux qui l'ont regardée à travers les hublots de verre plombé de la salle d'observation, elle a duré le temps d'un coup de feu.

Au ralenti maximal, le mur commence à fumer. Des particules de mortier et de ciment se détachent lentement, sautent comme du pop-corn. Puis le mortier qui soude les blocs se met à *couler*, ainsi que de la mélasse chaude. Les briques s'effritent, au centre d'abord, puis sur le pourtour. Une pluie de débris, qui se transforme en nuage, apparaît tandis que les blocs explosent sous l'effet de la chaleur. Le compteur du détecteur implanté dans le mur se bloque à trois mille huit cent soixante-dix degrés. Il se bloque non pas parce que la température a cessé de monter, mais parce que l'appareil lui-même a été détruit.

Tout autour de la pièce, huit énormes conditionneurs d'air Kelvinator ont été disposés. Ils fonctionnent à plein rendement, pompant de l'air glacial dans la salle de tests. Tous les huit sont entrés en marche dès que la température *globale* de la pièce a dépassé trente-cinq degrés. Charlie est devenue très habile à concentrer le flot de chaleur qui semble sortir d'elle en un seul point, mais comme tous ceux qui se sont déjà brûlé la main en prenant une poêle par la poignée le savent, même les surfaces prétendument non conductrices transmettent la chaleur– si cette chaleur est suffisante.

Avec les huit Kelvinator, la température dans la pièce aurait dû se situer aux alentours de moins neuf, à trois degrés près. Or, les enregistrements montrent une escalade régulière, trente-sept, quarante, quarante-deux. La sueur qui ruisselle sur le visage des observateurs ne peut être attribuée à la seule chaleur.

A présent, le ralenti maximal ne suffit plus à donner une image précise de ce qui se produit. Une seule chose est claire : tandis que les blocs de pierre continuent à exploser, il devient évident qu'ils sont en train de brûler. Aussi vivement que du papier journal dans une cheminée. Evidemment, tous les manuels de science de quatrième vous diront que n'*importe quoi* peut brûler à condition d'être assez chaud. Mais c'est une chose de lire ce genre d'information, et une autre que de voir un mur flamber, avec de vraies flammes bleu et jaune.

Ensuite, le mur est pulvérisé et la pièce obscurcie par un violent souffle chargé de particules en désintégration. La petite fille fait demi-tour, toujours au ralenti, et un instant plus tard, la surface lisse de l'eau glacée, dans le réservoir, se met à bouillir. La température de la pièce, qui était montée à quarante-quatre degrés, (malgré les huit conditionneurs d'air, il fait aussi chaud qu'à midi en plein été dans la Vallée de la Mort) commence à redescendre.

Place aux balayeurs.

2

MÉMORANDUM
| INTERDÉPARTEMENTS

de Bradford Hyuck
à Patrick Hockstetter
Date 2 octobre
Réf. Télémétrie, dernier test. C. McGee (4)

Pat, j'ai vu les films quatre fois et je n'arrive toujours pas à croire qu'il ne s'agit pas d'effets spéciaux. Un conseil : quand tu iras devant la sous-commission du Sénat qui décidera du budget du Lot Six et des plans de renouvellement, prépare tes troupes et couvre tes arrières – paie-toi une culotte blindée ! La nature humaine étant ce qu'elle

est, les types qui regarderont ces films vont avoir un mal fou à croire que ce n'est pas un bluff monumental.
Pour en venir aux faits : les comptes rendus seront livrés par courrier spécial. Ce mémorandum ne les précède que de deux ou trois heures. Tu verras ça par toi-même, mais je vais tenter de résumer brièvement nos découvertes. Nos conclusions tiennent en deux mots : brouillard complet. Cette fois, elle était bardée de fils comme un astronaute. Tu remarqueras entre autres :
1) Pression sanguine normale pour une enfant de huit ans. A peine une secousse quand ce mur explose comme la bombe d'Hiroshima.
2) Emission anormalement importante d'ondes alpha; ce qu'on pourrait appeler ses « circuits d'imagination » sont bien engagés. Tu ne seras peut-être pas d'accord avec Clapper et moi à ce sujet; nous pensons que les ondes sont devenues plus régulières, suggérant une certaine « dextérité imaginative contrôlée » (l'expression excessive est de Clapper, pas de moi). Ça pourrait indiquer qu'elle commence à contrôler son pouvoir et à le manipuler avec une plus grande précision. La pratique, comme on dit, fait tout. A moins que ça ne veuille rien dire du tout.
3) Toutes les mesures télémétriques du métabolisme restent dans les limites des paramètres normaux. Rien de bizarre ni de remarquable. C'est comme si elle était en train de lire un livre ou de faire ses devoirs au lieu de créer ce qui, d'après toi, correspond à plus de 16000 degrés de chaleur centrés en un seul point. En ce qui me concerne, l'information la plus fascinante (et la plus frustrante) reste le test Beal-Searles CAT. *Pratiquement aucune combustion calorique*! Au cas où tu aurais oublié ta physique – pour vous autres réducteurs de têtes, ce sont les risques du métier –, une calorie n'est rien d'autre qu'une unité de chaleur, celle qui est nécessaire pour faire monter un gramme d'eau d'un degré centigrade plus précisément. Elle a brûlé environ 25 calories pendant cette petite exhibition. A peu près ce que tu éliminerais en faisant une demi-douzaine de pompes, ou deux fois le tour du pâté de maisons. Mais bon sang, les calories sont des mesures de chaleur, et c'est bien ce qu'elle produit, non ?... de la *chaleur.* Est-ce que cela *sort* d'elle, ou bien est-ce qu'elle la véhicule simplement ?

Si la seconde hypothèse est la bonne, d'où vient ce feu ? Trouve la solution et tu es bon pour le prix Nobel ! Je vais te dire une chose : si ta série de tests est aussi limitée que tu l'affirmes, nous ne trouverons jamais la réponse.
Un dernier mot : es-tu sûr de *vouloir* continuer les tests ? Dernièrement, j'ai pas mal pensé à cette gamine et je commence à avoir les jetons. Il me vient à l'esprit des trucs comme les pulsars, les neutrinos, les trous noirs et Dieu sait quoi encore. Il y a dans l'univers des forces en liberté dont nous n'avons pas idée. Nous pouvons en observer certaines à des millions d'années-lumière de distance... et être soulagés qu'il en soit ainsi. La dernière fois que j'ai vu le film, je me suis mis à considérer la gamine comme une crevasse – une fêlure si tu préfères – dans le creuset de la création. Je sais ce que la formule peut avoir de douteux mais je sens que cela doit être dit. Que Dieu me pardonne ces paroles, alors que j'ai trois adorables petites filles, mais je pousserai un énorme soupir de soulagement lorsqu'elle aura été neutralisée.
Si elle peut produire une pointe de 16000 degrés sans même se forcer, as-tu pensé à ce qui se passerait si elle décidait de mettre toute la gomme ?

BRAD.

3

– Je veux voir mon père ! lança Charlie quand Hockstetter entra.

Elle était blême. Elle avait remplacé sa robe par une vieille chemise de nuit et détaché ses cheveux.

– Charlie... commença-t-il.

Mais tout ce qu'il avait eu l'intention de dire s'évapora d'un seul coup. Le mémorandum de Brad Hyuck et les résultats des analyses télémétriques l'avaient profondément troublé. Le fait que Brad ait pris le risque d'écrire les deux derniers paragraphes en disait long, en suggérait encore plus.

Hockstetter avait peur. En autorisant la transformation de la chapelle en laboratoire, Cap avait aussi donné le feu vert pour l'installation de conditionneurs d'air supplémentaires autour de l'appartement de Charlie – non plus huit Kelvinator, mais vingt. Jusqu'à présent, six d'entre eux seulement avaient été mis en place, mais Hockstetter s'en moquait bien, après le test n° 4. Il était persuadé maintenant que deux cents de ces fichues boîtes n'arriveraient pas à bloquer son pouvoir. Il n'était plus question de savoir si elle pouvait ou non mettre fin à ses jours, mais si elle allait détruire toutes les installations de la Boîte – et la Virginie entière pendant qu'elle y était. Hockstetter était convaincu qu'elle pouvait le faire si l'envie lui en prenait. Et le dernier cran de sûreté, dans ce raisonnement, était encore plus effrayant : il s'appelait John Rainbird. L'Indien était le seul à pouvoir encore la contrôler. Et l'Indien était dingue.

– Je veux voir mon père, répéta-t-elle.

Son père était à l'enterrement du pauvre Herman-Pynchot. Il avait demandé à y assister. Cap l'accompagnait. Même la mort de Pynchot, pourtant sans aucun lien apparent avec ce qui se passait ici, semblait avoir jeté son voile funeste sur l'esprit de Hockstetter.

– Eh bien, je crois qu'on peut arranger ça, commença le psychiatre avec précaution. Si tu nous montres encore...

– Je vous en ai assez montré comme ça, déclara-t-elle. Je veux voir mon papa.

Une buée de larmes obscurcissait ses yeux.

– Ton factotum, tenta Hockstetter, cet Indien, il a dit que tu as refusé de monter ton cheval ce matin après le test. Il paraissait inquiet pour toi.

– Ce n'est pas mon cheval, fit Charlie d'une voix rauque. Rien ici n'est à moi. Rien sauf mon papa et je... veux... *le voir* !

La colère et le chagrin lui avaient arraché un cri.

– Calme-toi, Charlie, balbutia Hockstetter, soudain effrayé. (Faisait-il plus chaud dans la pièce ou bien n'était-ce que son imagination ?) Surtout... surtout ne t'énerve pas ! (Rainbird. C'était le boulot de Rainbird, bon Dieu !) Ecoute-moi, Charlie. (Un sourire amical apparut sur son visage.) Ça te plairait d'aller à Seven Flags ? C'est le plus beau parc d'attractions de tout le Sud, Disneyworld mis à part. On pourrait le louer en entier rien que pour toi. Tu aurais le *roller-coaster* et la maison hantée et le manège...

– Je ne veux pas aller dans un parc d'attractions. Je

veux juste voir mon papa. Et je le verrai, vous m'entendez ? Je le verrai !

Il faisait *vraiment* plus chaud.

– Vous transpirez, laissa tomber Charlie.

Il pensa au mur de parpaing, à l'explosion si rapide que seul le ralenti permettait de voir les flammes. Il pensa au plateau d'acier, qui tournait deux fois sur lui-même tout en volant à travers la pièce, et projetait des copeaux de bois brûlants. Si elle dirigeait cette puissance sur lui, il serait réduit à l'état de cendres et d'os fondus avant même d'avoir compris ce qui lui arrivait.

O mon Dieu, je vous en prie...

– Charlie, ça ne te servira à rien de te mettre en colère...

– Si, affirma-t-elle. Ça me servira. Et je suis en colère contre vous, docteur Hockstetter. Très en colère.

– Charlie, je t'en prie...

– Je veux le voir, insista-t-elle. Maintenant, allez-vous-en. Allez leur dire qu'ensuite ils pourront continuer les tests s'ils en ont envie. Ça m'est égal. Mais si je ne le vois pas, je ferai quelque chose. Dites-le-leur.

Il sortit. Il sentait qu'il aurait dû ajouter quelque chose... une phrase qui lui aurait permis de regagner sa dignité, d'effacer la peur (« Vous transpirez. ») qu'elle avait lue sur son visage. Mais rien ne vint. Il sortit. Même la porte d'acier qui le séparait d'elle ne parvint pas à diminuer sa terreur... ni sa rancœur contre John Rainbird. Parce que l'Indien avait prévu cette réaction et qu'il n'avait rien fait. S'il l'en accusait maintenant, Rainbird se contenterait de lui décocher son sourire glacé et lui demanderait qui était le psychiatre, ici.

Les tests avaient diminué le complexe incendiaire de Charlie, au point qu'il était à présent comparable à un barrage sur lequel des fuites apparaissaient en dix endroits à la fois. Ils lui avaient aussi permis d'affiner son pouvoir, d'en faire un instrument de précision dont elle pouvait se servir avec la sûreté du lanceur de couteaux.

Les tests, enfin, avaient constitué la meilleure des leçons de choses. Ils lui avaient montré, sans l'ombre d'un doute, qui était le maître.

Elle.

4

Hockstetter parti, Charlie se laissa tomber sur le divan. La tête entre les mains, elle s'abandonna aux sanglots. Des émotions contradictoires s'agitaient en elle. La culpabilité, l'horreur, l'indignation, ainsi qu'une sorte de plaisir teinté de colère. Mais seule la peur surnageait. Les choses avaient changé quand elle avait accepté de subir leurs tests. Définitivement peut-être, elle le craignait. A présent, elle avait *besoin* de voir son père, autant qu'elle le désirait. Lui seul saurait ce qu'elle devait faire.

Tout d'abord, il y avait eu des récompenses – des promenades à l'extérieur avec John, la possibilité d'étriller Necromancer, puis celle de le monter. Elle adorait John, elle adorait Necromancer... Si cet imbécile avait pu deviner à quel point il lui avait fait mal en disant que le cheval était à elle ! Elle savait parfaitement qu'il ne lui appartiendrait jamais. Sauf dans ses rêves, ceux dont elle se réveillait avec un vague sentiment de malaise. A présent, les tests eux-mêmes, l'occasion de se servir de son pouvoir, de le sentir croître – c'était *ça* la récompense. Un jeu terrible, mais irrésistible. Elle sentait qu'elle avait à peine gratté la surface. Elle avait l'impression d'être un bébé qui vient d'apprendre à marcher.

Il fallait que son père lui dise ce qui était bien ou mal, si elle devait continuer, ou arrêter une fois pour toutes. A condition...

– A condition que je *puisse* m'arrêter, murmura-t-elle entre ses doigts.

C'était cela le plus terrifiant. Ne plus être sûre de pouvoir s'arrêter. Et si elle n'y parvenait pas, qu'allait-il arriver ?

Elle recommença à pleurer. Elle ne s'était jamais sentie aussi terriblement seule.

5

L'enterrement était pénible.

Andy avait cru que ça se passerait bien. Sa migraine

avait disparu. Après tout, cette cérémonie n'était qu'un prétexte pour être seul avec Cap. Il n'avait jamais aimé Pynchot. Et le petit médecin était trop méprisable pour inspirer la haine. Il avait montré trop d'arrogance, trop de plaisir à se placer au-dessus des autres. Andy ne se sentait pas coupable d'avoir déclenché par inadvertance un ricochet dans l'esprit de Pynchot. Un ricochet fatal.

Il avait déjà provoqué plusieurs échos, mais il avait toujours eu l'occasion de les rectifier. Il était même devenu très bon à ce jeu quand il avait été obligé de fuir New York avec Charlie. Il existait dans l'esprit humain des terrains minés, des peurs, des culpabilités, des tendances suicidaires, schizophréniques, paranoïaques, meurtrières. La poussée mettait le sujet en état de suggestibilité extrême. Si l'un des ordres donnés prenait l'une de ces routes obscures, il devenait destructeur. Une ménagère qui avait participé à son programme d'amaigrissement s'était mise à souffrir de terribles accès de catatonie. L'un des cadres en mal de dynamisme avait mentionné une envie irrépressible et morbide de prendre son pistolet d'ordonnance dans le placard et de jouer à la roulette russe. Dans son esprit, ce désir était lié à la nouvelle d'Edgar Allan Poe, *William Wilson*, qu'il avait lue à l'époque où il était encore au collège. Dans les deux cas, Andy avait pu arrêter l'écho avant qu'il ne se transforme en ricochet fatal. Pour le cadre, un homme tranquille aux cheveux blonds qui travaillait dans une banque, il avait suffi d'une seconde poussée suggérant qu'il n'avait jamais lu l'histoire de Poe. La connexion avait été instantanément brisée. Avec Pynchot, Andy n'avait pas eu l'occasion d'intervenir.

Cap parlait avec animation du suicide du médecin tandis que la voiture roulait vers le cimetière sous une pluie glacée d'automne. Il disait qu'il n'aurait jamais cru qu'un homme pût... pût garder son bras dans cet engin quand les lames commençaient à broyer et à découper la chair. Mais Pynchot l'avait fait. Pynchot l'avait laissé. C'est à ce moment-là que l'enterrement devint pénible pour Andy.

Cap et lui n'assistèrent qu'au service du cimetière. Ils se tenaient très à l'écart du groupe des amis et de la famille serrés autour d'une gerbe de parapluies noirs. Andy découvrit qu'évoquer l'arrogance de Pynchot, se rappeler le désir de puissance d'un petit César qui n'avait aucun pouvoir réel, son sourire en forme de tic irritant, était une chose. C'en était une bien différente de regarder sa femme, vêtue de noir, pâle sous son voile, tenant par la main ses deux garçons (le plus jeune avait l'âge de Charlie et tous deux paraissaient totalement hébétés, comme s'ils étaient drogués). Sa femme avait conscience que tous ses amis et sa famille savaient qu'on avait trouvé son mari en sous-vêtements féminins, les siens, le bras droit rogné jusqu'au coude, taillé comme un crayon. Son sang avait giclé sur l'évier, sur les placards, des morceaux de chair...

Andy eut un haut-le-cœur. Il se pencha en avant sous la pluie froide, luttant contre lui-même. La voix du pasteur continuait sa psalmodie dépourvue de sens.

– Je veux m'en aller, dit Andy. C'est possible ?

– Oui, bien sûr, répondit Cap. (Lui-même était pâle, il avait l'air vieux et mal à l'aise.) J'ai eu mon compte d'enterrements, cette année.

Ils s'éloignèrent du groupe agglutiné autour de l'herbe synthétique. Les fleurs penchaient déjà la tête, perdant leurs pétales sous la pluie battante. Ils s'éloignèrent du cercueil, dominant, sur ses tréteaux, le trou creusé dans la terre. Côte à côte, ils se dirigèrent vers l'allée de gravier où la Chevrolet de Cap, modèle économique, était garée. Ils passèrent sous des saules qui bruissèrent lugubrement. Trois ou quatre autres hommes, à peine visibles, les accompagnaient. Andy savait maintenant ce que devait ressentir le président des Etats-Unis.

– Terrible pour la veuve et les deux garçons, déclara Cap. Le scandale, vous comprenez.

– Est-ce que... heu, est-ce qu'on va s'occuper d'elle ?

– Financièrement, oui, lâcha Cap d'une voix atone. (Ils approchaient de l'allée. Andy vit la Vega orange de Cap rangée à l'arrière du cortège funèbre. Deux hommes montèrent dans une Biscayne stationnée devant. Deux autres dans une Plymouth garée derrière.) Mais on ne pourra jamais rembourser ces deux gamins. Vous avez vu leur visage ?

Andy ne dit rien. Maintenant, il se sentait coupable. Une lame acérée fouaillait ses entrailles. Se convaincre que sa propre position avait justifié cette extrémité ne lui serait d'aucune aide. Il ne lui restait plus qu'à brandir devant lui le visage de Charlie... Charlie dominée par une silhouette inquiétante, un pirate borgne nommé John Rainbird qui avait réussi à gagner sa confiance pour hâter le jour où il pourrait...

Ils montèrent dans la Vega. Cap mit le moteur en route. La Biscayne démarra, et Hollister la suivit. La Plymouth vint se coller derrière lui.

Andy eut soudain l'étrange certitude d'avoir de nouveau perdu la poussée. Rien ne se produirait quand il essaierait. Comme s'il devait payer pour l'expression qu'il avait vue sur le visage des deux gamins.

Mais il n'avait pas le choix. Il fallait essayer.

– Nous allons avoir une petite discussion, dit-il à Cap. (Il poussa. C'était là. La migraine se déclencha presque immédiatement. La dernière fois était encore trop proche. Il en paierait le prix.) Ça ne gênera pas votre conduite.

Cap parut se renfoncer confortablement dans son siège. Sa main gauche, qui avait esquissé un mouvement vers le clignotant, hésita un moment, puis termina son parcours. La Vega suivit la voiture de tête, passant tranquillement entre les deux piliers du cimetière pour déboucher sur la route principale.

– Non, je ne crois pas que notre petite discussion me gênera pour conduire, approuva Cap.

Il y avait trente-deux kilomètres jusqu'au complexe. Andy avait vérifié le compteur en partant, puis en arrivant au cimetière. Ils allaient emprunter la 301 dont Pynchot lui avait parlé. Une autoroute. McGee ne disposait pas de plus de vingt-cinq minutes pour tout arranger. Depuis deux jours, il n'avait pensé qu'à ça. Il avait tout prévu... pourtant, il lui manquait un élément capital.

– Combien de temps, Rainbird et vous, pouvez-vous encore vous assurer de la coopération de Charlie, capitaine Hollister ?

– Plus très longtemps. Rainbird a tout prévu, de sorte qu'en votre absence il est le seul à pouvoir la contrôler. Très habile. Un substitut paternel. (Cap ajouta d'une voix basse, presque chantante :) Il est le père quand le père n'est pas là.

– Et quand elle arrêtera, on la tuera ?

– Pas tout de suite. Rainbird peut l'obliger à continuer encore un peu. (Cap mit son clignotant pour tourner sur la 301.) Il fera comme si nous avions tout découvert : qu'ils discutaient tous les deux, qu'il l'avait conseillée sur la façon de négocier son... son problème. Qu'il vous avait fait parvenir des messages.

Il se tut. Andy avait entendu tout ce qu'il désirait savoir. Il se sentait malade. Il se demanda si Hollister, Rainbird et les autres s'étaient félicités de la simplicité de la tâche. Facile de berner une enfant, de gagner son affection alors qu'elle est seule et abandonnée, facile ensuite de l'amener à leurs fins quand elle se sent en confiance. Et si plus rien ne marche, il suffit de lui dire que son unique ami, John, va perdre son emploi, va être poursuivi au nom de l'Official Secret Act pour avoir osé être bon avec elle. Charlie terminerait leur travail. Elle accepterait de continuer à coopérer avec eux.

J'espère me retrouver bientôt face à ce type. Je l'espère vraiment.

Le temps manquait pour penser à cela... et puis si tout se passait bien, il ne rencontrerait jamais Rainbird.

– Mon départ pour Hawaii est prévu dans une semaine, reprit Andy.

– C'est exact.

– Dans quelles conditions ?

– En avion. Un transport de l'armée.

– Qui avez-vous appelé pour organiser ça ?

– Puck, répondit Cap sans hésiter.

– Qui est Puck, capitaine Hollister ?

– Le commandant Victor Puckeridge, expliqua Cap. A Andrews.

– Andrews. Vous voulez dire la base de l'Air Force ?

– Oui, évidemment.

– C'est votre ami ?

– Nous jouons au golf ensemble. (Cap eut un sourire vague.) Il fait des balles slicées.

Excellentes nouvelles ! pensa Andy. Un élancement terrible dans sa tête, comme une dent cariée.

– Si vous l'appeliez cet après-midi pour lui dire que vous voulez avancer le vol de trois jours ?

– Oui.

Cap semblait dubitatif.

– Ça poserait un problème ? Beaucoup de paperasse peut-être ?

– Oh non ! Puck donnerait un bon coup de club dans la paperasse. (Le sourire réapparut. Un sourire singulier, pas vraiment heureux.) Il fait des balles slicées. Je vous l'ai dit ?

– Oui. Vous me l'avez dit.

– Ah bon !

La Vega tenait le quatre-vingt-dix légal. La pluie s'était transformée en bruine. Les essuie-glaces cliquetaient de droite à gauche.

– Appelez-le cet après-midi, Cap. Dès que vous serez rentré.

– Appelez Puck, oui. J'étais justement en train d'y penser.

– Dites-lui qu'il faut que je parte mercredi au lieu de samedi.

Quatre jours, c'était court pour récupérer – trois semaines auraient à peine suffi –, mais les événements se précipitaient. La dernière partie avait commencé. C'était un fait, et Andy se devait d'en tenir compte. Il ne voulait pas – ne pouvait pas – laisser Charlie entre les pattes de Rainbird plus longtemps qu'il ne le fallait.

– Mercredi au lieu de samedi.

– Oui. Ensuite vous direz à Puck que vous serez du voyage.

– Du voyage ? Je ne peux...

Andy poussa de nouveau. Fort. C'était douloureux, mais il continua. Sur son siège, Cap sursauta. La voiture fit une petite embardée. Andy se dit qu'il était pratiquement en train de souhaiter qu'un écho naquît dans la tête de ce type.

– Je serai du voyage. Oui.

– Très bien, répondit Andy d'un ton sinistre. Quelles mesures de sécurité avez-vous prises ?

– Aucune mesure particulière, reprit Cap. Vous êtes plutôt handicapé par la Thorazine. Et puis vous êtes vidé, incapable d'utiliser votre pouvoir de domination mentale. Il est provisoirement assoupi.

– Ah oui ! (Andy porta une main légèrement tremblante à son front.) Vous voulez dire que je serai seul dans l'avion ?

– Non, rectifia Cap aussitôt. Je serai avec vous.

– Oui, mais à part vous et moi ?

– Il y aura deux hommes de la Boîte, en partie pour remplacer les stewards, en partie pour vous surveiller. Procédure standard. On protège les investissements.

– Deux agents seulement ? Vous en êtes sûr ?

– Oui.

– Et l'équipage, évidemment ?

– Oui.

Andy jeta un coup d'œil par la fenêtre. Ils étaient à mi-chemin du complexe, à présent. Le moment crucial était venu. Sa tête était à ce point douloureuse qu'il craignait d'oublier quelque chose. Dans cette éventualité, le château de cartes s'écroulerait entièrement.

Charlie, pensa-t-il en essayant de tenir bon.

– Hawaii est loin de la Virginie, capitaine Hollister. L'avion fera-t-il une escale technique ?

– Oui.

– Vous savez où ?

– Non, dit Cap d'une voix sereine.

Andy lui aurait volontiers poché un œil.

– Quand vous parlerez à... (Comment s'appelait-il ? Andy fouilla frénétiquement son esprit épuisé, et trouva.) Quand vous parlerez à Puck, demandez-lui où l'avion doit se poser.

– Oui, d'accord.

– Amenez ça naturellement dans la conversation.

– Oui, je demanderai où il doit se poser en amenant le sujet naturellement dans la conversation.

Cap se tourna vers Andy. Son regard était pensif, rêveur. Andy se demanda si c'était cet homme qui avait donné l'ordre d'abattre Vicky. Il eut soudain envie de lui ordonner d'écraser l'accélérateur et de foncer sur le pilier du pont qui se profilait. *Charlie ! Charlie !* cria son esprit. *Tiens bon pour Charlie.*

– Je vous ai dit que Puck faisait des balles slicées ? interrogea Cap, presque tendrement.

– Oui. Vous me l'avez dit. (*Pense, bon Dieu ! Pense !* Quelque part entre Chicago et Los Angeles, très probablement. Mais pas un aéroport civil comme O'Hare ou L.A. International. L'avion referait le plein de carburant sur une base militaire. Dans son ébauche de plan, ce point précis ne présentait pas de problème – contrairement à beaucoup d'autres – du moment qu'il connaissait l'endroit par avance.) Nous partirons à trois heures de l'après-midi, annonça-t-il à Cap.

– Trois heures.

– Vous veillerez à ce que ce Rainbird ne soit pas là.

– Je l'envoie quelque part, loin ? demanda Cap d'un ton plein d'espoir.

Un frisson glacé parcourut Andy quand il comprit que Cap avait peur de Rainbird. Terriblement peur.

– Oui. Peu importe l'endroit.

– San Diego ?

– Parfait. (Maintenant. La touche finale. Ça allait être juste. Devant eux, un panneau vert réfléchissant indiquait la sortie de Longmont. Andy plongea la main dans la poche de son pantalon et en retira une feuille de papier pliée. Il la garda sur ses genoux, serrée entre le pouce et l'index.) Vous allez dire aux deux types de la Boîte qui nous accompagnent à Hawaii de nous retrouver à la base, ordonna-t-il. Ils nous attendront là-bas. Vous et moi nous rendrons à Andrews comme aujourd'hui au cimetière.

– Oui.

Andy prit une profonde inspiration.

– Mais ma fille sera avec nous.

– Elle ? (Pour la première fois, Cap semblait réellement agité.) *Elle* ? Elle est dangereuse ! Elle ne peut – nous ne pouvons...

– Elle n'était pas dangereuse jusqu'à ce que vous commenciez à jouer avec elle, lança Andy durement. Elle viendra avec nous et vous ne devez plus me contredire, *est-ce que c'est clair ?*

Cette fois-ci, la Vega fit une embardée plus prononcée. Cap gémit.

– Elle viendra avec nous, assura-t-il. Je ne vous contredirai plus. Ça fait mal. J'ai mal.

Pas autant que moi.

La voix d'Andy paraissait à présent venir de très loin. De derrière un filet sanglant. Un filet de douleur qui se serait dressé autour de son cerveau.

– Vous lui donnerez ceci, ordonna Andy en lui tendant la feuille pliée. Aujourd'hui. Mais soyez prudent. Que personne ne soupçonne quoi que ce soit.

Cap rangea la note dans sa poche de poitrine. Ils approchaient du complexe. Sur la gauche, se dressait la grille électrifiée. Des panneaux d'avertissement clignotaient tous les cinquante mètres.

– Répétez les points principaux, dit Andy.

Cap s'exécuta, avec la rapidité et la concision d'un homme habitué, depuis l'académie militaire de son adolescence, à répéter les ordres.

– Je crois que ça couvre le sujet, ajouta-t-il quand il eut terminé.

– Oui, acquiesça Andy. Je le crois aussi.

Il s'appuya contre le dossier du siège et ferma les yeux. Des fragments confus du passé et du présent défilaient sans but dans son esprit. Epouvantails soufflés par la tempête. Ce plan avait-il une chance de réussir ? Ou bien leur achetait-il, à Charlie et à lui, deux tickets pour l'enfer ? Les autres savaient ce dont Charlie était capable. Si les choses se passaient mal, ils finiraient le voyage dans la soute de cet avion. Bien rangés dans deux boîtes de pin massif.

Cap s'arrêta devant la guérite de l'entrée, ouvrit sa vitre et tendit une carte de plastique. L'homme de garde la glissa dans un terminal d'ordinateur.

– Allez-y, monsieur, dit-il.

Cap avança.

– Une dernière chose, capitaine Hollister. Vous devez oublier tout cela. Vous ferez ce dont nous avons parlé avec la plus parfaite spontanéité. Vous n'en toucherez mot à personne.

– Très bien.

Andy hocha la tête. Ce n'était pas vraiment très bien. Mais il devrait s'en contenter. Le risque d'écho était considérable, parce qu'il avait poussé Hollister extrêmement fort. Egalement parce que les instructions qu'il lui avait données allaient à l'encontre de ses convictions. De par sa position privilégiée, Cap parviendrait peut-être à les exécuter. Il pouvait aussi bien échouer. Pour le moment, la fatigue et la souffrance empêchaient Andy de s'en inquiéter.

Il fut tout juste capable de sortir de la voiture. Cap dut le prendre par le bras pour lui éviter de tomber. Il avait vaguement conscience de la bruine froide d'automne sur son visage. C'était bon.

Les deux hommes dans la Biscayne le contemplaient avec un dégoût glacé. Don Jules faisait partie du tandem. Il portait un sweat-shirt bleu sur lequel était imprimé : ÉQUIPE OLYMPIQUE DES PICOLEURS U.S.

Regarde bien le gros type drogué, pensa Andy du fond de sa torpeur. Il était de nouveau au bord des larmes et sa respiration se bloquait dans sa gorge. *Regarde-le bien maintenant, parce que si le gros type s'en sort cette fois-ci, il va faire sauter cet immonde cloaque pour de bon.*

– Allons, allons, dit Cap.

Il lui tapota l'épaule avec une compassion condescendante et superficielle.

Contente-toi de faire ton boulot, pensa Andy, luttant contre les larmes. Il ne pleurerait pas encore une fois devant eux. Devant aucun d'entre eux. *Fais ton boulot, sale fumier* !

6

De retour dans son appartement, Andy trébucha jusqu'à son lit, à peine conscient, et sombra dans le sommeil. Durant les six heures qui suivirent, il fut comme mort. A l'intérieur de son cerveau, le sang suintait d'un minuscule vaisseau rompu. Des cellules cérébrales blanchissaient avant de se désagréger.

Il se réveilla à dix heures du soir. La migraine n'avait pas lâché prise. Il porta ses mains à son visage. Les points insensibles – sous l'œil gauche, sur la pommette gauche, et sous le maxillaire gauche – étaient revenus. Plus étendus, cette fois-ci.

Je ne peux pas pousser plus sans me tuer, pensa-t-il. Il savait que c'était vrai. Mais il tiendrait le temps qu'il faudrait pour terminer ce qu'il avait commencé, pour donner sa chance à Charlie s'il le pouvait. Il tiendrait.

Il se dirigea vers la salle de bains et but un verre d'eau. Il s'allongea de nouveau, et longtemps après, le sommeil revint. Sa dernière pensée consciente fut que Charlie devait avoir lu son message.

7

Cap Hollister avait été très occupé depuis son retour de l'enterrement de Herman Pynchot. Il venait à peine de s'asseoir derrière son bureau quand sa secrétaire lui apporta un mémorandum interdépartements libellé URGENT. Il provenait de Pat Hockstetter. Cap demanda à la jeune femme d'appeler Vic Puckeridge et se prépara à lire le mémo. *Je devrais sortir plus souvent*, se dit-il. *Ça aère les cellules grises, probablement*. Sur le chemin du retour, il s'était rendu compte qu'attendre une semaine pour envoyer McGee à Maui n'avait pas de sens. Il partirait mercredi.

Ensuite, le mémorandum captiva toute son attention.

Le rapport était loin de posséder le style calme et baroque propre à Hockstetter. En fait, Cap avait sous les yeux une prose hystérique. Il pensa, non sans amusement, que la gamine avait dû flanquer une sacrée frousse au psychiatre. Une frousse bleue.

Le point important était que Charlie avait commencé à renâcler. Ça s'était produit plus tôt qu'ils ne l'avaient prévu, voilà tout. Plus tôt aussi, sans doute, que ne l'avait prévu Rainbird. Bien. Il suffirait de laisser la situation se décanter pendant quelques jours et puis... et puis...

Le fil de sa pensée se brisa. Son regard prit une expression lointaine, perplexe. En esprit, il vit un club de golf, un fer numéro cinq, retomber dans un sifflement contre une balle Spaulding. Il entendait parfaitement le bruit caractéristique, *whhoooop.* Puis la balle s'élança, blanche sur le ciel bleu. Mais elle déviait... déviait...

Son front se dérida. A quoi pensait-il ? Ça ne lui ressemblait pas de divaguer ainsi. Charlie commençait à renâcler, voilà ce à quoi il devait réfléchir. Bien. Ce n'était pas grave. Pas de quoi s'affoler. Ils la laisseraient tranquille pendant quelque temps, jusqu'à la fin du week-end, peut-être. Puis ils se serviraient de l'argument Rainbird. Elle accepterait d'allumer tous les feux du monde pour que l'Indien ne fût pas inquiété.

Sa main partit vers sa poche de poitrine. Il sentit le papier plié. Dans sa tête il entendit de nouveau le sifflement d'un club de golf, qui parut résonner à travers le bureau. Ce n'était plus un *whooop.* C'était un *sssssss* assourdi, presque comme un... un serpent rampant. Un bruit déplaisant. Depuis sa plus tendre enfance, il avait toujours trouvé les serpents déplaisants.

Non sans effort, il chassa toutes ces histoires de serpents et de clubs de golf de son esprit. L'enterrement l'avait peut-être perturbé plus qu'il ne l'avait pensé.

L'intercom bourdonna. Sa secrétaire lui annonça qu'il avait Puck sur la une. Hollister décrocha le téléphone. Après les civilités d'usage, il demanda à Puck si cela lui poserait un problème de déplacer le transport pour Maui de samedi à mercredi. Puck vérifia, déclara que c'était tout à fait possible.

– Disons vers trois heures de l'après-midi.

– Pas de problème, confirma Puck. Mais tâche de ne pas l'avancer une deuxième fois, sinon on sera coincés. Aux heures de pointe, c'est pire que l'autoroute ici.

– Non, c'est définitif, assura Cap. Autre chose : je pars aussi. Mais garde ça pour toi, d'accord ?

Puck éclata d'un rire de baryton.

– Le soleil, la mer et les jupons, hein ?

– Pourquoi pas ? renchérit Cap. J'accompagne un chargement précieux. Je pourrais me justifier devant une commission sénatoriale, s'il le fallait. Je n'ai pas pris de vacances depuis 1973. Et encore, ces foutus Arabes avec leur pétrole m'ont gâché la dernière semaine de ce séjour.

– Je ne dirai rien, assura Puck. Tu vas jouer au golf, là-bas ? Je connais deux parcours superbes à Maui.

Cap se tut. Il regarda pensivement le dessus de son bureau sans le voir. Le combiné glissa le long de son oreille.

– Cap ? Tu es toujours là ?

Précis, grave, menaçant, envahissant la petite pièce confortable : *sssssssss*...

– Merde, on a été coupés ! grommela Puck. Cap ? Ca...

– Tu fais toujours tes balles slicées, vieux ? demanda Cap.

Puck rigola.

– Tu plaisantes ? Quand je mourrai, on m'enterrera dans ce putain de rough. J'ai cru pendant une minute que la communication avait été interrompue.

– Je suis là, dit Cap. Puck, il y a des serpents à Hawaii ?

Cette fois-ci, ce fut Puck qui garda le silence.

– Répète un peu ?

– Des serpents. Des serpents venimeux.

– Je... bah, j'en sais rien. Je peux vérifier si c'est important...

Le ton dubitatif du commandant impliquait que Hollister employait environ cinq mille zombies pour faire ce genre de travail.

– Non, ça ira, affirma Cap. (Il tenait le téléphone fermement contre son oreille à présent.) Je pensais tout haut, simplement. Peut-être que je deviens vieux.

– Pas toi, Cap. Tu tiens vraiment trop du vampire.

– Ouais, sans doute. Merci, mon vieux.

– De rien. Content pour toi que tu t'en ailles. Personne ne le mérite autant que toi, après ce que tu as traversé cette année.

Il parlait de Georgia, bien sûr. Il ne connaissait pas les McGee. Ce qui signifiait, pensa Cap avec lassitude, qu'il ne savait rien de ce qu'il avait réellement traversé.

Il s'apprêta à raccrocher puis ajouta :

– Au fait, Puck, où l'avion doit-il s'arrêter pour refaire le plein ? Tu sais ça ?

– Durban, dans l'Illinois, répondit promptement le commandant. En dehors de Chicago.

Cap lui dit merci, au revoir, et reposa le combiné. Ses doigts se portèrent de nouveau vers sa poche de poitrine. Son regard tomba sur le mémo de Hockstetter. La gamine devait être passablement bouleversée, elle aussi. Ce serait peut-être une bonne idée d'aller la voir et de lui parler, de la caresser dans le sens du poil.

Il se pencha, appuya sur la touche de l'intercom.

– Oui, Cap ?

– Je descends un moment, dit-il. Je serai de retour dans une trentaine de minutes.

– Très bien.

Il se leva et quitta la pièce. Il porta encore une fois la main à sa poche de poitrine. Il y sentit le papier plié.

8

Durant le quart d'heure qui suivit le départ de Cap, Charlie resta allongée sur son lit, flottant dans un abîme de consternation, de peur et de confusion. Elle ne savait vraiment plus quoi penser.

Il était arrivé à cinq heures moins le quart, une heure plus tôt. Il s'était présenté : « Capitaine Hollister – mais appelle-moi Cap, comme tout le monde. » Il avait un visage qui respirait la bonté, la finesse et lui rappelait une illustration d'un de ses livres. Elle l'avait déjà vu quelque part, mais elle ne pouvait dire où. Cap lui avait rafraîchi la mémoire. C'était lui qui l'avait accompagnée dans ses appartements après le premier test, quand l'homme en combinaison blanche s'était enfui, laissant la porte ouverte. Ce jour-là, elle était plongée dans un tel brouillard, mélange de choc, de culpabilité et de triomphe exalté, qu'elle n'aurait rien remarqué si le chanteur du groupe Kiss l'avait escortée jusqu'à sa chambre.

Cap parlait d'une manière doucereuse, persuasive, qui lui inspira d'emblée la plus parfaite méfiance.

Il lui avait dit que Hockstetter était ennuyé parce qu'elle avait refusé de continuer les tests tant qu'elle n'aurait pas vu son père. Charlie avait confirmé ses paroles et s'était enfermée dans un silence têtu... inspiré avant tout par la peur. Si l'on essayait d'exposer ses arguments face à un beau parleur comme Cap, il se ferait un plaisir de les démonter jusqu'à prouver que le noir était blanc et réciproquement. Mieux valait s'en tenir à ses exigences. Plus sûr.

Mais il l'avait étonnée.

– Si c'est ce que tu veux, très bien, avait-il répondu. (L'expression de surprise qui était apparue sur son visage devait être comique parce qu'il avait ri.) Ça nécessitera quelques arrangements, mais...

A ces mots, les traits de Charlie s'étaient figés.

– Plus de feux. Plus de tests, avait-elle lancé. Même s'il vous faut dix ans pour préparer vos « arrangements ».

– Oh, je ne crois pas que ça prenne aussi longtemps, avait-il assuré, sans s'offenser. Simplement, je dois répondre de tout ceci à certaines personnes, Charlie. Et dans un endroit comme celui-ci, la paperasse est reine. En attendant que j'organise ça, tu n'auras rien à allumer, pas même une bougie.

– Bien, avait-elle répondu d'un ton glacé. (Elle ne le croyait pas. Il n'allait pas lever le petit doigt.) Parce que je ne changerai pas d'avis.

– Je crois que je pourrai organiser ça... pour mercredi ? Oui, mercredi, c'est sûr.

Il s'était tu brusquement. Sa tête était légèrement penchée de côté, comme s'il écoutait quelque chose, un son trop aigu pour qu'elle pût l'entendre. Charlie le regardait, intriguée. Elle avait failli lui demander si tout allait bien, puis avait ravalé ses paroles de justesse. Il y avait quelque chose... de presque familier dans la façon dont il était assis.

– Vous croyez vraiment que je pourrai le voir mercredi ? avait-elle demandé timidement.

– Je pense que oui. (Cap s'était agité sur sa chaise, avait poussé un long soupir. Son regard avait accroché celui de Charlie. Il avait eu un drôle de sourire étonné... un sourire familier lui aussi. De but en blanc, il avait lâché :) J'ai entendu dire que ton papa jouait très mal au golf.

Charlie avait cligné des yeux. Son père n'avait jamais touché un club de golf de sa vie. Elle avait ouvert la bouche pour l'expliquer... puis soudain tout s'était éclairé. Une bouffée d'excitation l'avait traversée, comme un vertige.

(M. Merle ! Il est comme M. Merle !)

M. Merle était un des hommes d'affaires de son père à New York, un petit homme blond au sourire doux, avec des lunettes à monture rose. Il était devenu plus sûr de lui, comme les autres. Il travaillait dans une compagnie d'assurances ou dans une banque. Papa s'était inquiété pour M. Merle. A cause du ricochet. Ça venait de la poussée. Quand son père poussait M. Merle, ça lui rappelait un livre qui le rendait malade. Papa disait que le ricochet venait de l'histoire, qui rebondissait dans sa tête comme une balle de tennis. Mais au lieu de s'arrêter, le souvenir devenait de plus en plus fort et M. Merle n'allait pas bien du tout. Papa avait même peur que ça ne le tue. Alors un soir, il l'avait retenu après le départ des autres. Il l'avait poussé pour lui faire croire qu'il n'avait jamais lu ce livre. Après, M. Merle allait très bien. Son père lui avait dit, une fois, qu'il espérait que le petit homme n'irait jamais voir un film appelé *The Deer Hunter*, mais elle n'avait pas compris pourquoi. Avant que papa ne s'occupât de lui, M. Merle était exactement comme Cap.

Charlie avait soudain eu la certitude que son père avait poussé cet homme. Elle s'était abandonnée à son excitation. Elle n'avait eu aucune nouvelle de lui, à part les brefs rapports de John, ne l'avait pas vu, ne savait même pas où il était, et maintenant, curieusement, c'était comme si son père était entré dans la pièce, pour lui dire que tout allait bien, qu'il était près d'elle. Cap s'était levé.

– Bien, je dois m'en aller, Charlie. Mais nous nous reverrons. Ne t'inquiète pas.

Elle avait voulu le retenir, lui demander où était son père, s'il allait bien... mais sa langue était comme collée à son palais.

Cap s'était dirigé vers la porte, puis s'était arrêté.

– Oh, j'ai failli oublier ! (Il était revenu sur ses pas, avait tiré de sa poche le papier plié, l'avait tendu à Charlie. Elle l'avait pris comme un automate, l'avait regardé, puis rangé dans la poche de sa robe de chambre.) Et quand tu monteras ton cheval, fais attention aux serpents, avait ajouté Cap sur un ton confidentiel. Quand un cheval voit un serpent, il s'emballe. A tous les coups. Il...

Il s'était interrompu, avait porté la main à sa tempe et l'avait massée. Pendant quelques secondes, il lui avait paru vieux, égaré. Il avait secoué la tête, comme pour chasser une pensée. Puis il était parti.

Charlie resta allongée après son départ. Enfin, elle prit le message dans sa poche. Elle le déplia, le lut et tout changea.

9

« Charlie, ma chérie,

Premièrement : quand tu auras fini de lire cette lettre, jette-la dans les toilettes; okay ?

Deuxièmement : si tout se passe comme je l'ai prévu – comme je l'espère – nous serons loin d'ici mercredi. L'homme qui t'a donné ce mot est dans notre camp, même s'il ne le sait pas... tu piges ?

Troisièmement : je veux que tu sois à l'écurie mercredi après-midi à une heure. Débrouille-toi comme tu veux – allume un autre feu pour eux si c'est nécessaire. Mais sois-y.

Quatrièmement, le plus important : ne te fie pas à cet homme, John Rainbird. Ça risque d'être un choc pour toi. Je sais que tu lui as accordé ta confiance, Charlie. Mais il est très dangereux. Personne ne te blâmera de t'être laissé prendre à ses avances – Hollister prétend qu'il a mérité un Oscar, tellement il a bien joué son rôle. En tout cas : Rainbird dirigeait le groupe qui nous a faits prisonniers chez Granther. J'espère que ça ne te bouleversera pas trop, mais te connaissant comme je te connais, je sais que tu seras peinée. Ce n'est pas drôle d'apprendre que quelqu'un s'est servi de vous. Ecoute, Charlie : si Rainbird vient te voir – et il viendra sûrement –, il est *capital* qu'il pense que tes sentiments envers lui n'ont pas changé. Mercredi après-midi, il ne sera plus sur notre chemin.

Nous allons à Los Angeles ou à Chicago, Charlie, et je sais comment organiser une conférence de presse. J'ai un vieil ami, Quincey, sur lequel je compte beaucoup. Je crois – je veux croire – qu'il se mouillera pour nous si j'arrive à le joindre. Une conférence de presse signifierait que tout le pays nous connaîtrait. Ils voudront peut-être continuer à nous garder enfermés quelque part, mais nous pourrons être ensemble. J'espère que tu en as toujours autant envie que moi.

Tout ça ne serait pas si mal si les raisons pour lesquelles ils veulent que tu allumes des feux n'étaient toutes mauvaises. Si tu doutes que s'enfuir soit une bonne idée, rappelle-toi que c'est la dernière fois... c'est aussi ce que ta mère aurait voulu.

Tu me manques, Charlie. Je t'aime énormément. »

10

John ?

John dirigeait les hommes qui avaient tiré sur son père et sur elle à Tashmore Pond ?

John ?

Sa tête roula de gauche à droite. La sensation de désolation, de déchirement qui s'emparait d'elle lui parut impossible à contenir. Elle n'avait pas de réponse à ce cruel dilemme. Si elle croyait son père, cela signifiait que John l'avait trompée depuis le début pour la pousser à accepter les tests. Si elle continuait à avoir confiance en John, le message qu'elle avait chiffonné et jeté dans les toilettes était un mensonge, signé simplement du nom de son père. D'un côté comme de l'autre, la peine, le *prix* étaient considérables. Etait-ce cela, devenir adulte ? S'arranger avec la peine ? Payer le prix ? En ce cas, elle espérait qu'elle mourrait jeune.

Elle se rappela cette première fois avec Necromancer, où elle avait levé les yeux et rencontré le sourire de John... dans ce sourire, il y avait quelque chose qu'elle n'aimait pas. Elle se souvint aussi de n'avoir jamais reçu de véritables signes d'affection provenant de lui, comme s'il était fermé ou... ou...

Elle tenta d'écarter cette pensée.

(ou mort à l'intérieur)

mais elle s'incrusta.

Non, il n'était *pas* comme ça. *Non.* Sa terreur pendant la panne. Cette histoire de Viêt-congs et ce qu'ils lui avaient fait. Etait-ce un mensonge ? Alors que son visage était là pour appuyer son récit.

Sa tête roula sur l'oreiller, gauche droite, gauche droite, en une négation sans fin. Elle ne voulait pas y penser. Non et non.

Mais elle ne pouvait s'en empêcher.

Et si... s'ils avaient provoqué la panne ? Ou alors elle s'était produite normalement... et *il s'en était servi* ?

(NON ! NON ! NON ! NON !)

Son esprit, cependant, échappait à tout contrôle conscient. Il tournait autour de cet affreux buisson d'orties avec une détermination froide, inexorable. Elle était intelligente. Elle égrena la chaîne logique, une boule à la fois, comme le pénitent égrène les perles amères de la confession et de la soumission.

Elle se rappela un épisode d'un feuilleton qu'elle avait vu un jour. *Starsky et Hutch.* Ils avaient mis un flic en prison, dans la même cellule qu'un bandit qui savait tout sur un cambriolage. Ce flic qui prétendait être un vaurien, ils l'appelaient un « mouton ».

John Rainbird était-il un mouton ?

Son père l'affirmait. Pourquoi lui mentirait-il ?

Qui crois-tu ? John ou papa ? Papa ou John ?

Non, non, non, répétait son esprit imperturbablement... en vain. Elle était prise au piège du doute, endurant une torture qui n'était pas faite pour une petite fille de huit ans. Quand le sommeil la surprit, le rêve revint. Seulement, cette fois-ci, elle vit le visage de l'homme qui cachait la lumière.

11

– Bon, de quoi s'agit-il ? demanda Hockstetter d'un ton grincheux.

Tout en lui indiquait que le problème avait intérêt à être vraiment sérieux. Il était chez lui, en train de regarder le film du samedi soir, un James Bond, quand le téléphone avait sonné. Une voix lui avait annoncé qu'ils avaient un problème avec la petite fille. La ligne étant ouverte, Hockstetter n'avait pas osé demander des détails. Il était venu comme il était, vêtu d'un jean taché de peinture et d'un polo de tennis.

Il était venu la peur au ventre, suçant une pastille bismuthée pour combattre le bouillonnement acide de son estomac. Il avait embrassé sa femme, avait répondu à son haussement de sourcils en expliquant qu'ils avaient un petit ennui avec une partie du matériel et qu'il n'en aurait pas pour longtemps. Il s'était demandé ce qu'elle aurait dit si elle avait su que le « petit ennui » pouvait apporter la mort à chaque seconde.

A présent, debout dans la cabine, il regardait l'écran infrarouge qu'ils utilisaient pour surveiller Charlie quand les lumières étaient éteintes. Il souhaita de nouveau que tout fût terminé, que la fillette eût été liquidée. Il ne s'était pas attendu à ça quand le problème n'était encore que théorique, imprimé sur papier, rangé dans des chemises bleues. La réalité, c'était le mur de parpaing, les pointes de seize mille degrés, le rapport de Brad Hyuck dissertant sur les forces qui régissent l'univers. La réalité, c'était qu'il avait peur. Comme s'il était assis au sommet d'un réacteur nucléaire instable.

Neary, l'homme de garde, se retourna quand il entra.

– Cap est venu la voir à cinq heures, dit-il. Elle a boudé son dîner. Elle s'est couchée tôt.

Sur l'écran, Charlie, entièrement habillée, se retournait sur son lit.

– On dirait qu'elle fait un cauchemar.

– Un ou plusieurs, laissa tomber Neary d'une voix sinistre. Je vous ai appelé parce que la température a monté de deux degrés dans la pièce depuis une heure.

– Ce n'est pas beaucoup.

– Dans une chambre climatisée comme la sienne, ça l'est. Il n'y a pas de doute, c'est elle qui provoque cette hausse.

Hockstetter réfléchit tout en se mordant le poing.

– Je crois que quelqu'un devrait aller la réveiller, déclara Neary, entrant enfin dans le vif du sujet.

– C'est pour ça que vous m'avez fait venir jusqu'ici ? s'écria Hockstetter. Pour la réveiller et lui donner un verre de lait chaud ?

– Je n'ai pas voulu outrepasser ma fonction, lâcha Neary d'un ton froid.

– Non, dit Hockstetter. (Et il ravala le reste. Si la température continuait à monter, il faudrait réveiller la fillette. Si elle était suffisamment effrayée, il y avait de bonnes chances pour qu'elle s'attaquât à la première personne qu'elle verrait à son réveil. Après tout ils avaient fait de leur mieux pour débloquer son talent de pyrokinésie, et c'était parfaitement réussi.) Où est Rainbird ? demanda-t-il.

Neary haussa les épaules.

– En train de peigner la girafe, pour ce que j'en sais. Vis-à-vis de la gamine, il a terminé son service. Je pense qu'elle aurait des soupçons s'il débarquait... (Le thermomètre à lecture digitale incrusté sur le tableau de contrôle monta d'un degré, hésita, monta d'un autre degré.) *Il faut* que quelqu'un entre là-dedans, insista Neary, la voix légèrement altérée. Vingt-quatre degrés. Qu'est-ce qu'on fait si elle continue ?

Hockstetter essaya de penser, mais son cerveau était comme gelé. Il transpirait à profusion, mais sa bouche était aussi sèche qu'une chaussette de laine. Il avait envie d'être chez lui, bien calé dans son fauteuil relax, en train de regarder Bond courir après les espions du SMERSH. Il ne voulait pas être là. Il ne voulait pas guetter les chiffres rouges sous le rectangle de verre, attendant de les voir bondir, défiler, se brouiller, comme lorsque le mur de parpaing...

Pense ! s'ordonna-t-il. *Qu'est-ce que tu vas faire ? Qu'est-ce que...*

– Elle vient de se réveiller, souffla Neary.

Leur regard était rivé à l'écran. Charlie avait posé les pieds par terre. Elle était assise, la tête entre les mains, le visage dissimulé par ses cheveux. Elle se leva. Pâle, les yeux à demi fermés, elle se dirigea vers la salle de bains. *Elle dort à moitié*, se dit Hockstetter.

Neary appuya sur une touche et la salle de bains apparut sur l'écran. L'image était nette, précise, à la lueur du néon. Hockstetter s'attendait à voir Charlie uriner. Elle resta debout à l'entrée. Elle regardait les toilettes.

– O Sainte Vierge, vous avez vu ça ? murmura Neary.

Dans la cuvette, l'eau avait commencé à dégager de la vapeur. Ça dura plus d'une minute (une minute vingt et une au chrono de Neary). Ensuite, Charlie s'approcha, tira la chasse, urina, tira de nouveau la chasse, but deux verres d'eau puis retourna se coucher. Cette fois-ci, elle paraissait plongée dans un sommeil plus calme, plus profond. Hockstetter jeta un coup d'œil au thermomètre, et constata qu'il était redescendu de deux degrés. Il en perdit deux autres tandis qu'il regardait, atteignant vingt degrés, un point au-dessus de la température normale de l'appartement.

Le psychiatre resta avec Neary bien après minuit.

– Je rentre chez moi, dit-il enfin, vous mettrez tout ça par écrit, n'est-ce pas ?

– Je suis payé pour, répliqua Neary, impassible.

Hockstetter alla se coucher. Le lendemain, il rédigea un mémorandum suggérant de peser soigneusement les gains en informations qu'apporteraient les tests ultérieurs contre les risques potentiels inhérents à ces tests. A son avis, le danger devenait trop précis.

12

Charlie garda peu de souvenirs de cette nuit agitée. Elle se rappelait avoir eu chaud, s'être levée pour se débarrasser de la chaleur. Elle se souvenait de son rêve de façon très vague. Une sensation de liberté (*devant elle, la lumière – la lisière de la forêt, les terres dégagées où Necromancer et elle galoperaient pour l'éternité*) mêlée de frayeur. Une impression de perte aussi. C'était son visage. Depuis le début, c'était le visage de John. Peut-être l'avait-elle su. Peut-être le savait-elle

(*la forêt brûle, ne fais pas de mal aux chevaux, oh, s'il te plaît, ne fais pas de mal aux chevaux*)

depuis toujours.

Quand elle se réveilla le lendemain matin, la peur, la confusion, la désolation qui l'habitaient avaient commencé leur inévitable métamorphose, pour devenir colère, rage de pierre.

Il a intérêt à ne pas être là mercredi, pensa-t-elle. *Vraiment intérêt. Si c'est vrai, ce qu'il a fait, il a intérêt à ne pas s'approcher de moi, ni de papa.*

13

Tard ce même matin, Rainbird entra, traînant son chariot de produits d'entretien, d'éponges, de chiffons et de brosses. Son uniforme blanc flottait souplement autour de son corps.

– Salut, Charlie, dit-il.

Elle était allongée sur le divan et feuilletait un livre d'images. Elle leva les yeux sur lui. A cet instant, son visage était pâle, fermé... prudent. La peau semblait trop tendue sur les pommettes. Enfin, elle sourit. *Mais ce n'est pas*, pensa Rainbird, *son sourire habituel.*

– Bonjour John.

– Tu n'as pas l'air en forme ce matin, Charlie, si je peux me permettre.

– Je n'ai pas bien dormi.

– Ah ouais ? (Il le savait. Ce débile de Hockstetter en bavait presque parce qu'elle avait fait monter la température de quelques degrés dans son sommeil.) J'en suis désolé. C'est à cause de ton papa ?

– Sans doute. (Elle ferma son livre et se leva.) Je crois que je vais aller m'allonger un moment. Je n'ai pas très envie de parler.

– Bien sûr. Comme tu veux.

Il la suivit des yeux. Quand la porte de la chambre se referma, il alla dans la cuisine remplir son seau d'eau. Il y avait quelque chose dans la façon dont elle l'avait regardé. Dans son sourire. Il n'aimait pas ça. Elle avait passé une mauvaise nuit, bon, d'accord. Ça arrive à tout le monde et le lendemain, on engueule sa femme, on lit le journal sans le voir ou n'importe quoi d'autre. C'est normal. Mais... un signal d'alarme s'était mis à retentir. Cela faisait des semaines qu'elle ne l'avait pas regardé comme ça. Elle ne s'était pas précipitée vers lui ce matin, impatiente, heureuse de le voir. Ça ne lui plaisait pas non plus. Elle était restée sur son territoire. Il était inquiet. Peut-être était-ce la conséquence normale d'une mauvaise nuit. Peut-être avait-elle fait des cauchemars parce qu'elle n'avait pas digéré son dîner. Il était tout de même soucieux.

Un autre détail le rongeait : Cap était allé la voir la veille dans l'après-midi. C'était la première fois.

Rainbird posa son seau par terre, fit glisser le balai laveur sur le rebord, le trempa, l'essora et commença à nettoyer le sol à longs coups réguliers. Ses traits mutilés étaient calmes, détendus.

Est-ce que tu es en train de me poignarder dans le dos, Cap ? Tu t'es dit que tu en avais assez ? Ou alors tu as simplement décidé de m'emmerder ?

Si cette dernière hypothèse était vraie, il avait mal jugé Cap. Hockstetter, c'était autre chose. Il n'avait pratiquement aucune expérience des commissions et sous-commissions sénatoriales; une vague entrevue par-ci, par-là. Des trucs d'appoint. Il pouvait se payer le luxe de s'adonner à la peur. Pas Cap. Il savait que, face à ces gens, il n'existait pas de preuves irréfutables, particulièrement quand on a à traiter d'un sujet aussi brûlant (le jeu de mot *était* volontaire) que Charlie McGee. Cap ne se contenterait pas de demander des fonds. Quand il se présenterait devant les sénateurs en séance fermée, il aurait à prononcer l'expression administrative la plus redoutée, les mots mystiques : *apport de fonds à long terme.* Et derrière tout ça, non formulé mais incroyablement présent, le problème de l'eugénisme. Rainbird pensait qu'en fin de compte Cap se trouverait dans l'impossibilité d'empêcher qu'un groupe de sénateurs ne vînt regarder Charlie faire son numéro. *On devrait peut-être les autoriser à amener leurs enfants,* pensa Rainbird tout en lavant et en rinçant le sol. *Ce serait encore mieux que les dauphins dressés de Sea World.*

Cap savait qu'il aurait besoin de toute l'aide qu'il pourrait trouver.

Alors, pourquoi était-il allé la voir hier ? Pourquoi déséquilibrait-il le navire ?

Rainbird essora le balai et suivit des yeux le trajet de l'eau sale coulant dans le seau. Par la porte ouverte de la cuisine, il vit celle, fermée, de la chambre de Charlie. Elle l'avait laissé sur le seuil, et il n'aimait pas ça.

Ça le rendait très, très nerveux.

14

En ce lundi soir d'octobre, une tempête modérée monta du Sud profond, chargée de nuages noirs échevelés qui dansaient sur une pleine lune accrochée juste au-dessus de l'horizon. Les premières feuilles tombèrent, courant sur les pelouses manucurées que les armées de jardiniers devraient de nouveau polir le lendemain. Certaines retombèrent dans la canardière, où elles flottèrent comme de minuscules embarcations. L'automne était revenu en Virginie.

Dans ses appartements, Andy regardait la télé et soignait sa migraine. Les zones d'insensibilité s'étaient réduites, mais n'avaient pas disparu de son visage. Il ne pouvait qu'espérer être prêt pour mercredi après-midi. Si tout marchait bien, il limiterait le nombre de poussées réelles au minimum. Si Charlie avait reçu son message, si elle parvenait à le retrouver aux écuries, elle deviendrait alors sa poussée, son levier, son arme. Qui s'opposerait à lui s'il avait en sa possession l'équivalent d'un fusil nucléaire ?

Cap était chez lui, à Longmont Hills. Comme le soir où Rainbird lui avait rendu visite, il buvait un petit verre de cognac. La stéréo diffusait de la musique à bas volume. Chopin, ce soir. Cap était assis sur le canapé. A l'autre bout de la pièce, appuyé contre le mur sous une paire de gravures de Van Gogh, se trouvait un vieux sac de golf au cuir usé. Il était allé le chercher à la cave, où un capharnaüm d'équipements sportifs s'était formé durant les douze années qu'il avait passées là avec Georgia, quand il ne courait pas le monde pour une quelconque mission. Il était allé le chercher à la cave, parce que, depuis quelque temps, il semblait ne pas pouvoir penser à autre chose qu'au golf. Au golf et aux serpents.

Il avait eu l'intention de sortir tous ses clubs et ses deux putters, de les regarder, de les toucher, pour voir si cela parviendrait à apaiser son esprit. A ce moment-là, il avait eu l'impression qu'un des clubs s'était mis à... c'était bizarre (ridicule, en fait), mais un des clubs s'était mis à *bouger.* Comme un serpent, un serpent venimeux qui se serait introduit dans la pièce.

Cap avait lâché le sac et s'était éloigné en vitesse. Un demi-verre de cognac avait arrêté le léger tremblement de ses mains. Quand il l'aurait terminé, il pensait parvenir à se persuader qu'elles n'avaient jamais vraiment tremblé.

Il leva son verre vers ses lèvres et s'arrêta. Ça recommençait ! Un mouvement... ou une illusion d'optique ?

Une illusion, sans aucun doute. Il n'y avait pas de serpent dans son foutu sac de golf. Rien que des clubs dont il ne s'était pas assez servi dernièrement. Trop de travail. Pourtant il était bon joueur. Pas Nicklaus ni Tom Watson, loin de là, mais il tenait son parcours. Il ne faisait pas régulièrement des balles slicées, comme Puck. Il n'aimait pas ça, parce qu'il se retrouvait sur le rough, dans les herbes hautes, et que parfois il y avait...

Reprends-toi ! Reprends-toi, mon vieux ! T'es encore le capitaine oui ou non ?

Ses doigts tremblaient de nouveau. Qu'est-ce qui avait provoqué ça ? Bon Dieu, qu'est-ce qui l'avait provoqué ? Parfois, il semblait y avoir une explication parfaitement rationnelle – une phrase que quelqu'un avait prononcée peut-être et il... n'arrivait pas à se... la rappeler. Mais, à d'autres moments,

(comme maintenant, doux Jésus, comme maintenant !)

il avait l'impression d'être au bord d'une dépression nerveuse. Son cerveau semblait déchiré en deux, tel un caramel mou, par ces pensées étrangères dont il ne pouvait se débarrasser.

(T'es encore le capitaine oui ou non ?)

Soudain, Cap jeta son verre dans la cheminée où il explosa comme une bombe. Un bruit étranglé – un sanglot – s'échappa de sa gorge serrée, comme quelque chose de pourri qu'il fallait expulser quel qu'en fût le prix. Ensuite, il se força à traverser la pièce (d'un pas trébuchant d'ivrogne), attrapa la sangle de son sac de golf (de nouveau quelque chose parut bouger à l'intérieur... se *sssssoulever...* et sssiffler) et la glissa sur son épaule. Il le rapporta dans la cave drapée d'ombres, forçant son courage, le front perlé de grosses gouttes de sueur. Ses traits étaient figés en une grimace de peur et de résolution.

Ce ne sont que des clubs de golf, ce ne sont que des clubs de golf, répétait son esprit comme une litanie, tandis qu'à chaque pas il s'attendait à ce que quelque chose de long et de brun, avec des yeux de perle noire et des crochets ruisselants de venin, se glisse hors du sac et plante deux aiguillons de mort dans sa gorge.

De retour dans son salon, il se sentit beaucoup mieux. Excepté une migraine persistante, il se sentait vraiment mieux.

Il pouvait de nouveau penser de façon cohérente.

Presque.

Il se soûla.

Le lendemain, il se sentait beaucoup mieux.

Temporairement.

15

Rainbird passa cette soirée venteuse du lundi à rassembler des informations. Inquiétantes. Il alla trouver Neary, l'homme qui était de garde devant l'écran de contrôle quand Cap avait rendu visite à Charlie.

– Je veux voir les bandes vidéo, dit-il.

Neary ne discuta pas. Il installa l'Indien dans une petite pièce au bout du couloir, devant une table de magnétoscope Sony complète, avec zoom et arrêt sur image. Il lui donna les bandes de dimanche. Neary était content d'être débarrassé de Rainbird. Il espérait simplement qu'il ne reviendrait pas lui demander autre chose. La fillette, c'était déjà terrible. Rainbird, avec ses façons reptiliennes, c'était encore pis.

Les bandes, des Scotch de trois heures, étaient repérées de 0000 à 0300 et ainsi de suite. L'Indien trouva celle où Cap apparaissait et la regarda quatre fois, sans bouger, sauf pour la réembobiner, jusqu'au moment où Cap disait :

– Bien, je dois m'en aller, Charlie. Mais nous nous reverrons. Ne t'inquiète pas.

Il y avait sur ces images largement de quoi inquiéter John Rainbird.

L'allure de Cap pour commencer. Il paraissait vieilli. A certains moments, quand il parlait à Charlie, il semblait perdre le fil de ses idées, comme un homme atteint de sénilité. Il avait un regard vague, hébété, qui était étrangement semblable à celui que Rainbird associait à la psychose traumatique du combattant, qu'un de ses compagnons d'armes avait fort justement appelée la Courante du Cerveau.

Je crois que je pourrai arranger ça... pour mercredi. Oui, mercredi, c'est sûr.

Pourquoi diable Cap avait-il dit ça ?

Placer une échéance aussi précise dans la tête de la gamine était le moyen le plus sûr de faire tomber à l'eau la suite des tests. La conclusion évidente était que Cap jouait son petit jeu personnel – qu'il intriguait dans la plus pure tradition de la Boîte.

Mais Rainbird n'y croyait pas. Cap n'avait pas l'air d'un homme engagé dans une manipulation quelconque. Il avait l'air d'un type profondément largué. Cette remarque à propos du père de Charlie qui jouerait au golf, par exemple. Ça tombait comme un cheveu sur la soupe. Elle n'avait aucun lien avec ce qu'ils avaient pu dire avant ou après. Rainbird joua quelques instants avec l'idée qu'il pouvait s'agir d'une sorte de code, mais ça paraissait tout à fait ridicule. Cap savait que tout ce qui se passait dans l'appartement de Charlie était contrôlé, enregistré, vu et revu cent fois. Il était capable de faire mieux s'il voulait déguiser une phrase clé. Une remarque sur le golf. Ça ne tenait pas debout. C'était bizarre et hors de propos.

Enfin, il y avait ce dernier geste.

Rainbird le repassa encore et encore. Cap s'arrête. *Oh, j'ai failli oublier.* Il lui tend quelque chose qu'elle regarde d'un air singulier avant de le ranger dans la poche de son peignoir.

Tandis que les doigts de Rainbird pressaient les touches du Sony, Cap dit *Oh, j'ai failli oublier* une demi-douzaine de fois. Il lui tendit l'objet une demi-douzaine de fois. Au début, Rainbird crut qu'il s'agissait d'une tablette de chewing-gum, puis il se servit de l'arrêt sur image et du zoom. Il n'en fallut pas plus pour le convaincre que c'était très probablement un message.

Cap, nom de Dieu, qu'est-ce que tu fabriques ?

16

L'Indien passa le reste de la nuit et les premières heures de la matinée de mardi devant la console de l'ordinateur, faisant apparaître la moindre parcelle d'information concernant Charlie McGee, cherchant à dégager une direction quelconque. Il n'y avait rien. Rainbird avait mal aux yeux, au crâne.

Il se leva, se préparant à tout éteindre quand une pensée soudaine, une association fortuite, se fit dans sa tête. En rapport non pas avec Charlie, mais avec le drogué minable et corpulent qu'était devenu son père.

Pynchot. Pynchot était responsable d'Andy McGee et, la semaine dernière, il s'était suicidé d'une manière particulièrement macabre. Déséquilibré, de toute évidence. Dingue. Une araignée au plafond. Cap emmène Andy à l'enterrement – bizarre quand on y réfléchit, mais pas assez pour retenir l'attention.

Ensuite, Cap commence à se comporter anormalement – il parle de golf et passe des messages.

C'est ridicule. Il est vidé.

Rainbird, debout, avait le doigt sur l'interrupteur. L'écran de la console d'ordinateur luisait d'un éclat terne, couleur d'émeraude fraîchement déterrée.

Qui affirme qu'il est vidé ? Lui ?

Encore un détail étrange, comprit soudain Rainbird. Pynchot avait abandonné tout espoir avec Andy. Il avait décidé de l'envoyer à Maui. Si Andy ne pouvait rien faire qui démontrât les pouvoirs du Lot Six, il était inutile de le garder ici... et il était plus sûr de le séparer de Charlie. Parfait. Du jour au lendemain, Pynchot avait changé d'avis et décidé de procéder à une autre série de tests.

Ensuite, Pynchot avait décidé aussi de nettoyer le broyeur de l'évier... pendant qu'il fonctionnait...

Rainbird retourna à la console. Il réfléchit quelques secondes puis pianota : BONJOUR ORDINATEUR/QUESTION/STATUT ANDREW MCGEE 14112/TESTS SUPPLÉMENTAIRES/INSTALLATION MAUI/Q4.

EN COURS, inscrivit l'ordinateur. Un instant plus tard :

BONJOUR RAINBIRD/ANDREW MCGEE 14112 PAS DE TESTS SUPPLÉMENTAIRES/AUTORISATION « ETOURNEAU »/DÉPART POUR MAUI PRÉVU 15.00 HEURES 9 OCTOBRE/AUTORISATION « ETOURNEAU »/ANDREWS AFB-DURBAN [ILLINOIS] AFB-KALAMI AÉRODROME [HAWAII]/TERMINÉ.

Rainbird regarda sa montre. Mercredi 9 octobre. Andy quittait Longmont pour Hawaii demain après-midi. Sur l'ordre de qui ? Autorisation « Etourneau », ce qui signifiait Cap lui-même. Première nouvelle.

Ses doigts dansèrent de nouveau sur les touches.

QUESTION/PROBABILITÉ ANDREW MCGEE 14112/CAPACITÉ DE DOMINATION MENTALE PRÉSUMÉE/RÉFÉRENCE HERMAN PYNCHOT.

Il s'arrêta, vérifia le numéro de code de Pynchot dans le carnet de codes usé, taché de sueur, qu'il avait glissé dans sa poche avant de venir.

14409 Q4.

EN TRAITEMENT, répondit l'ordinateur. L'écran resta aveugle si longtemps que Rainbird crut qu'il avait fait une erreur de programmation et ne récolterait qu'un « 609 ».

Enfin la réponse s'inscrivit : ANDREW MCGEE 14112/PROBABILITÉ DOMINATION MENTALE 35 %/RÉFÉRENCE HERMAN PYNCHOT. TERMINÉ.

Trente-cinq pour cent.

Comment était-ce possible ?

Bon, pensa Rainbird. *Laissons Pynchot en dehors de cette foutue équation et voyons ce que ça donne.*

Il composa : QUESTION/PROBABILITÉ ANDREW MCGEE 14112/CAPACITÉ DE DOMINATION MENTALE SUPPOSÉE Q4.

EN TRAITEMENT, dit l'ordinateur. Cette fois-ci, la réponse arriva en moins de quinze secondes. ANDREW MCGEE 14112/PROBABILITÉ DOMINATION MENTALE 2 %/TERMINÉ.

Rainbird se renfonça dans son siège, ferma son œil unique. Malgré le grondement lancinant dans son crâne, il éprouva une sorte de triomphe. Il avait posé les questions primordiales dans le mauvais sens, mais c'était le prix que tout humain payait pour ses intuitions. Les ordinateurs ne savent rien des intuitions, même s'ils ont été programmés pour dire « Bonjour », « Au revoir », « Je suis désolé (nom du programmeur) », « C'est vraiment dommage », et « Oh, merde ».

L'ordinateur ne pensait pas qu'il y eût une forte probabilité pour qu'Andy eût conservé son pouvoir... jusqu'à ce qu'on fît intervenir le facteur Pynchot. Le pourcentage montait alors en flèche.

Il tapa : QUESTION / POURQUOI CAPACITÉ DE DOMINATION MENTALE SUPPOSÉE ANDREW MCGEE 14112 [PROBABILITÉ] PASSE DE 2 % A 35 % QUAND RÉFÉRENCE AC / HERMAN PYNCHOT 14409 Q4 ?

EN TRAITEMENT, répondit la machine, puis : HERMAN PYNCHOT 14409 SUICIDE DÉCLARÉ / PROBABILITÉ TIENT COMPTE ANDREW MCGEE 14112 POURRAIT AVOIR PROVOQUÉ SUICIDE / DOMINATION MENTALE / TERMINÉ.

C'était là, dans la mémoire de l'ordinateur le plus gigantesque et le plus sophistiqué de l'Occident. Attendant simplement que quelqu'un pose la bonne question.

Si je lui donnais pour certain ce que je soupçonne à propos de Cap ? se demanda Rainbird. Il décida de tenter le coup. Il sortit de nouveau son carnet de codes et vérifia celui de Cap.

OUVERTURE DE FICHIER, inscrivit-il.

OUVERT.

ENREGISTRÉ / CAPITAINE JAMES HOLLISTER 16040 A ASSISTÉ ENTERREMENT HERMAN PYNCHOT 14409 AC / ANDREW MCGEE 14112 M4.

ENREGISTRÉ, répliqua la machine.

EN SÉQUENCE, continua Rainbird. CAPITAINE JAMES HOLLISTER 16040 / PRÉSENTE ACTUELLEMENT SIGNES IMPORTANTS DE STRESS MENTAL M4.

609, renvoya l'ordinateur. Apparemment il ne savait pas faire la différence entre « stress mental » et « Baranne ».

– Va te faire foutre ! grommela Rainbird.

Il recommença.

EN SÉQUENCE / CAPITAINE JAMES HOLLISTER 16040 / COMPORTEMENT ACTUELLEMENT A L'OPPOSÉ DIRECTIVES RÉFÉRENCES CHARLENE MCGEE M4.

ENREGISTRÉ.

– C'est ça, vieille pute, enregistre ! dit Rainbird. Essayons ça.

Ses doigts se remirent en mouvement.

QUESTION / PROBABILITÉ ANDREW MCGEE 14112 / CAPACITÉ DE DOMINATION MENTALE SUPPOSÉE / RÉFÉRENCE HERMAN PYNCHOT 14409 / RÉFÉRENCE CAPITAINE JAMES HOLLISTER 16040 Q4.

EN COURS. Rainbird se renfonça dans son siège et attendit. Deux pour cent, c'était trop peu. Trente-cinq pour cent, c'était insuffisant. Mais...

L'ordinateur inscrivit : ANDREW MCGEE 14112/PROBABILITÉ DOMINATION MENTALE 90%/RÉFÉRENCE HERMAN PYNCHOT 14409/ RÉFÉRENCE CAPITAINE JAMES HOLLISTER 16040/TERMINÉ.

Quatre-vingt-dix pour cent. C'était un pourcentage *fiable.* Une probabilité suffisante pour tenter le pari.

A cet instant, John Rainbird aurait volontiers tenu deux autres paris. Un, ce que Cap avait tendu à la gamine était un message de son père. Deux, il contenait une sorte de plan de fuite.

– Espèce de sale fils de pute ! murmura John Rainbird, non sans quelque admiration.

Il se pencha de nouveau sur le clavier et pianota :

600 AU REVOIR ORDINATEUR 600.

604 AU REVOIR RAINBIRD 604.

Il mit la console H/F et ricana longtemps.

17

Rainbird retourna dans sa résidence et s'endormit tout habillé. Il se réveilla juste après midi, ce mardi, et appela Cap pour le prévenir qu'il ne viendrait pas aujourd'hui. Il avait attrapé un sale rhume, peut-être annonciateur d'une grippe, et il ne voulait pas courir le risque de le passer à Charlie.

– J'espère que ça ne vous empêchera pas d'aller à San Diego demain, dit Cap très vite.

– San Diego ?

– Trois dossiers, lâcha Cap. Top secret. J'ai besoin d'un messager. Ce sera vous. Votre avion part d'Andrews à sept heures demain.

Rainbird réfléchit rapidement. Encore un coup de McGee. Le père de Charlie était au courant en ce qui le concernait. Evidemment. C'était noir sur blanc dans le message qu'il avait transmis à Charlie, avec le plan, délirant sans doute, qu'il avait concocté pour s'échapper. Il comprenait pourquoi la fillette avait été si réservée avec lui la veille. Durant le trajet jusqu'au cimetière, ou alors au retour, Andy avait donné à Cap une bonne poussée, et il avait craché le morceau. McGee devait s'envoler d'Andrews demain après-midi. Cap venait de lui annoncer qu'il devait, lui, partir demain matin. McGee se servait de Hollister pour l'écarter. Il...

– Rainbird ? Vous êtes toujours là ?

– Je suis là, répondit-il. Vous ne pouvez pas envoyer quelqu'un d'autre ? Je ne me sens pas très en forme.

– Personne à qui je fasse confiance, répliqua Cap. Ce truc est de la vraie dynamite. Je ne voudrais pas qu'un... serpent rampant... mette la main dessus.

– Vous avez dit « serpent » ?

– Oui ! Serpent !

Cap avait presque crié.

McGee l'avait poussé, pas de doute. Une sorte d'avalanche au ralenti se préparait chez Hollister. Rainbird eut soudain l'impression – non, la certitude instinctive – que s'il contredisait Cap et continuait à enfoncer le clou, Hollister exploserait. Comme Pynchot.

Etait-ce ce qu'il voulait ?

Non, décida-t-il.

– D'accord, je prendrai cet avion. A sept heures. Et tous les antibiotiques que je pourrai avaler. Vous êtes une ordure, Cap.

– Je peux prouver scientifiquement que je suis de chair et de sang, lança Cap.

Mais son badinage sonnait faux. Il paraissait soulagé, et secoué.

– Ouais, j'en suis sûr.

– Vous aurez peut-être l'occasion d'aller sur un parcours de golf, là-bas.

– Je ne joue pas au... (Golf. Il avait aussi parlé de golf à Charlie – le golf et les serpents. Ces deux éléments semblaient faire partie d'un manège fou que McGee avait mis en branle dans le cerveau de Cap.) Oui, peut-être, corrigea-t-il.

– Soyez à Andrews à six heures trente. Et demandez Dick Folsom. C'est l'assistant du commandant Puckeridge.

– D'accord. (Rainbird n'avait pas la moindre intention de s'approcher de la base d'Andrews le lendemain matin.) Au revoir, Cap.

Il raccrocha, s'assit sur le lit et enfila ses vieilles Clark's. Il commença à dresser ses plans.

18

BONJOUR ORDINATEUR / QUESTION STATUT JOHN RAINBIRD 14222 / ANDREWS AFB (DC) A SAN DIEGO (CA) DESTINATION FINALE / Q9.

BONJOUR CAP / STATUT JOHN RAINBIRD 14222 / ANDREWS (DC) A SAN DIEGO (CA) DESTINATION FINALE / DÉPART ANDREWS AFB 0700 HEURE LOCALE / STATUT OK / TERMINÉ.

Les ordinateurs sont des enfants, pensa Rainbird en lisant le message. Il avait simplement fait entrer le nouveau code de Cap – ce dernier aurait été abasourdi d'apprendre que l'Indien le possédait – et pour la machine, il était devenu Hollister. Il se mit à siffler faux. Le soleil venait de se coucher, et la Boîte somnolait dans sa routine.

OUVERTURE FICHIER / TOP SECRET.

CODE S'IL VOUS PLAÎT.

CODE 19180.

CODE 19180, renvoya l'ordinateur. PRÊT POUR ENREGISTREMENT TOP SECRET.

Rainbird n'eut qu'une brève hésitation, puis il composa : POUR FICHIER / JOHN RAINBIRD 14222 / ANDREWS (DC) A SAN DIEGO (CA) DESTINATION FINALE / ANNULÉ / ANNULÉ / ANNULÉ M9 (19180).

ENREGISTRÉ.

Rainbird se servit alors du carnet de codes pour annoncer à la machine qu'elle devait informer de cette annulation Victor Puckeridge et son assistant, Dick Folsom. De nouvelles instructions tomberaient sur le télex d'Andrews à minuit. L'avion qu'il était censé prendre décollerait sans lui, tout simplement. Personne n'en saurait rien, pas même Cap.

600 AU REVOIR ORDINATEUR 600.

604 AU REVOIR CAP 604.

Rainbird s'écarta du clavier. Il était parfaitement possible de mettre fin à toute cette histoire le soir même. Pourtant, ce ne serait pas concluant. L'ordinateur le soutiendrait jusqu'à un certain point, mais les estimations et les probabilités ne sont pas des preuves. Mieux valait les coincer après le début de l'opération; tous les éléments seraient étalés au grand jour. Beaucoup plus amusant, aussi.

Toute l'affaire était amusante, d'ailleurs. Pendant qu'ils

surveillaient la gamine, l'homme avait récupéré son pouvoir, à moins qu'il ne l'eût soigneusement dissimulé auparavant. Il flanquait sans doute ses médicaments à la poubelle. Et il avait mis la main sur Cap. Ça signifiait qu'il ne lui restait plus qu'un pas à faire pour tenir entre ses doigts l'organisation qui l'avait capturé. Très drôle. Les fins de parties étaient souvent les plus amusantes.

Il ne savait pas au juste ce que McGee avait en tête, mais il pouvait le deviner. Ils se rendraient à Andrews, Cap et lui, seulement, Charlie les accompagnerait. Hollister était le seul à pouvoir la faire sortir du complexe sans trop de problèmes. Ils n'arriveraient jamais à Hawaii. Andy avait peut-être prévu de se planquer à Washington. Ou bien de descendre à Durban et d'obliger Cap à demander une voiture officielle. Dans ce cas, ils s'évanouiraient dans Chicago – pour réapparaître quelques jours plus tard dans les manchettes racoleuses du *Tribune*.

Il avait un instant considéré l'idée de ne pas intervenir. Ce serait amusant, aussi. Il se disait que Cap finirait dans une institution pour malades mentaux, délirant sur le golf et les serpents, à moins qu'il ne mît fin à ses jours. Quant à la Boîte, autant imaginer ce qui se produirait dans une fourmilière si on y déposait un litre de nitroglycérine. Rainbird pensa qu'il ne faudrait pas plus de cinq mois, après que la presse aurait révélé l'étrange supplice de la famille McGee, pour que la Boîte cessât d'exister. Il ne se sentait tenu par aucune loyauté envers cet organisme, pas plus maintenant que dans le passé. Il était son propre maître, soldat de fortune mutilé, ange de mort à la peau de cuivre, et se fichait de ce qui se produirait ici. Il n'avait pas juré fidélité à la Boîte.

Seulement à Charlie.

Ils avaient rendez-vous tous les deux. Il plongerait son regard dans le sien, elle ferait de même... il n'était pas impossible qu'ils partissent tous les deux dans une gerbe de flammes. Le fait qu'il sauverait le monde d'un armageddon presque inimaginable en la tuant n'entrait pas dans ses calculs. Il n'était pas plus loyal envers le monde qu'envers la Boîte. Le monde et l'organisation l'avaient projeté hors d'une société fermée, dans le désert, qui aurait pu être son seul salut... ou, à défaut, aurait pu faire de lui Joe l'Indien, brave et inoffensif suceur de méta, pompant de l'essence dans une station-service, ou encore vendant de fausses poupées hopi dans un stand merdeux au bord de la route, entre Flagstaff et Phoenix.

Mais Charlie, Charlie !

Ils s'étreignaient en une longue valse de mort depuis cette interminable nuit noire, durant la panne. Ce qu'il n'avait fait que soupçonner le matin où il avait liquidé Wanless à Washington avait mûri en une irréfutable certitude : la fillette lui appartenait. Ce serait un acte d'amour, et non de destruction, parce que l'inverse était aussi sûrement vrai.

Il l'acceptait. Pour de nombreuses raisons, il voulait mourir. Mourir entre ses doigts, dans ses flammes, serait un acte de contrition... d'absolution, peut-être.

Dès qu'elle aurait retrouvé son père, elle deviendrait un fusil chargé... non, un lance-flammes chargé.

Il la regarderait, il les laisserait se retrouver. Que se passerait-il alors ? Personne ne le savait.

Mais le savoir aurait gâché tout le plaisir.

19

Cette nuit-là, Rainbird se rendit à Washington et dénicha un avocat vorace qui fit des heures supplémentaires. Il lui donna trois cents dollars en petites coupures. Dans le cabinet de cet avocat, John Rainbird mit ses affaires en ordre, de façon à être prêt pour le jour qui se levait.

BOUTEFEU

1

Mercredi matin à six heures, Charlie McGee se leva, ôta sa chemise de nuit et passa sous la douche. Elle lava ses cheveux, son corps, puis ouvrit l'eau froide à fond et resta, tremblante, sous le jet, pendant une minute. Elle se sécha et s'habilla soigneusement – un slip de coton, une combinaison de soie, des chaussettes hautes bleu foncé, sa robe de serge. Elle termina par ses mocassins fatigués mais confortables.

Elle n'aurait pas cru qu'elle pourrait trouver le sommeil la nuit passée. Elle s'était couchée en proie à l'angoisse. Elle avait dormi pourtant. Elle avait rêvé. Non pas de Necromancer dans la forêt, mais de sa mère. C'était curieux parce qu'elle ne pensait plus à sa mère aussi souvent qu'avant. Parfois, dans sa mémoire, son visage lui apparaissait, vague, lointain, comme une photo jaunie. Mais cette nuit, dans ses rêves, elle l'avait vue clairement – les yeux rieurs, la bouche généreuse – comme si elle l'avait quittée la veille.

Habillée, prête pour la journée, Charlie paraissait calme. Ses traits n'étaient plus tirés comme la veille. A côté de la porte menant à la petite cuisine, sur le mur, juste au-dessous de l'interrupteur, se trouvait un interphone. Elle appuya sur le bouton d'appel.

– Oui, Charlie ?

De l'homme qui lui répondit, elle ne connaissait que le prénom : Mike. A sept heures, c'est-à-dire dans une demi-heure, Mike s'en allait et Louis arrivait.

– J'aimerais aller voir Necromancer à l'écurie, cet après-midi, dit-elle. Voulez-vous prévenir quelqu'un ?

– Je laisserai un message au Dr Hockstetter, Charlie.

– Merci.

Elle hésita quelques secondes. On s'habitue à leurs voix. Mike, Louis, Gary. On s'imagine leurs visages, comme pour les disc-jockeys à la radio. On en vient à les aimer. Elle se rendit compte soudain qu'elle ne parlerait certainement plus jamais à Mike.

– Il y a autre chose, Charlie ?

– Non Mike. Passez... passez une bonne journée.

– Eh bien... merci, Charlie, répondit Mike d'un ton à la fois surpris et ravi. Toi aussi.

Elle alluma la télé et sélectionna une émission de dessins animés diffusée par câble tous les matins. Popeye inhalait des épinards par sa pipe et se préparait à flanquer une raclée à Brutus. Une heure, ça semblait si loin.

Et si le Dr Hockstetter refusait de la laisser sortir ?

Sur l'écran, les muscles de Popeye apparaissaient en coupe. Ils contenaient chacun environ seize moteurs à turbine.

Il n'a pas intérêt. Pas intérêt du tout. Parce que j'irai quand même. D'une manière ou d'une autre, j'irai.

2

Le sommeil d'Andy n'avait pas été aussi paisible ni réparateur que celui de sa fille. Il s'était tourné et retourné dans son lit, somnolant parfois, puis reprenant conscience juste au moment où il allait sombrer dans un repos profond, effleuré soudain par un terrible cauchemar. Le seul dont il se souvenait mettait en scène Charlie : elle titubait entre les stalles, dans l'écurie, sa tête avait disparu et de son cou, à la place de sang, jaillissaient des flammes rouge et bleu.

Il avait eu l'intention de rester couché jusqu'à sept heures, mais quand la pendule à affichage digital posée à son chevet indiqua 6 : 15, il n'y tint plus. Il se jeta hors du lit et fila vers la douche.

Hier soir, juste après neuf heures, l'ancien assistant de Pynchot, le Dr Nutter, était arrivé avec la feuille de sortie d'Andy. Nutter, grand, chauve, la cinquantaine, était volubile comme un vieil oncle. « Désolé de vous voir partir; espère que vous passerez un bon séjour à Hawaii, aimerais pouvoir partir avec vous, ha-ha, signez là, s'il vous plaît. »

Le papier qu'il tendait était une liste de ses maigres effets personnels. Andy remarqua avec un pincement nostalgique que son trousseau de clés y était mentionné. Arrivé à Hawaii, il devrait les inventorier et apposer sa signature au bas d'une autre feuille attestant qu'ils lui avaient bien été retournés. Ils avaient assassiné sa femme, poursuivi Charlie et lui-même à travers la moitié du pays, pour finir par les kidnapper et les retenir prisonniers. Mais ils voulaient qu'il signât une décharge pour ses effets personnels. Hilarant. Mieux que du Kafka. *Sûr que je n'aimerais perdre aucune de ces clés*, pensa-t-il en gribouillant son nom, *je pourrais en avoir besoin un de ces jours pour ouvrir une bouteille de soda, hein, les gars ?*

Il y avait aussi une copie du programme de mercredi. Au bas de la page, les initiales de Cap se détachaient bien nettement. Ils partiraient à midi et demi. Cap viendrait chercher Andy. Ensuite ils se rendraient au point de contrôle est, en passant devant la zone de parking C où ils trouveraient deux voitures pour les escorter. Ils gagneraient Andrews et monteraient à bord de l'avion à quinze heures. Il y aurait une escale technique – à la base de Durban, près de Chicago.

Très bien, pensa Andy. *Parfait.*

Il s'habilla et commença à ranger ses affaires, son nécessaire de rasage, ses chaussures, ses chaussons. Ils lui avaient fourni deux valises Samsonite. Il se rappela qu'il devait se mouvoir avec la lenteur et la concentration d'un drogué.

Quand Cap lui avait parlé de Rainbird, son premier désir avait été de se retrouver en face de lui : il aurait pris un plaisir incroyable à pousser l'homme qui avait tiré sur Charlie, puis qui l'avait trahie d'une façon ignominieuse, à plaquer son arme contre sa tempe et à presser la détente. A présent, il ne désirait plus le rencontrer. Il ne voulait pas de surprise. Les zones insensibles de son visage se réduisaient à des pointes d'épingle. Mais elles étaient toujours là pour lui rappeler que s'il abusait de la poussée, il se tuerait plus que probablement.

Il tenait à ce que tout se passât sans problème.

Ses affaires furent trop vite rangées. Il ne lui restait plus qu'à s'asseoir et à attendre. Dans sa tête, comme une petite braise, l'idée qu'il allait bientôt revoir sa fille.

Pour lui aussi, une heure, c'était loin.

3

Rainbird ne ferma pas l'œil de la nuit. Il rentra de Washington à cinq heures et demie, rangea sa Cadillac au garage et s'assit à sa table de cuisine, buvant café sur café. Il attendait un appel d'Andrews. Tant qu'il ne l'aurait pas eu, il ne serait pas en repos. Il était encore théoriquement possible à Cap de découvrir ce qu'il avait comploté avec l'ordinateur. McGee avait sacrément amoché Hollister, mais il ne fallait jamais sous-estimer son adversaire.

Aux environs de six heures quarante-cinq, le téléphone sonna. Rainbird posa sa tasse, se dirigea vers le salon et décrocha.

– Rainbird à l'appareil.

– Rainbird ? Dick Folsom, à Andrews. L'assistant du commandant Puckeridge.

– Vous m'avez réveillé, mon vieux. Je vous souhaite d'attraper des morpions gros comme des cageots d'oranges. C'est une vieille malédiction indienne.

– On vous a annulé, annonça Folsom. Je pense que vous étiez au courant.

– Oui, Cap lui-même m'a appelé hier soir.

– Désolé, dit Folsom. C'est la procédure standard.

– Eh bien, vous avez procédé selon la procédure. Je peux me recoucher maintenant ?

– Ouais. Je vous envie.

Rainbird émit le gloussement qui s'imposait et raccrocha. Il retourna dans la cuisine, prit sa tasse, s'approcha de la fenêtre, regarda au-dehors, ne vit rien.

Dans sa tête, comme un rêve, flottait la Prière des Morts.

4

Ce matin-là, Cap n'arriva à son bureau qu'à dix heures et demie, une heure et demie plus tard que d'habitude. Il avait fouillé sa petite Vega de fond en comble avant de partir de chez lui. Au cours de la nuit, il s'était persuadé que sa voiture était infestée de serpents. L'inspection lui avait pris vingt minutes – il avait besoin de s'assurer qu'il n'y avait ni serpent à sonnette ni mocassin (ou toute autre variété plus exotique et sinistre) niché dans l'ombre du coffre, somnolant à la chaleur fugitive du moteur, enroulé dans la boîte à gants. Il avait ouvert cette dernière avec un manche à balai, au cas où quelque monstre sifflant aurait bondi sur lui. Quand une carte de Virginie en était tombée, il avait failli hurler.

Ensuite, tandis qu'il roulait vers la Boîte, il était passé devant le terrain de golf de Greenway. Il s'était rangé sur le bas-côté et avait regardé avec une sorte de concentration rêveuse les joueurs progresser du huitième au neuvième trou. Chaque fois que l'un d'entre eux envoyait la balle sur le rough, il avait un mal fou à se retenir de bondir hors de la voiture et de leur crier de faire attention aux serpents dans les hautes herbes.

Finalement, l'avertisseur d'un quinze tonnes (il s'était garé en laissant ses roues gauches sur la chaussée) l'avait tiré de sa torpeur et il avait repris sa route.

Sa secrétaire l'accueillit avec une pile de télex arrivés pendant la nuit. Cap s'en empara, sans prendre la peine de les parcourir pour voir s'il y avait quelque chose d'important. La fille était en train de lui transmettre les messages de la matinée quand elle leva brusquement les yeux et regarda Cap d'un air singulier. Il ne l'écoutait absolument pas. Il surveillait le tiroir grand ouvert de son bureau, l'air hébété.

– Excusez-moi, monsieur, dit-elle.

Même après tous ces mois, elle avait gardé la sensation d'être une nouvelle, d'avoir remplacé quelqu'un dont Cap était très proche. Avec qui il avait même peut-être couché, pensait-elle parfois.

– Hmmmmm ?

Il daigna enfin la regarder. Mais ses yeux restaient vides, sans expression. C'était presque... choquant... comme si elle avait vu à travers les volets fermés l'intérieur d'une maison qu'on dit hantée.

Elle hésita, puis se jeta à l'eau.

– Cap, vous vous sentez bien ? Vous êtes un peu... enfin, un peu pâle.

– Je me sens parfaitement bien, répliqua-t-il. (Et pendant une minute il parut recouvrer sa personnalité habituelle, dissipant quelque peu les doutes de la jeune femme. Ses épaules se redressèrent, sa tête se releva, son regard s'anima.) Quand on part pour Hawaii, c'est normal d'être en pleine forme, non ?

– Hawaii ?

Gloria paraissait surprise. Voilà qui était nouveau pour elle.

– Laissez tomber tout ça, dit-il en prenant les divers messages et mémorandums pour les rajouter à la pile des télex. J'y jetterai un coup d'œil tout à l'heure. Du nouveau en ce qui concerne les McGee ?

– Une chose seulement. J'allais y venir, répondit-elle. Mike Kellaher a prévenu que Charlie voulait aller aux écuries cet après-midi voir un cheval...

– Oui, c'est parfait, dit Cap.

– ... elle a rappelé un peu plus tard pour dire qu'elle aimerait sortir à une heure moins le quart.

– Bien, très bien.

– Est-ce que M. Rainbird l'accompagnera ?

– Rainbird est en route pour San Diego, déclara Cap avec une satisfaction évidente. J'enverrai quelqu'un d'autre.

– Bon. Voulez-vous voir le... (Le reste mourut sur ses lèvres. Le regard de Cap était de nouveau braqué sur le tiroir. Il était à moitié ouvert, comme d'habitude. Le règlement. Il contenait une arme. Gloria était une tireuse émérite, tout comme l'avait été Rachel.) Cap, vous êtes sûr que tout va bien ?

– Il faudrait fermer ça, dit-il. Ils aiment les endroits sombres. Ils aiment ramper et se cacher.

– Ils ? demanda-t-elle prudemment.

– Les serpents, lâcha Cap en se dirigeant vers son bureau.

5

Il s'assit à sa table de travail. Devant lui, les câbles et les messages étaient étalés en désordre. Oubliés. Tout était oublié à présent, excepté les serpents, les clubs de golf et ce qu'il allait faire à une heure moins le quart. Il descendrait voir Andy McGee. Il avait la conviction qu'Andy lui dirait ce qu'il fallait faire. Qu'Andy arrangerait tout. Passé la limite d'une heure moins le quart, sa vie était un grand tunnel noir.

Cela lui était égal. C'était presque un soulagement.

6

A dix heures et quart, John Rainbird se glissa dans la petite salle de contrôle proche des appartements de Charlie. Louis Tranter, un type obèse dont le postérieur avait peine à tenir sur son siège, surveillait les écrans. Le thermomètre indiquait vingt degrés. Il se retourna quand la porte s'ouvrit et son visage se crispa à la vue de Rainbird.

– Je croyais que vous deviez quitter la ville ? dit-il.

– Annulé, répondit Rainbird. Et vous ne m'avez pas vu ce matin, Louis. (Tranter lui jeta un regard dubitatif.) Vous ne m'avez pas vu, répéta Rainbird. Après cinq heures cet après-midi, je m'en contrefous. Mais d'ici là, silence. Si j'apprends que vous avez parlé, je vous retrouverai et je me taillerai un bon morceau de gras. Pigé ?

Louis Tranter pâlit. Le biscuit qu'il était en train de manger tomba de ses mains sur le panneau d'acier incliné dans lequel étaient enchâssés les écrans et les microphones. Il descendit la pente et roula jusqu'au sol, laissant des miettes derrière lui. Brusquement, Tranter n'avait plus faim. On lui avait dit que ce type était cinglé. Maintenant, il le croyait.

– Pigé, murmura-t-il en observant l'étrange sourire et l'œil unique, brillant, fixe.

– Bien. (Rainbird s'approcha du gros homme. Louis recula, mais l'Indien l'ignora. Il se concentra sur l'un des écrans. Charlie y apparaissait, jolie comme un cœur dans sa robe bleue. Avec un regard d'amant, Rainbird remarqua qu'elle n'avait pas attaché ses cheveux. Ils reposaient sur ses épaules, libres et soyeux. Elle était assise sur le divan. Rien d'autre. Pas de livre, pas de télé. On aurait dit une femme attendant le bus. *Charlie*, pensa-t-il, débordant d'admiration. *Je t'aime. Je t'aime vraiment.*) Qu'est-ce qu'elle a prévu aujourd'hui ?

– Pas grand-chose, répondit Louis avec empressement. (Il en bafouillait presque.) Elle sort à une heure moins le quart pour étriller ce cheval qu'elle monte, c'est tout. On lui fait faire un autre test demain.

– Demain, hein ?

– Ouais.

Louis se fichait pas mal des tests, mais il pensait que ça plairait à Rainbird, que ça le ferait peut-être partir.

Il eut l'air content. Son sourire réapparut.

– Elle va aux écuries à une heure moins le quart, hein ?

– Ouais.

– Qui l'accompagne ? Puisque je suis à San Diego ?

Louis eut un gloussement aigu, presque féminin, pour montrer qu'il appréciait la boutade.

– Votre copain, là. Don Jules.

– Ce n'est pas mon copain.

– Non, bien sûr, rectifia Louis très vite. Il... il s'est dit que les ordres étaient bizarres, mais comme ils venaient de Cap...

– Bizarres ? Pourquoi bizarres ?

– Eh ben, il doit l'accompagner, et la laisser là-bas. Cap a précisé que les garçons d'écurie se chargeraient de la surveiller. Mais ils y connaissent rien. Don avait l'air de penser qu'il faudrait un sacré...

– Ouais. Mais il n'est pas payé pour penser, n'est-ce pas, mon gros ?

Il appliqua une claque vigoureuse sur l'épaule de Louis. Elle résonna comme un coup de tonnerre miniature.

– Non, évidemment, répondit rapidement Tranter.

Il avait commencé à suer.

– A plus tard, lâcha Rainbird en se dirigeant vers la porte.

– Vous partez ?

Louis ne pouvait dissimuler son soulagement.

Rainbird se figea, la main sur la poignée. Il se retourna.

– Comment ça ? Je ne suis jamais venu.

– Non, monsieur, jamais, acquiesça Tranter.

L'Indien hocha la tête et sortit.

Le gros homme regarda fixement la porte close pendant plusieurs secondes avant de s'autoriser un énorme soupir. Ses aisselles étaient mouillées. Sa chemise blanche collait à son dos. Il ramassa son biscuit, l'essuya et recommença à manger. La gamine était toujours assise. Elle ne faisait rien de particulier. Comment Rainbird – entre toutes les créatures – avait-il réussi à se faire aimer d'elle ? Pour Louis Tranter, c'était un mystère.

7

A une heure moins le quart, une éternité après que Charlie se fut réveillée, il y eut un bref bourdonnement à la porte et Don Jules entra. Il était vêtu d'un blouson de base-ball et d'un pantalon de velours côtelé. Il lui jeta un regard indifférent.

– Viens, dit-il.

Charlie le suivit.

8

C'était une journée froide, superbe. A midi et demi, Rainbird traversait d'un pas nonchalant la pelouse d'un vert limpide en direction du bâtiment bas, en L, qui abritait l'écurie. Peinture rouge sombre – couleur de sang séché – et bordures blanches. Au-dessus de lui, de longs nuages tranquilles traversaient lentement le ciel. Une légère brise soulevait sa chemise.

S'il le fallait, c'était un beau jour pour mourir.

Dans l'écurie, il repéra le bureau du chef palefrenier et entra. Il montra sa carte, et son visa de classe A.

– Oui, monsieur ? demanda Drabble.

– Evacuez les lieux, dit Rainbird. Tout le monde dehors. Dans cinq minutes.

L'homme ne discuta pas, ne grogna pas. S'il pâlit, rien ne transparut sous son bronzage.

– Les chevaux aussi ?

– Les gens simplement. Par-derrière.

Rainbird avait troqué ses vêtements civils contre un treillis – qu'ils appelaient parfois piège-à-citrons, au Viêtnam. Les poches à rabats du pantalon étaient vastes et profondes. De l'une d'entre elles, il tira un lourd revolver. Le palefrenier lui accorda un regard neutre. Rainbird tenait l'arme souplement, pointée vers le sol.

– Il va y avoir du vilain, monsieur ?

– C'est possible, lâcha Rainbird avec calme. Je n'en suis pas certain. Allez-y maintenant, mon vieux.

– J'espère qu'il n'arrivera rien aux chevaux, dit Drabble.

Rainbird sourit alors. *Elle l'espérera aussi.* Il avait lu son regard quand elle était avec les chevaux. L'endroit, avec ses litières de paille, ses bottes de foin, ses planches de bois, était comme une poudrière, où des panneaux INTERDICTION DE FUMER étaient accrochés un peu partout.

Le risque était gros.

Mais au fil des ans, à mesure qu'il devenait de plus en plus insoucieux de sa vie, Rainbird en avait pris de plus énormes.

Il revint vers la lourde porte à double battant et jeta un coup d'œil à l'extérieur. Personne encore. Il se retourna, avança entre les stalles, respirant l'odeur de cheval, puissante, douce et nostalgique.

Il vérifia que toutes les portes des stalles étaient verrouillées.

Il retourna vers le portail. Deux silhouettes approchaient. Elles étaient encore de l'autre côté de l'étang, à cinq minutes de marche. Ce n'était pas Cap avec Andy McGee. Don Jules et Charlie.

Viens à moi, Charlie, pensa-t-il tendrement. *Viens maintenant.*

Il leva les yeux vers les greniers plongés dans l'obscurité.

Il s'approcha de l'échelle, de simples barreaux de bois cloués sur deux montants, et y grimpa avec souplesse.

Trois minutes plus tard, Charlie et Don Jules pénétrèrent dans l'ombre fraîche de l'écurie. Ils restèrent dans l'embrasure de la porte, le temps que leurs yeux s'habituent à la faible lumière. Le Magnum 357 que Rainbird tenait dans sa main avait été modifié pour qu'il pût y adapter un silencieux de sa fabrication. L'accessoire était tapi au bout du canon telle une étrange araignée noire. En fait, le silencieux ne l'était pas tellement; il est pratiquement impossible de rendre muette une arme de gros calibre. Quand il appuierait – s'il appuyait – sur la détente, le revolver émettrait un aboiement rauque la première fois, produirait une faible détonation la seconde, puis le silencieux deviendrait inutile. Rainbird espérait ne pas avoir à s'en servir du tout. Pourtant, le tenant à deux mains, il abaissa le revolver. L'orifice du canon délimitait un petit cercle sur la poitrine de Don Jules.

Ce dernier inspectait prudemment les alentours.

– Vous pouvez partir maintenant, dit Charlie.

– Hé ! appela Don Jules sans prêter attention à la fillette. (Rainbird connaissait cet agent. Un fan du règlement. On suit les ordres à la lettre et on n'aura pas d'ennuis. Comme ça, on est tranquille.) Hé, palefrenier ! J'ai la gamine !

– Vous pouvez partir maintenant, répéta Charlie.

Une fois de plus, Jules l'ignora.

– Viens, dit-il en saisissant Charlie par le poignet. Il faut qu'on trouve quelqu'un.

Non sans regret, Rainbird se prépara à tirer sur Don Jules. Ça aurait pu être pire; au moins, il mourrait selon le règlement, tranquille.

– J'ai *dit* que vous pouviez partir, insista Charlie.

Brusquement, l'homme lui lâcha le poignet. Plus exactement, il retira sa main, comme lorsqu'on a touché quelque chose de brûlant.

Rainbird suivait de près cet intéressant développement.

Jules s'était retourné et regardait Charlie. Il se frottait le poignet, mais Rainbird n'arrivait pas à voir s'il y avait une marque.

– Sortez, souffla Charlie.

Il glissa une main sous sa veste, et Rainbird se prépara de nouveau à l'abattre. Il attendrait que l'agent eût sorti son arme et manifesté son intention de ramener Charlie de force vers la maison.

Le revolver n'était qu'à moitié tiré lorsqu'il le laissa tomber sur le sol de bois en poussant un cri. Il recula de deux pas, les yeux hagards.

Charlie fit demi-tour, comme si Jules ne l'intéressait plus. Un robinet sortait du mur à mi-chemin dans la partie la plus longue du L. Juste en dessous se trouvait un seau à moitié rempli d'eau.

Un nuage de vapeur s'en dégagea.

Rainbird ne pensait pas que Jules l'avait remarqué. Son regard était rivé sur Charlie.

– Sortez d'ici, espèce de salaud, ou je vous brûle. Je vous fais frire !

John Rainbird acclama la fillette en silence.

Jules la regardait toujours, indécis. A cet instant, la tête baissée, légèrement de côté, les yeux rétrécis et affolés, il ressemblait à un rat dangereux. Rainbird était prêt à soutenir l'action de Charlie, mais il espérait que l'homme serait raisonnable. Le pouvoir savait échapper à tout contrôle.

– Sortez immédiatement, ordonna Charlie. Retournez d'où vous venez. Je vous surveillerai. *Allez, sortez* !

La vibration de colère dans sa voix le décida.

– Du calme ! dit-il. C'est bon. Mais tu n'as nulle part où aller. Rien que des ennuis en perspective.

Tout en parlant il l'avait contournée, avait reculé vers la porte.

– Je vous surveillerai, gronda Charlie. Vous n'avez pas intérêt à vous retourner, espèce de... de merde.

Jules sortit. Il dit encore quelque chose, mais Rainbird n'entendit pas.

– *Dégagez* ! cria Charlie.

Elle resta debout dans l'encadrement de la porte, tournant le dos à l'Indien, petite silhouette baignée de soleil. De nouveau, son amour pour elle le submergea. C'était donc le lieu de leur rendez-vous.

– Charlie, appela-t-il doucement. (Elle se raidit, fit un pas en arrière. Elle ne se retourna pas. Ses épaules se soulevèrent lentement. Il sentit qu'elle l'avait reconnu, qu'une indicible fureur la submergeait.) Charlie, appela-t-il encore. Hé, Charlie !

– Toi ! murmura-t-elle.

Il l'entendit à peine. Quelque part, au-dessous de lui, un cheval hennit doucement.

– C'est bien moi, acquiesça-t-il. C'est moi depuis toujours.

Elle se tourna alors, inspecta l'écurie dans toute sa longueur. Il la voyait, mais restait caché à ses yeux, derrière des balles de foin.

– Où es-tu ? grinça-t-elle. Tu m'as menti ! C'était toi ! Mon papa dit que c'était toi chez Granther. (Inconsciemment, elle avait porté la main à son cou, là où l'aiguille s'était plantée.) *Où es-tu ?*

Ah, Charlie, tu aimerais le savoir, n'est-ce pas ?

Un des chevaux émit un brusque hennissement de frayeur. Un autre le reprit, puis encore un autre. Il y eut un choc sourd quand l'un des pur-sang cogna contre la porte verrouillée de sa stalle.

– *Où es-tu ?* cria-t-elle encore.

Rainbird sentit la température monter brusquement. Juste sous lui, une des bêtes – Necromancer peut-être – poussa une plainte déchirante, comme un cri de femme.

9

L'interphone émit son bref bourdonnement. La porte s'ouvrit et Cap entra dans l'appartement d'Andy, sous la serre nord. Il n'avait plus rien de commun avec le capitaine Hollister de l'an passé. Celui-là était âgé, mais robuste, dur et habile, il possédait le genre de visage qu'on s'attendait à voir derrière un affût de chasse au canard en novembre, où il aurait manié le fusil avec aisance et autorité. Celui-ci traînait les pieds. Ses cheveux, gris acier un an plus tôt, étaient à présent presque blancs, fins comme ceux d'un bébé. Sa bouche était agitée d'un tic nerveux. Mais son regard surtout avait changé. Il était incertain, enfantin presque. De temps en temps, il s'affolait, se teintait de frayeur, de soupçon. Un regard traqué. Ses mains pendaient à ses côtés et ses doigts tremblaient. L'écho était devenu ricochet et rebondissait dans les allées de son crâne avec une vélocité sifflante, affolante, mortelle.

Andy McGee se leva pour l'accueillir. Il était habillé de la même façon que le jour où Charlie et lui avaient fui sur la Troisième Avenue, poursuivis par la berline de la Boîte. L'épaule gauche de la veste était déchirée à la couture, à présent, et le pantalon de serge était lustré, délavé.

L'attente lui avait fait du bien. Il pensait s'être mis en paix avec toute cette histoire. Il n'excusait rien, non. Il ne croyait pas pouvoir y arriver un jour, même si Charlie et lui, par une chance incroyable, parvenaient à s'en tirer, à continuer à vivre. Il ne voyait en lui aucune imperfection fatale à laquelle attribuer la responsabilité de ce merdier royal, aucun péché commis par le père que la fille devait expier. Rien de mal dans le fait d'avoir besoin de deux cents dollars et de participer à une expérience contrôlée, pas plus que dans celui de vouloir être libre. *Si je pouvais m'en tirer*, pensa-t-il, *voilà ce que je dirais : éduquez vos enfants, éduquez vos bébés, éduquez-les bien, ils disent qu'ils savent ce qu'ils font, et parfois c'est vrai, mais la plupart du temps, ils mentent.*

C'était comme ça, *n'est-ce pas* ? D'une manière ou d'une autre ils essaieraient d'en avoir pour leur argent. Andy ne parvenait néanmoins pas à comprendre ni à excuser ceux qui lui avaient infligé ça. En faisant la paix avec lui-même, il avait simplement canalisé les feux de sa haine envers les crétins de bureaucrates anonymes qui prétendaient agir au nom de la sécurité nationale, ou de n'importe quoi d'autre. Aujourd'hui, ils avaient un visage, celui de Cap, vide, béat, déformé par les tics. Andy n'éprouvait aucune compassion pour Hollister.

Tu l'as bien cherché, mon pote.

– Bonjour Andy, dit Cap. Prêt ?

– Oui, fit Andy. Prenez un de mes sacs, voulez-vous ?

Un regard faussement rusé anima le visage d'automate du capitaine Hollister.

– Vous les avez inspectés ? aboya-t-il. Pour les serpents ?

Andy poussa – juste un peu. Il voulait s'économiser pour les urgences.

– Prenez-le, ordonna-t-il en désignant les bagages.

Cap s'empara du premier sac, Andy du second.

– Où est votre voiture ?
– Dehors. On vient de l'amener.
– Est-ce qu'on va nous contrôler ?
Il pensait en réalité : *Est-ce qu'on va tenter de nous arrêter ?*
– Quelle drôle d'idée ! s'exclama Cap, sincèrement surpris. Je suis avec vous.
Andy dut se contenter de cette réponse.
– Nous allons sortir. Nous mettrons ces sacs dans le coffre...
– Le coffre est sûr, interrompit Cap. Je l'ai vérifié ce matin.
– ... puis nous ferons un détour par l'écurie pour prendre ma fille. Des questions ?
– Non, déclara Hollister.
– Parfait. Allons-y.
Ils quittèrent l'appartement et se dirigèrent vers l'ascenseur. Quelques personnes déambulaient dans le couloir, vaquant à leurs occupations. Elles dévisagèrent Cap avec circonspection puis détournèrent le regard. L'ascenseur les déposa dans la salle de bal. Ils remontèrent le hall d'entrée.
Josie, la rousse qui était de garde à la porte le jour où Cap avait envoyé Al Steinowitz à Hastings Glen, était partie vers un avenir meilleur. A sa place aujourd'hui se tenait un jeune homme atteint d'une calvitie précoce. Les sourcils froncés, il étudiait un texte sur la programmation des ordinateurs, un feutre jaune à la main. Il leva les yeux à leur approche.
– Bonjour, Richard, dit Cap. Ça marche, les études ?
Richard sourit.
– Ce sont elles qui me marchent dessus, surtout. (Il observait Andy avec curiosité. McGee lui renvoya un regard neutre. Cap glissa son pouce dans une fente. Il y eut un drôle de bruit. Sur la console du jeune homme, une lampe verte s'alluma.) Destination ? demanda Richard.
Il échangea son feutre contre un stylo. La main au-dessus d'un petit carnet relié, il attendait.
– L'écurie, lâcha Cap très vite. Nous allons chercher la fille d'Andy et ils vont s'enfuir.
– La base d'Andrews, contra immédiatement Andy.

Il poussa. La douleur fendit son crâne comme un couperet.

– La basc d'Andrews, acquiesça Richard. (Il consigna la destination ainsi que l'heure, dans son carnet.) Bonne journée, messieurs.

Ils sortirent sous le frais soleil d'octobre. La Vega de Cap était garée sur le gravier blanc de l'allée circulaire.

– Donnez-moi vos clés, demanda Andy. (Cap les lui tendit. McGee ouvrit le coffre et y déposa les bagages. Il rendit les clés à Hollister.) Partons.

Cap contourna l'étang en direction de l'écurie. Tandis qu'ils roulaient, Andy remarqua un petit homme en blouson de base-ball qui courait vers la maison. Il en ressentit un léger malaise. Cap s'arrêta devant le portail ouvert de l'écurie.

Il tendit la main vers la clé de contact et Andy lui donna une légère tape.

– Non, laissez tourner le moteur. Venez.

Il sortit. Le sang battait dans sa tête, envoyant à son cerveau des bouffées douloureuses. Mais ce n'était pas intolérable. Pas encore.

Cap sortit à son tour, puis se figea, hésitant.

– Je ne veux pas entrer là-dedans, déclara-t-il. (Ses yeux roulaient de gauche à droite dans leurs orbites.) Trop sombre. Ils aiment l'obscurité. Ils s'y cachent. Ils mordent.

– Il n'y a pas de serpents.

Andy poussa doucement. Cela suffit à faire avancer Cap, mais il ne paraissait pas très convaincu. Ils entrèrent.

Durant quelques secondes d'angoisse, Andy crut qu'elle n'était pas là. Le changement d'éclairage l'aveugla momentanément. Il régnait dans l'écurie une chaleur étouffante; quelque chose avait effrayé les chevaux qui hennissaient et frappaient de leurs sabots la porte des stalles. Andy ne voyait rien.

– Charlie ! appela-t-il d'un ton pressant, *Charlie* ?

– Papa ! cria-t-elle en retour. (La joie qu'il éprouva tourna à l'épouvante quand il déchiffra la frayeur dans la voix de Charlie.) Papa, n'entre pas ! N'entre...

– Je crois qu'il est un peu tard pour ça, dit une ombre au-dessus de lui.

10

« Charlie », avait appelé la voix quelque part au-dessus d'elle. Mais où ? Elle semblait venir de partout.

La colère montait en elle. Une rage attisée par un sentiment d'effroyable injustice. Ça n'en finissait pas... ils étaient toujours là, bloquant chaque tentative d'évasion. Presque immédiatement, elle *le* sentit grandir en elle. *Il* était tellement plus en surface à présent... plus prêt à bondir hors d'elle. Comme avec l'homme qui l'avait accompagnée. Quand il avait tiré son arme, elle s'était contentée de la chauffer pour qu'il la laissât tomber. Il avait de la chance que les cartouches n'eussent pas explosé à l'intérieur.

Déjà, elle sentait la chaleur s'accumuler en elle, irradier, tandis que l'étrange batterie se mettait en marche. Elle inspecta les sombres greniers au-dessus d'elle, mais ne le vit pas. Trop de balles de foin. Trop d'ombre.

– Si j'étais toi, je ne le ferais pas, Charlie.

Sa voix était un peu plus forte, mais toujours calme. Elle perça le brouillard de rage et de confusion dans lequel la fillette se débattait.

– Tu devrais descendre, cria-t-elle. (Elle tremblait.) Tu devrais descendre avant que je ne décide de mettre le feu à toute l'écurie ! Je peux le faire !

– Je sais, répondit la voix douce. (Elle flottait, venant de nulle part, de partout à la fois.) Mais tu risques de faire griller les chevaux, Charlie. Tu les entends ?

Oui. Maintenant elle les entendait. Fous de peur, ils gémissaient, ruaient contre leurs portes verrouillées. Necromancer était parmi eux.

Son souffle se bloqua dans sa gorge. Elle vit les tranchées de feu dans la cour des Manders, les poulets explosant comme des baudruches enflammées.

Elle se tourna vers le seau d'eau. Elle avait peur. Le pouvoir oscillait à la limite de la zone de contrôle et dans quelques secondes

(recule !)

il allait lui échapper

(RECULE!)

et tout consumer.

(!! RECULE! RECULE, TU M'ENTENDS, RECULE!!)

Cette fois-ci, l'eau se mit à bouillir instantanément. Le robinet chromé se tordit, tournoya comme une hélice et se détacha du tuyau fixé au mur. Il traversa l'écurie dans sa longueur à la vitesse d'un missile et heurta le panneau du fond. De l'eau froide giclait du tuyau arraché. Elle *sentait* sa fraîcheur. Mais à peine sortie, l'eau se transformait en vapeur. Une brume humide envahit l'allée courant entre les stalles. Un tuyau d'arrosage vert, enroulé sur un crochet près du robinet, avait fondu.

(RECULE!)

Elle reprit lentement le dessus, forçant le feu à redescendre. Un an plus tôt, elle aurait été incapable de le faire. Le pouvoir aurait suivi sa propre trajectoire destructrice. Elle avait progressé... mais il y avait tant à dominer encore !

Elle frissonna, immobile.

– Qu'est-ce que tu veux ? demanda-t-elle à voix basse. Tu ne peux pas nous laisser partir, simplement ?

Un cheval poussa un hennissement aigu. Un cri de terreur. Charlie comprenait ce qu'il ressentait.

– Personne ne pense qu'on peut te laisser partir simplement, répondit Rainbird. Pas même ton père. Tu es dangereuse, Charlie, et tu le sais. Si on te lâche, les Russes, les Nord-Coréens ou même ces barbares de Chinois te mettront la main dessus. Tu crois sans doute que je plaisante. Mais je suis sérieux.

– Ce n'est pas ma faute ! s'écria-t-elle.

– Non, dit Rainbird, méditatif. Bien sûr que non. Ce ne sont que des conneries, de toute façon. Je me moque du facteur Z, Charlie. Ça ne m'a jamais intéressé. Il n'y a que toi qui m'intéresses.

– Oh, espèce de menteur ! hurla-t-elle d'une voix perçante. Tu m'as trahie, tu as fait semblant d'être quelque chose que tu n'étais pas...

Elle se tut. Rainbird escalada avec agilité une pile de foin, puis s'assit au bord du grenier, les pieds dans le vide. Son revolver reposait sur ses genoux. Au-dessus d'elle, son visage apparaissait comme une lune ravagée.

– Moi un menteur ? Je n'ai fait que brouiller la vérité, Charlie. Uniquement pour que tu restes en vie.

– Sale menteur ! murmura-t-elle.

Pourtant, elle constatait, épouvantée, qu'elle *voulait* le croire. Les larmes lui piquaient les yeux. Elle était fatiguée. Elle désirait tant se persuader qu'il l'avait aimée.

– Tu refusais les tests, continua Rainbird. Ton père aussi. Qu'est-ce qu'ils allaient faire, à ton avis ? Dire : « Oh, désolés, nous nous sommes trompés », et vous remettre gentiment là où ils vous avaient pris ? Tu as vu ces types à l'œuvre, Charlie. Tu les as vus tirer sur Manders à Hastings Glen. Ils ont arraché un à un tous les ongles des mains de ta propre mère avant de la t...

– *Arrête !* cria-t-elle, en un paroxysme d'agonie.

Le pouvoir remua en elle, tapi juste sous la surface.

– Non, je n'arrêterai pas, dit-il. Il est temps que tu saches la vérité, Charlie. Je t'ai poussée à fonctionner. Je t'ai rendue importante à leurs yeux. Tu crois que j'ai agi ainsi parce que c'était mon travail ? Foutaises ! Ce sont tous des enculés – Cap, Hockstetter, Pynchot et Jules, le type qui t'a amenée ici –, tous des enculés.

Elle le regardait fixement, comme hypnotisée par son visage oscillant en surplomb. Il ne portait pas son bandeau. Le cratère, à l'emplacement de son œil, cette déchirure malsaine, béait comme un souvenir de temps effroyables.

– Je ne t'ai pas menti pour ça, reprit-il en touchant son visage. (Ses doigts couraient légèrement, presque amoureusement, sur les cicatrices marquant son menton, sa joue déformée, son orbite vide.) J'ai brouillé la vérité, c'est vrai. Pas de trou à rats à Hanoi, pas de Viêt-congs. Ce sont les nôtres qui m'ont fait ça. Parce que c'étaient des enculés, comme les autres.

Charlie ne comprenait pas ce qu'il voulait dire. Son esprit semblait pris dans un tourbillon. Ne savait-il pas qu'elle pouvait le faire griller instantanément ?

– Rien de tout ça n'a d'importance, dit-il. Rien excepté toi et moi. Nous devons régler nos comptes, Charlie. C'est tout ce que je désire. Etre honnête avec toi.

Elle sentait qu'il disait vrai – mais qu'une autre vérité

plus sinistre était cachée sous ses mots. Quelque chose dont il ne parlait pas.

– Viens, monte, et réglons toute cette histoire.

Oui. C'était de l'hypnose. Et aussi de la télépathie. Parce qu'elle eut beau comprendre la forme de cette sombre vérité, ses pieds se mirent en mouvement vers l'échelle du grenier. Il n'était pas question de discussion. Il était question d'en finir. Avec le doute, le malheur, la peur... avec la tentation de produire des feux de plus en plus puissants jusqu'à l'issue fatale. A sa façon pervertie, insensée, il parlait d'être son ami comme personne ne le serait jamais. Et... oui, quelque chose en elle désirait cela. Appelait une fin, une libération.

Aussi s'approcha-t-elle de l'échelle. Ses mains étaient déjà sur les barreaux quand son père fit irruption dans l'écurie.

11

– Charlie ? appela-t-il.

Le charme se rompit.

Ses mains se détachèrent de l'échelle. Soudain, elle comprit. Elle se retourna et le vit debout, devant la porte. Sa première pensée

(papa, tu as grossi !)

traversa son esprit si vite qu'elle en fut à peine consciente. Gros ou non, c'était bien lui. Elle l'aurait reconnu n'importe où. Son amour pour lui remonta comme une vague, balayant au passage le sort jeté par Rainbird. Elle avait compris soudain que John Rainbird, quoi qu'il pût signifier pour elle, n'offrait que la mort à son père.

– Papa ! s'écria-t-elle. N'entre pas !

Un nuage d'irritation passa sur le visage de Rainbird. L'arme avait disparu de ses genoux. Elle était braquée sur la silhouette encadrée dans la porte.

– Je crois qu'il est un peu tard pour ça, dit-il.

Il y avait un homme debout à côté de son père. Celui qu'ils appelaient tous Cap, croyait-elle. Il restait là, les épaules affaissées, tel un jouet cassé.

– Entrez, dit Rainbird. (Andy avança.) Maintenant, arrêtez-vous.

Andy obéit. Cap l'avait suivi, restant deux pas en arrière, comme s'ils étaient liés de façon indissoluble. Hollister promenait autour de lui un regard anxieux.

– Je sais parfaitement que vous en êtes capable, reprit Rainbird d'un ton léger, presque humoristique. Tous les deux, en fait. Mais, monsieur McGee... Andy ? Je peux vous appeler Andy ?

– Si vous voulez, répondit-il d'une voix calme.

– Andy, si vous essayez de vous servir de votre truc contre moi, j'essaierai, moi, de vous résister juste assez longtemps pour abattre votre fille. Bien entendu, Charlie, si tu utilises ton pouvoir contre moi, qui sait ce qui se produira ?

Charlie courut vers son père. Elle enfouit son visage contre le tissu râpeux de sa veste de velours.

– Papa, papa ! murmura-t-elle d'une voix rauque.

– Salut, mignonne, dit-il en caressant ses cheveux. (Il la tint serrée contre lui puis leva les yeux vers Rainbird. Assis sur le rebord du grenier, comme un marin sur la vergue d'un navire, il était devenu le pirate borgne de son rêve.) Et maintenant ? demanda-t-il.

Il se rendait parfaitement compte que Rainbird pouvait les retenir ici assez longtemps pour que le type qu'il avait vu courir sur la pelouse ramenât de l'aide. Mais il avait la conviction que ce n'était pas ce que désirait l'Indien.

Rainbird ignora sa question.

– Charlie ? appela-t-il.

Elle frémit sous la main de son père mais ne se retourna pas.

– Charlie, répéta-t-il doucement, avec insistance. Regarde-moi, Charlie.

Lentement, à contrecœur, elle lui fit face.

– Viens, monte comme tu t'apprêtais à le faire. Rien n'a changé. Nous allons régler nos affaires et tout cela s'arrêtera.

– Non, je ne le permettrai pas, affirma Andy sur un ton presque aimable. Nous partons.

– Viens, Charlie, dit Rainbird, ou je fais sauter la tête de ton père à l'instant. Tu peux me brûler si tu veux, mais je parie que j'appuierai sur la détente avant que tu n'y parviennes.

Un gémissement monta de la gorge de Charlie, comme d'un animal blessé.

– Ne bouge pas, Charlie ! ordonna Andy.

– On ne lui fera pas de mal, déclara Rainbird d'un ton rationnel, persuasif. On l'enverra à Hawaii et il y sera très bien. Tu choisis, Charlie. Une balle dans la tête, ou le sable doré de Kalami Beach. A toi de décider.

Son regard bleu rivé à celui de Rainbird, Charlie fit un pas tremblant dans sa direction.

– Charlie ! dit Andy sèchement. Non !

– Tout sera terminé, continua Rainbird. (Le canon du revolver ne tremblait pas. Il restait braqué sur la tête d'Andy.) C'est ce que tu veux, n'est-ce pas ? Je serai doux, et rapide. Aie confiance, Charlie. Fais-le pour ton père et pour toi. Aie confiance.

Elle avança d'un second pas. D'un troisième.

– Non ! protesta Andy. Ne l'écoute pas, Charlie !

Mais c'était comme s'il lui avait fourni une raison supplémentaire pour y aller. Elle s'approcha de l'échelle. Posa les mains sur le barreau au-dessus de sa tête. Leva les yeux vers Rainbird, lia son regard au sien.

– *Tu promets qu'on ne lui fera rien ?*

– Oui, dit Rainbird.

Mais Andy sentit brusquement, totalement, la force du mensonge... de tous ses mensonges.

Je vais être obligé de la pousser, pensa-t-il, stupéfait. *Pas lui, elle.*

Il se prépara. Elle était déjà debout sur le premier barreau, agrippée au second.

C'est à ce moment que Cap – ils l'avaient tous oublié – se mit à hurler.

12

Quand Don Jules atteignit le bâtiment que Cap et Andy venaient à peine de quitter, il paraissait tellement agité que Richard, de garde à la porte, saisit son arme dans le tiroir.

– Qu'est-ce... commença-t-il.
– L'alarme, l'alarme ! hurla Jules.
– Avez-vous l'auto...
– J'ai toutes les autorisations nécessaires, sombre crétin ! La fille ! La fille essaie de se tirer !

Sur la console de Richard se trouvaient deux cadrans simples, du type combinaison de coffre-fort, gradués de un à dix. Les joues en feu, Richard lâcha son stylo et tourna le cadran de gauche, l'arrêtant juste après le sept. Jules s'approcha et plaça celui de droite un peu au delà du un. Un bourdonnement grêle sortit de la console, répercuté dans toute l'enceinte de la Boîte.

Les jardiniers lâchèrent leur tondeuse et coururent aux remises où l'on gardait les fusils. Les portes des salles où se trouvaient les terminaux d'ordinateurs vulnérables se verrouillèrent instantanément. Gloria, la secrétaire de Cap, s'empara de son arme personnelle. Tous les agents disponibles se précipitèrent vers les haut-parleurs dans l'attente des instructions, déboutonnant leur veste pour dégager l'artillerie. Le voltage de la ceinture de grillage extérieure passa de la charge légère réservée à la journée à une puissance mortelle. Les dobermans qui patrouillaient entre les deux barrières entendirent l'alarme, sentirent la tension de la Boîte qui se transformait en forteresse et se mirent à aboyer, à bondir de façon hystérique. Les portails séparant le complexe du monde extérieur se fermèrent automatiquement. Un camion de boulangerie, qui revenait d'une livraison à l'intendance, vit son pare-chocs arrière arraché par l'une de ces portes. Le chauffeur eut de la chance d'échapper à l'électrocution.

Le bourdonnement était interminable, subliminal.

Jules attrapa le micro de la console et lança :

– Alerte jaune. Je répète : alerte jaune. Ceci n'est pas un exercice. Convergez sur l'écurie, avancez avec prudence. (Il fouilla sa mémoire à la recherche du nom du code attribué à Charlie McGee et ne le trouva pas. Ils changeaient ce foutu machin tous les jours.) C'est la fille et elle s'en sert ! Je répète, elle s'en sert.

13

Orv Jamieson était debout sous le haut-parleur dans le salon situé au troisième étage de la maison nord. Il tenait le Pompeur à la main. Quand il entendit le message de Don Jules, il se laissa tomber sur un siège et rengaina son arme.

Hon-hon, se dit-il tandis que les trois types avec qui il jouait au billard partaient en courant, *Hon-hon, pas moi, comptez pas sur moi.* Les autres pouvaient bien se ruer là-bas comme une meute sur une piste fraîche si ça leur disait. Ils n'étaient pas à la ferme des Manders.. Ils n'avaient jamais vu cette écolière-là en action.

A cet instant précis, plus que toute autre chose au monde, O.J. désirait dénicher un trou profond et le refermer sur lui.

14

Cap Hollister n'avait presque rien entendu à l'échange entre Charlie, son père et Rainbird. Il était en attente, il avait exécuté ses anciennes instructions, n'en avait pas reçu de nouvelles. Les bruits de la discussion passaient au-dessus de sa tête, sans signification. Il était libre de penser à son golf, et à ses serpents, aux fers numéro neuf et aux boas constrictors; aux mashies et aux crotales, aux clubs d'approche et aux pythons assez gros pour avaler une chèvre en entier. Il n'aimait pas cet endroit. L'écurie était pleine de foin qui lui rappelait l'odeur du rough sur un parcours de golf. C'est dans le foin que son frère s'était fait mordre par un serpent, alors que Cap n'avait que trois ans; le reptile n'était pas vraiment dangereux mais son grand frère avait *crié*, il avait *crié* dans l'odeur du foin, du trèfle et de la fléole des prés, son grand frère, le garçon le plus fort, le plus courageux du monde *criait*, Léon Hollister, neuf ans, dur et costaud *criait* : « Va chercher *papa* ! » et les larmes coulaient sur ses joues tandis qu'il tenait sa jambe enflée à deux mains et comme le Cap Hollister de trois ans, terrifié, bafouillant, se préparait à faire ce que son frère demandait, le serpent avait rampé sur son *pied*, son propre *pied*, pareil à une eau verte empoisonnée – et plus tard le docteur avait dit que la morsure n'était pas dangereuse, que le serpent avait dû mordre quelque chose d'autre avant parce que son sac à poison était vide, mais Lennie croyait qu'il était en train de *mourir* et partout régnait l'odeur douce de l'herbe d'été et les sauterelles bondissaient, modulant leur éternel *cri-cri* et crachant leur jus de tabac (« Crache et je te lâche » était la devise de ces jours lointains au Nebraska); de belles odeurs, de beaux sons, des odeurs et des bruits de golf, le *cri* de son frère, le contact sec, rugueux, du serpent, la vue de sa tête plate et triangulaire, de ses yeux noirs... Le serpent avait rampé sur le pied de Cap pour retourner dans les hautes herbes... dans le rough, pourrait-on dire... et l'odeur était la même... et il n'aimait pas cet endroit.

Fers numéro quatre et vipères et putters et mocassins...

A présent, le ricochet rebondissait de plus en plus vite et Cap promenait un regard vide dans l'écurie obscure tandis que John Rainbird affrontait les McGee. Ses yeux finirent par s'arrêter sur le tuyau d'arrosage vert à moitié fondu. Il était enroulé autour de son crochet, encore partiellement dissimulé par des nappes de vapeur.

La terreur explosa brutalement en lui, comme les flammes dans un vieux conduit de tirage. Pendant quelques secondes, elle l'empêcha de respirer. Impossible de crier. Ses muscles étaient rigides, bloqués.

Soudain, ils se détendirent. Cap inspira une grosse goulée d'air en un mouvement convulsif et lâcha un cri perçant :

– *Serpent !* SERPENT ! SERPEENNNT !

Il ne s'enfuit pas. Même diminué comme il l'était, la fuite ne faisait pas partie de ses réflexes. Il bondit tel un automate rouillé et s'empara d'un râteau appuyé au mur. C'était un serpent et il allait le frapper, le briser, l'écraser. il allait... il allait...

Il allait sauver Lennie !

Il se rua sur le tuyau d'arrosage, râteau au poing.

Le reste alla très vite.

15

Les agents armés de revolvers et les jardiniers portant des fusils convergeaient vers l'écurie en demi-cercle lorsque les hurlements se firent entendre. Quelques instants plus tard, il y eut un bruit sourd, suivi de ce qui parut être un gémissement de douleur étouffé. Tout de suite après vint une sorte de grattement. Enfin le son d'une détonation assourdie provenant sûrement d'un revolver muni d'un silencieux.

Autour de l'écurie, le cercle se figea, quelques secondes, puis reprit son avance.

16

Le cri et le mouvement en avant de Cap ne rompirent qu'un instant la concentration de Rainbird. Mais ce fut suffisant. Le revolver s'écarta de la tête d'Andy pour viser Cap. Un geste instinctif, comme celui, rapide et alerte, d'un tigre chassant dans la jungle. Ainsi, son instinct le trahit et provoqua sa chute.

Andy eut recours à la poussée de la même façon instinctive. Lorsque l'arme se détourna vers Cap, il ordonna à Rainbird : « Saute ! » et poussa plus fort qu'il ne l'avait fait de toute sa vie. La douleur qui déchira sa tête comme des éclats de shrapnel atteignit une incroyable intensité. Il sentit quelque chose *céder*, définitivement, irrévocablement.

Disjoncteur, pensa-t-il. Le concept était confus, brouillé. Il recula en titubant. Tout le côté gauche de son corps était insensible. Sa jambe gauche ne le portait plus.

(Finalement, c'est venu, j'ai disjoncté, ce foutu machin a fini par craquer.)

Rainbird, sur ses bras, se projeta loin du bord du grenier. Une sorte de surprise presque comique se peignit sur ses traits. Il ne lâcha pas son arme. Même quand il heurta violemment le sol et s'étala de tout son long, la jambe brisée, il se cramponna à son Magnum. Il ne put étouffer un cri de douleur et de stupéfaction, mais il serrait toujours son revolver.

Cap avait atteint le tuyau d'arrosage et le frappait sauvagement à l'aide du râteau. Sa bouche prononçait des mots, mais aucun son ne sortait – rien qu'un fin jet de salive.

Rainbird leva la tête. Ses cheveux étaient retombés sur son visage. Il eut un geste sec pour les écarter. Son œil unique luisait. Ses lèvres n'étaient plus qu'un mince trait amer. Il pointa son arme sur Andy.

– Non ! hurla Charlie. Non !

Rainbird tira. L'orifice du silencieux cracha une fumée grise. La balle fit sauter quelques éclats de bois près de la tête ballottante d'Andy. Rainbird prit appui sur le sol et tira de nouveau. La tête d'Andy fut projetée violemment sur la droite. Du côté gauche de son cou, le sang gicla.

– *Non* ! cria encore Charlie en plaquant ses mains sur sa figure. *Papa ! Papa !*

Rainbird tira sa main de sous son corps. De longues esquilles crissèrent dans sa paume.

– Charlie, murmura-t-il. Charlie, regarde-moi.

17

Ils avaient encerclé l'écurie puis s'étaient arrêtés, ne sachant pas très bien comment procéder.

– La fille, dit Jules. On la liquide...

– *Non !* cria-t-elle. (Comme si de l'intérieur elle avait entendu ce que lui réservait Jules. Puis :) *Papa ! Papa !*

Il y eut une seconde détonation, beaucoup plus forte, suivie d'un brusque éclair qui les força à se protéger les yeux du revers de la main. Une vague de chaleur s'écoula par les portes ouvertes. Les hommes reculèrent.

Vinrent ensuite la fumée et le rouge ardent du feu.

Quelque part dans cet enfer naissant, des chevaux hurlèrent.

18

Charlie courut vers son père, la tête prise dans un horrible tourbillon. Quand Rainbird l'appela, elle se tourna vers lui. Etalé sur le ventre, il tentait à deux mains de stabiliser son arme.

Si incroyable que cela pût paraître, il souriait.

– Voilà, coassa-t-il. Que je puisse voir tes yeux. Je t'aime, Charlie.

Il tira.

Le pouvoir bondit hors d'elle avec une folle violence, échappant à tout contrôle. En chemin, il réduisit en cendres le morceau de plomb qui se serait fiché dans son front. Tout d'abord, on aurait pu croire qu'un vent fort faisait onduler les vêtements de Rainbird – ainsi que ceux de Cap derrière lui – et que rien d'autre ne se produisait. Mais c'était la chair elle-même qui ondulait, coulait comme de la bougie, avant d'être soufflée loin des os, déjà réduite à l'état de brandons rouge et noir.

Il y eut un éclair de lumière grésillant, comme un flash explosant sans bruit, qui l'aveugla momentanément. Elle ne voyait plus mais elle entendait les chevaux fous dans les stalles... et elle sentait la fumée.

Les chevaux! Les chevaux! pensa-t-elle, avançant à tâtons dans l'éclair blanc. C'était son rêve. Changé, et pourtant le même. Soudain, elle se retrouva dans l'aéroport d'Albany, fillette encore innocente, plus petite, plus mince, un sac de papier récupéré dans une poubelle à la main, allant d'une cabine téléphonique à l'autre, poussant, pressant les appareils, ramassant la cascade de pièces argentées...

Elle poussait maintenant, à l'aveuglette, son esprit tâtonnant, cherchant ce qu'elle devait faire.

Une onde courut le long des portes des stalles. Les verrous tombèrent les uns après les autres sur le sol. Déformés par la chaleur, ils fumaient.

L'arrière de l'écurie s'était effondré en un amas confus de poutres et de planches quand le pouvoir, dépassant Cap et Rainbird, avait continué sa route comme un projectile tiré d'une sorte de canon psychique. L'obus chargé d'éclats et de débris fusa sur une soixantaine de mètres, s'épanouissant en éventail. Les agents de la Boîte qui se trouvèrent sur son chemin parurent avoir été touchés par une grêle de mitraillette brûlante. L'un d'entre eux, Clayton Braddock, fut pratiquement décapité par un morceau de bois provenant d'un pan de mur de l'écurie. Son voisin fut coupé en deux par un madrier tournoyant comme une hélice emballée. Un troisième eut l'oreille arrachée par un bout de bois fumant et ne s'aperçut de rien pendant dix minutes.

Le front d'attaque de la Boîte se dissolvait. Ceux qui ne pouvaient pas courir rampaient. Un seul homme resta en position, momentanément : George Sedaka, qui, avec Orv Jamieson, avait intercepté les lettres d'Andy dans le New Hampshire. En route pour une mission à Panama, il ne devait faire qu'une brève halte à Longmont. L'agent qui s'était tenu à sa gauche gisait à présent au sol, grognant de douleur. Le malheureux Clayton Braddock s'était trouvé à sa droite.

Comme par miracle, Sedaka lui-même n'avait pas été touché. Les débris brûlants étaient retombés autour de lui mais l'avaient épargné. Une gaffe à foin, pointue, mortelle, s'était fichée en terre à moins de quinze centimètres de son pied. Elle luisait d'un éclat rouge sombre.

L'arrière de l'écurie semblait avoir été soufflé par une douzaine de bâtons de dynamite. Des poutrelles calcinées délimitaient un trou noirci large d'environ sept mètres. Un tas de fumier avait absorbé la plus grande partie de l'énergie libérée par Charlie. Il était en feu et les flammes gagnaient ce qui restait du mur du fond.

Sedaka entendait les chevaux hennir. Il voyait l'inquiétante lueur rouge orangé montant à l'assaut des greniers débordant de foin. C'était comme de regarder dans le Schéol par un trou de serrure.

Brusquement, Sedaka décida qu'il en avait assez.

C'était beaucoup plus compliqué que d'agresser un facteur désarmé sur une petite route de campagne.

Il rengaina son arme et prit ses jambes à son cou.

19

Elle tâtonnait toujours, incapable de saisir ce qui s'était passé.

– *Papa !* criait-elle. *Papa ! Papa !*

Tout était brouillé, fantomatique. L'air se chargeait de fumée âcre. Partout, des éclairs rougeoyaient. Les chevaux frappaient toujours de leurs sabots les portes de leurs stalles. Privées de leur verrou, elles s'ouvraient. Quelques-unes des bêtes avaient heureusement pu sortir par-derrière. Charlie tomba à genoux, cherchant son père, et les chevaux passèrent près d'elle dans leur fuite, ombres à peine entrevues. Au-dessus d'elle, un chevron dévoré de flammes se désagrégea en pluie d'étincelles, enflammant la paille dans l'une des travées. Dans la partie la plus courte du L, une cuve contenant cent vingt litres d'essence pour tracteur explosa en un rugissement sec.

Des sabots frôlaient la tête de Charlie tandis qu'elle rampait comme une aveugle. Un des chevaux la heurta et elle tomba en arrière. Sa main trouva une chaussure.

– Papa ? gémit-elle. Papa ?

Il était mort. Elle en était sûre. Tout était mort. Le monde avait pris feu, ils avaient tué sa mère, et aujourd'hui son père.

Elle commençait à recouvrer la vue, mais tout était encore vague. Des ondes de chaleur palpitaient autour d'elle. Elle tâtonna le long de la jambe, toucha la ceinture, puis remonta sur la chemise, jusqu'à ce que ses doigts atteignent un emplacement humide, collant. La tache s'élargissait. Elle s'arrêta, horrifiée, incapable d'aller plus haut.

– Papa, murmura-t-elle.

– Charlie ? (Ce n'était qu'un faible croassement... mais il provenait de son père. Sa main se posa sur le visage de la fillette, tenta faiblement de l'attirer.) Viens là. Approche... approche-toi.

Elle se colla contre lui. A présent, elle distinguait son visage à travers le brouillard gris. La partie gauche était contractée en une terrible grimace, l'œil gauche injecté de sang lui rappelait cette matinée à Hastings Glen, quand ils s'étaient réveillés dans le motel.

– Papa, regarde ce gâchis ! pleurnicha-t-elle, avant d'éclater en sanglots.

– Pas le temps, dit-il. Ecoute. Ecoute, Charlie !

Elle se pencha vers lui, mouillant son visage de ses larmes.

– C'était inévitable, Charlie... ne pleure pas pour moi. Mais...

– Non ! Non !

– Charlie, tais-toi ! fit-il durement. Ils vont vouloir te tuer maintenant. Tu comprends ? On... on ne joue plus. C'est pour de vrai. (Il le prononça « frais », du coin de sa bouche cruellement déformée.) Empêche-les, Charlie. Empêche-les d'étouffer l'affaire. De dire... juste un incendie...

Sa tête, qu'il avait soulevée légèrement, retomba. Il haletait. De l'extérieur arrivait, couvert par les craquements du brasier, l'écho lointain et dérisoire des armes à feu... et toujours les cris des chevaux.

– Papa, ne parle pas... repose-toi...

– Non. Le temps. (En s'appuyant sur son bras droit, il parvint à se soulever de nouveau pour la réconforter. Du sang coulait des deux coins de sa bouche.) Tu dois essayer de t'enfuir, Charlie. (Du bord de sa robe, elle essuya les ruisseaux rouges. Le feu dans son dos diffusait sa chaleur.) Essaie de t'en tirer. Si tu dois tuer ceux qui te barrent la route, Charlie, n'hésite pas. C'est la guerre. Fais-leur comprendre que c'est la guerre. (Sa voix faiblissait.) Essaie de t'en tirer, Charlie. Fais-le pour moi. Tu comprends ?

Elle hocha la tête.

Au-dessus d'eux, un autre chevron éclata en un soleil d'étincelles jaune orange. La chaleur devenait fournaise. Des bluettes s'allumaient sur la peau de Charlie, mordaient comme des insectes affamés avant de s'éteindre.

– Arrange-toi... (il cracha du sang, fit un effort pour continuer)... arrange-toi pour qu'ils ne puissent plus jamais faire une chose pareille. Fais tout brûler, Charlie. *Fais tout brûler.*

– Papa...

– File maintenant. Avant que ça ne se déchaîne.

– Je ne peux pas te laisser, dit-elle d'une voix tremblante, désemparée.

Il sourit et l'attira plus près, comme pour murmurer quelque chose à son oreille. Mais au lieu de cela, il l'embrassa. Il dit « ... t'aime, Ch... » et mourut.

20

Don Jules s'était trouvé à la tête de l'opération par défaut. Après le début de l'incendie, il tint bon aussi longtemps qu'il le put, convaincu que la petite fille se trouverait, en s'enfuyant, dans leur champ de tir. Comme rien ne se produisait – et que les hommes postés devant l'écurie avaient vu ce qui était arrivé aux types de derrière –, il décida qu'il ne pouvait plus attendre, s'il voulait contenir ses troupes. Il partit à l'assaut, et les autres le suivirent... mais leurs visages étaient durs, tendus. Ils n'avaient plus l'air d'être en route pour une chasse à la grouse.

Des ombres remuèrent à l'intérieur du bâtiment. Elle allait sortir. Les armes apparurent. Deux hommes tirèrent avant même que quoi que ce fût ne fût dehors. Et puis...

Mais ce n'était pas la fille. Les chevaux, une demi-douzaine, huit, dix, la robe tachée d'écume, les yeux révulsés de frayeur, arrivaient.

Les hommes de Jules ouvrirent le feu immédiatement. Même ceux qui avaient retenu leur feu en voyant que des animaux, et non pas des humains, sortaient de l'écurie parurent incapables de se contenir plus longtemps quand leurs collègues eurent commencé à tirer. Ce fut un carnage. Deux chevaux s'écroulèrent à genoux. L'un d'entre eux se mit à hennir pitoyablement. Le sang giclait dans l'air frais d'octobre, souillant l'herbe verte.

– *Arrêtez !* beugla Jules. *Arrêtez, nom de Dieu ! Arrêtez de tirer sur ces putains de chevaux !*

Il n'eut pas plus de succès que le roi Canut donnant des ordres à la marée. Les hommes, effrayés par quelque chose qu'ils ne voyaient pas, excités par l'alerte jaune, le feu qui lançait maintenant d'épaisses volutes de fumée noire dans le ciel, et la violente explosion de l'essence pour tracteur, avaient enfin des cibles mouvantes à abattre... et ils ne s'en privaient pas.

Deux chevaux morts gisaient sur l'herbe. Un autre était couché à la limite du gazon et de l'allée de gravier. Ses flancs se soulevaient au rythme de sa respiration rapide. Trois autres, affolés, virèrent sur la gauche et foncèrent sur les quatre ou cinq hommes postés à cet endroit. Ceux-ci continuèrent à tirer, tout en s'effaçant devant la charge, mais l'un d'entre eux trébucha. Il hurla quand les sabots le piétinèrent.

– *Ça suffit!* brailla Jules. *Assez! Cessez le feu! Bon Dieu, cessez le feu, bande d'enculés!*

Mais le massacre continua. Les hommes rechargeaient leurs armes. Sur leur visage, une expression vide, étrange, comme s'ils revivaient un vieux cauchemar avec une intensité démentielle. Nombre d'entre eux, comme Rainbird, étaient des vétérans de la guerre du Viêt-nam. Certains, une minorité, avaient cessé de tirer. Cinq chevaux gisaient, morts ou blessés, entre l'herbe et l'allée. Quelques autres avaient réussi à s'enfuir. Necromancer, la queue gonflée comme un étendard, était parmi eux.

– La fille! cria quelqu'un en désignant les portes de l'écurie. *La fille!*

Trop tard. Le massacre des chevaux venait à peine de s'arrêter et leur attention s'était dispersée. Lorsqu'ils se retournèrent vers l'endroit où Charlie, tête baissée, toute petite et mortelle dans sa robe bleue, se tenait, les tranchées de feu avaient déjà commencé d'irradier dans leur direction, comme les fils d'une toile d'araignée impitoyable.

21

Charlie était de nouveau submergée par le pouvoir. Elle s'en sentit soulagée.

La douleur d'avoir perdu son père, fine et pointue comme un stylet, recula jusqu'à n'être plus qu'un lancinement sourd.

Comme toujours, le pouvoir l'entraînait, tel un jouet terrible et fascinant dont les ressources demandaient encore à être découvertes.

Des ruisseaux de feu coulaient vers les rangs défaits de la troupe.

Vous avez tué les chevaux, espèce de salauds, pensa-t-elle, et la voix de son père vint en écho, comme pour l'approuver : « *Si tu dois tuer ceux qui te barrent la route, Charlie, n'hésite pas. C'est la guerre. Fais-leur comprendre que c'est la guerre.* »

Oui, décida-t-elle, ils allaient comprendre.

Certains hommes, rompant les rangs, s'étaient mis à courir. D'un léger mouvement de tête, elle fit obliquer l'une des lignes de feu sur la droite. Trois agents furent enveloppés de flammes, leurs vêtements transformés en loques brûlantes. Ils s'écroulèrent dans un long hurlement.

Quelque chose passa près de sa tête en vrombissant, quelque chose d'autre imprima une fine ligne sanglante sur son poignet. C'était Jules qui avait repris une arme dans le bureau de Richard. Debout, jambes écartées, il tirait sur elle.

Charlie poussa dans sa direction : un jet brutal d'énergie.

Il fut projeté en arrière avec une force incroyable, comme s'il avait été frappé par la boule de démolition d'une grue invisible. Il fut emporté sur une dizaine de mètres. Ce n'était plus un homme, mais une sphère de feu incandescente.

Ils se mirent tous à courir. Comme à la ferme des Manders.

Tant mieux, pensa-t-elle. *Tant mieux pour eux.*

Elle ne voulait pas tuer des gens. Sur ce point, rien n'avait changé. Simplement, elle était prête à les éliminer s'il le fallait. S'ils lui barraient la route.

Elle se dirigea vers la plus proche des deux maisons qui se dressaient non loin de là, devant la grange pimpante comme une photo de calendrier de campagne.

Les fenêtres explosèrent. Le treillis soutenant le lierre sur le flanc est de la maison frissonna puis s'embrasa en un réseau incandescent. La peinture se mit à fumer, à bouillonner, à brûler. Le feu s'agrippa au toit de ses doigts avides.

L'une des portes s'ouvrit brutalement, laissant échapper le braiment grêle d'une sirène d'alarme et deux douzaines de secrétaires, de techniciens et d'analystes. Ils se ruèrent vers la grille, obliquèrent pour éviter la mort électrique et les chiens hurlants, puis tournèrent en rond comme des moutons effrayés. Le pouvoir voulait aller vers eux, mais elle le détourna pour le lâcher sur l'enceinte, faisant ployer la résille qui pleura des larmes de métal fondu. Il y eut un grésillement suivi d'un bruit de fouet qui claque tandis que la clôture, encaissant une charge trop forte, se mettait en court-circuit, segment après segment. D'aveuglantes étincelles pourpres jaillirent. Des boules de feu bondirent du haut de la grille. Les isolateurs de porcelaine blanche explosaient comme des pigeons d'argile dans un stand de tir.

Les chiens étaient affolés. Le poil hérissé, ils allaient et venaient entre les deux barrières comme autant de cerbères. L'un d'entre eux heurta la grille qui crachait son voltage mortel et partit droit en l'air, les pattes écartées et déjà raides. Il retomba, masse informe et fumante. Deux de ses congénères se ruèrent sur lui avec une hystérie sauvage.

Il n'y avait pas de grange derrière la maison où Charlie avait été retenue prisonnière, rien qu'un bâtiment long et bas, parfaitement entretenu, fait lui aussi de planches peintes en rouge, et bordé de blanc. Il abritait le pool automobile de la Boîte. Les larges portes s'ouvrirent. Une grosse Cadillac blindée arborant une plaque minéralogique gouvernementale en sortit. Une tête et un torse dépassaient du toit ouvrant. Les coudes calés sur le toit, l'homme tira sur Charlie à la mitraillette. Devant elle, des mottes de terre se soulevèrent.

Elle fit face à la voiture et lâcha le feu dans cette direction. Le pouvoir grandissait toujours, il se transformait en une chose agile et lourde, une chose invisible qui semblait à présent se nourrir d'elle-même, à la manière d'une réaction en chaîne soumise à une progression exponentielle en spirale. Le réservoir d'essence de la limousine explosa. L'arrière de la voiture disparut et le pot d'échappement fendit l'air comme un javelot. La tête et le torse du tireur avaient déjà été calcinés, le pare-brise avait éclaté, et les pneus increvables spéciaux de la limousine avaient fondu.

La voiture poursuivit sa trajectoire, enveloppée de son propre cerceau de feu, échappant à tout contrôle, perdant sa forme originelle pour se fondre en quelque chose qui ressemblait à une torpille. Elle fit deux tonneaux, et une seconde explosion l'acheva.

Comme des fourmis, les secrétaires quittaient à présent la seconde maison. Elle aurait pu les inonder de flammes – une partie d'elle-même le *désirait* –, mais elle mobilisa sa volonté chancelante pour détourner le feu sur le bâtiment, celui où on les avait retenus contre leur volonté... celui où John l'avait trahie.

Elle y envoya l'énergie, lui lâchant totalement la bride. Durant quelques instants, rien ne parut se produire. Juste une légère onde de chaleur dans l'air, comme au-dessus d'un barbecue quand les charbons ont été bien couverts... et la maison explosa.

La seule image qu'elle en garda (confirmée plus tard par le témoignage de plusieurs survivants) fut celle de la cheminée, apparemment intacte, s'élevant dans les airs comme une fusée de brique. Au-dessus, le bâtiment de vingt-cinq pièces se désintégrait, ainsi qu'une maison de poupée soumise à la flamme d'un chalumeau. Des pierres, des planches, des pans de bois fusèrent, portés par le souffle du dragon, le pouvoir de Charlie. Une machine à écrire IBM, fondue, déformée au point de ressembler à une sorte de torchon noué en métal vert, s'envola pour retomber entre les deux grilles, creusant un cratère dans le sol. Une chaise de bureau, dont le siège réglable tournait follement, partit à la vitesse d'une flèche tirée d'une arbalète et disparut au loin.

Charlie baignait dans la chaleur.

Elle regarda autour d'elle, cherchant quelque chose d'autre à détruire. De la fumée montait des deux maisons jumelles (seule l'une d'entre elles était encore reconnaissable), de l'écurie, de la limousine. Même à l'air libre, la chaleur commençait à devenir intolérable.

Pourtant, le pouvoir s'accumulait, grossissait. Il voulait sortir, il *devait* sortir sous peine de se retourner contre sa source et de la détruire.

Charlie n'avait aucune idée de ce qu'il était réellement capable de faire. Quand elle regarda la route qui conduisait à l'extérieur du complexe, elle vit des gens se jeter contre la grille, poussés par une panique aveugle. Les fugitifs avaient pu escalader la barrière court-circuitée en certains endroits. Les chiens s'étaient jetés sur l'un d'entre eux, une jeune femme vêtue d'une jupe de gaucho jaune qui hurlait de douleur. Aussi clairement que s'il avait été vivant, debout près d'elle, Charlie entendit son père crier : « *Ça suffit Charlie ! Ça suffit ! Arrête-toi pendant que tu le peux encore !* »

Mais le pouvait-elle ?

Elle chercha désespérément ce dont elle avait besoin, tout en repoussant le pouvoir. Elle tenta de le garder en équilibre, en suspension. Il se mit à filer dans toutes les directions, inscrivant dans l'herbe de folles spirales qui allaient en s'élargissant.

Rien. Rien, excepté...

L'étang.

22

O. J. voulait sortir et ce n'étaient pas les chiens qui allaient l'arrêter.

Il s'était enfui de la maison quand les autres avaient convergé sur l'écurie. Il avait peur, mais pas au point de céder à la panique et de se jeter sur la clôture électrifiée après la fermeture automatique des portes. Il s'était réfugié derrière le tronc épais et noueux d'un vieil orme, d'où il avait observé l'holocauste. Lorsque la fillette court-circuita la grille, il attendit qu'elle en détournât son attention pour se consacrer à la maison. Alors seulement, il se rua vers la clôture, le Pompeur dans sa main droite.

Quand l'une des sections de la grille eut cessé de grésiller, il l'escalada et se laissa retomber de l'autre côté. Deux dobermans foncèrent sur lui. Il stabilisa son poignet droit de sa main gauche et les tua d'un coup. Ces salauds étaient gros, mais le Pompeur l'était plus encore. Plus de Fido pour eux, à moins qu'on ne servît ce truc-là au paradis des toutous.

Un troisième chien l'attaqua par-derrière, déchira le fond de son pantalon, emportant un bon morceau de sa fesse gauche, et le cloua au sol. O.J. se retourna et le repoussa d'une seule main, l'autre tenant toujours le Pompeur. Il frappa l'animal de la crosse de son arme, puis brandit le canon lorsque le doberman chercha sa gorge. L'orifice glissa proprement entre les deux mâchoires. O.J. appuya sur la détente. La détonation fut assourdie.

– Nom d'une pipe ! s'écria O.J. en se relevant, les jambes tremblantes.

Il éclata d'un rire hystérique. La clôture extérieure n'était plus électrifiée; même le faible voltage de veille n'y circulait plus. O.J. tenta de l'ouvrir. Déjà les fugitifs se précipitaient, le bousculaient. Les autres chiens reculaient, babines retroussées. Quelques-uns des agents qui avaient survécu brandissaient leur arme et leur tiraient dessus sans viser. Ils avaient recouvré suffisamment de discipline pour protéger en un vague cercle les secrétaires, techniciens et analystes désarmés.

O.J. se jeta de tout son poids contre le portail. Il ne céda pas. Bloqué, comme tout le reste. Jamieson jeta un regard alentour, ne sachant plus que faire. Un semblant de santé mentale paraissait être revenu parmi les rescapés. C'était une chose de filer comme un lapin lorsque personne ne regardait. A présent, il y avait trop de témoins.

A supposer que cette gamine infernale en laissât encore en vie.

– Il faudra l'escalader ! cria-t-il. (Son appel se perdit dans la confusion générale.) *L'escalader, nom de Dieu !*

Pas de réponse. Ils se contentaient de se presser contre la clôture, leurs visages irradiant la panique.

O.J. agrippa une femme blottie contre la porte à côté de lui.

– *Nooooon !* hurla-t-elle.

– Grimpe, espèce de conne ! rugit-il en lui donnant une tape sur le dos pour la faire avancer.

Elle se mit à monter.

D'autres qui la virent suivirent son exemple. La clôture intérieure fumait encore par endroits, lançant des étincelles; un gros homme, un des cuisiniers qu'O.J. reconnut, s'accrochait des deux mains à environ deux mille volts. Il était agité de spasmes et de soubresauts. Ses pieds pédalaient dans l'herbe; il avait la bouche ouverte et ses joues noircissaient.

Un autre doberman bondit et arracha un morceau de la jambe d'un jeune homme maigre portant des lunettes et une blouse blanche. L'un des agents tira sur l'animal, le manqua, et fracassa le coude du garçon. Ce dernier tomba à terre, se mit à rouler de droite à gauche, tenant son coude et appelant à l'aide la Vierge Marie. O.J. abattit le chien avant qu'il ne sautât à la gorge du technicien.

– Quel merdier ! gémit-il pour lui seul. O mon Dieu, quel merdier !

Une douzaine de personnes étaient en train d'escalader la grille. La femme qu'O.J. avait poussée atteignit le sommet de la clôture, chancela et plongca de l'autre côté avec un cri étranglé. Elle se mit à hurler immédiatement. Le portail était haut d'environ trois mètres. Elle s'était cassé le bras en se recevant.

O Jésus ! quel merdier !

Grimpant ainsi, ils devaient correspondre à la vision qu'un fou furieux a de l'entraînement des jeunes recrues dans un camp de Marines.

O.J. tendit le cou, essayant de voir si la gamine venait vers eux. Si elle approchait, les témoins n'auraient qu'à se débrouiller; il serait en haut du portail en un clin d'œil.

L'un des analystes s'écria :

– Pour l'amour de Dieu, qu'est-ce...

Le sifflement s'amplifia immédiatement, noyant le son de sa voix. O.J. dirait plus tard qu'il avait tout de suite pensé à sa grand-mère faisant frire des œufs. Seulement ce bruit-là était un million de fois plus fort, comme si une tribu entière de géants avait décidé de se faire des œufs au plat.

Le grésillement enfla, et brusquement, la canardière entre les deux maisons disparut dans un nuage de vapeur blanche. Le bassin, long d'une quinzaine de mètres pour une profondeur d'un mètre vingt, était en train de bouillir.

Durant quelques secondes, O.J. put voir Charlie, debout à vingt mètres de l'étang. Elle tournait le dos à ceux d'entre eux qui se battaient encore pour sortir. Ensuite, elle disparut dans le brouillard. Le sifflement perdurait. Une brume blanche rampait sur l'herbe verte, et le soleil automnal faisait naître d'étranges arcs-en-ciel sur la buée cotonneuse. Le nuage de vapeur s'éleva en volutes, puis s'éloigna. Les rescapés en sursis étaient accrochés à la clôture comme des mouches; le cou tendu, ils regardaient.

Et s'il n'y a pas assez d'eau ? pensa brusquement O.J. *S'il n'y en a pas assez pour éteindre son allumette, ou sa torche, ou son maudit machin ? Qu'est-ce qui se passe dans ce cas ?*

Orv Jamieson décida qu'il n'avait pas envie de rester là pour le découvrir. Il en avait marre de jouer au héros. Il rengaina le Pompeur et escalada le portail à toute allure. En haut, il sauta d'un bond précis et atterrit en flexion ramassée, à côté de la femme qui tenait toujours son bras cassé et continuait à beugler.

– Je vous suggère d'économiser votre souffle et de foutre le camp d'ici, lui dit O.J.

Promptement, il suivit son propre conseil.

23

Charlie était dans un monde blanc. Elle déversait son pouvoir dans l'étang, luttait contre lui, tentait de le réduire, de l'épuiser. Sa vitalité semblait infinie. Elle en avait repris le contrôle maintenant, oui; il s'écoulait souplement dans l'étang, comme par une canalisation invisible. Mais que se passerait-il si toute l'eau s'évaporait avant qu'elle n'ait pu diminuer sa force et le disperser ?

Plus de destruction. Elle le laisserait s'emparer d'elle et la détruire plutôt que de l'autoriser à s'étendre et à se nourrir de lui-même.

(Recule! Recule!!)

Enfin elle sentit qu'il perdait un peu de son insistance, de sa... sa capacité à s'agglomérer. Il se désagrégeait. Partout, la vapeur blanche, épaisse, et l'odeur de blanchisserie. Elle ne voyait plus le bouillonnement de l'étang.

(!! RECULE!!)

Elle pensa de nouveau à son père, vaguement. Un regain de douleur s'insinua en elle : mort; il était mort; cette pensée parut diffuser encore plus le pouvoir. Le sifflement commença enfin à diminuer. La vapeur s'élevait, majestueuse, au-dessus d'elle.

J'ai changé le soleil, se dit-elle, puis : *non – pas vraiment – c'est la vapeur – elle va se lever...*

Mais, avec une certitude venue du plus profond d'elle-même, elle sut qu'elle *pourrait* changer le soleil si elle le voulait... avec le temps.

Le pouvoir se développait encore.

Cet acte de destruction, cette apocalypse, n'avait fait que frôler ses limites actuelles.

Le potentiel avait à peine été exploité.

Charlie tomba à genoux dans l'herbe et éclata en sanglots, pleurant son père, pleurant les autres personnes qu'elle avait tuées, même John. Ce que Rainbird avait voulu pour elle aurait peut-être été préférable, mais malgré la mort de son père, malgré cette pluie d'apocalypse sur sa tête, elle sentit sa réaction à la vie, une lutte dure et muette pour la survie.

Aussi, par-dessus tout, pleura-t-elle peut-être sur son propre sort.

24

Combien de temps resta-t-elle assise dans l'herbe, la tête entre ses bras, elle ne le sut jamais. Si impossible que cela eût pu paraître, elle croyait même s'être assoupie. Quoi qu'il en fût, lorsqu'elle revint à elle, elle constata que le soleil était plus lumineux, plus à l'ouest dans le ciel. La brise légère avait effiloché et emporté la vapeur.

Lentement, Charlie se leva et regarda autour d'elle.

Ses yeux s'arrêtèrent tout d'abord sur l'étang. Elle vit qu'il s'en était fallu de peu... de très peu. Il ne restait que quelques flaques d'eau scintillant au soleil, comme d'éclatantes gemmes serties dans la boue épaisse du fond. Des feuilles de nénuphar et des élodées souillées y gisaient comme des joyaux corrodés; déjà, par endroits, la boue séchait, se craquelait. Elle y vit quelques pièces et un objet rouillé qui ressemblait à un long couteau ou peut-être à une lame de tondeuse à gazon. Tout autour de l'étang, l'herbe était noircie.

Un silence de mort planait sur la propriété, rompu par les seuls craquements et crépitements du feu. Son père lui avait dit de leur faire comprendre qu'il s'agissait d'une guerre, et ce qui restait du domaine ressemblait fortement à un champ de bataille déserté. D'un côté de l'étang, l'écurie, la grange et la maison brûlaient furieusement. De l'autre, la seconde demeure n'était que décombres fumants; on aurait dit qu'une puissante bombe incendiaire ou un V2 avaient été lâchés sur le complexe.

Des lignes noirâtres dessinant ces stupides spirales striaient l'herbe dans toutes les directions. Elles fumaient encore. La limousine blindée s'était consumée à l'extrémité d'une tranchée creusée dans le sol. Il n'en restait qu'un tas de ferraille n'ayant plus la moindre ressemblance avec une voiture.

Le pire, c'était la clôture.

Dans le périmètre intérieur gisaient une demi-douzaine de corps. Trois autres dans l'espace séparant les deux grilles, ainsi que quelques chiens morts.

Comme dans un rêve, Charlie prit cette direction.

Quelques personnes traversaient également la pelouse. Deux d'entre elles, voyant la fillette s'approcher, s'écartèrent. Les autres ne paraissaient pas la connaître, ni savoir qu'elle était la cause de ce gâchis. Elles marchaient du pas lent et solennel des rescapés en état de choc.

Charlie commença à escalader la clôture intérieure.

– Si j'étais toi, je ne ferais pas ça, lui dit un homme vêtu de l'uniforme blanc des agents d'entretien. Les chiens vont te bouffer, petite.

Charlie ne fit pas attention à lui. Les dobermans qui avaient survécu grognèrent après elle mais ne s'approchèrent pas; eux aussi, semblait-il, en avaient assez. Elle entreprit l'ascension de la seconde grille, lentement, glissant avec précaution le bout de ses mocassins dans les trous en losange. Elle atteignit le sommet, passa une jambe par-dessus la clôture, puis l'autre. Ensuite, tout aussi calmement, elle redescendit, et pour la première fois depuis six mois, posa le pied sur un sol qui n'était pas la propriété de la Boîte. Durant quelques instants, elle resta immobile, comme sous le choc.

Je suis libre, pensa-t-elle tristement. *Libre.*

Au loin, des sirènes hurlaient.

La femme au bras cassé était toujours assise dans l'herbe, à vingt pas environ de la guérite abandonnée par les gardiens. Elle avait l'air d'un gros enfant trop épuisé pour se lever. Ses yeux étaient marqués de cernes blancs. Ses lèvres avaient pris une teinte bleuâtre.

– Votre bras, dit Charlie d'une voix cassée.

La femme leva les yeux sur elle et la reconnut. Elle s'écarta aussitôt avec un gémissement de frayeur.

– Ne m'approche pas, siffla-t-elle. Tous ces tests ! Tous ces tests ! J'en ai pas besoin de ces tests ! Tu es une sorcière ! Une sorcière !

Charlie s'arrêta.

– Votre bras, fit-elle. Je vous en prie ! Votre bras. Je suis désolée. Je vous en prie ! (Ses lèvres s'étaient remises à trembler. Elle avait l'impression maintenant que la panique de cette femme, la façon dont elle roulait des yeux, dont sa lèvre se retroussait inconsciemment sur ses mâchoires était le pire de toute l'affaire.) Je vous en prie ! cria-t-elle. Je suis désolée. Ils ont tué mon papa !

– Ils auraient dû te tuer aussi, haleta la femme. Pourquoi est-ce que tu ne te fais pas brûler si tu es tellement désolée ?

Charlie fit un pas vers elle et la femme recula encore. Elle retomba sur son bras blessé en poussant un cri de douleur.

– Ne t'approche pas de moi !

Soudain, la peine, le chagrin et la colère qui étouffaient Charlie trouvèrent une voix.

– *Rien de tout ce qui est arrivé n'est ma faute!* hurla-t-elle. *Rien! Ils l'ont bien cherché et je ne me laisserai pas accuser et je ne me tuerai pas! Vous m'entendez!*

La femme recula en marmonnant.

Les sirènes se rapprochaient.

Charlie sentit le pouvoir remonter avec force, déferlant avec ses émotions.

Elle le rabattit violemment, l'obligeant à disparaître.

(*Je ne ferai pas ça non plus.*)

Elle traversa la route, laissant derrière elle la femme qui geignait. Au loin s'étendait un champ dru de foin et de fléole des prés, argenté par l'automne mais encore odorant.

(*Où est-ce que je vais* ?)

Elle n'en savait rien encore.

Mais ils ne l'attraperaient plus jamais.

CHARLIE SEULE

1

L'affaire fut rapidement évoquée aux dernières informations télévisées de ce mercredi soir, mais les Américains n'eurent droit au récit complet que le lendemain matin au réveil. Le délai avait permis d'agencer tous les éléments disponibles de façon à présenter ce que les habitants des Etats-Unis semblent réellement demander lorsqu'ils prétendent vouloir des « informations ». Ils veulent simplement qu'on leur « raconte une histoire » avec un début, un milieu et une sorte de fin.

L'histoire que l'Amérique avala en même temps que sa tasse de café collective, via *Today, Good Morning, America* et les *CBS Morning News*, fut la suivante : des terroristes avaient attaqué à coups de bombes incendiaires un centre de recherche scientifique top secret à Longmont en Virginie. Le groupe terroriste n'avait pas encore été positivement identifié, bien que trois d'entre eux eussent déjà revendiqué l'attentat – les Japonais rouges, la branche Kadhafi de Septembre noir et un groupe local qui portait le nom merveilleux de Weathermen du Midwest.

Malgré l'incertitude planant sur l'origine de l'attaque, les rapports semblaient très clairs en ce qui concernait la façon dont elle avait été perpétrée. Un dénommé John Rainbird, Indien, ancien du Viêt-nam, et qui était en réalité un agent double, avait placé les bombes pour le compte de l'organisation terroriste. Il avait été tué accidentellement ou s'était suicidé sur les lieux mêmes de l'explosion, une écurie. Une des sources affirmait que Rainbird avait en fait succombé à la chaleur et à la fumée pendant qu'il essayait de faire sortir les chevaux de l'écurie en flammes; cela donna lieu à l'assaut d'ironie habituel à propos de la cruauté des terroristes plus préoccupés du sort des animaux que de celui des humains. Vingt personnes avaient péri dans la tragédie; quarante-cinq autres avaient été blessées, dont dix gravement. Les rescapés avaient tous été « mis au secret » par le gouvernement.

Telle était l'histoire. Le nom de la Boîte n'apparut pratiquement pas. C'était tout à fait satisfaisant.

Mis à part un élément qui ne cadrait pas dans le tableau.

2

– Je me moque de l'endroit où elle est, déclara le nouveau dirigeant de la Boîte – une femme, maintenant –, quatre semaines après l'incendie et l'évasion de Charlie. (Tout avait baigné dans la confusion la plus noire durant les dix jours qui avaient suivi, alors que la fillette aurait pu facilement retomber dans le filet de la Boîte; les choses n'étaient pas encore revenues complètement à la normale. Le nouveau dirigeant de la Boîte était assis devant un bureau de fortune. Le sien ne serait pas livré avant trois jours.) Et je me moque aussi de ce qu'elle peut faire. C'est une gamine de huit ans, pas Superwoman. Elle ne peut pas rester cachée longtemps. Je veux qu'on la retrouve et qu'on la tue.

Elle s'adressait à un homme d'âge moyen qui ressemblait à un bibliothécaire de province. Il va sans dire qu'il ne l'était pas le moins du monde.

Il tapota une pile de fiches d'ordinateur soigneusement alignées sur le bureau du chef. Les dossiers de Cap n'avaient pas survécu à l'incendie, mais la plupart des informations importantes étaient restées stockées dans les mémoires de l'ordinateur.

– Où en est-on pour ça ?

– Les projets concernant le Lot Six ont été ajournés pour une durée indéterminée, répondit la femme. Des histoires de politique, évidemment. Onze vieillards, un jeune homme et trois vieilles dames aux cheveux argentés qui doivent avoir des actions dans une clinique suisse spécialisée dans la glande de chèvre... tout ce beau monde sue des gonades en pensant à ce qui se produirait si la fille réapparaissait. Ils...

– Je doute fort que les sénateurs du Maine, du Minnesota et de l'Idaho suent des gonades, murmura l'homme qui n'était pas bibliothécaire.

Le chef balaya sa réflexion d'un haussement d'épaules.

– Le Lot Six les intéresse, c'est évident. Je dirais que pour le moment l'éclairage est ambré. (Elle se mit à jouer avec ses cheveux longs, épais, d'une belle couleur auburn foncé.) Ajournés pour une durée illimitée signifie jusqu'à ce que nous livrions la fille avec une étiquette au gros orteil droit.

– Je vois, une petite Salomé, murmura l'homme de l'autre côté du bureau. Malheureusement, le plateau est encore vide.

– Qu'est-ce que vous racontez ?

– Rien. On dirait que nous sommes revenus à la case départ.

– Pas exactement, répliqua le chef sombrement. Son père n'est plus là pour veiller sur elle. Elle est seule. Et je veux qu'on la trouve. Vite.

– Et si elle crache le morceau avant qu'on ne lui mette la main dessus ?

Le chef s'appuya contre le dossier du fauteuil de Cap et croisa ses doigts derrière sa nuque. L'homme qui n'était pas bibliothécaire apprécia la façon dont son pull se tendait contre ses seins ronds. Cap n'avait jamais été comme ça.

– Si elle avait dû parler, ce serait déjà fait. (Elle se pencha de nouveau et tapota le calendrier posé sur le bureau.) 15 novembre, et toujours rien. Pendant ce temps nous avons, je crois, pris toutes les précautions raisonnables. Le *Times*, le *Washington Post*, le *Chicago Tribune*... nous surveillons les principaux journaux. Pour le moment, c'est le silence.

– Et si elle décide de s'adresser à un petit canard ? Au *Podunk Times* plutôt qu'au *New York Times* ? On ne peut pas surveiller tous les organes de presse du pays.

– Ce que vous dites est regrettablement vrai, acquiesça le chef. Mais rien n'est paru. Ce qui signifie qu'elle n'a pas parlé.

– De toute façon, qui croirait une histoire aussi rocambolesque racontée par une gamine de huit ans ?

– Si elle déclenche un feu à la fin de son récit, je pense qu'elle pourrait convaincre. Mais voulez-vous savoir ce que déclare l'ordinateur ? (Elle sourit et donna une petite tape sur la pile de papiers.) Il affirme qu'il y a une probabilité de quatre-vingt-cinq pour cent pour que nous puissions ramener son corps devant la commission sans lever le petit doigt... sauf pour l'identifier.

– Suicide ?

Le chef hocha la tête. Cette idée semblait l'enchanter.

– C'est très bien, lâcha l'homme qui n'était pas bibliothécaire, tout en se levant. Pour ma part, je tâcherai de me rappeler que l'ordinateur avait aussi affirmé qu'Andy McGee était presque certainement vidé de son pouvoir.

Le sourire s'altéra.

– Passez une bonne journée, chef, dit l'homme en sortant tranquillement.

3

En ce même jour de novembre, un homme vêtu d'une chemise et d'un pantalon de flanelle, chaussé de hautes bottes vertes, fendait du bois sous un ciel blanc. Par cette douce journée, la perspective de l'hiver paraissait lointaine; la température, agréable, était de dix degrés. La veste de l'homme, que sa femme l'avait contraint à porter, était accrochée à un piquet de clôture. Derrière lui, entassés contre le flanc d'une vieille grange, se trouvait un amoncellement spectaculaire de potirons orange – dont certains avaient déjà commencé à pourrir.

L'homme posa un nouveau rondin sur le billot, souleva la hache et la laissa retomber. Il y eut un bruit mat et deux bûches rebondirent de chaque côté de la souche. Il se baissait pour les ramasser et les jeter avec les autres quand une voix fit derrière lui :

– Vous avez un nouveau billot mais la marque est toujours là, n'est-ce pas ? Elle est toujours là.

Surpris, il se retourna. Ce qu'il vit provoqua chez lui un mouvement de recul involontaire. Il lâcha la hache qui atterrit sur le sol, à l'endroit de la profonde trace noire, de la brûlure indélébile. Tout d'abord, il crut se trouver devant un fantôme, une sorte d'infâme spectre d'enfant qui aurait surgi du cimetière de Dartmouth Crossing à six kilomètres de là. Elle se tenait debout dans l'allée, pâle et sale, et maigre, les yeux creusés et luisants. Sa robe était en lambeaux. Une longue balafre zébrait son bras droit presque jusqu'au coude. Elle paraissait s'être infectée. Aux pieds, elle portait ce qui avait dû ressembler jadis à des mocassins.

Soudain, il la reconnut. La petite fille de l'année dernière : elle se faisait appeler Roberta et avait un lance-flammes dans la tête.

– Bobbi ? dit-il. Par la casquette de tous les saints, c'est vraiment Bobbi ?

– Oui, elle est toujours là, répéta-t-elle comme si elle ne l'avait pas entendu.

Il comprit brusquement ce qui faisait briller ses yeux : elle pleurait.

– Bobbi, ma chérie, qu'est-ce qui se passe ? Où est ton père ?

– Toujours là, souffla-t-elle une troisième fois.

Puis elle tomba en avant, défaillante. Irv Manders eut à peine le temps de la rattraper. Agenouillé dans la poussière de son arrière-cour, il la prit dans ses bras et cria pour appeler sa femme.

4

Le Dr Hofferitz arriva au coucher du soleil et resta environ vingt minutes dans la chambre du fond avec la fillette. Irv et Norma Manders, dans la cuisine, contemplaient leur souper sans vraiment y toucher. De temps en temps, Norma jetait à son mari un regard non pas accusateur, simplement interrogateur. Elle avait les yeux d'une femme luttant contre la tension d'une migraine ou d'une douleur lombaire. La peur était dans la pièce.

L'homme, un nommé Tarkington, était arrivé le lendemain du grand feu. Il s'était présenté à l'hôpital où Irv était soigné et leur avait tendu sa carte sur laquelle était inscrit : WHITNEY TARKINGTON / AFFAIRES GOUVERNEMENTALES.

– Vous devriez sortir d'ici, avait dit Norma. (Ses lèvres étaient serrées, blanches, et son regard portait la même souffrance qu'aujourd'hui. Elle avait désigné du doigt le bras de son mari, enveloppé d'épais bandages; on lui avait posé des drains, qui occasionnaient de très grandes souffrances. Irv racontait qu'il avait traversé la Seconde Guerre mondiale sans cicatrices glorieuses, rien qu'un brûlant accès d'hémorroïdes; il avait fallu qu'il fût chez lui, à Hastings Glen, pour recevoir une balle.) Vous devriez sortir, avait répété Norma.

Mais Irv, qui avait peut-être eu le temps de réfléchir, s'était contenté de déclarer :

– Dites ce que vous avez à dire, monsieur Tarkington.

Ce dernier avait sorti un chèque de trente-cinq mille dollars – tiré non pas sur un compte gouvernemental, mais sur celui d'une importante compagnie d'assurances qui n'était cependant pas celle des Manders.

– Nous ne voulons pas de votre argent, avait lancé Norma d'un ton sec tout en tendant la main vers la sonnette au-dessus du lit de son mari.

– Je crois que vous feriez mieux de m'écouter avant de prendre des mesures que vous pourriez regretter, avait répondu Tarkington avec calme et politesse.

Norma avait regardé Irv qui avait alors hoché la tête. Sa main s'était écartée de la sonnette. A regret.

Avant de l'ouvrir, Tarkington avait posé sa mallette sur ses genoux. Il en avait tiré un dossier orné d'une étiquette sur laquelle étaient inscrits les noms MANDERS et BREEDLOVE. Norma avait écarquillé les yeux et quelque chose s'était noué dans son ventre. Breedlove était son nom de jeune fille. Personne n'aime à voir un dossier portant son nom; il y a quelque chose d'épouvantable dans l'idée qu'on a été épié, que des secrets ont peut-être été découverts.

Tarkington avait parlé pendant trois quarts d'heure d'une voix grave, d'un ton posé. De temps en temps, il illustrait son discours de photocopies tirées du dossier. Norma les regardait la bouche pincée, puis les passait à Irv.

– Nous nous trouvons dans une situation où la sécurité

nationale est en jeu, avait déclaré Tarkington cet horrible soir. Vous devez le comprendre. Nous ne prenons aucun plaisir à ce genre de choses mais, le fait est là, vous devez vous montrer raisonnables. Vous ne connaissez pour ainsi dire rien à ces problèmes.

– Je sais que vous avez essayé de tuer un homme désarmé et sa petite fille, avait répondu Irv.

Tarkington avait eu un sourire froid – un sourire réservé à ceux qui prétendent dicter au gouvernement la marche à suivre pour protéger ceux dont il a la charge – et répliqué :

– Vous n'avez aucune idée de ce que vous avez vu, ni de ce que cela signifie. Mon travail n'est pas de vous convaincre de cela mais seulement d'essayer de vous persuader de ne pas en parler. Ecoutez : tout ceci n'est pas forcément désagréable. Le chèque est net d'impôts. Il paiera les réparations de la maison et les frais d'hôpital tout en vous laissant à la tête d'une somme confortable. Et tout un tas de choses déplaisantes seront évitées.

Des choses déplaisantes, pensa Norma en écoutant le Dr Hofferitz s'activer dans la chambre du fond. Elle regardait son dîner refroidir dans son assiette. Après le départ de Tarkington, Irv l'avait regardée. Sa bouche souriait mais dans ses yeux se lisaient l'écœurement et la peine. Il avait laissé tomber :

– Mon père disait toujours que quand on participe à un concours de lancer de merde, l'important n'est pas la quantité qu'on lance, mais celle qui reste collée à la main.

Tous deux venaient de familles nombreuses. Irv avait trois frères et trois sœurs, Norma quatre frères et une sœur. Il y avait des oncles, des nièces, des neveux et des cousins à la pelle. Des parents, des grands-parents, des beaux-parents... et, comme dans toutes les familles, quelques brebis galeuses.

L'un des neveux d'Irv, un garçon nommé Fred Drew qu'il n'avait rencontré que trois ou quatre fois, cultivait, d'après les papiers de Tarkington, son carré de marijuana dans la cour de sa maison du Kansas. Un oncle de Norma, entrepreneur de son métier, était englué dans les dettes et les affaires véreuses, quelque part au Texas, sur la côte. Cet homme, Milo Breedlove, avait sept bouches à nourrir, un murmure du gouvernement suffirait à détruire son équilibre précaire et à l'acculer à la faillite. Une cousine d'Irv (au second degré; il pensait l'avoir vue une fois mais ne pouvait se rappeler à quoi elle ressemblait) avait apparemment détourné une petite somme dans la banque où elle avait travaillé six ans plus tôt. La banque avait découvert le forfait et décidé de ne pas entamer de poursuites pour s'éviter une mauvaise publicité. La cousine avait restitué l'argent sur une période de deux ans et faisait à présent d'honnêtes affaires dans son salon de beauté de North Fork, Minnesota. Mais la prescription ne jouait pas encore. Elle pouvait être poursuivie au niveau fédéral et tomber sous le coup d'une des lois ayant trait aux pratiques bancaires. Le FBI possédait un dossier sur le plus jeune frère de Norma, Don. Au milieu des années soixante, il s'était trouvé impliqué avec le SDS et aurait même participé à un complot visant à poser une bombe au siège de la Dow Chemical Company à Philadelphie. Les preuves n'étaient pas suffisantes pour tenir devant un jury (et Don lui-même avait dit à Norma que lorsqu'il avait eu vent de ce qui se tramait, il avait quitté le groupe, horrifié), mais une copie du dossier transmise à l'organisme qui l'employait lui ferait indubitablement perdre son emploi.

Dans la petite pièce fermée, la voix ronronnante de Tarkington continuait son énumération. Il avait néanmoins gardé le meilleur pour la fin. Quand les arrière-grands-parents d'Irv avaient quitté la Pologne pour l'Amérique en 1888, ils s'appelaient encore Mandroski. Ils étaient juifs; Irv lui-même l'était à moitié bien qu'il n'y eût dans la famille aucune prétention au judaïsme depuis que son grand-père avait épousé une goy avec laquelle il avait vécu heureux dans l'agnosticisme le plus complet. Le père du fermier avait fait de même, réduisant encore l'apport judaïque (et Irv avait épousé Norma Breedlove, une ancienne méthodiste). Mais il restait des Mandroski en Pologne, derrière le Rideau de fer, et si la CIA le voulait elle pouvait mettre en branle une série d'événements qui parviendraient à rendre la vie tout à fait impossible à ces parents éloignés qu'Irv n'avait jamais vus. A l'Est, on n'aimait pas les juifs.

Tarkington s'était tu. Il avait rangé son dossier, refermé sa mallette, l'avait reposée entre ses jambes et les avait regardés d'un air satisfait, comme un bon élève venant de débiter sa récitation sans la moindre faute.

Appuyé contre ses coussins, Irv avait soudain éprouvé une grande fatigue. Tarkington ne le quittait pas des yeux, ce qui ne le gênait pas, mais le regard de Norma, anxieux et interrogateur, était aussi braqué sur lui.

Vous zavez engore de la famille au pays, voui ? pensa Irv. C'était un tel cliché que ça en devenait drôle, mais il ne se sentait pas d'humeur à rire. *Combien de degrés d'éloignement avant que des gens cessent d'être de votre famille ? Quatre ? Six ? Huit ? Jésus-Marie-Joseph ! Et si nous tenons tête à ce salaud moralisateur et qu'on expédie ces gens en Sibérie, qu'est-ce que je fais ? Je leur envoie une carte postale expliquant qu'ils travaillent dans une mine de sel parce que j'ai pris en stop un bout de chou et son papa sur la route de Hastings Glen ? Jésus-Marie-Joseph !*

Le Dr Hofferitz, qui avait presque quatre-vingts ans, sortit lentement de la chambre, repoussant ses cheveux blancs d'une main noueuse. Irv et Norma, heureux tous deux d'être tirés du passé, se tournèrent vers lui.

– Elle est réveillée, dit le Dr Hofferitz. Elle n'est pas très en forme, votre petite sauvage, mais elle ne court pas non plus de danger. Elle a une égratignure sur le bras qui s'est infectée, et une autre dans le dos qu'elle s'est faite, dit-elle, en rampant sous des barbelés pour échapper à un « cochon qui était furieux contre elle ».

Hofferitz s'assit à la table de la cuisine en soupirant, sortit un paquet de Camel et en alluma une. Il avait fumé toute sa vie et il lui était arrivé de dire à des confrères qu'en ce qui le concernait le Chirurgien général pouvait bien aller se toucher.

– Voulez-vous manger quelque chose, Karl ? demanda Norma.

Le médecin regarda leurs assiettes.

– Non – mais si j'avais dit oui, vous n'auriez même pas eu à me servir, dit-il sèchement.

– Devra-t-elle rester alitée longtemps ? voulut savoir Irv.

– On devrait l'emmener à Albany, commença Hofferitz. (Il y avait un bol d'olives sur la table et il s'en servit une poignée.) En observation. Elle a trente-huit cinq de température. C'est l'infection. Je vais vous laisser de la pénicilline et une pommade antibiotique. Ce dont elle a surtout besoin, c'est de manger, de boire et de se reposer. Malnutrition, déshydratation. (Il fourra une olive dans sa bouche.) Vous avez eu raison de lui donner ce bouillon de poulet, Norma. Elle aurait vomi n'importe quoi d'autre. Rien que des liquides clairs pour elle, demain. Bouillon de bœuf, de poulet, beaucoup d'eau... Et des litres de gin, évidemment; c'est le meilleur des liquides clairs ! (Il caqueta à sa plaisanterie favorite, qu'Irv et Norma avaient déjà entendue un certain nombre de fois, et fourra une autre olive dans sa bouche.) Je devrais signaler ça à la police, vous savez.

– Non, répondirent ensemble Irv et Norma.

Ils se regardèrent, si manifestement surpris que Hofferitz gloussa de nouveau.

– Elle a des ennuis, n'est-ce pas ?

Irv paraissait mal à l'aise. Il ouvrit la bouche pour parler, la referma.

– Quelque chose à voir avec vos problèmes de l'année dernière, peut-être ?

Ce fut au tour de Norma d'ouvrir la bouche mais avant qu'elle n'eût pu prononcer un mot, Irv demanda :

– Je croyais que vous étiez tenu de signaler uniquement les blessures par balle, Karl ?

– Oui, oui, c'est ce que dit la loi, répondit Hofferitz avec impatience, en écrasant sa cigarette. Mais vous savez qu'en matière de loi il y a l'esprit tout autant que la lettre, Irv. Je vois une petite fille et vous me dites qu'elle s'appelle Roberta McCauley ce que, au passage, je ne crois pas plus que si vous me disiez qu'un porc peut pondre des dollars. Elle prétend s'être ouvert le dos en rampant sous des barbelés, et en y réfléchissant je trouve curieux que ce genre de choses arrive à quelqu'un qui va voir sa famille, même au prix où est l'essence. Elle dit qu'elle ne se souvient pas de ce qu'elle a fait la semaine dernière, et ça je le crois. Qui est-elle, Irv ?

Norma jeta à son mari un regard effrayé. Irv se renfonça dans son siège, observant le médecin.

– Ouais, finit-il par dire, elle fait partie de nos ennuis de l'année dernière. C'est pour ça que je vous ai appelé, Karl. Les ennuis, vous en avez vu, ici et au pays. Vous savez ce que c'est. Et vous savez aussi que quelquefois les lois ne valent que par ceux qui les font appliquer. Si vous parlez de cette fillette, des tas de gens qui ne l'ont pas mérité auront beaucoup d'ennuis. Norma, moi, notre famille... et la petite. Je crois que c'est tout ce que je peux vous révéler. Nous nous connaissons depuis vingt-cinq ans. A vous de décider.

– Et si je me tais, supputa Hofferitz en allumant une autre cigarette, qu'est-ce que vous allez faire ?

Irv et Norma s'entre-regardèrent. Au bout d'un moment, Norma secoua légèrement la tête puis se mit à contempler son assiette.

– J'en sais rien, laissa tomber Irv d'une voix tranquille.

– Vous allez la garder en cage comme un perroquet ? demanda Hofferitz. Nous vivons dans une petite ville. Je peux me taire, mais je fais partie de la minorité. Votre femme et vous appartenez à la Congrégation. A la Fédération agricole. Les gens vont et viennent. Les inspecteurs laitiers vont venir examiner vos vaches. Le contrôleur des impôts va débarquer un beau jour – ce sale petit chauve – pour réévaluer la propriété. Qu'est-ce que vous allez faire ? Lui construire une chambre dans la cave ? Belle vie, pour une gamine !

Norma paraissait de plus en plus perturbée.

– J'en sais rien, répéta Irv. Je crois qu'il faut qu'on y réfléchisse. Je comprends ce que vous voulez dire... mais si vous connaissiez ceux qui l'ont traquée...

Les yeux de Hofferitz se rétrécirent, mais il ne dit rien.

– Je vais y réfléchir. Mais vous vous tairez, pour le moment ?

Le médecin fourra les dernières olives dans sa bouche, soupira et se leva en s'appuyant au rebord de la table.

– Ouais, commença-t-il. Son état est stationnaire. La pénicilline assommera les microbes. Je me tairai, Irv. Mais vous feriez bien de réfléchir. Longtemps et soigneusement. Parce qu'un gosse n'est pas un perroquet.

– Non ! souffla Norma. Non, bien sûr que non !

– Cette petite a quelque chose d'étrange, commenta Hofferitz en ramassant sa sacoche noire. Quelque chose de bigrement étrange. Je n'ai rien vu, je n'ai pas pu mettre le doigt dessus... mais je l'ai senti.

– Ouais, approuva Irv. Elle a effectivement quelque chose d'étrange, Karl. Et c'est précisément pour ça qu'elle a des ennuis.

Il raccompagna le médecin jusqu'à la porte dans la nuit pluvieuse de novembre.

5

Quand le médecin eut fini de l'examiner de ses vieilles mains noueuses mais extraordinairement douces, Charlie sombra dans un demi-sommeil fiévreux, non désagréable. Elle entendait leurs voix dans l'autre pièce et comprit qu'ils discutaient d'elle. Elle était sûre qu'il ne s'agissait pas de manigances... rien qu'une discussion.

Les draps étaient propres et frais. Le poids de l'édredon sur sa poitrine était réconfortant. Elle dérivait. Elle se souvint de la femme qui l'avait traitée de sorcière. Elle se souvint d'être partie. Elle se souvint d'avoir été prise en stop par un camion de hippies qui fumaient tous de l'herbe et buvaient du vin. Ils l'avaient appelée petite sœur et lui avaient demandé où elle allait.

– Au nord, avait-elle répondu, ce qui avait déclenché un rugissement d'approbation.

Ensuite, elle ne se rappelait presque rien jusqu'à hier, jusqu'au sanglier qui l'avait chargée, apparemment dans l'intention de la manger. Comment était-elle arrivée jusqu'à la ferme des Manders et pourquoi – s'agissait-il d'une décision consciente ou d'autre chose ? –, elle n'en savait rien.

Elle dérivait. Son sommeil se fit plus profond. Dans son rêve, ils étaient de nouveau tous à Harrisson, elle s'était réveillée en sursaut, le visage baigné de larmes, hurlant de terreur, sa mère s'était précipitée, ses cheveux auburn étincelant dans la lumière matinale, elle s'était écriée :

– Maman, j'ai rêvé que papa et toi étiez morts !

Sa mère lui avait caressé le front de sa main fraîche et avait dit :

– Chut, Charlie, chut ! Le jour se lève maintenant, ce n'était qu'un rêve idiot.

6

Cette nuit-là, Irv et Norma dormirent peu. Ils regardèrent une succession de comédies ineptes, puis les nouvelles, puis l'émission *Tonight*. Tous les quarts d'heure, Norma se levait, sortait du salon pour aller voir Charlie.

– Comment va-t-elle ? demanda Irv aux alentours d'une heure et quart.

– Bien. Elle dort.

Irv grogna.

– Tu y as réfléchi, Irv ?

– Nous devons la garder jusqu'à ce qu'elle aille mieux, dit-il. Ensuite, nous lui parlerons. Nous verrons ce qu'est devenu son père. C'est tout ce qu'on peut faire pour le moment.

– S'ils reviennent...

– Pourquoi reviendraient-ils ? Ils nous ont bâillonnés. Ils croient nous avoir fait peur...

– Ils m'ont *vraiment* fait peur, souffla Norma.

– Mais ce n'était pas bien, répliqua Irv. Tu le sais. Cet argent... celui de l'assurance... je ne me suis jamais senti à l'aise par rapport à ça. Toi non plus, hein ?

– Non. (Elle s'agita sur son siège.) Mais ce que dit Hofferitz est vrai, Irv. Une petite fille doit avoir une famille... aller à l'école... jouer avec des amis... et... et...

– Tu as vu ce qu'elle a fait l'autre fois, déclara Irv. Cette pyrochose. Tu l'as traitée de monstre.

– Je n'ai pas arrêté de le regretter depuis. Son père – il avait l'air d'un homme tellement bien. Si seulement nous savions où il est, à présent.

– Il est mort, répondit une voix derrière eux.

Norma poussa un cri quand elle se retourna et vit Charlie dans l'embrasure de la porte, paraissant encore plus pâle à présent qu'elle était propre. Son front brillait comme une ampoule. Elle flottait dans une des chemises de nuit de flanelle de Norma.

– Mon papa est mort. Ils l'ont tué et maintenant je n'ai nulle part où aller. Vous voulez bien m'aider, s'il vous plaît ? Je suis désolée. Ce n'est pas ma faute. Je leur ai dit que ce n'était pas ma faute... je leur ai dit... mais la dame a répondu que j'étais une sorcière... elle a dit...

Les larmes se mirent à couler le long de ses joues, et la voix de Charlie se brisa en sanglots incohérents.

– O ma chérie, viens ici ! dit Norma.

Et Charlie courut vers elle.

7

Le Dr Hofferitz revint le lendemain et déclara que l'état de Charlie s'était amélioré. Il repassa deux jours plus tard et affirma qu'il s'était considérablement amélioré. Il fit une dernière visite à la fin de la semaine et décréta qu'elle était guérie.

– Irv, vous avez décidé ce que vous allez faire ?

Le fermier secoua la tête.

8

Norma alla seule à l'église ce dimanche matin, racontant aux gens qu'Irv avait « un début de grippe ». Son mari resta à la ferme avec Charlie qui était encore faible mais capable, à présent, de se déplacer dans la maison. La veille, Norma était allée lui acheter des vêtements – non pas à Hastings Glen où de telles acquisitions auraient fait jaser, mais à Albany.

Irv était assis près du poêle en train de tailler un morceau de bois quand Charlie vint le rejoindre.

– Vous ne voulez pas savoir ? demanda-t-elle. Vous ne voulez pas savoir ce qui s'est passé quand on a pris votre voiture et qu'on est partis d'ici ?

Il leva les yeux et lui sourit.

– Je me dis que tu me raconteras ça quand tu seras prête, bout de chou.

Son visage restait grave, pâle, tendu.

– Vous n'avez pas peur de moi ?

– Je devrais ?

– Vous n'avez pas peur que je vous brûle ?

– Non, bout de chou. Je ne crois pas. Laisse-moi te dire

quelque chose. Tu n'es plus une petite fille. Tu n'es peut-être pas encore une grande – entre les deux, plutôt – mais tu l'es suffisamment. Un gosse de ton âge – n'importe lequel – pourrait très bien prendre des allumettes et mettre le feu à la maison s'il le voulait. Mais il n'y en a pas beaucoup qui le veulent. Pourquoi feraient-ils ça ? Pourquoi le ferais-tu ? On doit pouvoir confier un couteau de poche ou une boîte d'allumettes à un enfant de ton âge s'il a deux sous de jugeote. Alors non, je n'ai pas peur.

A ces mots, Charlie se détendit; une expression de soulagement indescriptible se peignit sur son visage.

– Je vais vous raconter, déclara-t-elle. Tout.

Elle commença son récit. Elle parlait toujours quand Norma rentra une heure plus tard. La fermière s'arrêta dans l'entrée, écouta, déboutonna lentement son manteau et l'enleva. Elle posa son sac par terre. La voix de Charlie, jeune et pourtant vieille, continuait de résonner, racontant, encore et encore, jusqu'au bout.

Et quand elle eut terminé, les Manders comprirent quelle était la nature de l'enjeu et les proportions énormes qu'il avait prises.

9

L'hiver arriva sans apporter aucune décision ferme. Irv et Norma recommencèrent à fréquenter l'église, laissant Charlie à la maison avec ordre de ne pas répondre au téléphone et de descendre à la cave si quelqu'un arrivait pendant leur absence. Les paroles de Hofferitz, *comme un perroquet en cage*, hantaient Irv. Il acheta des livres scolaires à Albany et entreprit de faire lui-même la classe à Charlie. Elle comprenait vite, mais Irv n'était pas très doué pour l'enseignement. Norma s'en tirait un peu mieux. Certains soirs, pourtant, alors qu'ils étaient assis tous deux à la table de la cuisine, penchés sur un livre d'histoire ou de géographie, Norma le regardait, et ses yeux posaient toujours la même question... celle à laquelle Irv ne pouvait répondre.

Le nouvel an passa; février, mars. L'anniversaire de Charlie. Des cadeaux achetés à Albany. Comme un perroquet en cage. Charlie ne paraissait pas en souffrir, et d'une certaine manière, raisonna Irv les nuits où il ne pouvait pas dormir; peut-être était-ce pour elle la meilleure chose au monde, cette période de guérison, de jours s'écoulant lentement au rythme de l'hiver. Mais après ? Il ne savait pas.

Il y eut cette journée d'avril après quarante-huit heures de pluie ininterrompue où le petit bois était tellement humide que le fermier n'arrivait pas à allumer le poêle de la cuisine.

– Reculez une seconde, dit Charlie.

Il s'exécuta automatiquement, croyant qu'elle voulait regarder quelque chose devant lui. Il sentit un souffle le frôler à mi-hauteur. Un souffle chaud et compact. Une seconde plus tard, le petit bois brûlait allégrement.

Irv dévisagea Charlie, les yeux écarquillés, et constata qu'elle l'observait avec une expression de culpabilité et d'espoir mêlés.

– Je vous ai aidé, n'est-ce pas ? dit-elle d'une voix anxieuse. Ce n'était pas mal de faire ça ?

– Non. Pas si tu peux le contrôler, Charlie.

– Les petits, je les tiens sans problème.

– Seulement, évite de faire ça devant Norma. Elle en perdrait sa culotte.

Charlie eut un petit sourire.

Irv hésita puis se lança :

– En ce qui me concerne, à chaque fois que tu voudras me donner un coup de main pour allumer ce maudit bois, tu seras la bienvenue. Je n'ai jamais été très doué pour faire du feu.

– D'accord. (Son sourire s'élargit.) Je serai prudente.

– J'en suis sûr, affirma Irv.

Durant quelques secondes, il eut la vision de ces hommes sur la véranda, essayant d'éteindre leur chevelure en flammes.

Charlie se remit presque complètement, mais elle continuait à avoir des cauchemars et son appétit restait faible. Elle « chipotait », disait Norma Manders.

Parfois, elle se réveillait en frissonnant d'un de ces mauvais rêves, éjectée de son sommeil comme un pilote de son appareil. Cela se produisit un soir de la seconde semaine d'avril. Elle dormait profondément. La seconde d'après, elle se retrouva éveillée dans son lit étroit, le corps couvert de sueur. Le cauchemar l'accompagna quelques instants (la sève coulait à présent librement des érables et Irv l'avait emmenée relever les seaux ce même après-midi; dans son rêve, ils se trouvaient dans la forêt. Elle avait entendu un bruit derrière elle et avait aperçu John Rainbird fondant sur eux. Il sautait d'arbre en arbre, à peine visible; son œil unique luisait d'un éclat impitoyable. Il tenait à la main son arme, celle avec laquelle il avait tué son père, et se rapprochait rapidement). Puis la vision disparut. Heureusement, elle oubliait vite ses cauchemars à présent, et ne se réveillait plus en hurlant, pour découvrir Irv et Norma qui s'étaient précipités dans sa chambre, effrayés par ses cris.

Charlie les entendit ce soir-là parler dans la cuisine. Elle chercha à tâtons la pendule Big Ben sur sa table de chevet et l'approcha de son visage. Il était dix heures. Elle ne dormait que depuis une heure et demie.

– ... qu'on va faire ? demandait Norma.

Ce n'était pas bien d'écouter aux portes, mais comment s'y prendre autrement ? Et puis, ils parlaient d'elle; elle le sentait.

– Je n'en sais rien, répondit Irv.

– Tu as réfléchi, pour le journal ?

Les journaux, pensa Charlie. *Papa voulait tout dire aux journaux. Il croyait qu'alors tout irait bien.*

– Lequel ? demanda Irv. Le *Hastings Bugle* ? Ils publieraient ça juste à côté des petites annonces et du programme de la semaine au Bijou.

– C'est ce que son père avait eu l'intention de faire.

– Norma, je pourrais l'emmener à New York. Au *Times*. Et qu'est-ce qui se passerait si quatre hommes dégainaient leur arme et se mettaient à tirer dans le hall ?

Charlie n'en perdait pas une miette, à présent. Elle entendit Norma traverser la cuisine, soulever le couvercle de la théière, et sa réponse fut couverte par le bruit de l'eau qui coulait.

Irv reprit :

– Oui, je pense que ça pourrait très bien arriver. Et il y a pire. Je l'adore, tu sais, mais elle pourrait très bien se retourner contre *eux*. Et si ça lui échappe, comme ça s'est produit là où ils la gardaient... il y a près de huit millions de gens à New York, Norma. Je me sens trop vieux pour prendre un risque pareil.

Norma retourna à la table, faisant craquer le vieux plancher de la ferme sous ses pas.

– Ecoute-moi maintenant, Irv. (Norma parla lentement, pesant chaque mot.) Même une feuille de chou, un hebdomadaire comme le *Bugle*, est relié aux téléscripteurs de l'Associated Press. Aujourd'hui, les nouvelles viennent de partout. Il y a seulement deux ans, un petit journal du sud de la Californie a gagné le prix Pulitzer pour un reportage et son tirage était inférieur à quinze cents exemplaires !

Il rit, et Charlie comprit qu'il avait pris la main de Norma.

– Tu as étudié le problème, hein ?

– Oui, et ce n'est pas une raison pour te moquer de moi, Irv Manders. Il s'agit d'un problème sérieux, très sérieux. Nous sommes coincés ! Combien de temps allons-nous pouvoir la garder ici avant que quelqu'un ne découvre le pot aux roses ? Rien que cet après-midi, tu l'as emmenée avec toi relever les seaux...

– Norma, je ne me moquais pas de toi, et il faut bien que cette enfant sorte de temps en temps...

– Tu crois que je ne le sais pas ? Je ne t'ai pas empêché de le faire, non ? C'est tout le problème. Un enfant qui grandit a besoin d'exercice, d'air frais. Il faut ça pour avoir bon appétit et elle...

– Chipote, je sais.

– Oui, elle chipote et elle est toute pâlotte. Alors je n'ai rien dit. J'étais contente que tu l'emmènes dehors. Mais qu'est-ce qui se serait passé, si Johnny Gordon ou Ray Parks étaient venus aujourd'hui voir ce que tu fabriquais, comme ça leur arrive parfois ?

– Chérie, ça ne s'est pas produit.

Mais Irv paraissait mal à l'aise.

– Pas cette fois-ci ! Ni celle d'avant ! Mais ça ne peut pas durer, Irv ! Nous avons déjà eu beaucoup de chance, et tu le sais !

Elle traversa de nouveau la cuisine et Charlie l'entendit verser du thé.

– Ouais, ouais, je le sais très bien. Mais... merci, ma chérie.

– De rien, répondit-elle en se rasseyant. Il n'y a pas de mais. Tu sais qu'il suffit d'une personne, deux peut-être. Les gens finiront par l'apprendre, Irv. Par découvrir que nous abritons une petite fille. Sans même parler des conséquences de cette vie pour elle, qu'est-ce qui va se passer si *eux* la découvrent ?

Dans l'obscurité de la chambre, Charlie en eut la chair de poule.

Lentement, Irv répondit :

– Je comprends ce que tu veux dire, Norma. Nous devons faire quelque chose. Je n'arrête pas d'y penser. Un journal local... pas assez de garanties de sécurité. Il faut que tout le monde lise cette histoire si nous voulons que cette petite soit tranquille pour le restant de ses jours. *Tout* le monde doit savoir qu'elle existe et qu'elle peut faire ces choses – c'est bien ça, non ?

Norma Manders remua sur sa chaise mais garda le silence.

Irv insista :

– Nous devons agir correctement pour elle comme pour nous. Parce que nos vies aussi pourraient être en jeu. On m'a déjà tiré dessus une fois. Ça, c'est réel. Je l'aime comme si c'était ma fille et toi aussi, je le sais, mais nous devons être réalistes, Norma. Elle pourrait nous faire tuer.

Charlie sentit son visage s'empourprer de honte... et de frayeur. Non pour elle-même, mais pour eux. Quelle calamité avait-elle attirée sur leur maison ?

– Il n'y a pas que nous, ou elle. Tu te rappelles ce qu'a raconté ce type, Tarkington. Les dossiers qu'il nous a montrés. Il y a aussi ton frère et mon neveu, Fred et Shelley et...

– ... et tous ces gens en Pologne, souffla Norma.

– Peut-être qu'il bluffait pour ça. Je l'espère de toute mon âme. C'est dur de croire que quelqu'un peut être aussi bas.

– Question bassesse, ils en ont déjà fait beaucoup, dit Norma d'un ton sinistre.

– En tout cas, nous savons qu'ils iront jusqu'au bout, ces fumiers. Ça va soulever des paquets de merde, une histoire pareille. Tout ce que je voudrais, Norma, c'est remuer la boue pour quelque chose. Tant qu'à faire un mouvement, il faudrait que ce soit le bon. Je ne veux pas m'adresser à un hebdo de campagne; si ces types ont vent de l'histoire, ils l'étoufferont. Ça pourrait très bien se passer comme ça.

– Alors, qu'est-ce qui nous reste ?

– Ça, reprit Irv d'une voix lasse, c'est ce que j'essaie de déterminer. Un quotidien ou un magazine auquel ils ne penseraient pas. Il doit être honnête et lu dans tout le pays. Mais par-dessus tout, il faut qu'il n'ait aucun lien avec le gouvernement, ni avec les idées de ce gouvernement.

– Tu veux dire avec la Boîte ?

– Oui. C'est exactement ça.

Irv but son thé à petites gorgées. Dans son lit, Charlie écoutait, attendait.

... nos vies aussi pourraient être en jeu... on m'a déjà tiré dessus une fois... je l'aime comme si c'était ma fille et toi aussi, je le sais, mais nous devons être réalistes, Norma... elle pourrait nous faire tuer...

(*non, je vous en prie, je*)

(*elle pourrait nous faire tuer comme elle a fait tuer sa mère*)

(*non, je vous en prie, ne dites pas ça, pas ça*)

(*comme elle a fait tuer son père*)

(*arrêtez, je vous en prie.*)

Les larmes coulèrent sur son petit visage penché sur le côté, s'accrochant à son oreille, mouillant l'oreiller.

– Eh bien, on va y réfléchir encore ! dit enfin Norma. Il doit y avoir une réponse, Irv. Quelque part.

– Ouais. Je l'espère.

– En attendant, il ne nous reste qu'à prier pour que personne ne sache qu'elle est là. (Sa voix vibra soudain d'excitation.) Irv, peut-être que si nous prenions un avocat...

– Demain, dit-il. Je suis épuisé, Norma. Et personne encore ne sait qu'elle est là.

Mais quelqu'un le savait. Et la nouvelle avait déjà commencé à se répandre.

10

Jusqu'à près de soixante-dix ans, le Dr Hofferitz avait couché avec sa gouvernante de toujours, Shirley McKenzie. Le caractère sexuel de cette relation s'était lentement étiolé : pour autant que le médecin s'en souvenait, la dernière fois qu'il avait consommé l'acte devait se situer quatorze ans plus tôt et cela avait fait figure d'anomalie. Mais tous deux étaient restés très proches. En fait, avec la disparition de la tension sexuelle et de l'irritabilité qui l'accompagne souvent, leur amitié, de cette variété platonique qu'on rencontre chez les personnes de sexe opposé au début seulement ou à la fin de la vie, avait pris de la profondeur.

Néanmoins, Hofferitz garda le secret de la « pensionnaire » des Manders pendant plus de trois mois. Puis un soir en février, après trois verres de vin avalés pendant que lui et Shirley (qui venait d'avoir soixante-quinze ans en janvier) regardaient la télé, il lui raconta toute l'histoire non sans lui avoir fait jurer de garder le secret.

Les secrets, comme Cap aurait parfaitement pu l'expliquer au Dr Hofferitz, sont encore moins stables que l'uranium 235, et cette stabilité s'amenuise au fur et à mesure qu'ils sont révélés. Shirley se tut pendant près d'un mois avant de tout dire à sa meilleure amie, Hortense Barcley. Hortense se retint pendant dix jours avant d'en parler à *sa* meilleure amie, Christine Traegger. Christine l'annonça à son mari et à ses meilleures amies (trois en tout) presque immédiatement.

C'est ainsi que la vérité se répand dans les petites villes. La nuit où Irv et Norma eurent cette discussion, un bon nombre d'habitants de Hastings Glen savaient qu'ils hébergeaient cette mystérieuse fillette. La curiosité était à son comble. Les langues allaient bon train.

La nouvelle finit par atteindre des oreilles hostiles. Un coup de fil fut passé depuis un téléphone équipé d'un brouilleur.

Le dernier jour d'avril, les agents de la Boîte convergèrent pour la seconde fois sur la ferme des Manders. Ils vinrent à l'aube par les champs auréolés d'une brume printanière, pareils à de terrifiants envahisseurs de la Planète X dans leurs éclatantes combinaisons ignifugées. Ils étaient appuyés par une unité de la Garde nationale dont les hommes et les cadres n'avaient pas la moindre idée de ce qu'ils venaient faire là, ni des raisons pour lesquelles on leur avait ordonné de se rendre dans la paisible petite ville de Hastings Glen, dans l'Etat de New York.

Ils trouvèrent Irv et Norma Manders assis dans leur cuisine, complètement abasourdis, en train de contempler un message. Irv l'avait découvert le matin même, quand il s'était levé à cinq heures pour traire les vaches. Il n'y avait qu'une ligne : *Je crois que je sais quoi faire à présent. Tendresses, Charlie.*

Elle avait de nouveau échappé à la Boîte – mais quel que fût l'endroit où elle se trouvait, elle était seule.

L'unique consolation, c'était que, cette fois, elle n'avait pas beaucoup de chemin à faire.

11

Le bibliothécaire était un jeune barbu de vingt-six ans aux cheveux longs. Devant son bureau se tenait une petite fille vêtue d'un jean et d'un chemisier vert. Elle avait à la main un sac d'épicerie en papier brun. Elle était incroyablement maigre, aussi, et le jeune homme se demanda avec quoi son père et sa mère la nourrissaient... à supposer qu'ils lui eussent même donné quelque chose à manger.

Il écouta sa question avec respect et attention. Son papa, expliqua-t-elle, lui avait dit que, quand on avait une question difficile, on devait aller à la bibliothèque, parce que là-bas les gens connaissaient toutes les réponses. Derrière eux, le grand hall de la bibliothèque municipale de New York bruissait faiblement; dehors, les lions de pierre montaient leur éternelle garde.

Quand elle eut terminé, le bibliothécaire récapitula, énumérant les points principaux en comptant sur ses doigts.

– Honnête.

Elle hocha la tête.

– Grand... c'est-à-dire lu dans tout le pays.

Elle acquiesça de nouveau.

– Pas de lien avec le gouvernement.

Elle approuva encore.

– Ça t'ennuie si je te demande pourquoi ?

– Je... (Elle hésita.) J'ai une histoire à raconter.

Le jeune homme réfléchit un long moment. Il parut sur le point de parler puis leva un doigt et alla consulter un collègue. Il revint auprès de la fillette et lui glissa deux mots à l'oreille.

– Vous pouvez me donner l'adresse ? demanda-t-elle.

Il la trouva, l'inscrivit soigneusement sur un carré de papier jaune.

– Merci, dit la fillette en faisant demi-tour.

– Ecoute, appela le jeune homme, quand as-tu mangé quelque chose pour la dernière fois, petite ? Tu veux un ou deux dollars pour ton déjeuner ?

Elle sourit – un sourire incroyablement doux et tendre. Durant quelques secondes, le bibliothécaire fut presque amoureux.

– J'ai de l'argent, affirma-t-elle en ouvrant le sac pour le lui montrer.

Il était rempli de pièces de vingt-cinq *cents*.

Avant qu'il n'eût pu ajouter un mot – lui demander par exemple si elle avait cassé sa tirelire –, elle avait disparu.

12

La fillette prit l'ascenseur jusqu'au seizième étage du gratte-ciel. Plusieurs des hommes et des femmes qui se trouvaient dans la cabine avec elle la dévisagèrent avec curiosité : une petite fille en jean et chemisier vert tenant un sac de papier brun froissé dans une main et un Sunkist à l'orange dans l'autre. Mais cela se passait à New York. L'essence de l'esprit de cette ville est de s'occuper de ses affaires et de ne pas se mêler de celles des autres.

Elle sortit de l'ascenseur, déchiffra les panneaux et tourna à gauche. Une double porte vitrée donnait sur un élégant hall de réception, au bout du couloir. Sur le verre, au-dessous des deux mots qu'avait prononcés le bibliothécaire était inscrite cette devise : ALL THE NEWS THAT FITS.

C'était bien ça, toutes les informations qui collent, le rock, la politique et les grandes magouilles, deux fois par mois dans votre kiosque.

Charlie resta quelques instants devant la porte.

– Je suis en train de le faire, papa, murmura-t-elle. Oh, j'espère que je le fais bien !

Charlie McGee ouvrit l'un des battants de verre et pénétra dans les bureaux de *Rolling Stone*, où le barbu l'avait envoyée.

La réceptionniste était une jeune femme aux yeux gris clair. Elle regarda Charlie en silence pendant de longues secondes, détaillant le sac brun chiffonné, la boisson à l'orange, la minceur de la fillette : elle n'était pas loin de paraître émaciée, mais elle avait une taille au-dessus de son âge, et son visage semblait illuminé d'une sorte de sérénité. *Elle sera incroyablement belle*, pensa la jeune femme.

– Qu'est-ce que je peux faire pour toi, petite sœur ? demanda-t-elle en souriant.

– Il faut que je voie quelqu'un qui écrit pour votre magazine, déclara Charlie d'une petite voix claire et ferme. J'ai une histoire à raconter. Et quelque chose à montrer.

– Comme une leçon de choses à l'école, hein ? commenta la réceptionniste.

Charlie sourit. De ce même sourire qui avait envoûté le jeune bibliothécaire.

– Oui, dit-elle. Il y a longtemps que j'attends.

TABLE DES MATIÈRES

2089

Achevé d'imprimer en Europe (France)
par Maury-Eurolivres - 45300 Manchecourt
le 3 mai 2001.
Dépôt légal mai 2001. ISBN 2-290-30836-6
1er dépôt légal dans la collection : avril 1989

Éditions J'ai lu
84, rue de Grenelle, 75007 Paris
Diffusion France et étranger : Flammarion